BASTEI
LÜBBE
TASCHENBUCH

Für Jutta
Gute Gesellschaft unterwegs
ist die beste Abkürzung.

Dirk Husemann

Ein Elefant für Karl den Grossen

Historischer Roman

BASTEI LÜBBE
TASCHENBUCH

BASTEI LÜBBE TASCHENBUCH
Band 17236

MIX
Papier aus verantwortungsvollen Quellen
FSC® C014496

Dieser Titel ist auch als E-Book erschienen

Originalausgabe

Lektorat: Lena Schäfer
Kartenillustration: © Markus Weber, Guter Punkt München | Thinkstock
Titelillustration: © shutterstock/llaszlo;
© Design for the Elephant Fountain at the Place de la Bastille, 1813–14 (coloured engraving), Alavoine, Jean Antoine (1776–1834)/Musee de la Ville de Paris, Musee Carnavalet, Paris, France/Giraudon/Bridgeman Images;
© Plant Study with Butterflies and Insects, ca. 1800 (gouache on paper), Chinese School, (19th century)/Fitzwilliam Museum, University of Cambridge, UK/Bridgeman Images; © shutterstock/wacomka
Umschlaggestaltung: Kirstin Osenau
Satz: two-up, Düsseldorf
Gesetzt aus der Garamond
Druck und Verarbeitung: GGP Media, Pößneck
Printed in Germany
ISBN 978-3-404-17236-8

3 5 7 6 4 2

PROLOG

772 n. Chr.

Durch das Gefieder der Krähe trieb Rauch. Blinzelnd reckte der Vogel den Kopf und spähte über die Trümmer der Gebäude, die mit Pfeilen und Speeren gespickten Hütten und die aufgeschichteten Leichname. Als das Tier sicher war, dass keinerlei Gefahr drohte, wandte es sich wieder dem Säugling zu, auf dem es soeben gelandet war. Das Kind lebte noch. Es war in eine Decke gewickelt. Nur das Gesicht schaute heraus. Unbeeindruckt von den Schreien des Bündels pickte die Krähe in seine Wangen und legte den Kopf schief, um zu prüfen, ob die Beute tatsächlich so hilflos war, wie es den Anschein hatte. Die aufgerissenen Augen des Kindes glänzten feucht und versprachen, Leckerbissen zu werden.

Ein Pfeil durchbohrte die Krähe, deren letzter Flug an einem Getreidefass endete. Eine junge Frau mit rotem Haar und einem Bogen in der Hand rannte über das Trümmerfeld, beugte sich über den Säugling, untersuchte ihn und hob ihn hoch. Bevor sie wieder verschwand, löste sie den Kadaver des Vogels von den Fassdauben. Dann zog sie sich, Kind und Krähe in den Armen, in ein lang gestrecktes Gebäude zurück, das zwischen den Überresten der Hütten lag.

Immas Augen gewöhnten sich rasch an das Zwielicht in der Halle. In den Schatten zwischen den Talglichtern erkannte sie die Männer und Frauen ihres Stammes, die an den Wänden lehnten und sich flüsternd unterhielten. Glaubten sie etwa, der Feind vor den Toren könne ihre Worte hier drinnen verstehen?

Andere schliefen auf dem blanken Boden. Unter ihnen waren Flüchtlinge aus anderen sächsischen Dörfern, die vor dem Angriff der Franken auf die Aeresburg geflüchtet waren. Wenn die Prophezeiung des alten Drogo eintreten sollte, hatten sie ihr Schicksal nur hinausgezögert. Niemand, so hatte der Seher vor drei Tagen verkündet, sollte diese Belagerung unbeschadet überstehen.

Ein Strahl Tageslicht fiel durch den Rauchabzug in der Mitte der Halle. In Licht gebadet stand Osnag vor den Ältesten und hielt eine seiner Reden. Osnag, dachte Imma, hat uns diesen Krieg gebracht. Der Sachsenherzog hatte sich selbst den Beinamen Widukind – das Kind des Waldes – gegeben, einen Titel, den in der langen Geschichte der Stämme nur wenige hatten tragen dürfen. Solange die Priester zurückdenken konnten – und ihre Überlieferungen reichten bis in die Zeit, in der der heilige Baum gepflanzt worden war –, hatte sich kein Mensch selbst diesen Namen verliehen. Osnag aber hatte es gewagt. Ebenso wie er es gewagt hatte, die Stämme gegen die Franken aufzuwiegeln. Und jetzt waren die Dörfer verwüstet, die Brüder und Schwestern tot oder versklavt, und die letzten der einst so stolzen Sachsen kauerten sich in dieser Feste zusammen und warteten auf das Ende. Osnag jedoch stellte sich noch immer in das beste Licht und predigte Krieg, als sei nichts geschehen.

Imma ging auf die Gruppe der Ältesten zu, stellte sich vor Osnag und drückte ihm das Kind an die Brust. Verdutzt griff der Fürst nach dem Bündel.

»Kümmere dich darum, Osnag. Vielleicht gelingt es dir ja einmal, einen von uns zu retten.« Mit diesen Worten ließ sie den Herzog und die Ältesten stehen. Das Schweigen in ihrem Rücken sprach Bände.

Sie verließ die Halle durch eine Klappe an der Seite, die zum

Hereintreiben des Viehs diente. Doch Schweine und Ziegen hatten diesen Weg schon seit Wochen nicht mehr genommen. Die Vorräte waren aufgebraucht, und der Hunger hatte sich in die Belagerten hineingefressen. Bevor die Franken vor der Aeresburg aufgetaucht waren, hatte Imma ihr Wollkleid ausgefüllt, sodass der Stoff an den Hüften gerieben hatte. Jetzt wehte dasselbe Gewand um ihren Körper wie ein Lumpen um einen Vogelschreck.

Die Irminsul, der heilige Baum, ragte im Glanz des sächsischen Sommers in den Himmel. Der riesige Stamm und die ausladenden Äste versetzten Imma stets in Staunen. Manchmal kniete sie halbe Tage lang vor der Eiche, in Ehrfurcht erstarrt vor der Kraft der Götter. Heute aber empfand sie kein Verlangen danach, Irmin zu huldigen. Ihr Sehnen war weltlicher Natur. Hinter dem gewaltigen Stamm der Irminsul stand ein Grubenhaus, ein Dach, das über eine Vertiefung im Boden gezimmert war. In der Kühle des Erdreichs pflegte Drogo die Opfergaben für Irmin frisch zu halten, Äpfel aus dem heiligen Hain und die Lendenstücke der geweihten Schafe und Ziegen. Jetzt aber diente das Grubenhaus einem anderen Zweck.

Sie grüßte die beiden Krieger, die vor dem Dach postiert waren, und wollte im Dunkel der Hütte verschwinden. Aber Radbert packte sie am Arm und hielt sie auf.

»Imma! Ich kann dir nicht schon wieder erlauben, zu den Geiseln hinabzusteigen. Wenn die Ältesten davon erfahren, wird uns Widukind an den Baum schlagen lassen.«

»Hast du den Gefangenen denn Speise gebracht?«, fragte sie und fühlte, wie ihr das Blut in den Kopf stieg. »Willst du vielleicht, dass sie verhungern? Was glaubst du, was Widukind mit dir anstellt, wenn du unser einziges Pfand gegen Carolus Magnus in einem Loch verenden lässt?«

Radberts Griff lockerte sich. »Du weißt so gut wie ich, dass es nichts mehr zu essen gibt. Sollen wir selbst verhungern, damit die Franken leben?«

Imma hielt dem Wachposten die Krähe vors Gesicht. »Dein letzter Vorrat Dörrobst wird nicht angetastet, Radbert, sei unbesorgt. Ich habe mich selbst darum gekümmert.«

Sie sah die Gier in Radberts Augen, als er die Krähe erblickte. Noch einen Moment hielt er Imma am Arm fest, dann ließ er sie los.

»Also gut, bei Saxnoth! Aber beeile dich. Wenn der nächste Angriff kommt, wirst du bei den Palisaden gebraucht.«

Imma huschte ins Innere des Grubenhauses. Eine Klappe war in die Holzplanken des Bodens eingelassen, gesichert mit einer Lanze, die durch zwei Schlaufen aus Hanfseil geschoben war. Imma zog die Waffe heraus, warf sie achtlos zur Seite und hob die Luke an. Darunter herrschte Finsternis. In einem Fass sollte man Radbert ertränken, dachte sie, hatte dieser Tölpel doch schon wieder vergessen, die Talglichter zu erneuern. Sie suchte im Grubenhaus nach einer Lampe, entzündete sie und stieg hinab in die Tiefe.

Das Erdreich empfing sie mit Kälte. Ein Labyrinth aus Gängen war in den steinigen Boden getrieben, gerade so, als habe ein riesiger Maulwurf hier unten seine Heimat. Kein Fremder fand jemals aus diesem Labyrinth heraus. Es war das perfekte Gefängnis.

Gespensterarmen gleich ragten die Wurzeln der Irminsul aus der Erde heraus. Imma orientierte sich an ihnen, sie kannte den heiligen Baum wie keine andere. Nur die Priester waren noch vertrauter mit dem Koloss, der seit Menschengedenken auf der Aeresburg wuchs und wuchs, Wahrzeichen der Sachsen und zugleich jener Ort, an dem die Götter an Festtagen auf die Erde herabstiegen. Kein Wunder, dass die Franken den

Baum fällen wollten. Damit wäre der Untergang des alten Glaubens besiegelt. Ebenso wie der Triumph des Christentums, jener neuen Religion, die Imma auf eine unheimliche Art faszinierte.

»Isaak!«, rief sie in die Dunkelheit hinein, während sie durch die verwinkelten Gänge huschte. »Isaak!«

Die Stille, die Imma entgegenschlug, beunruhigte sie. War Isaak etwas geschehen? Unmöglich. Niemand würde sich in dieser Situation an einer Fürstengeisel vergreifen.

Sie sah den Lichtschimmer erst, als sie schon vor der Nische stand. Isaak hockte auf dem Boden, seinen roten Umhang zu einem Lager ausgebreitet, und hatte den Kopf über etwas Glitzerndes gesenkt. Hatte er sie denn gar nicht gehört?

»Isaak«, sagte Imma noch einmal, und sie wäre nicht verwundert gewesen, hätte er von seiner Beschäftigung nicht aufgesehen.

Aber Isaak hob den Kopf. Trotz der spärlichen Beleuchtung konnte sie jeden Zug seines Gesichts ausmachen. Die dunklen Haare fielen ihm bis über die Schultern hinab, sie waren das Zeichen des fränkischen Adels. Die Haltung war selbst nach Wochen in diesem Loch noch herrschaftlich. Seine Hände stark und sanft. Seine Augen leuchtend grün.

Imma sog die modrige Luft ein. »Woher hast du das Licht?« fragte sie.

»Zunderschwamm, Harz und Holz. Von allem findet man hier unten genug. Was es nicht gibt«, er zeigte auf einen mit Silberbeschlägen verzierten Beutel an seinem Gürtel, »hat der praktische Mensch selbst in der Tasche.«

Imma verkniff sich ein Schmunzeln und stellte das Talglicht auf den Boden. »Hier ist helleres Licht.«

»Seit du hier bist, ist es heller.«

Sie sah sich verlegen in der Dunkelheit um. In anderen,

weit entfernten Nischen dieses Labyrinths hockten drei weitere Männer und warteten darauf, dass Carolus Magnus sie aus den Fängen der Sachsen auslösen möge. Imma hoffte, der Tag werde so rasch nicht kommen.

Sie zeigte ihm die Krähe. »Es ist nicht viel. Aber es wird helfen. Osnag wird die Rückkehr des Unterhändlers abwarten, bevor er entscheidet, ob ihr hier unten weiter durchgefüttert werden sollt oder …« Der Satz verdarb ihr auf der Zunge.

»Oder ob wir an die Irminsul genagelt werden? In dem Fall soll mir deine Krähe eine Henkersmahlzeit sein. Doch das muss warten. Schau, auch ich habe einen Vogel für dich gefangen.«

Er stand auf und hielt ihr etwas Glitzerndes entgegen. Imma hob das Licht, um besser sehen zu können. In Isaaks rechter Hand lag ein Amulett, das aus zahlreichen Edelsteinen zusammengesetzt war. Die tiefrote Farbe der Steine begann unter der Talglampe zu strahlen. Das Amulett hatte die Form eines Vogels, eines Raubvogels, wie Imma erkannte. Nie zuvor hatte sie dergleichen gesehen.

Mit einem Finger der Linken berührte der Franke das Schmuckstück und teilte es. Zauberei?

Imma verstand. Isaak hatte das Geschmeide präpariert. Zwei halbe Vögel lagen nun in seiner Handfläche, jeder hatte einen Flügel. Isaak nickte ihr zu, und sie nahm eine Hälfte.

»Er ist nicht so nahrhaft wie dein Geschenk. Dafür aber von Dauer.« Der Franke schloss die Hand fest um das verbliebene Stück.

Imma löste das Lederband, das ihr Haar in Zaum gehalten hatte, und wollte es um den Schmuck wickeln. Aber Isaak gebot ihr Einhalt.

»Dieser Schmuck ist sehr alt. Die Merowinger haben ihn getragen. Jemand deines Stammes könnte erkennen, dass du ein Zeichen des Feindes trägst. Halte ihn verborgen. Fürs Erste.«

»Für wie lange, Isaak?«

Er küsste sie.

Imma steckte das Amulett in eine Tasche ihres Gewandes. »Ich werde dich befreien. Noch heute Nacht. Ich führe dich aus dem Labyrinth, es gibt einen geheimen Weg fort von der Burg. Niemand kennt ihn, nur die Priester und die Sängerinnen.«

»Nein, Imma. Ich bin aus einem gewichtigen Grund hier. Nur gegen mein Leben als Pfand hat sich euer Unterhändler in das Lager meines Königs begeben. Die Verhandlungen dort könnten diesen Krieg friedlich enden lassen. Dann könntest du gehen, wohin du willst.«

»Ich bin bereits dort, wo ich sein will.« Sie löste die Fibeln, die ihr Kleid an den Schultern gehalten hatten. »Und wenn du nicht fliehen willst, so weiß ich einen anderen Weg. Du sollst für immer in diesem Abgrund schmoren, denn dann musst du bei mir bleiben. Solange ich es will.«

»In einem klammen Erdloch in ewiger Finsternis mit toten Krähen zum Mahl?« Er lachte. »Fürwahr, auch ich bin dort, wo ich sein will.«

Dann löschte er das Licht.

Der Unterhändler der Sachsen kehrte zwei Tage später von den Verhandlungen mit den Franken zurück. Sein Kopf steckte auf einer Lanze, die des Nachts vor dem Osttor der Aeresburg aufgestellt worden war. Auf Wangen und Stirn des Sachsen hatten seine Henker das Zeichen der Christen gemalt.

Osnag tobte. In der großen Halle schwang der Sachsenfürst weitere Reden, denen die Ältesten Beifall zollten, indem sie mit den Schwertern gegen ihre Schilde schlugen. Warum die

Verhandlungen mit dem Frankenkönig gescheitert waren, wusste niemand. Gewiss hingegen war, dass von nun an nur noch die Waffen sprechen würden.

Imma trat bei Sonnenuntergang auf Osnag zu, als der Fürst sein Streitross inspizierte. Die Belagerten rechneten damit, dass die Franken beim nächsten Angriff alle Kräfte mobilisieren und die Palisaden stürmen würden.

»Osnag«, sagte Imma. Der Sachsenfürst beachtete sie nicht.

»Widukind«, versuchte sie es erneut. Kurz schaute der so Angesprochene in ihre Richtung.

»Was willst du? Mich erneut zurechtweisen? Dieses Mal hört dir kein Publikum zu. Spare dir deinen Atem.«

Imma knetete das Zaumzeug des Rappen. Trense und Zügelringe waren aus Eisen und trugen feine Ziselierungen. »Was geschieht nun mit den Geiseln?«

»Sie sterben heute Nacht. Die Franken werden erst bei Sonnenaufgang angreifen. Bis dahin haben wir Zeit, die Gefangenen Irmin zu opfern. Dafür wird er uns Glück im Kampf gewähren.«

»Wenn du die Gefangenen am Leben lässt, werden es die Franken vielleicht nicht wagen, uns anzugreifen.«

»Sie bekommen ihre Männer so lebendig zurück wie wir den unseren. Drogo wird dafür sorgen, dass ihre Schreie noch im Lager des Feindes zu hören sein werden.« Er runzelte die Stirn. »Was kümmert dich das Schicksal der Gefangenen?«

Imma nestelte an dem Amulett, das sie unter ihrem Gewand verborgen hielt. Als sie Osnag antwortete, zitterte ihre Stimme. »Ihr Schicksal ist mir einerlei. Wenn aber heute Nacht Irmin angerufen werden soll, muss ich mich rechtzeitig vorbereiten. Ich bin die erste Sängerin, und es ist meine Stimme, die den Gott aus dem Schlaf erwecken soll. Das weißt du doch, oder nicht?«

Osnag nickte. »Natürlich weiß ich es. So geh und bereite dich vor, auch ich muss mich rüsten.«

Imma entfernte sich. Als sie sicher war, dass der Fürst sie nicht länger sehen konnte, lief sie so schnell, wie ihr die Tränen die Wange hinabrannen, zum Grubenhaus hinüber.

Die Gefangenen waren fort. Nicht einmal mehr Radbert stand vor dem Grubenhaus Wache. Es war nicht notwendig, noch einmal in die Tiefe hinabzusteigen. Drogo hatte die Geiseln holen lassen und bereitete sie auf die Zeremonie vor.

Imma rang verzweifelt die Hände. Wie sollte sie vor die Irminsul treten, im Kreise aller Stammesmitglieder, und singen, während Isaak vor ihren Augen an den Baum geschlagen wurde? Wie sollte sie überhaupt jemals wieder dem Gott der Sachsen Ehrfurcht zollen? Wenn er Isaak tötete, hatte sie dann nicht das Recht, sich von Irmin abzuwenden und sich einem neuen Gott zu öffnen?

Ein Gedanke blühte in ihr auf. Im Schutz der Bäume huschte sie durch den heiligen Hain bis zum Ende der Festung. Hier waren die Palisaden unbewacht. Aus gutem Grund: Angreifer hätten die steilen Felsen hinaufklettern müssen und wären leichte Beute gewesen für hinabgeworfene Baumstämme und brennendes Birkenpech. Aus den Felsen entsprang im Frühjahr eine Quelle, ein Ereignis, das die Sachsen mit einem Festtag feierten. Auch im Sommer schoss gelegentlich Wasser hervor. Dank dieses Wunders konnte die Aeresburg Belagerungen viele Monde lang standhalten. Das Phänomen musste so alt sein wie die Welt, denn das Wasser hatte Zeit gehabt, einen Tunnel in das Gestein zu waschen. Einen Tunnel, den kaum jemand kannte, schon gar nicht die Franken. Aber das sollte sich ändern.

Imma kniete sich zwischen die Holundersträucher und fand den Stapel Totholz, der über dem Eingang des Tunnels aufgeschichtet war. Dann begann sie, die Äste und Stämme beiseitezuräumen. Drogo, dachte Imma, wird mit seiner Prophezeiung recht behalten: Kein Sachse würde die Belagerung unbeschadet überstehen.

I.

802 n. Chr.

In der Nacht spuckte die Alte wieder Blut. Er konnte es im Mondlicht sehen, das durch die Ritzen des Verschlags fiel. Dazu ihr Keuchen, ihr Geifern. Manchmal, wenn die Krämpfe sie weckten, verfluchte sie sogar den Tod.

Thankmar hielt es nicht länger neben Rosvith aus. Er löste sich aus ihrer ledrigen Umarmung und schob sich fort von ihr, leise, damit sie es nicht bemerkte. Aber das Zedernholz der Barackenwand hielt ihn auf. Er presste eine Wange an die Wand und lauschte dem Schnarchen der anderen Sklaven, dem Rascheln ihrer Lumpen und Klirren ihrer Ketten. Manch einer stöhnte, wenn ihn ein Alb drückte. Ein Greis sprach im Schlaf.

Sie waren um die fünfzig. Seit drei Wochen lagerten sie im Hafenviertel Genuas, dem berüchtigtsten Sklavenmarkt im Fränkischen Reich. An Orten wie diesem kaufte man keine Seide aus Byzanz oder Baumwolle aus Syrien. Niemand pries Glaswaren aus Tyrus, Sandelholz aus Ägypten oder Zuckerhüte aus Tripolis an. Hier roch es nach Schweiß und Schmutz, nach Fäkalien und Verzweiflung. Vor den Verschlägen harrten die Gefangenen zu Dutzenden einem Schicksal, das sie in den Glutofen Arabiens führen sollte. Dort lechzten die Abbasiden nach den hellhäutigen Sklaven aus dem Norden und wogen sie mit klingenden Dirhams auf.

In einem fernen Leben mochten die Sklaven furchtbare Schwertschwinger oder gutmütige Priester, Handwerker oder Kaufleute, Schweinehirten oder die Herren fruchtbarer Ländereien gewesen sein. In den Halseisen der Sklaverei waren sie nur noch Heiden, Ungetaufte, die den Glauben an den Gekreuzigten ablehnten. Zwar hatte das neue fränkische Volksrecht die Leibeigenschaft verboten, doch galt das nur für Christen. Wer den alten Göttern anhing, landete im Kerker, auf dem Richtplatz oder auf einem Menschenmarkt wie dem in Genua.

Rosviths Hand legte sich von hinten auf Thankmars Schulter und zog ihn zurück an ihren heißen Leib. Noch immer quoll rötlicher Schaum zwischen ihren Lippen hervor, während sie seinen Körper mit fordernden Händen betastete. Thankmar schloss die Augen und rief Saxnoth an, er möge der Greisin endlich den Tod schenken. Ihr Keuchen und ihr stockender Atem waren ein grässliches Liebeslied, das erst von den Geräuschen des nahenden Tages übertönt wurde.

Beim ersten Sonnenstrahl flog die Tür der Baracke auf. In der Öffnung erschien die bullige Silhouette des Sklavenhändlers Grifo. Wie immer trug er seine lederne Börse am Gürtel, die ebenso prall gefüllt war wie sein Wanst. Mürrisch trieb er die Gefangenen aus der Unterkunft, während er ihnen Folter und Tod prophezeite, wenn sich nicht bald Käufer für sie finden ließen. Dass er seine Morddrohungen ernst meinte, hatte er auf dem Weg in den Süden mehrfach bewiesen. Konnte er unterwegs nicht alle Sklaven durchfüttern, stellte er die Gefangenen der Reihe nach an ein Wagenrad. Die ersten drei, die größer als das Rad waren, verbrauchten zu viel Nahrung und wurden geköpft. Thankmar hasste den kahlköpfigen Sklavenhändler, und doch wartete er jeden Morgen sehnsüchtig auf Grifos Weckruf, der ihn aus der Umarmung der alten Hexe befreite.

Seit Tagen lähmte die Hitze das Geschäft. Selbst die Araber, in Sonnenglut geborene Wüstensöhne, schoben sich nur bedächtig durch den sonst so geschäftigen Genueser Hafen.

Ohne den leisesten Windhauch schmorte die Stadt in Agonie, und über der Ligurischen See flirrte die Luft wie über einer Schüssel Fischsuppe. Die Flaute nagelte die Schiffe an die Molen. Die unglücklichen Kapitäne, die verderbliche Waren geladen hatten, mussten mit ansehen, wie ihre Fracht verfaulte. Ladeluken und Fässer gebaren Verwesungsgestank, der wabernd über dem Hafenviertel hing, und keine Windbö erbarmte sich, ihn fortzutragen.

Grifos Sklaven verbrachten den Tag im Schmutz vor der Baracke, wo sie sich den arabischen Kunden präsentieren mussten. Eine Staubschicht färbte ihre Körper grau, und Krankheit und Hunger hatten selbst die Kräftigsten unter ihnen ausgezehrt. Kaum ein Käufer schenkte Grifos Angeboten einen zweiten Blick. Trotzdem wurde der Sklavenhändler nicht müde, die Vorzüge seiner Sklaven mit voller Stimme und leeren Worten anzupreisen.

Er hatte nur derbes Volk zu bieten: Den stämmigen Odo, einst Fischer an den Stränden Aremoricas. Den weinerlichen Grimold, einen Geldverleiher aus Soissons, der sich damit brüstete, dem Kaiser einmal persönlich ausgeholfen zu haben. Werinbert, einen aquitanischen Seifenmacher mit verätzten Händen. Die kleine Bertrada, die dem Bischof von Salzburg gehört hatte, aber geflohen, eingefangen, geblendet und weiterverkauft worden war. Rosvith, die thüringische Hexe, die jedem im Lager Angst einflößte. Unter Grifos Sklaven fanden sich keine kräftigen Kerle für die Leibwache eines arabischen Fürsten und keine drallen Weiber für einen Harem.

Thankmar stach aus der Gruppe kaum heraus. Er war ein dunkelhaariger Bursche mit schmalem, aber kräftigem Körper. Seine Gliedmaßen waren lang. Nur der missgebildete Fuß störte das Bild eines schön gewachsenen jungen Mannes. In einem unnatürlichen Winkel war der Fuß nach innen verdreht, sodass statt der Sohle die Kante das Gehen verrichten musste. War die Muskulatur des übrigen Körpers ausgebildet, als hätte ein antiker Meister den Meißel an ihm geführt, so war das Fleisch des entstellten Beins bis zum Schenkel hinauf weich und weiß, weil keine Kraft in ihm wohnte.

Stundenlang saß Thankmar in der Sonne und formte aus einem Klumpen Lehm wundersame Dinge: Pferde mit Menschenköpfen, Schwerter, die aus Bäumen wuchsen, wilde Gesichter mit windzerzausten Bärten.

Zuhause in Haduloa an der Elbmündung hatten ihm seine geschickten Finger stets Ärger eingebracht. Durch den kranken Fuß war er für die Feldarbeit nicht geeignet. Stets hatten ihn seine Eltern und seine Brüder durch die langen Winter füttern müssen. Doch was seinem Fuß an Geschicklichkeit fehlte, machten die Hände wieder wett. Thankmar erhielt die Aufgabe, Ton zu brennen und die Familie mit Gefäßen zu versorgen – eine Arbeit, die in der Regel Frauen verrichteten. Doch er war geschickter als sie alle, und seine Hände vermochten noch mehr. Sie verwandelten den hinkenden Jungen in einen erfolgreichen Dieb. Wie oft hatte er sich nachts vom Hof geschlichen und das Dorf verlassen, um durch die Wälder in den Nachbarort zu humpeln. Dank seines außerordentlichen Talents gelang es ihm, in die Hühnerställe und Scheunen einzudringen und Eier und Milch zu stehlen, ohne dass jemand etwas davon bemerkte – nicht einmal Rinder und Federvieh schienen ihn wahrzunehmen. Der Fuchs, so hatte er es sich oft vorgestellt, musste ihn krank vor Neid aus dem Unterholz heraus beobachten. Keine Tür war vor ihm sicher, und wenn er am nächsten Morgen einige Eier unter die Hennen des elterlichen Hofes legte, fühlte er sich erleichtert, etwas zur Ernährung der Familie beitragen zu können. Weder sein Vater noch seine Mutter oder seine Brüder erfuhren je davon, dass ein Dieb unter ihnen lebte. Vielleicht hätten sie ihn sonst davongejagt. Der junge Sachse zweifelte selbst häufig an seinen nächtlichen Streifzügen, aber die Zufriedenheit auf dem Gesicht des Vaters, der morgens mit zwei Dutzend Eiern im Arm aus dem Hühnerstall kam, machte alle Gewissensbisse wett.

Doch diese Tage waren lange vorüber. Jetzt waren seine Hände die eines Sklaven, und das Einzige, wozu sie zu gebrauchen waren, war das sinnlose Kneten von Lehm. Am Abend quetschte Thankmar seine Werke wieder zu Klumpen zusammen, denn er wusste nicht, wen er jemals damit beschenken sollte.

Wenn die Sonne am Horizont verschwand, zogen die Sklaven zurück in die Baracke. Schlafplätze waren rar. Wer den Verschlag zu spät erreichte, musste im Stehen schlafen, was die Nacht unerträglich machte, selbst wenn man sich an einen Pfosten oder die Bretterwand stützte.

Thankmar verlor den Wettlauf um einen Ruheplatz jeden Abend. Zunächst zerrte er den verkrüppelten Fuß hinter sich her. Dann versuchte er, an Geschwindigkeit zu gewinnen, indem er mit der Fußkante auftrat. Dabei schrie er vor Wut, doch auch das half nichts. Sein Zorn galt nicht seiner Unzulänglichkeit, es war die Teilnahmslosigkeit der anderen Gefangenen, die ihn aufbrachte.

Rosvith war anders. Wie eine Freundin war sie ihm erschienen, als er zum ersten Mal hilflos inmitten der überfüllten Baracke gestanden hatte. Verzweifelt hatte er versucht, es sich im Stehen so bequem wie möglich zu machen, und das Gewicht auf das gesunde Bein verlagert. Aber alle Mühe war vergebens. Immer wieder strauchelte er, fiel auf einen der Schlafenden und erntete Schläge und Flüche. Da hatte er die Greisin vom anderen Ende des Raumes winken sehen. »Hierher, Söhnchen«, hatte sie gekräht, und an ihren fuchtelnden Armen schwang die Haut hin und her wie eine Fahne im Sturm. Dass die Schlafstelle neben ihr noch unbesetzt war, hatte Thankmar zwar verwundert. Doch er hatte sich dankbar auf das Stroh fallen lassen, ohne Fragen zu stellen.

Jetzt schlief er bereits seit vier Wochen an Rosviths Seite. Jede Nacht schüttelten Krämpfe ihren klapprigen Körper, und die Abstände zwischen den Hustenattacken wurden immer kürzer. Thankmar war die Natur ihrer Krankheit wohl bekannt: Der Fenriswolf, der Bruder der Midgardschlange und größte Feind der Götter, hielt die Alte im Würgegriff. Die Symptome waren eindeutig. Die Bestie hockte tief in ihrem Körper und zerfraß sie unter Bellen und Heulen von innen heraus. Man konnte ihr Wirken in der Nacht beobachten, wenn Rosviths Husten und der blutige Auswurf Zeugnis von dem Kampf in ihren Eingeweiden ablegten. Thankmar war niemals zuvor einem besessenen Menschen begegnet, doch er erinnerte sich an die Geschichtenerzähler seiner Heimat, die von schrecklichen Veränderungen zu berichten wussten, von Männern und Frauen, denen Wolfsköpfe wuchsen und die keine menschliche Regung mehr kannten, nur noch Blutdurst und Mordlust.

Noch hatte sich Rosvith nicht verwandelt. Aber ihr fieberhaftes Verlangen nach Thankmar war so ungewöhnlich für eine Greisin, dass es nur ein Zeichen ihrer Besessenheit sein konnte. Schon in der ersten Nacht hatte er plötzlich ihre Hand an seinen Lenden gespürt. Dann war die Alte unvermittelt über ihn gekommen. Ihre Augen hatten vor Gier geglüht, und ihre zitternde Hand hatte einen Dolch an sein Ohr gepresst. Widerstand zu leisten wäre eine tödliche Dummheit gewesen.

Sie quälte ihn fast jede Nacht. Sein verkrüppelter Fuß zwang ihn allabendlich auf Rosviths Lager, und von den Mitgefangenen war keine Hilfe zu erwarten. Sie sahen entweder grinsend zu oder wandten sich verschämt ab. Er war der Sklave einer Sklavin.

Die Klinge verlieh ihr Macht. Wenn er sie an sich bringen könnte, würde sie von ihm ablassen müssen. Wie hatte Rosvith den Dolch nur ins Lager geschmuggelt? Wo hielt sie die Waffe versteckt?

In unbeobachteten Momenten durchwühlte Thankmar das Stroh, immer mit demselben niederschmetternden Ergebnis. Nur eine Möglichkeit blieb: Der Dolch musste in ihren Lumpen verborgen sein, sodass sie ihn tagsüber bei sich tragen konnte. Thankmar wartete auf eine passende Gelegenheit, die Alte zu entwaffnen. Geduldig ließ er die Tage verstreichen, hockte auf dem kleinen Platz vor der Baracke, bearbeitete den Lehm und beobachtete jede Bewegung seiner Peinigerin.

An jenem Morgen saß Rosvith gegen einen mannshohen Tonkrug gelehnt und schien zu schlafen. Deutlich drang das wohlbekannte Röcheln zu ihm herüber. Wenn er jetzt zu ihr hinüberschlich, könnte er die Waffe vielleicht unbemerkt in seinen Besitz bringen. Wo sollte er danach suchen? Was würde passieren, wenn sie ihn bemerkte?

Während er nachdachte, entstand unter seinen Händen eine menschliche Figur aus feuchter Erde. Er betrachtete sein Werk mit gerunzelter Stirn, strich sanft an den Konturen entlang, über den kleinen Kopf, die weiblichen Formen des Rumpfes hinab. Eine Frau. Sein Finger verharrte. Er warf einen Blick zu Rosvith hinüber. Eine Kette aus blauen Tonperlen schlängelte sich von ihrem Hals in ihr Gewand hinab und verschwand zwischen ihren Brüsten. Natürlich. Ein besseres Versteck für die Klinge hätte sie nicht finden können.

Als er die Figur beiseitelegte, zerfiel sie, aber er achtete nicht darauf. Seine Aufmerksamkeit galt der Kette um Rosviths

Hals. Die anderen Sklaven dösten oder arbeiteten im Schatten. Niemand beachtete ihn, als er sich erhob. Auch Grifo war nirgends zu sehen. Hätte er den dicken Sklavenhändler beschäftigt gewusst, es wäre ihm wohler gewesen. Unsinn! Er wischte die Besorgnis beiseite und humpelte durch den heißen Sand auf Rosvith zu.

Unbemerkt erreichte er den Haufen aus Töpfen, Kannen und Krügen, neben dem die schlafende Rosvith saß. Auf allen vieren schob er sich um die Gefäße herum. Im Stillen verfluchte Thankmar seinen kranken Fuß, der hörbar im Sand scharrte. Er kauerte sich hinter ein hohes Vorratsgefäß und lauschte. Auf der anderen Seite seines Verstecks tat Rosvith ihren Schlaf mit unverminderter Lautstärke kund. Vorsichtig kroch er um den Krug herum.

Ihre Augen waren geschlossen, der Unterkiefer heruntergeklappt – sie schlief tatsächlich. Bei jedem Atemzug hoben sich ihm die Tonperlen um ihren Hals einen Fingerbreit entgegen. Er brauchte nur danach zu greifen. Um das Fieber seiner Nerven zu kühlen, zwang er sich, nicht daran zu denken, was Rosvith mit ihm anstellen würde, wenn sie erwachte und ihn mit der Hand zwischen ihren Brüsten erwischte. Sein Blick heftete sich auf die flatternden Lider der Schlafenden. Dann langte er vorsichtig nach der Beute.

Wie ein Windhauch strichen seine Finger über den Körper der Alten. Er berührte die Tonkugeln und hob den Schmuck behutsam von ihrer Haut. Selbst als er den Flachsfaden zwischen den Perlen entzweiriss, die Kette von ihrem Hals löste und aus den Lumpen hervorangelte, rührte sich Rosvith nicht.

Die Klinge hing nicht an der Perlenschnur. Versteinert stierte Thankmar die wertlose Beute an, die an seiner Hand baumelte. Ungeachtet der Gefahr, entdeckt zu werden, stöhnte er vor Enttäuschung.

»Sehr geschickt, mein Junge«, sagte jemand hinter ihm, begleitet vom langsamen Applaus zweier Hände.

Thankmar wirbelte herum und stolperte in den Staub. Nur wenige Fuß entfernt von ihm standen zwei Männer. Grifos fetter Schädel glänzte im Sonnenlicht. Neben ihm wuchs die schlanke Gestalt eines Unbekannten empor, der seine besten Jahre bereits hinter sich hatte. Seinen ansonsten kahlen Kopf zierte ein weißer Haarkranz wie eine lange nicht mehr gestutzte Tonsur. Aus einem scharf geschnittenen Gesicht funkelten helle Augen zu Thankmar herab.

»Ein Meisterdieb«, sagte der Fremde zu Grifo, ohne den Blick von Thankmar zu nehmen.

»Wie recht Ihr habt«, beeilte sich der Sklavenhändler ihm beizupflichten. Speichel sprühte von seinen Lippen auf die Wange des Weißhaarigen, aber der zeigte keine Regung. »Überhaupt ist dieser Sklave äußerst geschickt mit den Händen. Er ist ein Meister der Töpferkunst und noch dazu ein talentierter Musikus auf dem Hifthorn, kann weben und böttchern, stellt feinste Goldschmiedearbeiten her, und ich persönlich habe ihn schon einen ganzen Tag lang auf den Händen gehen sehen. Das macht den schlechten Fuß allemal wieder wett. Lasst Euch sagen: Hätte der große Alexander einen Sklaven mit so geschickten Händen an seiner Seite gehabt, der Phrygische Knoten hätte ihn nicht in Fesseln halten können.«

Thankmar wunderte sich über seine neuen Talente, hütete sich aber, dem Sklavenhändler ins Wort zu fallen. Aus den Augenwinkeln sah er, wie Rosvith sich regte.

»Ihr scheint mit Euren Sklaven vertraut, als wären sie Eure Familie, und neben Eurem Wissen um die Legenden der Vergangenheit können nur wenige bestehen. Jedenfalls was die Präzision angeht.« Der Hauch einer Verbeugung des Fremden genügte, und Grifo blähte seinen fetten Leib stolz auf, sodass er einen gefährlichen Umfang erreichte. »Ihr bekommt zwölf Schillinge«, setzte der Hagere hinzu.

Grifo sackte wieder in sich zusammen und ruderte mit den Armen durch die Luft. »Zwölf! Schaut auf die prächtigen Kümpfe, Schalen und Töpfe, die unter seinen Fingern entstehen. Seht seinen schönen Körper an! Als Lustknabe wäre er eines Fürsten würdig. Ein halbes Pfund lötigen Silbers wird er Euch kosten. Nicht weniger.«

»Einen Fürsten scheint Ihr nicht in mir erkennen zu können. Einen fürstlichen Preis soll ich dennoch zahlen. Wie geht das an?«

Für einen Moment schien der Sklavenhändler irritiert. »Ich habe diesen Burschen von Haduloa bis hierher geschleppt. Niemand hat ihn mir abkaufen wollen. Durchfüttern musste ich ihn. Wochenlang. Ein Vermögen hat das gekostet. Ein Pferd ist genügsamer als dieser da.« Diesmal spuckte Grifo absichtlich aus. Laichgrün klatschte seine Verachtung in den Sand vor Thankmars Füßen.

»Haduloa? So ist er ein Sachse.« Der Fremde verschränkte die Arme vor seinem Gewand aus karmesinrotem Brokat. Thankmar fiel auf, dass die Hände des Alten zitterten. »Wenn ihn niemand zum Sklaven will, muss Euch doch jeder Preis recht sein. Warum wollt Ihr das Geschäft durch Wucher verderben? Fünfzehn Schillinge sind mein letztes Gebot. Schlagt ein!«

Grifo knetete den Geldbeutel an seinem Gürtel. Seine Blicke huschten zwischen Thankmar und der ausgestreckten Hand des Fremden hin und her.

Rosviths Stimme unterbrach kreischend das Geschäft. »Der Pestkrüppel ist mein. Ich schenkte ihm Liebe, und er hat mich bestohlen. Für einen feinen Herrn wie Euch ist seine Nähe viel zu gefährlich. Lasst ihn bei mir, den verlausten Schnapphahn, ich will ihm zur Strafe für seine Undankbarkeit meinen Namen in den Bauch schnitzen.« Sie hatte sich erhoben. Tränen rannen über ihr zerfurchtes Gesicht.

Der Irrsinn schien sie endgültig in Klauen zu halten. Nichts wünschte sich Thankmar sehnlicher, als diesen Ort für immer hinter sich zu lassen. Schloss Grifo das Geschäft nicht ab, würde er ihn, Thankmar, dafür zur Rechenschaft ziehen – falls die verrückte Hexe ihn nicht zuvor erstochen hatte. Jetzt lag es an ihm. Er musste sein Schicksal selbst in die Hand nehmen.

Die Glieder wurden ihm schwer, als er sich auf die Beine zwang. Sein Blut war Blei. Grifos scharfen Befehl zurückzubleiben hörte er nicht. Wankend stellte er sich vor den Rotgewandeten und hielt sich mit den Augen an dessen gezwirbelten Stiefelspitzen fest. Grifo bellte noch einmal, aber der Fremde gebot ihm mit einem Wink zu schweigen.

»Herr«, krächzte Thankmar. Verzweiflung schnürte ihm die Kehle zu. Er schluckte sie hinunter. »Herr, ich bin Thankmar der Euler. Ja, ich bin ein Sachse. Meine Heimat liegt am großen Fluss Albia, dort, wo das Marschland beginnt. Durch den Krieg bin ich zum Sklaven geworden. Aber ich selbst habe niemals gegen einen Franken gekämpft. Der Fuß, wisst Ihr? Es ist wahr, ich kann kaum gehen. Schon das Stehen bereitet mir Schmerzen. Aber arbeiten kann ich. Und ich will Euch treu dienen, wenn Ihr mir nur die Gelegenheit dazu gebt. Führt mich fort von hier, Herr! An diesem Ort wartet der Tod auf mich.«

»Was gehen mich deine Wünsche an, Unfreier? Dein Blut könnte das Meer rot färben, und ich würde starren Blicks darüber hinwegsegeln. Der Galgen, an dem du hängst, ist mir Belustigung am Wegesrand. Ein Sklave, der Forderungen stellt! In diesem Lager wohnt der Wahnsinn. Und ein Dieb bist du obendrein?«

»Noch nie habe ich genommen, was anderen gehört«, beteuerte Thankmar. Ihm fiel die Beute ein, die er noch immer in Händen hielt. »Die Kette der Alten, Herr, war nur ein Versehen.« Unter beschwörenden Gesten humpelte er auf den Fremden zu. »Sie hat einen Dolch, wisst Ihr, und …«

Grifos Faust explodierte auf seinem linken Auge und fällte ihn wie der Sturm einen morschen Baum. Mühevoll unterdrückte der Händler seinen Groll. »Verzeiht! Er ist noch jung und das Leben in Gefangenschaft nicht gewohnt. Fünfzehn Schillinge bietet Ihr? Ja, fünfzehn Schillinge«, presste er hervor.

Der Fremde holte tief Luft. Sein Blick ruhte lange auf Grifo. Dann sagte er: »Ihr solltet die Missgeburt töten. Erlöst Euch von dieser Plage. Sächsisches Ungeziefer ist selbst für die Sklaverei ohne Wert.« Damit wandte er sich zum Gehen, verharrte aber noch einmal und sagte zu Grifo: »Es war der Gordische Knoten, den Alexander mit dem Schwert zerschlug. Nicht der phrygische. Und gefesselt hatte man ihn auch nicht.« Hoheitlichen Schrittes verschwand der Fremde zwischen den Streunern des Hafens.

Eine Glocke des Schweigens senkte sich über das Lager. Grifo ruderte haltsuchend mit den Armen und sprach unhörbare Worte. Er atmete schwer, und sein Kopf verfärbte sich purpurrot.

Keinem der Sklaven war Grifos peinliche Abfuhr verborgen geblieben. Die fünfzig Männer und Frauen saßen starr und warteten, dass die Wut ihres Besitzers auf sie herabregnen würde – ein versteinertes Heer vor der Schlacht gegen einen übermächtigen Feind.

Es war Rosvith, die das Signal zum Angriff gab. Lachen brach sich Bahn aus ihrem zahnlosen Mund und ließ die aufgeblähte Stille zerplatzen. Es war ein freudloses Lachen, ein Kreischen der Häme. Der Laut fand ein Echo in den anderen

Gefangenen. Plötzlich sprudelte aus allen Kehlen der kakophone Kanon des Spotts.

»Aufhören!« Grifos Stimme klang schrill. »Sofort aufhören! Ihr seid nur Unfreie. Euer Leben ist ohne Wert. Ich werde euch alle ersäufen.« Seine Stimme wurde noch schriller. Das Gelächter schwoll zu einem Tosen an.

Da trat Rosvith an Grifo heran. Ungelenk begann sie, um ihn herumzustaken. Der fette Sklavenhändler stand wie versteinert da, und seine Starre schien den Irrsinn der thüringischen Hexe erst recht zu entfachen. Immer schneller sprang sie um Grifo herum, hob ihre Lumpen vulgär in die Höhe, stampfte mit den dürren Beinen zum Gelächter der Sklaven. Als sie begann, mit den Händen unsichtbare Fäden in die Luft zu weben, Fratzen zu ziehen, zu speien und Grifo zu verfluchen, zitterte der Sklavenhändler und duckte sich.

»Einen Kopf, ein Auge, ein Bein. So viel kostet das Leben.« Rosvith wiederholte die Worte wie eine Beschwörung, während sie Grifo umkreiste. War das Zauberei oder bloß das Gestammel einer Wahnsinnigen? Eine Wirkung sollte sich niemals zeigen.

Rosviths Tanz endete so abrupt wie ihr Leben. Zweimal stießen Grifos Pranken ins Leere, dann bekamen sie den Kopf der Alten zu packen. Als er ihre Halswirbel brach, übertönte das leise Knacken den Lärm der Sklaven. Schweigen legte sich wieder über das Lager.

Rosviths Körper fiel in den Staub.

2.

Ein Windhauch schlich sich in die mörderische Hitze, griff in den Staub und wirbelte ihn auf. Sand flog Isaak in die Augen und zwang ihn innezuhalten. Der tiefrote Brokatmantel bauschte sich im Wind. Isaak spürte tausend Körnchen unter seinen Kaftan fahren und sich auf der schweißnassen Haut niederlassen. Es ist nichts, bloß ein Luftzug, dachte er. Aber trotz der Hitze schauderte es ihn, und seine Hände zitterten. Seufzend ließ er sich am Rand der Anlegestelle nieder. Nur einen Moment, ermahnte er sich. Dann brach, wie so oft, die Erinnerung über ihn herein.

Seit mehr als einem halben Jahrhundert tobte der Krieg zwischen Franken und Sarazenen. Orient und Okzident stritten gleichermaßen um die religiöse Vormachtstellung und um die Weltherrschaft. Byzanz, bislang dritte große Macht, war durch eine Reihe schwacher Kaiser zu einer politischen Hure verkommen, die sich an den Meistbietenden verkaufte. Kaiser oder Kalif, Carolus Magnus oder Harun ar-Raschid, einer musste das Ringen um Glauben und Grenzen für sich entscheiden. Beiderseits der Pyrenäen standen sich johlend die feindlichen Heere gegenüber. Aber während die Krieger darauf brannten, ihre Schwerter im Blut der Ungläubigen zu baden, waren ihre Herrscher des Kriegführens müde. Sie waren alt geworden und der Schlachten überdrüssig. Es war genug der Felder voller Leichen, genug der niedergebrannten Dörfer, genug der leeren Schatzkammern. Ihre gigantischen Reiche zu verwalten erforderte ihre ungeteilte Aufmerksamkeit und vielfach gepriesene Weisheit. Der Krieg selbst war ihr größter Feind, und er schwang sein Banner mit ungebrochener Kraft. Vor diesem Meister beugten selbst die beiden mächtigsten Männer der Welt ihre Häupter. Hätten sie ihren Friedenswunsch offen bekundet – ihre Widersacher am eigenen Hofe wären über sie hergefallen wie ein Rudel Löwen über zwei verirrte Lämmer. Eine Waffenruhe war unmöglich.

Carolus Magnus hatte den ersten Schritt gewagt und Isaak, seinen jüdischen Berater, in diplomatischer Mission nach Bagdad gesandt. Der Auftrag war delikat und drohte das Frankenreich in seinen Grundfesten zu erschüttern: Der Kaiser schickte dem Kalifen Geschenke. Geschenke für den Feind. Für den Mann, den die gesamte Christenheit für den Teufel in Person hielt. Zehn hispanische Rosse, ein Wagen gefüllt mit friesischem Tuch und zwanzig austrasische Jagdhunde mussten unbemerkt nach Bagdad überführt werden. Würde die Natur der Mission offenbar, ein Fegefeuer würde über das Land rasen und die jüngst erwachte Zivilisation Europas zu einem Klumpen der Barbarei zusammenschmelzen.

Grauen packte Isaak, als er an die Reise zurückdachte. Um möglichst wenig Aufsehen zu erregen, hatten sie eine Route durch menschenleere Ödnis und über die gefährlichen Hochgebirgspässe der Alpen gewählt. Zwanzig Menschen begleiteten die dreißig Tiere für den Kalifen. Seit den Zeiten Theoderichs, des mächtigen Ostgoten, hatte sich kein so seltsamer Tross die alten Pfade entlanggewunden. Staunende Bauern und neugierige Händler begegneten ihnen nur selten. Die wenigen, die ihren Weg kreuzten, bezahlten den Blick auf die geheime Fracht mit dem Leben. Sie fanden ihr Ende auf dem Grund einer Schlucht oder der Spitze einer Lanze.

In der unwirtlichen Bergwelt des Gelben Belchen überraschte sie der Winter. Der Frost traf sie zwei Wochen früher als erwartet und brachte die Mission an den Rand des Scheiterns. Zehn qualvolle Tage lang stemmten sich Mensch und Tier gegen den beißenden Wind, der ihnen die Haut von den Wangen riss und sie beim Atmen mit Eisnadeln geißelte.

Mit der Lawine brach die Katastrophe endgültig über sie herein. Die herabdonnernden Schneemassen erwischten die Nachhut und fegten fünf Maultiere in eine Klamm – und mit ihnen allen Proviant. Fortan wich der Hunger nicht mehr von ihrer Seite. Jagd, Fischfang, Beerensammeln – jeder Versuch, Nahrung zu beschaffen, war inmitten der vereisten Berge so aussichtslos wie die Hoffnung auf ein Bad in der Sahara.

Am dritten Tag ohne Futter wurden die Hunde toll. In einem unbeobachteten Moment fiel die Meute über eines der Prachtpferde her. Hätte sich Radulf nicht tapfer dazwischengeworfen, es wäre aus gewesen mit der Friedensbotschaft für Bagdad. Radulf, der sich stets durch Zurückhaltung und Besonnenheit ausgezeichnet hatte, sprang ohne Zögern zwischen die scharfen Fänge, um die vor Hunger wahnsinnigen Hunde von den Pferden fernzuhalten. Sie zerrissen ihn, bevor ihm einer der Gefährten beispringen konnte. Zwar fand Radulf einen entsetzlichen Tod, doch gleichsam bedeutete sein Ende die Rettung der anderen, denn die Hunde sättigten sich an ihrem Opfer. Sie ließen von den wertvollen Hengsten ab und liefen auch nicht länger Gefahr, sich gegenseitig anzufallen.

Entlang eisiger Kluften, über tückische Schneefelder und durch dichte Wälder setzte die Gruppe ihren Weg fort. Sie kampierten am Tag und marschierten in den langen Nächten, wenn die Lawinengefahr nicht so groß war. Menschen und Pferde duldeten den Hunger als grausigen Begleiter. Die Hunde hingegen verfielen zwei Tage nach ihrem schrecklichen Mahl erneut in Raserei. Ein vielstimmiges Knurren des Rudels kündigte eine neuerliche Katastrophe an.

Zu viel stand auf dem Spiel. Töteten die Hunde die Pferde, wäre die Mission gescheitert. Töteten die Hunde sich gegenseitig, wäre die Mission ebenfalls gescheitert. Starben hingegen einige der Gesandten und gelang es den Überlebenden, alle Tiere wohlbehalten nach Bagdad zu geleiten, wäre der erste Schritt zur Völkerverständigung zwischen Franken und Sarazenen getan.

Isaak ließ Lose ziehen. Dass es Hatto als Ersten traf, war ein schwerer Schlag für den Juden. Sein Schüler und Freund stand mit dem kurzen Hölzchen in der Hand im knietiefen Schnee und rang um Fassung. Sie verabschiedeten sich mit einer stummen Umarmung. Dann führte Isaak selbst den Schwertstreich aus. Hatto war tot, bevor er zu Boden stürzte. Augenblicklich witterten die Hunde das Blut und fielen über das Opfer her wie Grabräuber über eine königliche Gruft.

Hattos Tod verschaffte ihnen zwei Tage Zeit. Dann zog Gerbert von Friaul den Kürzeren. Der Reihe nach ließen Aregis, Grimwald und Theodo ihr Leben für das der Hunde. Bernhard von Kärnten erfror unter einem Felsüberhang, und Hugo der Schwertmeister kehrte von einem Erkundungsritt nicht zurück. Sie fanden ihn zwei Tage später, erhängt in einem Fichtenforst, ein Fanal ihrer Hoffnungslosigkeit.

Sie zählten weder die Toten noch die Tage. Allein dem Überleben der Tiere galt das Streben der verbliebenen Männer, und der Glaube, dass auf die weiße Wüste der Berninagruppe die grünen Täler der Lombardei folgen mussten, trieb sie voran. Als sie aus dem letzten Bergmassiv hervorkrochen, glitzerte zu ihren Füßen der See von Como im Mondlicht. Der Anblick brachte sie fast um den Verstand. Aus vollem Halse lachend fielen sich Dagobert und Erik in die Arme, während Tränen ihre eingefallenen Wangen hinunterrollten. Isaak gab seinen bebenden Knien nach und sank in den Schnee, der ihm nicht länger wie weißer Morast erschien, sondern unschuldig und federgleich anmutete.

Gott hatte ihn einer Prüfung unterzogen, und er, Isaak von Köln, hatte das Volk aus Ägypten geführt. So wie Mose einst die Fluten des Meeres geteilt hatte, so hatte er den Bergen befohlen, zurückzuweichen. Jetzt lag der Weg ins Gelobte Land vor ihnen. Einem Propheten gleich würde Isaak den Menschen den Frieden diktieren und den sinnlosen Krieg aus der Welt verbannen. Die kostbaren Tiere lebten. Gepriesen sei Jahwe!

Zwanzig Männer hatten die Reise angetreten. Siebzehn Seelen waren in der eisigen Hölle zurückgeblieben, und die drei Überlebenden waren schwer gezeichnet. Erfrierungen hatten Dagobert die Finger der rechten Hand gekostet. Eriks Augen waren mit Schneeblindheit geschlagen, von der sie sich nie wieder erholen würden. Einzig Isaaks Körper war der Kälte unversehrt entronnen. Aber sein geläuterter Geist, der in unauslotbare Abgründe geschaut hatte, ließ seine Knochen beben und seine Muskeln erschauern. Zunächst hielt er das unaufhörliche Zittern für ein Zeichen des Hungers. Dann, nachdem sie in einem Berghof Unterkunft und Nahrung gefunden hatten, glaubte er, an einem Fieber zu leiden.

Zwei Monate später hatte die Mission ihr Ziel erreicht: Bagdad, die runde Stadt, Blume am Tigris. Isaak kniete vor Harun ar-Raschid, dem Herrscher des Orients, nieder. Der Kalif wies den drei Gesandten einen Diwan zu und setzte an, die Gäste zu begrüßen. Doch im Moment des Triumphes schob sich ein Schatten über Isaaks Existenz. Ein Sturm fegte durch ihn hindurch. Er bebte am ganzen Körper, so stark, dass seine neuen arabischen Gewänder raschelten und der Kalif ihn fragend ansah.

Als ar-Raschid sprach, erklang nicht die schnurrende Stimme des arabischen Fürsten. Aus dem Mund des Kalifen vernahm

Isaak das Wort Gottes. Und Gott schrie. Irritiert versuchte Isaak, die Vision zu ignorieren und dem Empfangszeremoniell Harun ar-Raschids gerecht zu werden. Doch die donnernde Stimme betäubte ihn. Keiner der Anwesenden schien etwas zu bemerken.

»Isaak«, rief Gott grollend, »du hast mich gelästert.« Das Gebrüll ließ Isaaks Sinne schwinden.

Der Kalif strich sich über den Bart und faltete die Hände vor dem immensen Bauch. Offensichtlich erwartete er Antwort auf eine Frage, aber Isaak hatte ihn nicht verstanden. Der Großwesir zischte dem Regenten einige arabische Worte zu.

Isaak erhob sich. Ihm war heiß.

Gott gab keine Ruhe. »Mose gleich wolltest du vom Berge Sinai hinabsteigen als Verkünder einer neuen Zeit. Aber deine Hoffart verrät die wahre Natur deines Strebens. Nicht Prophet bist du, sondern Pharao. Nicht das Volk führst du, sondern die Verfolger. Zittere vor dem Zorn deines Herrn, Isaak! Zittere!«

Plötzlich war das Gesicht des Kalifen über ihm. Die dunkel umrandeten Augen blickten sorgenvoll auf ihn herab, und die Haare des mächtigen schwarzen Bartes begannen zu leben. Sie sponnen einen Kokon um Isaak, der immer dichter wurde, immer enger, bis er schließlich vollständig in der Dunkelheit versank.

Er hatte zwei Jahre Zeit, um sich von dem Zusammenbruch zu erholen. Es drängte ihn zurück, aber Harun ar-Raschid legte bei der Wahl eines Gegengeschenkes für Carolus Magnus keine Eile an den Tag. Ein vergoldetes Astrolabium zur Beobachtung des Sternenhimmels? Oder ein leibhaftiges Einhorn? Fünfhundert mit Seide beladene Kamele? Oder gar des Kalifen Lieblingsfrau, die eine brillante Erzählerin abgab? Jeder neue Einfall begeisterte ar-Raschid mehr als der vorangegangene.

Zu einem Entschluss ließ er sich jedoch nicht hinreißen. Erst Isaaks Mahnung, der Frankenherrscher habe zwar ein dickes Fell in diplomatischen Angelegenheiten, aber nicht unbegrenzt Zeit, brachte den Araber auf den Gedanken, nach dem er so lange gesucht hatte.

Aus den Werkstätten seiner persischen Mathematiker und Konstrukteure ließ der Kalif eine Apparatur herbeischaffen, die durch ein wundersames System aus Leitungen und Lagern die Stunden des Tages anzuzeigen vermochte. Eine Uhr, die mithilfe von Wasserkraft in Gang gehalten wurde. Waren zwölf Stunden verstrichen, fielen zwei Kügelchen auf eine Zimbel. Der helle Klang weckte zwölf kleine Bronzereiter, die aus ihren Toren hervorpreschten und dem Betrachter mahnend ihre winzigen Metallschwerter entgegenstreckten. Diese erstaunliche Maschine gab Isaak Rätsel auf. Aber er erkannte die großartige Geste Harun ar-Raschids. Was war eines Kaisers würdiger als die Zeit selbst?

Der Abbasidenherrscher ließ ein Segelschiff takeln, das Isaak den Euphrat hinauf bis nach Aleppo bringen sollte. Von dort sollte die Fahrt quer über das Mittelmeer, die italienische Westküste hinauf, bis nach Genua führen. Dagobert und Erik, die mit Isaak nach Bagdad gekommen waren, blieben als ständige Gesandte des Frankenreiches zurück. Vier arabische Fürstensöhne wurden an ihrer statt mit der Aufgabe betraut, Isaak mitsamt der wertvollen Gabe sicher zu seinem Kaiser zu geleiten.

Zusammen mit der Uhr wurden farbige Teppiche von bestaunenswerter Schönheit auf das Schiff geladen, Seidenstoffe, Räucherwerk und Balsame in messingbeschlagenen Truhen. Und noch etwas schickte Harun ar-Raschid auf das Schiff.

Etwas sehr Großes.

Die Nacht hatte sich auf Genua herabgesenkt. Noch immer wehte ein Wind von See her und schenkte der Stadt die lang ersehnte Abkühlung. Am Rand des Kais, zwischen Land und Meer, saß Isaak. Seine Beine hingen über dem glucksenden Wasser des Hafenbeckens. Gedankenversunken betrachtete er den Horizont. Dann griff er nach dem Amulett, einem halben Raubvogel aus Gold und rotem Almandin, das er um den faltigen Hals trug, und schloss die Augen. Er ließ seine Gedanken über das Meer schweifen, über die Schaumkronen der Wellen reiten und dahinter über die Dünen der Wüste fliegen. Und mit einem Mal war ihm, als grüßten ihn, funkelnd in der Schwärze, die hell erleuchteten Türme Bagdads.

3.

Auf den Hügeln hinter der Stadt lag das Feld der Verstorbenen. Grabsteine aus Basalt, kaum höher als eine Männerwade, spickten das Gelände, als wären sie wie zufällig vom Himmel gefallen. Verdorrter Oleander krallte sich in den sonnenverbrannten Grund. Knorrige Olivenbäume sogen den letzten Saft aus der trockenen Erde. Um ihre Stämme versammelten sich die Ziegen, um ihr Fell am Holz zu schaben, vom Silbergrün der Blätter zu naschen und im lichtdurchsiebten Schatten die Hitze des Tages zu verschlafen. Unter schweren Lidern blickte die Herde zu den beiden Menschen hinüber, die im Morgenlicht vorübertrotteten.

Fluchend zerrte Grifo an dem Strick, dessen Ende um Thankmars Hüften geknotet war. Rosviths Leiche hing über der Schulter des jungen Sachsen. Strauchelte Thankmar, so schaukelte der kalte Kopf vor seinem Bauch hin und her. Noch im Tod war Rosvith furchterregend.

Auch Thankmar selbst ähnelte einem Leichnam. Sein ganzer Körper war wund, die Haut zerschunden und aufgeplatzt. Grifo hatte Rosvith am Abend zuvor den Garaus gemacht und war dann auf ihn losgegangen. Als Thankmar aus der Ohnmacht erwacht war, hatte er in einer Pfütze aus Blut und Urin gelegen.

Doch schlimmer als der Schmerz quälte ihn die Sehnsucht nach der Heimat. Unter dem Gewicht der Toten schwor er sich, alles daranzusetzen, dorthin zurückzukehren, wo das Meer das Land zerbiss und das Marschland das Salz des Ozeans trank. Selbst wenn er der letzte Überlebende seines Stammes sein sollte. Um nichts auf der Welt würde er sein Dasein als Sklave fristen, nicht in diesem heißen Teil des Frankenreichs, nicht im Morgenland und auch nicht andernorts. Er würde in den Norden zurückkehren, selbst wenn es ihn das Leben kosten sollte.

Grifo blieb stehen. Er schlang das Seil um den Stamm eines Olivenbaums, ließ dem Gefangenen zehn Schritt Bewegungsfreiheit und zurrte die Enden zu einem Knoten zusammen. In diesem Bereich der Gräberstatt wurden die Ungetauften verscharrt. Hier sollte auch Rosviths Leichnam verschwinden. Falls der Boden die giftige Gabe nicht wieder ausspie, dachte Thankmar. Angewidert ließ er Rosviths Körper zu Boden gleiten.

Grunzend zog Grifo eine hölzerne Feldflasche aus einem Leinenbeutel, entkorkte sie und nahm zwei tiefe Züge. Der Trank brachte seine Schweinsaugen zum Leuchten. Dann angelte er eine Schüssel aus dem Beutel, die er Thankmar vor die Füße warf.

»Hier vergraben wir die Alte. Kratz das Loch mit ihrem alten Napf aus oder benutz deine Hände, das ist mir gleich. Versuchst du davonzulaufen, kannst du bald wieder an der Seite deines toten Liebchens ruhen. Auf ewig.«

Grifo gluckste vor Vergnügen. Übermütig trat er einer Ziege in die Flanke. Das Tier meckerte empört, sprang außer Reichweite und gab seinen Platz im Schatten eines Laubdachs frei. Der Sklavenhändler ließ sich zu Boden fallen und gab sich dem Inhalt seiner Feldflasche hin.

Durst plagte Thankmar, kaum dass er mit der Arbeit begonnen hatte. Er kniete auf dem steinharten Grund und schälte Staubschicht um Staubschicht von der Scholle, indem er mit der Schüssel darüberkratzte. Bald hüllte ihn eine gelbliche Staubwolke ein, die ihm den Atem raubte. Der Dreck, die brennenden Wunden, die sengende Hitze – Thankmar verlangte es nach der Heimat wie nie zuvor. Er schmachtete nach dem Tosen der eisigen Brandung, nach dem Gesang der Herbststürme und den Wiesen des Marschlandes. Noch ein einziges Mal wollte er dem Wispern der Bachläufe lauschen. Dann wäre er bereit für den Tod. Mit Schwert und Schild in der Hand dem Feind ins Gesicht lachen, dieses Ende würde ihm gefallen. Viele Männer seines Weilers hatte er so dastehen sehen, damals, als die Franken herangestürmt kamen. Er aber hatte zum Kriegsdienst nie getaugt.

»Schlaf nicht ein, Totengräber!« Träge warf Grifo kleine Steine nach ihm. Die Sonne hing über den Hügelkuppen wie eine vollreife Frucht, und Rosviths Grab sah aus wie ein dunkles Maul, das nach Nahrung gierte. Bis zu den Hüften hockte Thankmar schon im Erdreich. Das gedrechselte Holz der Schüssel war an vielen Stellen weggeplatzt. Immer wieder hieb er es in den Grund und zerrte widerspenstige Wurzeln mit bloßen Händen heraus. Seine Muskeln brannten. Nadeln bohrten sich in sein Rückgrat. Durch die Eingeweide fraß sich der Durst.

Die Flasche lag geleert zu den Füßen des Sklavenhändlers. Der Alkohol ließ Schweiß von seiner Stirn perlen. Sein Gesicht färbte sich rot, als er Thankmar zornig anbrüllte: »Verfluchter Judas! Schneller, hab ich gesagt. Streng dich an, sonst schlag ich dich in Stücke! Du denkst, ich wüsste nicht, was du im Schilde führst? Da täuschst du dich! Den ganzen Tag sollen wir hier vertrödeln? Das könnte dir so passen! Währenddessen braten meine Sklaven eingesperrt im Schuppen, und die Käuferschar irrt durch den Hafen und sucht nach ihrem zuverlässigsten Lieferanten. Wegen dir verliere ich meine Kundschaft. Und das weißt du genau.«

Die Worte prasselten auf Thankmar herab. Bei der Vorstellung, er könne noch einmal in die Gewalt von Grifos fetten Fäusten geraten, zapfte er die letzten Kraftreserven an. Er stemmte die Knie in den Boden, schleuderte die Schüssel beiseite und begann, mit bloßen Fingern Brocken aus der Erde zu hacken. Je schneller er vorwärtskam, desto eher würde Grifo sich beruhigen. Wie ein Vulkan spie das Erdloch Dreck über seine Ränder, bis dichter Nebel die Luft trübte. Tiefer, er musste noch tiefer graben. So tief, dass Grifo ihn in dem Loch nicht mehr finden konnte. Gehetzt warf Thankmar einen Blick zu dem Sklavenhändler hinüber.

Rasend vor Wut und vom Alkohol benebelt wuchtete sich Grifo auf die Füße, wankte, bemühte sich um einen stabilen Stand, wankte noch immer. Seine Augen fixierten den Sklaven, dann machte er einen Schritt auf die Grube zu.

»Jetzt werde ich dich Missgeburt zum Teufel schicken«, lallte er. »Du hast mir lange genug auf der Nase herumgetanzt.« Noch ein Schritt. Säuerliche Gase entwichen aus Grifos Mund. »Mit bloßer Faust will ich dich Sachsenschwein zerschmettern. Mit meiner Eisenfaust. Ja, das gefällt mir: Grifo Eisenfaust. Was sagst du dazu?« Der dritte Schritt kostete ihn beinahe die Balance. Einen Moment hielt er inne und betrachtete sein Opfer, das vor ihm in der Grube hockte.

Thankmar vermochte später nicht mehr zu sagen, wie der Sand in Grifos Gesicht gelangt war. Überall wirbelte Staub durch die Luft. Vielleicht hatte Saxnoth ihm einen Windstoß geschickt. Vielleicht war Grifo von selbst in den Nebel getappt. Vielleicht hatte Thankmar in seiner Panik eine Handvoll Dreck nach ihm geschleudert, als der Sklavenhändler den Rand der Grube erreicht hatte.

Jedenfalls umschwirrte der Schmutz Grifos Schädel wie ein Schwarm Honigbienen die erste Blüte. Der Staub flog ihm in den Rachen und ließ ihn husten. Sein Oberkörper zuckte in

Spasmen, und seine Hände griffen haltsuchend in die Luft. Er keuchte, pfiff und röchelte so laut, dass selbst die stoischen Ziegen die Köpfe wandten. Das Prusten und Schnaufen steigerte sich zu einem beängstigenden Lärm. Grifo schlug sich auf die Brust, taumelte und ruderte mit den Armen, bis die Schwerkraft ihn besiegte. Rücklings kippte der Sklavenhändler in die Grube und schlug mit Wucht auf den harten Boden.

Im letzten Moment stemmte sich Thankmar aus dem Grab. Hinter ihm donnerte die Fleischlawine seines Herrn zu Boden. Noch mehr Staub wirbelte auf. Dann war es still.

Pochenden Herzens blickte Thankmar in die Grube. Grifo rührte sich nicht. Seine rechte Hand hing aus dem Grab wie die Klaue eines Wiedergängers, der sich anschickte, der Gruft zu entsteigen. Thankmar schlich näher heran. Grifos Augen waren verdreht und zeigten unnatürlich viel Weiß. Die Lippen klafften auseinander, und die Zunge hing blau zwischen ihnen hervor.

Grifo ist tot, schoss es Thankmar durch den Kopf. Entsetzen und Frohlocken ergriffen ihn. Frei. Er war frei. Nicht länger Eigentum eines anderen Menschen. Der Weg nach Hause stand ihm offen. Doch da war ein Stöhnen aus dem Grab zu vernehmen, das Thankmars Hoffnung zerplatzen ließ. Grifo lebte.

Der Wanst unter der ledernen Weste hob und senkte sich. Alkohol, Hitze und Atemnot hatten den Sklavenhändler zwar gefällt. Aber das Leben hatten sie ihn nicht gekostet.

Panik überkam Thankmar. Wenn Grifo erwachte, war es aus mit ihm. Einen Moment lang überlegte er, ob er Grifo töten könnte. Aber er wusste weder, wie er das anstellen sollte, noch, ob er es fertigbringen würde. Ihm blieb nur die Flucht.

Das spröde Hanfseil war eng um seine Hüften geschlungen

und hielt ihn fest. Er widerstand der Versuchung, es über Brust oder Becken zu zwängen. Grifo verstand sein Handwerk: Versuchte man, die Fessel zu dehnen, zog sich der Knoten zusammen wie die Schlinge an einem Galgen. Thankmar fuhr sich nervös durch die schwarzen Locken und zwirbelte eine Strähne. Dann begann er, an dem Knoten zu nesteln.

Schon wenige Atemzüge später kapitulierte er vor dem Wirrwarr endloser Windungen. Dieses Knäuel zu entschlingen würde ihn Tage kosten. Aber ihm blieben bloß Augenblicke, bevor Grifo wieder zu sich kommen würde. Er sprang über den reglosen Riesen hinweg und versuchte sich an dem Gegenstück des Knotens, das um den Stamm des Olivenbaums gezurrt war. Vergeblich.

Mit beiden Händen zerwühlte er jetzt seinen Schopf. Es gab kein Entkommen. Er war Grifo ausgeliefert. Zum Tode verurteilt von zwanzig Fuß gedrehten Hanfs. Resigniert ließ er die Arme sinken. Seine Hände zitterten.

Der Fremde im roten Mantel kam ihm in den Sinn. Wäre er nur nicht so anmaßend gewesen. In einem reichen Haushalt könnte er jetzt dienen, wohlversorgt auf einem eigenen Strohsack in einem geräumigen Stall schlafen, angeschmiegt an die warmen Körper der Ziegen und Schweine. Ganz sicher war der Unbekannte fürstlicher Herkunft gewesen, vielleicht sogar im Auftrag eines Königs unterwegs. Von einem Mann namens Alexander hatte er gesprochen, einem großen Mann. Und von einem Knoten war die Rede gewesen. Einem Knoten, der zerschlagen worden war.

Der Dolch. Er musste noch immer an Rosviths Leiche verborgen sein. Da lag sie, die verendete Hexe, und hielt den Lohn für seine Liebesdienste bereit. Die Schatten der Baumkronen malten ein wissendes Lächeln auf ihren Mund.

Mit einem Satz war Thankmar bei ihr und begann, den

steifen Leichnam abzutasten. Hastig fuhr er durch die fadenscheinigen Fetzen ihrer Tunika, aber kein Dolch war darin verborgen. Ihre Füße waren mit schmutzstarrenden Streifen aus Leinen umwickelt. Er riss den Stoff entzwei. Zehn tote Zehen reckten sich ihm entgegen, sonst nichts. Was blieb, war der Gürtel aus brüchigem Leder, der um Rosviths Hüften geschlungen war. Die angelaufene Schnalle ließ sich leicht lösen. Als die Enden auseinanderfielen wie welke Blüten, blitzte es metallisch. Thankmar zerrte an dem Leder, und der Riemen schnalzte unter Rosvith hervor. Aber nicht die ersehnte Klinge blinkte dahinter. Eine Münze, klein wie ein Daumennagel, war in den Gürtel genietet: ein Goldsolidus.

Außer sich vor Enttäuschung schleuderte Thankmar den Riemen zu Boden. Jetzt war er ein reicher Sklave und so gut wie tot. Wie viel Niedertracht hielt das Schicksal noch für ihn bereit? Warum, im Namen der Irminsul, hatte Rosvith eine so wertvolle Münze bei sich getragen? Der blanke Solidus blitzte im Sonnenlicht, als wüsste er die Antwort.

Da erinnerte sich Thankmar an eine der Legenden, mit denen die Sklaven sich die endlosen Tage vertrieben. Geschichten aus dunklen Zeitaltern, die von versunkenen Kontinenten und einäugigen Riesen berichteten, und von Helden, die Kriege um die Gunst einer Frau führten. Einer der gefürchtetsten Unholde jener Sagen war Charon, der Fährmann. In seinem Boot beförderte er die Seelen der Verstorbenen über einen schwarzen Fluss ins Reich der Toten. An den Namen des Flusses konnte sich Thankmar nicht erinnern, wohl aber an die Beschreibung des fürchterlichen Fährmanns. Ein rotäugiger, schlangenhaariger Unhold sollte er sein. Und er forderte für die Überfahrt ins Jenseits Entlohnung. Ein Kuhhandel treibender Gott. Thankmar hatte für diesen Aberglauben nur Spott und Verachtung übrig. Aber viele der Sklaven huldigten

Charon. Der Ritus verlangte, Verstorbenen eine Münze unter die Zunge zu legen, mit der die Dienste des Fährmanns vergütet werden sollten.

Rosvith hatte diesem Glauben angehangen. Wozu sonst sollte das einsame Goldstück dienen? Thankmar hob den Gürtel auf, zerbrach die Niete und löste den Solidus aus dem Leder. Seine Finger schlossen sich um das Gold, und er spürte, wie sich das Metall in seiner Hand erwärmte. Es gab keinen Dolch, kein Entkommen, keine Freiheit. Zugrunde gehen würde er in diesem verfluchten Land, genau wie Rosvith.

Als hätten seine Gedanken den Weckruf geblasen, gab Grifo Lebenszeichen von sich. Er stöhnte und röchelte. Thankmar rührte sich nicht. Er kauerte am Boden, wie ein in die Enge getriebenes Wildschwein auf der Hatz. Seine Nägel gruben sich in den Handballen, und die Münze rutschte heiß und feucht zwischen den Fingern hin und her.

Die tote Frau an seiner Seite, sie wenigstens sollte für ihre Überfahrt in die Ewigkeit bezahlen können. Er beugte sich vor und packte den Kiefer der Leiche. Mit einem Ruck öffnete er ihre blauen Lippen, mit einem weiteren klappte er ihr Kinn herunter. Rosviths Rachen war ein stinkender Schlund, in dem bereits die Fäulnis nistete. Der Fenriswolf fiel Thankmar ein, der irgendwo dort unten sein Werk verrichtet hatte. Ob er auf neue Opfer lauerte, jetzt, da Rosvith tot war?

Wohlan, dachte Thankmar, der Tod ist mir ohnehin gewiss, vielleicht kommt Charon tatsächlich und nimmt mich mit auf die Reise. Den Solidus zwischen Daumen und Zeigefinger geklemmt, schob er die rechte Hand in Rosviths Rachen. Die Fingerspitzen ertasteten die kümmerlichen Reste ihres Gebisses und die trockene Zunge. Dazwischen ließ er die Münze verschwinden und wollte schon die Hand zurückziehen, da spürte er etwas Hartes, weit hinten in der Kehle. Er tastete, bekam etwas zu fassen und zog seine Hand aus dem leblosen Leib. Und mit ihr den Dolch.

Diese gerissene Hündin, fuhr es Thankmar durch den Kopf. Die Klinge hatte die ganze Zeit in ihrem Rachen gesteckt. Zauberei? Sicher nicht. Fürchterliche Verletzungen musste sie davongetragen haben. Ihre kratzende Stimme, das ständige Röcheln, der Husten, das Blut aus ihrem Mund – alles fügte sich zusammen.

Entschlossen packte er den Stahl. Das Seil sollte ihn nicht länger halten. Schicht um Schicht sägte die Schneide die Fasern entzwei. Der Strick fiel zu Boden, und er war frei.

Er taxierte das Grab. Der Sklavenhändler lag noch immer in der Erde, bewegungslos, wehrlos. Thankmar schlich zu Grifo hinüber und beugte sich über ihn, den Dolch in der Hand.

Wenige Herzschläge später hinkte er hastig aus dem Schatten der Bäume, in einer Hand die Geldbörse, die er vom Gürtel des Bewusstlosen geschnitten hatte. Wenn Grifo erwachte, würde er an seiner Wut wohl endgültig ersticken. Thankmar ließ seinem Gelächter die Zügel schießen und schlug den Weg zurück nach Genua ein. Das Gemecker der Ziegen verfolgte ihn noch lang.

4.

Der Nabel der Tänzerin roch nach Lavendel. Mazruqs forsche Nase berührte ihren bebenden Bauch nur für einen exquisiten Moment. Dann gestattete er, dass sie ihn sanft zurückschob. Ihre Hüften schwangen wie eine Sense, und sie mähte die Selbstbeherrschung aller Männer nieder, die an diesem Abend in die *Neunschwänzige Katze* gekommen waren.

Mazruq erhob sich und betrachtete seine Mannschaft. Klatschend, grölend und mit heißen Gesichtern zogen die Seeleute einen Ring um die Tänzerin, die es trotz ihrer fränkischen Herkunft verstand, die Muslime zu betören.

Diese glücklichen Idioten, dachte Mazruq. Morgen früh werden sie die Heimreise antreten nach Bagdad, der Perle des Orients, wo das Fleisch der Frauen fest und dunkel ist. Nicht so weich und weiß wie das der fränkischen Huren. Ja, Bagdad. Und Khalid, Sanad, Hubaisch und er, Mazruq al-Atar, Sohn des Großwesirs, mussten im Land der Barbaren ausharren. Schlimmer: Sie mussten vor den Herrscher dieses unzivilisierten Volkes kriechen und ihn bitten, die Geschenke Harun ar-Raschids, des Beschützers der *umma*, der Gemeinde der Gläubigen, in Empfang zu nehmen.

Er wandte sich von der Tänzerin ab und ging durch den Dunst des Schankraums zu der Tafel hinüber, an der seine Reisegefährten dem Wein zusprachen.

»Immer noch standhaft, Mazruq?« Khalids Augen schwammen in Gelee. Er streckte ihm einen Krug entgegen, in dem eine Handvoll Fliegen dem Ertrinken entgegenpaddelte.

Tadelnd verzog Mazruq sein zerfurchtes Gesicht. »Allah

kann unser Treiben auch hier verfolgen, Khalid. Mekka und Medina mögen viele Tagesreisen entfernt sein. Dennoch beobachtet Allah dich vom Grund dieses Tonkruges aus. Wenn du den letzten Schluck getrunken hast, wirst du ihm ins Gesicht sehen müssen.«

Khalid hob das Gefäß an die Lippen und leerte es mit allem, was darin schwimmen mochte, Fliege oder Gott. Mit theatralischem Blick untersuchte er den Krug. »Du irrst, Mazruq. Allah wohnt gerade nicht in diesem Krug. Überzeuge dich selbst.« Er hielt dem anderen das Gefäß entgegen. »Und lass nachfüllen, Freund des Propheten! Die Hitze in diesem Laden richtet meinen Glauben zugrunde.«

Mazruq ergriff den Krug und zerschmetterte ihn auf Khalids Kopf. Der weiße Turban dämpfte den Schlag. Dennoch kippte Khalid auf die Seite und rührte sich nicht mehr. Sanad und Hubaisch schoben ihre Weinkrüge in sichere Entfernung, als Mazruq sich zu ihnen setzte.

»Reinigt eure Sinne«, sagte er eindringlich. »Bei Sonnenaufgang ziehen wir mit dem Juden und der Fracht nach Pavia. Allein. Wir werden die Reise rasch hinter uns bringen. Dringende Geschäfte zwingen mich zurück an den Hof. Und mein Harem verzehrt sich nach den Früchten meines Leibes.«

Der kleine Sanad nickte. Hubaisch, bleich und ausgezehrt, grinste anzüglich. Wie immer lag seine Lieblingswaffe auf seinen Beinen, eine Paradelanze, deren Schaft er unablässig streichelte. Khalid stemmte seinen muskulösen Körper wieder an den Tisch. Der Funken der Aufsässigkeit in seinen Augen war erloschen.

Die Sehnsucht nach seinen Frauen erhitzte Mazruq. Er suchte den Schankraum nach der Tänzerin ab. Sie sollte ihm Lust schenken, noch in dieser Stunde.

Unter dem Türsturz bemerkte er eine abgerissene Gestalt,

die unentschlossen in die Taverne lugte. Die Tunika des Jünglings hing in Fetzen, und Blessuren bedeckten ihn vom Kopf bis zu den nackten Füßen, von denen einer seltsam verdreht war. Der Neuankömmling mühte sich, einen faustgroßen Gegenstand in den Händen zu verbergen. Mazruq zog die Brauen zu einem Strich zusammen. Er witterte Beute.

Zaghaft trat Thankmar in die Schenke. Der dunkle Raum quoll über von Arabern, und der verschüttete Wein hatte das Sägemehl auf den Dielenbrettern in Brei verwandelt.

»He, du! Raus hier!«, traf ihn ein scharfer Befehl. Vor den Eichenfässern zu seiner Rechten stemmte ein dürrer Wirt die Fäuste in die Hüften und schüttelte energisch den Kopf.

Thankmar hörte nicht auf ihn. Zweimal hatte man ihm bereits den Zutritt zu einem Wirtshaus verwehrt. Jetzt war es genug. Sein Häscher hetzte vielleicht schon durch die Straßen, und er kam nicht vom Fleck. »Ich habe Silber«, rief er dem Wirt zu, »ich zahle mit neuer fränkischer Münze.« Für den flehenden Ton seiner Worte hasste er sich.

Gemächlich mahlte der Wirt mit dem Unterkiefer, schien dem Neuankömmling aber keinen Glauben zu schenken. Thankmar hob Grifos Börse, die er bislang verborgen gehalten hatte, in die Höhe wie die erbeutete Flagge eines feindlichen Heeres. Da legte sich ein schwerer Arm um seine Schultern.

»Es ist gut, Mundschenk. Unser junger Freund ist mein Gast«, raunte eine tiefe Stimme in gebrochenem Fränkisch.

Thankmar fuhr herum, und seine Nase versank um ein Haar in einem schwarzen Gabelbart. »Mein Gast«, brummte es noch einmal zwischen dem Geflecht hervor. Der Bart schmückte ein Gesicht mit blitzenden Augen, die in dunkle Näpfe eingelegt waren. Darunter krümmte sich eine stattliche Nase, die Thankmar an eine Sichel erinnerte.

»Mein Name ist Mazruq, werter Freund«, sagte der Araber und schob ihn mit sanftem Druck in die Tiefe des Wirtshauses hinein. »Mazruq al-Atar. Und wie nennt Ihr Euch?«

»Thankmar der Euler. So nennt man bei uns einen Töpfer. Ich stamme aus Haduloa.«

»Ein Land weit im Norden, wie ich hörte. Ein Land, in dem sich die Pracht und das Glück begegnen sollen.«

»Ihr wisst viel für einen … einen …«

»Einen Araber?« Mazruq lachte auf. »Vielleicht habt Ihr es noch nicht bemerkt: Ich bin sogar der fränkischen Sprache mächtig. Ebenso meine Freunde und Reisegefährten hier. Sanad, Khalid, Hubaisch – begrüßt meinen Freund, Thankmar den Euler.«

Regungslos starrten die drei Muslime Thankmar an. Keiner erhob sich. Schüchtern nickte Thankmar ihnen zu, dann ließ er sich neben seinen Gastgeber auf die Bank fallen.

Die Araber waren schwarz gewandet. Weiße Baumwolltücher waren auf ihren Häuptern zu kunstvollen Turbanen geschlungen. Von jedem Kopfputz hing ein zwei Ellen langer Tuchstreifen zwischen die Schultern herab. Auf den dunklen Gewändern prangten bunte Seidenstickereien, die ihre Träger als wohlhabende Männer auswiesen. Thankmar stach zwischen ihnen heraus wie ein Krähenjunges in einem Adlerhorst.

Mazruq klatschte in die Hände. »Mundschenk! Bringt Wein für unseren Gast. Und tragt das Wildbret noch einmal auf. Das Fleisch war vorzüglich!«, brüllte er über den Lärm der Zecher hinweg. Der Wirt verschwand in einem Durchgang.

Wein und Fleisch – allein die Worte waren eine Verheißung.

»Nun, junger Freund, welches Schicksal hat Euch nach Genua verschlagen? Und welcher Unhold hat Euch so zugerichtet?« Mazruq beugte sich vor. »Verzeiht meine Neugier, doch Ihr seht aus, als kämet Ihr geradewegs vom Schlachtfeld. Und ein Krieg hier ganz in der Nähe könnte meine Geschäfte in Mitleidenschaft ziehen. Ihr versteht?«

»Nein, kein Krieg, wisst Ihr. Es war … kein Krieg.«

»So? Was war es dann?«

»Ein Schiffsunglück«, sagte Thankmar bestimmt. »Vor drei Tagen. Unser Frachter geriet in einen Sturm, gleich hier im Golf von Genua. Solche Wogen wuchsen um uns herum, dass ich ihre Kämme nicht sehen konnte. Der Schiffsrumpf wurde zerschmettert. Ich konnte mich retten. Was aus meinen Kameraden geworden ist? Ich weiß es nicht. Jetzt irre ich durch diese Stadt und suche eine Schiffspassage. Könnt Ihr mir helfen?«

Der Araber namens Sanad setzte zu einer Erwiderung an, aber Mazruq fiel ihm ins Wort. »Unsere Geschäftspartner in diesem Hafen sind zahlreich. Wenn Ihr zurück nach Haduloa wollt, wäret Ihr bei Wolfer von Tours gut aufgehoben. Der gute Wolfer versucht noch immer, mit den Normannen Handel zu treiben, obwohl diese Barbaren schon dreimal sein Schiff versenkt haben. Ein miserabler Kaufmann, das ist er, aber er kennt das Nordmeer wie kein anderer. Ihm solltet Ihr Euch anvertrauen.«

»Wolfer von Tours«, wiederholte Thankmar, um den Namen im Gedächtnis zu behalten. »Und wo finde ich ihn?«

»Oh, Wolfer gleicht einem Irrlicht. Wenn man meint, ihn aufgestöbert zu haben, ist er plötzlich verschwunden und taucht an einem anderen Ort wieder auf. Erst gestern hat Khalid ihn den ganzen Tag im Hafen gesucht, um seine Spielschulden einzutreiben. Nicht wahr, Khalid?«

Khalid grunzte und grinste.

»Aber wie finde ich ihn? Woran kann ich ihn erkennen?«, fragte Thankmar.

Furchen zerpflügten Mazruqs Stirn. »Mein junger Freund, verzeiht. Das Tor der Hoffnung habe ich Euch gewiesen, aber den Schlüssel kann ich nun nicht finden. Zu Wolfer zu gelangen wird Euch so unmöglich sein, wie zu Fuß die Wüste zu durchqueren. Es sei denn …«

Der Wirt hämmerte einen Krug voll Wein und eine Schüssel mit krustigen Fleischstücken auf den Tisch. Schon waren Thankmars Wangen mit Braten vollgestopft. »Es sei denn?«, hakte er nach und schob eine weitere Portion Fleisch hinterher, kaum dass er die Worte hinausgezwängt hatte.

»Es sei denn, ich stöbere Wolfer für Euch auf. Erwähnte ich bereits, dass ich ein Netz von Kontakten in Genua geknüpft habe? Wolfer könnte sich in einer Masche verfangen, wenn ich es einhole. Aber es wird nicht leicht werden.«

Thankmar rülpste vor Wonne. »Die Passage. Wie viel, meint Ihr, wird sie mich kosten?«

»Etwa zwei Pfund Silber – wenn Wolfer guter Laune ist. Zählt ein halbes Pfund für meine Bemühungen hinzu. Führt Ihr so viel Geld mit Euch?«

Thankmar nickte. Der Preis war hoch, seine Möglichkeiten gering.

»So vertraut mir Eure Börse an, Freund aus Haduloa, und noch in diesem Augenblick will ich mich aufmachen, Eure Heimkehr vorzubereiten«, sagte Mazruq.

Thankmar rutschte auf der Bank herum. Unter seinem Gesäß drückte Grifos Geldbeutel. Er forschte in Mazruqs Augen nach Gaunerei, nach dem verräterischen Funkeln der Gier. Aber da war nichts. Nur die Kälte des Wüstengeborenen.

»Euer Zögern ehrt Euch«, sagte Mazruq, »aber ich will Eure Bedenken ausräumen. Während ich auf der Suche nach Wolfer durch die Stadt streife, werde ich Euer Geld hüten wie der Eunuch den Harem. Nur derjenige tue recht, so verkündet der Prophet, der sein Vermögen auf anständige Weise erwerbe. Bis ich zurückkehre, werden Khalid, Sanad und Hubaisch hier mit

Euch warten. Meine Freunde sind mein wertvollstes Pfand. Was sagt Ihr?«

Mazruqs Begleiter hatten die Ellbogen auf den Tisch gestemmt. Sanad dehnte seine aufgeworfenen Lippen zu einem Lächeln, Hubaischs dürres Haupt nickte bestätigend, Khalid kämpfte um einen vertrauenswürdigen Ausdruck. Diese Araber waren nicht nach Thankmars Geschmack. Aber er musste den Brocken fressen, den man ihm hinwarf. Einen anderen gab es nicht.

»Einverstanden«, sagte Thankmar, holte den Geldbeutel hervor und ließ ihn vor Mazruq auf das Kiefernholz plumpsen.

Die Münzen schellten. Mazruqs haarige Hand fiel auf das verschnürte Leder. Er wischte es vom Tisch und ließ es zwischen den Falten seines Gewandes verschwinden.

»Ihr werdet Nachricht von mir erhalten. Schon bald. Lob sei Allah, dem Weltenherrn, und Dschibrîl, dem Überbringer des Korans!« Mazruq schwang sich von seinem Platz und eilte aus der Schenke, ohne einen Blick zurückzuwerfen.

Schweigen hing zwischen Thankmar und den drei Muslimen. Niemand sprach mit ihm. Selbst untereinander wechselten die Araber kein Wort. Mit beunruhigender Faszination starrten sie ihn an. Khalid orderte Wein. Dann herrschte wieder Stille.

Die Zeit verstrich langsam. Sie tranken. Die Tänzerin wurde von einer fülligen Frau abgelöst.

Thankmar fragte sich, was er unternehmen sollte, wenn die drei Männer einfach aufständen und fortgingen. Er würde sie nicht aufhalten können. Bei Saxnoth! Daran hatte er nicht gedacht. Angenommen, dieser Mazruq al-Atar war ein Betrüger. Angenommen, er würde einfach ins nächste Gasthaus spazieren und das Geld verprassen. Sollte Thankmar dann diese Araber als Entschädigung behalten, sie zu seinen Sklaven erklären? Er verfluchte seine Einfalt. Andererseits schien der geheimnisvolle Wolfer seine Rettung zu sein, das Treibholz, an das er sich klammern konnte, bevor er versank.

Khalids weinselige Stimme schreckte Thankmar aus den Gedanken. »Allah wird dieses gottlose Land vernichten. Das weiß ich genau. Er verbietet den Wolken, sich hier abzuregnen, und dem Wind, hier zu wehen. Schon seit Wochen. So wurde es mir gesagt. Erst wenn alle Ungläubigen den wahren Gott erkennen, wird Allah ihnen einen reinigenden Sturm schicken. Nicht früher.«

Wollte der Araber sich über das Wetter auslassen?

Die Muslime bleckten die Zähne. Und Thankmar begriff. Sie wussten um seine Lügen. Kein Sturm, kein Schiffbruch – also war er auch kein Seemann. Und Mazruq al-Atar suchte nicht nach einem Kauffahrer, sondern nach der Stadtwache, die einen Hinweis auf einen Dieb oder entlaufenen Sklaven gut entlohnen würde. Khalid, Sanad und Hubaisch wurden nicht von Thankmar bewacht. Sie waren seine Wärter. Dass sie sich ihm offenbart hatten, konnte nur eines bedeuten: Sie glaubten das Spiel bereits gewonnen.

Thankmar gaukelte den Muslimen Arglosigkeit vor. Er lächelte so angestrengt, dass es ihn schmerzte. Dann ließ er eine Bemerkung über die Hitze fallen. Die Araber quittierten mit Hohnlachen.

Zum zweiten Mal an diesem Tag kam ihm eine Frau zu Hilfe. Mit zuckender Taille schob sich die Tänzerin zwischen Thankmar und die anderen. Ihre mit Ringen gepanzerten Finger flatterten vor den Augen der verdutzten Männer auf und ab. Sie strahlte nicht den Reiz ihrer Vorgängerin aus, aber ihre plumpe Laszivität lenkte die Araber einen Moment lang ab.

Thankmars Hände stießen der Tänzerin in die Kniekehlen. Mit einer schwungvollen Bewegung taumelte sie auf die Männer zu, die sie mit erhobenen Armen auffingen. Thankmar sprang auf. Die Wachhunde brüllten vor Wut. Die Tänzerin schien zu glauben, gleich einen ganzen Tisch Freier für sich gewonnen zu haben. In gespielter Hilflosigkeit legte sie die Arme um Khalid und Sanad und zog beide zu sich hinunter. Alle drei sanken gegen Hubaisch, der gegen die Tavernenwand gedrückt wurde. Bevor sich das Knäuel aus Leibern lösen konnte, versuchte Thankmar, den Ausgang zu erreichen.

Er hinkte der Tavernentür entgegen. Niemand hielt ihn auf. Hinter seinem Rücken schob man dröhnend Bänke aus dem Weg. Schon war die Tür zum Greifen nahe, und sie stand offen. Ein Luftzug, schwanger vom Salz des Meeres, wehte Thankmar entgegen. Hinter ihm erklangen Stiefelschritte und Rufe. Etwas sauste an seinem linken Ohr vorbei. Eine Hand streckte sich nach ihm aus. Er tauchte darunter hinweg und stürzte ins Freie. Die Nacht würde ihn verbergen wie eine dunkle Mutter. Aber sie nährte auch andere Söhne.

Schwarz wie die Nacht selbst stand Mazruq al-Atar in der Gasse, begleitet von einem anderen Mann. Thankmar versuchte, ihnen zu entkommen, wirbelte herum und stolperte. Fette Arme umschlangen ihn, drückten so fest zu, dass sein Atem stockte. Bevor sich der Schleier der Umnachtung über ihn senkte, erkannte er über sich den kahlen Schädel Grifos.

5.

Die Kunde von der Hinrichtung platzte mitten in die Genueser Langeweile. Die öffentliche Enthauptung eines Sklaven versprach Abwechslung im sommerlichen Einerlei. Wessen Tagewerk es erlaubte, der zog zum Hafen, kaum dass die ersten Sonnenstrahlen in die Gassen fielen.

Schon im fahlen Blau der Dämmerung belagerte ein Ring von Halbwüchsigen den Richtblock, der vor die Baracke des dicken Grifo gepflanzt worden war. Die Kinder kamen wie immer zuerst, getrieben von Ungeduld und dem Wettstreit um einen guten Platz vor den Beinen der Erwachsenen.

Neben dem Klotz aus Kernholz kauerte Thankmar, angepflockt und den derben Launen der Jungen und Mädchen ausgeliefert. Noch genügte es ihnen, ihm Spottnamen zuzurufen, ihn wissen zu lassen, er könne seinen Kopf bald zwischen die Knie klemmen und in das Auge seines Arsches blicken. Doch den Schmähungen würden bald Steine folgen – kleine zunächst, die nur Schmerzen hinterließen, dann Brocken, die Wunden schlugen.

Thankmar erinnerte sich, wie er einst selbst erregt zwischen solchen Gassenstrolchen gestanden hatte, wenn in seinem Weiler ein Verbrecher gerichtet worden war. Jetzt glitt sein Blick über die schmutzigen Kinderfratzen, in denen sich Mordlust und Unschuld vermischten. Eines Tages, dachte er, wird einer von euch auf den Henker warten und sich dieses Morgens erinnern.

Ein Stein traf seinen Kopf und schlitzte seine Wange auf. Triumphierend heulte das Publikum. Der Anfang war gemacht, das der Gewalttat vorausgehende Zögern vorüber. Der zweite Stein verfehlte ihn um Haaresbreite, vor dem dritten zuckte er rechtzeitig zurück. Grifo würde sich beeilen müssen, wollte er sein Opfer lebend unter das Beil bekommen.

Die Sonne fraß sich in den Himmel, und unter der zunehmenden Hitze stank das Hafenviertel wie ein Stück Aas. Die Ausdünstungen der Stadt, die Boshaftigkeit in den Gesichtern der Kinder und das garstige Sägen der Zikaden beleidigten Thankmars Sinne. Welch trauriges Ende für einen Mann des großen, weiten Nordens, dachte er, und vor Selbstmitleid stiegen ihm Tränen in die Augen. Er senkte den Kopf.

Als er wieder aufblickte, barst der Platz vor Schaulustigen. Schulter an Schulter, Schädel an Schädel umstanden dreihundert, vielleicht vierhundert Menschen den Todeskandidaten. Viele schützten sich mit Lederkappen oder feuchten Tüchern vor der Hitze. Thankmar erkannte die Turbane von Muslimen, weiße Nester in der Menge. Das Geschrei der Kinder war dem ernsten Raunen der Erwachsenen gewichen.

Grifo mochte ein Hohlkopf sein, aber er verstand sich auf sein Geschäft. An diesem Morgen hatte er ein großes Publikum auf den Markt gelockt. Möglicherweise wurde die Hinrichtung ein Schauspiel, das in den Spelunken noch lange Stoff für Anekdoten hergeben würde. »Der dicke Grifo hat zugeschlagen wie ein Berserker, aber der Kopf ließ sich nicht abtrennen. Diese Sachsen, die sind zäh wie Katzendarm.« – »Der Kopf rollte schon durch den Dreck, da stand der Bursche auf und lief auf den Händen davon. Mit den Füßen hat er Beifall geklatscht. Ich habe es doch selbst gesehen. Grifo bezieht seine Sklaven vom Teufel persönlich.«

Thankmar grinste verächtlich. Der Tod ist dem Handel ein Freund, dachte er. Was schmerzte der Verlust eines Sklaven, wenn man hundert Kunden gewann?

Rechter Hand geriet die Menge in Bewegung. Grifo drängte durch das Dickicht der Menschen. Vor seinem bloßen Oberkörper präsentierte der Sklavenhändler eine langstielige Axt mit lächerlich kleinem Kopf, hastig erfeilschter Tand, kaum dem Zurichten morschen Holzes gewachsen. Als Grifo auf ihn zukam, fuhr Thankmar zusammen. Er wollte zurückweichen, aber die Fessel hielt ihn dicht am Pflock.

Grifo passierte den Richtblock und trieb die Axt im Vorübergehen so fest in das Holz, dass das Fett auf seinen Armen schlackerte. Die Menge ächzte in Erwartung des entsetzlichen Schauspiels. Der Sklavenhändler erreichte sein Opfer und löste die Fessel. Beidhändig griff er in Thankmars üppige Locken und pflückte ihn vom Boden auf wie eine Traube überreifer Beeren. Nur wenige Schritte und beide standen vor Beil und Block. Schon lag Thankmars Hals in Position. Splitter bohrten sich in seinen Kehlkopf, sein Herz trommelte gegen das Holz. Er erwartete den Luftzug, den Frost des Stahls, das Feuer des Schmerzes.

Nichts geschah.

Thankmar kniete im heißen Sand und genoss das Rinnsal an Zeit, das ihm geschenkt wurde. Ein Bach wurde daraus. Ein kleiner Fluss. Grifos Hand löste sich aus seinem Haar. Rufe wurden laut.

Er hob den Kopf, bis er zu seinem Scharfrichter aufblicken konnte. Grifos schwitzender Wanst wucherte nach wie vor über ihm am Himmel, Arme und Axt aber baumelten zahm herab. Die Augen des Sklavenhändlers waren gebannt auf etwas jenseits der Zuschauer gerichtet. Thankmar versuchte, Grifos Blick zu folgen, aber die Zuschauer verstellten ihm die Sicht. Er konnte nur noch Rücken sehen, denn alle hatten sich einem Punkt zugewandt, der für den Knienden unsichtbar blieb. Vielen in der Menge erging es nicht anders. Wer vorne gestanden hatte, um die Hinrichtung zu begaffen, drängte nun blindlings gegen die Kehrseite der Menschenmasse. Die Menge wogte wie Sommerweizen.

Schreie schrumpften zu Raunen, Raunen wuchs zu Rufen, wurde wieder zu Schreien. Die Neugier drängte Thankmar aufzustehen, zu sehen, welche Sensation seine Enthauptung ausstach. Aber ein wachsamer Fuß Grifos schmetterte seine Schultern zurück auf den Richtblock. Der Lärm versickerte allmählich.

»Sklavenhändler Grifo! Welche Überraschung!« Die Stimme kam von jenseits der Menge. Thankmar erkannte sie sofort. Sie gehörte dem Fremden im roten Brokat. Er sah, wie sich der Wald aus Beinen vor ihm teilte, dann trat der Rotgewandete aus der Menge hervor. Das Antlitz ernst, nickte er Grifo grüßend zu.

Der Sklavenhändler spie aus. »Ihr habt genug Unheil über mein Geschäft gebracht. Weg mit Euch und Euren Teufeln und Dämonen! Ich werde Euch zeigen, warum man mich Grifo Eisenfaust nennt.« Er schwang die Axt und zerschnitt ungelenk die Luft.

Der Fremde stand ungerührt da. Ein Luftzug zupfte am Grau seines Haares. Die Bürste eines jungen Bartes versilberte die braunen Wangen. »Teufel und Dämonen? Zügelt Eure Angst! Was Ihr für eine Höllenkreatur haltet, ist nichts weiter als ein großes Geschöpf Gottes. Und ein Prächtiges noch dazu. Schaut hin!« Er deutete ausladend hinter sich, auf das, was Hunderte Augenpaare fixierten.

Von Grifos Fuß auf den Richtblock gedrückt, konnte Thankmar den Kopf nicht heben. Er erstickte fast an seiner Neugier. Monster oder Gotteswesen – etwas Ungeheuerliches stand hinter den Menschen Genuas. Nur wenige Schritte entfernt, und doch konnte er es nicht sehen.

»Elephantus africanus«, sagte der Brokatträger beschwörend. »Das größte und mächtigste Tier der Welt. Vom Kalifen Harun ar-Raschid als Geschenk für unseren weisen Herrscher Carolus Magnus ausgewählt. Ihr, Grifo, zählt zu den ersten Untertanen des Kaisers, denen ein Blick auf dieses Wunder des Lebens gestattet ist.«

Grifo stutzte nur kurz, als er die mächtigen Namen hörte. »Und wenn der Kaiser persönlich dieses Vieh reiten würde – Ihr stört meine Geschäfte! Schon zum zweiten Mal. Die Hinrichtung des Sachsen sollte Kundschaft anlocken. Kundschaft, versteht Ihr? Jetzt seht Euch um! Seit der Elefranzus aufgetaucht ist, nimmt niemand mehr Notiz von meinem Sklaven.«

Grifos Stimme füllte den Platz. Vereinzelt warfen ihm Schaulustige lahme Blicke über die Schultern zu.

Der Fremde schaute auf Thankmar herab und seufzte. »Eure Mühen sollen entlohnt werden, Grifo Eisenfaust. Für meine Reise suche ich noch einen Tierpfleger. Ich biete fünfzehn Schillinge für den Sachsen. Nach wie vor.«

Grifos Miene verriet, dass das Angebot seiner Ehre schwer bekömmlich war, aber seiner Gier schmeichelte. Einen Moment lang war es still. Ein Salamander schlängelte sich durch den heißen Sand vor Grifos Füßen.

»Oder Ihr tötet den Burschen ohne einen einzigen Zuschauer, verdient keinen Pfennig und müsst Euch zudem um die Beseitigung der Leiche scheren.«

Grifo schien Vor- und Nachteile abzuwägen. Er fixierte die Echse zu seinen Füßen und hieb sie mit der Axt entzwei. »Es gilt. Fünfzehn Schillinge. Sofort. Und ich will Euch nie wieder sehen.«

Des Fremden Hand verschwand unter dem Mantel und kam mit Münzen beladen wieder hervor. Er zählte sie ab und ließ einen Silberregen vor Grifo in den Sand prasseln. »Es gilt«, sagte auch er. »Würdet Ihr jetzt bitte Eure Sandale von meinem Sklaven nehmen?«

Das Gewicht löste sich von Thankmars Kopf. »Steh auf!«, befahl Grifo mit zischender Stimme.

Thankmar rappelte sich mühsam auf, seine Beine waren blutleer und taub. Der schlechte Fuß schmerzte und gab ihm die Gewissheit, dass er lebte. Hinkend ging er auf seinen neuen Herrn zu und verbeugte sich. »Es gilt«, wiederholte er überflüssigerweise und bereute es sofort.

»Was gilt und was nicht gilt, überlässt du künftig mir, Sklave!« Zornesröte stieg in das Gesicht von Thankmars neuem Herrn. »Sie nennen mich Isaak von Köln. Du wirst mich mit Herr anreden, so wie es üblich ist. Erfüllst du deine Aufgaben zu meiner Zufriedenheit, sollst du es gut bei mir haben. Bist du aufsässig, werde ich dich an den nächsten Baum hängen. Das liegt bei dir. Über alles andere bestimme ich.«

»Ja, Herr«, antwortete Thankmar. »Herr, ich bin Thankmar.«

»Der Euler«, ergänzte Isaak. »Erst vor drei Tagen hast du dich ungebeten vorgestellt. Offenbar reicht mein Gedächtnis weiter zurück als deines. Drei Tage sind wohl eine lange Zeit für einen sächsischen Dickschädel.«

Thankmar befahl sich, vorsichtiger zu sein. Höflichkeit war in Grifos Lager Aussatz, den man mit Prügel kurierte. Für Isaak hingegen schien sie so selbstverständlich zu sein wie Essen und Trinken. Plötzlich fühlte sich Thankmar unbeholfen, ein Krüppel auch im Geiste.

Ohne ein weiteres Wort zu verlieren, ging Isaak zurück in die Menge. Kein Kommando kam, kein Wink zeigte Thankmar, was von ihm erwartet wurde, kein Blick prüfte, ob er seinem Herrn folgte. Dieser seltsame Mann vertraute in die Wahrhaftigkeit eines Sklaven. Staunend humpelte Thankmar hinter ihm her.

»Wartet, Herr! Mein Fuß!« Seine Rufe verhallten ungehört. Er wand sich durch die Leiber, suchte die Schneise, die sein Herr durch die Menge gebahnt hatte, klebte mit dem Blick am Karmesin des Mantels und brach auf der anderen Seite aus dem Menschenwall hervor. Die Genueser waren noch immer von der Erscheinung in Bann geschlagen, die jetzt zwei Mannslängen hoch vor Thankmar in den Himmel ragte.

Grifo hatte zweifellos recht: So sah ein Teufel aus. Der Körper der Kreatur war gewaltig. Nie zuvor hatte Thankmar etwas so Großes gesehen. Die hellgraue Farbe der Haut verriet des Monstrums Herkunft: Ein wahnsinniger Gott musste es aus Fels geformt und ihm Leben eingehaucht haben. Davon schien auch das Labyrinth aus Rissen und Falten zu erzählen, das über die Haut verlief und sich unter den Atemzügen hob und senkte wie ein Blasebalg. Das Gewicht dieses lebendigen Berges ruhte auf vier Beinen, die wie Säulen aussahen. Füße gab es keine, auch keine Hufe. An der Kehrseite des Wesens hing ein Schwanz, dürr wie ein Stock. Am entgegengesetzten Ende – Thankmar musste den Kopf drehen, um es betrachten zu können – ragte das Haupt des Elephantus auf, noch furchterregender als der Körper. Rechts und links standen riesige Ohren ab, weit wie Wintermäntel, von zuckenden Muskeln gelegentlich geschüttelt. Das Gesicht darunter war eine entsetzliche Fratze. Thankmar umschlang seine Brust mit beiden Armen. Zwei Dämonenhörner ragten aus dem Kopf. Bleich, lang und gewunden wuchsen sie aus den Winkeln des Mauls. Dazwischen hing ein Schlauch aus Fleisch, ein widerwärtiger Wurm, dessen Ende sich unablässig bewegte, über den Boden tastete, sich einrollte und hin und her schlenkerte. Ein Teufel fürwahr!, dachte Thankmar. Ein Geschöpf des Irrsinns.

Nur die Augen des Elephantus waren anders. Für einen Moment glaubte Thankmar Irritation und Schmerz in ihnen zu erkennen. Der Sachse runzelte die Stirn. Nein, da war nur die Wildheit der Höllenkreatur. Nichts weiter.

Zwei Finger kniffen seine Nase und zogen ihn fort. Isaak. Die Faszination hatte Thankmar alles vergessen lassen.

»Hier. Steig auf das Maultier und folge mir. Dann kannst du meinethalben weiterträumen«, raunzte Isaak von einem Falben herab. Hinter ihm trottete ein Maultier, auf dessen beladenem Rücken Platz für einen Reiter geschaffen worden war.

Drei Anläufe, und Thankmar saß auf, überwältigt von der Wende seines Schicksals, entsetzt von dem gehörnten Riesen, dankbar seinen Göttern für die Rettung vor dem Tod. Ihm schwindelte.

Isaak drehte sich im Sattel zu ihm um. »Wir reiten aus Genua hinaus. Halte dich einfach hinter Abul Abbas«, er nickte in Richtung des Elephantus. »Oder halte Ausschau nach den weißen Turbanen meiner Begleiter. Das da ist Khalid, dieser nennt sich Sanad, hier haben wir Hubaisch, und jener heißt Mazruq. Du kannst doch reiten, oder?«

Thankmar nickte stumm. Erst jetzt bemerkte er die vier Araber auf ihren tänzelnden Rossen. Dieselben Namen, dieselben Gesichter. Die Schatten der vergangenen Nacht waren zurückgekehrt.

Beim Anblick ihres neuen Begleiters verstummte das Gespräch der Muslime. Erstaunen, Belustigung und Hass spiegelte sich auf ihren Gesichtern. Isaak winkte zum Aufbruch, und der seltsamste Zug, den Genua je gesehen hatte, teilte die Menschenmenge und verließ den Hafen in Richtung Hinterland.

6.

Thankmars Finger krallten sich fest in die Borsten der Maultiermähne. Steil ging der Pfad bergauf, und er war kein guter Reiter. Seit sie die sanften Hügel Genuas verlassen hatten, war das Land stetig angestiegen. Hier waren die Wälder saftig grün und kühl, und sein Reittier ließ sich nur zu gerne von einem schmackhaften Ginsterstrauch vom Weg abbringen. Doch ein schmerzhafter Kniff in die langen Ohren genügte, und es trottete zurück auf den Ziegenpfad.

Thankmar war erleichtert, nicht in der Nähe der Araber reiten zu müssen. Sie bildeten mit seinem Herrn Isaak den Kopf des Zuges. Er selbst ritt mit den fünf Packtieren am Ende. Dazwischen stapfte der Elefant, der wie eine Naturgewalt unter den Baumkronen wütete und armdicke Äste durch bloße Berührung von den Stämmen riss. Das majestätisch schwankende Hinterteil füllte Thankmars gesamtes Sichtfeld aus. Kothaufen klatschten dem Maultier vor die Hufe und zwangen es, Abstand zu halten.

Der Tag verschwamm. Das Klopfen der Hufe wurde durch den Teppich aus Fichtennadeln gedämpft, einzig durchbrochen vom Bersten der malträtierten Bäume. Neben dem Pfad verlief eine jener alten Römerstraßen, die zwar zur Hälfte überwuchert, aber noch so weit intakt war, dass man auf ihr hätte angenehmer und schneller vorankommen können als auf dem Waldweg. Sollte allerdings Regen einsetzen, würde sich das staubbedeckte Straßenpflaster in eine Falle verwandeln. Auf den nassen Steinen würde ein schlecht beschlagenes Pferd sofort ausgleiten. Und Isaak wollte kein Risiko eingehen.

Als die Sonne tief am Horizont stand, hielt die Gruppe an. Der würzige Geruch des Mischwaldes lag in der Luft. Rechts neigte sich ein Abhang in die Tiefe, von Grün überwuchert. Die Steigung hatte deutlich nachgelassen, vor ihnen verlief der Weg nun eben und verbreiterte sich. Ein Pass, vermutete Thankmar. Von vorn tönte Order zum Absitzen. Mit Schmerzen im Schritt ließ er sich vom Maultier gleiten.

Isaak bellte seinen Namen, und Thankmar humpelte in respektvollem Abstand um den grauen Riesen herum. Die Araber waren mit dem Absatteln der Pferde beschäftigt.

»Schaff das Gepäck dort hinein. Wir rasten hier für die Nacht«, sagte Isaak und deutete mit dem Zeigefinger zu einem Haus am Wegrand, einem Haus, wie Thankmar es nie zuvor gesehen hatte.

»Ein alter Tempel der Römer«, erklärte Isaak. »Grabmal eines toten Gottes. Seine Mauern werden uns vor dem Wind hier oben schützen.«

Eine Ruine wuchs vor ihnen auf, von Dickicht umschlungen, stolz trotz des Verfalls. Bröckelnde Säulen ragten aus dem Unterholz wie der Unterkiefer eines Giganten. Von dem eingestürzten Dach war nur ein Splittermeer geblieben. Zwölf Stufen führten zu den Säulen empor, die einst den Eingang gebildet haben mussten. Allerorten hatten Pflanzensäfte grüne Narben in das Gestein geätzt.

Isaak redete weiter, dem Tempel zugewandt. »Die Römer haben an vielen Pässen Kultstätten errichtet. Durchmarschierende Legionen haben hier um Glück in der Schlacht gebetet. Handelsreisende haben einen Teil ihrer Waren geopfert, damit der Gott des Passes sie auf ihrem Weg beschützen möge.«

Er rieb sich mit zitternder Hand über das stoppelige Kinn und wandte sich den Arabern zu. »Die Mystik dieses uralten Ortes behagt mir nicht, Mazruq! Lasst die Tiere wieder satteln!

Wir sollten uns ein anderes Lager suchen. Dieser Platz gehört den Geistern.«

Die Araber mühten sich gerade, den Elefanten an eine umgestürzte Säule zu ketten. Ihr Anführer sah auf. »Ihr klingt wie ein Weib, Hebräer. Wir bleiben! Es ist Zeit für das Abendgebet, und Allah duldet keine Verspätung.«

Thankmar war beunruhigt. Bislang hatte er angenommen, Isaak führe das Kommando.

Der Alte versuchte es aufs Neue. »Wollt Ihr Allah anrufen im Haus eines anderen Gottes? Fürchtet Ihr nicht seinen Zorn?«

Mazruq drehte sich mit verzerrten Zügen zu Isaak um. Sein Gewand schwang wie eine schwarze Flagge durch die Luft. »Doch«, rief er, »ich fürchte seinen Zorn. Und Ihr, Ungläubiger, tätet gut daran, es mir gleichzutun. Allah hat uns an diesen Ort geführt, damit wir hier seinen Namen preisen – seinen und den des Kalifen Harun ar-Raschid, Beschützer aller Gläubigen. Und sein Wille ist mein Gesetz.« Er wandte sich an Thankmar. »Sklave, verstau das Gepäck in der Ruine.«

Thankmar wartete auf Isaaks Reaktion. Einen bangen Moment später nickte ihm der Jude zu. »Trag die Lasten hinein und richte die Lager. Dann such dir aus meinen Taschen neue Gewänder. Sonst wird Allahs Zorn womöglich noch deine unbedeckte Haut versengen.«

Kurz darauf war das Gepäck auf der obersten Stufe des Tempels aufgetürmt. In einer der ledernen Taschen fand Thankmar Kleidung, abgetragen zwar, doch vollständig und allemal schützender als der Lumpen, den er um die Hüften geschlungen hatte. Er warf ihn fort und mit ihm die letzte Erinnerung an Grifos Joch. Dann kleidete er sich neu ein und reckte sich schließlich vor dem Tempeleingang wie ein fränkischer Fürst – gewappnet, einem Gott zu trotzen. Hemd und Hose aus Leinenstoff bedeckten seinen Körper. Eine tiefgrüne Tunika reichte ihm bis zur Mitte der Schenkel, um die Taille von einem Ledergürtel gehalten. Die Waden waren mit Bändern umwickelt, die Füße steckten in ledernen Halbstiefeln. Auch der Umhang war grün. Zwar schwitzte Thankmar unter dem starken Stoff, aber das nahm er hin, fühlte er sich doch herausgeputzt wie ein Edelmann. Wenn er doch nur ein Schwert führen dürfte!

Während die anderen Feuerholz sammelten, trat Thankmar ins Innere des Tempels. Der weiße Marmorboden war an vielen Stellen aufgeplatzt. Eine Pinie streckte ihre krumme Krone zwischen zwei Säulen hindurch. Im Zentrum des Raumes schwärzten die Reste eines Lagerfeuers ein Bodenmosaik. Frauenbeine aus bunten Steinchen lugten unter dem Ruß hervor. Lurche und Vögel stoben vor dem Hall seiner Stiefel davon. Er ahnte die Kühle, die einst unter dem Dach gehangen haben musste, ließ seinen Blick schweifen und bemerkte erst spät den Mann aus Stein, der starr und tot zu seinen Füßen lag.

Schrecken lähmte ihn für einen Moment und wich dann Erkenntnis. Er hatte schon viele Statuen gesehen, seit man ihn in den Süden verschleppt hatte. Sie schmückten die Tempel der Christen, in denen Grifo oft gebetet hatte. Dort standen sie in dunklen Nischen, grob behauene Klötze mit lächerlichen Gesichtern. Doch die umgestürzte Skulptur vor ihm war anders. Zwar lag sie zu ewiger Pose versteift auf dem Marmor, aber dennoch schien sie zu leben. Sie mochte einen Gott darstellen, aber gekleidet war sie wie ein Krieger. Ein Panzer schmückte die mächtige Brust, darauf waren in filigraner Steinmetzarbeit winzige Menschen zu sehen und Zierrat aus einer anderen Welt. Ein Arm war abgebrochen und lag in einiger Entfernung auf dem Marmorboden, von Efeu gefesselt. In Schönheit und Ebenmaß war der Kopf gehauen. Kleine Lippen und eine Stirnfalte verliehen dem Gesicht einen Ausdruck von Ernst und Männlichkeit. Die Augen über der abgebrochenen Nase waren von mattem Grau, leblose Flächen, geblendet von der Endlosigkeit der Zeit. Thankmar kniete nieder und wischte Laub von den Sichellocken der Skulptur.

»Manche Götter fallen«, hörte er Isaak hinter sich sagen, »vor allem, wenn sie sterblich sind. Dieser da war ein Kaiser, dem es einfiel, ein Gott zu werden.«

Thankmar strich über die Bruchkante der Nase. »Ist es ihm gelungen? Ein Gott zu werden?«

»Das weiß nur er selbst. Seine steinernen Abbilder haben ihn jedenfalls unsterblich gemacht.«

Thankmar wandte sich zu dem Älteren um. »Aber wenn er wirklich zum Gott geworden wäre, wie könnte er dann jemals fallen? Er muss ein Mensch geblieben sein.«

»Ein Gott, ein Mensch. Oft sind die Unterschiede nicht so groß, wie wir meinen. Auch das Übernatürliche mag manchmal irdischen Mächten unterworfen sein. Beizeiten fegt ein Wind über die Welt, der alles Alte mit sich fortreißt. Es ist ein grausamer Wind. Aber er schafft Platz für neue Keime. Dein Volk ist in einen solchen Sturm hineingeraten.«

Die Irminsul fiel Thankmar ein, der Weltenbaum, das Allerheiligste der sächsischen Stämme. Auf der Aeresburg war sie gewachsen, eintausend Menschenalter lang. Eine Eiche, in deren Krone sich die Götter niederließen, um zu den Menschen zu sprechen. Ihre Schönheit wurde in vielen Liedern besungen. Dann war der Krieg gekommen und mit ihm Carolus Magnus, der Kaiser der Franken. Sieben Tage lang hatte der Kampf um das Heiligtum getobt, dann war die Irminsul in Flammen aufgegangen. Weder Donar noch Irmin noch Saxnoth hatten ihre Heerscharen zu Hilfe geschickt. Die Tore Walhalls waren verschlossen geblieben an jenem verfluchten Tag. Warum? Darauf wusste kein sächsischer Priester eine Antwort. Vielleicht hat Isaak recht, dachte Thankmar, vielleicht gibt es diesen Wind.

In Gedanken versunken standen sie da. Erst die Schritte der Araber brachen den Bann.

Isaak straffte sich. »Genug getrödelt, Sklave. Das Gepäck liegt noch immer dort draußen, und es dunkelt bereits. Eile dich!« Er klatschte in die Hände, und Thankmar sprang auf, um seine Arbeit zu verrichten.

Als sich das Nachtblau über den Pass ergoss, knackten Scheite in der alten Feuerstelle. In den Schlagschatten der Flammen richteten die Reisenden ihre Lager her. Die erhitzten Körper hießen die Kühle des Marmors willkommen, und das Pökelfleisch lag zum gemeinsamen Mahl bereit. Müde Zikaden sägten den Takt der Nacht.

Durch den Rauch schritt Mazruq al-Atar und massierte seine Hände. »Auf, meine Brüder. Es ist Zeit zum Gebet. Geht nicht schlafen, ohne Allah zu loben!« Isaak raunte er zu: »Jetzt wollen wir sehen, wie lebendig die Geister dieses Tempels wirklich sind.«

Mazruq durchquerte die Halle und baute sich vor der Statue auf, die im Halbdunkel schimmerte. »Du scheinst ein schlechter Gott zu sein, mein Freund, so schief und zerbrochen wie du daliegst.« Die Stiefelspitze des Arabers trat beiläufig gegen die Skulptur. »Lass sehen, ob ich dich ein wenig erfrischen kann.«

Breitbeinig stand Mazruq da, lüpfte seine Gewänder, und dann platschte Urin auf die Figur. Der Strahl prasselte auf das Gesicht, mischte sich mit Staub und rann wie Tränen aus Schlamm über die erloschenen Augen. Mazruq stöhnte vor Erleichterung.

»Nein!«, schrie Thankmar. Er war bereits auf den Beinen, als er Isaaks Griff spürte, der ihn wieder auf den Boden zwang.

Als sich Mazruq umwandte, waren seine Kleider wieder geordnet. »Was kümmert es dich, Sklave? Du bist ebenso gottlos wie diejenigen, die dieses Ding dort angebetet haben. Ich sollte mit dir ebenso verfahren.«

Isaak schaltete sich ein. Thankmar stellte mit Erschrecken fest, dass sein Herr sehr müde aussah. »Mazruq, Ihr schändet den Glauben anderer. Das ist nicht im Sinne des Islam. Allah, Jahwe und der Christengott, ja selbst dieses Ding – wie Ihr es nennt – sind eins: Manifestationen einer religiösen Aura, die alles auf dieser Welt umfasst. Wer andere Religionen verlacht, macht sich schlechten Benehmens Allah gegenüber schuldig. So sagt Euer Herrscher, Kalif Harun ar-Raschid.«

Die Hände in den Hüften, baute sich der Araber vor dem Juden auf, sein Bart loderte im Flammenschein. »Ihr sprecht große Worte für einen Ungläubigen. Jeden anderen hätte diese Frechheit den Kopf gekostet. Doch Ihr steht unter dem Schutz des Kalifen. So muss ich Euer Leben schonen. Leider.«

»Belehrt mich nicht über meinen diplomatischen Status, Mazruq, sondern über den Islam, so wie Ihr ihn auslegt. Oder gebricht es Euch an Argumenten?«

Schweigen breitete sich aus, nur das Knistern des Feuers war zu hören.

Mazruq schnaubte. »›Jedem von euch gaben wir eine Norm und einen Weg. Und wenn Allah es wollte, wahrlich, so machte er euch zu einer einzigen Gemeinde; doch will er euch prüfen in dem, was er euch gegeben.‹ So, Hebräer, heißt es in der fünften Sura des Heiligen Buches. Und dort steht auch: ›Wahrlich, du wirst finden, dass unter allen Menschen die Juden den Gläubigen am meisten feind sind.‹ Wenn der Churan die Religionen unterscheidet, wieso sollte ich nicht danach handeln?«

»Weil Ihr nicht bis zum Ende zitiert habt. In der fünften Sura heißt es weiter: ›Zu Allah ist euer aller Heimkehr, und er wird euch aufklären, worüber ihr uneins seid.‹ Mein guter Mazruq, auch ich habe den Churan studiert – mit Vergnügen, wie ich gestehen muss –, und dort habe ich etwas gefunden. Der Gott der Religionen ist nicht Gott an sich, nicht das Absolute. Gott an sich steht jenseits aller Definitionen, er ist mit Worten nicht zu fassen.«

»Lachhaft! Niemand kann zu etwas Unnennbarem beten.«

»So denken viele, leider. Der einfache Geist wird eher verwirrt als erleuchtet, wenn er erfährt, dass auch andere Religionen wirkungsvolle Annäherungen an Gott sein können. An ein und denselben Gott. Aber wir wollen lieber eine Denkpause einlegen, bevor wir diejenigen verwirren, deren religiöser Eifer auf einer eingeschränkten Perspektive beruht.«

Mazruq starrte Isaak an, eine Hand fassungslos auf dem Schwertknauf. Seine laute Stimme verkam zu einem Flüstern. »Sohn der semitischen Niedertracht! Eines Tages werde ich dir die Zunge abschneiden und sie deinem Weib an die Stirn nageln. Bei allen Frauen des Propheten, gesegnet seien ihre Leiber, das schwöre ich!«

»Da werdet Ihr Euch gedulden müssen, mein Guter. Ich bin nämlich unverheiratet und trage mich auch nicht mit entsprechenden Absichten. Aber sagt: Wolltet Ihr Euch nicht dem Gebet widmen? Es ist spät geworden, und ich halte Euch auf.« Er wandte sich an Thankmar. »Komm, Sklave, wir wollen nach Abul Abbas sehen und unsere Begleiter nicht bei ihren heiligen Handlungen stören. Es tut not, dass ihre Gemüter im Gebet Ruhe finden.«

Langsam erhob sich Isaak, nickte den Muslimen zu und verschwand aus dem Feuerschein. Thankmar, der sich plötzlich allein in der Gesellschaft der Araber wiederfand, rappelte sich auf und stürzte seinem Herrn hinterher.

Unbeeindruckt von der Kette, die seinen linken Vorderfuß

an die Säule fesselte, hatte sich der Elefant einige Schritte in den Wald bewegt und den Marmorblock hinter sich hergeschleift. Dort stand er, ein Schatten in der Nacht, und pflückte mit dem Rüssel Blätter von den Büschen. Der schwache Lichtschein aus dem Tempel genügte gerade noch, um erkennen zu können, wie geschickt das Tier die Extremität ein- und ausrollte, wenn es die Ernte in seinem Maul verschwinden ließ. Kein Rucken des Kopfes, kein Rollen der Augen, kein Peitschen des Schwanzes wies darauf hin, dass der Elefant Notiz von den Männern nahm.

Vielleicht will er sich einfach zu keiner Regung herablassen, überlegte Thankmar. Immerhin behandeln wir ihn wie einen Gefangenen.

»Überheblichkeit ist die Domäne der Großen dieser Welt.« Isaak schien seine Gedanken erraten zu haben. »Und Abul Abbas ist nicht nur groß. Er trägt auch den Namen eines Herrschers. Begegne ihm also mit Respekt.«

»Ein Herrscher? Dieser … Abul Abbas soll ein König sein? Herr, ich verstehe nicht.«

Isaak lachte. »Nein, er gebietet nicht über Menschen. Unter den Tieren mag ihm die Stellung eines Fürsten zukommen, aber das entzieht sich meiner Kenntnis. Sein Name hingegen gehörte tatsächlich einst einem König. Abul Abbas as-Saffah war der erste Kalif aus der dritten Dynastie der arabischen Kalifen, der Abbasiden-Dynastie.«

»Herr, bitte, mir schwirrt der Kopf.«

»Anders ausgedrückt: Abul Abbas war der Stammvater der jetzigen islamischen Herrscherfamilie. Der große Kalif Harun ar-Raschid ist sein Nachkomme. Verstehst du?«

»Ja. Vielleicht«, sagte Thankmar.

Aus der Ruine wehte ein vierstimmiges Murmeln zu ihnen herüber.

Allahu akbar. Bismi llahi rrahmani rrahiem. Alhamdu lillahi rabbi laalamien.

»Aber warum heißt der Elefant so wie ein Kalif?«

»Eine gute Frage, die mehr als eine Antwort verdient. Man könnte meinen, Harun ar-Raschid wollte seinen Ahnen ehren, indem er symbolisch ein Tier nach ihm benannt hat. Ein Tier, das viele erstrebenswerte Attribute in sich vereint: Größe, Kraft, Klugheit, Besonnenheit und vieles mehr. Aber ich kenne den Kalifen. Er ist ein Schelm. Meiner Meinung nach muss es ihm eine diebische Freude bereitet haben, den Namen seines großen Vorfahren an einen plumpen Dickhäuter zu binden und diesen dann aus dem Land zu jagen – als Haustier für den Herrscher der Feinde. Zumal ihm niemand eine derartige Verruchtheit nachweisen kann.«

Arrahmani rrahiem. Maliki yaumi ddien. Iyyaka na' budud wa iyyaka nasta 'ien.

»Ein Haustier? Welches Haus könnte groß genug sein für Abul Abbas?«

»Die Kaiserpfalz von Carolus Magnus. Wir werden Abul Abbas mit einigen weiteren Geschenken nach Pavia bringen. Dort residiert zurzeit der Frankenkaiser. Er hält sich nie lange an einem Ort auf. Carolus Magnus wird uns empfangen und unsere arabischen Begleiter mit neuen Geschenken zurück nach Bagdad schicken. Wir müssen ihre Gegenwart also nur noch kurze Zeit erdulden.«

»Fürchtet Ihr Euch vor Mazruq, Herr? Ich habe ihn und die anderen bereits kennengelernt, bevor Ihr mich … gerettet habt.«

Isaak löste den Blick von Abul Abbas und sah Thankmar an. »Erzähle mir davon.«

Thankmar berichtete von den Ereignissen der vergangenen Tage, von Rosviths Leiche, dem verborgenen Dolch, von seiner

Flucht und dem Zusammentreffen mit Mazruq, Khalid, Sanad und Hubaisch. Den kurzen Kampf in der Taverne schmückte er zu seinen Gunsten ein wenig aus.

»Das sind schlechte Neuigkeiten. Die vier werden versuchen, dich zu töten, zweifellos. Du bist nur ein Sklave und genießt nicht den Schutz eines kaiserlichen Gesandten. Sei auf der Hut! Eine schnelle Klinge, ein heimtückischer Pfeil – niemand würde die Mörder zur Rechenschaft ziehen.«

Ihdina ssirata lmustaqiem. Sirata lladiena an amta alayhim.

»Gebt mir ein Schwert, Herr, einen Dolch oder ein Sax – ich werde mich zu wehren wissen.«

»Ein Sklave unter Waffen? Der Kaiser würde an meinem Verstand zweifeln. Sagtest du nicht, du seist geschickt mit den Händen? Nutze sie. Und deinen Kopf. Denn dafür durfte er auf deinen Schultern bleiben. Ich selbst will sehen, dass ich dir die Unholde vom Leibe halten kann. Für die Nacht musst du dir einen sicheren Ort suchen. Ich fürchte um dein Leben.«

Ghayri lmaghdubi alayhim wala ddalien. Allahu akbar.

»Ich werde ins Unterholz kriechen«, schlug Thankmar vor.

»Damit sie deine Leiche noch nicht einmal verstecken müssen? Nein, das ist zu gefährlich. Wie wäre es stattdessen … Ja, das mag funktionieren. Leg dich zum Schlafen auf Abul Abbas' Rücken. Elefanten ruhen oft im Stehen und sind an Reiter gewöhnt. Wenn du Arme und Beine weit von dir streckst, wirst du nicht hinunterfallen. Das ist es!«

»Aber … Herr?«

»Tu, was ich gesagt habe. Falls einer der Araber versucht, zu dir hinaufzusteigen, wird der Elefant unruhig werden und du wirst erwachen. Für einen Pfeilschuss ist es zu finster. Außerdem könnten sie das Tier verletzen, und das würden sie nicht riskieren.«

Thankmar schluckte. »Ja, Herr. Aber Abul Abbas … Er ist so groß, und seine fürchterlichen Hörner …«

»… sind Stoßzähne, über die du auf seinen Rücken klettern kannst. Vor ihm brauchst du keine Angst zu haben. Ihr werdet euch schon aneinander gewöhnen. Und nun hinauf mit dir!« Er drehte sich um und verschwand in Richtung Tempel.

Die Gebete waren verstummt.

Der Schlaf wollte in dieser Nacht nicht zu ihm kommen. Isaak lag wach und betrachtete die Sterne, die auf der Passhöhe so hell schienen wie der Mond. Capricorn, Sagittarius, Cancer – er versuchte sich an seine astronomischen Kenntnisse zu erinnern und zog in Gedanken Linien zwischen den Lichtpunkten, bis er die vertrauten Bilder der Sterndeuter vor Augen hatte. Immer wieder entglitten ihm die Figuren, und gerade, als er den großen Jagdhund des Orion gefunden hatte, wanderten seine Gedanken nach Septimanien – in jenen südlichen Teil des Frankenreichs, wo das Kloster Sankt Albola stand.

Vor dreißig Jahren hatte der Frankenkaiser einen großen Sieg über die sächsischen Stämme errungen. Vor dreißig Jahren war er Imma begegnet. Und seither versuchte er vergeblich, zu ihr zu gelangen.

Damals hatten die Widersacher des Carolus Magnus die Nachricht verbreitet, der Franke habe die Sachsen in der Aeresburg ausnahmslos abschlachten lassen. Aber das stimmte nicht. Karl hatte sich eines anderen Mittels bedient, um die Gefahren im Norden seines Reiches zu bannen. Er hatte die bezwungenen Stämme umgesiedelt und sie in die entlegensten Winkel seines riesigen Reiches verstreut, wo sie nach wie vor ihren Bräuchen nachkommen konnten. Manchen war es gelungen, in ihrem alten Dorfverband ein neues Leben anzufangen. Andere fristeten ein einsames Dasein in einem unfruchtbaren Landstrich. Den Frankenherrscher kümmerte es nicht. Für ihn war entscheidend, dass das Volk der Sachsen so verstreut war, dass es keine schlagkräftige Truppe zusammentrommeln konnte.

Imma hatte auf Isaaks Anraten hin den Weg ins Kloster gewählt. Dort, so hatten sie gemeinsam beschlossen, sollte sie auf ihn warten. Aber statt einem Konvent in der Nähe Kölns zugewiesen zu werden, war die Sächsin ins Kloster Sankt Albola nach Septimanien versetzt worden. Septimanien! Dieser südlichste Teil des Frankenreichs lag an der Grenze zum Emirat der Omaijaden und war für einen fränkischen Diplomaten wie ihn so unerreichbar wie der Mond. Jetzt aber lag Septimanien in Reichweite. Nach dreißig Jahren. Pavia und der Kaiser waren nah, und wenn Carolus Magnus die Geschenke aus Bagdad erst einmal entgegengenommen hatte, würde Isaak sich von allen weiteren Verpflichtungen freimachen und zum Kloster Sankt Albola reiten. Was, dachte er bang, würde er dort vorfinden? Er sah erneut zum Himmel hinauf. Jene Sterne, die normalerweise Sirius und den Gürtel des Orion bildeten, schufen in seiner Fantasie ein neues Bild. In die Schwärze des Nachthimmels zeichneten Isaaks Gedanken den Umriss eines Vogels mit nur einem Flügel.

7.

Schwester Vorsängerin, Schwester Vorsängerin!« Die Rufe zerrissen die Stille im Kreuzgang. Verärgert blieb Imma stehen, beendete rasch ihr Zwiegespräch mit dem Herrn, bekreuzigte sich und sah auf. Zwischen den Arkaden huschte Madelgard auf sie zu. Ihre ärmellose Novizinnentracht flatterte über den flinken Füßen. Aufregung war das Letzte, was Imma im Kreuzgang duldete. Dies war ein Ort geistiger Versenkung, ein Quell religiöser Frische. Kein Spielplatz für junge Gänse. Zudem war die Sext vorüber, und es herrschte Mittagsruhe im Kloster.

»Still!«, zischte Imma der Novizin zu, als Madelgard sie atemlos erreichte. »Ich werde dein Betragen in der Kapitelversammlung zur Sprache bringen. Zeige Ehrfurcht vor dem Herrn und bitte um Vergebung.«

Die Novizin kniete auf dem mit Stroh ausgelegten Gang nieder. Ihre kleine Gestalt verschwand in den Falten ihrer sackleinenen Kukulle.

»Schwester Vorsängerin«, kam es atemlos aus dem Stoffknäuel zu Immas Füßen. »Es ist wegen Adelind.«

Adelind, natürlich! Die kleine geistliche Welt des septimanischen Klosters Sankt Albola kannte nur zwei Störenfriede: die Sarazenen und Adelind. Immas spirituelle Ruhe ertrank in Entrüstung.

»Was hat sie dieses Mal angestellt? Im Refektorium in die Kochtöpfe gepinkelt? Den Pferden Pfeffer in den Hafer gestreut? Was, im Namen des heiligen Benedikt, ist passiert?«

Ihre Worte donnerten an die Wände wie Felsbrocken. Die

anderen Nonnen im Wandelgang erstarrten. Wäre sie nicht die Vorsängerin gewesen, die zweithöchste Nonne im Stift, ein Zischen hätte sie zurechtgewiesen.

Die Novizin wagte weder Blick noch Stimme zu heben. »Im Irrgarten hat sie sich verlaufen. Schon gestern Abend. Nun findet sie nicht mehr heraus. Ich habe ihr gesagt, sie soll nicht dort hinein. Nur die Schwester Äbtissin, die Schwester Vorsängerin und der Pater Immediatus fänden wieder hinaus. Das weiß jeder. Aber sie hat nur gelacht, und schon war sie zwischen den Hecken verschwunden. Zum Nachtgottesdienst war sie nicht im Dormitorium. Da bin ich hin, gleich nach der Terz, und hab sie rufen hören aus dem Labyrinth. Bitte, Schwester Vorsängerin, Schwester Imma, bitte rettet sie. Sie muss so große Angst haben, ganz allein in dem Gesträuch.«

Die ganze Nacht im Irrgarten, noch dazu im Regen! Das wird sie läutern, dachte Imma. Was Nahrungsentzug und Arrest nicht geschafft hatten, diese unfreiwillige Selbstkasteiung würde es vollbringen. Adelind würde zahm sein wie ein Lamm. Ein durchnässtes, verirrtes Lamm. Imma würde es heimführen zum Herrn und das schwarze Schaf endlich zu einem gefügigen Teil der Herde machen.

Eilig verließ sie die Novizin. Die Erwartung ihres Triumphes beflügelte ihre Schritte, und so trabte die füllige Nonne hinaus, wogte vorbei am Infirmarium, an der Hostienbäckerei, an der Heimlichkeit auf den Gartenbezirk zu. Das Klatschen ihrer Sandalen ohrfeigte die andächtige Stille.

Imma zügelte ihre Schritte, aber ihr Puls raste weiter. Vor ihr lag das Labyrinth, gleich neben dem Kräutergarten der Schwester Infirmaria. Nur ein Wall aus Blattwerk war zu sehen; so hoch, dass man sein oberes Ende selbst mit ausgestrecktem Arm und auf Zehenspitzen stehend nicht erreichen konnte; so dicht wie Mörtelwerk. Dahinter verbargen sich Hecken und

Bäume, üppig und stark und sich zahllos verzweigend. Imma und die Äbtissin hatten dieses Wunder des Lebens vor dreißig Jahren erdacht und angelegt. Die Setzlinge, die sie damals gepflanzt hatten, waren heute mächtige Bäume. Die Hecken und Sträucher schlängelten sich die Pfade entlang und bildeten den eigentlichen Irrgarten, ein Netz von Wegen, ein Rätsel in Geometrie.

Damals hatte es die neue Äbtissin für einen guten Gedanken gehalten, das Kloster von Sankt Albola mit etwas Ungewöhnlichem zu schmücken, einem Sinnbild des Lebens im Namen des Herrn. So war die Idee für das Labyrinth entstanden. Es war Immas Einfall gewesen. Erst als sie die Arbeit beendet hatten und erschöpft zwischen den noch jungen Pflanzen standen, war ihr bewusst geworden, was sie da geschaffen hatten: ein Abbild des Labyrinths unter der Irminsul, ein Netz aus Pfaden, in dessen Zentrum sich ihre Wünsche erfüllen sollten.

In der Mitte des Labyrinths von Sankt Albola stand eine Kapelle. Sie hieß die Wanderer willkommen, die durch das Wirrwarr der Weltlichkeit, durch die Irrwege des Menschseins an ein Ziel zu gelangen suchten. Dort wohnte Er; inmitten von endlosen Sackgassen, Verstrickungen, Hindernissen, Knoten und Krümmungen war Er seinen verirrten Schafen Heim und Hirte. Gelobt sei Gott! Aber die von Imma insgeheim herbeigesehnte Erlösung war nicht nur religiöser Natur.

Sie glitt in das Grün. Es roch nach Haselwurz und Steinbrech. Ihre erheblichen Hüften wischten zielsicher um die Ecken und knickten vorwitzige Zweige. Rechts, links, rechts. Rechts, rechts, links. Das Labyrinth war gewaltig. Trotz ihrer Eile und Ortskenntnis kostete es sie eine ganze Weile, zu seinem Herzen vorzudringen.

Schließlich öffneten sich die grünen Schneisen zu einer runden Lichtung, in deren Zentrum die roh gezimmerte Kapelle stand. Ein Flügel der Doppeltür war aufgezogen. Imma trat ein.

Es war nicht schwer, Adelind in dem kleinen Raum auszumachen. Die Novizin lag vor dem Altar und schlief. Aus Laub hatte sie sich ein Lager gerichtet. Durch die kleinen Fenster fiel das Mittagslicht herein und tauchte die Schlafende in hellen Schein. Wie friedlich sie ruhte. Wie schön sie war. Ein Kind Gottes. Von den vielen Stunden im Skriptorium hatte ihre Haut eine vornehme Blässe bekommen. Imma legte den Kopf schief. Der geschnitzte Christus in der Apsis schien direkt auf die junge Frau herabzublicken und über ihren Schlaf zu wachen.

Dann stahl sich der Geruch von Wein in Immas Nase. Sie schnüffelte. In ihr keimte ein Verdacht, der rasch zur Gewissheit wurde. Unter einer Bank entdeckte sie einen Eimer samt Schöpfkelle, darin eine verräterische Pfütze. Vorsichtig beugte sie sich über Adelind. Das Aroma stieg auch von der Novizin auf. In Imma begann es vor Zorn zu kochen. Trunkenheit im Hause des Herrn! Noch dazu von einem Mitglied des Ordens. So etwas hatte sie nicht erlebt, seit sie vor dreißig Jahren ins Kloster eingetreten war.

Adelinds Lider flatterten. Einen Moment lang war ihr Blick leer. Dann schien sie die Züge Schwester Immas zu erkennen.

»Schwester Vorsängerin?« Eine saure Wolke stieg von den Lippen der Novizin auf. »Das Blut des Herrn. Es schmeckt so süß.« Die Buchstaben purzelten ihr auf der Zunge durcheinander.

»Woher hast du den Wein?« Imma kannte die Antwort bereits, aber sie wollte ein Geständnis, das eine harte Strafe rechtfertigen würde.

»Immer erwischt mich Schwester Imma«, lallte Adelind und kicherte vor Freude über ihren Einfall.

Der Geruch von Gegorenem ließ Imma zurückweichen. »Antworte!«

Adelind setzte sich benommen auf. »Die Schwester Cellerarin war so verständnisvoll, mir einen Schluck zu erlauben. Habe ich mich eines Vergehens schuldig gemacht? So geht und schreit sie an. Sie hat mich in Versuchung geführt.« Ihre bleichen Wangen blähten sich auf.

»Ein Vergehen? Du hast dich versündigt vor dem Herrn. Erst hast du dich in den Keller geschlichen und einen ganzen Eimer Wein gestohlen. Wein, der für die Eucharistie geweiht ist. Dann hast du dich im Labyrinth versteckt, um dich dem Alkohol hinzugeben. Du kommst zur Nacht nicht ins Dormitorium. Deine Mitschwestern ängstigen sich zu Tode. Du schwänzt die Messe. Du entweihst diesen heiligen Ort mit deinem … deinem Gestank. Und nun lügst du im Angesicht Christi!« Sie zwang das Crescendo ihrer Stimme zu einem Flüstern herab. »In drei Tagen solltest du die Nonnenweihe empfangen. Damit, mein Kind, werden wir besser noch ein weiteres Jahr warten.«

»Das könnt Ihr nicht tun!«, platzte es aus der Novizin heraus. »Noch ein Jahr in diesem Stift. Das ertrage ich nicht! Die Cellerarin hält doch selbst bei jeder Gelegenheit ihren Kopf ins Fass. Wird sie nicht bestraft?«

»Ich werde dem nachgehen. Sei gewiss. Für deine Verleumdungen wirst du derweil hier eingesperrt bleiben, bis dass der Herr deine Sünden vergibt. Nun schweig still im Hause Gottes und bitte um Vergebung!«

Adelind stand unter Mühen auf. »So werde ich augenblicklich mit dem Beten beginnen und dem Herrn von Euren harten Strafen berichten.« Sie drehte sich zu Altar und Kruzifix um.

Vielleicht wollte sie tatsächlich beten. Was sich aber in diesem Augenblick aus Adelind ergoss, waren keine Worte der Demut. Eine zähe Brühe schwappte ihr aus dem Mund und ergoss sich über den Altar. Schleim rann den Sandstein hinab, während die Novizin hilflos die Hände in die Lache stemmte und nicht aufhören konnte, nach Luft zu schnappen und zu erbrechen.

Imma floh aus der Kapelle. Scham und Entsetzen ließen auch in ihr Übelkeit aufsteigen. Sie warf die Eichentür ins Schloss, blickte durch die Türklappe noch ein letztes Mal auf das Geschehen im Innern und verankerte beide Flügel mit einer starken Bohle.

Die frische Gartenluft schenkte ihr Linderung. Sie ließ sich auf den warmen Boden nieder und legte eine Hand auf die Brust. Mit tiefen Atemzügen versuchte sie, ihren Körper von der Erinnerung an Adelinds Auswurf zu reinigen. Das Würgen drang nur noch gedämpft aus der Kapelle, verstummte schließlich ganz und machte leisem Jammer Platz.

Sie überlegte noch, ob es nicht an der Zeit sei, die Novizin körperlich zu züchtigen, da ertasteten ihre Finger das Amulett unter der Nonnenkluft. Mit Daumen und Zeigefinger fuhr sie die Umrisse des Anhängers nach. Meine Sünde ist ja keine geringere, sagte sie sich. Unter den Gewändern des heiligen Benedikt trage ich heidnischen Schmuck. Und ich verzehre mich nach einem Mann. Sie erschrak bei diesem Gedanken über sich selbst. »Bete und arbeite. Bete und arbeite«, murmelte sie die Ordensregel der Benediktinerinnen vor sich hin. »Bete und arbeite. Und nichts wird geschehen.«

Dann griff sie unter ihre Tunika und zog das Amulett hervor.

Es war eine Einlegearbeit aus blutrotem Almandin. Winzige Stückchen des Halbedelsteins fügten sich in Goldfassungen zu einem Mosaik zusammen. Goldene Adern, kaum breiter als ein Haar, durchzogen den Schmuck. Wie ein kleiner Irrgarten, dachte Imma und strich mit dem Finger über die glänzende Oberfläche. Der Anhänger hatte die Form eines Greifvogels mit nur einem Flügel und halbiertem Körper. Tatsächlich zog sich eine Bruchkante an einer Seite entlang. Sie hob das Amulett an die Lippen und küsste vorsichtig den Grat. Imma spürte etwas in ihrer Brust aufgehen wie Hefe. Ein Gesicht schälte sich aus dem Nebel der Erinnerung.

»Es ist nicht recht«, sagte sie laut, und die Erinnerung fiel in sich zusammen, hinterließ nichts als den Kehricht ihres Anstandes.

Ihr Kopf ruckte herum. Sie wusste, dass Adelind sie durch die Türklappe anstarrte, noch bevor sie die Novizin sah. Die Frauen blickten sich an, stumm und feindselig. Jede im Bewusstsein, von der Regelübertretung der anderen zu wissen.

»Lasst mich hinaus, Schwester Vorsängerin! Niemand soll von Eurem kleinen Geheimnis erfahren. Wenn Ihr mich nur gehen lasst.« Mit den tiefen Schatten um die Augen sah Adelind aus, als sauge ihr ein Dämon das Leben aus.

Imma stand auf und schwieg.

»Raus, raus, raus!«, kreischte Adelind. »Mach die Tür auf, du gottverdammte Nonne!«

Bedächtig schritt Imma zurück zwischen die schützenden Hecken. Sie weinte still, als das Grün des Irrgartens sie umfing. Von einer Novizin entdeckt. Nach so vielen Jahren.

Sie wollte beichten.

Es war an der Zeit.

Dann begann sie zu rennen.

8.

Frauenklöster!« Die Stimme von Abt Iohannis dröhnte durch den Gang. Sie kam aus der Zelle der Äbtissin und bebte vor Zorn. Imma beschleunigte ihre Schritte. Der Besuch des Abtes war doch erst für übermorgen angekündigt. Im nächsten Moment strich sie den Vorhang beiseite und trat in die Kammer, kurzatmig, das Gesicht noch immer von Tränen verklebt.

»Pater Immediatus«, begrüßte sie den Gast. »Erlaubt Ihr, dass ich eintrete?«

»Das habt Ihr bereits getan, Imma«, schnappte Iohannis.

Der Geistliche stand mit verschränkten Armen an dem kleinen Fenster und starrte Imma an. Vor ihm saß Äbtissin Hrotrud wie eine Sünderin auf einem Schemel und rang die knotigen Hände.

»Ich kenne kein Männerstift, in dem die handwerklichen Pflichten derart vernachlässigt werden«, fuhr Iohannis fort. »Die Schindeln fliegen beim zartesten Windhauch vom Dach. Die Zäune stehen schief. Dieses Kloster ist ein Opfer des Verfalls.«

Der Pater hat recht, dachte Imma, während sie den Raum taxierte. Die Zelle der Äbtissin war feucht, sogar zu dieser Jahreszeit. Grün-schwarze Flecken sprenkelten Mörtel und Bruchstein. Schimmel stockte in den Rissen der Schemel und der viel zu kleinen Bettstatt.

Weisungsabt Iohannis lehnte am Fenster und schien jedes Quäntchen frischer Luft willkommen zu heißen, das durch die schmale Öffnung hereinwehte. Gleich wird er sich wieder zurück nach Arles wünschen, an den Hof des Erzbischofs und in seine sauberen Privatgemächer, dachte Imma und unterdrückte ein Schmunzeln. Die Besuche des Weisungsabtes verliefen stets wie der einstudierte Auftritt eines Schauspielers, nur unterhaltsam waren sie nicht.

Bevor Iohannis seine Tirade fortsetzen konnte, fiel ihm Hrotrud ins Wort. »Pater Immediatus, ich danke Gott, dass er Euren Weg wieder sicher nach Sankt Albola geleitet hat. Habt Ihr eine der neuen Bibelübersetzungen im Gepäck? Ich bat Euch in einem Schreiben um eines jener Werke des Alkuin. Ihr habt meinen Brief doch erhalten?«

Ihre Augen sind stumpf geworden, stellte Imma fest. Es hatte Zeiten gegeben, da hatte sie der Glaubenseifer in Hrotruds Blick in seinen Bann geschlagen. Der Konvent zerfällt und mit ihm die Nonnen, die ihn hegen sollten, dachte sie. Der Versuch der Äbtissin, den Pater auf ein anderes Thema zu bringen, war so plump, dass er unmöglich von Erfolg gekrönt sein konnte.

Zu Immas Überraschung ließ der Abt aber tatsächlich von seinen Tadeln ab. Er löste sich vom Fenster, ging auf die Äbtissin zu und fasste ihre Hände. »Hrotrud, dass ich Euch so früh aufsuche, hat einen Grund. Schreckliches ist mir auf dem Weg hierher begegnet. Gefahr ist im Verzug. Große Gefahr. Und Eile ist das Gebot der Stunde.«

Imma ließ sich auf die Bettstatt der Äbtissin fallen.

Iohannis sah die Frauen an wie zwei Messdiener, denen er den Ernst ihrer Aufgaben verdeutlichen musste.

»Sarazenen sind in der Nähe, westlich von hier. Sie plündern und brennen Dörfer nieder. Wenn sie die ungefähre Richtung ihres Raubzuges beibehalten, werden sie in wenigen Tagen auf dieses Kloster stoßen. Ich befürchte das Schlimmste.«

Hrotrud sah unbekümmert zu ihm auf. »Die Sarazenen, Pater Immediatus, treiben seit meinen Tagen als Novizin ihr Unwesen im Grenzland. Aber nie ist es ihnen in den Sinn gekommen, ein Kloster der Christen anzugreifen. Niemals. Man mag von den muslimischen Teufeln halten, was man will. Sie sind Gotteslästerer und Lügner, Mörder und Ehebrecher, wollüstige Wilde ohne Verstand. Doch achten sie die Religion anderer Kulturen. Wie ich gehört habe, gestattet selbst der Emir in Córdoba kleine Enklaven von Christen und Juden.« Die alte Frau schüttelte mit Nachdruck den Kopf. »Für die Opfer dieser Marodeure tut es mir leid. Ich will für ihre Seelen beten. Wir jedoch sind hier in der sicheren Obhut Gottes.«

Der Weisungsabt stemmte die Handflächen auf die schartige Tischplatte. »Eure Lebenserfahrung ehre ich. Aber dieses Mal liegen die Dinge anders. Bagdad will einen neuen Krieg gegen das Frankenreich anzetteln, und Córdoba soll im Namen Harun ar-Raschids den Kaiser provozieren. Und wo, frage ich Euch, ist der Frieden so verletzlich wie eine dünne Haut? Hier in Septimanien. Córdoba hat den Verlust der Provinz an die Franken auch nach mehr als fünfzig Jahren nicht verwunden. Und für die wilden Horden des Emirs ist es nur ein Katzensprung über die Pyrenäen bis vor Eure Pforten.«

»Habt Ihr Beweise für Eure diplomatischen Tiefsinnigkeiten?«, fragte die Äbtissin.

Die Respektlosigkeit der Greisin bereitete Imma eine heimliche Freude.

»Zwei Tagesreisen westlich liegt das Kloster Sankt Trophime. Ihr kennt es?«

»Natürlich«, raunzte die Äbtissin.

»Die Sarazenen haben es geschleift. Nur noch Ruinen schwelen an dem verfluchten Ort. Die feigen Räuber kamen in der Nacht, eine Woche ist das her. Als ich vorbeiritt, mühten sich die wenigen Überlebenden, die Toten zu verscharren.

Für den Abt mussten sie ein besonders großes Grab ausheben, denn sie konnten ihn nicht mehr von dem Kreuz lösen, an das seine Mörder ihn genagelt hatten. Auch die Brüder in Sankt Trophime hatten nicht daran geglaubt, dass die Araber es auf ihre mittellose Abtei abgesehen haben könnten. Jetzt haben sie alles verloren. Wollt Ihr so enden?«

Die Äbtissin knetete ihre Finger. »Wenn das wahr ist – und wieso sollte ich Euch nicht glauben –, könnte Euer Verdacht zutreffen, Iohannis. Aber was sollen wir tun? Seht: Ihr habt es mit dreiundzwanzig Weibern zu tun. Die meisten zu alt, um aufrecht zu gehen, die anderen zu jung, um besonnen zu bleiben. Uns bleibt nur das Gebet oder die Flucht. Und ich werde mein Haus keinem Barbaren räumen, seid gewiss!«

Hrotrud hustete, atemlos von der Rede. Imma legte eine Hand auf die knochigen Finger der Oberin.

»Noch ist nichts geschehen«, sagte Pater Iohannis. »Vielleicht können wir rechtzeitig Hilfe aus Nîmes anfordern. Ich will ein Gesuch aufsetzen. Mein Adlatus ist ein talentierter Reiter. Noch in dieser Stunde soll er aufbrechen. Graf Otolf wird uns einen Trupp Krieger nicht verweigern, und in drei oder vier Tagen wird dieser Ort des Gebets von Panzerreitern gehütet werden.«

»Panzerreiter in Sankt Albola! Wir treiben den Teufel mit Beelzebub aus«, mischte Imma sich ein.

»So geht und verteidigt Eure Mauern mit Feldhacken und werft dem Feind Rosenkränze ins Gesicht«, herrschte Iohannis sie an.

»Ich fürchte, der Pater Immediatus hat recht«, murmelte die Äbtissin. »Ihr solltet die Botschaft so schnell wie möglich auf den Weg bringen. Bis Hilfe eintrifft, werden wir uns der Andacht widmen und den Herrn anrufen, er möge die Araber zur Besinnung bringen.« Sie erhob sich ächzend. »Kommt,

Schwester Imma, wir wollen unserem Gast Pergament und Feder bringen.«

Der gebeugte Rücken der Äbtissin verschwand unter dem Türsturz, aber Imma harrte in der Kammer aus. »Geht schon voraus, Schwester Oberin. Ich will Pater Iohannis noch etwas Gesellschaft leisten«, rief Imma der Greisin hinterher. Wie alt sie geworden ist, dachte sie bekümmert.

Als das Schlurfen der Ledersandalen verhallt war, reckte sich Pater Iohannis. »Nun, Schwester Imma, was gedenkt Ihr, mit mir zu bereden, was Ihr der Äbtissin nicht anvertrauen wollt?«

»Ihr dürft Hrotrud nicht zürnen, Pater Immediatus. Das Alter macht sie von Tag zu Tag starrsinniger. Aber sie ist eine gute Äbtissin.«

»Daran zweifle ich nicht.«

»Ihr solltet Euch die Notenschrift ansehen, die sie erfunden hat. Mithilfe der Neumen kann sie Musik auf Pergament bannen. Stellt Euch vor: Bücher voller Töne, fixiert für alle Ewigkeit.«

»Das ist sehr interessant, aber wie Ihr gehört habt, ist meine Zeit knapp. Entschuldigt mich jetzt.«

Imma rieb die schwitzenden Hände an ihrer Kukulle. »Pater Immediatus, ich bitte Euch, nehmt mir die Beichte ab. Ich habe gefehlt und trage schwer daran. Zu schwer, als dass Schwester Hrotrud davon wissen dürfte. Gott hat Euch hierhergeführt, damit ich meine Sünden bekennen kann. Wollt Ihr mich anhören und mir die Absolution erteilen?«

»Ihr wollt Euch mir anvertrauen? Aber die private Beichte ist in unserer Kirche nicht vorgesehen. Das solltet Ihr wissen.«

»Ich kenne die Gesetze der Kirche wohl. Aber meine Vergehen lasten so schwer, dass mir die Seele bei der Abbitte in der Messe nicht leicht werden will. Könnt Ihr nicht eine Ausnahme machen?«

»Und gegen den Willen des Papstes und aller Konventsmitglieder handeln? Die vorgesehene Strafe für schwere Übertretungen ist die Geißelung. Wendet Euch an die Äbtissin. Sie wird Euch auspeitschen lassen. Dieses Gespräch ist beendet, Schwester Imma. Seid ohne Sorge: Ich werde vergessen, mit welch infamem Wunsch Ihr an mich herangetreten seid. Und nun geht. Die Zeit drängt.«

Sprachlos starrte Imma in das Gesicht mit dem spitzen Kinn und den ausladenden Wangenknochen. Der Weisungsabt verweigerte ihr die private Beichte. Natürlich. Imma verstand seine Ablehnung. Vermutlich hätte sie ebenso reagiert. Dennoch fühlte sie sich zurückgewiesen wie eine getadelte Novizin.

»Pater Iohannis«, versuchte sie es erneut, »falls die Sarazenen uns angreifen und ich sterben muss, wird meine Seele sündenbeladen vor unseren Herrn treten müssen. Ich verstehe Euren Einwand. Aber sollten wir unser Heil nicht besser in der Ewigkeit suchen als in diesem kurzem Leben?«

Iohannis fasste sie an den Armen und zog sie mürrisch auf die Füße. »Für die Theologie müssen wir ein anderes Mal Muße finden, Schwester Vorsängerin. Jetzt bestehe ich darauf, den Brief an Graf Otolf zu schreiben. Sollte sich die Situation als harmlos erweisen, werde ich mich Eurer erinnern. Bitte habt Verständnis.«

Bestimmt schob er Imma auf den Gang hinaus. Sie suchte noch nach Argumenten, da schwang bereits der Vorhang vor die Zellentür.

Imma stand auf einem Feld, in der Nähe eines verfallenen Gemäuers. Die Szenerie schien unwirklich. Wie war sie hierher gelangt? Ungetüme umringten sie, menschliche Gestalten mit Wolfsköpfen, die Säbel auf den Boden hieben, dass die Funken stoben. Sie hüpften und rannten und zogen einen Kreis um Imma herum. Dann schnappten sie mit langen Schnauzen nach ihr, an denen die Lefzen labberten. Einer hatte sein Tiergesicht unter der Maske eines Menschen verborgen. Obwohl Imma ihm nie zuvor begegnet war, kam er ihr merkwürdig vertraut vor. Sie griff nach der Maske, neugierig und ohne Angst. Da stürzten sich zwei Wolfsmänner auf sie, fielen vor ihr zu Boden und begannen, ihre Füße zu fressen. Das kitzelte, und sie zuckte zurück.

Zu spät. Ihre Füße waren fort. An Flucht war nicht mehr zu denken. Der Maskierte kam näher. Sie wich zurück, bis sie eine Wand im Rücken spürte. Eine Nische umfing sie. Die Mauern pressten ihre Schultern zusammen. »Aber es ist viel zu eng hier drin!«, rief sie den Chimären entgegen. Die Kreaturen nickten, als hingen ihre Schädel an unsichtbaren Fäden. »Zu eng!« Sie legte Nachdruck in die Worte, aber niemand schien sie zu hören oder hören zu wollen.

Die Wolfswesen begannen, die Nische mit Ziegeln und Mörtel zu verschließen. Schon hatten sie eine Mauer errichtet, die Imma bis zur Hüfte reichte, zur Brust, zum Hals. Schließlich fiel nur noch ein schmaler Streifen Licht in ihren Kerker. Sie presste sich gegen die Wand und spähte durch die winzige Öffnung. Eine Handbreit entfernt, doch unerreichbar, stand der Maskierte. Sein Atem roch nach Myrrhe. Unvermittelt riss er sich die Maske vom Gesicht. Bevor Imma erkennen konnte, wer oder was sich dahinter verbarg, quetschte eine haarige Hand das künstliche Antlitz durch das Mauerloch und presste es geradewegs auf ihr Gesicht. Sie hörte noch, wie der Schlussstein mit einem Kratzen eingesetzt wurde. Dann war alles dunkel um sie herum.

Imma erwachte und riss die Augen auf. Im Dormitorium herrschte Totenstille. Die Finsternis irritierte sie. In der Regel wurde der Schlafsaal vom Mondlicht, das durch die kleinen

Maueröffnungen hereinfiel, schwach beleuchtet. Aber weder Schemen noch Schatten waren zu sehen. Nur Schwärze. Wenn es nun kein Traum gewesen war? Wenn man sie tatsächlich eingemauert hatte?

Immas Herz begann zu rasen. Sie entschloss sich, aufzustehen und dem Spuk ein Ende zu bereiten. Die Laudes konnte nicht mehr weit sein, und sie wollte die Zeit bis zum Gottesdienst im Gebet verbringen.

Als sie sich von der Pritsche schwingen wollte, prallte sie gegen eine Wand.

Imma schrie. Sie kreischte und klatschte mit der flachen Hand gegen das Mauerwerk. Immer wieder hämmerte sie gegen den Stein, brüllte mit kräftiger Stimme, warf den Kopf hin und her und schmeckte Schweiß und Angst.

Den Lichtschein in ihrem Rücken bemerkte sie erst spät. Sie fuhr herum und sah in die erschrockenen Augen ihrer Mitschwestern. Gewappnet mit Kerzenhaltern beugten sich zwei der Nonnen über die Tobende und vertrieben die tiefe Nacht.

»Schwester Messnerin. Schwester Kleiderbewahrerin«, sagte Imma laut, und endlich begriff sie. Ein Albdruck hatte sie heimgesucht und sie mit unruhigem Schlaf geschlagen. Dabei musste sie sich auf der Pritsche herumgewälzt haben, ohne es zu bemerken. Als sie erwacht war, lag sie wie gewohnt auf der rechten Seite – aber in der falschen Richtung, den Kopf dort, wo sonst die Füße ruhten. Die Mauer, die sie jede Nacht im Rücken spürte, war durch ihre Drehung vor ihr Gesicht gerückt.

Eine dumme Gans bin ich, tadelte sie sich in Gedanken. Noch immer von der Vision verfolgt, murmelte sie: »Es gibt keine Wolfsmänner. Wie kann ich so etwas nur für möglich halten?«

Ihre Mitschwestern blickten sie verblüfft an. Einige schmunzelten. Als sie den Missmut in Immas Gesicht sahen, verbargen sie ihr Lachen hinter den Händen und schlugen die Augen nieder.

»Es war ein Traum, der Euch geängstigt hat«, sagte Atula, die Cellerarin. Stets war die kleine Nonne bemüht, Immas aufbrausendes Gemüt zu besänftigen.

»So? Wer hat Euch befohlen, meinen Schlaf zu stören?«, fauchte die Vorsängerin, erhob sich von der Lagerstatt und polterte davon.

Bald darauf verloschen die Talglichter im Dormitorium wieder. Von den Pritschen der jüngeren Nonnen war noch Tuscheln zu vernehmen. Dann kehrte die Stille zurück, und das Mondlicht ergoss sich über die Schlafenden wie ein silbriges Leichentuch.

Immas Schritte hallten durch die verlassenen Klostergänge und über den Hof. Sie erreichte die Saalkirche, durchquerte die Vorhalle und sank in einem Winkel zu Boden. Zum Beten war sie zu erregt. So beschloss sie, bis zur Laudes hier zu warten und Schwester Hrotrud nach dem Gottesdienst um Beichte und Absolution zu bitten.

Die Nacht wollte nicht vergehen, und die Kälte biss in ihre Waden. Mehr als einmal überfiel sie der Schlaf, aber sie scheuchte ihn fort wie ein lästiges Insekt. Zu groß war die Furcht, der schreckliche Traum könnte wiederkehren. Um sich wachzuhalten, rief sie sich ihre Arbeit an den Annalen in Erinnerung. Jeden Tag hockte sie über den alten Tafeln, die festlegten, wann in welchem Jahr Ostern gefeiert wurde. Es gab eine beträchtliche Sammlung dieser Aufzeichnungen im Skriptorium. Das Besondere daran war, dass Nonnen an den Rändern Ereignisse wie Naturkatastrophen, Ernteerträge oder Preisentwicklungen wie beiläufig notiert hatten. Diese Notizen hatte Imma auch auf den Ostertafeln anderer Klöster bemerkt. Seit Jahren arbeitete sie daran, aus den Marginalientexten eine Historia zusammenzuschreiben. Ihr Wunsch war es, ein ganzes Buch aus dem wertvollen Material anzufertigen. Der Gedanke an ihr Vorhaben versöhnte sie wieder ein wenig mit der undankbaren Klosterwelt.

Als draußen ein Grauschimmer das tiefe Blau der septimanischen Nacht verwässerte, kamen die Schwestern zur Messe. Imma erhob sich, matt und leer, und erfüllte ihre Pflicht als Vorsängerin mit einer Gleichgültigkeit, die sie selbst überraschte. Der Introitus, den sie sonst voller Inbrunst sang, plätscherte dünn von ihren Lippen. »Wo zwei oder drei in meinem Namen beisammen sind, da bin ich mitten unter ihnen«, intonierte sie. Den Text hatte sie aus dem Iohannis-Evangelium gewählt, ihrem liebsten Buch der Bibel. Aber die Worte klirrten so kalt durch den Raum, dass das *Kyrie eleison* des Chors darunter erfror.

Gebet, Predigt, Gesang. Der Gottesdienst schien endlos. Statt die Schläfer zu ertappen, wie es ihre Pflicht war, nickte Imma selbst ein. Sie war eine starke Frau und stand stets in der ersten Reihe, wenn Tatkraft gefordert war. Doch in den frühen Stunden dieses Tages war sie machtlos gegen den Schlaf.

Die Messe endete, und die Nonnen zogen aus der Kirche aus. Imma erwachte rechtzeitig, um neben der Oberin einherzuschreiten. Als sie den Eingang passierten, fasste Imma die Äbtissin an der trockenen Hand. Die Alte schaute auf.

»Schwester Hrotrud«, sie zögerte einen Atemzug lang, »ich möchte beichten.«

Ein verblichener Blick strich über Hrotruds Gesicht. »Beichten?«, wiederholte die Greisin. »Die Privatbeichte ist uns vom Heiligen Vater verboten worden. Was erlaubt Ihr Euch, Schwester Vorsängerin?«

»Was ich zu beichten habe, geht die anderen Schwestern nichts an. Doch kann ich es auch nicht für mich behalten. Meine Vergehen wiegen schwer. So schwer, dass sie meinen Verbleib in Sankt Albola infrage stellen.«

Hrotrud entzog sich dem Griff der schweißnassen Hände. »Ihr benehmt Euch wie eine Novizin. Besinnt Euch, Imma! Ich bin nur die Äbtissin eines Klosters. Zu Gericht wird ein anderer über Euch sitzen. Dessen seid Ihr Euch doch bewusst?«

»In diesem Fall fällt die Antwort nicht eindeutig aus.«

»So geht! Verschwindet in die Kapelle und ruft den Herrn um Beistand an. Euer Geist leidet an einem gottlosen Fieber. Betet, und Ihr werdet genesen.«

Imma schwieg wütend und zählte die Runzeln auf den ledrigen Wangen der Greisin. Dann flüsterte sie: »Schwester Oberin. Hrotrud. Ich bitte Euch um unserer gemeinsamen Jahrzehnte in diesem Konvent willen: Lasst mich meine Verfehlungen bekennen, bevor es zu spät ist.«

»Wann wird es je zu spät sein, Gott Gehorsam zu erweisen?«, fragte die Alte.

Da huschte eine der Schwestern herbei. Ohne um Erlaubnis zu bitten, fiel sie der Äbtissin ins Wort.

»Ein Mann steht vor den Toren, Schwester Oberin. Aber Pater Iohannis hat verboten, irgendjemanden in das Stift einzulassen. ›Und wenn es der Kaiser in Person ist‹, hat er gesagt. Sollen wir die Tore öffnen oder den Besucher fortschicken?«

»Was will er, und wie nennt er sich?« Imma und Hrotrud stellten die Fragen mit einer Zunge.

»Es ist Hunold, der Reliquienhändler. Er sagt, er habe einige … kapitale Stücke für Euch. So hat er sich ausgedrückt. Verzeiht!«

Hrotrud zeigte ein seltenes Schmunzeln. »Seine Respektlosigkeit weist ihn als den aus, der er vorgibt zu sein. Es ist gut,

Fredegunde. Lasst den Mann ein, verköstigt ihn und führt ihn in den Kapitelsaal. Dort wollen wir ihn empfangen.«

Schwester Fredegunde verbeugte sich und verschwand.

Nun war es die Äbtissin, die Immas Hand suchte. »Kommt, Schwester Vorsängerin. Ein Gast verlangt nach unserer Aufmerksamkeit. Danach werden wir uns um Eure Geheimnisse sorgen.« Sie zog Imma mit spröder Gewalt fort.

Draußen war es hell geworden.

Ein kräftiger Wind rollte die Pyrenäen herab und leckte mit Sturmzungen über das Land. Er spielte um das kleine Stift der Benediktinerinnen und pfiff in den Fensterschlitzen ein archaisches Lied. Im Kapitelsaal ließen die Nonnen die Holzklappen vor den Maueröffnungen herab. Das Heulen fiel zu einem Säuseln zusammen. Dochte wurden entflammt. Bald waberte die Halle in mattem Schimmer. Im Rund saßen Äbtissin, Vorsängerin, Cellerarin, Kleiderbewahrerin und Messnerin und schwiegen lange. Immas Augen brannten. Sobald sie die Lider schloss, kehrte unbarmherzig ihr Traum zurück. So klammerte sie sich an die Wirklichkeit des kalten Raumes, das Klappern der Läden, die blanken Bänke und den scharfen Atem Schwester Atulas.

Sie hatten die schweren Schritte von Männerstiefeln wohl erwartet. Doch als sie sich näherten, schraken die vier Frauen zusammen. Das Hallen der Schritte erinnerte Imma an eine Trommel.

Sie hatte solche Trommeln vor langer Zeit gehört, als die Franken über die Aeresburg gekommen waren. War sie es tatsächlich selbst gewesen, die dem Feind damals den Weg in die Feste gezeigt hatte? Nach der Schlacht hatten die Franken die besiegten Sachsen zur Zwangstaufe geführt. Der Klang der Trommeln hatte den langen Zug begleitet. Viele hatten sich gegen die Taufe gewehrt, einige waren sogar erschlagen worden, weil sie sich weigerten, in das Fass zu steigen, aus dem sie als Christen wieder herauskommen sollten.

Imma selbst war bereitwillig und voller Neugier eingetaucht. Nicht schnell genug hatte sie den alten Glauben von sich abwaschen können und jene Götter, die ihr Glück hatten zerstören wollen, im geweihten Wasser der Christen ertrinken lassen. Als der Missionar sie aus der Taufe gehoben hatte, war sie ein neuer Mensch gewesen. Noch heute fühlte sie die Reinheit, die Christus ihr in diesem Augenblick geschenkt hatte, zusammen mit dem Versprechen, ihr Erlösung zu gewähren. Zwar war dieses Versprechen eingelöst worden. Aber der Schwur, den sie gemeinsam mit Isaak unter den Wurzeln der Irminsul geleistet hatte, war unerfüllt geblieben. Imma erschienen die Ereignisse jener lang zurückliegenden Tage wie ein Traum – ein schrecklicher Traum, aber zugleich einer, den sie gern noch einmal träumen würde.

Schließlich betrat Hunold den Saal.

Mit seinem fliehenden Kinn und der vorspringenden Nase erinnerte er an eine Eidechse. Auch seine Bewegungen ähnelten denen einer Echse. Seine Schritte waren flink und zielstrebig, während der Kopf bald hierhin, bald dorthin ruckte, als spähe er nach Beute oder Gefahr. Hunolds Haar war so glänzend gewichst wie seine Stiefel. Die Wangen loderten feuerrot von einer Rasur mit heißem Wachs. Kein Staubfleck legte Zeugnis ab von der weiten Reise, die er hinter sich haben musste. Zweifellos hatte er sich Zeit genommen, sich für dieses Treffen herauszuputzen. Er war in Leder gegürtet, das seine dürre Gestalt etwas wuchtiger wirken ließ. In den Armen trug er eine Kiste aus Lärchenholz, die er nun vor den Nonnen abstellte. Er verbeugte sich tief und schnell, eine Strähne seines dunklen Haares fiel ihm in die Stirn.

»Gott sei mit Euch, Freund Hunold von Barcelona«, sagte die Äbtissin, und der Händler richtete sich zackig auf. Bedächtig sortierte er seine Haare. Dann setzte er ein gewinnendes Lächeln auf und begrüßte seine Gastgeberinnen mit Samt in der Stimme.

»Schwestern des heiligen Benedikt. Wie sehr ich mich auf dieses Wiedersehen gefreut habe! Gott, der Herr, hat meine Pfade viel zu lange an Eurem prächtigen Haus vorbeigeführt. Aber nun ist der Tag gekommen, da wir uns wiedersehen. Während ich fort war, habe ich viele Schätze sammeln können. Hätte ich sie nicht gerettet, sie wären für die heilige Mutter Kirche auf ewig verloren gewesen.« Hunold machte eine Pause und leckte sich die Lippen, sodass nun auch sein Mund aussah, als habe er ihn poliert.

Was für ein Scharlatan, dachte Imma. Gottes Pfade, dass ich nicht lache! Bis hierher stinken deine Sünden. Vielweiberei und Betrug sind sicher nur die harmloseren Spielarten deiner Sittenlosigkeit.

Die Äbtissin erhob sich. »Auch wir sind froh, Euch in unserer Mitte begrüßen zu können. Eine Zeit der Prüfungen ist für uns angebrochen. Sicherlich habt Ihr auf Euren Reisen von den schändlichen Taten der Sarazenen gehört oder sie gar selbst zu Gesicht bekommen. Pater Iohannis ist zu Gast in Sankt Albola. Er wird Euch gewiss einige Fragen stellen wollen. Doch dazu später. Verratet uns nun, welche Kostbarkeiten Ihr aus den Klauen der Ungläubigen habt retten können.« Die Stimme der Äbtissin vibrierte vor Erregung.

Imma schämte sich für die alte Frau, die in ihrer Gier nach heiligen Artefakten alle Würde verlor. Auch meinte sie, einen misstrauischen Blick Hunolds aufgefangen zu haben, als der Name des Weisungsabtes gefallen war.

Der Händler klatschte in die Hände, als wolle er eine Prozession reich beladener Sklaven im Kapitelsaal aufmarschieren lassen. Dann klappte er den Deckel der Kiste auf. Hunold holte ein Ledermäppchen hervor und demonstrierte dabei äußerste Behutsamkeit. Mit den Fingerspitzen faltete er das Leder auseinander und präsentierte der Kundschaft dessen heiligen Inhalt. Imma erkannte ein fingerlanges Stück Holz.

»Was Ihr hier zu Gesicht bekommt, verehrte Schwestern, ist ein Splitter vom Heiligen Kreuze Christi. Ja, es ist wahr: Der Herr hat dieses Holz in der Stunde seines Todes berührt. Sein Schweiß ist in die Maserung gefahren und hat das Material auf alle Zeit unzerbrechlich gemacht.«

Imma hielt es nicht länger aus. »Wenn das Holz des Heiligen Kreuzes nicht zerbrochen werden kann, warum haltet Ihr dann einen Splitter davon in Händen?«

Hunold stockte keinen Moment in seinen Ausführungen. »Weil Gott selbst es hat zerspringen lassen, um die heilsbringende Substanz unter die Menschen zu streuen.«

»Und nun tut Ihr Gottes Willen und seid der Bote des Herrn«, sagte die Äbtissin beifällig.

Jetzt hatte Hunold sie auf seiner Seite. Er schenkte Imma einen schnellen Blick des Triumphes. »Selbstverständlich bin ich sofort hierhergeeilt, nachdem ich diese Kostbarkeit gefunden hatte. Kein Ort der Welt scheint mir geeigneter, sie sicher aufzubewahren und in Ehren zu halten.«

»Welchen Preis verlangt Ihr?«, schaltete sich nun die Cellerarin ein. Schwester Atula verwaltete die Klosterkasse und hütete das Geld wie ein Zerberus.

Die Summe, die Hunold nannte, war hoch – so hoch, dass es still wurde im Saal und das Pfeifen des Sturms wieder lauter klang.

Imma beobachtete, wie die Äbtissin die Hände rang. Hrotrud war versessen auf Reliquien. Es dürstete sie nach dem

Blut der Märtyrer, aufgefangen in juwelenbesetzten Kelchen, nach Bruchstücken von Knochen, Fetzen von Gewändern oder blutbefleckten Mordwerkzeugen, mit denen die heiligen Männer und Frauen vom Leben zum Tode befördert worden waren. Imma wusste um diese einzige Leidenschaft der alten Frau, und meist übte sie Nachsicht und Geduld.

Dieses Mal jedoch trieb ihr Hunolds Unverschämtheit Purpur in die Wangen. Der Preis war Wucher, der Schwindel offensichtlich. Jedes ihr bekannte Kloster, jede Gemeinde, jede Diözese, sogar viele Wanderprediger schmückten sich mit dem Besitz eines Splitters vom Heiligen Kreuz. Die Äbtissin hatte drei Exemplare in sieben Jahren erstanden. Nähme man alle kursierenden Kreuzsplitter und fügte sie zu ihrer ursprünglichen Form zusammen, ein Kreuz würde daraus erwachsen, gewaltiger als die sieben Hügel Roms.

Bevor Hrotrud dem Handel zustimmen konnte, fuhr Imma dazwischen: »Wunderschön. Aber bevor wir uns entscheiden, lasst sehen, was Ihr sonst noch in Eurer Zauberkiste verbergt.«

»Ja«, Hrotrud nickte Imma mit Begeisterung zu, »zeigt uns mehr.« Unablässig knetete sie ihre Finger.

Hunold lachte und lobte das Interesse der Kundschaft. Unermüdlich fischte er weitere Schätze aus den Eingeweiden der Kiste. Bald fand er ein Fußknöchelchen des heiligen Christophorus, dann ein komplettes Schienbein des heiligen Apollonius. Der heilige Chrysogonus war mit seinem Unterkiefer vertreten, und sogar ein gehöriges Stück Schädelplatte des Apostels Paulus hatte sich in die Reliquiensammlung verirrt. Es gab Haare aus dem Bart des Petrus, eine Schüssel des letzten Abendmahls, Milch Mariens und einen Zipfel ihres Hemdes. Selbst die Vorhaut des beschnittenen Jesu kam aus der Wunderkiste Hunolds hervor, ein staubgraues Stück menschlichen Gewebes, das in einer Glasphiole eingeschlossen war.

Der Händler schwelgte in Geschichten über die Wunder, die seine schauerlichen Artefakte vollbracht hatten, und wurde nicht müde, Preise im Wert mehrerer Ziegenherden dafür zu verlangen.

Beharrlich vereitelte Imma jeden Versuch Hrotruds, den Klosterschatz zu schröpfen. Es kostete sie Mühe, die Ware nicht Plunder zu schimpfen, doch damit hätte sie die Autorität der Äbtissin öffentlich infrage gestellt. So stellte sie Hunold bohrende Fragen, fiel ihm ins Wort, widersprach, kommentierte, täuschte Hustenanfälle vor, betete lauthals angesichts der Märtyrergebeine, erzählte Hunolds Geschichten ungefragt zu Ende und führte sie in die Bedeutungslosigkeit. Sie spie Flammen wie ein Drache, dessen Goldhort von einem gierigen Zwerg bedroht wird.

Der Reliquienhändler wahrte die Fassung. Das Spiel mit der halsstarrigen Nonne schien ihn zu vergnügen. Immer wieder lachte er übertrieben laut, ein fremdartiger Klang in dieser Halle. Er beteuerte die Echtheit seiner Waren nicht. Mischte sich die vorlaute Nonne ein, ging er sofort zum nächsten Stück über und übte sich von Neuem in der Lügenkunst. Imma witterte seine geheime Freude an dem Schlagabtausch. Die Ursache aber blieb ihr ein Rätsel, und so ermahnte sie sich zu Wachsamkeit.

»Nun habt Ihr gesehen, was ich anzubieten habe«, endete Hunold. Er schloss die Kiste und ließ die Hände auf dem Deckel ruhen. »Nur eins bleibt noch.« Zögernd strich er sich über das Kinn, legte die Stirn in Falten.

»Was ist es? Was enthaltet Ihr uns vor?«, fragte die Äbtissin mit bebender Stimme. Sie rutschte auf der Bank vor und zurück. Wie eine rossige Stute, dachte Imma. Vor Scham schlug sie die Augen nieder.

»Dieses Prunkstück hier«, Hunold langte in seinen Mantel,

»habe ich im Auftrag der Benediktiner von Sankt Trophime besorgt. Ich soll es in ihr Kloster liefern, so schnell ich kann. Wie ich weiß, will es Abt Meinherr dem Erzbischof von Arles zum Geschenk machen. Darum steht es nicht zum Verkauf. Aber einen Blick kann ich Euch gewähren.«

Er zückte eine handgroße Schatulle aus Gold. Auf der länglichen Form prangten Einlagen aus Bernstein, Amethyst und Lapislazuli. Zwei Scharniere hielten das Kästchen geschlossen.

Hunold kniete vor die Oberin und streckte ihr die Kassette entgegen. Die Neugier ließ die vier Nonnen zusammenrücken. Hrotrud nahm die Schatulle mit zitternden Fingern.

»In diesem Kästchen«, sagte der Händler, »liegt einer der drei Nägel vom Kreuze Christi. Ein heiligeres, selteneres Artefakt habe ich nie berühren dürfen. Seht ihn Euch genau an. Gewiss werden Eure Brüder in Sankt Trophime einverstanden sein.«

Imma erinnerte sich an den Bericht des Weisungsabtes über das Massaker in Sankt Trophime. Aber bevor sie etwas sagen konnte, öffnete die Äbtissin die Schatulle, und der Anblick der Reliquie ließ sie verstummen.

Auf einem Bett aus meerblauem Samt ruhte ein gewaltiger Nagel. Er war spitz, sechseckig im Querschnitt und so lang und breit wie ein Zeigefinger. Den Kopf verunstalteten Beulen und Risse. Rostpickel hatten die Reliquie übersäht.

Die Äbtissin jauchzte auf. »Das Blut des Herrn haftet noch daran. Seht Ihr? Das ist sein Blut. Sein Blut!« Aus ihrem aufgerissenen Mund troff ein Speichelfaden und nässte ihr Knie.

Jetzt war es Imma genug. »Unsinn! Das ist Rost. Ein Zeichen der Vergänglichkeit. Einfach Rost. Nichts weiter.« Überrascht stellte sie fest, dass sie aufgesprungen war und mit anklagend erhobenem Zeigefinger in Richtung der Schatulle wies. Für

Höflichkeit war es zu spät. Jetzt galt es, diesem Frevel ein Ende zu bereiten.

»Dieser Nagel«, hob sie an, »mag tatsächlich einmal einem Zimmermann gehört haben, nicht aber diesem Einen. Pater Iohannis hat uns berichtet, dass er solche Stücke bereits auf seinen Reisen gesehen hat. In Trier, Rom und Ravenna. Das macht drei. Wenn jene Exemplare echt sind – und ich vertraue auf die Urteilskraft unserer Kirchenväter –, dann liegt uns hier ein vierter Nagel vor. Das ist Betrug!«

Hrotrud schnappte nach Luft.

»Verzeiht, Schwester Oberin, doch ich weiß noch mehr zu berichten. Ich nannte die Aufbewahrungsorte der drei heiligen Nägel. Aber mir ist von weiteren Exemplaren berichtet worden. Ihre Zahl mag sich auf zwölf oder dreizehn belaufen. Einer davon, sei er heilige Reliquie oder fauler Zauber, wurde bis vor Kurzem an dem Ort aufbewahrt, an den dieser Mann angeblich reisen will: in Sankt Trophime. Aber das Kloster ist zerstört, unsere Brüder wurden getötet, der Klosterschatz wurde geplündert. Dort schwelen noch die Trümmer, schon klopft hier der Reliquienhändler an die Tür und bietet feil, was nicht ihm gehört. Seid achtsam, meine Schwestern! Lasst nicht krumm werden die geraden Wege des Herrn.«

Hunold sprang auf die Füße und baute sich vor Imma auf. »Was wollt Ihr damit sagen?«, fragte er knurrend.

Imma sah an ihm vorbei und redete auf die Nonnen ein. »Der Löwe aus dem Wald wird sie zerreißen, und der Wolf aus der Steppe wird sie verderben, und der Panther wird um ihre Städte lauern; alle die da herausgehen, werden zerfleischt. Seht doch, wer in unseren Mauern umgeht!«, rief sie.

Die Äbtissin wandte den Blick von ihrer aufgebrachten Mitschwester ab und betrachtete das Relikt in ihren Händen. »Eure Visionen, Imma, sind so falsch wie Euer Wesen. Doch sollen Wahrhaftigkeit und Lüge hier nicht auf dem Prüfstein stehen.« Sie erhob sich und stellte sich an Hunolds Seite vor Imma hin. »Ihr verletzt das Gastrecht«, sagte sie ruhig. »Ich habe diesen Wanderer hereingebeten, dass er sich ausruhe von der Reise. Er ist mein Gast. Und da vergesst Ihr Euch und bezichtigt ihn …« Ihre Stimme brach.

Atula mischte sich ein. »Der Herr spricht: Wolf und Schaf sollen beieinander weiden; sie werden weder Bosheit noch Schaden tun auf meinem ganzen heiligen Berg. Bitte, Schwestern, beruhigt Euch, damit wir fortfahren können.«

Imma hörte sie nicht. »Was, wenn tatsächlich Blut an diesem Nagel klebt? Und an den Händen dieses Mannes? Was, wenn er Unheil über uns bringen will? Hört Ihr mich, Hrotrud? Schwester?«

Die Alte hatte sich abgewandt. Ihre Gestalt schien noch mehr in sich zusammenzusinken. »Hinaus!«, sagte sie leise.

Hunold lachte auf.

Trauer und Wut überschwemmten Imma. Zwei Nonnen stritten wegen eines Mannes. Sie verbiss sich ein bitteres Lachen und suchte vergebens nach Worten.

»Entweder Ihr zieht Euch augenblicklich ins Dormitorium zurück und bleibt dort, bis es der Buße genug ist und es unserem Gast gefällt, wieder abzureisen, oder Ihr seid nicht länger Vorsängerin dieses Konvents«, sagte die Äbtissin.

Imma war sprachlos.

»Da Hunold den heiligen Nagel nicht mehr nach Sankt Trophime liefern kann, werden wir ihn kaufen, um ihn für seinen Dienst an der Kirche zu belohnen. Nennt Euren Preis, Hunold.« Die Alte warf dem Händler einen herausfordernden Blick zu.

Da sprang Imma auf. Sie stieß die Greisin zur Seite und packte die Schatulle mit der Reliquie darin. Als sie aus dem

Kapitelsaal stürzte, sah sie noch, wie Hrotrud in Hunolds Arme fiel. Recht so, dachte Imma, wo sie ihm doch schon die ganze Zeit aus der Hand frisst. Dann verschwand sie durch die Pforte. Wohin sie sich wenden sollte, wusste sie schon genau.

Imma saß neben Adelind in der Kapelle. Schweißtropfen blitzten auf ihrer Stirn und ihren Wangen. Sie starrte auf die geöffnete Tür, als erwarte sie die Ankunft eines Racheengels.

»Ihr hättet etwas zu essen mitbringen können«, sagte die Novizin.

Imma schwieg. Vor drei Stunden war sie in die Kapelle geplatzt. Seither hockte sie hier in stummer Erregung, gab keine Erklärung ab und ignorierte alle Fragen des Mädchens. Adelind war zwar keine angenehme Gesellschaft, aber hier war sie sicher. Nur die Äbtissin selbst könnte sie im Irrgarten aufstöbern. Die anderen Nonnen suchten vermutlich das gesamte Kloster nach ihr ab. Bis Hrotrud das Labyrinth als Versteck in Betracht ziehen würde, mochte noch einige Zeit verstreichen. Was dann werden sollte, wusste Imma nicht. So saß sie ihre Gnadenfrist aus. Vor der Kapelle raschelten die Blätter im langsam abflauenden Sturm, sonst war alles still.

»Was seid Ihr nur für eine sonderbare Frau?« Adelind erhob sich und wandelte in dem kleinen Raum umher. »Ihr sperrt mich weg, Ihr rennt davon. Dann vergesst Ihr mich und lasst mich hungern und dursten. Und schließlich kommt Ihr mit bebendem Busen zurück, als sei Euch der Teufel auf den Fersen, setzt Euch hin und sagt über Stunden kein Wort. Ist der Heilige Geist in Euch gefahren?«

Adelinds Anschuldigungen prallten von Imma ab wie die Gischt von einem Felsen. Stunden zerflossen. Als die Dämmerung hereinbrach, ließ sich Adelind im entlegensten Winkel der Kapelle nieder.

Unverwandt starrte Imma durch den Türrahmen und wartete. Draußen überzog ein Grauschleier die flüsternden Hecken und verdichtete sich zu undurchdringlicher Dunkelheit. Adelind lag auf dem Steinboden und schlief friedlich. Nun lastete auch auf Imma der Schlaf. Sie stemmte sich gegen die Müdigkeit, kippte in der Kirchenbank dreimal vornüber, schrak jedes Mal wieder hoch und ermahnte sich zum Durchhalten. Wenn Hrotrud sie aufstöberte, wollte sie ihr wachen Geistes begegnen. Doch der Schlaf hatte Macht. Er zog sie hinab in Träume, aus denen sie von Abscheu geschüttelt wieder erwachte. Sie japste nach Luft, sog die Würze der Nachtluft ein und schmeckte Lavendel und Honig, das Aroma der Ställe, den Gestank der Gerberei und Rauch.

Rauch mitten in der Nacht? Es brannte!

Mit zwei Sätzen war Imma an der Tür. Vergessen war die Trägheit. Der Rauch zwickte sie in der Nase. Kein Zweifel, ein Feuer war ausgebrochen. Warum läutete niemand die Glocke?

Rufe schallten aus der Ferne. Die Schwestern hatten den Brand bemerkt. Entweder versuchten sie, ihn zu löschen, oder sie brachten sich in Sicherheit. In jedem Fall brauchen sie meine Hilfe, dachte Imma und setzte sich in Bewegung. Adelind lag schlafend neben der Tür und bemerkte nicht, wie die Nonne an ihr vorübereilte.

Kein Feuerschein war erkennbar, die Hecken versperrten ihr die Sicht wie gigantische Scheuklappen. Rechts, links, links, links, rechts. Die Rufe schwollen zu Schreien an, der Rauch schwebte wie Gespinst an ihr vorüber. Ihre Füße liefen über die Pfade. Links, rechts, links, links. Einmal fehlte sie, fand sich in einem toten Ende wieder und wirbelte erschrocken auf den rechten Weg zurück.

Dann hörte sie das Brüllen von Männerstimmen auf dem Klosterhof. Sie blieb stehen und lauschte mit geneigtem Kopf.

Kommandos flogen zu ihr herüber. Ihre Ahnung wurde zur Gewissheit: Die Sarazenen waren gekommen!

Pater Iohannis hatte recht behalten. Die Gefahr war näher gewesen, als selbst er es für möglich gehalten hatte. Doch warum hatten die Mauern nicht standgehalten? Selbst ein Frauenkonvent konnte einem Angriff ein oder zwei Tage lang die Stirn bieten. Der Feind musste sich einer List bedient haben.

Imma schlug die Kapuze zurück und fuhr sich verzweifelt über den geschorenen Rotschopf. Ihre Beine liefen ungefragt weiter, angelockt von der Apokalypse wie Schweine, die lieber in den Schein eines brennenden Stalls zurücklaufen, als ihr Heil im Dunkel der sicheren Nacht zu suchen. Dann trat sie aus dem Irrgarten hinaus.

Sankt Albola brannte. Der rote Hahn saß auf den Dächern der Wohngebäude, Werkstätten, Schuppen und Ställe und tauchte den Hof in zuckende Lichter. Überall waren Fremde, Männer, Teufel. Wie Scherenschnitte flitzten sie zwischen den lodernden Flammen hindurch. Leblos lagen Nonnen am Boden. Einige rangen kreischend mit den Eindringlingen. Imma sah Waffen niedersausen, für die sie keine Namen hatte. Der Tod hielt Ernte unter ihren Schwestern. Sie hörte, wie Hiebe trafen und Leiber zu Boden fielen, dumpfe Geräusche vor dem Prasseln der Feuer und dem Bersten der Balken.

Nahe beim Badehaus machte Imma die Silhouette Schwester Atulas aus. Nackt und hilflos wurde sie von drei Mordbuben hin und her gestoßen, fiel zu Boden, rappelte sich auf, Prügel prasselten auf sie herab. Als einer sich anschickte, die Cellerarin zu besteigen, floh Imma zurück in den Irrgarten. Die Hecken schenkten ihr Blindheit. Die Geräusche blieben.

Zitternd stand sie zwischen dem Grün, versuchte, die Gedanken zu sortieren, bevor sie sich im Wahnsinn verloren. Sie musste handeln, Stillstand bedeutete den Tod. Zurück zur

Kapelle? Geborgenheit suchen im Schoß des Herrn? Oder hinausstürzen ins Fegefeuer? Die Schwestern auf dem letzten Gang begleiten? Vor dem Ende war ihr nicht bang, auch nicht vor Schmerzen. Aber sie wollte nicht sterben, bevor sie nicht die Beichte hatte ablegen können.

»Imma! Imma!« Zunächst dachte sie, der Herr rufe sie zu sich. Da erkannte sie in dem Krächzen die Stimme Hrotruds. Sie warf sich herum und spähte durch den Ausgang des Labyrinths auf den Schlachthof ihrer Wirklichkeit.

Keine dreißig Fuß entfernt schleppte sich ihr die Äbtissin entgegen, strauchelte, kämpfte um ihr Gleichgewicht und hielt sich mühsam auf den Füßen. Einer der Araber war auf die Flüchtende aufmerksam geworden. Von der Kirche her setzte er der Alten mit weiten Sprüngen nach und schwang einen Speer. Noch war er zu weit entfernt, um die Waffe schleudern zu können.

Imma rannte Hrotrud entgegen, schlang ihren kräftigen Arm um die Pergamenthüften der Äbtissin und zerrte sie mit sich fort, halb in Angst, die Alte könnte unter ihrem Griff entzweigehen. Ein kurzer Blick über die Schulter zeigte ihr, dass der Verfolger die Distanz verringerte.

Die Hecken verschluckten sie. Imma hievte die keuchende Greisin hinter sich her. So schwenkten die Frauen um Ecken, beschattet von Finsternis, geborgen von den verschlungenen Pfaden des Labyrinths. Niemals konnte es einem Feind gelingen, bis zur Kapelle vorzudringen. Dort würden sie Zuflucht finden – zunächst.

Da verließen Hrotrud die Kräfte, und ihre Beine knickten ein. Das plötzliche Gewicht überrumpelte Imma, und die Alte schlug auf den Boden. Alle Versuche, die Gestürzte aufzurichten oder weiterzuzerren, waren vergebens. Hrotrud lag leblos da. Ihr Körper schien sein Gewicht verdreifacht zu haben.

Imma benötigte Hilfe. Adelind schlief ahnungslos in der Kapelle. Gemeinsam mochte es gelingen, die Äbtissin davonzutragen.

Da hörte sie das Schnaufen und Hecheln ihres Verfolgers. Er war nah – zu nah, als dass sie Hrotrud hier liegen lassen könnte. Imma kniff sich mit den Fingern in die Unterlippe und fieberte nach einer List.

Plötzlich rührte sich Hrotrud und hustete in die Nacht. Ihr Bellen erhielt umgehend Antwort. Durch die Hecke in Immas Rücken drang ein Kichern. »Die Gottesbräute haben sich verraten.«

Dann sah Imma die Spitze eines Speeres wie einen dunklen Blitz aus den Blättern zucken und ebenso schnell wieder darin verschwinden. Ihr Häscher lauerte auf der gegenüberliegenden Seite der Hecke und schien auf einen Glückstreffer zu hoffen. Der Speer stieß erneut aus dem Laub, näher dieses Mal.

Imma langte in ihre Kukulle und holte die Schatulle hervor. Als sie das Kästchen aufriss, brachen die Scharniere mit feinem Knacken entzwei. Mit fliegenden Fingern fischte sie den Nagel aus dem Samt, ließ die juwelenbestückte Hülle fallen und wartete auf den nächsten Stoß.

Da stieß das Mordwerkzeug erneut hervor, zerstach die Luft über der reglosen Hrotrud, wurde zurückgerissen. Wieder ein Kichern. »Seid ihr noch da, ihr Betschwestern? Der letzte Tag ist gekommen!«

Imma sprang so dicht vor die Hecke, dass die Zweige ihr Gesicht zerkratzten. Sie machte sich so klein wie möglich und imitierte den Hustenanfall der Greisin, der schon einmal den Speer herbeigelockt hatte.

Das Signal zeigte sofort Wirkung. Die Eisenspitze schoss aus dem Gestrüpp und zerschnitt ihr linkes Ohr. Imma packte zu. Ihre Faust umschloss den hölzernen Schaft. Mit aller Kraft riss sie daran, verlängerte die Stoßbewegung, hörte den Feind taumeln und stieß den Nagel durch die Hecke. Ein Schrei ertönte, und die Reliquie wurde ihr aus der Hand gerissen. Aber der Feind hatte den Speer losgelassen, der jetzt schlaff und frei in ihren Händen hing. Sie drehte die Waffe um. Dann rammte sie, Lider und Lippen zusammengekniffen, auch den Speer durch die Zweige. Der Stoß wurde von etwas Nachgiebigem abgefangen und mit einem gurgelnden Laut quittiert.

Voller Ekel ließ Imma das Holz fahren und sprang zurück. Der Schaft zuckte, mähte Blätter aus den Sträuchern und tanzte wie lebendig zwischen den Zweigen. Schließlich verschwand er abrupt und von einem dumpfen Aufprall begleitet hinter dem Gebüsch.

Imma horchte. Von fern klang noch immer das Brechen des einstürzenden Fachwerks herüber. Doch auf der anderen Seite der Hecke blieb es still. Noch einen Atemzug lang wartete sie. Dann ließ sie sich neben Hrotrud auf den Boden fallen. Heißer Schmerz pochte in ihrem Kopf, und ihr Unterkiefer fühlte sich taub an. Sie tastete nach dem verletzten Ohr und spürte Nässe und Stechen. Die Hand zuckte zurück, fand die andere und vereinigte sich mit ihr zum Gebet.

Lange saß sie unbeweglich da, irr vor Angst, Schuld und Entsetzen. Nach Stunden vertrieb das Grau der Dämmerung die Nacht. Qualm waberte wie Morgennebel um die beiden Nonnen herum. Als die Sonne aufging, erhob sich Imma. Alles war ruhig. Sie vergewisserte sich, dass Hrotrud noch am Leben war. Dann ging sie den Weg zurück in das Herz des Labyrinths. Adelind musste geweckt werden. Die Novizin hatte den Anbruch einer neuen Zeit verschlafen.

9.

Thankmar ritt den Teufel. Hoch oben hockte er auf dem Ledernacken des Elefanten und dirigierte das Tier die ausgefahrenen Karrenspuren der Handelsstraße entlang. Die kleine Prozession kroch über das Land, schlängelte sich um Gehöfte, durchquerte Mischwälder, marschierte an Stoppelfeldern vorüber. Abul Abbas erregte Aufsehen, wohin sie auch kamen. Landarbeiter ließen Sensen und Sicheln sinken und blickten dem Zug hinterher. Krähen stoben auf, wischten als Schatten über die Köpfe der Reisenden. Ochsenkarren rumpelten eilig vom engen Weg, um ihnen auszuweichen. Die Fuhrleute bekreuzigten sich und spuckten über die Schultern, sobald der Zug vorüber war.

Auf dem Rücken des Riesen war Thankmar ein König. Herrschaftlich überragte er die anderen, die auf den Pferden vorausschaukelten. Die weißen Turbane reizten ihn wie rote Tücher. Wie gern hätte er Kiesel nach den Arabern geworfen und sich ihrer Wut dann hoch oben auf dem Elefanten entzogen. Doch er besann sich. Der Streit zwischen Mazruq al-Atar und Isaak von Köln war während der letzten zwei Tage ebenso verstummt wie jede andere Unterhaltung zwischen den Männern. Nur Sanad, Khalid und Hubaisch sprachen miteinander. Hubaisch trug seine Lanze, die er *qanah* nannte, während des Ritts wie eine Fahnenstange vor sich her. An ihrer Spitze hatte er ein Stück schwarzes Tuch befestigt, das im fränkischen Wind flatterte wie das Kriegsbanner der Abbasiden – eine stumme Warnung. Isaak beschränkte sich auf knappe Anweisungen, auch seinem Sklaven gegenüber. Thankmar war es unbehaglich zumute.

Abul Abbas schien die gereizte Stimmung nicht zu beeindrucken. Seit dem Aufbruch aus Genua trottete der Dickhäuter hinter den anderen her, als bereite es ihm Vergnügen. Drei Nächte lang hatte Thankmar den breiten Elefantenrücken als mäßig bequemes, doch sicheres Bett schätzen gelernt. Alle Befürchtungen hatten sich als unbegründet erwiesen. Abul Abbas war keine menschenfressende Bestie. Eher schien es Thankmar, als ruhe ein gleichgültiges Gemüt in dem Elefanten. Inzwischen blieb er auch tagsüber auf Abul Abbas sitzen und ritt den Riesen, auch wenn er ihn nicht lenken konnte. Der Elefant folgte den Reitern aus freien Stücken, verzückt von den Schweifen der Pferde.

Stets zeigte Abul Abbas einen gesunden Appetit. Wenn sie lagerten, verging er sich an Blättern und Zweigen, schlug Bäume kahl oder pflügte mit Rüssel und Beinen durch den Boden, auf der Suche nach Wurzeln. Oft musste der Wald bis zum Anbruch des Morgens Federn lassen. Wenn die Gruppe weiterzog, hinterließ sie Kahlschlag im Gehölz, der erst im nächsten Frühjahr wieder verwachsen sein würde.

War der Hunger des Elefanten auch riesig, sein Durst schien Löschen nicht zu kennen. Kaum wehte ihm der kühle Dunst eines Gewässers in den Rüssel, hielt Abul Abbas witternd inne, um sich dann ins Gesträuch zu schlagen. Thankmar versuchte immer wieder, den Ausreißer zurück auf die Straße zu dirigieren, drückte seine Knie in den Nacken des Tieres, zerrte an den Ohren und redete auf den buckeligen Schädel ein. Vergebens. Schon musste er unter herabhängenden Ästen hinwegtauchen und sich in sein Schicksal ergeben. Er wagte nicht, aus solcher Höhe hinabzuspringen. Auch fürchtete er, das Tier könne im Dickicht verloren gehen. So blieb er hocken und ließ sich hilflos ins Unterholz führen, bis Abul Abbas an einem Bach oder Tümpel Halt machte. Dort tunkte das Tier den Rüssel ins

Wasser, pumpte das Organ voll und spritzte sich Fontäne um Fontäne ins Maul.

Unglücklicherweise liebte es der Elefant, sich das Nass auch über den Rücken strömen zu lassen, und kümmerte sich dabei nicht um seinen Reiter. Nach einer Weile kehrte Abul Abbas dann wieder zu der Gruppe zurück, die gelernt hatte, auf den Elefanten zu warten. Groß und glänzend ragte er vor ihnen auf, und Thankmar saß obenauf wie ein nasser Tropf.

Pavia erschien am Horizont, und die Ufer des Tessino schoben sich an die Straße heran. Das nahe Plätschern des Flusses lockte den Elefanten zum Bade. Dieses Mal kletterte Thankmar rechtzeitig auf sicheren Boden.

Unter den Flüchen der Araber stürzte sich Abul Abbas in den Strom. Der Gigant ließ sich seitlich in den Fluss fallen, strampelte mit den Beinen und spritzte Wasser bis auf die Straße. Die Muslime und Isaak standen in sicherer Entfernung und warteten grimmig. Thankmar aber saß an der Uferböschung und lachte aus vollem Hals. Schließlich beendete der Elefant sein Bad und kam wieder heraus, die Stoßzähne umwickelt von Algen und Wasserpest. Aus seinen Augen sprühte eine wilde Freude.

So unterbrach Abul Abbas dreimal jenen Reisetag. Es war bei seinem letzten Besuch im Fluss, als etwas Merkwürdiges geschah. Der Elefant hatte sich gerade erfrischt aus dem Bett des Tessino erhoben, und die Pferde trabten schon die ersten Schritte Richtung Pavia, da klaubte die Rüsselspitze etwas vom Weg auf. Thankmar sah ein Funkeln zwischen den grauen Muskeln. Er verstellte dem Tier den Weg und schaute neugierig nach dem Fund. Aber Abul Abbas hielt das glitzernde Ding mit gestrecktem Rüssel außer Reichweite. Tropfen regneten auf Thankmar herab, während er versuchte, den Rüssel zu packen. Der Elefant schob ihn mit einem Stoßzahn beiseite. Thankmar fiel zu Boden. Der Dickhäuter hielt sich den blinkenden Fund mit dem Rüssel vor die Augen, ließ ihn sinken, hob ihn wieder an. Da fiel ein Lichtstrahl darauf, ein Funkeln entlud sich und blitzte in den Elefantenblick. Erschrocken warf Abul Abbas das Objekt zwischen die ausgewaschenen Kiesel am Ufer.

Infernalischer Lärm entlud sich nun aus dem aus Rüssel. Aus den Weiden am Flussufer lösten sich Schwalbenschwärme. Maultiere und Pferde bockten. Sanads Rappe stieg auf die Hinterbeine und warf seinen Reiter ab. Thankmar hielt sich die Ohren zu. Ein weiteres Trompeten krachte aus dem Elefanten hervor. Dann schien sich Abul Abbas zu beruhigen. Hängenden Kopfes ließ er den gerade noch zum Himmel gestreckten Rüssel über den Boden schleifen und suchte eine Weile lustlos nach seinem Fund, dann reihte er sich wieder in die gewohnte Marschformation hinter den Pferden ein.

Thankmar jedoch hatte beobachtet, wo das Glitzerding verschwunden war. Hastig rutschte er die Böschung zum Fluss hinunter. Ob das Wasser es fortgetragen hatte? Nein. Da steckte es zwischen den Steinen und glänzte metallen. Er fingerte es aus dem Kieselbett hervor. Rote Edelsteine leuchteten ihm entgegen. Und Gold. Das Stück mochte von unschätzbarem Wert sein. Durch ein Loch war ein Lederband gezogen. Ein Amulett. Wem mochte es gehören? Wie lange lag es schon hier?

Thankmar befühlte die eigentümliche Form. An einer Stelle war der Schmuck zerbrochen. Dennoch schien ihn einmal jemand als Anhänger getragen zu haben. Thankmars Neugier bekam Flügel.

»Sklave! Genug der Trödelei«, rief Isaak von ferne. Thankmar glättete das Lederband, hängte sich das Amulett um den Hals und ließ es im Ausschnitt seiner Tunika verschwinden.

Dann machte er sich humpelnd daran, sein eigenwilliges Reittier einzuholen.

Als sie endlich die Stadttore erreichten, lag Pavia im Dunkeln. Sie passierten die Stadtmühle, wo die Dirnen ihre Dienste feilboten. Im Licht der Torfackeln konnte Thankmar Galgen erkennen, die wie schwarze Mahnmale entlang der Stadtmauer aufgestellt waren. Gehenkte schaukelten daran und hielten ihr totes Fleisch den Krähen hin. Drei von ihnen waren kopfüber aufgehängt. Thankmar hatte von der Praxis gehört, Verurteilte mit dem Kopf nach unten aufzuknüpfen. Lebten die Geschundenen nach drei Tagen noch immer, wurden ihnen Steine an die heraushängenden Zungen gebunden, damit sie erstickten. Entsetzt wandte Thankmar den Blick ab.

Ein Graben umzog die Stadt. Isaak erklärte Thankmar, die Vertiefung sei ein Überbleibsel aus der Zeit, als Carolus Magnus Pavia belagert habe. Der Kaiser habe einen Graben anlegen lassen, um militärische Ausfälle der Eingeschlossenen zu verhindern. Jetzt diente der Graben als Bewässerungsanlage für Gemüsebeete.

Die Zöllner dachten nicht daran, Araber in die Stadt zu lassen. Schon gar nicht in Begleitung eines riesenhaften Ungeheuers. Isaak gab sich alle Mühe, die bärbeißigen Wachen von seinem diplomatischen Status zu überzeugen. Schließlich half ein Beutel Bruchsilber nach, und ein schnauzbärtiger Wächter verschwand durch das Torhaus, den Thinggrafen zu wecken.

Der Verwalter der Kaiserresidenz schien einen gesegneten Schlaf zu haben. Als er endlich auftauchte, kündigte sich bereits die Dämmerung hinter den östlichen Wäldern an. In der Eile hatte der Thinggraf sein Wams verquer geknöpft und nestelte nun, halb im Schlaf und halb in Ungeduld, mit gepflegten Fingern an den Spangen. Er mochte in Isaaks Alter sein, war von kleiner Statur und mit einem weißen, grazilen Vollbart geschmückt. Endlich ließ er sein Gewand fahren und schaute zu den Reitern auf, die ihn zu dieser gottlosen Stunde hatten wecken lassen.

»Wer von Euch ist Isaak von Köln?«, fragte er und schickte ein herzhaftes Gähnen hinterher.

Isaak ergriff das Wort. »Das bin ich. Ich reise im Auftrag des Kaisers und habe Order, ihn hier zu treffen.« Er zückte ein gerolltes Stück Fettleder und hielt es dem Vogt hin. »Meine Befugnisse. Von Carolus Magnus persönlich bestätigt. Wenn Ihr Euch überzeugen wollt.«

Der Graf ergriff das Pergament, entrollte es und las es im Fackelschein mit schlaftrunkenen Augen. Dann reichte er es Isaak zurück.

»Ihr seid willkommen, Isaak von Köln. Ich bin Arno von Pavia, Thinggraf der fränkischen Hauptstadt im Langobardenreich. Der Kaiser selbst bürgt für Euch. Aber ich muss Euch enttäuschen. Carolus Magnus hat Pavia verlassen. Vor drei Tagen ist er mit dem gesamten Hofstaat abgereist.«

»Das ist unmöglich«, entfuhr es Isaak.

»Und doch ist es geschehen«, sagte der Verwalter gleichgültig.

»Warum ist der Kaiser abgereist? Wisst Ihr, wohin er ziehen wollte?«

»Die Pfalz in Aachen nannte er als Ziel. Es mag sechs Tage her sein, da erreichte uns ein Bote. Er brachte Nachricht von Sarazenenüberfällen in der Gegend um Arles. Die verdammten Mauren sollen mehrere Klöster vernichtet haben.« Der Thinggraf feuerte einen Seitenblick auf die Araber ab.

»Klöster! Vernichtet? Was wisst Ihr, Mann? Redet!« Isaak schwang sich aus dem Sattel und packte den Verwalter bei den

Schultern. Der schüttelte die zitternden Hände ab und trat einen Schritt zurück.

»Kommt. Tretet ein in die Pfalz. Dort wollen wir uns beraten. Es ist genug Platz für alle da. Selbst für Euren Drachen.« Er deutete auf Abul Abbas. »Nur diese da«, diesmal nickte er den Arabern zu, »werden meine Pfalz nicht betreten. Sie können in der Schenke auf Euch warten.«

»Sie stehen ebenso unter diplomatischem Schutz wie ich«, protestierte Isaak.

»Das mag sein. Aber wenn ich in diesen Tagen Araber in das Haus des Kaisers bitte – Freund oder Feind –, ist meine Glaubwürdigkeit als kaiserlicher Stellvertreter zum Teufel. Unsere Gasthäuser haben zudem einen ausgezeichneten Ruf.«

Mazruq lachte gekünstelt. »Solange es an Weibern nicht mangelt, ziehe ich jede Taverne einem staubigen Beratungszimmer vor. Die freudlosen Tage Eurer Frauen sind gezählt, Graf. Voran!«

Der Verwalter schenkte Mazruq missbilligende Blicke. Dann wandte er sich um und führte die seltsamen Besucher in das erwachende Pavia.

Hinter der imposanten Mauer verbarg sich eine Stadt, die diesen Namen kaum verdiente. Stets hatte sich Thankmar unter diesem Begriff goldene Häuser vorgestellt, in denen schöne Menschen wohnten. Doch schon der Aufenthalt in Genua hatte ihm gezeigt, dass zwischen Vorstellung und Wirklichkeit tiefe Schluchten klafften. Hier war es nicht anders. Pavia war ein zu groß gewachsenes Dorf. Fachwerkbau schloss an Fachwerkbau, jeder Fingerbreit Raum war ausgenutzt. Wo kein Stein mehr auf den Boden passte, hatte man die Gebäude einfach um ein oder um zwei Stockwerke erhöht. Mit der Baukunst der Stadtbewohner war es jedoch nicht weit her. Die oberen Etagen lehnten sich gegeneinander wie Betrunkene oder hingen so weit über das Erdgeschoss, dass man fürchten musste, erschlagen zu werden, wenn man unter ihnen entlangspazierte.

Unter den Bürgern, die bereits zu dieser frühen Stunde ihren Beschäftigungen nachgingen, fiel ein Mann auf, der eine Frau über der Schulter trug und von zwei Soldaten der Stadtwache eskortiert wurde. Als das seltsame Paar die Reisegruppe passierte, hielten alle verwundert inne. Mazruq al-Atar sang einige Spottverse über die Macht der Frauen, doch er wurde von Pfalzgraf Arno unterbrochen.

»Was Ihr hier seht, ist eine sehr wichtige gerichtliche Maßnahme. Ein Gesetz, mir selbst eingefallen, das noch im gesamten Reich Schule machen wird. Es dient der Unterbindung der öffentlichen Kopulation, der Unzucht auf der Straße. Jeder Mann, der zusammen mit einer Hure angetroffen wird, muss diese auf seinen Schultern zum Marktplatz tragen, wo die Frau ausgepeitscht wird. Ein guter Einfall, findet Ihr nicht?«

Als sich die Sonne über die Wipfel schob, saßen Isaak, der Pfalzverwalter und der Seneschall, der Verpflegungsmeister Pavias, in einem niedrigen, lang gestreckten Raum in der Palastanlage. Im Kamin loderte ein mannshohes Feuer, eine stark riechende Pechpfanne spendete Licht. Thankmar hatte neben seinem Herrn Platz genommen. Während des Gesprächs fragte er sich immer wieder, wie es Abul Abbas auf dem Pfalzhof ergehen mochte. Bevor der Elefant dort angepflockt worden war, hatte Thankmar dafür gesorgt, dass das Tier neben einem Brunnen stand. Die Araber waren in einer Spelunke namens *Walfisch* untergeschlüpft.

Die kaiserliche Urkunde Isaaks ging von Hand zu Hand. Nachdem sich die Verwalter und Seneschall von der Seriosität ihres Gastes überzeugt hatten, ergriff Graf Arno das Wort. »Wie gesagt: Der Kaiser ist fort. Aufgeregt ist er abgereist, seine Geschäfte in Aachen waren dringender Natur, seid gewiss.«

Barsch unterbrach Isaak. »Guter Mann, es gilt nicht, mich zu vertrösten. Ich komme nicht als fliegender Händler, der aus dem Schatz des Carolus Magnus fette Münze herauszufischen hofft. Was wir benötigen, ist Hilfe. Sofort. Unsere Mission ist von höchster Dringlichkeit.«

Der Seneschall, ein Schwarzschopf mit Rabengesicht, ließ übertrieben langsam die Urkunde sinken, die er sich soeben prüfend vor die Augen gehalten hatte. »Ihr seid Jude? Der Kaiser muss Euch sehr schätzen, wenn er Euch trotz Eures häretischen Glaubens in diplomatische Dienste genommen hat. In Pavia werden Juden nicht gern gesehen. Man sagt, sie schänden Hostien, indem sie sie mit Nadeln und Pfriemen durchbohren. Darüber hinaus sollen sie Kinder verstümmeln. Aber das ist gewiss nur Weibergeschwätz. Worum geht es denn in Eurer Mission? Vielleicht wollt Ihr Euch uns zunächst erklären. Dann werden wir entscheiden, ob Ihr unserer Hilfe bedürft.«

Isaak kniff die Lippen zusammen und atmete tief ein. Dann erzählte er, begann in Bagdad, berichtete von den Geschenken Harun ar-Raschids, erklärte die politische Brisanz der Reise und den Zweck der arabischen Gesandtschaft. Thankmar beobachtete, wie die Finger seines Herrn, für die Herren aus Pavia unsichtbar, unter der Tischplatte zitterten.

»So müssen Elefant und Uhr rasch dem Kaiser übergeben werden?«, fragte das Rabengesicht, nachdem Isaak geendet hatte.

»Wie ausgezeichnet Ihr versteht!«, sagte der Jude mit einem ironischen Lächeln. Dann schmetterte er beide Hände auf das Holz der Tischplatte. »Im Namen des Kaisers fordere ich frische Pferde für mich und meine Begleiter. Ferner teilt Ihr mir die Reiseroute des Hofstaates mit und stellt mir eine bewaffnete Eskorte an die Seite, die uns bis zu den Pässen sicheres Geleit gewähren wird.«

Nun ergriff der Thinggraf das Wort. »Natürlich helfen wir Euch. Das Interesse des Kaisers ist auch das unsere. Doch zunächst ruht aus. Tausend Menschen reisen mit Carolus Magnus. Obwohl der Kaiser ein schneller Reiter ist, kriecht sein Hofstaat wie ein Wurm über das Land. Selbst mit mehreren Tagen Vorsprung werdet Ihr ihn einholen können. Während Ihr schlaft, werde ich einen Trupp Panzerreiter ausrüsten lassen, der mit Euch aus dem Stadttor reiten wird.«

Der Seneschall hatte sein Kinn in eine Faust gestützt und tippte sich mit zwei Fingern gegen die Wange. Seine Lippen waren Striche, dünn wie Spinnfäden.

»Wir sind kräftig genug, um noch in dieser Stunde aufzubrechen, wisst Ihr?«, platzte Thankmar in die Stille.

»Nein, das wissen die Herren nicht«, antwortete Isaak. Der Blick des Juden fixierte den des Thinggrafen und wollte ihn auch dann nicht freigeben, als der Pfalzherr unter dem Bann der eisgrauen Augen die Ruhe verlor.

»Was ist nur mit Euch?«, fragte der Verwalter schließlich in die feindselige Stille. »Was Ihr verlangt, werdet Ihr bekommen. Darauf habt Ihr mein Wort.«

Auch Thankmar wunderte sich über das seltsame Verhalten seines Herrn. Noch immer schwieg Isaak die Männer an. Dann endlich fand er die Stimme wieder. »Mein guter Graf, verratet mir noch eines, bevor wir uns zurückziehen. Wie häufig hat Euch Carolus Magnus besucht, seit er Desiderius unterworfen hat?«

Graf Arno runzelte die Stirn. »Genau kann ich das nicht sagen. Ich bin erst seit einem Jahr Verwalter dieser Pfalz. Mein Vorgänger war ein ehemaliger Vasall des Langobardenkönigs Desiderius. Unter seiner Hand hat Pavia schwer gelitten. Man nimmt an, dass er versuchte, die Stadt herunterzuwirtschaften, um sich für die Niederlage seines Volkes im Kampf gegen die

Franken zu rächen. Vielleicht verfügte er auch nicht über allzu großes Geschick. Jedenfalls verfielen die Gebäude, und viele Menschen in Pavia starben am Hunger. Da hat ihn der Kaiser abgesetzt und mir die Aufgabe anvertraut, Pfalz und Stadt wieder zu Glanz und Blüte zu führen. Wenn Ihr mir eine kleine Aufschneiderei erlaubt: Bislang bin ich diesem Anspruch gerecht geworden. Pavia wächst, die Menschen hier haben genug zu essen, und der Handel mit dem fränkischen Kernreich gedeiht prächtig. Soldaten sichern die Gebirgspässe. Alle Straßen sind mit Zollstationen gespickt, die der Stadtkasse reiche Einnahmen bringen und den Verkehr im Umkreis von drei Tagesreisen sichern. Die Stadt selbst wird von einer Garnison geschützt, deren Mannstärke …«

»Es wird Zeit, das Lager aufzusuchen, Graf Arno. Wir langweilen unsere Besucher«, fiel das Rabengesicht dem Thinggrafen ins Wort.

Der Verwalter errötete. Aber er duldete die Unterbrechung. »Wohlan, meine Gäste«, stimmte er zu. »Ich werde Euch persönlich Eure Gemächer zuweisen. Ein gedeckter Tisch wartet dort bereits auf Euch. Wenn Ihr mir folgen wollt.« Er stand auf und trat hinter dem Tisch hervor.

Auch Isaak und Thankmar erhoben sich. Der Jude legte Arno eine Hand auf den Arm. »Gestattet mir noch eine Frage, Thinggraf. Euer Vorgänger. Wie nannte er sich?«

»Adalgis von Ravenna. Der Hund schmachtet seit drei Jahren im Loch.«

»Langsamer Tod im Kerker? Eine furchtbare Strafe.«

»Wer sich den Kaiser zum Feind macht, verdient nur das Beste«, sagte Arno und setzte sich lachend in Bewegung. Mit seinen Gästen verschwand er in einem Durchgang, hinter dem eine Wendeltreppe zu erkennen war.

Der Seneschall blieb zurück, mit seinem Schemel verschmolzen. Mechanisch faltete er das kaiserliche Schreiben zusammen und auseinander, zusammen und auseinander. Schließlich presste er das Dokument in seiner Faust zusammen. Das Leder wehrte sich, wollte wieder aufblühen. Aber die knorrige Hand zwang ihm ihren Willen auf. Der Seneschall erhob sich, die Gedanken in weiter Ferne, ging zum Kamin und hockte sich vor den knisternden Scheiten nieder. Dann warf er das Schreiben des Kaisers in die Flammen. Es dauerte eine Weile, bis das Leder verkohlte. Der Rabengesichtige beobachtete das Ende des Schriftstückes, bis er sicher sein konnte, dass kein rußiger Schatten von seiner Tat Zeugnis ablegen konnte. Dann huschte er davon, die Wachen zu holen.

»Verdammte Idioten!« Isaak fegte eine Schale Weinbeeren vom Tisch. Die Früchte kullerten durch das Gemach wie ein aufgeschrecktes Insektenvolk.

Thankmar lehnte an der Bohlentür. »Was habt Ihr nur, Herr? Wir sind zuvorkommend behandelt worden. Man hat uns eine Eskorte versprochen. Und das Mahl hier ist üppiger als alles, was ich je gesehen, geschweige denn gekostet habe.«

Er deutete auf den Tisch. In den Mulden der Holzplatte türmten sich Stockfisch in Rosinen, Eiermus mit Pfefferkörnern, Braten in Mandelmilchsauce und ein gewaltiger Kapaun, knusprig gebraten, auf dem Bett seines ehemaligen Federkleids.

»Verstehst du denn nicht? Wir sitzen in der Falle. Bis zum Abend werden wir entweder tot oder eingekerkert sein.«

»Herr! Was …?«

»Denk nach!« Isaaks Stimme war scharf und brachte Thankmar zum Schweigen. »Wir erreichen Pavia und erklären uns Graf Arno. Der erkennt sofort, dass die Araber eine schlagkräftige Truppe sind. Also sorgt er dafür, dass sie von uns getrennt werden.« Der Jude ging auf den Eichenbohlen des Raumes auf und ab, die Arme hinter dem Rücken verschränkt. »Dann empfängt man uns im Westteil der Pfalz, in einem … einem Schuppen. Wo doch jeder diplomatische Gast in der Aula Regia zu begrüßen ist! Und zwar von allen Würdenträgern einer Pfalz. Warum also erweisen uns nur zwei Männer die Ehre? Ganz einfach: Man will unser Erscheinen geheim halten. Damit niemand uns vermisst, wenn die Ratten an unseren Gebeinen nagen. Verstehst du?«

»Nein, Herr.« Thankmar ließ sich auf eines der Betten fallen. »Wieso sollte Graf Arno wollen, dass uns etwas zustößt? Wir reisen im Auftrag des Kaisers.«

»Und genau das ist unser Dilemma. Die Langobarden haben den Krieg gegen Carolus Magnus verloren. Ihr König Desiderius hat es vorgezogen, sein feiges Leben in einem Kloster weiterzuführen, statt in der Schlacht zu fallen. Seither regiert der Frankenkaiser die Lombardei mit Pavia als Hauptstadt. Aber er hält sich nur selten hier auf. Nach Aachen zieht es ihn. Er liebt es, in den heißen Quellen dort zu baden. So bleibt die Pfalz in Pavia ein Stiefkind der Franken. Aber Graf Arnos Ehrgeiz ist dem eines Kaisers ebenbürtig. Er will die Geschenke Harun ar-Raschids hier behalten. Dann, so hofft er, wird Carolus Magnus zurückkehren, und der Rang der Stadt wird steigen. Aber dazu muss er uns aus dem Weg schaffen.«

»Dann hat der Thinggraf es auf Abul Abbas abgesehen!«

»So ist es. Der Elefant dürfte in diesem Augenblick bereits von einem Wachtrupp umgeben und damit für uns unerreichbar sein.«

»Aber – woher wisst Ihr all das?«

»Graf Arno war etwas zu sorglos mit seinen Auskünften. Obwohl er es wissen müsste, wollte er uns nicht sagen, wie selten der Kaiser Pavia in letzter Zeit besucht hat. Es hätte ihn zu sehr beschämt. Ich habe mit meiner Bemerkung also ins Schwarze getroffen. Als er Adalgis von Ravenna erwähnte, gab er seine Unaufrichtigkeit endgültig preis. Denn Graf Adalgis gilt als tot. Selbst der Kaiser nimmt an, dass der Langobarde unter dem Beil des Scharfrichters gestorben ist. Arno jedoch verrät uns in seiner stolzen Geschwätzigkeit, dass er Adalgis seit drei Jahren gefangen hält und foltert. Warum, frage ich dich, sollte er uns ein derart unfassbares Geheimnis anvertrauen?«

Thankmar raufte seine Locken. »Warum? Weil ... weil er genau wusste, dass wir die Pfalz lebend nicht mehr verlassen würden, um dem Kaiser zu berichten.« Er schlug mit der Hand auf das Lager und löste eine Explosion von Staub und Wanzen aus. »Dieser Hund!«

»Bravo! Eine gute Schlussfolgerung.«

»Dann müssen wir fliehen!« Thankmar hielt es nicht länger auf der Schlafstatt. Nervös sprang er auf und humpelte auf die Tür zu.

»Warte!«, rief Isaak. »Zuerst wollen wir nach guten Gedanken suchen, dann treten wir den Rückzug an.« Er stellte sich vor Thankmar auf, groß und überlegen. »Wir müssen versuchen, die Araber zu warnen. Vielleicht kommen wir noch nicht zu spät, und die Ahnungslosen vergnügen sich ungehindert im *Walfisch*. Gemeinsam können wir dann über unser weiteres Vorgehen entscheiden.«

»Die Sarazenen warnen? Wenn sie an unserer Stelle wären, würden sie die Beine in die Hand nehmen, ohne auch nur einen Gedanken an uns zu verschwenden. Vermutlich wären sie sogar froh, uns zurücklassen zu können. Und ich wäre es auch.«

»Rede keinen Unsinn und befolge meine Befehle!«

»Wie sollen wir denn hier hinauskommen?«

»Eine kopflose Flucht wird uns ebenso wenig gelingen wie der offene Kampf. Du bist verkrüppelt und ich zu alt. Nein. Wir brauchen eine List. Aber welche?«

»Seht das Fenster. Vielleicht könnten wir an der Wand hinunterklettern.«

»Unsinn! Durch diesen Schlitz bringen mich meine morschen Glieder nicht hindurch. Außerdem würden wir an der Mauer kleben wie zwei fette Käfer und die Wache zum Preisschießen einladen.« Isaak hielt inne. »Aber du. Du bist schmaler als ich. Und ich könnte von dieser Seite helfen, dich durch die Öffnung zu schieben. Mit deinen kräftigen Händen könntest du dich an der Mauer festkrallen und nach unten klettern. Stelle dich geschickt an, und niemand wird dich bemerken.«

Thankmar erstarrte. »Ihr wollt zurückbleiben, Herr?«

Isaak nickte bedächtig. »Genau. Und je länger ich darüber nachdenke, umso besser gefällt mir dieses Vorhaben. Ja, ein vortrefflicher Plan ist das. Vorausgesetzt, wir überleben unsere Waghalsigkeit. Nun höre gut zu …«

Richolf hatte einen schlechten Tag. Am Morgen war er mit einem Kopfschmerz erwacht, der den stärksten Waldgeist der Lombardei hätte aufheulen lassen. Dabei hatte er am Abend zuvor den Krug kaum dreimal geleert. Trotzdem hatte es wieder Streit mit Irmintrud gegeben. Kam er zu spät heim, keifte sie ihn an. Kam er zu früh heim, war auch das ein Grund für Schelte. Roch sie Wein in seinem Atem oder torkelte er gar, trat sie nach ihm, riss ihm das Haar büschelweise aus oder zerkratzte sein Gesicht. Fragten die Kameraden bei der Wachablösung nach seinen Wunden, log er sich aus der peinlichen Situation heraus und erfand Anzüglichkeiten über sein wildes Eheleben. Irmintrud! Sie verwandelte sich von Tag zu Tag mehr in eine Hexe. Mit ihrer Sanftmut war es vorbei, seit sie ihn vor drei Jahren mit der dürren Roten Frederuna in der Wachstube erwischt hatte.

Richolf stampfte den Gang entlang, dass die Bohlen unter seinen Füßen bebten.

Und dann die verfluchten Araber mit ihrem Monstrum! Ausgerechnet im *Walfisch* waren die Muslime untergekommen. Dort machten sie sich vermutlich über Fastrada und Rothild her, deren Stammkunde er, Richolf, war. Vermutlich würde der Sarazenengestank noch wochenlang an den beiden Fensterhennen haften und ihm jede Freude an ihren Schenkeln verleiden. Währenddessen durfte er auf den riesigen Dämon achtgeben. Und am Nachmittag hatte es dieser Teufel gewagt, ihn mit Wasser zu bespritzen. Selbst sein sonst so ernster Hauptmann hatte sich das Lachen nicht verkneifen können.

Rasend zog Richolf sein Schwert aus dem Gürtel. In seinem Rücken versuchten seine drei Begleiter, mit ihm Schritt zu halten, und griffen ebenfalls zu den Schwertern.

Eigentlich wäre seine Dienstzeit längst beendet gewesen. Dann war ein Befehl dazwischengekommen. Zwei der Fremden waren aus dem Westflügel zu holen und in Ketten zu legen. Ein solcher Auftrag war nicht ungefährlich. Nicht, dass es Richolf bang wurde. Aber er glaubte an die Zeichen. Und ein Tag wie dieser verhieß nichts Gutes.

Vor einer Tür hielten die vier Bewaffneten an. Richolf atmete tief ein und zog sie auf. Im Raum leuchtete einsam eine Kerze und spendete mehr Schatten als Licht. Ein alter Mann saß im Halbdunkel auf der Bettkante. In der Hand hielt er etwas Längliches. Einen Dolch? Richolf kniff die Augen zusammen und reckte den Kopf. Nein. Eine Feder ragte zwischen den Fingern hervor. Als der bullige Wächter erkannte, dass die Hand des Alten zitterte, kehrte seine Sicherheit zurück. Dem will ich Beine machen, dachte er und polterte in das Gemach.

Isaak empfing die Eindringlinge mit einem Lächeln. »Ihr kommt zu spät. Die Tafel ist geräumt. Lasst Euch sagen: Es hat vorzüglich gemundet. Wollt Ihr bitte Eurem Küchenmeister ein Lob aussprechen?« Er rülpste verhalten.

Richolfs Blick erfasste den Tisch mit Speiseresten. »Das war deine Henkersmahlzeit. Die Gaumenfreuden wirst du dir abgewöhnen müssen. Im Loch füttern sie dich mit Rattenfleisch und Käfern. Wo hält sich der andere versteckt?« Er zielte mit dem Schwert auf die schmale Brust des Alten.

Langsam erhob sich Isaak. Mit der Feder fächelte er sich Luft zu. »Mein Sklave hat es vorgezogen, sich aus dem Fenster zu stürzen. Er war so nett, mir seinen Teil des Mahls zu überlassen. Welch vorbildliche Enthaltsamkeit. Es ist schade um ihn, findet Ihr nicht?«

Richolf eilte zu dem Schlitz in der Mauer. Sein Helm hinderte ihn, den Kopf in die Nacht hinauszustrecken, und er riss ihn sich vom Haar. Vorsichtig schob er seinen kantigen Schädel durch die Lücke. Der Wind griff wild in seinen Schopf. Sechs Mannslängen tiefer erspähte er einen Fleck auf dem Hof, ein Bündel, reglos und verdreht.

Zufrieden zog er den Kopf zurück und nickte seinen Kameraden zu. »Tot wie ein Spanferkel. Wir kratzen seine Gebeine später zusammen. Nun zu dir, du Hund.« Mit der Faust packte Richolf Isaaks Mantel und zog den Grauhaarigen wie ein Kinderspielzeug an sein Kettenhemd. »Zeit, dich in Eisen zu legen, bevor auch du auf dumme Gedanken kommst. Der Kerker wartet auf dich, Alter. Vorwärts, oder du kostest mein Schwert!«

Isaak lächelte noch immer. Er schob die Hand mit der Feder zwischen sein Gesicht und das des Soldaten. »Man sagt, die Feder sei mächtiger als das Schwert. Habt Ihr je davon gehört?«

Es war genug. Richolf hob den Schwertarm, bereit, seinem

Gefangenen den Knauf auf die Stirn zu schmettern. Er öffnete seine wulstigen Lippen zu einem Schrei. Aber der sollte seine Kehle nie verlassen.

Isaak riss den Mund weit auf und führte sich die Feder in den Rachen. Augenblicklich zuckte sein Hals wie unter unsichtbaren Schlägen. Gas knatterte ihm aus dem Mund. Dann erbrach er sich großzügig mitten in Richolfs Gesicht. All das Fleisch, Gebäck und Obst, das Isaak zuvor in sich hineingezwängt hatte, brach sich Bahn aus seinem Magen, schoss halbverdaut die Speiseröhre hinauf und fand endlich das Licht am Ende des Tunnels. Weiche Geschosse zerplatzten auf Richolfs Gesicht. Zu spät fiel dem Wachmann ein, den Mund zu schließen. Er schmeckte Warmes, Bitteres. Dann schickten seine Eingeweide eine Antwort, und Richolf knickte in die Knie, um sich ebenfalls zu übergeben.

Isaak wirbelte herum und hetzte durch die weit offen stehende Tür. Vorbei an den beiden Wachen, die das Treiben entsetzt beobachteten. Den Gang entlang. Links eine Treppe hinunter. Richolfs Husten verfolgte ihn. Ferne Stimmen bellten Befehle. Die Stufen mündeten auf einer Galerie. Von dort aus führte eine weitere Treppe noch weiter hinunter. Ein Saal, von Kolonnadengängen gekränzt, öffnete sich vor ihm.

Isaak hielt inne und lehnte sich an eine der rot bemalten Säulen. Er hatte das Gefühl, das Herz wolle ihm aus der Brust springen, und er zwang sich, sein Keuchen zu zügeln, damit es ihn nicht verriet. Irgendwo über ihm waren eilige Stiefelschritte zu hören.

Isaak wischte sich über Mund und Kinn. Mit ein bisschen Glück kann ich mich vor ihnen verbergen, dachte er. Im fahlen Sandstein des Saales lockten drei Türen. Er sprang auf die erstbeste zu. Versperrt. Die zweite Tür stand einen Spaltbreit offen. Er lugte hindurch, so vorsichtig, wie es ihm die Eile gestatten wollte. Nichts regte sich in der dahinterliegenden Dunkelheit. Schnell schlüpfte er hindurch und zog die Tür hinter sich ins Schloss.

Isaak fand sich in einem Raum mit acht Seiten wieder. Durch hoch gelegene Fenster schien das Mondlicht auf einen Steinblock im Zentrum des Oktogons. Ein Baptisterium. Auch in Aachen und Ingelheim hatte der Kaiser solche Räume herrichten lassen. Das Taufbecken war noch nicht fertiggestellt. Die Steinmetze hatten ihre Meißel und Hämmer um den Basaltblock liegen lassen. Isaak überlegte, sich mit den Werkzeugen zu bewaffnen. Aber er ließ den Gedanken fallen. Was konnte ein alter Jude mit einem Hammer gegen armlange Schwerter ausrichten?

An der Ostseite des Raumes ragte ein hölzernes Baugerüst bis zu den Fenstern empor. Von dort mochte es einen Weg in die Freiheit geben. Eine Leiter lud ein, die Verstrebungen des Gerüstes zu erklettern. Noch einmal schlich Isaak zur Tür zurück. Ein Ohr an das Schloss gepresst, lauschte er auf Verfolger, aber kein Laut war zu hören. Ermutigt ergriff er die Leiter, prüfte kurz ihre Standfestigkeit und machte sich an den Aufstieg.

Das erste Brett war schnell erreicht. Auf Höhe der zweiten Ebene endeten die Sprossen. Nun musste er klettern. Er packte den Laufsteg über seinem Kopf. Einen Moment lang hingen seine Beine über dem Abgrund. Das Gerüst schaukelte behäbig. Dann zog er sich auf das oberste Brett hinauf. Heißer Atem und Schweiß vermischten sich mit der kühlen Nachtluft, die ihm durch das Fenster entgegenwehte. War das der Ausweg?

Er lehnte sich über den Fenstersims. Tief ging es die Außenmauer hinab in einen verlassenen Nebenhof der Pfalz.

Zwischen den Bruchsteinen klafften Risse, in denen kräftige Hände Halt finden mochten. Vier Fuß unter dem Fenster ragten Wasserspeier aus der Wand, darunter versprach ein Loch im Mauerwerk Halt für seinen Fuß. Schritt für Schritt schälte sich sein Fluchtweg aus der Nacht. Aber die Gefahr blieb, und die halsbrecherische Tiefe ließ ihn schwindeln.

Er lehnte sich an die Innenwand der Taufkapelle. Kunsthandwerker hatten fast die Hälfte des Sandsteins mit Bibelszenen ausgeschmückt. Sein Blick glitt über die Wandmalereien. Ein Bild Moses zeigte den Propheten, wie er eine Hand in seine Brust steckte, um sie vom Aussatz zu heilen. Noch war die Malerei nicht vollendet, und Mose musste noch ein wenig auf seine Genesung warten.

Isaaks bebende Hand fuhr unter den roten Brokatmantel und unter die Tunika, suchte auf seiner Brust, an seinem Hals, tastete seine Oberkleider ab, fand keinen Halt. Das Amulett! Er hatte das Amulett verloren. Wie war das möglich? Noch am Vortag hatte er es liebkost. Jetzt war es verschwunden.

Der Anhänger muss sich beim Klettern gelöst haben, überlegte er. Vermutlich liegt er dort unten, in der Nähe des Taufbeckens. Isaak beugte sich über das Brett, hielt sich mit einer Hand an einem Pfosten fest und spähte in die Tiefe. Kein metallenes Blinken zwinkerte aus der Schwärze zu ihm herauf. Wenn das Amulett dort hinuntergefallen ist und ich es liegen lasse, wird es für immer verloren sein, dachte Isaak. Etwas in seiner Brust wollte zerspringen.

Noch einmal blickte er aus dem Fenster, hoffte, sich in Versuchung führen zu lassen vom Geschmack der nahen Freiheit. Aber ein Kloß verstopfte seinen Hals, und der Appetit aufs Entkommen wollte sich nicht einstellen. So machte er sich an den Abstieg. Schweißgebadet glitt er das Holz hinunter, übersprang Sprossen, ließ sich auf Bohlen fallen, die ihn ächzend begrüßten. Für jedes verräterische Geräusch strafte er sich mit einem Biss auf die Unterlippe.

Das Amulett war fort. Dreißig Jahre hatte er es getragen. Ausgerechnet in dieser Nacht, an diesem Ort musste es ihm abhandenkommen. Vielleicht hatte er nicht richtig nachgesehen? Vielleicht hing es im langen Haar an seinem Hinterkopf? Isaak fuhr sich mit der Rechten in den Nacken. Tastete, während er zwischen Himmel und Erde auf der Leiter balancierte.

War es seinem Ungeschick zuzuschreiben, dass die Leiter kippte? Später wusste er es nicht mehr zu sagen. Vielleicht hätte er besser beide Hände am Holz gelassen. Vielleicht war er zu erregt gewesen. Sein Sturz kam plötzlich. Die Zeit, in der Isaak in die Tiefe fiel, reichte kaum aus, sich das Geschehen bewusst zu machen. Hart krachte er auf den Basalt des Taufbeckens.

10.

Es dauerte eine Weile, bis Thankmar zum *Walfisch* fand. Hinter den Fenstern der Schenke prasselten Feuer und streuten Schattenspiele in die Nacht. Die Eichentür dämpfte die derben Zechlieder zu einem Murmeln. Schälte sich da der Bass einer arabischen Stimme heraus? Um besser hören zu können, schloss Thankmar die Augen.

Seine Finger brannten vor Schmerz, eine Erinnerung an seine Kletterpartie. Nachdem Isaak ihn durch den Spalt in der Mauer gepresst hatte – etwas Gänsefett hatte Wunder gewirkt –, hatte er an der Wand geklebt wie eine dreibeinige Echse. Der Klumpfuß hatte nutzlos an ihm herabgehangen. Aber seine Hände hatten ihn gehalten. Die Finger hatten sich in Ritzen und Schlitze geklemmt, die das Auge kaum erkennen konnte. Unter seinen Fingerkuppen hatten Mörtel und Bruchstein einen Spazierweg in die Tiefe offenbart, der so leicht zu nehmen gewesen war, dass Thankmar sich gefragt hatte, warum die Wände der Pfalz nicht von kletternden Nachtschwärmern wimmelten.

Eine Weile war er durch die Gassen des nächtlichen Pavia gestreift und hatte sich die wunden Hände gerieben. Den Lichtschein, der aus den wenigen noch erleuchteten Fenstern fiel, hatte er ebenso gemieden wie die aussätzigen Bettler. Nicht genug, dass sie von der Lepra gezeichnet waren, man hatte den jämmerlichen Kreaturen Kappen mit Hörnern aufgesetzt, um sie als Verbreiter einer teuflischen Seuche zu kennzeichnen. Thankmar schüttelte den Kopf. Wer würde sich solchen Gestalten schon nähern, um Almosen zu geben?

Unschlüssig stand er vor der Tür des *Walfisch*. Dann ging er an der Taverne vorüber, ohne einen Blick hineingeworfen zu haben. Sollten die Araber sehen, wie sie aus dem Bauch dieser Schenke herauskamen. Es verlangte Thankmar nicht nach den vier Reitern mit ihrer Mordlust, den Überheblichkeiten und den Lügen. Mazruq al-Atar und seine Spießgesellen auf die drohende Gefahr aufmerksam zu machen käme Selbstverstümmelung gleich. Auf dem Scheiterhaufen sollten sie schmoren, im Kerker Pavias verrecken, sich am Strick winden. Sie dauerten ihn nicht.

Der Bohlenweg neigte sich einem der Stadttore entgegen, und die Schwerkraft verführte Thankmars Beine zu schnellerem Gang. Hinkenden Schrittes steuerte er auf die Stadtmauer zu, dahinter wartete die Welt der Voralpen auf ihn. In der Toröffnung aber waren zwei Bewaffnete auf Posten, Zöllner vermutlich, die nichts Besseres zu tun hatten, als Wegegeld für den Pfalzgrafen einzutreiben. Kein Wunder, dass sie schliefen. Obwohl der Vordere aufrecht an der Wand lehnte, erkannte Thankmar an der schlaffen Schulter und der herabhängenden Hand, dass auch er eingenickt war. Hier hindurchzuhuschen könnte einem Riesen gelingen.

Er dachte an Abul Abbas. Der Elefant würde es gut haben in Pavia. So gewaltig das Tier war, die weite Reise nach Aachen hätte ihm gewiss geschadet. Thankmars Gedächtnis beschwor den scharfen Geruch des Elefanten herauf. Fast spürte er das majestätische Schaukeln unter den Schenkeln und sah die von tausend Falten gesäumten Augen duldsam auf sich herabblinzeln. Wenn er erst die Heimat erreicht hatte, würde er unglaubliche Geschichten über Abul Abbas erfinden. Er würde den ehrfürchtigen Zuhörern berichten, der Elefant sei groß wie Sleipnir, Donars Pferd, und habe acht Beine wie das sagenhafte graue Totenross. Alle Männer seines Stammes sollten es erfahren: Thankmar der Euler, Krüppel unter Kriegern, hatte einen Riesen bezwungen – und konnte diesen herbeirufen, wann immer es ihm gefiel.

Jetzt aber musste er vorsichtig sein. Das Wachhaus war nahe, und der Schlaf der Soldaten mochte bei einem Geräusch leicht gestört werden.

War Isaak tot? Den Alten zu retten, darum hätte er etwas gegeben. Alle anderen konnten ihm mit ihren Missionen und Religionen gestohlen bleiben. Nur Isaak nicht. Hatte je ein Mensch zuvor ihm so viel Vertrauen geschenkt wie der Jude? Er spürte seine Schritte schwerer werden.

Vor ihm leuchtete das Tor hell und verlockend in der dunklen Nacht. Die Torflügel standen offen, der Durchgang war roh gezimmert aus Eichenstämmen, die Zwischenräume mit Erdreich verschlossen. Auf den Fackeln tanzten Flammen und brannten darauf, nächtliche Schleicher zu entlarven. Diesem lodernden Zerberus vertrauten die Wachen anscheinend genug, um sich dem Schlaf hinzugeben.

Thankmar blieb in respektvollem Abstand stehen. Die Lichter, dachte er, sind die größte Gefahr. Könnte ich die Flammen löschen, die Dunkelheit würde mich schützend an den Soldaten vorübertragen. Aber womit hätte er die Fackeln ersticken sollen?

Fieberhaft suchte er nach einem Ausweg, einer glaubhaften Lügengeschichte. Wenn nur das Bein ihn nicht als den Krüppel bloßstellen würde, der mit einem Diplomaten, einer Horde von Ungläubigen und einem riesenhaften Tier in die Stadt gekommen war. Das Hinken musste aufhören, die Flucht hing vielleicht davon ab. Aber so sehr er sich auch mühte, das kranke Glied wollte nicht in die Rolle eines gesunden Fußes schlüpfen. Im Stillen verfluchte er seine Unzulänglichkeit und drohte dem verräterischen Bein mit dem Beil.

Lullte die Wärme der windstillen Nacht die Soldaten ein, oder war es das sonore Prasseln der Pechlichter? Kein Lid der Schlafenden zuckte, als Thankmar den Durchgang erreichte. Er schöpfte Mut und schritt großzügig aus. Stirn und Wangen glühten unter der Hitze der Fackeln. Als er den ersten Wachmann passierte, gestattete er sich einen Seitenblick. Unverändert lehnte der dürre Kerl am Holz, die Züge erschlafft, den Speer aufrecht zwischen den verschränkten Beinen. Thankmar ging weiter.

Er kam an den Lichtern vorbei. Mit jeder Fackel, an der er vorüberschlich, schrumpfte die Distanz zur Freiheit, und sein Selbstvertrauen wuchs. Schon war er mit dem zweiten Wächter auf einer Höhe. Nur noch wenige Schritte. Er riskierte erneut einen mutigen Blick auf die Gestalt, die sich, auf einem Schemel zusammengesackt, der Müdigkeit hingegeben hatte.

Da verhakte sich sein Blick am Gürtel des Schlafenden. Thankmar stockten Schritt und Atem. Die Zollbörse hing, von Silber schwanger, an der Hüfte des Wachmanns. Dieses pralle Euter wollte gemolken werden. Es waren ja nur drei, vier Sätze, und schon würde er frei sein – und reich. Die Münzen würden ihm auf dem Weg nach Norden warme Lager und einen vollen Magen erkaufen. Schon humpelte er auf den Schläfer zu. Er hätte sich wohler gefühlt, hätte ein saftiges Schnarchen die Unachtsamkeit des Hüters garantiert. Aber die mit einem Lederwams gepanzerten Soldatenschultern hoben und senkten sich ohne einen Laut.

Thankmar ließ die Finger flattern wie die Beine einer Wasserspinne. Er wagte sich direkt in den Schein der Fackel, die den Schläfer in nervöses Licht tauchte. Warm wurde es ihm, nicht nur von der Hitze des Pechfeuers. Er hütete sich, den Blick auch nur einen Wimpernschlag lang von dem Wächter zu lassen, um die Beute zu taxieren. Während er sich vorbeugte, lockerte er das rechte Handgelenk. Dann hielt er den Atem an. Ein einziger, wohlplatzierter Griff musste genügen.

Eine schwere Hand fiel ihm ins Genick. Eine andere presste sich in sein Gesicht. Finger, nicht halb so geschickt wie seine, aber tausendmal kräftiger, gruben sich in seine Wangen.

»Die Nacht ist voller Diebe«, sagte der Wachmann hinter ihm. Dann spürte Thankmar am Kehlkopf die Kälte von Stahl.

Sie schleppten ihn zurück in die Stadt. Eine Hand quetschte seinen Nacken, und eine harte Spitze trieb ihn mit durchgebogenem Rücken vor sich her. Die beiden Soldaten drängten ihn den Weg hinauf, den er kurz zuvor noch so zuversichtlich hinabgeschlendert war, und befahlen ihm schließlich, vor dem verschlossenen Eingang des *Walfisch* stehen zu bleiben. Die Lichter in der Schenke waren jetzt verloschen. Kein Singen und Rufen drang mehr aus dem Gebäude, der Walfisch ruhte, und in seinem Bauch schliefen die Gäste – Mazruq, Khalid, Sanad und Hubaisch.

Einer der Wachmänner verschwand. Bald darauf hörte Thankmar aus Richtung der Pfalz Schritte nahen. Schon waren sie von einem Dutzend Männer der Stadtwache umringt. Ihr Kommandant roch so durchdringend nach Erbrochenem, dass Thankmar zurückweichen wollte, aber die Lanze in seinem Rücken hielt ihn auf.

»Ruf deine Spießgesellen herunter!«, befahl der Anführer. »Sag irgendwas! Wenn dir einfallen sollte, sie zu warnen, schlage ich dir den Kopf von den Schultern.«

Thankmar zweifelte nicht an den Worten des Soldaten.

Die Männer flüsterten sich etwas zu und gestikulierten geheimnisvoll. Dann verschwanden einige von ihnen mit gezückten Schwertern und Lanzen hinter der Schenke.

Thankmar hatte die gezischten Worte nicht verstehen müssen, um zu begreifen, dass ein Hinterhalt vorbereitet wurde. Jetzt sollte er die Araber in Arglosigkeit wiegen und aus der Schenke locken, damit sie ihren Feinden ins offene Messer liefen. Übelkeit stieg in ihm auf.

»Los!« Der Druck der Stahlspitze in seinem Rücken verstärkte sich. »Ich gehe jetzt zu den anderen. Ein falsches Wort, ein Fluchtversuch, und du bist tot.« Der Wächter drohte noch einmal mit der Lanze, dann verschwand er im Schutz der Nacht.

Mit einem Mal fröstelte es Thankmar, als stünde er ohne Kleider in beißendem Frost. Um ihn herum pfiff der Wind durch die Gassen und Straßen. Hätte er nicht um die im Hinterhalt lauernden Wachen gewusst, er hätte sich für den einzigen lebenden Menschen in Pavia gehalten.

Unentschlossen verlagerte er das Gewicht mal auf den gesunden Fuß, mal auf den kranken. Unter dem Giebel der Schenke waren die Fensterläden geöffnet. Er brauchte bloß hineinzurufen.

Eine Windbö fuhr unter Thankmars Umhang. Schützend zog er den grünen Filz zusammen. Sollte er die Araber ans Messer liefern? Tat er es nicht, hatten sie vielleicht noch Hoffnung auf einen guten Kampf und konnten ihrem Gott mit dem Schwert in der Hand gegenübertreten. Er, Thankmar, würde ohnehin sterben.

Im Heulen des Windes hörte er die Soldaten gepresste Warnungen ausstoßen. Er wankte, als stünde er bei schwerer See auf dem Deck einer Schaluppe. Das widerliche Grinsen Mazruq al-Atars fiel ihm ein. Zuerst hatte er es in jener Genueser Taverne gesehen, als er dem Araber sein Leben anvertraut hatte. Was für ein Einfaltspinsel war er gewesen, und was für hinterhältige Burschen die Muslime! Verdienten sie etwas Besseres, als jetzt selbst überrumpelt zu werden?

Thankmar hob das verkrüppelte Bein und trat mit aller Kraft auf. Eine Sonne aus Schmerz explodierte in seinem Kopf.

»Mazruq! Wacht auf! Gefahr ist im Verzug.«

Die Stimme wühlte sich durch einen Traum über heroische Schlachten und Heerscharen gefallener Ungläubiger. Gerade wollte ihm Harun ar-Raschid das Amt des Großwesirs übertragen.

»Flieht, Mazruq al-Atar! Ihr müsst fliehen!«

Ausgerechnet jetzt. Er blinzelte unter den zornigen Brauen und erkannte das schwarze Gebälk des Raumes. Augenblickliche war er wieder im *Walfisch*, in Pavia, im Reich der Franken. Wie er diese Reise hasste! Wer hatte da nach ihm gerufen?

»Auf, Mazruq! Weckt Eure Gefährten!«

Diese Stimme! Woher kam sie?

Er blickte sich um. Das Bett war zerwühlt. Neben ihm bebte eine fette Frankenmetze unter ihrem Schnarchen. Ihr nacktes Fleisch trug noch die Spuren seiner Lust. Zwischen ihren Schenkeln lag der mit Essig getränkte Schwamm, den sie sich zur Verhütung eingeführt hatte. Sprach sie im Schlaf?

Nein, die Rufe kamen von einer anderen, ihm bekannten Stimme. Er schwang sich vom Lager, griff nach seinem Säbel und lauschte an der Tür. Während er noch das Ohr ans Holz presste, bemerkte er das offen stehende Fenster. Das eindringliche Rufen kam von draußen.

Mit zwei Sätzen war er bei der Luke. Die Holzlade war hochgeklappt, um den Liebesdunst in die Nachtluft zu entlassen. Vorsichtig warf er einen Blick hinab auf die Straße. Im trüben Schein einer Fackel stand der Sachsensklave und sah zu ihm herauf. Als er Mazruq entdeckte, winkte er verhalten.

»Mazruq!«, rief Thankmar. »Es hat Verrat gegeben. Wir müssen auf der Stelle fliehen, oder man wird uns in den Kerker werfen. Kommt herunter und bringt die anderen mit. Unsere Flucht ist bereits vorbereitet.«

Einen Augenblick lang überlegte Mazruq, ob er den Sklaven schelten sollte, weil er ihn geweckt hatte. Aber in seinen Worten lag Dringlichkeit. Etwas stimmte nicht. Und was kostete es ihn, die Warnung ernst zu nehmen? Sollte sich herausstellen, dass der Sachse übertrieben hatte – ihm würde schon eine Bestrafung einfallen.

Die Dirne bemerkte nicht, wie Mazruq kurz darauf vollständig angekleidet das Zimmer verließ. Der Araber stieg die Treppe hinab in den verlassenen Wirtsraum, in dem kalter Rauch und der Geruch von verbranntem Speck hingen. Natürlich war das Essen auch hier miserabel gewesen. Die gesamte fränkische Kochkunst war eine Katastrophe. Selbst die Fürsten dieses Landes schmausten schlechter als der niedrigste Bettler in Bagdad. Für eine Hammelkeule in Honig hätte Mazruq seine drei Gefährten mitsamt Pferden eingetauscht.

Ungeduldig schob er herumliegende Schemel beiseite. Dann hatte er die Tür erreicht. Durch die rissigen Bretter konnte er den Schein einer Fackel erkennen. Was mochte geschehen sein? Mazruq spielte mit dem Gedanken, die anderen zu wecken, entschied sich aber dagegen. Zuerst wollte er selbst mit dem Sachsen reden und sehen, wie ernst diese angebliche Bedrohung war.

Er zerrte den Riegel zur Seite und stieß die Tür auf. Inmitten der Nacht wartete Thankmar in einer Oase aus Licht. Deutlich flackerte Nervosität in seinen Augen.

»Was willst du?« Mazruq postierte sich unter dem Türsturz.

Der Sachse nagte an seiner Unterlippe und schwieg.

»Rede! Warum störst du mich dabei, fränkischen Weibern Glück zu schenken? Du solltest einen guten Grund haben – in deinem eigenen Interesse.«

Der Sklave blickte stumm zu Boden.

»Bei allen Söhnen Alis. Willst du mich narren?«

Mazruq ging die drei Stufen hinab auf die dunkle Straße. Aber bevor er seinem Zorn freien Lauf lassen konnte, spürte er eine Stahlspitze an der Kehle. Soldaten sprangen um die Ecke des Gebäudes. Ein Kreis aus tödlichem Stahl und erhitzten Gesichtern umringte ihn schneller, als er nach seinem Schwert greifen konnte. Sich auf einen Kampf einzulassen hätte den Tod bedeutet. Nicht einen Gegner hätte er zu Fall bringen können, ohne zuvor durchbohrt zu werden.

Er war in die Falle getappt wie ein blinder alter Keiler. Mazruq warf einen Blick zu Thankmar hinüber. Gepanzerte Fäuste rissen den Sachsen an den Armen fort und führten ihn ab in die Nacht. Der Araber blieb zurück, gefangen in einem Ring aus Stahl. Er spie vor seine Stiefel.

In die Falle gelockt von einem Sklaven! Bevor sie mich in Ketten schmieden, dachte er, werde ich den sächsischen Verräter entleiben. Und er schrie mit einer Stimme, die bis Bagdad zu reichen schien: »Ich schwöre Rache. Bei Allah!«

Sechs Scheiterhaufen standen vor den Mauern der Stadt. Sechs Pflöcke ragten wie Mahnfinger in den Himmel. Die Schaulustigen Pavias warteten. Die frühe Stunde hatte sie nicht davon abgehalten, noch vor Sonnenaufgang zur Hinrichtung zu kommen.

Thankmar sah sich das Gesicht der Menge genau an. Waren wirklich erst wenige Tage vergangen, seit er vor einer ebenso erregten Menge gekauert und auf den Tod durch Grifos Axt gewartet hatte? Es schien, als seien die Menschen dieselben, als seien sie den weiten Weg von Genua gekommen, um ihn endlich sterben zu sehen. In den meisten Blicken waren Spott, Neugier und Entsetzen zu lesen. Dem begegnete er mit stolz gerecktem Kinn. Aber dem Mitleid auf einigen der Gesichter wusste er nichts entgegenzuhalten.

Er sorgte sich um Isaak. Der alte Jude lag verletzt zu seinen Füßen. Sein Kopf war voller Blessuren und das Gesicht an vielen Stellen angeschwollen. Ähnlich mitgenommen schien auch der Körper zu sein, dessen Wunden zwar unter dem roten Mantel verborgen waren, der aber bei jeder Bewegung vor Schmerz zusammenzuckte. Immer wieder verlor Isaak den Kampf gegen die Ohnmacht. Thankmar redete beruhigend auf ihn ein, ohne zu wissen, ob der Alte seine Worte verstand.

Die Araber waren in deutlich besserer Verfassung. Aneinandergefesselt standen sie wenige Schritte entfernt. Offenbar hatten sie sich der Übermacht kampflos ergeben. Mazruqs Schrei hing Thankmar noch in den Ohren. Den Sinn der arabischen Worte hatte er nicht verstanden, wohl aber deren Botschaft.

Durch das Stadttor kam eine Prozession, die sich eine Gasse durch die Menge bahnte. Bald stand Pfalzgraf Arno vor den Todeskandidaten, begleitet von dem rabengesichtigen Seneschall sowie zwei weiteren hochmögend gekleideten und wohlgenährten Persönlichkeiten der Stadt. Hinter den Adeligen zogen fünf Soldaten an ebenso vielen Ketten Abul Abbas herbei. Sie hatten keine Mühe mit dem riesenhaften Tier, das offenbar erleichtert war, die engen Mauern der Pfalz endlich verlassen zu können. Die Gutmütigkeit des Riesen blieb der Menge jedoch verborgen. Ehrfürchtig wichen die Menschen vor den stampfenden Beinen zurück, einige bekreuzigten sich, andere staunten über die Furchtlosigkeit des Pfalzgrafen, der es wagte, dem Untier seinen Willen mit Eisenketten aufzuzwingen.

Sand und Staub wirbelten durch die Luft, der Wind war zu einem Sturm angewachsen. Sandkörner bohrten sich wie Nadeln in die Wangen, und die Menschen versuchten, jedes ungeschützte Fleckchen Haut mit Ärmeln und Zipfeln zu bedecken. Der am Boden liegende Isaak versank völlig in dem Nebel aus Schmutz, bis nur noch sein Husten verriet, wo er zu finden war. Thankmar hievte den alten Juden auf die Beine, packte ihn am Mantelstoff und hielt ihn so aufrecht. Er selbst konnte kaum gerade stehen, so sehr schmerzte ihn der verkrüppelte Fuß.

Als der Pfalzgraf zu einer Rede anhob, riss ihm der Sturm die Worte von den Lippen. Nur Fetzen flogen an Thankmars Ohr, Gewäsch über Recht und Unrecht, dem er nicht folgen konnte. Während Thankmar Isaak stützte, blickte er zu Abul Abbas auf und war nur wenig überrascht, dass der Elefant ihn musterte.

Was für eine majestätische Erscheinung!, dachte Thankmar. Ungerührt wie ein Berg erhob sich der hellgraue Riese aus dem herumfliegenden Schmutz, umspielt vom frostigen Rosa des Morgenlichts. In seinen klugen Augen erkannte Thankmar den Schatten der Unsterblichkeit. Selbst wenn die ganze Welt an Ragnarök vernichtet würde, Abul Abbas würde leben, zu den Sternen auffahren und dort auf ewig strahlen. Thankmar lachte vor Glück und dankte Donar, dass er die Macht der Götter in dieser Kreatur hatte schauen dürfen. Wäre er nicht zum Tode verdammt, ihre gemeinsame Reise würde ihm auf Lebzeiten in Erinnerung bleiben.

Der Pfalzgraf hatte seine Ansprache beendet. Soldaten rissen Thankmar fort. Er musste Isaak loslassen, der wieder zu Boden sank. Vor dem ihm zugedachten Reisighaufen streiften sie ihm die Kleidung ab. Er ertrug es mit Gleichgültigkeit, einzig bemüht, die schwarze Perle des Elefantenauges nicht aus dem Blick zu verlieren. Es war ihm, als rede das Tier stumm auf ihn ein. Tief in seinem Inneren konnte Thankmar eine uralte Sprache hören. Ein Brummen, das den Boden unter seinen Füßen vibrieren ließ und in seinen Beinen kribbelte. Niemand sonst schien von diesem Phänomen Notiz zu nehmen, und er war sicher, dass Abul Abbas auf seine Art versuchte, mit ihm zu sprechen.

Der Seneschall trat vor ihn hin und verstellte den Blick auf den Elefanten, aber das Brummen hörte nicht auf. Nur die Tunika hatten ihm die Männer des Pfalzgrafen gelassen. Es fröstelte ihn im Glimmen der verschlafenen Sonne. Bald würde ihm wärmer werden, viel wärmer.

Der Seneschall wandte sich an die Handlanger: »Habt ihr ihm auch alle Wertsachen abgenommen?«

Die beiden Männer nickten ergeben.

»Und wofür haltet ihr dies hier?«, zischte es zwischen den dünnen Lippen hervor.

Der Seneschall griff in den Ausschnitt von Thankmars Tunika. Als er die Hand wieder herauszog, hielt sie das Amulett in die Höhe, das Thankmar nur mit Mühe vor Abul Abbas hatte retten können. Seither hatte er es um den Hals getragen.

»Herr, wir bitten um Vergebung! Eure Augen sind tausendmal schärfer als die unsrigen.« Die Männer beugten die Häupter.

»Und so verhält es sich auch mit eurem Verstand.« Der Seneschall schien die Unterwürfigkeit zu genießen. Er hielt das Schmuckstück weiterhin am gestreckten Arm in die Luft und geißelte seine Helfershelfer mit fürchterlichen Blicken. »An die Arbeit, ihr Halunken! Der Tag soll Regen bringen, und bis dahin muss das Werk getan sein. Den Jüngsten verbrennt zuerst. Die anderen sollen zuschauen.«

Die Schergen zerrten Thankmar auf den Scheiterhaufen. Die Morgensonne schickte die ersten hellen Strahlen über die Stadt, und die Menge stand blinzelnd im Gegenlicht. Goldene Lichter tänzelten auf den Kettenhemden der Soldaten. Dann fand das Sonnenlicht Gefallen an dem Schmuck, den der Seneschall in der hochgestreckten Hand hielt, und biss sich daran fest. Sobald die Strahlen den roten Edelstein trafen, erweckten sie ihn zum Leben. Die Sonne fuhr durch den Almandin, und die hauchdünne Goldfolie, die ein gewitzter Kunsthandwerker genau zu diesem Zweck untergelegt hatte, reflektierte das Licht. Auch von den Rändern prallte es ab, sodass es in dem roten Stein gefangen war wie ein neugieriger Sperling. Aus dem Gefängnis brach ein Gleißen aus saftigem Rot und Gold hervor. Wie ein Sonnenfunken strahlte das Licht aus der Hand des Seneschalls.

Thankmar sah, wie der Lichtstrahl in Abul Abbas' Auge drang. Sofort war es mit der Gelassenheit des Elefanten vorbei. Der Kopf schwenkte herum und fegte mit einem Stoß der gewaltigen Zähne zwei Soldaten von den Füßen. Aber Abul Abbas schenkte ihnen keine Beachtung. Nur das Funkeln schien für ihn zu zählen, das Funkeln in der Hand des Seneschalls.

Versteinert stand der Verwalter da, als der Koloss auf ihn zutrabte. Keiner seiner Soldaten stellte sich dem Giganten in den Weg, und alle Befehle Pfalzgraf Arnos verhallten ungehört.

Langsam hob Abul Abbas den Rüssel und langte nach dem Glitzerding. Hätte der Seneschall in diesem Moment das Begehren des Tieres begriffen und das Amulett zwischen die tastenden Muskeln gelegt, Abul Abbas hätte sich zufrieden zurückgezogen. Stattdessen aber suchte der Verwalter sein Heil in der Flucht. Drei Schritte gelangen ihm, dann schlang sich der Rüssel des Elefanten um seine Beine. Plötzlich verlor er den Boden unter den Füßen und hing kopfüber in der Luft.

Vom Scheiterhaufen aus beobachtete Thankmar belustigt, wie Abul Abbas den Seneschall mit dem Rüssel packte und in die Höhe hob. Der schwarze Umhang des Mannes hing nach unten und stülpte sich über seinen Kopf, sodass er nicht mehr sehen konnte, was vor sich ging. Unter dem dunklen Stoff zappelte und kreischte es. Abul Abbas schien daran Gefallen zu finden. Er hielt seinen Rüssel stoisch in die Höhe und schlenkerte das Gewicht daran sanft, aber schwungvoll hin und her. Die Schreie unter dem Umhang wurden lauter.

Hinter dem Elefanten machte Thankmar fünf Lanzenträger aus, die sich an das Tier heranpirschten. Ihre Waffen waren auf das Hinterteil des Riesen gerichtet.

»Legt die Waffen nieder, oder um Euren Seneschall ist es geschehen!«, rief Thankmar über die Köpfe der Menge hinweg. Freudige Erregung durchströmte ihn. Noch einmal musste er seine Warnung wiederholen, dann starrten alle zu ihm herauf. Die Lanzenträger hielten inne.

Leben oder Tod – jetzt lag es an ihm. Nie zuvor hatte Donar das Schicksal in seine Hand gelegt. Nie zuvor hatte er verantwortlich sein dürfen für sein eigenes Los. Er blickte vom Reisigstoß auf die Menschenmenge hinab. Isaak lag besinnungslos und geschunden am Boden. Die Araber blickten ebenso staunend zu ihm herauf wie die Menschen aus Pavia. Wie ein König thronte er auf seinem Scheiterhaufen. Und jetzt galt es, seine herrschaftliche Macht geschickt zu nutzen.

»Ihr Soldaten! Nieder mit den Waffen, oder ich werde meinem Dämon befehlen, den Seneschall zu verschlingen.« Wild rollte er mit den Augen und beschrieb mit dem Zeigefinger einen weiten Bogen. »Und alle anderen mit ihm!«

Die Menge stöhnte und drängte rückwärts. Die Soldaten legten die Lanzen zu Boden.

Nach wie vor baumelte der Seneschall an Abul Abbas' Rüssel. Jegliche Befreiungsversuche waren an den gewaltigen Muskeln gescheitert, sodass der Gefangene nun ruhig hing und sich in sein Schicksal ergab. Wenn er nur das Amulett nicht fallen lässt, dachte Thankmar, sonst wird Abul Abbas danach greifen und sein Opfer freilassen. Aber noch hielt der Seneschall an dem Schmuck fest – und sich selbst damit unwissentlich in seiner misslichen Lage.

»Vergreift Euch nicht an den Menschen Pavias! Sie sind unschuldige Bürger.« Pfalzgraf Arno trat vor, um Mut in der Stimme bemüht. »Die teuflischen Schandtaten, die Ihr im Schilde führt, verübt an mir. Dafür fordere ich die Sicherheit meiner Untertanen.«

Zorn kochte in Thankmar hoch. Dieser Graf schwatzte zu viel. Er würde noch den gesamten Mob gegen den Elefanten aufbringen.

»Ich habe nicht vor, Unschuldigen zu schaden, wisst Ihr?«

»Nein«, antwortete der Pfalzgraf, »das weiß ich nicht. Und ich glaube es auch nicht. Wenn Ihr wirklich ein harmloser Bursche seid, warum mussten wir Euch dann zum Tod auf dem Scheiterhaufen verurteilen? Wenn Ihr niemandem etwas zuleide tun wollt, warum hängt dann mein Seneschall in den Fängen Eures Dämons? Die Maskerade nützt Euch gar nichts. Ihr seid ein Bote des Gehörnten. Zeigt Euer wahres Gesicht, Teuflischer!« Er bekreuzigte sich, und viele in der Menge taten es ihm nach.

Was redete der Pfalzgraf? Thankmars Kopf war ein Hornissennest. Es wurde Zeit, das Geplapper zu beenden.

»Seid still! Seid alle still! Oder ich werde dem Dämon befehlen, euch zu zertreten.«

»So?« Graf Arno stemmte die Fäuste in die Hüften. »Wenn Ihr wirklich so viel Macht besitzt, dann demonstriert sie doch einmal.«

Der Pfalzgraf spielte hoch. Die Worte flogen ihm nicht mehr so keck aus dem Mund, und um die Nase zeigte sich eine verräterische Blässe. Thankmar verspürte Lust, den Elefanten auf das Stadtoberhaupt zu hetzen. Wenn er nur wüsste, wie!

Mit einem Sprung war er vom Scheiterhaufen herunter. Um

Zeit zu schinden, stieg er behäbig in seine Kleider und versuchte sich daran zu erinnern, ob Abul Abbas auf der Reise nach Pavia auch nur ein einziges Kommando von ihm befolgt hatte. Aber er kam zu keinem Schluss. Der Elefant war so eigensinnig wie er groß war. Kein einziges Mal hatte er auf Thankmars Rufe reagiert; er hatte sich gegen die Befehle seines Reiters stets taub gestellt und jegliches Ziehen, Schieben oder Zwicken ignoriert. Wie, in Irmins Namen, sollte er jetzt der Menge beweisen, dass er Macht über dieses eigenwillige Tier besaß?

Er stellte sich vor Abul Abbas auf. »Ich beschwöre jetzt den Dämon. Besser, ihr tretet ein paar Schritte zurück«, rief er in die Menge. Mit den Blicken suchte er in den schwarzen Augen nach Verstehen. Aber des Giganten Aufmerksamkeit galt einzig dem Seneschall mit dem Amulett.

Da begriff Thankmar: Der Schmuck war der Schlüssel, der ihm Zugang zum Instinkt des Tieres verschaffen konnte. Aber das Amulett befand sich in der Hand des Rabengesichtigen. Vorsichtig ging er in die Knie, bis er mit dem Kopf des Seneschalls auf einer Höhe war.

»Seneschall, könnt Ihr mich verstehen?«, flüsterte er in den Umhang hinein.

Nichts ließ darauf schließen, dass der Seneschall bei Bewusstsein war.

»Gebt mir den Anhänger zurück, und ich will Euch verschonen«, redete er auf den sprachlosen Seidenstoff ein. »Wenn nicht, werde ich den Elefanten nicht länger ruhig halten können, und er wird Euch in Stücke reißen.«

Endlich gab der Seneschall nach. Aus den schwarzen Falten schob sich plötzlich eine Hand hervor, begleitet von einer dumpfen Stimme. »Nehmt das unselige Ding. Wenn es mein Leben retten kann, soll es Euch auf alle Zeit gehören.«

Sofort packte Thankmar das Amulett und reckte es vor Abul

Abbas in die Höhe. Der Glanz des Schmucks rief umgehend die erhoffte Wirkung hervor: Um nach dem Amulett greifen zu können, ließ der Elefant den Seneschall frei, der kopfüber zu Boden stürzte und sich fortan nicht mehr rührte. Thankmar schenkte ihm keine Beachtung. Er hatte das Werkzeug gefunden, mit dem er seine Macht über Abul Abbas demonstrieren konnte. Schon schnappte der Rüssel nach dem Anhänger, aber Thankmar sprang rechtzeitig aus seiner Reichweite. Die erhoffte Reaktion folgte auf dem Fuße. Der Elefant versteifte den Rüssel und stieß ein Trompeten aus, das alle Kriegshörner des Frankenkaisers zu Waldflöten degradierte. Die Menge wich weiter zurück, und mit ihr gab auch der Pfalzgraf Fersengeld. Er hatte das Gefecht verloren.

Thankmar fand Gefallen an seiner Macht. Immer wieder hob und senkte er das Amulett vor Abul Abbas' flehenden Augen und dirigierte den Kopf des Riesen wie einen Tanzbären hin und her. Langte der Rüssel nach dem Schmuckstück, tauchte Thankmar behände darunter hinweg und foppte den Elefanten von der anderen Seite. Er nahm sich vor, das Tier für den Dienst, den es ihm leistete, so bald als möglich zu belohnen.

Doch nun war es genug der Kunststückchen. Die Menschen waren von seinen Zauberkräften überzeugt. Ebenso die Soldaten, die gehorsam alle Waffen auf den Boden gelegt hatten. Pfalzgraf Arno stand klein und machtlos zwischen seinen Männern.

»Ihr da!« Thankmar ließ das Amulett in der Faust verschwinden und deutete auf das Oberhaupt Pavias. »Euer aller Leben soll verschont werden. Wenn Ihr tut, was ich verlange, werdet Ihr den schrecklichen Abul Abbas nie wiedersehen.«

Arno trat zwei zaghafte Schritte nach vorn. »Befehlt, und wir werden gehorchen.«

Der Geschmack des Sieges netzte Thankmars Kehle. »Befreit zunächst das Tier von den Ketten. Dann gebt all das zurück, mit dem wir gestern in die Stadt gekommen sind: Pferde, Maultiere, Kleidung, Waffen – und legt reichlich Proviant dazu.«

Arno gab seinen Männern Order, und die Soldaten eilten sich, die Befehle auszuführen. Wenig später standen sechs vollständig bepackte Reittiere vor Thankmar. Er ließ den noch immer ohnmächtigen Isaak auf seinem Falben festbinden. Dann prüfte er den Sitz der Gurte und den Inhalt der Taschen. Es schien nichts zu fehlen.

Thankmar saß auf und warf einen Blick auf die Araber, die noch immer in Fesseln bei den Scheiterhaufen standen. Hubaisch, die Pferdefratze, der kleine Sanad, Khalid, der Muskelprotz, Mazruq al-Atar, der Rache an ihm geschworen hatte.

»Noch etwas, Pfalzgraf. Diese Männer dort«, er deutete auf die Araber, »könnt Ihr in den Kerker werfen. Lasst sie dort den Winter über schmoren, dann schickt sie zurück in die Ödnis, die sie Heimat nennen. Solltet Ihr versuchen, sie zu töten, wird Abul Abbas zurückkehren und Eure ganze verfluchte Stadt in einen Trümmerhaufen verwandeln. Habt Ihr mich verstanden?«

»Eurem Wunsch wird Genüge getan werden«, sagte der Pfalzgraf, begleitet von einem Quartett aus arabischen Flüchen.

Thankmar ließ das Pferd antraben. Noch einmal zog er die Zügel an. »Erfüllt mir einen letzten Wunsch, Arno.«

Der kleine Pfalzgraf rang sich eine Verbeugung ab. »Was immer Euch gefällt.«

»Bringt mir ein Schwert.«

II.

Als Graf Otolfs Krieger endlich in Sankt Albola eintrafen, hatte sich der Höllenschlund längst wieder geschlossen. Nur Rauch stieg noch aus den verkohlten Resten der Klosteranlagen auf.

Zwei Frauen empfingen die fünfzig Reiter dort, wo einmal das Konventstor vor Eindringlingen hatte schützen sollen. Imma und Adelind waren am Ende ihrer Kräfte. Zwei Tage lang hatten sie Gräber geschaufelt, Leichen bestattet, Gebete gesprochen. Die Äbtissin war nach der Schreckensnacht im Labyrinth gestorben.

Gram, Schmutz und Hunger zeichneten Nonne und Novizin. Immas einst rosiges Gesicht war grau wie Fischmehl. Ihre Schultern hingen herab, und die Fragen des Kommandanten beantwortete sie mit müder Zunge. Schmerz und Trauer hatten auch Adelinds Quirligkeit ein Ende gesetzt. Mit stummem Ernst hatte die Novizin den Toten den letzten Dienst erwiesen. Wie ein Köhler hatte sie geschuftet und weder bei Tag noch bei Nacht ein Wort gesprochen. Imma war dankbar gewesen für die Stille.

Der Kommandant stellte fünf Männer ab, um die beiden Frauen nach Arles zu begleiten. Der lange Ritt, noch dazu mit einem Mann auf demselben Pferd, war den Frauen ungewohnt und mehrte ihre Strapazen. Nach drei Tagen und zwei Nächten erreichten sie die Stadt – wund an Leib und Gemüt, aber am Leben. Man empfing sie wie verirrte Lämmer. Die Bediensteten des Erzbischofs brachten ihnen frische Ordenstrachten, und heiße Bäder schwappten in dampfenden Zubern. Aber

Imma wollte von Bequemlichkeit nichts wissen. Sie drängte darauf, den Erzbischof zu sehen.

Vor der Aula hieß man sie warten. Noch nie hatte Imma einen Bischof gesehen, einen Erzbischof schon gar nicht. Mit einem so wichtigen Mann zu sprechen, erforderte ihren ganzen Mut. Am liebsten hätte sie an der Pforte kehrtgemacht und wäre davongerannt. Aber sie drohte vor Trauer und Verzweiflung zu ersticken und sehnte sich nach väterlichem Rat.

Adelind bereitete ihr Kopfzerbrechen. So tatkräftig und ernst die Novizin in Sankt Albola zu Werke gegangen war, als es galt, dem Wahnsinn die Stirn zu bieten und die Toten zu bestatten, blieb sie doch unberechenbar. Ein einziges ungeschicktes Wort von ihr könnte den Erzbischof brüskieren. Fortschicken mochte sie die Novizin jedoch nicht. Sie sollte die grausigen Taten bezeugen, von denen Imma erzählen wollte.

»Höre, mein Kind.« Imma legte eine Hand auf Adelinds Schulter. »Du wirst nur reden, wenn der Bischof dich etwas fragt. Bedenke, dass du eine Novizin bist. Ein Empfang beim Erzbischof ist eine der höchsten Ehren, die du in deinem Leben erfahren wirst. Also erspare uns dumme Reden.« Sie forschte in Adelinds Gesicht nach Demut und Respekt.

Die Novizin überlegte einen Moment. Dann nickte sie. »Ihr sollt Eure große Stunde haben, Schwester Vorsängerin. Kein Wort soll über meine Lippen kommen. Auch über Euer kleines Geheimnis will ich schweigen.« Adelind setzte ein überlegenes Lächeln auf, das Imma Dornen in die Seele trieb.

Die Pforte öffnete sich, und ein Adlatus winkte die Frauen hinein. Imma zupfte noch rasch Adelinds Gewand zurecht und hoffte, der Erzbischof würde den harzigen Rauchgeruch nicht bemerken. Dann betraten sie schmutzstarrend und entkräftet die Palastaula Erzbischof Hildebalds.

»Weisungsabt Iohannis tot? Sankt Albola verwüstet, und die Schwestern niedergemetzelt? Das sind schlimme Geschichten, die Ihr da zu berichten wisst, schlimme Geschichten.«

Hildebald war ein kugeliger Mann mit buckligen Schultern. Während Imma von dem Überfall erzählte, stocherte er unablässig im Kamin herum. Der Feuerschein umspielte seine Keulennase, und die fleischigen Ohren schienen bei jeder Schandtat, die sie zu hören bekamen, um das Doppelte zu wachsen. Eine Fliege ließ sich auf Hildebalds Stirn nieder und krabbelte von dort die Wange hinunter, ohne dass der Erzbischof sie verscheuchte.

Neben und hinter dem mit Wolfsfell ausgelegten Bischofsstuhl drängten sich fünf Kirchenmänner, von denen die meisten Hildebalds Leibesfülle in nichts nachstanden. Sie begafften Nonne und Novizin mit unverhohlener Neugier und hielten sich die Hände vor die Lippen, als sie miteinander tuschelten. Imma spürte Blicke auf ihren Brüsten, grob wie Hände. Während sie vor dem Erzbischof kniete, kreuzte sie die Arme vor dem Busen. Ihr Blick war mit Schrecken auf die Wolfsfelle geheftet, die sie an ihren Traum vor wenigen Nächten erinnerten.

Nachdem sie ihren Bericht beendet hatte, legte Hildebald den Schürhaken beiseite und faltete die Hände in seinem Schoß. »Ihr habt viel erdulden müssen, Schwester Imma. Geht nun und ruht. Schlaft im Schoße des Herrn, und betet für die Seelen der Gefallenen. Euch soll Rast gewährt sein, bis in einem meiner Klöster Platz für Euch gefunden ist.«

Dann wandte er sich Adelind zu. Lange starrte er das Mädchen an. Unter den Blicken des Erzbischofs begann die Novizin auf den Knien herumzurutschen. Eine mit Ringen gepanzerte Hand senkte sich herab und legte sich auf ihre Wange. »Du hast Fürchterliches durchgemacht, meine Novizin. Viel zu schlimm für einen jungen Menschen wie dich. Ich werde dafür sorgen, dass deine Ausbildung hier an meinem Hof abgeschlossen wird. Über deine Sicherheit will ich persönlich wachen.«

Das Tuscheln der Kleriker nahm zu, es rauschte wie Brandungswellen. Imma beobachtete, dass sich die Hand Hildebalds nicht von Adelinds Wange lösen wollte. Stattdessen griffen die episkopalen Finger nach dem Ohrläppchen der jungen Frau.

Imma versteifte sich. »Guter Erzbischof. Wir ehren Eure hehren Absichten. Aber meine Gedanken sind in Aufruhr. Bitte, wollt Ihr mir nicht mitteilen, was Ihr von den Gräueltaten haltet? Sind nicht auch andere Klöster in Gefahr?«

Die Hand des Erzbischofs ließ vom Gesicht Adelinds ab, und er richtete einen runzeligen Finger auf die Nonne. »Schwester Imma. Neugier ist einer Nonne Eures Standes nicht würdig. Solltet Ihr nicht Eurer Novizin mit gutem Beispiel vorangehen? Geht nun, säubert und stärkt Euch. Der Herr braucht Frauen wie Euch. Er wird sich Euch offenbaren. Sucht Antwort im Gebet!«

»Nein.« Imma staunte über ihren Mut, dem Erzbischof zu widersprechen. »Erst suche ich Antworten bei Euch. Meine Mitschwestern sind tot, das Kloster ist eine Trümmerwüste. Warum? Wenn Ihr den Grund für diese Schandtaten kennt, bitte ich um meines Seelenfriedens willen, lasst mich an Eurem Wissen teilhaben.«

Ein amüsiertes Lächeln kräuselte des Erzbischofs Lippen. »Was ich weiß, wird Euch nicht neu sein. Der Überfall auf Sankt Albola war ein Frevel der Sarazenen. Nur wenige Tage zuvor haben die Muslime Sankt Trophime überrannt. Ja, wir befürchten weitere Angriffe. Um Euch zu beruhigen: Gleich morgen werde ich Boten nach Aachen senden. Der

Kaiser muss von der neuen Gefahr durch die Sarazenen erfahren und wird ihnen mit einem Heerbann entgegenreiten. Carolus Magnus wird die Ungläubigen unterwerfen und Eure Schwestern rächen. Seid ohne Sorge. Ist Euer Wissensdurst nun gestillt?«

»Habt Ihr denn nicht zugehört? Diese Teufel waren keine Sarazenen. Es waren Männer unseres Landes, vielleicht sogar unseres Glaubens. Ich habe sie aus nächster Nähe gesehen. Ihre Kleidung war von der Art, wie Araber sie tragen. Aber ich glaube, dass uns eine Maskerade vorgespielt wurde. Sie redeten sogar in unserer Sprache. Kurz vor dem Überfall ist Hunold, ein Reliquienhändler, ins Kloster gekommen. Ich verdächtige ihn, den Mördern in der Nacht die Tore geöffnet zu haben.«

»Keine Sarazenen? Euer Verstand ist benebelt. Kein Wunder, bei allem, was Ihr habt durchmachen müssen. Schwester Imma, ich befehle Euch, über diese Angelegenheit zu schweigen. Denkt nicht mehr darüber nach und überlasst sie denen, die etwas davon verstehen.«

»Und wer soll das sein?«

»Ich selbst. Ich, Hildebald, Erzbischof von Arles, eingesetzt von unserem Heiligen Vater Leo III. und apostolischer Nachfolger im Episkopat. Was fällt Euch ein, meine Kompetenz infrage zu stellen? Ihr seid bloß eine Nonne. Ersetzbar und dumm. Ist es Euch nicht Ehre genug, dass ich überhaupt meine Zeit mit Euch verschwende? Schafft Euch fort, dringendere Geschäfte warten auf mich.«

Imma schluckte eine Erwiderung hinunter. Hängenden Hauptes kam sie auf die Füße und wandte sich zur Tür. Da hörte sie Adelinds Stimme und erstarrte.

»Ihr glaubt uns nicht? Hier sitzt Ihr auf Eurem Stuhl und kennt nichts anderes als Pelze, Prunk und gute Speisen. Schwester Imma hat den Mördern Auge in Auge gegenübergestanden. Bei Gott, ich schwöre: Diese Männer gehörten unserem eigenen Volke an.«

Hildebalds Sackwangen schienen noch mehr zu erschlaffen. Mühsam erhob er sich aus dem Leder seines Stuhls. Plötzlich war es still im Raum.

»Vorlaute Göre!« Das Quäken des Erzbischofs schmerzte in den Ohren. Aber bevor er weiterreden konnte, fiel ihm Adelind ins Wort. Entsetzen packte Imma.

»Wir haben einen der Männer untersucht. Er trug tatsächlich die Kleidung der Sarazenen. Aber er war kein Muslim. Es war eine … eine Täuschung. Unter seinem Turban fiel blondes Haar herab. Habt Ihr jemals von blonden Arabern gehört?«

Jetzt mischte sich einer der Höflinge ein, ein dürres Männlein in prächtigen Kleidern mit einem behaarten Muttermal auf der Wange. »Wie kam es, dass Ihr einen der Männer untersuchen konntet? Haben sich Eure Schwestern so tapfer gewehrt, dass sie bis an die Zähne bewaffnete Araber zur Strecke bringen konnten?«

Imma wollte dazwischenfahren, aber Adelinds Zunge war schneller. »Schwester Imma hat einen der Mörder mit eigener Hand zur Hölle geschickt. Erst hat sie ihm die Waffe entrissen und ihn dann mit dem eigenen Speer gerichtet. Der Schaft steckte schon zwischen den Rippen, als ich dazukam.«

Die Zeit stand still.

»Der Speer steckte zwischen den Rippen?« Hildebald machte große Augen, die nicht zu seinem kleinen Kopf passen wollten. »Schwester Imma. Spricht die Novizin die Wahrheit?«

Immas Kinn sank auf die Brust. »Es war die einzige Möglichkeit zu überleben. Die Schwester Oberin wurde verfolgt, und ich …« Sie betastete ihr aufgeschlitztes Ohr. »Abzuwägen blieb keine Zeit.«

»Ihr habt eine Bluttat begangen? Und jetzt tretet Ihr vor

mich hin und wollt sie verheimlichen? Das ist Lüge.« Jetzt brüllte Hildebald aus vollem Hals. »Lüge, Sünde und Verrat!«

Imma verspürte das Bedürfnis, wieder vor Hildebald auf die Knie zu sinken. Aber ihre Beine waren starr wie Säulen.

Der Erzbischof rang nach Atem. »Ich sollte Euch aus dem Ordensdienst verstoßen.« Erregt begann er, im Raum auf und ab zu schreiten. »Ihr reist ab. Gleich morgen. Das Kloster von Aniane unterhält eine abgelegene Priorei im Wald. Dort werdet Ihr den Dienst am Herrn wieder aufnehmen. Als einfache Nonne sollt Ihr künftig Zwangstaufen an den heidnischen Bauern vornehmen. Und sollte mir zu Ohren kommen, dass Ihr den Schwestern dort Gerüchte über verkleidete Attentäter in die Ohren träufelt, werde ich Euch vor den Richter stellen lassen.«

»Ja, mein Bischof.« Immas Stimme war kaum mehr als ein Flüstern.

»Die Novizin findet sich noch vor Einbruch der Dunkelheit in meiner Kammer ein. Wala, kümmere dich um sie!«

Der Dürre mit dem Muttermal nickte so heftig, als wolle er seinen Kopf vom Halse schütteln.

In Imma tobte ein Sturm.

Gemessenen Schrittes verließ sie die Aula. Adelind wurde an ihr vorbeigeführt. Imma schenkte ihr keinen Blick. In ihrer Brust loderte Zorn auf die Novizin – und auf den Erzbischof. Adelind hatte alles verdorben. Und im Wesen des Kirchenmannes hatte sie sich schwer getäuscht. Hieß es nicht, die hohen Kirchenmänner seien die Weisen des Reiches? Hildebald aber war ein Ausbund an Verstocktheit und Dummheit.

Sie rief sich zur Vernunft. Immerhin handelte es sich um den Erzbischof. Aber eine unbestimmte Ahnung wollte nicht von ihr weichen. Was stimmte nicht mit Hildebald? Dass sich ein Erzbischof Konkubinen nahm, war nicht ungewöhnlich.

Doch dass er sie aus den Reihen seiner Novizinnen auswählte, war Imma noch nie zu Ohren gekommen. Adelind aber geschah es recht. Sollte der alte Bock sie bespringen, bis sie darum bettelte, eine gehorsame Novizin sein zu dürfen. Tränen liefen Imma die Wangen hinab.

Sie verließ den Gebäudekomplex ohne Hast, durchquerte die bischöflichen Gärten und schritt schließlich an den Wachen vorbei durch das Tor hindurch in die Stadt. Niemand hielt sie auf. Sie war bloß eine Nonne, die aus dem Bischofspalast kam. Derb und zerzaust, doch das schien niemanden zu stören.

Sie stapfte durch den Regen, und einige Auskünfte später hatte sie ihr Ziel erreicht. Das Handwerkerviertel von Arles glich einem Sumpf. Allerorten floss Brackwasser aus einem überschwemmten Kanal auf die Wege. Was Füße hatte, sank in den Schlamm, was Räder hatte, blieb stecken und blockierte die Durchfahrt. Pferde schlingerten auf dem unsicheren Grund und drohten, mitsamt ihren Reitern in den Morast zu fallen. Aber Berittene waren selten in diesem Teil der Stadt. Ebenso selten wie Nonnen.

Keifen, Schreie, grobes Lachen. Imma watete durch eine fremde Welt. Aus den Bottichen einer Gerberei stank Lohe zum grauen Himmel hinauf. Die rätselhaften Substanzen der Gerber waren ihr schon immer unheimlich gewesen. Die Hand vor Mund und Nase gepresst, eilte sie an dem Ledermacher vorüber. In einigem Abstand von der Gerberei arbeitete eine Familie vor ihrer Böttcherwerkstatt. Unter regennasser Leinwand bearbeitete ein kleiner Mann Dauben, die eine Frau und zwei Jungen in Setzreifen fassten.

Imma atmete tief durch und ging auf den Böttcher zu.

»Gott mit Euch, guter Mann.« Sie hielt die Hände wie zum Gebet gefaltet.

Der Mann blickte von dem Holzwerk auf und musterte die Nonne neugierig. »Und mit Euch, Schwester.«

Frau und Kinder schienen keine Notiz von ihr zu nehmen.

»Ein scheußlicher Tag für die Arbeit im Freien, findet Ihr nicht?« Sie nestelte an ihrer Kukulle.

Der Böttcher lächelte sie an. »Zu nass für eine Nonne, aber für ehrliche Arbeit ist er gerade gut genug. Wollt Ihr etwas in Auftrag geben?«

»Nur eine Auskunft. Ich suche einen Fuhrmann, der mich ein Stück auf seinem Karren mitnimmt.«

Das Lächeln des Handwerkers erlosch. »Die Fuhrleute besorgen ihr Geschäft, und ich habe mich um meines zu kümmern. Wenn Ihr nichts kaufen wollt, geht besser weiter.«

Imma errötete. »Seht, ich bin fremd in der Gegend. Wenn Ihr mir nur einen Namen nennen könntet – ich würde Euch in meine Gebete einschließen.«

»Davon werden wir nicht satt.« Der Böttcher zuckte mit den Schultern, kehrte ihr den Rücken zu und schlug auf die Dauben ein. Imma kniff die Lippen zusammen, dann stapfte sie weiter den Schlammpfad entlang.

Sie war noch keine zehn Schritt weit gekommen, da hörte sie eine Stimme hinter sich rufen: »Schwester. Wartet!«

Sie drehte sich um. Es war die Frau des Böttchers. Sie hatte Pausbacken und ein Doppelkinn. Setzreifen und Dechsel hatte sie beiseitegelegt und schaute Imma aus traurigen Augen an. »Fuhrmann Ludwig beschickt gerade seinen Wagen für eine längere Fahrt. Beim Euler Hartnid werdet Ihr ihn finden. Dort hinten seht Ihr schon die Kuppel seines Ofens.«

»Gott wird's Euch danken, gute Frau.« Imma schenkte der Böttchersfrau ein Lächeln und ging in die angegebene Richtung.

Tatsächlich wies ihr die Wölbung des Töpferofens den Weg

durch das Labyrinth der Schuppen und Gräben. Einen kurzen, nassen Fußmarsch später hatte sie die Werkstatt des Eulers erreicht. Reste von Fehlbränden waren in den Boden getreten und bildeten einen festen Untergrund um den brüchigen Ofen herum. Vor einer Hütte stand ein Ochsengespann, dessen Karren zur Hälfte mit Irdenware beladen war. Gerade trat ein untersetzter Mann aus dem Verschlag und wankte, mit Töpfen und Krügen in den Armen, auf den Karren zu, stellte die Ware ächzend auf der Ladefläche ab und klopfte sich den mehligen Tonstaub von den Ärmeln.

Erneut fasste Imma sich ein Herz. »Seid Ihr Ludwig, der Fuhrmann?«

»So ist es, Schwester.« Belustigte Augen zwinkerten Imma zu. Der Großteil des Gesichts war von einem grauen Bart überwuchert, aus dem eine beachtliche Nasenknolle hervorragte. »Wenn du wegen meines Seelenheils kommst, bist du zwanzig Jahre zu spät dran.« Er lachte derb und furzte in den Wind.

Imma rang sich ein Lächeln ab. »Es ist nicht so, wie Ihr vermutet. Vor der Verdammnis müssen Euch andere retten. Ich selbst bin es, die Hilfe sucht.«

Der Ernst in ihren Worten schnitt dem Fuhrmann das Lachen ab. Misstrauen schlich sich in seinen Blick. »Du? Was soll einer wie ich schon für eine Nonne tun können?«

»Ich muss eine weite Fahrt unternehmen. Zu weit für zwei alte, ungeübte Füße. Vielleicht habt Ihr noch Platz auf Eurem Kutschbock?«

»Woher weißt du denn, dass mein Weg in deine Richtung führt?« Der Fuhrmann verschränkte die Arme vor der Brust.

»Ich will nach Aachen.«

»Wohl zum Kaiser persönlich? Da hast du Glück, Nonne. Mich treibt's nach Mayen zu den großen Tonlagerstätten. Die

Fahrt mach ich nur einmal in zwei Jahren. Ein langer Weg. Aber die Euler hier unten sind ganz verrückt nach dem Mayener Ton. Dafür zahlen die jeden Preis. An Aachen könnte mein Weg wohl vorüberführen.«

Immas Herz machte einen Sprung. »Dann kann ich auf Euch zählen?«

»Kommt darauf an.« Er schnalzte mit der Zunge. »In der Regel ist der Kutschbock mit Waren beladen.«

»Ihr wollt Vergütung? Mit Geld kann ich Euch nicht dienen, wohl aber mit dem Segen Gottes, Gebeten und frommen Geschichten. Wer weiß, vielleicht kann ich Euch helfen, für Eure Sünden Buße zu tun?«

Wieder lachte der Fuhrmann und schlug Imma mit grober Hand auf die Schulter. »Seelenheil statt Silber – ein schlechtes Geschäft. Aber Gesellschaft kann ich auf der langen Reise wohl vertragen. Wenn du nicht versuchst, mich ins Kloster zu zerren, können wir es miteinander versuchen.«

Diesmal war Immas Lächeln echt.

Ludwig hieß sie auf den Kutschbock steigen und schloss noch rasch sein Geschäft mit dem Töpfer ab. Dann sprang er zu ihr auf den Karren, die Ochsen zogen an, und das Gefährt rumpelte los.

Imma konnte ihr Glück kaum fassen. Der Herr schenkte ihr einen Fingerzeig: Er billigte ihren Ungehorsam. Das konnte nur bedeuten, dass sie das Richtige tat. Mit einem Mal waren Leid und Strapazen vergessen. Ihre Mühen hatten sich gelohnt. Als Ludwigs Karren das Handwerkerviertel verließ, wünschte Imma, die ganze Welt zu bereisen.

Aber der Fuhrmann hielt auf den Bischofspalast zu.

»Wohin fahren wir?«

»Du kannst es wohl nicht erwarten fortzukommen? Hast du denn nicht bemerkt, dass die Ladefläche nur halb gefüllt ist?

Wir laden noch Körbe aus der Kleiderkammer des Erzbischofs auf. Die bringen wir zur Wäscherei gleich im nächsten Dorf.«

Imma war sprachlos. Ihr vermeintlicher Retter brachte sie schnurstracks in die Höhle des Löwen zurück.

»Dir hat es ja die Sprache verschlagen! Bist wohl zu bequem, um mir zur Hand zu gehen?«

Sie nickte. Sollte Ludwig denken, was er wollte.

»Von mir aus«, brummte er. »Aber dafür kochst du uns heute Abend ein Süppchen. Verstanden?«

Der Karren passierte das Tor – Imma nickte den Wachen knapp zu – und hielt neben einem windschiefen Schuppen gleich neben den Stallungen. Ludwig sprang vom Bock und verschwand in der Baracke. Bald kam er mit einem Küchenjungen zurück, beide mit einem gewaltigen Weidenkorb vor der Brust, den sie auf die Ladefläche wuchteten. Dann verschwanden sie wieder in der Hütte, um weitere Körbe herbeizuschaffen.

Imma zog die Kapuze tief ins Gesicht und wünschte sich, es wäre eine jener Tarnkappen, von denen die Heiden in ihren Heldenliedern sangen. Wenn nun der Erzbischof herauskam? Oder einer seiner Höflinge? Ihr fiel der Dürre mit dem Muttermal ein, der ihr besonders unheimlich erschienen war.

Immer mehr Lasten wurden auf den Wagen gehievt, und die Grobheit, mit der die Männer zu Werke gingen, brachte das Gefährt ins Wanken. Bei jedem Ruck schrak Imma zusammen.

Schließlich kletterte Ludwig wieder auf den Kutschbock. »Verdammt schwer, die erzbischöfliche Wäsche. Was tragt ihr Geistlichen bloß alles am Leib?« Er ließ die Ochsen anziehen.

Imma entspannte sich. »Ihr sollt nicht fluchen, Fuhrmann Ludwig. Schon gar nicht im Beisein einer Nonne.«

Ludwig gab keine Ruhe. »Etwas Geheimnisvolles muss doch an den Kleidern von Mönchen und Nonnen dran sein. Schau dich selbst an. Bis nach Aachen willst du reisen, aber außer dem, was du am Leibe trägst, hast du nichts bei dir. Du wirst zugeben müssen: Für einen einfachen Mann wie mich ist das ziemlich verrückt.«

Sie schaukelten aus dem erzbischöflichen Bezirk und hielten sich Richtung Stadttor. Die Scheibenräder übertrugen jeden Stein, jede Baumwurzel auf die Gesäße. Konnte Ludwig einem besonders sperrigen Hindernis nicht ausweichen, neigte sich der Wagen in einem beängstigenden Winkel zur Seite, dass die Ladung klirrte und klapperte. Ludwig hieß derartige Herausforderungen willkommen und manövrierte die Ochsen um Mulden und Hindernisse herum wie ein Kapitän in stürmischer See.

Der Herbst begann das Land zu erobern. Nach der Ernte boten Stoppelfelder viel Platz für Krähen und Pfützen. Das Grün der Wälder wich dem ersten Braun. Der Wind sang von wütenden Stürmen und alles erstickendem Schnee.

Imma erzählte. Von Heiligen, die den Märtyrertod gewählt hatten, statt ihren Glauben zu verraten. Von den Leiden Christi. Von Missionaren und ihren Wundertaten. Von Chlodwig, dem Franken, und Konstantin, dem Römer, zwei Königen, die den alten Göttern abgeschworen hatten, um nur noch dem Einen zu dienen. »Chlodwig«, belehrte sie den Fuhrmann, »war Euer Namensvetter.«

»Nichts als Nonnengewäsch und Pfaffenmärlein«, fuhr Ludwig ihr über den Mund. »Wenn ich Erbauung suche, gehe ich zum Mundschenk. Eine lange Fahrt würzt man mit lustigen Geschichten.«

»Die werdet Ihr nur im Wirtshaus finden.« Sie kniff die Lippen zusammen und schwieg.

»Komm, komm! Etwas Humor hat noch keinem Heiligen geschadet. Deine sogenannten Heiden hatten jedenfalls eine

Menge davon. Kennst du die Geschichte von Radbod, dem Friesenfürsten?«

Imma starrte ihn wortlos an.

»Ich werde sie dir erzählen. Also, vor einhundert Wintern brach der Missionar Winfried auf ins Land der wilden Friesen. Dort wollte er die Legende vom Christengott verbreiten und auf Seelenfang gehen.«

»Hütet Eure Zunge, Fuhrmann! Winfried war ein frommer Mann.«

»Na, mag ja sein. Jedenfalls traf er auf Radbod. ›Radbod‹, hat er zu ihm gesagt, ›deine Ahnen schmoren allesamt in der Hölle. Aber du kannst diesem Schicksal entgehen, wenn du dich taufen lässt.‹ Doch Radbod erwiderte: ›Die Gesellschaft meiner Altvorderen in der Hölle ist mir lieber als die von tausend Feiglingen im Himmel.‹« Ludwig bog sich vor Lachen und ließ die flache Hand auf Immas Rücken krachen.

Der Fuhrmann amüsierte sich wie die Katze im Mäusenest und ließ eine derbe Geschichte der anderen folgen. Von frivolen Prinzessinnen wusste er zu berichten und von Unzucht im Männerstift. In seiner Fantasie trieben es Kaiser mit Schafböcken und Erzbischöfe mit Greisinnen.

Imma wurde übel. Wie hatte sie bloß auf die Idee kommen können, mit solch einem Mann über Land zu fahren?

Als die Sonne zur Linken versank, steuerte Ludwig den Ochsenkarren in ein Birkenwäldchen. Zwischen dem lichten Gehölz war schnell ein Platz für die Nacht gefunden, und bald vertrieb ein Feuer Kälte und Dunkelheit.

Imma versuchte, aus den Vorräten des Fuhrmanns ein Mahl zuzubereiten. Während sie am Feuer arbeitete, lehnte Ludwig an einer Birke und trank aus einem Tonkrug.

»Hier. Nimm einen Zug, Schwester. Birnenmost. Der hält warm und wird deine Zunge lösen.« Er hielt ihr den Krug hin.

Sie ignorierte das Angebot. »Wann werden wir Aachen erreichen? Weit kann es doch nicht mehr sein, oder?«

Ludwigs prustendes Lachen dröhnte durch den Wald. »Wie weit, glaubst du, ist es denn noch?«

Imma hantierte hektisch mit dem Kochgeschirr. »Zwei Tage? Vielleicht drei?«

Der Fuhrmann grölte, dass ein lautes Echo aus dem Wald schallte. »Ich dachte immer, Klöster seien die Heimat der Gelehrten. Hast du denn noch nie eine Landkarte zur Hand genommen?«

»Das ist für eine Ordensfrau nicht notwendig«, wich Imma aus.

»Dann hör gut zu. Aachen liegt am anderen Ende der Welt. Wenn wir Glück haben und uns die Herbststürme nicht zu früh erwischen, wenn die Flüsse nicht über die Ufer treten und die Wege befahrbar bleiben, dann werden wir beim nächsten Neumond das Ziel erreichen. Du wirst es also noch gut und gerne zwanzig Tage und Nächte mit mir aushalten müssen, meine Gute.«

Imma ließ den Rührstock in die Suppe fallen.

»Wie wäre es jetzt mit einem Schluck? Zur Beruhigung.« Wieder hielt er ihr die Flasche hin, aber sie schüttelte den Kopf.

»Das scheint ja eine amüsante Fahrt zu werden«, brummte Ludwig. Dann schwieg auch er und schien sich nur noch für den Most zu interessieren, der bereits in dicken Tropfen in seinem Bart hing.

Als die Suppe in den Näpfen dampfte, aßen sie schweigend. Nur die kehligen Rülpser Ludwigs zerrissen die Stille. Schließlich machte Imma sich daran, Laub für ein Nachtlager zu sammeln.

»Was, was? Willst du dich schon schlafen legen?« Ludwig tat erstaunt. »Ich vertrage noch ein wenig Unterhaltung.«

»Ihr sagtet, meine Geschichten würden Euch langweilen.«

»Ist das alles, was du kannst? Von Heiligen erzählen? Bringen sie Euch im Kloster nicht bei zu tanzen und zu singen?«

Sie hielt inne. »Tanz ist Teufelswerk. Aber Singen kann ich wohl. In Sankt Albola war ich Vorsängerin. Ihr hättet mich hören sollen! Zur Frühmesse zogen die Schwestern immer schlafenden Geistes in die Kirche. Aber begann ich erst zu singen …«

Ludwig unterbrach sie barsch. Der Birnenmost hatte seine Zunge verklebt. »Hör auf, hör auf! Dein Hochmut stinkt zum Himmel. Zeig mir lieber, was du kannst! Los, sing!«

Imma stellte sich aufrecht, faltete die Hände vor der Brust und atmete tief durch. Mit großen Augen blickte sie zum Nachthimmel hinauf und stimmte leise und getragen das *Virgissima Virga* an.

»Veni creator spiritus
Alleluja – veni sancte spiritus
Jubilate deo omnis terra
Laus trinitate …«

Ludwig brach ihr mit einem Faustschlag die Nase. Schmerz biss ihr in den Kopf, und ein Vorhang aus Tränen legte sich vor die Welt. Wie durch einen Schleier sah sie den Fuhrmann vor sich.

»Du willst mich bekehren«, rief er. »Ich hab's gleich gewusst. Willst mich missionieren. Darum hat man dich ins Handwerkerviertel geschickt. Die dummen Heiden dort solltest du bekehren. Aber daraus wird nichts. Dir werd ich zeigen, was Heiden Spaß macht!«

Er prügelte auf Imma ein. Ein Schlag traf sie am Kinn, ein weiterer in den Magen. Sie fiel zu Boden. Es knirschte, als ihre zerstörte Nase ins Gras gepresst wurde. Blut strömte ihr ins Gesicht, und sie begann in Gedanken zu beten.

Breitbeinig stellte sich Ludwig über ihr auf. Mit derben Bewegungen riss er ihr Kukulle und Unterkleider hoch, bis die blanke Kehrseite zu sehen war. »Na also. Vollmond. Kein Geheimnis unterm Nonnenrock.« Sein Grunzen war das eines Tieres.

Imma wünschte den Tod herbei. Sie rollte herum und kam auf dem Rücken zu liegen. Blind tastete sie nach ihrer Kleidung, um sich zu bedecken. Aber Ludwig trat nach ihr und zwang ihre Hände in eine schützende Haltung. Wie ein Jäger wuchs er über der Beute auf, vom Schein des Feuers umgeben. Behände schlüpfte er aus der Jacke und zog die Tunika über den Kopf.

Imma suchte Dunkelheit und Vergessen hinter zusammengekniffenen Augen. Sie spreizte die Arme und krallte sich an Gras und Ästen fest. Jetzt betete sie lauthals. Sie hörte den Fuhrmann fluchen, dann brüllen, aber sie sperrte die Worte aus ihrem Geist.

Er fiel auf sie, hart und schwer wie ein Baum. Durch die zersplitterte Nase sog sie Schweißgeruch und Alkoholdunst ein. Aber Ludwig machte keine Anstalten sie zu beschlafen. Er lastete auf ihr und rührte sich nicht. Hatte das Gebräu ihn betäubt? Es gelang ihr, den Fuhrmann von sich herunterzuschieben.

Vor ihr stand ein Engel. Im Licht des Feuers zeichnete sich seine Figur deutlich gegen den Sternenhimmel ab. Der Engel hatte gelocktes Haar und war von überirdischer Schönheit. In der Hand hielt er einen Knüppel.

»Könnt Ihr aufstehen, Schwester Imma? Kommt, ich stütze Euch«, sagte der Engel mit Adelinds Stimme und beugte sich zu ihr herab.

»Adelind? Bist du das?« Ihre Stimme war nur ein Krächzen, ihre Kehle war voller Blut. Unter Stöhnen richtete sie sich auf und kniete schließlich vor dem himmlischen Wesen.

»Ich bin es, Schwester. Und dieses Mal müsst Ihr Euch glücklich schätzen, dass Eure Novizin nicht das zarte Nönnchen ist, zu dem Ihr sie so gern ausgebildet hättet. Immerhin habe ich das Ungetüm dort mit einem einzigen Schlag gefällt.« Sie präsentierte einen armdicken Ast.

Imma sackte in sich zusammen.

Wenig später loderte das Feuer bis zu den Baumkronen. Adelind hatte Immas Nase nach den Anweisungen der Nonne versorgt. Gemeinsam hatten sie einige Seile von der Ladung entfernt und den Fuhrmann an einen Baum gefesselt. Trotz Immas Protest hatte Adelind darauf bestanden, dem Gefangenen die Kleider auszuziehen. So seien sie eine Zeit lang davor sicher, dass er ihnen nachstellte.

Die Novizin war kaum wiederzuerkennen. Sie trug teure Kleider, und ihr nussbraunes Haar fiel, der Nonnenhaube ledig, in üppigen Locken bis auf die Schultern. Adelind berichtete von den Ereignissen im Palast des Erzbischofs.

Nachdem die Frauen getrennt worden waren, hatte der dürre Bischofsknecht sie zu den anderen Konkubinen Hildebalds geführt und ihnen befohlen, die Novizin für die Nacht mit Hildebald zurechtzumachen. Man hatte ihre Tracht gegen ein buntes Kleid eingetauscht, das an den Schultern von seltenen Cloisonnée-Fibeln zusammengehalten wurde. Dann hatten die Frauen sich ihre Haare vorgenommen und ihr Locken gebrannt – wie sie sagten, bevorzuge der Bischof welliges Frauenhaar. Und sie hatten noch einiges mehr über die Vorlieben des alten Hildebald zu berichten gewusst. Anschließend hatten sich die Konkubinen zurückgezogen, und der Dürre war hereingekommen. Er hatte sie lange angesehen und dann begonnen, ihren Körper zu betasten. Als er zu forsch wurde, hatte Adelind die heiße Brennschere gepackt und sie ihm ins Gesicht geschlagen. Dann war sie geflohen. Auf der Suche nach einem Weg aus dem Palast oder einem guten Versteck hatte sie plötzlich Imma auf dem Ochsenkarren gesehen, den zwei Männer gerade mit Körben beluden.

Der Rest war schnell erzählt: Adelind war in einen der Körbe gestiegen und unbemerkt mitgefahren. Nach Einbruch der Dunkelheit war sie aus dem Versteck geschlüpft und hatte beobachtet, wie der Fuhrmann mit Imma umsprang. Sie hatte sich ein Herz und einen dicken Ast gefasst und war von hinten auf Ludwig losgegangen. Mit Erfolg. Noch immer war der Fuhrmann nicht wieder zu Bewusstsein gekommen.

»Wohin wollt Ihr Euch jetzt wenden, Schwester Imma?« Adelind wärmte ihre ausgestreckten Hände am Feuer.

Imma brachte nur ein Näseln heraus. »Nach Aachen. Ich muss dem Kaiser die Wahrheit berichten. Zurück nach Arles können wir ohnehin nicht.«

»Bestimmt nicht. Der fette Hildebald lässt bestimmt schon nach uns suchen. Für eine Weile werden wir sehr vorsichtig sein müssen. Ich schlage vor, Ihr gebt Euch nicht als Benediktinerin zu erkennen. Tauscht Eure Tracht gegen die Kleidung des Fuhrmanns.«

»Ich soll Hosen tragen? Du bist von Sinnen, Novizin.«

»Und mit diesen Titeln sollten wir uns auch nicht mehr anreden. Jedenfalls nicht, wenn wir unter Menschen sind und unerkannt bleiben wollen. Was die Hosen angeht – wir trennen sie auf und nähen Euch einen langen Rock daraus. Was haltet Ihr davon?«

Nach einer Weile nickte Imma.

»Den Fuhrmann lassen wir hier zurück. Der Weg ist gut

befahren, und irgendjemand wird seine Hilferufe schon hören. Bei Tagesanbruch brechen wir mit dem Karren auf.«

Imma nickte erneut. »Zusammen werden wir es bis zum Kaiser schaffen.«

»Nein, Schwester Imma. Ich werde Euch nicht nach Aachen begleiten. Meine Zeit als Novizin ist beendet, und ich will zurück zu meiner Familie. Unser Weg wird für einige Tage derselbe sein, aber im Burgund werde ich Euch verlassen. Meine Eltern leben bei Autun. Dorthin führt mein Weg.«

Wortlos nahm Imma die Leinenhosen des Fuhrmanns und begann die Nähte aufzureißen.

12.

Wolken pressten sich gegen die Berge wie Ballen schmutziger Wolle. Schwalben ritten auf dem Wind. So dicht und schwarz flogen die Schwärme, dass es Thankmar schien, als tanzten Mücken in der Abendsonne. Keine Tagesreise entfernt brandete das Hügelland gegen das Gebirge.

Fest schlang Thankmar den Mantel um sich und zog die Schultern hoch. Eine Weile schaute er argwöhnisch über das Land, dann humpelte er die Kuppe hinab in die Mulde, wo das Lager aufgeschlagen war.

Isaak lag dicht beim Feuer, das sie im Schutz der Hügel entfacht hatten. Der Jude litt Schmerzen in der Brust und hatte eine Wunde am Kopf, die immer wieder aufbrach. Kaum hatte Thankmar den Verband nach Isaaks Anweisung neu angelegt, war er bereits wieder mit Blut vollgesogen. Dennoch hatte der Alte darauf bestanden, den ganzen Tag zu reiten, um möglichst weit von Pavia fortzukommen.

Thankmar hatte sich über Isaaks Verletzung gebeugt und einen alten Heilsspruch gemurmelt: »Wie die Beinrenke, so die Blutrenke, so die Gliedrenke. Bein zu Bein, Blut zu Blut, Glied zu Glied.« Diese Worte hatte er von seiner Großmutter, einer Priesterin Baldurs, gelernt. Aber Isaak hatte ihn mit barschen Worten zum Schweigen gebracht und ihm befohlen, das Essen zuzubereiten.

Bevor er sich ans Feuer setzte, prüfte Thankmar die Gurte, mit denen die Pferde und die Maultiere an eine windschiefe Pinie gebunden waren. Abul Abbas suchte im nahen Gehölz nach Nahrung. Stampfen, Scharren und das Brechen von Ästen verrieten Thankmar, dass der Elefant fündig geworden war. Ein wenig fürchtete er, Abul Abbas könnte in der Nacht davonlaufen. Aber dagegen konnte er nichts tun. Ohne Ketten war der Riese nicht zu fesseln.

Als er die Packtiere um etwas Pökelfleisch erleichterte, fiel sein Blick auf die in Decken eingeschlagene Holzkiste, die schon auf der Reise nach Pavia seine Neugier geweckt hatte. Groß war sie und schön. Isaak hatte jeden Abend nach ihr gesehen, hatte über die Einlegearbeiten auf dem Deckel gestrichen und etwas gemurmelt, das Thankmar für Beschwörungsformeln hielt. Behutsam legte er eine Hand auf die Truhe, bereit, sie schnell wieder zurückzuziehen, falls die Berührung eine Hexerei heraufbeschwören sollte.

»Bring sie her!« Isaaks Stimme war nicht mehr als ein schwaches Krächzen.

Thankmars Hand zuckte von der Truhe zurück.

»Na los, bring sie schon her!«, wiederholte Isaak.

Thankmar löste die Gurte und griff mit den Armen unter die Kiste. Sie war schwer. Er taumelte unter der Last, ging zu Isaak und setzte sie behutsam am Feuer ab.

»Wichtige Entscheidungen müssen getroffen werden«, sagte Isaak. »Wir befinden uns in einer gefährlichen Lage. Pavia wird einen Trupp Soldaten nach uns schicken, um den Elefanten zurückzubringen. Es würde mich nicht wundern, wenn sie unsere Spur bereits aufgenommen haben.«

»Wir können also fliehen oder kämpfen.«

»Das meinte ich nicht, als ich von wichtigen Entscheidungen sprach. Ein Trupp Panzerreiter würde uns schneller zu Brei schlagen, als ein Hund an einen Baum pinkelt. Was wir überdenken müssen, ist, ob wir den Weg weiter gemeinsam gehen.«

Thankmar starrte seinen Herrn an. »Soll das heißen, ich bin

nicht länger Euer Sklave? Ich habe Euer Leben gerettet, und dafür schenkt Ihr mir die Freiheit?«

»Nein. Du hast mich in Pavia gerettet, das ist wahr. Aber du hast nur deine Pflicht als Sklave getan. Nichts weiter. Ich werde es vergelten, wenn die Zeit gekommen ist. Aber meine Reise führt vielleicht in den Tod, und ich kann dich nicht zwingen, mir so weit zu folgen. Entscheidest du dich fortzugehen, erwarte ich von dir, meine Güter in Köln aufzusuchen und den Verwaltern Bericht zu erstatten. Dann sollst du meine Felder bestellen, bis entweder ich selbst oder Nachricht von meinem Tod eintrifft. Sodann bist du frei.«

»Ich könnte zustimmen, Euch hintergehen und mich davonstehlen. Was würde ich schon gewinnen, wenn ich gehorchte? Ein Leben als Sklave.«

»Wahrhaftigkeit ist sich selbst die reichste Belohnung.« Isaak schob sich Pökelfleisch in den Mund. Er schluckte den Bissen langsam und mit Mühe hinunter. »Also: Welchen Weg wählst du?«

Thankmar blickte sich um. Das Land versank in der Nacht. Am Horizont türmten sich die Berge auf. Er dachte an Haduloa mit den weiten Marschen und Gräsern, die nach Meersalz schmeckten, wenn man auf ihnen kaute. Er dachte an seine Familie, seine Freunde, sein Dorf. Selbst der störrische Schafbock kam ihm in den Sinn, den zu hüten ihm immer ein Graus gewesen war. Was mochte von alldem noch übrig sein, jetzt, da die Franken darüber hinwegritten? Alles gute Land gehörte dem Kaiser.

Was redete Isaak da von Wahrhaftigkeit? Wollte der Alte ihn verwirren?

Er erhob sich und ging im Kreis um das Feuer. Die Hände vor der Brust verschränkt, starrte er auf seine Stiefelspitzen. Isaak schluckte stumm und mühevoll Bissen um Bissen. In einiger Entfernung krachte Holz. Abul Abbas hatte seinen Appetit noch nicht gestillt.

Wohin sollte er sich schon wenden? Nach Norden, allein das Reich der Franken durchqueren? Dieser Weg würde ihn zwar in die Heimat führen, aber was mochte ihn dort erwarten? Eine menschenleere Ödnis vielleicht oder eine Wüstenei, von Gestalten bewohnt, die er nicht kannte? Fränkische Sippen, die sich in den Ruinen der Häuser seines Stammes eingenistet hatten? Von seiner Familie war gewiss niemand mehr dort. Wer den Krieg überlebt hatte, musste nach Westen geflohen sein, über das Meer auf die große Insel. Dort lebten Sachsen schon seit vielen hundert Jahren, und es hieß, Neuankömmlinge aus der alten Heimat würden willkommen geheißen. Thankmar war sicher: Wer von seinen Leuten noch am Leben und nicht in die Sklaverei verkauft worden war, der hatte diesen Weg gewählt. Im alten Land Haduloa aber würde er niemandem mehr begegnen, den er kannte.

Schließlich blieb Thankmar stehen und räusperte sich. »Ich werde mit Euch kommen. Ob es die richtige Entscheidung ist, weiß ich nicht. Aber allein werdet Ihr sterben. Und was wird dann aus Abul Abbas?«

Isaak nickte. »Welche Richtung schlagen wir also ein?«

Thankmar fuhr zornig zu ihm herum. »Woher soll ich das wissen? Ihr habt doch diese verfluchten Berge schon einmal überquert. Fragt also nicht mich nach dem Weg, sondern beantwortet Euch die Frage selbst.«

Der Jude ließ keine Regung erkennen. »Wir müssen zwischen zwei Wegen entscheiden. Der eine führt über den Mons Cenisio-Pass im Westen. In der Regel überquert Carolus Magnus dort das Gebirge mit seinem Tross. Aber das wissen auch unsere Verfolger. Man wird versuchen, uns in dieser Richtung aufzustöbern. Sind wir schnell genug, erreichen wir den Kaiser, bevor die Meute uns fassen kann. Sind wir zu langsam, ist alles verloren.«

»Wohin führt der andere Weg?«

Der Alte machte eine Pause, und angespanntes Schweigen hing in der Luft.

»Nach Norden. Am See von Como vorbei und dann hinein in die Bergwelt. Niemand würde dort nach uns suchen.«

»Warum nicht?«

»Weil die Berge Bestien sind und kein Sterblicher es wagen würde, in ihrem Rachen Zuflucht zu suchen. Der Tod hockt in jeder Schlucht und auf jedem Grat wie ein Rudel ausgehungerter Wölfe. Ich habe diesen Weg schon einmal gehen müssen, und es hat mich fast den Verstand gekostet. Mit Abul Abbas lebend aus dem Bergmassiv herauszukommen scheint unmöglich. Aber wir würden unserer Verfolger ledig sein.«

»Wie viele Tage würde uns diese Route kosten?«

»Das hängt vom Wetter ab. Bei mildem Wetter bräuchten wir eine Woche, vielleicht zwei. Gibt es Schnee, werden sich die Aasfresser die Zähne an unseren hart gefrorenen Leichen ausbeißen.«

»Die Wahl fällt schwer. Was schlagt Ihr vor?«

Isaak schüttelte den Kopf. »Ich überlasse dir die Entscheidung. Schon einmal habe ich in einer ähnlichen Lage die falsche Wahl getroffen. Viele sind damals gestorben. Dieses Mal soll ein anderer die Verantwortung tragen.«

Thankmar streckte sich. Er spürte die Länge seines Körpers und die Kraft seiner Arme. Leben oder Tod – zum zweiten Mal an diesem Tag lag das Schicksal in seiner Hand. Er rieb sich den Nacken. Der schnellste Weg zu Carolus Magnus bedeutete auch den baldigen Abschied von Abul Abbas. Nicht länger würde er in ihm einen Gefährten haben, wenn der Frankenkaiser ihn erst in Empfang genommen hatte. Der gefährlichere Weg durch die Berge bedeutete hingegen, das Leben des Elefanten aufs Spiel zu setzen, und spätestens bei der Ankunft in Aachen würde er sich ohnehin von dem Riesen trennen müssen. Konnte er seine Wünsche über das Wohlergehen des Tieres stellen? Er blickte nach Westen.

»Die rasche Flucht ist mir lieber als das Versteckspiel zwischen Felsen und Graten.« Er machte eine Pause, um Isaak Gelegenheit zum Widerspruch zu geben. Aber der Alte schwieg. »Wir kommen mit Abul Abbas nur langsam voran. Aber die Panzerreiter Pavias sind schwer gerüstet, und ihre Pferde können das Gewicht nicht über weite Strecken tragen. Wenn Irmin uns beisteht, lassen wir die Verfolger hinter uns.«

»Das ist wohlüberlegt.« Isaak nickte. »Was aber passiert, wenn uns keine Panzerreiter jagen, sondern eine Rotte Bluthunde? Die Hand des Pfalzgrafen reicht vielleicht nicht weit genug, um uns zu ergreifen. Aber andere Häscher treibt der Durst nach Rache an.«

»Ihr redet von Mazruq und seiner Meute? Sie sind schon längst in Ketten geschmiedet und balgen sich mit den Mäusen um die Maden in ihrem Kerker.«

»Unterschätze niemals deinen Gegner. Schon gar nicht, wenn er Araber ist. Dein Einfall, Mazruq und die anderen einkerkern zu lassen, war Wahnsinn. Ich will dich nicht maßregeln. Du hast in einer gefährlichen Lage einen kühlen Kopf bewahrt. Aber die Araber werden einen Weg finden, sich aus Pavias Ketten zu befreien. Selbst wenn es ihr Wunsch wäre: Sie können die Heimreise nach Bagdad nicht antreten, solange du lebst. Einen Feuersturm werden sie über uns bringen. Dein Tod allein ist jetzt ihre Bestimmung.«

»Was für eine Hölle muss dieses Arabien sein, das solche Monstren ausspuckt! Wie habt Ihr es fertiggebracht, daraus zu entkommen, ohne Schaden zu nehmen?«

»Schaden?« Isaak lachte. »Du Erbe der Unwissenheit! Ohne die Heilkunst der arabischen Ärzte würden längst die Würmer an meinen Gebeinen nagen. Bagdad! Was für eine Stadt! Männer verlassen ihre Frauen, nur um ihre Tore einmal durchschreiten zu dürfen. Dort werden die Straßen zweimal am Tag gewaschen. Tausend Öllampen beleuchten die Wege bei Nacht. Die weisesten Gelehrten forschen in prächtigen Laboratorien und mehren das Wissen Harun ar-Raschids. Es gibt keine Armut, kein Leid und keinen Hunger, und manch einer glaubt, die Sterne regnen nachts auf den Palast herab, um dem Kalifen Licht zu spenden. *Arabia felix* – glückliches Arabien –, so nennen selbst die Feinde des Islam dieses Land. Monstren? In meinem Leben sind mir viele begegnet. Aber sie sprachen mit fränkischer Zunge. Arabien hingegen ist der Schrein des Wissens, der Hort der gewaltigsten Schätze der Welt.«

Thankmar schielte auf das Bündel neben Isaak. Der Alte bemerkte den Blick und schlug die Decken von der Truhe. Im Feuerschein erstrahlte meisterhaft gearbeitetes Holz, von einer Sorte, wie es Thankmar nie zuvor gesehen hatte. Die Flammen spiegelten sich in Bronzebeschlägen.

Isaak ließ die Schlösser aufschnappen und klappte den Deckel zurück. »Hol sie hervor. Aber sei gewarnt: Vielen, die von dieser Frucht gekostet haben, hat sie die Seele verbrannt.«

Thankmar warf einen neugierigen Blick auf den metallischen Glanz in der Truhe.

»Nur zu! Um Leib und Leben brauchst du nicht zu fürchten.«

Er tauchte die Arme in die Truhe, bekam etwas Kühles zu fassen und hob es langsam heraus. Es erwies sich als eine Art Maschine, ein Kubus aus verschiedenfarbigen Metallen. Hier Bronze, vernietet mit ziseliertem Messing, dort Eisen, damasziert und mit Kupfer beschlagen. Ornamente und Geschmeide, geschwungen und fremdartig. Dazwischen Leitungen und Lager, Rohre und Hebel, so fein, als wären sie für Kinderhände gedacht. Um diesen Kern aus Merkwürdigkeiten war ein Rahmen aus demselben Holz gezimmert, das auch bei der Truhe Verwendung gefunden hatte. Als Thankmar die Maschine sacht abstellte, geriet etwas darin in Bewegung. Er sprang zurück.

»Nun gib acht!« Isaak griff nach der Feldflasche und träufelte etwas Wasser in eines der Rohre. Aus dem Innern des Apparates ertönte ein Gluckern. Einen Moment wartete der Alte, dann gab er noch etwas Wasser hinzu, nestelte in den Eingeweiden der Sonderbarkeit herum und setzte sich schließlich zufrieden abwartend ans Feuer.

Gerade als Thankmar meinte, die Ungeduld fräße ihm ein Loch in den Bauch, fing die Maschine plötzlich an zu leben. Noch einmal gluckerte es in ihrem Innern, dann ertönte der helle Klang eines Glöckchens. Einen Moment lang geschah nichts. Da sprangen an der Vorderseite kleine Klappen auf, die zuvor nicht sichtbar gewesen waren. Und aus dem Dunkel der Apparatur kamen zwölf Reiter geritten. Winzlinge waren es, doch musste Leben in ihnen stecken, denn sie galoppierten wie ein Wirbelsturm um die Säulen der Maschine herum. Flink glitten sie aneinander vorüber und schwangen Schwerter und Speere. Thankmar streckte eine Hand nach den Zwergen aus, aber da flüchteten sie schon zurück in ihre Ställe. Die Pforten schlossen sich, die Maschine gab ein letztes Glucksen von sich, dann stand sie still.

»Noch einmal! Noch einmal!« Thankmar klatschte in die Hände. »Bitte, Herr. Befehlt den Reitern, wieder hervorzukommen.«

»Später vielleicht. Diese Maschine ist für die majestätischen

Gedanken des Kaisers geschaffen, nicht zum Vergnügen eines Sklaven.«

»Mit diesem Spielzeug vertändelt der Kaiser den Tag?«

»Ein Spielzeug ist es für die Einfältigen. Den Wissenden ist es die mächtigste Waffe der Welt.«

Der Sachse lachte in die Nacht hinein. »Oh, ich fürchte mich, Herr! Bewahrt mich vor den Schrecken der mechanischen Gnome.« Er sprang auf und begann, um das Feuer herumzuhüpfen. »Hier. Einer hat sich in mein Haar gekrallt. Fort mit dir, Bestie! Brenne!« Er wälzte sich lachend im Gras und kämpfte gegen unsichtbare Feinde.

»Klepsydra«, sagte Isaak.

Thankmar hielt inne, das Gesicht vom Spott gerötet, die Augen klein und angriffslustig. »Was soll das sein? Ein Zauberspruch? Bin ich in eine Schleiche verwandelt?«

Der Jude räusperte sich. »Klepsydra ist der Name dieser *arte mechanica*. Sie wird deinen Geist fressen, so wie sie es mit deinem Volk getan hat. Sie ist die Botin einer neuen Zeit. Unter ihrem Gewicht brechen tausend Jahre alte Werte zusammen, Götter beugen das Haupt vor ihr. Sie zwingt alle Völker unter ihre Knute, seien sie Christen, Muslime oder Juden. Und kämpfen die Menschen gegen sie? Versuchen sie, ihre Macht zu zerstören? Nein. Eine Klepsydra ist an jedem Hof willkommen. Kaiser und Könige, Kalifen und Wesire verehren sie und brüsten sich damit, sie zu besitzen und zu verstehen. Keine Geste drückt mehr Hochachtung aus, als einem Freund eine Klepsydra zum Geschenk zu machen. So wie diese hier ein Geschenk des Kalifen für Carolus Magnus ist.« Er legte die Hand auf die Maschine.

»Was für Gespenster birgt sie?« Thankmar hatte den Respekt zurückgewonnen.

»Sie misst die Zeit. Nichts weiter. Sie unterteilt deinen Tag in Stunden und Minuten. Sie befiehlt dir zu essen, wann sie es will, zu schlafen, wann sie es will, zu sterben, wann sie es will. Du wirst sie anbeten und hassen, aber wenn du sie einmal in dein Haus gelassen hast, wirst du nie wieder ohne sie leben können.«

»Dieses Ding soll mich beherrschen?« Thankmar lachte verunsichert. »Wie soll das angehen? Mein Volk kennt sehr wohl den Verlauf der Zeit. Wir messen den Tag anhand der Länge von Baumschatten. Der Tag endet, wenn kein Schatten mehr zu erkennen ist. Wer braucht da eine Maschine?«

Jetzt war es an Isaak, zu lachen. »Glückliches Sachsenvolk! Ein Baum zeigt ihnen an, wann die Nacht hereingebrochen ist. Zugegeben: eine unkomplizierte Methode. Aber sei gewarnt: Die Klepsydra zerteilt Tag und Nacht wie der Fleischer das Schlachtvieh. Jede Portion Zeit wird dir kostbar sein, denn stets blickst du auf den Rest, der immer kümmerlicher wird. Bis schließlich nichts mehr da ist. Dann ist der Tag verloren. Ein neuer wird kommen, gewiss. Aber wie viele hast du? Einer von ihnen ist vorüber, und er wird nie zurückkehren. Dank dieser Klepsydra wird Carolus Magnus seine Untertanen lehren, die Zeit zu ehren und auszufüllen.«

»Also will der Frankenkaiser mit der Zeit herrschen, statt mit dem Schwert. Ich verstehe.« Thankmar nickte bedächtig.

»Gar nichts verstehst du. Nicht die Zeit dient dem Kaiser, er erlaubt ihr, ihn zu beherrschen. Obwohl er einer der mächtigsten Männer auf Erden ist. Wie viele Länder hat er sich bereits untertan gemacht! Sachsen, Thüringen, Alamannien, Aquitanien und Burgund zollen ihm Tribut. Selbst die Windrichtungen hat er neu getauft. Du kennst derer vier: Süden, Norden, Osten und Westen. Aber der Franke kann sich nach zwölf Winden richten: Ostroniwint, Ostsundroni,

Sundostroni, Sundroni, Sundwestroni, Westsundroni, Westroni, Westnordroni, Nordwestroni, Nordroni, Nordostroni und Ostnordroni. Damit kann er einen Heerbann jeder Größe so exakt führen wie ein Steinmetz den Meißel.«

Thankmar sah den alten Juden fasziniert an. In seinem Kopf formten sich sächsische Horden zu wohlgeordneten Schlachtreihen, die unter seinem Kommando die fränkischen Reiter überrannten.

Isaak holte ihn zurück in die Gegenwart. »Pah! Wie viele Worte kennt ihr Sachsen schon für die Abschnitte des Jahres? Vier! Ihr macht mich lachen. Der große Franke hat dem Jahr zwölf Kinder gegeben: Wintarmanoth, Hornung, Lenzinmanoth, Ostarmanoth, Winnemanoth, Brachmanoth, Hewimanoth, Aranmanoth, Witumanoth – den wir zurzeit schreiben –, Windumemanoth, Herbistmanoth und Heilagmanoth.«

Stumm sprachen Thankmars Lippen die Begriffe nach.

»Und das ist erst der Anfang. Der Kaiser wird sein gesamtes Reich in leichter beherrschbare Gebiete unterteilen. Glaubst du etwa, er weiß, wie viele Grafen im Land seine Vasallen sind und ihm Landpacht schulden? So gewaltig ist das Frankenreich, dass der Falke es in zehn Tagen nicht überfliegen kann. Ständig sind die Dinge in Bewegung. Vasallen sterben, und ihre Erben folgen nach. Sind diese Erben auf der Seite des Kaisers? Hinterlassen die Verstorbenen überhaupt Nachkommen, die die Pacht zahlen könnten? Aufstände erschüttern die Grenzmarken. Werden ertragreiche Gebiete verwüstet? Nehmen die Adeligen zu viel Pacht von den Grundholden? Zahlen sie zu wenig an den Kaiser? Ein wilder Wald wuchert den fränkischen Verwaltern da entgegen. Und keine Axt kommt hindurch. Aber Carolus Magnus kennt ein wirksames Mittel. Er schickt den Sturm der Zeit zwischen die Bäume, und alle faulen Triebe werden herausgefegt. Wir erleben die letzten Tage einer Epoche, Sklave. Nicht mehr lange, und nur die werden überleben, die messen, ordnen, verwalten und einteilen können.«

Thankmar hatte seinem Herrn staunend gelauscht. Die plötzliche Stille riss ihn aus seiner Verwunderung. »Herr, all diese Worte, die Winde, die Jahresglieder – bitte lehrt sie mich. Ich will ihre Zauberkräfte nutzen.«

Isaak stutzte. »Ich habe dich gewarnt. Aber wenn du es wirklich willst …«

Thankmar nickte.

Auch in dieser Nacht schlief er auf Abul Abbas' Rücken, beruhigt von den tiefen Atemzügen des Elefanten. Die Schwalbenschwärme waren zu Sternen geworden.

Der Seneschall erwachte frierend. Feuer prasselte im Kamin der Kemenate, aber ein Fieber sperrte die Wärme aus seinen Gliedern aus. Der Kopf wollte ihm zerspringen, und daran trug nur zum Teil die Wunde Schuld, die er sich zugezogen hatte, als der Elefant ihn hatte fallen lassen. Zorn brannte in seinen Gedanken, heißer Hass auf den Hinkenden, das riesige Tier und den Juden. Er presste die Hände an die Schläfen und erhob sich mühsam. Nach und nach gewann er den Kampf gegen den Schwindel, schlurfte in eine Wolldecke gewickelt zum Fenster und schnappte nach Luft, um die Übelkeit zu vertreiben.

Unten war der Pfalzhof mit Menschen gespickt. Die Araber sollten heute ihr Ende finden. Das Ansehen, das Pfalzgraf Arno vor den Stadttoren eingebüßt hatte, musste wiederhergestellt werden. Der Mob schrie nach Blut, und er sollte es bekommen. Keine rasche Hinrichtung diesmal. Gewalt, Qual und Blutvergießen sollten dem Pöbel zeigen, dass Arno nach wie vor Macht besaß. Zwei Gefangene waren entkommen. Und wenn schon! Die Muslime würden dafür zehn Tode sterben. Dem Erfindungsreichtum des Gewaltigers war voll und ganz zu trauen.

Auf dem Blutgerüst vor dem Wohntrakt waren Bahnen aus Leinen ausgelegt, um Sekrete und Körperteile der unglückseligen Araber aufzufangen. Allerlei Gerätschaften blitzten in der Sonne. Einer der Gefangenen, der kleinste, war bereits seiner Kleider ledig an ein aufrecht stehendes Brett gefesselt worden, und der Henker machte sich an ihm zu schaffen. Schreie drangen zum Fenster herauf, ob sie von dem Gefolterten oder von der Menge kamen, wusste der Seneschall nicht zu unterscheiden. Es kümmerte ihn auch nicht.

Erschöpft torkelte er zurück zum Lager. Gerade wollte er sich niederlassen, da hörte er Schritte vor der Tür.

»Seneschall, seid Ihr wach?«

Er zog die Decke eng um seine schlotternde Gestalt, ging zur Tür und öffnete. Vor ihm stand Richolf, in Rüstung und mit Schweiß und Staub überzogen. Der Geruch des Soldaten entfachte Aufruhr in den fiebrigen Gedärmen des Seneschalls.

»Habt ihr die Flüchtigen gefunden?«

»Nein, Seneschall. Sie waren zu weit voraus. Wir sind geritten wie der Wind, aber sie waren nicht aufzufinden. Vermutlich hat die riesige Kreatur sie durch die Lüfte getragen.«

»Unsinn! Ihr Soldaten seid dummes Pack. Ich dachte stets, wer ein Schwert führen kann, ist auch in der Lage, seinen Kopf zu benutzen. Was ist passiert? Wieso seid ihr schon zurück?«

Richolf sah zu Boden. »Herr, die Pferde konnten nicht weiter. Wir hätten die Verfolgung zu Fuß fortsetzen müssen. Aber das wäre aussichtslos gewesen.«

»Und warum waren die Pferde erschöpft?« Der Seneschall kannte die Antwort bereits, und die Galle kam ihm hoch.

»Weil wir … Nun, Herr, wir sind in voller Rüstung geritten. Und Ihr wisst doch: So ein Gewicht kann ein Ross nicht lange tragen. Zudem haben wir uns beeilt, und als …«

»Genug!« Des Seneschalls Stimme rieb wie Sand in seinem Hals, und ein Hustenanfall schüttelte ihn. Er zwang sich zur Ruhe. »Ihr Esel habt einen Knaben und einen Greis verfolgt. Wozu muss ein stattlicher Soldat da in vollem Panzer reiten? Ich sollte euch alle vierteilen lassen, um zu sehen, in welchem Teil eures Körpers das Hirn verborgen ist. Was gedenkst du nun zu unternehmen?«

»Ich hatte gehofft, Ihr hättet neue Befehle, Herr. Ihr wisst doch immer, was zu tun ist.«

Der Seneschall trat ans Fenster und umklammerte den Sims, dass seine Knöchel weiß hervortraten. Auf den Treppen des Blutgerüstes hatten sich die Leinentücher bereits mit Blut vollgesogen. Wie gern hätte er auch Richolf und seinen Trupp dem Henker überantwortet. Einen ähnlichen Groll musste auch der junge Sachse auf die Muslime gehegt haben, sonst hätte er sie kaum dem Pfalzgrafen ausgeliefert.

Ein Gedanke bohrte sich in seinen Kopf wie ein Nagel. Er beugte sich aus dem Fenster und wollte brüllen: »Aufhören! Lasst die Gefangenen frei! Ich befehle es!« Aber nur ein Krächzen war zu hören. Er fuhr zu Richolf herum. »Eil dich! Hinunter! Die Tortur muss aufhören. Ich will die Araber so lebendig wie möglich hier oben sehen.«

Richolf starrte ihn an und versuchte zu begreifen.

Schäumend vor Ungeduld schob der Seneschall den großen Mann aus der Kemenate. »Muss ich es dir ins Latein übersetzen, Hohlkopf? Eile dich!«

Der Soldat polterte die hölzerne Rundtreppe hinab.

Wenig später fegte Pfalzgraf Arno in den Raum. Der Seneschall saß aufrecht auf dem Lager und erwartete ihn mit zufriedenem Lächeln. »Mein Graf, warum so eilig?«

Arno baute sich am Bettende auf. »Welcher Teufel ist in Euch gefahren, dass Ihr eine Hinrichtung abbrechen lasst? Das Volk ist aufgebracht. Es hat Blut geleckt und will sich sattsehen am Tod der Verurteilten. Wenn wir nicht weitermachen, werden Steine fliegen, vielleicht Schlimmeres.«

»Beruhigt Euch, Graf Arno. Hier, nehmt einen Becher Most. Er hat gerade die rechte Temperatur.«

Arno schlug dem Seneschall das Gefäß aus der Hand. Es fiel klappernd in eine Ecke des Zimmers. »Ich verlange Genugtuung. Ihr mögt ein mächtiger Mann in Pavia sein, aber wenn Ihr mich zum Narren halten wollt, werdet bald Ihr vor dem Henker stehen. Wer gibt Euch das Recht …«

»Ich handele zu Eurem Wohl. Bevor Ihr einen Strick für mich knüpfen lasst, holt die Gefangenen herein und hört zu.«

Der Graf zögerte.

Mühsam erhob sich der Seneschall. »Vertraut mir, Arno. Vertraut mir einmal mehr. Ich werde Euch nicht enttäuschen.« Er klaubte den hölzernen Becher auf und füllte ihn erneut.

Arno biss sich auf die Lippen. Dann rief er aus dem Fenster: »Bringt die Araber herein! Und beruhigt die Menge!« Zum Seneschall gewandt setzte er hinzu: »Wenn es zum Aufstand kommen sollte, werde ich den Mob mit Eurer Hinrichtung besänftigen.«

Ein Trupp Bewaffneter trat in die Kemenate und stieß vier Männer in Fesseln vor sich her. Der Henker war nicht zimperlich gewesen. Dem Kleinsten lief dickes Blut aus dem Mund. Es hatte das Kinn rot gefärbt und einen breiten Streifen auf dem leinenen Büßerhemd hinterlassen, das man dem Gefangenen übergezogen hatte. Der Blick des Gefolterten war gebrochen, aber er mühte sich um Haltung.

Diese Araber werden eines Tages an ihrem Stolz ersticken, dachte der Seneschall und schüttelte den Kopf.

Er befahl den Soldaten, den Gefangenen die Stricke abzunehmen. »Hinaus mit Euch allen!« Er wedelte mit welker Hand. »Meine Gäste sehnen sich nach etwas Ruhe. Hinaus, sage ich! Und schickt nach dem Bader.«

Die Soldaten verließen das Zimmer. Richolf drehte sich noch einmal um, doch der Seneschall schmetterte die Tür vor seiner Nase ins Schloss. Dann wandte er sich den Arabern zu. »Wir bedauern sehr, was Euch widerfahren ist. Ein Missverständnis und übereifrige Wachen haben leider …«

Der Rest ging in Gurgeln unter. Khalids Pranken wrangen den Hals des Seneschalls wie nasse Wolle. Graf Arno sprang zur Tür, aber ein Schlag Hubaischs streckte ihn nieder.

Mazruq al-Atar legte Khalid besänftigend eine Hand auf die Schulter. »Töte ihn noch nicht. Ich will hören, ob er außer Unverfrorenheiten noch etwas vorzubringen hat.«

Khalids Klauen lockerten sich kaum merklich. Der Seneschall rang nach Luft. Seine Beine gaben nach, aber Khalid hielt ihn am Halse aufrecht.

Mazruq stützte den taumelnden Sanad und half ihm, sich auf des Seneschalls Bettstatt zu legen. Mit einem Tuch wischte er ihm vorsichtig das bereits trocknende Blut vom Mund und strich seinem Landsmann übers Haar. Ohne sich umzuwenden, sagte er leise: »Einem Feind die Zunge herausreißen zu lassen ist wahrlich eine Unsitte, wie man sie nur von den Franken kennt. Ihr Barbaren seid selbst in der rohen Kunst der Tortur geschmackloser als altes Brot. Bevor Eure Schergen uns endgültig den Tod schenken, werde ich Euch deshalb lehren, welche Delikatessen man aus Menschenfleisch zubereiten kann. Habt Ihr je von einem Pfalzgrafen gekostet? Eine Speise für den fettliebenden Gaumen. Sicher mögt Ihr ein Stück probieren?«

Er erhob sich, ging zu dem reglos am Boden liegenden Grafen hinüber und betastete prüfend dessen Hand und Oberschenkel. »Einen kapitalen Braten würde er abgeben. Schade nur, dass Dummheit bitter schmeckt.« Er zog dem Pfalzgrafen den Dolch aus dem Gürtel.

Der Seneschall zitterte in seiner unbequemen Lage und presste ein Krächzen hervor. »Wartet!«

»Ihr könnt noch sprechen? Das würde mein Bruder Sanad auch gern.« Mazruq ließ von Graf Arno ab und presste dem Seneschall die Klinge an die Kehle. »Lass ihn, Khalid. Wir wollen hören, ob er seine letzten Worte in Würde hervorbringen kann.«

Khalids Hände lösten sich, und der Seneschall japste nach Luft. »Ich habe Euch von der Folter erlöst, um Euch einen Handel vorzuschlagen.« Er wartete auf einen Einwand von Mazruq, aber der forderte ihn mit einem Nicken auf, weiterzureden. »Wenn wir Euch freiließen, was würdet Ihr dann unternehmen?«

Ein grässliches Lachen entfuhr dem Araber. »Redet nicht weiter, und verstrickt Euch nicht in Lüge und Heimlichkeit! Ich kenne Euren Vorschlag bereits: Ihr hofft, wir würden den Sachsen und den Juden hetzen, um uns für den Verrat zu rächen. Weil sie Eure unfähigen Soldaten abgehängt haben. Ist es nicht so?«

Der Seneschall nickte. »Ihr seid ein Mann von Geist.«

»Einer, der sich nicht von seinen Feinden kaufen lässt. Wieso sollte ich Euch zu Diensten sein? Der Heimweg läge vor uns. In wenigen Monaten könnten unsere Mägen mit Datteln gefüllt sein, und unsere Münder mit den Brüsten der schönsten

Blumen Bagdads. Was sollte uns auch nur einen Tag länger unter Euch Barbaren halten?«

»Wenn es Euer Wunsch ist, den feigen Verrat ungesühnt zu lassen, so zieht heimwärts. Der Weg steht Euch offen.«

Plötzlich hämmerten derbe Schläge gegen die Tür. Richolfs Stimme drang dumpf durch das Holz. »Herr, der Bader ist bereit. Soll er hereinkommen?«

Mazruq verstärkte den Druck des Dolches, aber der Seneschall lächelte. »Er soll sich noch etwas gedulden. Geht derweil und lasst die Ausrüstung der Muslime herbeischaffen, ihre Kleider, ihre Waffen, ihr Gepäck, alles, was sie bei sich führten. Gebt noch frischen Proviant hinzu. Dann versorgt ihre Pferde, zäumt sie auf und bringt alles vor das kleine Tor. Nicht das Haupttor. Habt ihr verstanden?«

»Herr? Seid Ihr wohlauf?« Richolfs besorgte Stimme drang durch die versperrte Tür.

»Verflucht! Deine Aufgabe ist nicht Denken, sondern Dienen! Tu, was ich gesagt habe!«

Sie hörten die Stiefel die Stiege hinunterstapfen.

Mazruq ließ das Messer sinken. »Ihr scheint die Wahrheit zu sprechen. Warum vertraue ich Euch trotzdem nicht?«

»Seid ohne Sorge. Eure Freiheit ist mein Gewinn. So sicher, wie ich eines Tages diese Pfalz regieren werde, werdet Ihr Eure Feinde hetzen, bevor Ihr heimkehrt. Müht Euch nicht, es zu leugnen. Ein Sklave hat Euch verraten, und Euer Blut schreit nach Rache. Ist es nicht so?«

Kein Muskel zuckte in Mazruqs Gesicht. »Redet weiter!«

»Meine Männer haben bei der Jagd nach den Geflohenen versagt. Ihr aber werdet sie aufspüren und töten, denn Eure Ehre treibt Euch an. Ihr würdet eher sterben, als die beiden Feiglinge davonkommen zu lassen. Mein Interesse gilt ihnen jedoch nicht. Es ist der Elefant, nach dem mir verlangt.«

Mazruq strich sich über den Gabelbart. »Ihr seid ein Franke, dem Allah die Gabe der Vernunft gegeben hat. Wie außergewöhnlich! Doch wie soll Abul Abbas nach Pavia zurückkehren? Glaubt Ihr etwa, wir würden ihn zurückbringen und uns wieder in Eure Gewalt begeben?«

»Vermutlich würdet Ihr das nicht. Doch habe ich auch daran bereits gedacht. Euer Freund hier«, er deutete auf Sanad, »ist schwer verletzt. Einen schnellen Ritt würde er kaum überstehen. Deshalb wird er hierbleiben und auf Eure Rückkehr warten. In wenigen Tagen wird er so gesund sein, dass Ihr gemeinsam die Heimreise antreten könnt.«

»Und wenn wir nicht zurückkehren?«

»Stechen wir ihm die Augen aus. Dann kochen wir ihn in siedendem Öl und ziehen ihm lebendigen Leibes die Haut ab. Der Henker kann einen Unglückseligen monatelang der Tortur unterziehen, ohne dass der Tod eintritt.«

Mazruq trat an Sanads Lager. Der Verwundete folgte jeder seiner Bewegungen mit weit aufgerissenen Augen. Mit dem Rücken zum Seneschall beugte sich Mazruq über Sanad und murmelte einige arabische Worte. Als er sich erhob, hatte der Seneschall den Eindruck, dass der verletzte Araber noch bleicher geworden war.

Mazruq hingegen verschränkte die Arme auf dem Rücken und lächelte den Seneschall an. »Mein kleiner Freund ist einverstanden. Wir ehren Eure Großherzigkeit und wollen Euch zu Diensten sein. Geleitet uns zu unseren Pferden, damit wir sofort aufbrechen können.«

Der Seneschall atmete tief durch. »So sei es«, sagte er schließlich, stieg über den bewusstlosen Pfalzgrafen und führte die Araber hinaus.

Die Sonne stand im Zenit, als der Seneschall die Stufen zu seinen Gemächern wieder hinaufstieg. Die Araber waren fort. Niemand hatte sie entdeckt. Richolf hatte gemurrt, als er von dem Plan erfahren hatte. Aber Richolf war bloß ein Idiot, der zermalmt werden konnte, wenn er Ärger machte. Jetzt würde sich alles zum Guten wenden.

Der Jude und der Sachse konnten noch nicht weit gekommen sein. Ein einziger Tag Vorsprung, noch dazu mit dem Elefanten – und die Araber ritten wie der Wind. Schon den nächsten Morgen würden die Flüchtigen nicht mehr erleben. Dann würde das Tier ihm gehören. Und Carolus Magnus musste nach Pavia zurückkehren und ihm danken. Ein hohes Amt war ihm sicher. Vielleicht rief man ihn sogar in die Pfalz nach Aachen. Dort würde er gemeinsam mit dem Kaiser in den berühmten heißen Quellen baden.

Als der Seneschall die Tür zur Kemenate aufstieß, musste er erkennen, dass er die Araber unterschätzt hatte. Pfalzgraf Arno lag noch immer auf dem Boden, aber unter ihm hatte sich eine Pfütze aus Blut ausgebreitet. Er war tot. Der kleine Araber, durchfuhr es den Seneschall. Er hat den Grafen umgebracht. Zu seinem Entsetzen gesellte sich Angst. Wo war der Mörder jetzt?

Er fuhr herum, aber hinter seinem Rücken war niemand. Da, er lag noch immer auf dem Lager. Doch aus seinem Bauch ragte das Heft des Dolches, den Mazruq al-Atar dem Pfalzgrafen abgenommen hatte. Da begriff der Seneschall und schlug die Hände vor den Mund.

Mazruq hatte dem Verwundeten die Klinge zugesteckt und ihm befohlen, sich und den Pfalzgrafen zu entleiben. Jetzt waren die Araber frei. Sie mochten ihre Rache ausüben, aber nach Pavia würden sie niemals zurückkehren.

Die Tür wurde aufgerissen, und Richolf starrte entsetzt in

den Raum. »Seneschall, was habt Ihr getan?«, flüsterte der bullige Wächter.

Von der Leiche Sanads rann Blut über die Wolle der Bettstatt und tropfte zu Boden, wo es sich allmählich mit dem erkaltenden Lebenssaft des Pfalzgrafen vermischte.

Richolf zückte sein Schwert.

13.

Isaak und Thankmar brachen im Morgengrauen wieder auf. Als die Sonne höher stieg, bemerkten sie ein Gehöft in einer Senke.

»Wir wollen sehen, ob die Bauersleute etwas Proviant zu verkaufen haben.« Isaak nahm Thankmars Schimmel am Zügel. »Warte hier und halte Ausschau nach Häschern aus Pavia. Verbirg dich mit Abul Abbas in dem Forst dort.«

Bevor Thankmar widersprechen konnte, war der Jude schon auf und davon. Trotz seiner Verletzungen trieb er den Falben auf das Gehöft zu, als führe er eine Schar byzantinischer Lanzenreiter in die Schlacht.

Der Hof sah nicht ärmlich aus, das gab Isaak Hoffnung. Das Wohnstallhaus hatte immense Ausmaße und ein tief hängendes Strohdach, das von Moos bewachsen war. Ein Speicher stand auf vier Pfosten vor der Anlage, die Plattform satt von Heu, das so hoch über dem Boden gelagert war, dass Überschwemmungen und Schädlinge dem Vorrat nichts anhaben konnten. Ein weiteres kleines Dach war unmittelbar auf dem Boden errichtet. Darunter wusste Isaak ein Grubenhaus, ein mannsgroßes Loch im Boden, unter dem sich ein kühler Vorratsraum für Lebensmittel verbarg. Einen Moment lang überlegte er, einfach zu dem Grubenhaus zu reiten, zu stehlen, was er brauchte, und wieder zu verschwinden, ehe die Bauersleute wussten, wie ihnen geschah. Aber schließlich war er ein kaiserlicher Gesandter und kein Strauchdieb.

Die Hufe trommelten eine Gestalt aus dem Haus. Als Isaak näher kam, erkannte er, dass es sich um eine Frau handelte.

Obwohl sie jünger an Jahren schien als er, war ihr Rücken gebeugt von der Feldarbeit. Reif hatte sich auf ihr Haar gelegt, das nachlässig zu Zöpfen geflochten war, und sie blickte mit hitzigen Augen zu dem Reiter auf.

Isaak saß nicht ab. »Der Herr erleuchte Eure Tage, gute Frau. Ich bin ein Gesandter des Kaisers und muss mich verproviantieren. Holt den Bauern!«

Die Frau packte das Geschirr des Pferdes und riss dem Tier mit Kraft den Kopf herum. Ihre Stimme war ein Zischen. »Der Bauer hat für deinesgleichen keine Zeit. Hier gibt es nichts zu essen. Scher dich weg!«

Sie ließ die Zügel fahren und schlug dem Falben mit der Handfläche zwischen die Augen, dass es knallte. Das Tier scheute. Isaak hatte alle Mühe, nicht abgeworfen zu werden.

»Wie ich schon sagte«, er zwang das Pferd zur Ruhe, »bin ich ein Gesandter des Kaisers. Hier ist sein Siegel. Vermutlich könnt Ihr nicht lesen, aber das Siegel sollte Euch den nötigen Respekt abverlangen.«

Er suchte in seinem Mantel nach der Pergamentrolle, aber die Hand fasste ins Leere. Da fiel ihm ein, dass der Freibrief in Pavia verloren gegangen war. Schrecken erfasste ihn. Wie sollte er ohne kaiserlichen Brief durch dieses Land reisen?

»Einen Kaiser kenne ich nicht. Und ich will mit ihm ebenso wenig zu schaffen haben wie mit dir.« Mit beiden Händen stemmte sich die Bäuerin gegen das Pferd und versuchte, es wegzuschieben.

Es war genug. Isaak wollte seine Stimme erheben, da drang der Schrei eines Kindes aus dem Haus.

Die Frau erbleichte. »Weg mit dir!«, schrie sie noch, dann fuhr sie herum und verschwand in der Dunkelheit hinter der Brettertür.

Der Schrei hatte Geschwister. Isaak dachte nicht daran, von

diesem seltsamen Ort zu verschwinden. Neugier ließ ihn absitzen und hinter der Bauersfrau ins Haus stürzen.

Im Innern herrschte Düsternis. Rechter Hand öffnete sich ein weiter Raum mit einer Feuerstelle in der Mitte. Eine Rußschicht lag auf allem. Der Geruch von Rauch und faulem Holz wurde übertüncht von einer beißenden Ausdünstung. Isaak hielt sich die Hand vor Mund und Nase und blinzelte in das Zwielicht. Die Bäuerin stand über ein Strohlager gebeugt, auf dem ein Kind lag. Ein Junge, kaum zehn Jahre alt. Eine zweite, jüngere Frau tupfte dem Knaben die Stirn. Er schrie.

Mit wenigen Schritten war Isaak bei ihnen. Er drängte die Bauersfrau zur Seite, sah auf das Kind hinab und erblickte, was ihn der strenge Geruch bereits hatte vermuten lassen.

Da schlug die Bäuerin so heftig auf seine verrenkte Schulter, dass er in die Knie sank. »Was willst du noch hier? Klettere auf deinen Gaul und mach, dass du fortkommst.« Dieses Mal hob sie die Stimme nicht, wohl um das kranke Kind nicht zu erschrecken.

Mühsam kam Isaak wieder auf die Beine und hielt sich den Arm. »Ihr solltet Fremden gegenüber etwas freundlicher sein, sonst könnte es ihnen in den Sinn kommen, Euch Leid zuzufügen.« Er kniff die Augen zusammen.

»Du willst mir drohen? Warte, ich habe schon nach dem Bauern geschickt. Der wird dir zeigen …«

»Gar nichts habt Ihr. Auf diesem Gehöft lebt nur Ihr drei. Niemand sonst, und erst recht kein Mann. Nein, widersprecht nicht, es ist offensichtlich. Drei Teller stehen auf dem Tisch. Vier Schlafstätten hat dieser Raum, aber nur drei sind mit Stroh ausgelegt. Ein Teil der Felder draußen ist schlecht bewirtschaftet oder in der Brache. Spart Euch die Maskerade. Kein Mann schützt dieses Haus, Euch, Euren Sohn oder Eure Tochter.«

Er warf dem Mädchen einen Blick zu. Erst jetzt fiel ihm auf, dass es von außergewöhnlicher Schönheit war und bereits alle Merkmale einer begehrenswerten Frau aufwies. Aber in ihren Augen las Isaak die Tragödie dieser Familie. Sie waren groß und schön und leer. Das Mädchen war eine Schwachsinnige.

Als sie Isaaks Blick spürte, hakte sie den linken Zeigefinger in ihren offen stehenden Mund und starrte verständnislos zu ihm herüber. Ihre üppigen Lippen hätten die Selbstbeherrschung jedes Mannes auf die Probe gestellt, wäre nicht der Speichel von ihnen geronnen und hätte ihre Füße genässt.

Da verstand Isaak die Vehemenz, mit der die Bäuerin ihm begegnete. Ohne Mann war sie so hilflos und verletzlich wie eine Kuh beim Kalben. Sie musste potenzielle Feinde verschrecken und von ihrer Brut fernhalten.

Als wolle sie seine Gedanken bestätigen, holte die Bäuerin ein Holzscheit aus dem Feuer und stellte sich Isaak in den Weg. Mit beiden Händen packte sie das brennende Holz und streckte es ihm entgegen. »Hinaus mit dir, oder ich brenne dich!« In ihren Worten schwang Verzweiflung mit.

Isaak ging auf sie zu und schlug das Scheit voller Ungeduld beiseite. »Es ist gut, Weib. Ich führe nichts Böses im Schilde. Bitte lasst mich Euren Sohn ansehen.« Er trat neben die Bettstatt des Kindes.

Die Bäuerin war jedoch so leicht nicht zu beruhigen. Sie sprang ihm in den Rücken und riss kreischend an seinen Haaren. Er büßte einige Büschel ein, bevor er sich umdrehen konnte. Worte waren sinnlos. Isaak stieß die Bäuerin von sich, dann streckte er sie mit einem Schlag in den Magen nieder. Sie klappte zusammen und beschimpfte ihn, während sie sich auf dem Lehmboden wand. Isaak scherte sich nicht weiter um sie, sondern kniete sich neben dem Lager des Jungen nieder.

Auf den ersten Blick sah er seine Befürchtungen bestätigt.

Das Kind lag im Sterben. Es hatte eine brandige Wunde an der Schulter, welche die Luft im Haus mit dem Gestank faulenden Fleisches verpestete. Isaak hielt den Atem an. Der Kopf des Knaben leuchtete vom Fieber, seine Augen waren aufgerissen und blickten bereits ins Schattenreich. Die Zwiebel einer Gladiole war ihm um den Hals gebunden. Welche Teufel damit abgeschreckt werden sollten, wusste Isaak nicht. Am schlimmsten aber war die grässliche Wunde auf dem geschorenen Kopf.

Wut packte Isaak. »Wer ist für diese Schweinerei verantwortlich?« Als der Knabe unter dem Brüllen zusammenzuckte, beherrschte sich der Jude. »Wer hat dem Kind das angetan?« Seine Stimme klang wie ein Schraubstock.

Die Bäuerin kam langsam auf die Beine. »Der Nordwind war's. Immer wenn er feucht über den Hof weht, bringt er Unheil. Zuerst hat er mir die Gisla blöd gemacht, noch bevor sie geboren war. Vergangenen Winter kam er wieder die Berge herab und hat den Emicho mitgenommen, meinen lieben Mann. Hat ihn in den Krieg getrieben, der doch gar nicht unsere Sache ist. Emicho hat für Desiderius gekämpft, unseren alten Langobardenkönig. Aus Angst vor einem Aufstand hat Desiderius den Bauern verboten, Waffen zu tragen, und sie mit Stöcken bewaffnet in die Schlacht geschickt. Die Franken haben sie alle aufgespießt. Und jetzt stirbt mir auch noch Rorico weg. Er sollte in zwei Sommern den Hof übernehmen.« Sie schluckte schwer an Zorn und Tränen.

»Und diese Wunden? Habt Ihr Euch als Heilkundige an dem Kind versucht?«

»Vor zwei Wochen hat der Junge die Schweine in den Wald getrieben, damit sie sich an Bucheckern satt fressen. Dabei muss er in das Revier eines Keilers geraten sein. Jedenfalls kehrte er mit der Wunde an der Schulter heim. In der folgenden Nacht befiel ihn das Fieber. Was sollte ich tun? Die Hitze musste ihm schließlich aus dem Kopf. Da hab ich ihn geschoren und die Kopfhaut kreuzweise aufgeschnitten. Dann hab ich den Knochen darunter kräftig mit Salz eingerieben, damit es den Teufeln drinnen schlecht ergeht. Sie sind auch aus ihm herausgefahren, aber es war schon zu spät. Er ist nicht mehr gesund geworden. Kannst du ihm helfen? Bist du ein Heilkundiger oder ein Magier?«

Isaak starrte das sterbende Kind sprachlos an. Eine kreuzförmige Fleischwunde auf dem Kopf des Knaben bestätigte die Geschichte seiner Behandlung. Die Bäuerin hatte die grausame Wunde nicht genäht, sondern mit Eiweiß verklebt und dem Eiter ein Bett bereitet. Alle Heilkunst kam hier zu spät.

Plötzlich hörte er Hufe klappern. Die Tür flog auf, und Thankmar stürzte herein. Er entdeckte seinen Herrn in den Schatten des Raumes und sprang auf ihn zu. »Sie kommen. Ich habe sie gesehen. Drei Reiter. Von Osten her.«

»Bloß drei?« Isaak rieb sich das Kinn. »Wo ist der Elefant?«

»Ich musste ihn im Versteck zurücklassen, denn ich wollte Euch schnell erreichen. Können wir uns hier verbergen?« Thankmar nahm einen Krug von der Erde, roch an der darin schwappenden Flüssigkeit und trank voller Gier. Über den gewölbten Rand des Gefäßes warf er der Bäuerin neugierige Blicke zu.

»Du fällst mit der Tür ins Haus. Aber eine andere Möglichkeit sehe ich nicht. Fliehen wir, sind sie uns schnurstracks auf den Fersen. Kämpfen wir, sind wir Futter für die Würmer. Nun, gute Frau, Ihr habt es in der Hand.« Isaak verneigte sich spöttisch in Richtung der Bäuerin.

Die Langobardin überlegte nicht lange. »Macht Rorico gesund. Dann helfe ich euch.«

Isaak schlug die Augen nieder. »Ich habe befürchtet, dass

Ihr so etwas vorschlagt. Ich bin Diplomat, kein Heilkundiger. Wollt Ihr mich dafür bestrafen?«

Erst jetzt nahm Thankmar die Kinder wahr. Er warf Isaak einen verständnislosen Blick zu.

»Ich kann Euren Sohn nicht heilen. Er stirbt. Besser Ihr helft ihm dabei und erlöst ihn von Schmerz und Siechtum.« Damit wandte sich Isaak zum Gehen.

Aber kaum hatte er die Tür erreicht, hielt ihn die Bauersfrau am Mantelsaum fest. »Wenn mein Sohn wirklich sterben muss, dann bitte ich um einen raschen Tod. Ich kann ihn doch nicht selber töten. Vielleicht gibt es einen Ort, an dem sein Vater auf ihn wartet.«

Isaak staunte über die Vernunft der Bauersfrau. Für Sentimentalitäten verschwendete sie keine Kraft. Er achtete die Ruhe und Gefasstheit, mit der sie ihren Wunsch vorbrachte, und antwortete mit einem Nicken.

Er kehrte zum Lager des Jungen zurück und beugte sich über ihn. Das Kind folgte seinen Bewegungen mit verdorrten Augen. Isaak nahm das heruntergerutschte Tuch und deckte den kleinen Körper zu. Er hoffte auf eine unerwartete Wendung – einen Schrei oder das Eingreifen der Schwester vielleicht –, irgendetwas, das überflüssig machen würde, was nun folgen sollte. War Gott nicht auch eingeschritten, als Abraham sich bereit machte, Isaak zu opfern?

Doch es blieb keine Zeit, auf Wunder zu warten. Er vergewisserte sich, dass die Bäuerin den Raum verlassen hatte. Dann drückte er dem Jungen die Hände auf Mund und Nase. Es dauerte nicht lange. Rorico bäumte sich nicht einmal auf, nur seine Pupillen schwirrten wild umher. Für einen Moment klarte der sieche Blick auf, dann brach er. Das Kind war tot.

Isaak legte sich vor dem leblosen Körper auf den Boden, streckte Arme und Beine weit von sich und flehte Gott um

Vergebung an. Es war nicht das erste Mal, dass er einem Menschen den Tod geschenkt hatte, doch nie zuvor hatte die Schuld so schwer auf ihm gelastet. Selbst damals nicht, als er seine Gefährten in den Bergen den Hunden zum Fraß vorgeworfen hatte. Die Schreckenswanderung durchs Gebirge war eine Probe Gottes gewesen. Diesen langobardischen Jungen hatte er aus Selbstsucht getötet, weil sein Tod ihm einen Vorteil verschaffte.

Isaak verlor die Kontrolle über seine Hände, die auf dem festgestampften Boden zu zittern begannen. »Herr, bei Dir ist die Vergebung, dass man Dich fürchte.« Er wiederholte die Worte wieder und wieder.

Jemand zupfte ihn am Ärmel. Über ihm stand Thankmar, die Ungeduld stand ihm ins Gesicht geschrieben. Isaak erhob sich. Es war Zeit. Bald würden die Häscher sie erreichen.

Mazruq al-Atar hasste das Land der Franken. Über allem lag Feuchtigkeit. Sie stieg vom Boden auf, fiel als Sprühregen vom Himmel und hing als dicker Nebel in der Luft. Nässe drang durch seinen Sirwal. Dazu der Wind. Er trieb die Kälte von den Berggipfeln herab und biss sich mit Eiseszähnen an den Reitern fest.

Hubaisch entdeckte das Gehöft als Erster. Unwirklich wie eine fränkische Fata Morgana lag es hinter einem Schleier aus feinem Nebel. Der Anblick ließ Mazruqs Lebensgeister jubeln. Der Elefant musste den Bewohnern des Hofes aufgefallen sein, selbst wenn sie taub, blind und blöd waren. Kein Zweifel. Die Bauern dort unten mussten etwas gesehen haben, und er hatte Lust, es aus ihnen herauszuprügeln, um die Kälte aus den Knochen zu vertreiben. Eine Rast am Feuer und eine warme Mahlzeit mochten noch dazu herausspringen. Die Reiter sprengten auf das einsame Langhaus zu.

Unter der Tür erwartete sie die Bäuerin mit verschränkten Armen. Steif stiegen die Araber von den Rössern und bauten sich vor der Frau auf. »Gib die Tür frei und röste uns einen Braten. Wir sind erschöpft vom langen Ritt und wollen sehen, ob fränkische Bauern das Wort Gastfreundschaft kennen.«

Die Frau reckte das Kinn vor. »Fränkische Bauern vielleicht. Dieser Grund aber gehört Langobarden.«

Mazruq stand nicht der Sinn nach Spitzfindigkeiten. Er stieß die Bäuerin beiseite. Schon standen die Männer in der Behausung. Khalid inspizierte die Schalen und Krüge auf den wackligen Brettern entlang der Westwand. Was ihm nicht gefiel, schmetterte er zu Boden. Er zog eine Spur aus Scherben, Milchlachen, Weizenkörnern und Kräutern hinter sich her. Mazruq und Hubaisch ließen sich auf Schemel fallen und sahen sich um. Hubaisch legte sich die Lanze auf die Schenkel und streichelte den ornamentierten Zedernschaft der Waffe.

Da erst bemerkte Mazruq die junge Frau, die sich in einer dunklen Ecke an die Wand presste. Er winkte das Mädchen herbei, und es gehorchte widerstrebend. Mazruqs Augen tranken von ihrem Leib. »In den verwildertsten Gärten wachsen die schönsten Rosen. Wie ist dein Name, Kind?«

»Gisla.« Es war die Bäuerin, die antwortete. »Sie ist meine Tochter, und du verschwendest besser keinen Gedanken an sie, Muselmann. Oder ich schlag dich platt wie Tuch.« Die Bäuerin hatte sich unbemerkt mit einem Dreschflegel bewaffnet und vor der Tür postiert.

Ihre Drohung machte Hubaisch lachen. Er ging auf sie zu, um das Werkzeug an sich zu reißen, aber sie hieb so kraftvoll in seine Richtung, dass der Holzkloben wütend durch die Luft pfiff. Hubaisch begann, wie ein Ringer um die Bauersfrau herumzutänzeln, streckte belustigt die Arme aus und suchte Lücken für einen Angriff.

Mazruq pfiff ihn zurück. »Lass sie, Hubaisch. Wir wollen die legendäre Gastfreundschaft der Langobarden nur so weit in Anspruch nehmen, wie es schicklich ist.« Damit leckte er sich die Finger und schob eine Hand unter Gislas Röcke.

Das Mädchen war ein Stock. Langsam senkte sich ihr Blick zu ihm herab und entsetzte ihn. Kein Hass schwamm darin, keine Lust und keine Angst, bloß die Leere eines verkümmerten Geistes. Gisla strich mit der Hand über seinen Bart, zupfte an den Enden, und fast schien es ihm, als wolle sie auf das Spiel eingehen. Da stieß sie ihm den Daumen in die Nase, dass Tränen aus seinen Augen schossen.

Er riss sich von ihr los und sprang auf. »Bei den Teufeln der sieben Höllen. Eine Idiotin!« Er wischte sich die Hand am Flechtwerk der Hauswand ab.

Die Bäuerin lachte. »Ganz recht. Und die Lepra hat sie auch. Pass auf, dass du dich nicht ansteckst. Komm, Gisla. Wir holen den Gästen etwas Essbares aus dem Grubenhaus.« Sie verschwand ins Freie, ungelenk rannte das Mädchen hinterher.

Lepra! Mazruq ahnte, dass die Alte ihn foppen wollte. Der Leib des Mädchens war so gesund, wie ihr Geist krank war. Mit einem derben Scherz forderte er Hubaisch und Khalid zum Lachen heraus, doch ein Bodensatz an Beunruhigung blieb. An was für einen Ort waren sie geraten? Hatte die Fährte des Hebräers wirklich hier vorübergeführt, oder vergeudeten sie bloß Zeit mit dem Bauernpack? Und woher kam dieser Geruch, der wie ein Pesthauch über allem hing?

Mazruq schnüffelte. »Riecht ihr das auch? Wie auf einer Walstatt, wenn die Toten zu stinken anfangen.«

Khalid verzog angewidert das Gesicht. »Du hast recht. Das kommt hoffentlich nicht von dem Fraß, den die Vettel uns auftischen will. Es ist vermutlich das, was sie Käse nennen. Saure Milch in Brocken. Diese Tiere!«

»Nein.« Mazruq durchmaß den Raum und sog prüfend die Luft ein. Seine Augen waren geweitet, als könnten sie den Geruch sehen und zu seiner Quelle zurückverfolgen. »So riecht brandiges Menschenfleisch.«

Er ging vom Fenster zur Feuerstelle, den fleckigen Tisch entlang und um einen Haufen Brennholz herum. Kurz blickte er in ein Fass, fand aber nur in Kalk eingelegte Eier und Essigfleisch. Dann verharrte er vor dem Strohlager, auf dem von einem Wolltuch bedeckt ein Bündel lag.

Er schlug die Decke zur Seite und taumelte zurück. Auf dem Stroh lag die Leiche eines Kindes. Die Augen des Jungen waren aufgerissen, die Lippen verzerrt, als hätten sie Sauerwein gekostet. Der Gestank, der von der Leiche ausging, wurde jetzt unerträglich.

»Was geht hier vor?« In seiner Überraschung schrie Mazruq den Toten an. »In was für ein Dämonennest sind wir hier geraten?«

»Sie leben mit ihren Toten.« Khalid war herangetreten und rümpfte die Nase vor Ekel. »Und wohl auch von ihnen.«

Hubaisch pflichtete ihm bei. »Kam es euch nicht sonderbar vor, dass der Bauer nicht aufgetaucht ist? Bestimmt hat die Hexe ihn schon gekocht. Verschwinden wir von hier.«

Plötzlich schlug die Tür zu. Mazruq rannte zum Eingang und zerrte an dem Holz, vergeblich. Die Tür war blockiert.

Draußen wieherten Pferde, Hufgetrappel drang durch die Fenster, Stimmen wurden laut. Dann fielen auch die Fensterklappen zu. Laden um Laden wurde auf die Luken geknallt. Das dämmrige Licht erstickte vollends. Die Männer sprangen zu den Fenstern, stemmten sich gegen die Barrieren, brüllten. Aber die Bretter waren fest und stark.

Erneut erklang Hufgetrappel und dann, wie der Missklang eines gewaltigen, verstimmten Jagdhorns, das Trompeten des

Elefanten. Die Nähe des Tieres machte die Männer noch wütender. Sie waren in eine Falle des Hebräers getappt!

Mazruq wurde rasend. Er zog seinen Säbel und schlug auf die Tür ein. Splitter regneten aus dem Eichenholz, aber es hielt der Attacke stand. Hubaisch und Khalid rammten die Schemel gegen die Fensterläden.

Dann hörten sie das Prasseln. Es kam vom Dach her. Rauch schwebte zwischen den Strohbündeln herein, gelbe Zungen leckten an den Sparren.

»Feuer!«, schrie Khalid. Dann stürzte er sich vor der Tür zu Boden und begann, mit den Händen ein Loch zu scharren.

Mazruq riss ihn auf die Beine. »Bist du ein Hund, Khalid? Eher werden wir hier sterben, als vor dem Hebräer auf die Knie zu fallen. Denkt nach! Es muss einen Weg ins Freie geben.«

Brennendes Stroh flog durch die Luft. Nebelschwaden gleich senkte sich der Rauch vom Giebel herab. Die Männer wurden von Hustenanfällen geschüttelt und schossen verzweifelte Blicke durch den Raum in der Hoffnung, den Spalt in der Wand zu entdecken, der sich zu ihrer Rettung auftat.

Mit einem Mal wischte Hubaisch die Wolldecke von der Knabenleiche und breitete sie auf dem Boden aus.

»Das Dach, das Dach. Von nassem Tuch geschützt kann einer von uns durchbrechen und die Tür von außen öffnen.« Er ließ seine Hose hinunter und urinierte auf die Fetzen.

Mazruq und Khalid starrten ihn an, bar jeden Verständnisses. Dann begriffen sie. Schon standen die drei Männer im Rund um die Decke und erleichterten sich auf ihr. Schließlich schlang sich Hubaisch die tropfende Wolle um Brust und Kopf.

»Möge Allah dir Flügel verleihen!« Mazruq schlug seinem Kameraden auf die Schulter, dass der Umhang einen Sprühregen spuckte. Noch einmal blitzte Hubaischs Pferdegrinsen darunter hervor, dann suchte er nach einer Lücke in dem brennenden Gebälk.

Sie beobachteten das brennende Haus von ferne. Die Bäuerin kauerte unbeholfen auf einem Rappen der Araber. Gisla, die nicht reiten konnte, war hinter Thankmar aufgesessen und hielt sich an seinen Hüften fest. Sie schenkte dem Untergang ihres Elternhauses keinen Blick, sondern klebte mit den Augen an Abul Abbas, der in einem Teich in der Nähe stand und seinen Durst stillte. Die gestohlenen Reittiere der Muslime waren an die eigenen Maultiere gebunden.

Isaak musterte die alte Langobardin, die den Untergang ihres Heims ohne sichtbare Regung verfolgte. Sie selbst hatte das Dach in Brand gesetzt, nachdem sie ihm das Versprechen abgenommen hatte, sie und ihre Tochter mitzunehmen. Dieser Ort habe ihr zweimal den Tod gebracht, hatte sie gesagt, jetzt wolle sie mit Gisla ihr Glück in der Stadt versuchen. »Begleitet uns bis Turin und lasst uns zwei Pferde zum Verkauf. Davon können wir eine Weile leben.«

Ihr Vorschlag hatte vernünftig geklungen. Einzuwilligen war die einzige Möglichkeit gewesen, die Bäuerin auf seine Seite zu ziehen und den Arabern zu entkommen. Wer konnte ahnen, dass das Weib einen derart teuflischen Plan ausgeheckt hatte? Es hätte Isaak genügt, die Araber in dem Bauernhaus eingesperrt zu wissen.

Die Flammenflut überschwemmte das gesamte Dach. Hier und da stürzten Teile der Wände in sich zusammen, Rauchwolken quollen gen Himmel. Plötzlich machte Isaak Gestalten in dem Inferno aus. Er kniff die Augen zusammen, da sprach Thankmar aus, was er befürchtet hatte: »Die Araber sind freigekommen, Herr.«

Der Sachse deutete auf die drei Männer, die in der Entfernung klein wie Flöhe durch das brennende Tal krochen, fort von dem Gehöft. Ob sie verletzt waren, ließ sich nicht ausmachen. Aber es bestand kein Zweifel: Mazruq, Khalid und Hubaisch waren entkommen. Doch mussten sie dieses Land nun zu Fuß durchqueren.

»Vielleicht haben sie uns noch nicht gesehen. Wir brechen sofort auf.« Isaak riss sein Pferd herum. Ohne sich umzusehen, wusste er, dass die anderen ihm folgten.

14.

Als Turin nur noch eine Tagesreise entfernt lag, schlugen sie ihr Lager unter Apfelbäumen auf. Das Obst war geerntet, und die Stämme standen kahl, bereit für den Winter. Wärme umschmeichelte noch die Füße, aber aus dem klaren Nachthimmel fiel schon der erste Frost auf die Welt.

Thankmar war wütend. Obwohl zwei Frauen mit ihnen reisten, hatte Isaak ihm, einem Mann, befohlen, das Essen und das Lager zu bereiten. Zugegeben: Er war ein Sklave, aber selbst als solcher verdiente er ein Mindestmaß an Respekt. Diener einer Bäuerin und ihrer schwachsinnigen Tochter! Missmutig warf er ihnen zwei Decken vor die Füße. Bei der Verteilung des Essens achtete er darauf, das Pökelfleisch mit heißen Spritzern in die Suppe platschen zu lassen und das Brot in geizige Portionen zu brechen.

Gerade von Gisla hätte er keine Reaktion erwartet, doch das Mädchen war empfänglich für seine Laune und rückte beim Essen von ihm ab. Ihre Mutter schien den Protest nicht zu bemerken, so vertieft war sie in ihr Gespräch mit Isaak. Sie saß breitbeinig auf dem Boden. Unter Schmatzen tat sie ihren Namen kund, den zu nennen sie bislang noch keine Gelegenheit gehabt hatte. »Imma. Mein Vater war ein Kauffahrer aus dem Norden und liebte seine Heimat so sehr, dass er mir einen nordischen Namen gab. Kein Langobarde, den ich kenne, trägt ihn.«

War es das irrlichternde Züngeln der Flammen, oder lag es an den Schatten der Äste, die das Mondlicht auf die Erde warf? Mit einem Mal war es Thankmar, als legten sich dunkle Schatten auf das Gesicht seines Herrn. Isaaks Blicke glitten ziellos über den Boden, bis sie in den Augen der Bäuerin Halt fanden.

»Euer Name klingt vertraut. Tatsächlich ist mir eine Imma bekannt, und ich habe ihren Namen stets in Ehren gehalten.« Er stopfte sich einen Streifen Fleisch in den Mund.

Die alte Langobardin lachte über das vermeintliche Kompliment. Aber Thankmar kannte seinen Herrn gut genug, um zu wissen, dass der Jude nicht zu der Art von Männern gehörte, die die Weiber mit Worten behängt. Schon ihm selbst gegenüber, seinem Sklaven und einzigem Vertrauten auf dieser Reise, war er sparsam mit Lob und geizig mit Einblicken in seinen Charakter. Aufmerksam beobachtete Thankmar seinen Herrn weiter.

Die Bäuerin nahm Isaak den leeren Napf aus der Hand und erhob sich, um Suppe nachzuschöpfen. Als sie sich wieder niederließ, schrumpfte der Abstand zwischen ihr und Isaak beträchtlich. Der Jude schien es nicht zu bemerken. Dankbar nickend nahm er die Suppe entgegen und schlürfte den sämigen Sud aus der Schale. Endlos kaute Isaak auf der Fleischeinlage herum und entzog dem Gespräch mit der Langobardin so die Grundlage.

Die Alte schien das zweckmäßige Schweigen nicht zu stören. In nur drei Schlucken hatte sie die Brühe hinuntergestürzt, dann starrte sie ins Feuer, als erwarte sie, einen Springteufel aus den Flammen heraushüpfen zu sehen. Das Ungeheuer kam jedoch aus ihrem Gedärm und machte sich so lautstark Luft, dass die Geräusche der Nacht für einen Moment empört verstummten. Thankmar, der bereits mehrfach belustigt bemerkt hatte, wie sein Herr die Stimme der Natur zu beherrschen versuchte, indem er sich die Hand vor den Mund hielt, konnte ein Schmunzeln nicht unterdrücken.

Perplex starrte Isaak die Bäuerin an. Noch einmal brach es

aus ihr hervor. Als auch Gisla in das Lied der Gesättigten einstimmte, war es um Thankmars Beherrschung geschehen. Lachen brach sich Bahn, und er untermalte den Chor der Frauen mit einem kräftigen Bass. Vergnügen erfasste die Gesellschaft, und selbst Isaak ließ der Heiterkeit die Zügel schießen, als er gewahr wurde, dass seine missbilligende Miene die anderen nur weiter anstachelte.

Als ihnen die Wärme der Suppe in die Füße kroch, kehrte die Stille der Erschöpfung zurück. Beseelt von der Harmonie der Gruppe und der Behaglichkeit des niederbrennenden Feuers fielen Thankmar die Augen zu, und er wäre sofort eingeschlafen, hätte er nicht die Stimme der Alten in der Stille flüstern gehört.

»Mein Guter, wartet ein Weib auf dich, dort, wo du hinziehst?«

Isaak eine solche Frage zu stellen hätte Thankmar nie gewagt. Aber für die Antwort war er bereit, mehr zu opfern als nur eine Handvoll Schlaf. Er schlug die Augen wieder auf und beobachtete die beiden Alten. Doch der Jude war der Bemühungen der Bäuerin müde.

»Stillt Eure Gier nach Männern, wenn Ihr Turin erreicht habt. Meinen Leib und meine Seele besitzt schon jemand anderes.« Damit wickelte er sich in die Decken ein und präsentierte ihr die Kehrseite.

Sie zogen an voralpinen Hügeln vorüber, an prallem Weinland und endloser Grasflut, vom Wind zu Wogen gekämmt. Auf dem Weg begegneten ihnen Gaukler und Spielleute, Aussätzige, Krüppel und Bettler – allesamt Unglückselige, denen man das Dach über dem Kopf angezündet hatte oder deren Ernte durch Unwetter vernichtet worden war. Ihr gemeinsames Ziel war der nächste Bettelvogt, ein vom Kaiser eingesetzter Dienstherr, der sich um die Versorgung der Armen kümmerte. Isaak schlug um jede dieser Vogteien einen weiten Bogen, denn es war abzusehen, dass sich Menschenmengen vor ihren Toren versammelten.

Thankmar verbrachte jeden Augenblick Rast mit Abul Abbas. Welch guten Dienst hatte ihm der Elefant vor den Toren Pavias geleistet! Könnte er die Kräfte des Riesen doch nur gezielt nutzen!

Seine Beharrlichkeit hatte ihm während der vergangenen Tage bereits kleine Erfolge beschert: Präsentierte er Abul Abbas das Schwert aus Pavia derart, dass die Scheide in der Sonne blitzte, griff der Elefant mit dem Rüssel danach wie ein Ertrinkender nach einem Zweig. Thankmar hatte es in der Kunst der Dressur bereits so weit gebracht, dass Abul Abbas so lange still stand, bis er Kommandos bekam. Viele Worte hatte Thankmar probiert, bis er dem Elefanten ausgerechnet mit »Verflucht« eine Reaktion entlocken konnte. Drang diese Losung in die riesigen Ohren, riss Abul Abbas den Rüssel samt Schwert in die Höhe, als hole er zu einem Keulenschlag aus. Der Vorgang ließ sich drei- oder viermal wiederholen, dann verlor der Elefant das Interesse und war zu keinen weiteren Kunststückchen mehr bereit. Das war Problem Nummer eins.

Problem Nummer zwei war das Kommando, das den Riesen zum Loslassen der Beute bewegen sollte. Was sich einmal im Griff des Rüssels befand, war für Stunden verloren. Oft starrten die schwarzen Perlenaugen mit einer Mischung aus Verständnislosigkeit und Häme auf Thankmar herab, während die Worte aus dem Mund des Sachsen wie eine Kaskade hervorsprudelten: »Herunter«, »Aufhören«, »Lass ab« – aber so einfach war Abul Abbas nicht zu bändigen.

Thankmar versuchte es mit den Zauberformeln seiner Heimat, probierte Kinderverse und Flüche, sagte sächsische

Hochzeitsverse auf und versuchte sich in seiner Verzweiflung als Tierstimmenimitator. Abul Abbas starrte auf den winzigen Menschen zu seinen Füßen hinab und regte sich nicht. Sein Rüssel stach in den Himmel wie die Fleisch gewordene Lanze einer runzeligen Walküre und wollte sich nicht rühren.

Gisla war vom Treiben Thankmars so amüsiert, dass sie die Suche nach dem Sesam-öffne-dich kichernd beobachtete. Gern hätte er dem Mädchen bewiesen, dass er Herr über dieses gewaltige Tier war. Aber mit jedem vergeblichen Versuch schrumpfte seine Selbstachtung, während sich Gisla nur noch mehr freute. Klatschend sprang sie auf und ab.

An der Schwelle zur Entmutigung überlegte Thankmar, ob er das Amulett benutzen sollte, das ihm in Pavia so gute Dienste geleistet hatte. Sicher wäre ihm Erfolg beschieden, denn in den granatapfelroten Edelsteinen wartete Zauberei auf Erweckung. Aber er fürchtete sich vor dem Glanz, den der Anhänger in Abul Abbas' Augen geweckt hatte, vor der Wildheit, die in den dunklen Tiefen des gewaltigen Leibes aufgeflammt war und seine Sanftmut gesprengt hatte. Er widerstand der Versuchung. Auch wenn dies bedeutete, ein Tierbändiger zu sein, der vom Wohlwollen eines Elefanten abhängig war.

Gisla nahm er ihre Heiterkeit nicht übel. In ihrem Lachen war keine Bösartigkeit, nur quellfrisches Vergnügen. Manchmal erwischte er sich dabei, wie er das Mädchen musterte. Teils nagten seine Blicke an ihrem wohlgeformten Leib, teils wandte er sich erschüttert von den zerbrechlichen Säuglingsaugen und ihrem Staunen für die Absonderlichkeiten der Welt ab.

Er ließ sich von der Schwachsinnigen die Haare schneiden. Je näher sie dem Gebirge kamen, umso wütender brauste der Wind herab, packte Thankmars Locken und fuhr in den schwarzen Schopf, sodass ihm das Haar in die Augen fiel und seine Sicht behinderte. Obwohl er sich nicht beklagte, erkannte Gisla seine Not mit der Klarsicht der geistig Blinden. Eines Abends hockte sie sich hinter ihn und begann, die Lockenschwemme mit der Klinge seines eigenen Schwertes einzudämmen. Natürlich zuckte er vor Überraschung zusammen, aber das Mädchen legte eine trockene Hand auf seine Stirn, zog die gewaltige Waffe federgleich über seinen Kopf und fällte das Haar so sanft, wie der Frühlingswind Blüten vom Baum bläst. Thankmar genoss nicht nur die Berührung, er erkannte seine eigenen Talente in Gislas Fingern wieder, in ihrem Fließen und Schlängeln, ihrem Forschen und Fragen.

Hin und wieder tauchte er in einen Tagtraum ab. Dann verwandelte sich Gisla in eine allwissende Gefährtin voller Schönheit, Kraft und Liebe, eine Quelle von Zuneigung und Glück. Aber er konnte seine Augen nicht lange täuschen. Das Mädchen war verloren und der Welt entrückt. Mit Entsetzen beobachtete er ihr Gebaren bei der einfachsten Unterhaltung. Nie konnte sie mehr als »Ja« oder »Nein« antworten, und selbst zwischen diesen Worten zu unterscheiden kostete sie eine Tagesration Gedanken. Stach sie die Langeweile, so begann sie, ihre Körperöffnungen zu untersuchen. In Nase, Ohren, Achseln, Mund, selbst unter den Röcken fanden die Hände interessante Sekrete, die nach Reiben und Betasten der Nase zur Prüfung vorgehalten und anschließend durch den Mund dem Leib zurückgeführt wurden. Gisla war vom Leben betrogen. Die Kräuterfrau seines Weilers hatte stets behauptet, Schwachsinn sei heilbar, indem der Kranke das Blut eines Hingerichteten trinke. Doch Thankmar fehlte es für eine solche Behandlung an Glauben und an Medizin.

Turin lag am Scheideweg. Noch bevor die Stadt in Sichtweite kam, drängte Isaak auf Abschied. Er wolle nicht auffallen mit dem Elefanten, erklärte er, zu groß sei die Gefahr. Gisla musste von Thankmars Pferd absitzen. Wo zuvor das Mädchen gesessen hatte, traf ihn nun der Wind kalt in den Rücken. Die Bäuerin ließ die Tochter auf ihren Hengst steigen, nahm das zweite Pferd, das Isaak ihr überlassen hatte, beim Zügel und verschwand ohne Abschied hinter einem Hügel.

Noch vor Sonnenuntergang holten die Frauen sie wieder ein. Turin sei verschlossen, die Pest wüte in der Stadt, und niemand komme hinein oder heraus, berichtete die Bäuerin, während Gisla ihr verheultes Gesicht mit einem Lächeln schmückte.

Isaak wollte den Frauen nicht glauben. Die Pest, behauptete er, hinterlasse Spuren in weitem Umkreis, aber von Massengräbern oder Rauchfahnen hätten sie nichts gesehen. Für einen Ritt in die Stadt, wo er die Worte der Langobardin einer Prüfung hätte unterziehen können, fehlte ihnen die Zeit. Missmutig gestand Isaak der Bäuerin zu, sie könne bis über den Pass mit ihnen ziehen, müsse sich danach aber in jedem Fall von ihnen trennen. Denn mit etwas Glück würden sie Carolus Magnus in den Bergen einholen, und für eine langobardische Alte und ihre schwachsinnige Tochter sei kein Platz im Tross eines Kaisers.

Die Bäuerin schluckte die Bemerkung und reihte sich wieder an ihren angestammten Platz zwischen Thankmar und Abul Abbas ein. Gisla kletterte mit einem Lachen in den Augen wieder zu Thankmar aufs Pferd.

Die Ausläufer der Berge empfingen die Reisenden mit einem grünen Teppich aus Wald. Lärchen, Fichten und Zypressen hatten sich um den Gebirgsfuß geschlungen. Erst oberhalb der Baumgrenze würde der Berg sein nacktes Gesicht aus Fels und Eis zeigen.

»Betet dafür, dass der Pass schneefrei ist«, forderte Isaak die anderen während einer Rast auf. »Einen Weg durch den alpinen Winter zu finden ist schon für einen Trupp raubeiniger

Soldaten eine Herausforderung«, erklärte der Alte. »Und jetzt fordern eine Bäuerin, eine Idiotin, ein Krüppel und ein Elefant den Berg heraus, angeführt von einem zitternden Greis. Eine Prozession von Narren auf der Fährte eines Kaisers!« Mit diesen Worten trieb er sein Pferd an, ohne sich zu versichern, dass die Gruppe ihm folgte.

Als sie den Wald verließen, stießen sie auf die ersten Spuren des Trosses. Hunderte von Pferden hatten mit ihrem Dreck Signale gesetzt. Kein Zweifel: Carolus Magnus war erst vor Kurzem den Pass hinaufgezogen.

War Isaak bis dahin trotz Nervosität beherrscht geblieben, drängte er angesichts des nahen Ziels zur Eile. Rast wurde von nun an nur noch kurz eingelegt, obwohl Reit- und Packtiere im ansteigenden Gelände schwitzten und schnauften. »Eilt euch!«, feuerte der Jude die Gruppe an. »Die *Francia media* liegt nun direkt vor uns. Wir stehen an der Schwelle zum Kerngebiet des Fränkischen Reiches.«

Der Aufstieg kostete sie einen Tag. Das letzte Lager schlugen sie im Schutz einiger Bäume auf, zwischen denen sie der grausame Wind nicht finden konnte. Am folgenden Morgen stiegen sie früher gen Himmel als die Sonne. Die letzten Bäume blieben hinter ihnen zurück – ein paar kümmerliche Krüppelkiefern, die sich hartnäckig an die Felsen klammerten. Der Firstweg führte zwischen den Gipfeln hindurch, über Schotterfelder hinweg und um herabgestürzte Steinriesen herum, die Kronen aus Moos trugen. Kalter Nebel waberte zwischen den Geröllhängen und verdampfte, wenn er ins Sonnenlicht hineinschwebte.

Abul Abbas hatte mit dem unsicheren Grund zu kämpfen: Er rutschte zur Seite, strauchelte, stieß Steine polternd in Klüfte und peitschte nervös mit Ohren und Rüssel. Auch Thankmar fühlte sich unwohl so dicht unter den Gipfeln, auf denen unbekannte Götter hausten. Würden sie die Gruppe unbeschadet durch ihr Reich ziehen lassen oder sie vernichten? Der Sachse machte sich auf dem Apfelschimmel so klein wie möglich.

Das Klappern der Pferdehufe hallte von den Felswänden wider, sonst war alles still. Thankmar, der die Nachhut bildete, vertrieb sich die Zeit damit, auf das Schweigen zu lauschen. Da hörte er ein dumpfes Pochen, das von enormer Kraft zeugte. Er sah sich um – zwei Gämsen ergriffen die Flucht über einen handbreiten Grat. Fast war er überzeugt, die Urheber des unheimlichen Lautes gefunden zu haben, als das Geräusch zurückkehrte. Dieses Mal gepaart mit dem Knacken von berstendem Holz. Dann herrschte wieder die Stille der Bergwelt.

Der Weg führte bergab in eine Mulde. Strauchflechten und Dornenranken bildeten graubraune Matten auf dem Boden und überwucherten den schmalen Pfad.

Als sich der Schritt der Pferde verlangsamte, ließ sich Gisla hinter Thankmar vom Pferd gleiten. Bevor der Sachse es sich versah, sprang das Mädchen zwischen die Büsche und war verschwunden. Thankmar rief die anderen an, Halt zu machen, und wartete. Schon früher hatte er die Angewohnheit Gislas kennengelernt, die Gruppe ohne Ankündigung zu verlassen, um ihren Bedürfnissen nachzukommen. Wenn sie bloß nicht wieder so lange braucht!, dachte er mit Blick auf den Sonnenstand. Zwar war der Tag noch jung, doch wer mochte sagen, wie lange sie noch durch das Hochgebirge irren mussten, bevor ein Rastplatz für die Nacht gefunden war?

Um sich die Zeit zu vertreiben, lenkte Thankmar seinen Zelter neben Isaaks Falben. Die Tiere tänzelten unruhig auf der Stelle. Thankmar sammelte Mut und sprach den Alten an: »Herr, warum habt Ihr mich gekauft?«

Zu seiner Überraschung lachte der Jude humorlos auf.

»Deine Art Fragen zu stellen ist ebenso grotesk wie die Orte, die du dafür wählst. Was bist du bloß für ein Kauz?«

Thankmar überlegte kurz, ob er auf diese Frage antworten sollte, entschied sich aber dagegen. Stattdessen sagte er: »Herr, in meiner Heimat ist es üblich, dass derjenige zuerst antwortet, dem eine Frage gestellt wurde. Erst dann ist die Reihe an ihm, zu fragen. Deshalb möchte ich Eure Frage, was für ein Kauz ich bin, erst später beantworten.«

Dieses Mal war Isaaks Lachen echt. Er musterte seinen Sklaven und überlegte eine Weile. »Wenn ich mich deiner nicht erbarmt hätte, hätte der dicke Grifo deinen Kopf auf einen Spieß gerammt und in der Sonne verdorren lassen.«

»Ich weiß, und ich bin dankbar für die Rettung. Aber welchen Vorteil versprecht Ihr Euch von mir? Ich bin ein Krüppel und ein Tölpel. Außerdem habt Ihr mich ertappt, als ich der alten Rosvith die Halskette gestohlen habe, und mich zu Recht für einen Dieb gehalten. Ihr hättet ein Dutzend bessere Sklaven kaufen können.«

»Kannst du schwimmen?«

Thankmar nickte verwundert.

»Dann weißt du, dass nicht der ein guter Schwimmer ist, der auf das Wasser schlägt, es aufwühlt und zum Schäumen bringt wie ein Ertrinkender, sondern der, der darin zu gleiten versteht wie ein Fisch. Ein starker Wille und ein erklärtes Ziel sind alles, was du dazu benötigst.«

Thankmar wartete auf eine Erklärung, doch Isaak sah ihn nur erwartungsvoll an. Da zerrte plötzlich die Bäuerin an seinem Bein. Sie war von ihrem Pferd gesprungen und starrte zu den Männern empor.

»Gisla ist schon zu lange fort. Ich gehe nachsehen. Vielleicht ist sie eingeschlafen.«

Trotz ihres beiläufigen Tonfalls hörte Thankmar echte Sorge

heraus. Das seltsame Pochen fiel ihm wieder ein, und als er sich umblickte, bemerkte er, dass der Nebel den Kampf gegen die Sonne gewonnen hatte. Er wallte wie eine graue Flut über den Flechtenboden.

Die Männer saßen ab. Isaak entschied, bei den Pferden zu bleiben, die jetzt unruhig tänzelten. Thankmar humpelte hinter der Bäuerin her, die bereits hinter einem Felsbrocken verschwunden war. Ein Gefühl von Bedrängnis befiel ihn.

Sie fanden Gisla gleich am Westhang der Mulde. Sie presste sich an einen mannsgroßen Granitblock, als wolle sie darin versinken. Nur eine Armlänge von ihr entfernt stand ein Bär. Aus dem mit gelbem, filzigem Fell bedeckten Kopf tasteten stumpfe Augen das Mädchen ab. Eine Nase, groß wie eine Faust, zuckte im Takt von tausend Muskeln. Weder Mensch noch Tier rührten sich.

Als Thankmar sah, dass Imma im Begriff war, ihrer Tochter zu Hilfe zu eilen, riss er sie zurück. »Bist du irr, Alte? Das Biest haut dich mit einem Schlag entzwei. Bleib stehen und lass uns überlegen, was zu tun ist.«

Er ließ sie los und wusste sofort, dass er einen Fehler begangen hatte. Die Bäuerin stieß ihn von sich. Er strauchelte rückwärts und fiel. Es war zu spät, um die Alte aufzuhalten. Mit wehenden Röcken rannte sie zu ihrer Tochter, setzte über Steine hinweg, sprang und flitzte, so schnell sie nur konnte. Dabei rief sie immer wieder Gislas Namen, den das Gestein zurückwarf.

Thankmar rappelte sich auf, aber er konnte nur mehr zusehen. Wie von Sinnen preschte die Bäuerin auf den Bären zu, wedelte mit erhobenen Armen, zischte und schimpfte. Tatsächlich schreckte der Bär auf und zog sich drei Schritte zurück. Da erhob die Langobardin die Stimme. Kreischend raste sie auf das Tier zu, das aber nun keine Elle Boden mehr preisgab. Es wuchtete sich auf die Hinterbeine, sperrte das Maul auf und präsentierte einen Forst feuchter Zähne. Mit den Pranken riss der Bär pfeifend Löcher in die Luft. Ohne zu zögern, rannte die Bäuerin in die Krallen hinein. Es gelang ihr noch, beide Fäuste gegen den Pelz zu hämmern, dann umschlangen sie zottelige Arme, und das klaffende Maul biss ihr das Gesicht vom Kopf.

Starr vor Entsetzen sah Thankmar zu, wie der Bär die Alte zerfleischte. Seine Rechte fuhr durch seine Locken, dann suchte sie nach dem Griff des Schwertes, das auf seinem Rücken hing. Aber er besann sich eines Besseren. Für die Langobardin kam jede Hilfe zu spät. Ihre Tochter hingegen lebte noch.

Gisla stand noch immer vor dem Felsen, gelähmt von den grausigen Bildern, die im Labyrinth ihres Geistes den rechten Weg noch nicht gefunden hatten. Solange sie sich nicht rührte, war sie vor der Bestie sicher. Was aber mochte geschehen, wenn sie in Panik verfiel?

Thankmar ließ das Schwert fahren und bewegte sich zügig, aber vorsichtig auf das Mädchen zu. Während er um die Felsen herumschlich, ließ er die Bestie keinen Moment aus den Augen. Der Bär hatte von seinem Opfer abgelassen, schnüffelte an der Leiche und tapste im Kreis um sie herum.

Der Granitblock, an dem Gisla lehnte, war gerade so hoch, dass Thankmar ihn erklimmen konnte. Er pirschte sich an die rückwärtige Seite des Felsens heran und schob sich den Stein hinauf, bis Gislas Haupt unter ihm auftauchte. Noch immer starrte sie den Bären an, der sich das Hinterteil an einem Stein wetzte, aber von dem Mädchen keine Notiz nahm. Langsam streckte Thankmar eine Hand nach Gisla aus, damit sie auf ihn aufmerksam würde. Doch im letzten Moment hielt er inne. Was, wenn sie erschrak und durch eine plötzliche Bewegung oder einen Schrei dem Bären signalisierte, dass noch ein Opfer auf ihn wartete? Thankmar zog die Hand wieder zurück und griff erneut nach dem Schwert.

Für einen Moment sah er sich mit der Waffe gegen den Bären kämpfen, stellte sich vor, wie er tänzelnd unter den Tatzen hinwegtauchte und der Bestie die Klinge bis zum Heft in den Leib rammte. Der Tagtraum belustigte ihn. Derlei Heldentaten würden wohl nie von einem wie ihm vollbracht werden können. Wozu auch? Schließlich gab es noch einen anderen Weg.

An den Felsen gepresst, schmetterte er Gisla den Eisenknauf des Schwertes auf den Kopf. Ohnmacht umfing das Mädchen. Bevor sie in sich zusammensackte, fasste Thankmar unter ihre Arme und zog sie langsam zu sich empor. Der Bär bemerkte die Gestalt nicht, die wie von Geisterhand den Felsen hinaufschwebte, auch sah er sich nicht nach dem Schemen um, der anschließend von Findling zu Findling huschte und schließlich aus seiner Reichweite verschwand.

Isaak war bestürzt. Er hatte das Kreischen der Bäuerin gehört, wollte aber Pferde und Elefant nicht zurücklassen und hatte voller Unruhe die Rückkehr der Gefährten erwartet. Rasch saßen sie auf und ließen den Unglücksort hinter sich. Den Leichnam der Langobardin zu bergen schien zu gefährlich. Thankmar beschloss, in dieser Nacht der Göttin Ostera zu opfern und für Immas Seele zu bitten.

Gisla war noch nicht in die Welt zurückgekehrt. Wie ein Sack Weizen schaukelte sie vor Thankmar auf dem Pferderücken. Er empfand Mitleid mit dem Mädchen, dessen einziger Halt auf der Welt in einem Bärenmaul verschwunden war.

Er trieb das Pferd an, bis er mit Isaak auf gleicher Höhe war. »Seid Ihr betrübt, Herr? Sie ist einfach in den Tod gerannt, wisst Ihr.«

»Dich trifft keine Schuld. Die Alte hat den Freitod gewählt.

Hättest du sie aufgehalten, hätte sie dich mit ins Verderben gerissen. Schon als ich sie zum ersten Mal sah, wie sie sich vor ihrem Haus postierte, erkannte ich eine unheilvolle Müdigkeit an ihr. Ihre Familie ist ihr Heim gewesen. Mit dem Verlust ihres Mannes ist zuerst das Dach zusammengestürzt, der Tod des Sohnes hat die Wände eingerissen. Das Haus, das wir gesehen haben, war nur noch unbeseelte Materie, wertloser Plunder. Deshalb fiel es ihr nicht schwer, das Feuer zu legen. Schließlich schenkte das Schicksal ihr die Gelegenheit, den eigenen Tod nicht einsam und nutzlos in einem Weiher oder an einem Strick zu suchen, sondern ihr Leben für das ihres letzten Kindes zu geben. Was für ein glückliches Ende.« Er schwieg einen Moment. »Nein, es ist nicht der Tod der Mutter, der mir Sorge bereitet, sondern das Schicksal der Tochter. Warum, glaubst du wohl, hat die alte Langobardin versucht, mich zu umgarnen?«

Thankmar duckte sich unter einem Zweig hindurch. »Es verlangte ihr nach Wärme und Zuneigung. Und sie fand Gefallen an Euch.«

»Sehe ich vielleicht aus wie ein kraftstrotzender Jüngling oder ein schmucker Adelsmann, dem die Frauen zu Füßen liegen? Unsinn! Sie versuchte, mich zu betören, damit ich ihre Tochter in meinem Haus aufnehme.«

»Aber Ihr seid nicht auf ihre Tändelei hereingefallen. Jetzt hat sie uns durch ihren Tod gezwungen, für Gisla zu sorgen. Wir können sie ja schließlich nicht im Wald aussetzen und den Wölfen überlassen.«

Isaaks Schweigen ließ Thankmar erschauern.

15.

Je näher sie dem Pass kamen, umso munterer wurde Isaak. Thankmar wunderte sich einmal mehr über seinen Reisegefährten. Dachte er nicht mehr daran, Gisla zurückzulassen, oder schob er die Entscheidung für eine spätere Gelegenheit auf? Auch von dem Schrecken, der hinter ihnen lag, war keine Rede mehr. Stattdessen erzählte der Jude von gewaltigen Heerbannen, die schon in uralten Tagen über den Mons Cenisio gezogen waren, von Rittern und einem Feldherrn namens Hannibal, der aus Hispanien gekommen war, um den Moloch Rom herauszufordern. Bei der Überquerung dieser Berge seien seine siebenunddreißig Kriegselefanten umgekommen.

Thankmar suchte die Umgebung nach verwitterten Stoßzähnen und riesigen Skeletten ab. Um Abul Abbas sorgte er sich nicht. Er würde schon auf den riesigen Gefährten achtgeben. Besser als dieser Hannibal würde er die Überquerung der Berge gewiss meistern.

Gisla war noch nicht wieder bei Bewusstsein, als sich im Rot der Abendsonne das Passhospiz vor ihnen abzeichnete. Um das mehrstöckige Blockhaus herum war eine Zeltstadt aufgeschlagen. Hunderte von Männern und Frauen belebten die Bergwiesen, kochten, wuschen, striegelten die Pferde, schwatzten, musizierten und übten sich in Tanz oder Kampf. Zahlreiche Feuer nahmen der Kälte die Schärfe. Der Tross des Kaisers lag vor ihnen – das Ziel war erreicht.

Nachlässig versperrten zwei Lanzenträger den Neuankömmlingen den Weg. Als sie den Elefanten sahen, riefen sie nach Verstärkung. Voller Inbrunst beteuerte Isaak, im Auftrag des

Kaisers zu reisen, doch ohne ein Schreiben mit offiziellem Siegel glaubten ihm die Frankenknechte nicht. Sie drohten mit den Lanzenspitzen, bis sich ein Mann in Begleitung fünf Bewaffneter näherte. Während die Krieger die Hände an den Waffen führten, hielt der Anführer eine Gänsekeule in der Rechten. Er war ein großer, unbeholfener Kerl, der so unbekümmert in den Braten biss, dass das Fett auf seinen graumelierten Kinnbart troff und an seinem Kettenhemd hinabrann. Thankmar erkannte, dass die Mahlzeiten vieler Monate die Kettenglieder verstopft hatten.

»Fulcher von Herstal!« Isaak schwang sich vom Rücken des Falben, stieß die Lanzen beiseite und stürmte dem Mann mit der Gänsekeule entgegen. Die Männer umarmten sich mit der Kraft und Kürze von Kriegsgenossen. Angesichts der vertrauten Geste ließen die Wachen die Waffen sinken.

»Isaak von Köln ist zurückgekehrt! Ich hatte nicht geglaubt, Euch wiederzusehen, Hebräer. Seit drei Jahren geltet Ihr als verschollen oder tot. Was ist passiert? Wieso taucht Ihr in diesem Niemandsland auf wie ein Geist?«

»Eure Neugier soll gestillt werden, Fulcher. Doch muss ich zuerst mit dem Kaiser sprechen. Führt mich zu ihm, dann will ich alles berichten.«

»Der Kaiser ist nicht hier. Vor zwei Tagen kam ein Bote mit beunruhigenden Neuigkeiten aus dem Süden. Die Sarazenen rüsten sich zum Krieg. Sie brennen Klöster und Dörfer nieder. Diese Hunde! Und der Kaiser – Ihr kennt ihn. Alles muss er selbst in die Hand nehmen. Er ist den Berg hinabgeprescht wie ein Racheengel und mit einer Schar Berittener gen Arles gezogen.«

»So war alles vergebens.« Isaak erschlaffte wie eine abgelegte Tunika.

Der Franke legte ihm eine Hand auf die Schulter. »Er wird

schon zurückkehren. Seine Tochter Bertha wird Euch an seiner Stelle empfangen. Wenn es Eure Pläne erlauben, müsst Ihr mit uns nach Aachen ziehen. Dort werden wir den Kaiser wiedertreffen. Wie es ihn freuen wird, Euch wohlauf zu finden!«

Da entdeckte er Abul Abbas. »Was bei allen schartigen Säbeln der Sarazenen verfolgt Euch?« Die Gänsekeule fiel zu Boden.

»Ein Elefant.«

Stumm sprach Fulcher das Wort nach.

»Abul Abbas ist ein ausgesprochen sanftes Tier – wenn man ihn nicht zu sehr reizt. Kommt, führt mich und meine Diener ins Lager.«

»Richtig. Bei Braten und Wein wird es sich trefflich erzählen lassen.« Ein letzter Blick voller Skepsis traf den grauen Riesen, dann schritt Fulcher voraus und gebot ihnen zu folgen.

Nach der menschenleeren Graswüste der langobardischen Landschaft und der Ödnis der Berge glich das Treiben im Lager einem Jahrmarkt. Thankmar sah Kesselflicker und Hundeführer bei der Arbeit, Falkner, Rossknechte, Sattler, Waffenschmiede, Zimmerleute und Schneider. Mundschenke balancierten randvolle Krüge durch die Menge. Geistliche hielten Gottesdienste unter freiem Himmel ab. Eine ganze Stadt war auf dem Berg versammelt, nur Häuser und Paläste hatte niemand mitgebracht.

Der Elefant zog die Menschen an wie Wasser durstiges Vieh. Kaum war Abul Abbas in Sichtweite, strömte Volk zusammen und bildete eine dichte Traube um ihn. Thankmar drängte seinen Zelter zwischen die Menschen und den Elefanten und schlug die Hände beiseite, die Abul Abbas berühren wollten.

Irgendwie gelang es Fulcher, die Leute zu beruhigen und den Elefanten gemeinsam mit den Pferden an einen entlegenen Hang zu führen. Isaak musste nicht erst auf die Kostbarkeit des Tieres hinweisen, damit Fulcher eine Wachmannschaft abstellen ließ.

Der alte Jude befahl Thankmar, sich um das Gepäck zu kümmern. Dann kämmte er sein silbernes Haar mit den Fingern, rieb sich den Reisestaub aus dem Gesicht und strich den ausgeblichenen Brokatmantel glatt. Schließlich entnahm er dem Gepäck eine Schatulle und verschwand mit dem bulligen Franken.

Thankmar war erleichtert, den Beratungen nicht beiwohnen zu müssen. Zu wenig verstand er von Politik. Dennoch fraß ihm die Neugier ein Loch in den Bauch. Sacht hob er Gisla aus dem Sattel. Das Mädchen war noch immer ohne Bewusstsein, und er fürchtete, ihr mit dem Schwerthieb größeren Schaden zugefügt zu haben als beabsichtigt. Ein Quartiermeister wies ihm drei Plätze in einem Gemeinschaftszelt zu, in das er Gisla und das Gepäck trug. Er untersuchte den Kopf des Mädchens, fand aber nur eine pflaumengroße Beule, die ihn nicht weiter beunruhigte, und verließ das Zelt auf der Suche nach einer warmen Mahlzeit.

Isaak und Herzog Fulcher betraten das Hospiz. Die rohen Holzwände waren mit Bildteppichen verhängt worden. Dienerinnen huschten umher oder standen tuschelnd beisammen. Aus einer Kammer kamen die Schreie einer Frau. Keine Schmerzenslaute, sondern Verwünschungen, wie sie einem Hurenbold zur Ehre gereicht hätten.

Isaak sah Fulcher mit erhobenen Augenbrauen an.

Der Franke zuckte mit den Schultern. »Das ist Bertha. Sie wartet auf die Niederkunft. Auf dem Weg zum Pass hat sie einen Schwächeanfall erlitten. Die Anstrengungen der Reise waren selbst für die kräftige Kaisertochter zu viel. Wieso musste sie auch hochschwanger ihren Vater begleiten? Ihr wisst doch noch, wie eifersüchtig sie über ihn wacht? Jetzt muss der ganze Tross auf die Geburt warten, bis wir endlich nach Aachen weiterziehen können. Dem Kaiser kam die Botschaft über die Sarazenen da gerade recht. Ihr hättet sehen sollen, wie schnell er seiner zänkischen Tochter den Rücken kehrte.«

Die Schreie entzündeten die Luft und ließen das Flüstern der Dienerinnen verstummen. »Ich lasse dich entmannen, Angilbert! Wo hältst du dich versteckt?«

Isaak sah Fulcher fragend an. »Muss sie diese Schmerzen schon lange ertragen?«

Fulcher beugte sich zu ihm herüber. »Die Wehen sind noch gar nicht eingetreten. Sie ist bloß wütend, weil der Bader ihr verboten hat, mit meinen Soldaten zu schlafen.«

»Dann ist sie immer noch unverheiratet?«

»Das alte Lied, mein Freund. Kein Mann hält es mit ihr aus. Die wenigen Hartnäckigen, die auf das kaiserliche Erbe spekulierten, hat David ins Kloster stecken lassen. Drei Burschen, die sich über Berthas Vorzüge in der Öffentlichkeit lustig gemacht hatten, ließ er die Hoden abschneiden. Andere, auf die Bertha ein Auge geworfen hatte, zwang er, den Saft der Narzisse zu trinken, ein Elixier, das einem Mann für immer die Potenz raubt. Ihr hättet ihn sehen sollen, als er von der Schwangerschaft seiner Tochter erfuhr. Angilbert, der Vater des Ungeborenen, ist sicherheitshalber zu den Dänen geflohen.«

Isaak schmunzelte. Manche Dinge ändern sich nie, dachte er. David, so hieß Carolus Magnus bei seinen engsten Vertrauten. Eine Anspielung auf den großen König der Israeliten.

»Sie ist also immer noch das wilde Mädchen?«

»Eine ausgewachsene Furie, wenn Ihr mich fragt. Ohne ihren Vater in der Nähe ist sie bissiger als eine siebenköpfige

Hydra. Noch dazu in diesem Zustand. Ihr solltet vorsichtig sein. Alkuin musste neulich in kaiserlichem Auftrag ein Loblied auf sie schreiben. Darin heißt es tatsächlich, Bertha sei eine von den ›gekrönten Tauben, die durch die Räume des Palastes fliegen‹. Der ganze Hofstaat schüttet sich aus über diese Verse.«

Die Männer betraten das Zimmer. Die Fenster waren mit hauchdünn gegerbten Tierhäuten verhängt, die die Kälte abhielten, aber noch einen Rest Licht hereinließen. Talglichter kämpften gegen die Dunkelheit an. In einer Pfanne, die auf einem Dreifuß stand, glühte Holzkohle. Ein gedrechseltes Bett beherrschte den Raum. Auf dem Lager saß eine junge Frau, in Schweiß gebadet. Ihr Rock wölbte sich über reifer Leibesfrucht. Sie war von zarter Statur, und dunkles Haar umflorte ihr schmales Antlitz, aber die Frettchenaugen und das Narbengesicht wiesen sie als Kriegsbraut aus. Die mehrfach gebrochene Nase blähte sich bei jedem Atemzug wie das Maul eines erstickenden Fisches. Bertha war eine düstere Schönheit.

Fulcher trat an das Bett heran. »Ein Bote ist gekommen, Bertha. Es ist Isaak von Köln. Ihr erinnert Euch an ihn?«

Berthas Augen funkelten Fulcher an. »Was will er? Kann er das Kind holen?«

Isaak wollte sich nicht in Verlegenheit bringen lassen. Er trat vor und kniete vor Bertha nieder. Der Geruch von Frauenschweiß war überwältigend.

»Bertha, es ist eine Überraschung, Euch an diesem Ort wiederzutreffen. Lange Zeit war ich fort und durfte nicht miterleben, wie Ihr Euch von einer Knospe in eine Rose verwandelt habt. Nehmt dies als Entschuldigung für meine lange Abwesenheit.« Er streckte ihr die Schatulle entgegen und öffnete sie. »Ein Geschenk aus Bagdad, der Perle Arabiens. Man nennt es Muskat. Eine Kostbarkeit, die selbst …«

»Ist es Medizin?« Berthas Stimme knallte wie ein nasser Lederriemen.

»Medizin? Nun, man sagt, in Überdosen verwirre es den Geist.«

Sie riss ihm das Kästchen aus der Hand, roch an seinem Inhalt und schleuderte es gegen die Wand. Der Muskat stäubte durch den Raum. »Ihr seid alle Geschmeiß!«, schrie sie. »Seit Tagen kann ich mich kaum rühren, und was bringt Ihr, um mir zu helfen? Muslimenzauber, um meine Sinne zu benebeln. Widerwärtig! Ich sollte Euch alle vierteilen lassen.«

Fulcher schaltete sich ein. »Bertha, der Jude bringt eine äußerst wichtige Botschaft. Er wird von einer Kreatur begleitet, wie ich sie nie zuvor gesehen habe. Ihr solltet ihn anhören.«

»Was ich sollte und was nicht, entscheide ich allein. Oder mein Vater.« Sie senkte die Stimme. »Also gut. Ich kenne Euch als Freund des Kaisers, Hebräer. In seinem Namen: Was habt Ihr vorzubringen?«

Isaak erzählte Bertha von seiner Mission, der Reise nach Bagdad, der Katastrophe in den Bergen. Als er bemerkte, dass er die Zuhörer in seinen Bann geschlagen hatte, schmückte er die Schilderungen aus, ließ den Wind des Orients durch die Stube wehen, beschwor die Gerüche sonnengelber Süßspeisen und die Hitze dunkelroter Wüsten herauf. Er erzählte von Abul Abbas und davon, wie wichtig das Tier für den Erhalt des Friedens war. Vom verräterischen Pavia und der Reise durch das Land der Langobarden berichtete er. Nur über Mazruq al-Atar und seine Spießgesellen verlor er kein Wort.

Als er geendet hatte, reichte Fulcher ihm einen Krug Hirsebier. Erst jetzt spürte Isaak die Dürre in seiner Kehle und trank dankbar.

Bertha nagelte ihn mit Blicken fest. »Es geht also um kostbare Geschenke? Große, kostbare Geschenke, die Ihr für jeden Strauchdieb sichtbar durch das Land geschleppt habt. Schätze, für die ein Pfalzgraf den Kaiser verraten hat. Und solche Reichtümer wollt Ihr ganz allein den weiten Weg hierhergebracht haben? Ich warne Euch, Jude. Denkt nicht, ich sei dumm, bloß weil mir Brüste gewachsen sind und ich Kinder gebäre.«

»Selbstverständlich habt Ihr recht, Bertha. Allein hätte ich es nie so weit geschafft. Mein Sklave hat mir geholfen. Ein kräftiger Bursche. Er hat mir in Pavia das Leben gerettet. Wenn Ihr wollt, lasse ich ihn holen.«

»Nicht nötig. Es gibt schon genug Schmarotzer hier. Noch etwas gefällt mir an Eurer Geschichte nicht: Dieser Elefant soll einen Krieg gegen die Sarazenen verhindern. Eines will mir jedoch nicht in den Kopf: Wenn der Kalif auf Frieden aus ist, warum lässt er dann seine Hunde von der Kette, damit sie das Reich angreifen? Habt Ihr dafür eine Erklärung?«

Isaak schüttelte den Kopf. »Für mich kam die Nachricht des Angriffs ebenso überraschend wie für Euch und Euren Vater. Vielleicht sind es nur versprengte Banden, die auf Beute aus sind? Wer brachte Euch die Unglücksbotschaft?«

Fulcher antwortete an Berthas statt: »Vor zwei Tagen kam ein Reiter von jenseits der Berge aus dem Süden. Sein Name ist Hunold. Ich kenne ihn. Er ist Reliquienhändler und kommt viel herum. Er sagt, er habe gesehen, wie die Araber plünderten und brandschatzten. Wenn Ihr mit ihm sprechen wollt: Er hat sein Zelt am Südende der Lagers aufgeschlagen. Ich führe Euch zu ihm.«

»Danke! Das sollten wir gleich morgen bei Sonnenaufgang erledigen. Bertha, gewährt mir eine Gunst. Sendet Boten zu Eurem Vater. Er muss heimkehren und die Friedensgeschenke annehmen. Und gebt mir ein paar Männer zum Geleit, damit ich den Elefanten sicher nach Aachen bringen kann.«

»Und ich muss hier liegen und gebären, bis ich platze! Das könnte Euch so passen! Ihr werdet hier bei mir ausharren, bis ich wieder im Sattel sitze oder der Kaiser zurückkommt. Ich bin froh, dass ich ihn für eine Weile los bin. Wenn ich endlich von dem Kind befreit bin, soll jeder Mann im Lager meine Schenkel ehren können, ohne befürchten zu müssen, dass der Kaiser ihm sein Gemächt abschneidet. Mein Vater ist fern, und fern soll er bleiben!«

Isaak setzte zu einer Erwiderung an, aber Bertha war noch nicht fertig.

»Schweigt! Ihr könnt Euch die Qual des Wartens verkürzen. Alles, was Ihr tun müsst, ist, mich von dem Kind zu befreien. Holt es heraus, tot oder lebendig, und schon sitze ich wieder im Sattel, und wir galoppieren Seite an Seite nach Aachen.«

»Ich bin weder Bader noch Medicus. Der Krieg hat mich ein paar Handgriffe gelehrt. Habt Ihr einen wunden Hals, puste ich Euch den Grünschimmel alten Brotes in den Rachen. Ein brandiges Bein säge ich in weniger als dreißig Lidschlägen vom Leib. Aber den Enkel des Kaisers frühzeitig aus der Mutter zu zerren – das übersteigt nicht nur meine Kunst, sondern auch meine Vorstellungskraft.«

»Dann teilt mein Schicksal und übt Euch in Geduld, alter Mann. Niemand verlässt das Lager ohne mich. Das gilt auch für Euch. Habt Ihr mich verstanden?«

Isaak schluckte seinen Widerspruch hinunter. Später, dachte er, später wird der Herr mir eine Tür öffnen. Und er nickte in ergebenem Grimm.

Die Nacht auf dem Berg war Wein für die Augen. In eine Pferdedecke gehüllt hockte Thankmar vor dem Zelt und starrte zu den Sternen. Hinter ihm schnarchten die Trossknechte. Gisla lag an seiner Seite, noch immer ohne Bewusstsein. In der

Hoffnung, die Nachtluft würde sie wiederbeleben, hatte er sie ins Freie geschafft und die wärmsten Kleider und Decken über sie gebreitet, derer er habhaft werden konnte.

»Sind Sterne Träume? Sie glitzern und funkeln, und je höher man ihnen auf dem Berg entgegensteigt, desto klarer zeigen sie sich. Aber man kann klettern und klettern, näher kommt man ihnen nicht. Seltsam, nicht wahr?« Er blickte auf Gisla hinab.

»Oder sind wir die Traumgespinste, und von dort oben schaut die Wirklichkeit auf uns herab? Wenn man bei den Sternen wäre«, er deutete auf den Gürtel des Orion und das blaue Blinken des Beteigeuze, »was würde man hier unten sehen? Einen hinkenden Sklaven, der nach dem Himmel greift.

Bin ich nur der Traum eines Sterns? Welcher mag mich ersonnen haben? Welchem Einfall ist er gefolgt? Bislang scheine ich ihm nicht sonderlich zu gefallen. Er träumt mir einen Klumpfuß, schickt mich in ein Sklavenlager und hängt mir Mordbuben an die Fersen. Meine Familie ist vernichtet, meine Heimat unerreichbar fern. Es muss sehr kalt sein dort oben.« Thankmar schlang die Decke enger um sich.

»Der helle Stern dort über jenem Gipfel, der träumt Isaak. Er brennt und glüht wie der kleine Bruder der Sonne. Unbeirrbar auf dem einmal eingeschlagenen Weg. Und der dort mit dem Rotschimmer träumt Gisla. Er gehört ins Sternbild Elefant.« Mit der Fingerspitze tupfte er Punkte an den Himmel. »Und wenn unsere Sterne verlöschen, was wird dann aus uns?« Wieder sah er zu Gisla hinunter, nicht überrascht, dass sie ihn anblickte und zuzuhören schien. »Wir erwachen vom Traum des Lebens.«

»Halt endlich das Maul und leg dich schlafen«, kam es aus dem Zelt.

Etwas in Gislas Gesicht hatte sich verändert. Sie griff nach

Thankmars Arm und drückte ihn mit großer Kraft. Der Schmerz befahl ihm, sich von ihr zu lösen, aber er schenkte ihr den Moment.

»Wir müssen fort«, sagte sie. »Böses kommt den Berg herauf.« Dann begann sie zu weinen, und er war zu verwirrt, um sie zu beruhigen. Nie zuvor hatte er Gisla in ganzen Sätzen reden gehört.

Isaak fand den Sachsen und die Langobardin im Schlaf aneinandergeschmiegt vor dem Zelteingang. Er breitete noch eine Decke über sie und legte sich selbst zwischen den Männern des Kaisers schlafen.

Die Tage auf dem Pass zerflossen zäh wie kalter Honig. Isaak hatte Thankmar vom Starrsinn der Kaisertochter berichtet und von seinen erfolglosen Versuchen, des mysteriösen Reliquienhändlers habhaft zu werden. Jedes Mal, wenn Isaak das Zelt des Mannes aufsuchte, um ihn über die Geschehnisse in Sankt Albola zu befragen, fand er es verlassen. Hunold, wie Fulcher den Händler genannt hatte, schien sich in Luft aufzulösen, kaum dass man sich ihm näherte. Die Hände des Juden hatten wieder zu zittern begonnen.

Thankmar verbrachte die Zeit bei Abul Abbas auf der Suche nach der geheimnisvollen Formel, mit der er hoffte, das riesige Tier lenken zu können. Er war überzeugt, dass es sie gab. Während seiner Übungen war er stets darum bemüht, Gisla in Rufweite zu wissen, denn ihre Üppigkeit erregte die Aufmerksamkeit der Männer und sorgte für manch anzügliches Wort.

Der dritte Morgen brachte Schnee. Die Berge waren wie mit Mehl gepudert, und eine weiße Haut hatte sich über das Lager gelegt. Die Stimmung unter den Trossknechten war gereizt. Die Vorräte gingen zur Neige, und die Kälte wurde so bissig, dass sie selbst mit einer warmen Suppe und einem Platz am

Feuer nicht mehr aus den Knochen zu vertreiben war. Wo Eis und Schnee in der Sonne schmolzen, blieb Schlamm zurück, der sich in die Kleider fraß und die Lederzelte aufweichte. Berthas Kreischen war allgegenwärtig und drückte besonders den Soldaten aufs Gemüt, denn es dürstete sie nach Kampf und nicht nach Ammendiensten für eine schwangere Kaisertochter.

Lag es am Wetterumschwung oder an der Höhenluft? Abul Abbas, dessen Rücken eine Zeltplane gegen die Kälte schützte, zeigte Anzeichen von Nervosität. Sein Kopf war angeschwollen, und er wollte sich nicht auf Thankmars Kommandos konzentrieren. Selbst dem tausendfach geübten »Verflucht« wollte er nicht gehorchen. Thankmar sank der Mut, aber seine Wut wuchs. Fluchend warf er eine Handvoll Kiesel nach dem Elefanten und erntete dafür einen Schlag mit dem Rüssel, der ihn von den Beinen holte. Als er auf dem mit Moos bedeckten Boden lag und sich die schmerzende Schulter rieb, spürte er plötzlich ein Vibrieren. Es war das Brummen, das er in Pavia zum ersten Mal bemerkt hatte, der Ton, den Abul Abbas ihm durch den Boden schickte. Der Elefant versuchte, ihm etwas mitzuteilen.

»Schläge sind die Küsse der Freundschaft, sagt man bei uns. Wir sind doch auch Freunde, nicht wahr?« Die Stimme in seinem Rücken ließ ihn augenblicklich wieder auf die Beine kommen.

Vor ihm standen die drei Araber, von der Passwache eskortiert. Mazruq al-Atar, in abgerissenen Kleidern, Hubaisch, mit einem Bluterguss auf der rechten Wange und versengtem Haar, und Khalid, mit blaugefrorenem Gesicht. Abgezehrte, geschlagene Gestalten mit Eis in den Bärten. Die Franken schoben sie weiter in Richtung Hospiz. Im Vorbeigehen zwinkerte Mazruq und deutete eine Verbeugung in Thankmars Richtung an.

So schnell er konnte, humpelte Thankmar von Zelt zu Zelt auf der Suche nach Isaak. Er warf ungeniert Blicke hinter Zeltplanen, rief Isaaks Namen und sah sich immer wieder um wie der Hase bei der Hatz. Endlich fand er den Juden bei einer Feldküche, im Gespräch mit dem Mann namens Fulcher. Er riss ihn beiseite.

»Herr, sie sind hier. Sie sind im Lager.«

»Wer? Der Kaiser und sein Stoßtrupp? Warum flüsterst du?«

»Die Araber. Sie haben uns gefunden. Gerade jetzt werden sie ins Lager gebracht. Mazruq al-Atar hat mich gesehen. Sie werden uns töten.«

»Gemach! Du musst dich irren. Wenn die Muslime nach ihrer Flucht aus dem brennenden Haus nicht den schnellsten Weg nach Bagdad gesucht haben, habe ich sie unterschätzt.« Sein Blick hüpfte über die Zeltspitzen. »Bist du sicher?« Aber bevor Thankmar antworten konnte, hatte er die Neuankömmlinge bereits selbst entdeckt.

Ein Soldat fand Fulcher im Dampf der Töpfe und erstattete Meldung. Der Herzog winkte mit einem Bratspieß in der Hand: »Isaak, mein Freund, wir haben Besuch bekommen. Wollt Ihr mich zu Bertha begleiten und sehen, welche Käuze sich auf diesen gottverlassenen Pass verirrt haben?«

»Welch Ehre für uns Geschmeiß, wieder unter die Augen Ihrer kaiserlichen Mütterlichkeit treten zu dürfen. Vor allem, wenn Ratten ihr die Füße lecken«, sagte Isaak mit gesenkter Stimme. Eine flatterige Hand fasste nach Thankmars Umhang und zerrte ihn hinter sich her.

Die Muslime waren bereits vor Berthas Bett geführt worden, knieten vor dem Fußende und harrten gesenkten Hauptes der Worte der Schwangeren.

Fulcher führte Isaak und Thankmar in den Raum und begrüßte Bertha mit einer tiefen Verbeugung. »Diese drei wurden von meinen Männern aufgegriffen. Es sind Araber, Bertha.«

Berthas Stimme schien mit ihrem Bauch anzuschwellen. »Das sehe ich. Was rät mein geschätzter Ratgeber und Kettenhund? Was soll mit ihnen geschehen?«

Fulchers Mundwinkel zuckten. »Ich halte sie für Spione der Sarazenen. Was sonst sollte Araber in diesen Teil des Reiches verschlagen? Wir sollten ihre Meuchelpläne aus ihnen herauspressen. Isaak von Köln ist lange in Arabien gewesen und ein hervorragender Dolmetsch. Wenn sie alles verraten haben, werfen wir sie in eine Schlucht.« Er biss eine Portion Hammelfleisch vom Spieß, sodass Fett und Fleischfasern auf die Muslime hinabregneten.

Da schlängelte sich die schwarze Stimme Mazruq al-Atars durch den Raum. »Der Dolmetsch wird nicht notwendig sein. Wir bevorzugen es, unsere Geschäfte selbst zu erklären.«

Fulcher blieb der Mund offen stehen. Die Kaisertochter ruckte in ihrem Bett hoch, um besser sehen zu können.

Isaak trat vor die knienden Gefangenen, holte tief Luft und wandte sich an Bertha. »Schenkt diesen Männern kein Gehör! Sie sind Mörder und Todfeinde des Frankenthrons. Sie träufeln Euch Gift ins Ohr und behaupten, es sei Honig. Euer Vater würde …«

»Belehrungen!« Bertha spuckte ihm das Wort ins Gesicht. »Was ficht Euch an, dass Ihr an meiner statt Entscheidungen fällen wollt? Ihr seid mir untergeben. Zurück! Ich will selbst einen Blick auf diese Männer werfen und über sie urteilen.«

Isaak stellte sich neben Thankmar mit dem Rücken an die Balkenwand.

Bertha taxierte die Knienden wie die Katze eine Maus. »Steht auf und sprecht!«

Mazruq kam langsam auf die Beine. »Ihr regiert ein wahrhaft ungewöhnliches Land, Königin. Die Sitten Eurer Untertanen stellen alles auf den Kopf, was man in meiner Heimat für Höflichkeit erachtet. Ich bin erleichtert, endlich mit jemandem reden zu können, der mir erklären kann, warum man uns nach dem Leben trachtet, wo wir doch Friedensboten sind.« Er schwängerte die Luft mit einer Pause.

Bertha ließ sich von einer Dienerin Bier einschenken und leerte den Krug in einem Zug. »Kommt zur Sache. Wer seid Ihr, und wohin zieht Ihr?«

Thankmar entging nicht der Schimmer des Ekels, der über Mazruqs Gesicht lief.

Der Araber lachte. »Wir sind Boten seiner Heiligkeit, des Kalifen Harun ar-Raschid, des Beschützers der Gläubigen und Vaters vieler Kinder.« Er blickte auf Berthas Bauch. »Der Kalif hat uns entsandt, Eurem Kaiser, Carolus Magnus, Geschenke zu bringen. Eines dieser Geschenke ist der Elefant, der draußen zwischen Euren Pferden weidet.« Mazruq zeigte mit anklagendem Finger auf Isaak. »Der Hebräer Isaak ist mit uns aufgebrochen und hat uns verraten. Es war der Wunsch des Kalifen, dass wir als Gemeinschaft reisen und als Gemeinschaft vor den Frankenkaiser treten. Doch die Musen der Juden heißen Selbstsucht und Missgunst. Isaak von Köln hat uns zweimal hintergangen. Erst hat er versucht, uns im Kerker von Pavia schmoren zu lassen. Dann steckte er das Haus einer armen Bäuerin in Brand, die uns Obdach gewährt hatte. Ohne den Todesmut meines Freundes Hubaisch hier würde der Wind meine Asche über das Land der Langobarden wehen. Königin, Ihr seht mich als Araber, als Angehörigen eines Volkes, das mit Eurem Vater im Krieg liegt. Aber ich bin ein Bote des Friedens und ein Freund der Franken.«

Berthas Blick wanderte an Mazruqs Finger entlang und traf Isaak. »Er rechtfertige sich!«

Isaaks Hände mangelten die Mantelfalten. »Die Zungen der Muslime sind wie die des Feuers, heiß, schnell und unberechenbar. Dieser Mann lügt. Wir sind gemeinsam von Bagdad aufgebrochen, aber er versuchte, meinen Sklaven zu töten, den Ihr hier neben mir seht. Schließlich wurden seine Gefährten zu einer Gefahr für unsere Mission, und wir ließen sie zurück.«

»Der Lügner seid Ihr selbst! Bei Eurer Ankunft habt Ihr behauptet, nur Euer Sklave hätte Euch begleitet. Jetzt gebt Ihr zu, dass diese Männer mit Euch geritten sind. Wie viele Märchen habt Ihr mir noch aufgetischt?«

Wut pulsierte durch Thankmar. Sein Herr lebte und starb für eine gerechte Sache. Wie konnte es diese Frau wagen, dem Schurken Mazruq mehr Glauben zu schenken als Isaak? Blinder Mut schob ihn vorwärts, und plötzlich fand er sich vor dem Bett der Kaisertochter wieder und versuchte eine Verbeugung.

»Ich will reden, wenn Ihr erlaubt.«

Bertha nickte überrascht.

»Mein Herr hat die größten Gefahren auf sich genommen, um den Elefanten Abul Abbas heil nach Aachen zu führen und dem Reich Frieden zu bringen. Eher würde er sterben, als seine Aufgabe aus den Augen zu verlieren, seine Mission, die er auf Befehl des Kaisers begonnen hat. Isaak von Köln ist der beste Berater, den ein Herrscher finden, und der beste Freund, den ein Mann sich wünschen kann. Und wenn er einem Menschen wahrhaft ergeben ist, dann dem Kaiser der Franken, Carolus Magnus.«

Schweigen erfüllte den Raum. Alle sahen ihn an. Hatte er sie überzeugt? Waren sie ergriffen? Oder sollte er fortfahren?

Schließlich ertrug er die Stille nicht länger. »Hört nicht auf die Muslime. Sie führen Übles im Schilde. Ich bitte Euch im Namen Irmins.«

»Ein Sachse!« Berthas Stimme überschlug sich. »Ein Sachse steht an meinem Bett. Und er hat ein Schwert. Fulcher! Schützt mich vor der Bestie!«

Thankmar fühlte sich von Fulchers fetten Armen gepackt. Er unterdrückte den Reflex, sich zu wehren, zu treten, zu beißen, zu schreien. Stattdessen hing er in den Armen des Franken wie ein Stück Nackenfleisch über dem Rauchfang. Der Herzog nahm ihm das Schwert ab, dann ließ er ihn wieder auf die Füße fallen.

»Ich habe seinen Akzent gleich erkannt. Wie kommt ein Vertrauter meines Vaters dazu, einen Sachsen ins Lager zu führen?«

Isaak mahlte die Worte zwischen den Zähnen zu Staub. »Er ist kein Krieger. Kein Feind. Nur ein Sklave. Seht doch, er kann kaum gerade stehen. Eurer Sorge ist er nicht wert.«

»Warum darf er ein Schwert führen? Das ist gegen das Gesetz. Habt Ihr auf Euren Reisen vergessen, was Recht ist?«

Der Jude verkniff sich die Antwort und verbeugte sich stumm. Die Schlacht war verloren. »Unser Gespräch trägt keine Früchte mehr. Bitte erlaubt, dass ich mich zurückziehe.«

»Ich erlaube es nicht. Ich befehle es! Den Sklaven legt Ihr ab sofort an die Kette. Wenn ich ihn noch einmal frei im Lager herumspazieren sehe, bekommt er sein Schwert zurück. Mit der Spitze voran.«

Isaak legte Eisen um Thankmars Knöchel. Der Sachse wartete auf eine entschuldigende Bemerkung Isaaks, doch der Jude ließ das Schloss zuschnappen und verschwand, ohne noch einmal das Wort an ihn zu richten. Zwar war der Alte großzügig mit der Kette gewesen, doch war Thankmars Schrittweite nun auf eine halbe Elle beschränkt. Das Hinken und das Klappern der Metallglieder machten es fast unmöglich, mehr als zehn Schritte zu gehen, ohne zu stürzen.

Er suchte Trost bei Gisla, aber der Geist des Mädchens war wieder in seine Grotte zurückgekrochen. Sie lehnte an einem Baum bei Abul Abbas, beobachtete den Elefanten und summte vor sich hin. Als sie Thankmars Fußfesseln erblickte und das Klirren des Eisens hörte, begann sie zu lachen. Er ließ sich neben ihr in den Schnee fallen und spürte, wie sein Mut, der im Hospiz wie eine Sturmflut aufgebrandet war, nun von der Ebbe fortgespült wurde. Isaak war ein Befehlsempfänger und Untertan. Dabei hatte er ihn als Freund gelobt. Und Gisla war nichts weiter als eine leere Hülle, in der zwar Leben, aber kein Geist steckte. Sein kurzer Traum von Vertrautheit war nur ein Irrlicht gewesen, das blasse Flackern eines Sterns gegen Ende der Nacht.

Auch Abul Abbas schien sich von ihm abzuwenden. Der Elefant kehrte ihm den Rücken zu und ignorierte alle Rufe. Er schaukelte hin und her und schlenkerte mit dem Rüssel, Bewegungen, die Thankmar nie zuvor an dem Tier wahrgenommen hatte. Mit den Füßen stampfte er so kraftvoll in den Schnee, dass der Boden erzitterte. Einmal meinte Thankmar, eine Flüssigkeit an dem kantigen Kopf herablaufen zu sehen.

Er vertändelte die Zeit bis zur Abendmahlzeit, indem er neben Gisla im Schnee hockte und seine Gedanken harkte. Da entdeckte er im Gewimmel des Lagerlebens die Dienerinnen der Kaisertochter. Sie huschten zwischen den Zelten umher, sprachen mit jenem und flüsterten mit diesem, sammelten allerlei Utensilien in ihren weiten Ärmeln und verschwanden schließlich wieder im Hospiz.

Neugierig geworden, stemmte sich Thankmar auf die Füße und hinkte los, um Auskunft über das seltsame Treiben der

Dienerinnen zu erfragen. Die Ketten an seinen Füßen riefen bei den Franken Befremden hervor, aber er erfuhr, was er wissen wollte. Essig hatten die Zofen besorgt. Und Schwämme. Beim Schmied brachte er in Erfahrung, dass die Frauen im Namen Berthas gewetzte Klingen bestellt hatten. Welche Ungeheuerlichkeit ging hier vor? Thankmar überkam eine dunkle Ahnung.

Er humpelte zum Hospiz, hielt aber Abstand zum Eingang und gab vor, an einen Zeltpfosten gelehnt zu schlafen. So wartete er lange Zeit.

Die Sonne warf schon lange Schatten auf das Lager und seine Füße glichen Eisklumpen, als er einen Schrei hörte. Er war aus dem Hospiz gekommen, kein Zweifel. Ein zweiter Schrei folgte, dann ein dritter, gedehnt und von Schmerz getragen. Die Menschen in Hörweite blickten sich ratlos um. Ein weiterer Schrei, ein Jaulen, das in den Himmel stieg und zwischen den Wolken verschwand, dann Stille. Als eine Weile nichts geschah, wandten sich alle wieder ihrem Tagwerk zu, schmiedeten ihre Verwunderung zu Schwertern, flochten sie in Körbe oder buken sie in Honigbrot. Thankmar harrte aus.

Die Dunkelheit kroch auf den Pass, und die Laute im Lager erstarben. Im Hospiz wurden die Talglichter entfacht. Thankmar sah den Schimmer durch die mit Rindshaut bespannten Fenster. Wie lange saß er schon hier? Seine Beine fühlten sich taub an, und er beschloss, sie mit ein paar Schritten wiederzubeleben. Klirrend humpelte er an den Rand des Lagers, immer bemüht, die Tür des Hospizes im Auge zu behalten. Schließlich erreichte er die Kante einer tiefen Klamm, die tagsüber den Soldaten als Latrine diente, nachts jedoch wegen der Absturzgefahr nicht genutzt wurde.

Da trat eine Gestalt unter dem Türsturz hervor. Er erkannte

eine der Dienerinnen, ein dürres Mädchen. Sie hielt ein Bündel Decken im Arm und entfernte sich eilig von dem Gebäude. Ohne ihn zu bemerken, hielt sie geradewegs auf ihn zu. So leise wie es die Kettenglieder erlaubten, rutschte Thankmar in eine Mulde, presste sich gegen den klammen Boden und lugte über den Rand der Vertiefung.

Das helle Leinenkleid der Zofe schälte sich aus der Nacht. Ohne innezuhalten, passierte sie sein Versteck. Er hörte sie schluchzen und kroch höher, um besser sehen zu können. Sie stand am Rand des Abgrunds und hielt die Tücher darüber, als wolle sie den Stoff hinabfallen lassen. Aber sie zauderte, zog die Arme zurück und legte das Bündel sanft in eine Schneewechte. Dann kniete sie nieder und schloss Hände und Augen zum Gebet.

Thankmar schob sich über Eis und Steine wie eine Raupe. Sein Ziel war das Bündel. Er ahnte, dass er sich und Isaak einen Vorteil verschaffen konnte, wenn er herausfand, was es mit den Tüchern auf sich hatte. Die Ketten streiften einen Stein und klirrten verräterisch. Vor Schreck kniff er die Augen zusammen. Als er sie wieder öffnete, verharrte die Zofe noch immer im Zwiegespräch mit ihrem Gott. Die Fußfesseln mussten schweigen. Er riss eine Flechte von einem Stein und wickelte die Ranke um die Kette. Er flocht und knotete dem Eisen einen Knebel, bis nur mehr ein grüner Strang zwischen den Knöcheln baumelte. Versuchsweise bewegte er die Beine – das Metall blieb stumm.

Die Zofe kniete noch immer mit geschlossenen Augen über den Tüchern. Thankmar kam nah genug heran, um in der Dunkelheit ausmachen zu können, wie sich die Lippen der Betenden bewegten. Er schlich gebückt und streckte die Arme der Beute entgegen. Sein Atem stand still, bis ihn der Brustkorb schmerzte. Stück für Stück kroch er an das Bündel heran, ohne einen Laut zu verursachen. Er streckte die Hand aus und griff danach.

Plötzlich bewegte sich das Tuch. Thankmar fuhr zusammen. Die Zofe war so nah, dass er im Mondlicht die Poren ihrer Wangen sah und ihm ihr Geruch nach reifen Äpfeln in die Nase stieg. Aus ihrem Mund kamen das Murmeln innigen Gebets und Wölkchen kristallisierenden Atems. Er war unbemerkt geblieben. Geräuschlos schlich er sich davon. Das Diebesgut zuckte in seinen Händen.

16.

Die Fackel blakte unter dem Felshang. Thankmar rutschte über das Eis, das den abschüssigen Boden in eine tödliche Falle verwandelte. Ein falscher Schritt in der Dunkelheit konnte in einer Schlitterfahrt über den Rand der Schlucht enden. Isaak ging mit dem Licht in der Hand drei Schritte hinter ihm.

Schließlich kam der Sklave zwischen zwei Granitbrocken zum Stehen, die höher waren als das Passhospiz. Er suchte die Steine ab und holte das Bündel Decken hervor, das er hier versteckt hatte, bevor er Isaak geweckt hatte. Dann nahm er dem Juden die Fackel ab und warf mit dem Pechlicht einen flackernden Schein auf den Fund.

Isaak lüpfte die Wolle mit zitternder Hand. Der Stoff war hart gefroren und mit Blut vollgesogen. Als er den Kern des Knäuels freigelegt hatte, erstarrte er.

Ein Säugling lag vor ihnen, verklebt mit geronnenem Blut, und schnappte nach Luft wie ein Fisch auf dem Trockenen. Isaak riss sich den Mantel von den Schultern, wickelte das Kind hinein und presste es gegen seine Brust.

Die Männer starrten sich an.

»Adonai! Mazruq hat das Kind aus ihr herausgeholt.« Die Pupillen des Juden glänzten wie schwarze Kirschen.

»Und es lebt! Herr, sie wollten es in den Abgrund werfen.«

»Es wäre besser gewesen, du hättest es seinem Schicksal überlassen. Es ist ohnehin ein Wunder, dass es nicht tot zur Welt gekommen ist.« Er stieß einen Seufzer aus. »Ein Junge. Ich schätze, Gott hält eine weitere Prüfung für uns bereit. Komm! Wir wollen sehen, ob wir sie bestehen können.«

Er beugte sich zu Thankmars Füßen hinab, holte einen eisernen Dorn aus dem Gewand und schlug diesen mithilfe eines Steins gegen die Nieten, die die Ketten hielten. Die Fesseln fielen zu Boden. Thankmar war frei.

Ohne ein weiteres Wort zu verlieren, wandte sich Isaak um und erklomm mit großen Schritten den steilen Weg zurück ins Lager. Thankmar folgte ihm.

Zunächst hielt Thankmar es für keine gute Idee, Gisla das Kind anzuvertrauen. Es mangele ihr an Vernunft, gab er zu bedenken. Sie mochte den Säugling in ihrer tumben Herzlichkeit zerquetschen. Isaak aber bestand darauf, das Kind bei Gisla und Gisla in der Nähe des Elefanten zu verstecken. Instinkt, sagte er, sei in diesem Fall sicherer als Kraft und Mut. Außerdem habe das Neugeborene ohnehin kaum Leben in sich, und er würde Gras fressen, wenn es am Morgen noch am Leben sei.

Das Licht des neuen Tages weckte das Lager, und die Sonnenstrahlen stachen den Säugling, bis er schrie. Isaak und Thankmar standen vor Gisla, die selig auf einem Stoß Decken hockte und das Kind in den Armen wiegte.

»Wenn du erlaubst, werde ich das Frühstück zu mir nehmen, wenn wir eine saftige Wiese gefunden haben. Mein Magen ist das Gesträuch des Hochgebirges nicht gewohnt.« Isaaks Mundwinkel rangen sich ein Schmunzeln ab.

Das Kind lebte. Gisla hatte es gewaschen und zwischen Weinschläuche gelegt, die sie mit warmem Wasser gefüllt hatte. Noch in der Nacht hatte sie Milch herbeigeschafft, Donar wusste woher. Nur die Augen des Säuglings waren noch verklebt und wollten sich nicht öffnen. Über seine Stirn verlief eine Falte, die einer Schlange gleich mal hierhin und mal dorthin kroch, sich im einen Moment vertiefte, im nächsten glättete. Gisla ließ sich selbst vom tapfersten Strampeln des Säuglings nicht aus der Ruhe bringen. Mit gemeißeltem Lächeln saß sie da und sorgte sich um ihren Adoptivsohn, als hätte sie bereits ein Dutzend Kinder zur Welt gebracht und großgezogen.

»Wenn Bertha erfährt, dass der Junge lebt …« Isaak brauchte den Satz nicht zu vollenden. »Mazruq hat sich einen enormen Vorteil verschafft. Wir werden rasch verschwinden müssen. Solange Bertha das Kommando vom Bett aus führen muss, gleicht sie einer gelähmten Blinden. Nach einem solchen Eingriff kann sich selbst eine Amazone nicht umgehend in den Sattel schwingen. Noch kann es uns gelingen, zu entwischen.«

»Wie sollen wir Abul Abbas unbemerkt aus dem Lager führen?«

»Das, mein kluger Sachse, überlasse ich dir. Bereite die Pferde vor, und achte darauf, dass Gisla und der Junge nicht zurückbleiben. Ich habe noch eine Verabredung und werde rechtzeitig zu euch stoßen.«

Das Zelt des Reliquienhändlers lag am Rand des Lagers neben einem zugefrorenen Bergsee. Schon von Weitem erkannte Isaak, dass er diesmal zur rechten Zeit kam. Hunold war in seinem Zelt und in seinem Element: Schon zu dieser frühen Stunde hockten zwei Soldaten unter der Plane des Vordachs und ließen sich Wunderwaren anpreisen. Isaak verharrte eine Weile abseits, beobachtete die Männer und hörte ihnen zu.

Der Händler redete mit hypnotischen Worten auf seine Kunden ein. Seine Stimme raspelte Worte, seine Gesten waren präzise, seine Blicke suchten in den Augen der Kunden nach Begehrlichkeiten, die er befriedigen konnte. Das Gespräch währte nicht lang. Einer der Soldaten zückte eine Lederbörse und füllte die Hand des Händlers mit Bruchsilber. Der Verkäufer steckte dem Kunden etwas zu und verabschiedete ihn mit einem Schulterklopfen. Als die Soldaten an Isaak vorbeizogen, sprach Ratlosigkeit aus ihren Mienen.

Isaak duckte sich unter das Vorzelt und schnippte einen Goldsolidus auf den Tisch. Die Münze fand kaum Zeit, ihr Kreiseln träge zu beenden, schon war sie zwischen den Fingern des Händlers verschwunden.

»Ein feiner Herr seid Ihr, oder ich will nicht länger Hunold heißen. Gott möge Eure Wege zur Erlösung führen.« Er vollführte eine zackige Verbeugung, und eine Strähne aus der strengen Frisur schlängelte sich die Wange herab und fiel ihm ins Gesicht.

Ein Reptil, dachte Isaak, es würde mich nicht wundern, wenn er Schwimmhäute und Schuppen am Leib hätte.

»Man nennt mich Hunold von Barcelona. Ich vollstrecke den Willen der Märtyrer und verteile ihre sterblichen Reste unter den gläubigen Christen. Wie kann ich Euch zu Diensten sein?«

»Ich habe von Euren Verdiensten für die Christenheit gehört, Hunold von Barcelona. Kommt, begleitet mich ein Stück Wegs.«

Hunold bändigte sein Haar, steckte eine Schatulle unter seinen braunen Umhang und eilte an die Seite des freigiebigen Kunden. »Eure Füße sind flinker als mancher Verstand. Was sucht Ihr? Ich habe Splitter vom Heiligen Kreuz, den vollständigen Schädel des heiligen Sebastian und eine Rippe des heiligen Alban.« Er nestelte unter dem Gewand.

Isaak schritt noch schneller aus. »Eine beachtliche Mischung. Wie viele Gräber einfacher Menschen habt Ihr dafür schänden müssen?«

»Oh, Ihr wollt feilschen? Meine Reliquien sind echt, keine billigen Imitate. Ihr werdet den vollen Preis zahlen müssen.«

»Den werdet Ihr zahlen, früher oder später.«

Hunold atmete im Stakkato. »Wollt Ihr meine Ehre anzweifeln? Ich erhalte Waren und Aufträge von den obersten Kirchenvätern im Süden. Nehmt zum Beispiel Erzbischof Hildebald in Arles.«

Plötzlich blieb Isaak stehen. Der Händler wollte weiter, aber der Alte hielt ihn mit Eisengriff am Arm fest. Hunold schlitterte und wand sich in der Umklammerung.

»Ich kenne Hildebald noch aus den Tagen, da wir beide zusammen an Carolus Magnus' Hof lebten. Was habt Ihr mit diesem groben Gesellen zu schaffen?«

»Ich habe doch schon gesagt, er lässt mir die Gebeine der Heiligen zukommen, damit ich sie im Namen Christi verkaufe. Ihr seid wahrhaftig hartnäckig. Also gut, ich werde Euch einen guten Preis machen. Weil Ihr ein Freund des Erzbischofs seid.«

»Nicht geschenkt will ich Eure stinkenden Leichenteile.«

»So stehlt mir nicht länger die Zeit.«

»Ich habe sie bereits bezahlt, wenn Ihr Euch erinnert. Ihr seid mit einer Botschaft für den Kaiser hergekommen, einer Botschaft über die Sarazenen. Wie lautete sie?«

Hunolds Echsenaugen funkelten. »Jetzt verstehe ich. Warum sollte ich Euch davon in Kenntnis setzen? Staatsgeschäfte sind geheim, das solltet Ihr doch wissen.«

»Ich habe mir gleich gedacht, dass Ihr nicht reden werdet.« Isaak packte auch den anderen Arm des Händlers. Dann stampfte er mit einem Fuß auf. Der Boden antwortete mit einem dumpfen Laut, der sich rhythmisch wiederholte und immer weiter entfernte.

Hunold wand sich im Griff des Alten, kam aber nicht frei. »Lasst mich gehen, oder ich werde die Wache rufen. Was ist das für ein Geräusch? Zauberei!«

»Es ist das Geräusch von Wasser, das unter einer Eisdecke schwappt.« Isaak trat noch einmal auf. Diesmal wurde der dumpfe Ton von einem Knirschen begleitet.

Der Händler starrte auf seine Füße und zuckte zusammen. Die Männer standen mitten auf dem See. Unbemerkt hatte der Alte Hunold auf das Eis hinausgeführt.

»Es ist nur fingerdick und das Wasser darunter so kalt, dass es einen Mann in wenigen Augenblicken töten kann. Selbst wenn Ihr die Kälte überleben solltet, werdet Ihr unter das Eis gezogen und findet keinen Weg mehr nach oben.« Noch einmal hieb Isaak den Absatz auf die Oberfläche. Aus einem Riss kroch schwarzes Wasser auf die Eisfläche und umspülte ihre Stiefel.

Trotz der Kälte glänzte Hunolds Stirn von Schweiß. »Aber Ihr würdet ebenso sterben.«

»Ohne Eure Auskunft ist mein Tod ohnehin gewiss. Das nasse Grab erspart mir nur die Folter.«

»Ihr wollt etwas über die Sarazenen wissen?« Die Augen des Händlers tasteten das Ufer nach Hilfe ab, aber im Lager nahm niemand Notiz von den beiden Männern.

Erneut bohrte sich Isaaks Stiefel in das Eis. Ein Gespinst von Rissen flitzte über die Oberfläche.

»Wartet, wartet! Ich bin von Arles heraufgekommen. Von Arles. Im Süden geht der Teufel um. Die Sarazenen haben mehrere Klöster niedergebrannt. Bischof Hildebald hat mich losgeschickt. Ich sollte zum Kaiser reiten und von der Gefahr berichten. Das ist alles.«

»Habt Ihr die Sarazenen mit eigenen Augen gesehen?«

»Natürlich. Als sie Sankt Albola angriffen, konnte ich gerade noch meine Haut retten.«

»Sankt Albola wurde überfallen? Was ist dort passiert?« Isaak umklammerte die Arme Hunolds mit aller Kraft.

»Niedergebrannt. Alle Nonnen tot. Carolus Magnus wollte den Sarazenen entgegenreiten. Mehr kann ich nicht sagen.«

Der Alte stieß den Händler von sich, der rückwärts über das Eis taumelte, dann ging er langsam und mit weiten Schritten auf das Ufer zu, unbeeindruckt von dem Knirschen unter seinen Sohlen.

Hunold torkelte über den See, blickte in Panik nach unten auf die trügerische Frosthaut und den darunter lauernden Abgrund. Im Kampf um Gleichgewicht ruderte er mit den Armen und stampfte mit den Stiefeln auf. Der Boden klappte auf wie der Rachen eines Walfisches und verschlang die jetzt frei schwimmende Eisplatte, auf der er stand.

Hunold versuchte sich mit einem Satz auf die Zacken der Eiskante zu retten, breitete Arme und Beine aus, aber er sprang zu kurz. Mit dem Unterleib klatschte er ins Wasser, das sofort seine Beinkleider durchnässte und in die Haut biss. Hunold schrie, während er langsam den letzten Halt auf dem Eis verlor und in den See zu rutschen drohte.

Ein Dutzend Schaulustiger sprenkelte das Ufer, aber niemand wagte sich auf das Gewässer hinaus. Da brach auch die Scholle, an die sich der Händler klammerte, und hob sich mit der Spitze aus dem Wasser wie ein sinkendes Schiff. Ein letztes Kreischen kam aus Hunolds Kehle, dann rutschte er vollends in das Gewässer. Der See umspülte ihn mit Todeskälte.

Aber er versank nicht. Kaum war er ins Wasser gerutscht, stießen seine Knie auf etwas Hartes. Er tastete mit den Füßen, streckte die Beine und stemmte sich aus dem Nass heraus. Der Wasserspiegel reichte ihm bloß bis zur Hüfte. Dies war kein See, es war eine Lache, ein Sammelbecken für das Regenwasser, das bei Gewitter die Hänge hinabrann und über dem der Frost sein Kleid ausgebreitet hatte. Er lebte.

Vom Ufer erschallten Gelächter und Applaus. Mehr Schaulustige waren zusammengelaufen, um den Mann zu sehen, der in einer Pfütze ertrank. Sie grölten und warfen Schneebälle nach ihm. Heiße Wut schmolz Hunold die Kälte aus den klammen Gliedern.

Isaak rannte, während der Tölpel im Wasser die Aufmerksamkeit der Umstehenden auf sich zog. Er kam an einem Schmiedefeuer vorüber und riss zwei Scheite aus den Flammen. Eines der lodernden Hölzer schleuderte er auf Hunolds Zelt. Das zweite entschlossen gepackt, hetzte er auf ein Strohlager zu. Jemand schrie. In Isaaks Geist setzte sich der Schrei fort und verstärkte sich tausendfach.

Sankt Albola zerstört! Er war zu spät gekommen. Was hatte er erwartet? Nach über dreißig Jahren endlich dort aufzutauchen, um Imma mit sich nach Köln zu nehmen?

Damals auf der Aeresburg war ihm der Plan so einfach erschienen: Imma sollte sich taufen lassen und sich widerstandslos der Umsiedlung ihres Stammes fügen. Isaak war schon damals einflussreich genug gewesen, um nach seiner eigenen Rettung von der Irminsul für Immas Sicherheit zu sorgen. Dank seiner Intervention war sie nach Septimanien gekommen, nach Sankt Albola. Dort war sie sicher vor drohenden Kriegen. Überdies, so hatte Isaak vermutet, wollte ihn der König bald in dieser Region tief im Süden seines Reiches als Statthalter einsetzen.

Wie oft er sich ausgemalt hatte, wie er als reicher Diplomat unter den Toren des Klosters hindurchreiten würde, um eine Nonne vor den Traualtar zu führen. Christus hätte diese Braut an ihn abtreten müssen. Aber ein unheimlicher Wind hatte ihn stets in andere Winkel des Reiches getrieben. Septimanien war unerreichbar geblieben, dreißig Jahre lang. Und nun, da

Sankt Albola nur wenige Tagesreisen entfernt lag, sollte es zerstört worden sein?

Seine Hände waren ruhig, als er das brennende Scheit ausstreckte und über alles strich, an dem sich Feuer festbeißen konnte. Pelze glommen und stanken. An Zeltstangen aufgehängte Leinenwäsche ging in Flammen auf. Dann warf er die Fackel in die Luft, und sie fiel auf das trockene Strohlager. Isaak schnappte sich drei Ochsenhäute und verschwand im Pulk der Herbeilaufenden. Ein plötzlicher Wind aus dem Norden blies in das Feuer und ließ es auflodern wie ein Gebirge aus Flammen.

Alles war vorbereitet. Die Pferde warteten gesattelt und gepackt, Gisla und das Kind wärmten sich noch am Feuer, und Abul Abbas war von den Ketten befreit. Wie er all die Tiere und Menschen unbemerkt aus dem Lager schaffen sollte, wusste Thankmar nicht. Insgeheim hoffte er auf eine Eingebung oder die Hilfe Isaaks.

Noch einmal zurrte er die Gurte fest, welche die Kiste mit der Klepsydra sicherten, als Schritte zu hören waren. Schon bevor er sich nach den Ankömmlingen umdrehte, wusste er, wer da gekommen war.

In einer Reihe bauten sich die Araber vor Thankmar auf. Es gab kein Entrinnen. In seinem Rücken blockierten die Pferde und der Elefant den Weg, doch die Flucht hätte ohnehin an einem abschüssigen Hang geendet. Die Muslime hatten sich der Fetzen ihrer arabischen Gewänder entledigt und steckten in kostbaren Frankenkleidern. Nur die weißen Turbane erinnerten noch an ihre Herkunft.

Mazruq zupfte an den Falten seines Otterpelzes. »Etwas zu groß. Aber wer fragt schon nach Eleganz, wenn er die Kleider eines Kaisers tragen darf? Wohl nur derjenige, der auch des

Kaisers Tochter besteigt. Natürlich erst, nachdem er sie von ihrem Bastard befreit hat.«

Der Drang, nach Gisla und dem Kind zu sehen, beherrschte Thankmar, aber er gab ihm nicht nach. Er reckte das Kinn vor. »Ihr wollt ein Paradiesvogel sein, Mazruq al-Atar, bunt und prächtig. Aber statt mächtiger Schwingen habt Ihr bloß ein Spatzenhirn.«

Hubaisch flog das Schwert in die Hand. »Schicken wir ihn endlich zu seinen Ahnen in den Araf.«

Khalid knurrte, ebenfalls die Klinge in der Faust.

Hinter dem Elefanten lugte plötzlich Gisla hervor. Sie erkannte Thankmar und schritt schnell auf ihn zu, den plärrenden Säugling in den Armen.

»Das Kind! Wieso ist es nicht tot?«

Der Ruf Mazruq al-Atars trat eine Lawine los. Der Araber hielt plötzlich einen Dolch in der Linken und einen Säbel in der Rechten und sprang auf Gisla zu, Hubaisch und Khalid im Gefolge.

Thankmar warf sich den Angreifern in den Weg. Ein Säbel sauste auf ihn nieder. Er entwischte mit einem Satz und stieß gegen einen Felsen.

»Verflucht!«, ächzte er.

Sofort gehorchte Abul Abbas auf das Kommando. Der Rüssel schlang sich um Gislas Hüfte und hob sie mitsamt dem Säugling in den Himmel. Die Hiebe Hubaischs und Khalids schnitten durch die Luft. Doch Mazruqs Krummdolch drang bis zum Heft in das Bein des Elefanten ein.

Der Schmerz verwandelte das ohnehin verwirrte Tier in eine Kreatur des Irrsinns. Es kreiselte um die eigene Achse, den Rüssel mit Frau und Kind steif in der Höhe. Schnaubend wichen die Pferde zurück. Als die Leinen sie an der Flucht vor dem wirbelnden Koloss hinderten, begannen sie zu zerren und zu wiehern. Nur knapp verfehlte ein Elefantenbein den gestrauchelten Khalid.

Mazruq riss seine Gefährten zurück. Arabische Schreie begleiteten den Elefantentanz. Gisla, das Kind umklammert, kniff die Augen zusammen und heulte bei jeder Umdrehung auf.

Thankmar kam auf die Beine. Um ihn her tobte eine lebendig gewordene Kriegsmaschine, eine Teufelei aus den Fieberträumen eines wahnsinnigen Gottes. An den Elefanten heranzureichen war unmöglich. Mit einem Stoß seiner Zähne zerriss der Riese die Leinen der Pferde, und die Rosse nahmen Reißaus. Als würden sie ihm den Weg weisen, folgte Abul Abbas den Pferden und stürmte durch das Lager, riss Zelte und Kochstellen um.

Schreie ertönten, ein Franke in Lederschürze konnte nicht rechtzeitig beiseitespringen, geriet in den Mahlstrom der Beine und blieb zerschmettert liegen. Die Stoßzähne verhakten sich in Tuchbahnen und rissen Leitern und Gerüste samt den darauf werkenden Arbeitern zu Boden. Die Schneise der Verwüstung, die der Elefant hinter sich herzog, füllte sich mit Kriegern, Köchen und Knechten. Alle ergriffen die Flucht, aber keiner wusste, wovor oder wohin er sich wenden sollte. Die Turbane der drei Araber tanzten noch wie die Hände Ertrinkender über dem Meer aus Köpfen und wirbelnden Zeltplanen, dann verschwanden sie in der Gischt der Menge.

Thankmar kletterte auf einen Felsen, um den Weg des Elefanten verfolgen zu können. Noch immer hing Gisla kreischend in seinem Rüssel. Abul Abbas blutete aus mehreren Wunden, Malen seines Amoklaufs. Die Ohren standen ab wie riesige Segel, und er rauschte wie ein Kriegsschiff am Hospiz vorbei. Herzog Fulcher, der in diesem Moment aus der Tür trat, wurde an der Hauswand zermalmt.

Selbst die letzten Zögernden wurden jetzt von der Panik angesteckt. Thankmar krallte sich an seinem Felsen fest, unter ihm brandete die Menschenmenge gegen das Gestein.

Da roch er Rauch.

Der südliche Teil des Lagers stand in Flammen. Qualm verdunkelte den Himmel, und Feuer tanzte über die Giebel der Zelte. Eine Brise plusterte den Brand auf, der bereits über eine beträchtliche Fläche wogte und eine weitere Gruppe Flüchtender vor sich hertrieb. Schon verkeilten sich die Menschentrauben.

Jemand riss an seinem Bein. Es war Isaak, unter einem Arm ein Bündel Felle. Der Alte zerrte ihn vom Felsen und hinter sich her. Wie sie sich zwischen den aneinandergedrängten Leibern hindurchwanden, wusste Thankmar später nicht zu sagen. Er trat und schlug um sich und erntete seinerseits Tritte und Schläge, immer darauf bedacht, Isaak nicht aus den Augen zu verlieren. Auch der Jude prügelte sich einen Weg durch die Leiber, rammte Ellenbogen in Augenhöhlen und Knie in Geschlechtsorgane. Thankmars einziges Ansinnen war es, nicht zu stürzen und zertreten zu werden.

Endlich zwängten sie sich aus dem Pulk hinaus ins Freie, nur um sich am Rand eines Abgrunds wiederzufinden. Aber Isaak schien diesen Ort bewusst angesteuert zu haben. Er drückte Thankmar eines der Felle in die Hand.

»Auf den Boden damit, das Leder nach unten. Siehst du, wie ich es mache? Lass dich darauffallen und den Hang hinuntergleiten. Steuere mit den Füßen.«

War der Jude verrückt geworden? Thankmar traute seinen Augen nicht, als Isaak sich auf die Tierhaut fallen ließ, sich abstieß und mit rasender Geschwindigkeit den vereisten Abhang hinuntersauste. Schnee spritzte auf, wo er seine Absätze in den Grund bohrte, sein langes Silberhaar flatterte wie ein Kriegsbanner im Sturm. Es vergingen keine drei Lidschläge, da war er schon außer Sicht.

Thankmar knetete das Fell, das ihm der Alte gegeben hatte. Von hinten kamen Stöße, Schreie und Qualm. Der Rückweg war von einer Mauer aus Menschen versperrt. Einige Ellen entfernt stürzten sich Verzweifelte in eine Schlucht. Zaudern bedeutete den Tod. Ein Schrei platzte aus ihm heraus. Dann warf er das Fell zu Boden und setzte sich darauf. Der Abhang machte ihn schwindeln, und er schloss die Augen. Die Finger bohrten sich in die Tierhaut. Dann stieß er sich ab.

17.

Ein Luftstoß ließ den Milan taumeln. Er zog die Flügel an, um dem Wind weniger Angriffsfläche zu bieten. Mit den Steuerfedern tastete der Greifvogel nach Aufwinden. Der Hase in seinen Krallen war tot, doch vom Winterspeck bereits so schwer, dass er ihn kaum mehr halten konnte. Es war an der Zeit, in den Horst zu fliegen. Aber an diesem stürmischen Herbsttag waren die Winde über dem Flusstal so unberechenbar, dass nicht einmal der Instinkt eines Vogels sie vorhersehen konnte. Eine Windbö hob den Gabelschwanz des Räubers und zwang ihn in den Sturzflug, dann wurde er von einem seitlichen Wind getroffen und nach rechts geschleudert. Der Hakenschnabel öffnete sich, um ein zorniges Krächzen über das Land hallen zu lassen. Es half nichts. Er weitete die Krallen und ließ die Beute fallen. Erleichtert schüttelte der Milan die Federn, peitschte mit den Schwingen, tanzte, jetzt wieder im Rhythmus des Windes, in die Höhe und verschwand.

Imma und Adelind hatten schon seit Stunden kein Wort mehr gewechselt. Hunger, Müdigkeit und das hypnotische Schaukeln des Ochsenkarrens, das nur ab und zu durch ein Loch in der Straße unterbrochen wurde, hatten ihre Zungen einschlafen lassen.

Ein Knall schreckte sie auf. Adelind wurde vom Kutschbock geschleudert. Imma riss die Ochsen am Zügel, und die Tiere hielten schwerfällig an. Die Nonne sprang in den Schlamm und watete zu ihrer Gefährtin, die sich bereits wieder aufgerappelt hatte und einen Hasen in der Faust hielt. Das Tier war tot.

»Verflucht! Wieso fallen mit einem Mal Hasen vom Himmel?« Adelind starrte angewidert auf den Kadaver. Ihre Stirn war vom Blut des Tieres verschmiert, ihr Kleid vom Morast besudelt.

Als Imma sah, dass der Novizin nichts geschehen war, schenkte sie dem Hasen ihr Interesse. »Fluche nicht im Angesicht eines Wunders! Ein Geschenk des Herrn. Unsere Gebete sind erhört worden. Für heute hat es mit dem Hungern ein Ende. Komm, wir wollen uns einen Lagerplatz suchen und schmausen wie die Hausmeier.«

Adelind ließ sich von der älteren Nonne auf die Beine ziehen. »Habt Ihr denn Erfahrung darin, Wild zuzubereiten? Im Kloster bekamen wir doch immer nur Hirsebrei und Brot. Wir können von Glück reden, wenn wir ein Feuer in Gang bekommen. Die qualmenden Haufen der vergangenen Nächte wollt Ihr doch wohl nicht Feuer nennen?«

Lag es an der Kraft der Verzweiflung, die leere Mägen hervorbrachten, oder hatte Gott auch hier seine Hand im Spiel? Bis zum Anbruch der Nacht gelang es den Frauen, aus einem Stoß Geäst Flämmchen hervorzulocken und sie mit Pusten und Stochern zu nähren, bis ein passables Feuer in den Himmel blakte. Bald war der Hase des Fells und der Innereien ledig – Imma konnte sich einiger Handgriffe erinnern, die sie der Cellerarin abgeschaut hatte – und schmorte über den Flammen, während das Fett in die Glut zischte.

Imma wischte sich die Finger an ihrem Rock ab, den sie aus der Kleidung des Fuhrmanns Ludwig geschneidert hatte. Sie war ein wenig stolz darauf, dass sie dem Stoff sogar etwas Form gegeben hatte, sodass er jetzt in grünen Falten um ihre Beine fiel. Aber die Tage auf der Straße hatten den Rock ebenso in Mitleidenschaft gezogen wie seine Trägerin. Hunger höhlte Immas Augen aus, und jedes Mal, wenn sie den Karren aus dem Schlamm hatten ziehen müssen, war ihr der Schmutz bis in die Haare gespritzt. Inzwischen hatte er sich zu einer schweren Kruste verhärtet.

Adelind war es nicht besser ergangen. Die teure Weste, der Überwurf und der bunte Rock, die Bänder an den Armen und im Haar – alles, was die Kleiderkammer Erzbischof Hildebalds hergegeben hatte, hing in Fetzen von ihr herab oder starrte vor Schmutz und Ruß wie die Lumpen eines Bettelweibs. Die üppigen Locken, die Adelind so stolz gebürstet hatte, hingen ihr schlapp in die Stirn wie Entengrütze.

Das Leben auf der Straße war hart, viel härter, als sie es erwartet hatten. Und der Weg nach Aachen war weit. Als Imma vor dreißig Jahren aus dem Norden bis nach Sankt Albola gefahren war, war ihr die Reise wie ein Abenteuer vorgekommen, ein Aufbruch in ein neues Leben. Am Ziel hatte Christus auf sie gewartet und die Hoffnung, Isaak wiederzusehen. Seither hatte sie die Klostermauern nur zum Einkauf auf den Märkten der umliegenden Dörfer oder zum Besuch einer benachbarten Gemeinde verlassen. Jetzt, allein mit einer Novizin in den wildesten Teilen des Frankenreichs, spürte sie nichts mehr von ihrer Lust an Aufbruch und Abenteuer. Sie hatte Angst.

Doch auch in Wald und Wildnis achtete Imma darauf, dass die wichtigsten Ordensregeln eingehalten wurden. Vor jedem noch so kargen Mahl beteten die Frauen und wuschen sich gegenseitig die Füße mit Regenwasser, um es Christus gleichzutun, der den Aposteln vor dem Abendmahl die Füße gewaschen hatte.

Imma schnitt den Hasen vom Spieß, gab Adelind eine große Portion Fleisch und behielt selbst nur wenig für sich. Die Novizin schlug die Zähne in den Hasen, ungeachtet der Hitze, die ihr Zunge und Gaumen versengen musste. Auch Imma konnte sich nur mit Mühe beherrschen, als der Bratengeruch ihre Nase betörte. Das Tischgebet, dachte sie, muss dieses eine Mal bis nach dem Essen warten.

»Du siehst, Gott lässt uns nicht im Stich.« Imma bemühte sich, wenigstens nicht mit vollem Mund zu reden.

Adelind war weniger um ihre Manieren besorgt. »Ich weiß nicht, wer in dieser Wildnis mit Hasen um sich wirft, aber wenn es Gott war, warum hat er uns nicht schon früher geholfen? Gestern zum Beispiel, als wir bis zu den Hüften durch die Rhône gewatet sind und versucht haben, mit den Röcken Forellen zu fangen. Alles, was der Allmächtige mich hat finden lassen, war ein rutschiger Stein in der Strömung.« Sie stopfte sich noch ein Stück Braten in den Mund, nagte am Knochen und warf ihn ins Feuer. »Warum lernt man im Kloster nicht die wichtigen Dinge des Lebens? Dann wäre uns der Igel vielleicht nicht entwischt, und die wilde Gans hätte nicht nach Eurer Hand geschnappt, dass Ihr sie einen Tag lang nicht gebrauchen konntet. Dann wüssten wir jetzt, wie man einen Speer schnitzt und ihn so wirft, dass er das Wild tötet und nicht von seinem Kopf abprallt. Einen Bogen hätten wir jetzt und Pfeile. Lesen und schreiben? Davon werden wir nicht satt.«

Imma sprang auf und baute sich vor Adelind auf. »Sofort schweigst du, dummes Huhn! Wenn es Gottes Wille ist, uns auf die Probe zu stellen, nehmen wir die Mühsal auf uns. Wenn es ihm gefällt, uns in größter Not zu helfen, erkennen wir seine Barmherzigkeit voller Dank. Hast du nicht einen vollen Magen? Hat der Herr dir nicht in Sankt Albola ein Dach über dem Kopf geschenkt? Und Menschen, die sich deiner sorgten?« Ihre Fäuste öffneten und schlossen sich wie Fischmäuler.

Adelind kam wieder auf die Füße und baute sich vor der Älteren auf. »Nur Eure Einfalt übertrifft Eure Verblendung, Schwester Imma. Wie könnt Ihr noch immer glauben, dass Novizinnen aus Gläubigkeit ihre Jugend dem Klosterleben widmen? Seht mich an! Ich bin eine Frau in heiratsfähigem Alter. Mir sind Brüste gewachsen, und meine Hüften sind bereit, von Männerhänden gepackt zu werden. Mein Lebenshunger ist größer als mein Glaube. Erkennt Ihr das nicht?«

Die Verzweiflung in Adelinds Stimme dämpfte Immas Zorn. »Aber warum bist du dann ins Kloster gegangen? Warum hast du nicht geheiratet? An Männern kann kein Mangel geherrscht haben. Du bist eine Schönheit, deine Eltern sind wohlhabend. Immerhin schenkten sie Sankt Albola zwei Tagwerk Land, damit wir dich in unserer Mitte aufnahmen.«

»Oh, heiraten sollte ich wohl. Vater hat mir ein paar prächtige Gatten ausgesucht. Die fetten Söhne von geilen Greisen, in denen das Blut der Pippiniden fließt, denn das bringt Macht und Einfluss. Da hat es ihn auch nicht gestört, dass diese Greise mir gleich bei der ersten Begegnung unter die Röcke gehen wollten, um zu prüfen, ob die Stute, die sie ihren Söhnen kaufen sollten, sich auch zureiten ließ.«

»Ich habe von solchen Sitten gehört.« Imma dachte an ihre Jahre bei den Sachsen. Was Adelind da beschrieb, verhielt sich zahm gegenüber dem, was bei den Menschen im Norden üblich war.

»Ein Leben im Kloster schien mir die bessere Wahl. Irgendwie ist es mir immer gelungen, sämtliche Bewerber zu verprellen. Ihr wisst ja um meine Begabung, Unfrieden zu stiften. Wenn sie erst einmal ihre Hosen heruntergelassen hatten, waren sie mir ausgeliefert.« Sie brach in Tränen aus.

Imma schloss die Novizin in die Arme. Stumm starrte sie ins Feuer, unter das plötzlich ein Wind fuhr, um es auflodern zu lassen. Wie durch einen Nebel meinte sie, hinter den Flammen die Gestalt eines Mannes erkennen zu können, eines Jünglings mit langem schwarzen Haar, der seine Arme ausstreckte, um sie zu berühren.

In dieser Nacht kehrte der Traum zurück. Die Wolfsmenschen stießen sie in die Nische und begannen, sie lebendigen Leibes einzumauern. Im Schlaf rief sie sich zur Vernunft und versuchte, den Mann mit der Maske zu erkennen, aber alles, was sie sehen konnte, waren die Pelze, in die er gehüllt war. Wolfsfelle, durchfuhr es Imma, er häutet seine Artgenossen. Der letzte Stein wurde eingesetzt, sperrte das Licht aus dem Kerker aus und schuf undurchdringliche Dunkelheit. Da bemerkte sie, dass sie nicht allein in der Nische war.

Ein Knurren ließ sie hochfahren.

Aufrecht saß sie neben der Feuerstelle. Im Wald. Im Tal der Rhône. Wolfsmänner gab es nicht.

Das Knurren erklang erneut. Imma scheuchte den Schlaf aus dem Kopf. Was ging hier vor?

Vom Dunkel halb verborgen, schlief Adelind so dicht neben ihr, dass sie ihre Körperwärme spüren konnte. Der Geruch kalten Rauchs hing überall, selbst in ihren Kleidern und Haaren. In der Schwärze zwischen den Bäumen sang der Wald sein Nachtlied aus Rascheln und Summen, aus Tapsen und Schnüffeln. Es gab keinen Laut, der nicht hierhergehörte.

Der unheimliche Ton erklang erneut. Dieses Mal ließ er sich nicht verleugnen. Imma erhob sich und lauschte.

Da! Das Knurren kam aus Richtung des Fuhrwerks, das sie einige Schritte abseits hatten stehen lassen. Jetzt erkannte Imma, dass keine Bestie um das Lager strich und kehlige Laute ausstieß. Es war das Knarren, das immer dann zu hören war, wenn man den Kutschbock bestieg. Jemand versuchte, den Ochsenkarren zu stehlen.

»Wer ist da?« Kaum war der Ruf verhallt, schallt sie sich eine Närrin. Erwartete sie etwa Antwort?

Sie hörte einen Aufprall, eilige Schritte und das Rascheln von Laub. Dann kehrte Frieden in den Wald ein. Offenbar hatte sie den Strauchdieb verscheucht. Auch hatte ihr Rufen Adelind geweckt. Flüsternd berichtete sie der Novizin, was vorgefallen war.

Die Frauen beschlossen, gemeinsam zum Fuhrwerk zu gehen, um nachzusehen, ob der Wagen vielleicht beschädigt war oder ob der Dieb noch in der Nähe lauerte. Während sie das Feuer wiederbelebten, redeten sie lauthals, um die Gespenster der Nacht zu vertreiben. Schließlich bewaffneten sie sich mit brennenden Scheiten, die Löcher aus Licht in die Nacht sengten.

Sie schlichen um die Haselsträucher herum, hinter denen sie das Fahrzeug mitsamt den Ochsen zurückgelassen hatten. Immas Herz schlug wie rasend, aber sie verbot sich jede Fantasie über Wolfsmenschen, die hinter den Stämmen der mächtigen Ulmen lauern mochten.

Der Karren stand genau so da, wie sie ihn verlassen hatten. Gerade schickte sich Imma an, die Bremssteine zu prüfen, als Adelind einen Schrei ausstieß. Die Nonne fuhr hoch. Da hing, in der Krone einer Ulme, der Herr in seiner leibhaftigen Gestalt! Jesus Christus war herabgestiegen auf die Erde und schwebte zwischen den herbstgelben Blättern des Baumes. Imma fiel auf die Knie und starrte in das Geäst.

Die Fackeln warfen gespenstisches Licht auf die Erscheinung. Dass es tatsächlich Christus war, daran bestand für Imma kein Zweifel. Er war von langer, dürrer Gestalt und, bis auf ein blutbeflecktes Tuch um die Hüften, nackt. Die Dornenkrone umrahmte seine Stirn. Bart und Haar hingen lang herab und ließen das Gesicht eingefallen erscheinen. Sein Gesicht! Imma sah in das Antlitz des Herrn. Sie zitterte. Statt des gütigen Zuges, mit dem sie sich Christus immer vorgestellt hatte, zeigte er Zeichen von Verbitterung: einen verkniffenen Mund und ernste Brauen.

Die Augen des Heilands waren geschlossen, seine Nase groß und knollig. Der Kopf war zur Seite gekippt. Der Hals – Imma kniff die Augen zusammen –, der Hals war mit einem Strick umwunden. Das Seil schnitt in das Fleisch. Christus schwebte nicht, er war erhängt worden. Der Wind stieß ins Geäst, und der Gehenkte begann unter schrecklichem Knarren zu schaukeln.

Was hier auch geschehen sein mochte, vielleicht war der Herr noch zu retten. Ohne zu überlegen, sprang Imma auf die Beine und rief Adelind Befehle zu. Während die Novizin sich am Fuß des Baumes in Stellung brachte, kletterte sie selbst auf den Karren und streckte sich nach den Füßen des Gehenkten. Wie schmutzig sie waren, staunte Imma. Sie erkannte die Male der Kreuzigung, Wulstnarben auf den Fußrücken. Dann schickte sie ein Gebet zum Himmel und packte zu.

Keine Flammen schlugen aus dem Heiland und verbrannten sie, kein Leuchten umhüllte ihre Hände, weder fiel sie tot zu Boden, noch fuhr sie auf in den Himmel. Der Leib Christi war weich und warm und roch nach Schweiß und Schmutz wie ihr eigener. Sie drückte ihn nach oben, damit sich der Galgenstrick lockerte. Dann nickte sie Adelind zu, und die Novizin machte sich daran, den Baum hinaufzuklettern. Etwas oberhalb des Heilands entdeckte sie das um einen Ast geschlungene Seilende und löste es. Das Gewicht, das mit einem Mal auf Imma niederstürzte, brachte sie ins Taumeln. Aber sie fand die Balance wieder und ließ den Gehenkten auf den Wagen fallen.

»Was soll die Maskerade? Wer ist das? Und wer hat versucht, ihn zu töten?« Adelind sprang vom untersten Ast auf die Ladefläche.

»Du willst den ungläubigen Thomas spielen? Unser Herr Jesus Christus ist uns erschienen.«

»Und wer hängt Christus an einen Baum? Der Teufel persönlich?«

»Siehst du denn nicht die Male an Händen und Füßen, die Dornenkrone? Welche Beweise brauchst du noch für die Existenz Gottes?«

Gerade als Adelind zu einer Erwiderung ansetzen wollte, stöhnte die Gestalt auf der Ladefläche. Die Frauen beugten sich hinunter und sahen, wie die Lider flatterten und die Lippen Worte formten.

Imma bekreuzigte sich. »Am dritten Tage auferstanden von den Toten.« Sie warf der Novizin einen triumphierenden Blick zu.

Tatsächlich rührte sich der Mann. Er tastete nach seinem Hals, um den Strick zu lockern. Imma fiel auf, dass das gerötete Fleisch von zahlreichen Narben entstellt war, Spuren, wie sie nur Gehenkte tragen. Aber warum waren es so viele?

Christus schlug die Augen auf. Sie waren groß und standen leicht hervor. Froschaugen, dachte Imma und schalt sich noch im selben Moment für den lästerlichen Gedanken.

Der Heiland blickte an den Frauen vorbei in den Sternenhimmel. Er hob einen dürren Arm und streckte den Zeigefinger gegen das Firmament.

Dann sagte er: »Vater, vergib ihnen, denn sie wissen nicht, was ihnen blüht.«

Als der Tag schon graute, hielten sie das Feuer noch immer in Gang. Imma und Adelind kauerten neben der Feuerstelle und stocherten zwischen den Flammen herum, um nicht der Müdigkeit zum Opfer zu fallen. Ihnen gegenüber stand Christus, mit dem Galgenstrick an eine Erle gefesselt. Noch immer trug er die Dornenkrone, die – das wusste Imma jetzt – aus Weidenruten geflochten war und keine Dornen hatte.

Imma schüttelte den Kopf. Ein Scharlatan. Wie konnte sie nur einem Gotteslästerer auf den Leim gehen? So fest hatte sie an den falschen Heiland geglaubt, dass sie Adelind noch immer nicht ins Gesicht sehen konnte. Die Novizin hatte sofort erkannt, was gespielt wurde. Aber sie, Imma, die Nonne, die Braut Christi, die sämtliche Gesänge zum Lob Gottes kannte und die Fragen der Theologie erörtert hatte, ausgerechnet sie musste den Herrn Jesus Christus mit einem Betrüger verwechseln. Keine Buße der Welt konnte diesen Fehltritt sühnen. Aber noch heißer als die Blamage kochte in ihr die Wut auf den falschen Messias.

»Bitte!«, krächzte der Gefesselte von der anderen Seite des Feuers herüber. »Nur ein wenig Wasser und etwas Brot.« Schon seit sie ihn festgebunden hatten, bettelte er um Verköstigung.

»Zuerst erzählt Ihr uns, was Ihr mitten in der Nacht im Wald treibt. Noch dazu in dieser blasphemischen Maskerade.«

Der Gefesselte atmete schwer wie unter Schmerzen. »Zuletzt offenbarte er sich ihnen und schalt ihren Unglauben und ihres Hirnes Hitze.«

»Genug!« Imma erhob sich, nahm eine Schale Wasser und stellte sich vor Christus auf. »Die Worten lauten ›ihres Herzens Härte‹. Der heilige Markus möge Euch vergeben, dass Ihr seine Texte verdreht. Ich werde es jedenfalls nicht tun.«

Sie goss das Wasser vor seinen Augen auf dem Boden aus. Zu ihrer Überraschung begann der Gefangene zu weinen.

»Wenn Ihr Wasser wollt, müsst Ihr uns sagen, wer Ihr seid.« Es fiel ihr schwer, den Durstigen leiden zu lassen. »Wie ist Euer Name?«

»Bernwin.«

Das war ein Anfang.

Bernwin war eine verlorene Seele. Je mehr sie ihn dazu brachte, seine Identität preiszugeben, umso deutlicher erkannte Imma, dass der falsche Christus eine Kreatur kranken Geistes war, die ihr Mitleid verdiente, nicht ihren Zorn.

Woher Bernwin stammte oder wie alt er war, war nicht aus ihm herauszubringen. Vermutlich wusste er es selbst nicht. Er hielt sich tatsächlich für den Heiland, nur manchmal lugte seine wahre Persönlichkeit hinter der Maske hervor. Bereitwillig erzählte er von seinen Erfolgen als Jesus Christus, Geschichten, die der Nonne Schauer des Entsetzens über den Rücken jagten. In Sankt Albola wäre jede Novizin, die auch nur die Spur derartiger Gedanken geäußert hätte, unter Stockhieben aus dem Kloster gejagt worden.

Bernwin zog als Christus durch das Land. Meist entlang der großen Ströme, denn dort fand er Nahrung und Unterkunft. In kleinen Dörfern oder Weilern, bei den Hütten der Flussschiffer und Fischer trat er als wiedergeborener Messias auf und verkündete das Ende der Welt. Städte mied er. »Zu viele Pharisäer«, wie er sagte. Imma übersetzte: Zu viele aufgeklärte Christen, die seine Scharade sofort durchschauten.

Auf dem Land war es anders. Dort trug der Glaube an Gott noch archaische Züge. Dreihundert Jahre waren vergangen, seit Chlodwig sich als erster Frankenkönig hatte taufen lassen, aber noch immer hingen die Menschen den alten Riten an. Sie trafen Gott nicht in der Kirche, sondern unter Bäumen, an Quellen oder auf Steinen – Orten, an denen schon Jahrhunderte zuvor kultische Versammlungen abgehalten worden waren. Ob sie nun zu Christus oder zu Donar beteten, machte für viele keinen Unterschied. Kirchen akzeptierten sie als Ort der Zusammenkunft, als hölzerne Tempel, in denen ein ihnen fremdes Wesen verehrt wurde, der Gott der Christen. Konnte man ihnen den Unglauben verübeln?

Imma hatte mit eigenen Augen gesehen, wie Hunderte von Kriegsgefangenen zur Zwangstaufe geführt worden waren. Sie hatten vor der Wahl gestanden: Glaube oder stirb! Nur wenige hatten den Tod vorgezogen. Die meisten waren zähneknirschend als Heiden ins Taufbecken gestiegen und als Christen wieder herausgekommen. Dass das heilige Wasser ihre Herzen geläutert hatte, bezweifelte Imma. In all diesen Zwangsbekehrten lebten die alten Götter fort. Nur deren Gesicht hatte sich im Laufe der Jahrhunderte verändert. Auf dem wilden Leib Donars prangte jetzt das Antlitz des Herrn. Das Christentum im Reich des Carolus Magnus war nichts weiter als eine Chimäre.

Einmal hatte Imma einen Friedhof gesehen, auf dem gläubige Christen Grabsteine errichtet hatten. Male aus Basalt mit eingeritztem Kruzifix oder Andreaskreuz. Derselbe Friedhof war zwei Jahre später zu einer Nekropole der Heiden geworden. Die Grabsteine waren herausgerissen und lagen zerschlagen auf der Erde. Die Toten wurden nicht mehr mit dem Kopf nach Westen bestattet und erhielten zudem die verbotenen Beigaben ins Grab – damit sie im Totenreich nicht auf ihren Luxus verzichten mussten!

Als sie nach einigen Jahren derselben Gemeinde wieder einen Besuch abstattete, standen wieder Grabsteine auf dem Friedhof, Grabbeigaben galten als verrucht, und die Toten ruhten wieder mit dem Haupt in Richtung Westen. So ging es fast überall. Christus war nur eine Alternative unter vielen anderen.

In einer hölzernen Saalkirche nahe Sankt Albola war Imma auf ein ähnliches Phänomen gestoßen. Das Gotteshaus war am Rande eines Herrenhofes errichtet worden. Der Besitzer hatte Handwerker aus der Umgebung mit dem Bau beauftragt und war mit der Ausführung zufrieden gewesen. Ein Gut mit eigener Kirche – wo gab es so etwas schon? Aber unter die Drechsler und Zimmerleute, welche für die Verzierung der Säulen im Innern zuständig gewesen waren, musste sich ein Sachse geschmuggelt haben. Wie sonst war es zu erklären, dass das Kapitell einer Holzsäule mit dem Gesicht des einäugigen Donar verziert war, anstatt den Apostel Petrus zu zeigen? Schlimmer noch: Donar streckte der ahnungslosen Gemeinde von oben herab die Zunge heraus.

Die Welt des Glaubens war ein Bottich gepanschten Weines, und Bernwin paddelte darin herum wie eine Ratte. Als Christus verkleidet tauchte er unvermittelt auf Feldern, vor Höfen und in Schenken auf und spielte den Menschen vor, was ihm gerade einfiel. In den Tavernen bevorzugte er die Darstellung des Tempelsturms. Dabei gebärdete er sich wie wild, stieß Krüge um oder leerte sie in einem Zug, stahl den Gästen den Brei, schlang ihn hinunter und klagte über die Völlerei der Menschen, die ihm danken sollten, weil er sie vor der Sünde bewahre. Es funktionierte fast immer. Kein Wunder, denn alles, was Bernwin wollte, waren Essen und Unterkunft. Und die bekam er. Hatte er die Dörfler erst einmal davon überzeugt, dass er der wahre Christus sei, entbrannten oft Streit und Schlägerei um das Recht, den Heiland bewirten zu dürfen.

Wenn er als Scharlatan verlacht wurde oder Steine flogen, spielte Bernwin seinen Trumpf aus: das Martyrium. Für solche Fälle führte er stets ein Hanfseil mit sich. Er legte sich die Schlinge um den Hals, warf das andere Ende um einen Ast und ließ sich von zwei oder drei Zuschauern in die Höhe ziehen, bis er starb.

Natürlich starb er nicht wirklich. Durch eine Abnormität seines Körperbaus, eine Verknorpelung an den Halswirbeln und eine Längung des Rückgrates, konnte er dem Druck des Strangs eine Zeit lang standhalten, bis ihm die Luft knapp wurde. Zwar war er stets darauf angewiesen, dass ihn die Menge rechtzeitig wieder herabließ und ihn von der Schlinge befreite, aber dieses Risiko nahm er in Kauf. Dann stellte er sich eine Weile tot, bis er sich der Aufmerksamkeit aller Umstehenden sicher sein konnte, und präsentierte schließlich seine wundersame Auferstehung. Das überzeugte selbst die letzten Zweifler.

Imma und Adelind habe er nur ein wenig erschrecken wollen, behauptete Bernwin. Er hatte zunächst auf der Ladefläche herumgestöbert, aber nichts Essbares finden können. So sei er zu dem Schluss gekommen, die Frauen würden ihn vielleicht an dem Hasenbraten teilhaben lassen, dessen Geruch so köstlich durchs Gesträuch gezogen sei. »So sind wir viele ein Leib, weil wir alle an einem Hasen teilhaben.« Konnte Bernwin eines seiner verdrehten Bibelzitate anwenden, weiteten sich seine Augen vor Freude, während sich die Blicke Immas verdüsterten.

Es war bereits Tag, und noch immer stand Bernwin in Fesseln. Regen strömte auf die drei Menschen herab, die vom Herbst gelichteten Bäume ließen das Wasser ungehindert durch. Bald flossen Rinnsale über den Boden und verwandelten auch die letzten trockenen Soden in Schlammtümpel.

Adelind kam ächzend auf die Beine. Um die Schläfrigkeit zu vertreiben, ging sie einige Schritte um die Feuerstelle, wo der Regen die Asche durchweichte. »Wir müssen aufbrechen, Schwester Imma. Was soll jetzt mit diesem Narren geschehen?«

»Er wird mit uns reisen.«

»Was? Seid Ihr noch bei Trost? Wir können uns kaum selbst ernähren, da wollt Ihr noch ein Maul stopfen? Noch dazu das eines Verrückten? Wozu?«

Imma machte sich bereits an Bernwins Fesseln zu schaffen. »Erstens: Dieser Mann wird ohne unsere Hilfe sterben. Wenn nicht hungers, dann in der Schlinge, die er sich selbst um den

Hals legt.« Sie hatte das Seil gelöst und begann es dem Gefangenen abzustreifen. »Zweitens: Wenn wir nichts dagegen unternehmen, wird er sein schändliches Treiben fortsetzen. Vielleicht können wir ihn kraft unserer Gebete und unseres Beistandes wieder auf den rechten Weg führen.« Ihre Hände rollten den Strick zusammen. Sie stützte Bernwin, der nach Stunden am Baum kaum mehr stehen konnte. »Und drittens: Solange wir ihn nicht davon abbringen können, Christus zu spielen, soll er ruhig noch ein paar Vorstellungen geben. Denn eines ist sicher – verhungern werden wir mit diesem Reisebegleiter sicherlich nicht.«

18.

Bläulicher Rauch hing über den Wipfeln. Vom Treidelpfad am Rhôneufer konnten sie den Qualm über dem Wald aufsteigen sehen. Ein Feuer, dachte Imma. Aber wieso rauchte es so blau?

Bernwin sprang vom Kutschbock. »Ein Kohlenmeiler, ein Kohlenmeiler!« Er klatschte in die Hände. »Geschwind, Gottesbräute, dorthin führt unser Weg. Wo ein Meiler glüht, ist der Köhler nicht weit. Und ein Köhler – das weiß jedes Kind – lebt in der Einsamkeit der Wälder und wünscht sich nichts sehnlicher als Gesellschaft. Wir wollen sie ihm nicht vorenthalten.« Er verschwand zwischen den Buchen.

Insgeheim hatte Imma gehofft, niemals das Passionsspiel Bernwins miterleben zu müssen. Aber sie hatte dem Stein einen Stoß gegeben, nun musste sie ihn rollen lassen. Wenn es nur keine Lawine wird, dachte sie, bekreuzigte sich, kletterte vom Karren und eilte, die Röcke gelüpft, mit Adelind hinter Bernwin her.

Der Wald war dicht an dieser Stelle und trotzte dem Herbst noch einige Tage saftigen Laubes ab. Sie sprangen über Teppiche aus Pilzen, durch Himmelstau und über Vogelknöterich hinweg und schreckten Rehe auf, die ins Unterholz stoben. Imma war bald außer Atem, und auch Adelind keuchte laut.

Bernwin rannte wie der Bräutigam zur Kirche und war bald außer Sicht. Die Frauen hetzten nur noch dem Rascheln der Sträucher hinterher, folgten wippenden Zweigen und Fußabdrücken in Schlamm und Laub. Wusste Bernwin überhaupt, wohin er rannte? Diese Wälder waren ein Labyrinth, gegen das der Irrgarten von Sankt Albola wie ein Kinderspiel anmutete.

Imma fielen die Gräuel ein, von denen die Cellerarin oft berichtet hatte, um die Novizinnen zu ängstigen und sie von den Wäldern fernzuhalten. Jetzt, da sie selbst durch das Halbdunkel unter den Bäumen lief, war sie nicht mehr sicher, ob die Geschichten über menschenfressende Riesen, über Spinnen groß wie Pferde oder über Wölfe, die auf zwei Beinen gingen, nicht doch der Wahrheit entsprachen. Was geschah mit ihr? Hier lief sie, eine gottesfürchtige Frau, und vertraute ihr Leben einem Geisteskranken an.

Imma blieb stehen.

Adelind hetzte weiter durch das Unterholz, bemerkte schließlich, dass Imma zurückgeblieben war, und hielt ebenfalls inne. Voller Ungeduld blickte sie dorthin zurück, wo die Nonne schwer atmend stand und die Hände auf die Knie stützte.

Die Novizin stemmte die Fäuste in die Hüften. »Eilt Euch, Schwester Imma, sonst verlieren wir ihn.«

Für eine Antwort fehlte es Imma an Atem. »Wir machen einen Fehler«, wollte sie sagen, und »ich habe mich geirrt, er wird uns die Verdammnis bringen«.

Aber bevor sie genug Luft gesammelt hatte, hörte sie Bernwins Stimme durch den Wald hallen. »Der Holzweg, der Holzweg, gleich hier. Jetzt dauert es nicht mehr lang, und saftiges Fleisch und gesalzener Fisch werden in unsere Münder fliegen. Amen.«

Imma verdrehte die Augen und setzte sich wieder in Bewegung.

Bernwin stand in einer Albtraumlandschaft. Um ihn herum war der Wald gerodet. Nur Stümpfe erinnerten noch daran, dass hier einmal Bäume gewachsen waren. Zu Hunderten ragten sie aus dem Boden. Die meisten trugen Male von Axtschlag, einige der kleineren Bäume schienen abgebrochen worden zu sein. Überall waren die Zeichen des Massakers zu sehen, Äste, Laub und Borke waren ihm zum Opfer gefallen. Selbst große Sträucher waren mitsamt Wurzeln aus dem Boden gerissen worden. Einzig der hüfthohe Farn war geblieben und schenkte der gespenstischen Szene einen Hauch von Grün.

Bernwin lachte und sprang von einem Bein auf das andere. Imma und Adelind standen starr vor Entsetzen.

»Wer hat das getan?«, fragte die Novizin.

Wieder fielen Imma die blutbesudelten Giganten aus ihrem Traum ein, Mordmonstren mit Klauen, wolfsköpfige Schlächter. Aber sie kannte die wahre Antwort auf Adelinds Frage. »Es ist, wie Bernwin sagt. Wir sind im Revier eines Köhlers. Lass uns hoffen, dass er Menschen entgegenkommender behandelt als Bäume.«

Sie gingen weiter hinter Bernwin her.

Wie lange brauchte ein Köhler, um so viel Holz zu verarbeiten? Imma fürchtete sich vor der Antwort. Noch banger war ihr vor dem Menschen, der in der Einsamkeit der Wälder lebte und tagein, tagaus Holz schlug, um es in einem stinkenden Meiler in Holzkohle zu verwandeln. Sie hatte Köhler gesehen, die auf den Märkten um Sankt Albola herum Kohle feilboten, und sie dachte beunruhigt an diese Begegnungen zurück.

Sie folgten der Spur der Zerstörung, und bald zeigte sich, dass Bernwin die Orientierung eines Kundschafters hatte: Der Rauch hatte ihn ans Ziel geführt. Erst war er nur ein Zwicken in der Nase, dann würzte er die Luft, und schließlich waberten bläuliche Schwaden um die Baumstümpfe herum. Der Meiler musste nahe sein. Bernwin drehte sich zu den Frauen um, legte einen Finger auf die Lippen und duckte sich ins Farn, das sich über ihm schloss, als hätte es ihn nie gegeben. Imma und Adelind tauchten hinter ihm ins Dickicht. Gemeinsam schoben sie sich vorwärts.

Imma wurde es zu bunt. Ihre Furcht war groß, doch das bedeutete nicht, dass sie sich aufführen musste wie eine Verrückte oder Versteck spielen wie eine Göre. Gerade wollte sie sich protestierend erheben, da hörte sie eine Stimme.

»Der Rauch ist blau. Du hast nicht aufgepasst. Schlechtes Holz geschlagen. Zu viel Luft in der Glut.«

Sie lugten zwischen den Blättern hindurch. Ein Hügel erhob sich vor ihnen im Wald. Mehr als mannshoch ragte er empor und lief in sanfter Neigung kreisrund zu allen Seiten aus. Die Aufschüttung war mit Lehm und Grassoden bedeckt. Rauch quoll aus hundert kleinen Öffnungen. An einer Seite des Kohlenmeilers lehnte eine aus Bruchholz grob gezimmerte Leiter, und auf ihr stand der Köhler und machte sich an den Soden zu schaffen. Er hob Abdeckungen hoch, stocherte mit einem Stecken im Bauch des Meilers und roch immer wieder an dem hervorwölkenden Qualm wie an einer Delikatesse.

»Blauer Rauch macht Kohle schlecht. Dumm bist du, dumm wie ein Baum.« Der Köhler schmiss die Grasplatte voller Wut wieder auf das rauchende Loch und drehte sich auf der Leiter um, sodass Imma sein Gesicht sehen konnte.

Sie erschrak. Auf dem Schädel des Mannes ragten keine zwei Haare in dieselbe Richtung. Seine Haut war schwarz von Ruß und Schmutz, selbst die Schweinsaugen waren mit Dreck verkrustet. Der Kopf war rund wie ein Ball. Das Schlimmste aber war die Wunde in der Mitte des Gesichts. Wo sich einmal eine Nase befunden hatte, klaffte ein Loch.

Der Köhler kletterte behände die Leiter hinab, griff nach einer Axt, die an einem Holzklotz lehnte, und begann auf einen Buchenstamm einzuschlagen. »Dummer Baum«, schrie er immer wieder. Die Schläge hallten durch den Wald, begleitet von des Köhlers Schnaufen.

Sie hatten sich den falschen Zuschauer ausgesucht. Wenn sie sich nicht rechtzeitig davonstahlen, fürchtete Imma, würden sie alle mit einem Beil im Kopf enden und Futter für den Kohlenmeiler werden. Ihr schauderte.

Gerade als sie den anderen ein Zeichen geben wollte, dass es Zeit sei, den Rückweg anzutreten, tauchte eine zweite Gestalt beim Meiler auf. Eine Frau. Groß war sie und fett. Gewaltige Muskeln spannten sich, als sie einen riesigen Topf zwischen ihren fleischigen Armen herbeischleppte. Ihr Haar war lang und grau, sie trug einen Überwurf aus grauem Tierfell, der aus kleinsten Stücken zu einem durchlöcherten Ganzen genäht worden war. Rattenfell, vermutete Imma. Während die Köhlersfrau zum Meiler stampfte, baumelten ihre Speckbrüste immer wieder unter den Lumpen hervor. Sie scherte sich nicht darum.

»Iss!« Sie rammte den Topf neben dem Köhler auf den Boden.

Der Mann hackte weiter auf den Stamm ein und beachtete sie nicht. Ohne das Wort erneut an ihn zu richten, trat sie ihn in die Seite. Der Köhler stürzte. Knurrend rappelte er sich auf, lüpfte den Topfdeckel, langte in das Gefäß und begann, sich mit den Fingern Brei in den Mund zu stopfen.

Imma flüsterte: »Selbst wenn uns diese Trolle nicht zerfleischen – ich verzichte auf ihren Fraß.« Adelind nickte zustimmend.

Aber es war bereits zu spät. Bernwin prüfte den Sitz der Dornenkrone, erhob sich aus dem Farn und stolzierte auf die Gestalten am Meiler zu. Der Köhler erblickte ihn zuerst. Grunzen drang aus seinem vollgestopften Maul. Er zeigte auf Bernwin, der sich, des Publikums gewiss, in Pose warf. In ein

Schreiten verfiel er, breitete die Arme aus und legte den Kopf in den Nacken, den Blick gen Himmel gerichtet.

»Geht hin auf das Gebirge und holt Holz und baut das Haus. Das soll mir angenehm sein, und ich will meine Herrlichkeit erweisen. Aber nur, wenn ich von dem Brei bekomme.«

Das Köhlerpaar starrte ihn an. Die Frau legte den Kopf schief, als sei ihr die Sicht auf die Welt verrutscht.

Bernwin schritt weiter ohne Furcht. »Erkennt ihr mich nicht? Ich bin Christus, den ihr ans Holz geschlagen und getötet habt.«

Jetzt hatte er die Waldbewohner erreicht und erntete dieselben erwartungsvollen Blicke, die er schenkte. Fast hätte Imma die Situation komisch gefunden, wenn nicht in diesem Moment der Köhler die Axt gepackt und auf Bernwin eingedroschen hätte. Die Schneide verfehlte das Ziel nur knapp, wurde aber sofort wieder in die Luft gerissen. Auch der nächste Schlag traf nicht. Der Köhler glotzte verständnislos auf die Axt.

Bernwin stand still da und kreuzte die Arme vor der Brust. »Leg die Waffe nieder, Mann, denn verletzen kannst du mich nicht. Ich bin der Sohn Gottes, Messias, Verkünder und Prophet. Brauchst du noch mehr Beweise für die Wahrhaftigkeit meiner Worte?«

Der Köhler wollte zu einem weiteren Hieb ausholen, da stieß ihn seine Frau fort. »Von dem hab ich gehört«, sagte sie zu ihrem Mann. Dann wandte sie sich Bernwin zu. »Kannst du Wunder?«, fragte sie kuhäugig. »Wunder und Engel?«

In ihrem Versteck fassten sich Imma und Adelind bang an den Händen.

Bernwin schien die drohende Gefahr nicht zu bemerken. Er lebte in seiner Rolle. »Und ich will Wunder tun oben am Himmel und Zeichen unten auf Erden, Blut und Feuer und Rauchdampf, die Sonne soll in Finsternis und der Mond in

Blut verwandelt werden, ehe der große Tag der Offenbarung des Herrn kommt. Denn jetzt ist die Zeit, Christus zu speisen.«

Jetzt wurde der Köhler hellhörig. »Ja. Rauchdampf ist gut. Mach weißen Rauchdampf. Meiner ist blau, da taugt die Kohle nicht.«

»Nein, nein, nein.« Die Köhlersfrau wedelte die Worte ihres Mannes mit den Händen beiseite. »Engel. Mach Engel. Das ist besser. Engel sind schön und zart.« Sie nickte eifrig. Dabei schlug sie ihre Lumpen beiseite und kratzte sich die keulengroßen Brüste.

Da verließen Bernwin die Worte. Imma erkannte, dass er auf den Busen der Frau glotzte wie die Schlange auf das Kaninchen. Was war in ihn gefahren? Warum ließ er sich keine Bibelzitate mehr einfallen? Wieso stand er bloß da und rang mit den Händen?

»Engel!« In der Stimme der Köhlersfrau lauerte jetzt Gewalt.

Ihr Mann packte den Griff der Axt wieder fester.

Ob er auch dieses Mal danebenschlagen würde? Auf diese Probe wollte es Imma nicht ankommen lassen. Die Vettel sollte ihren Engel zu Gesicht bekommen. Schon hatte Imma einen Streifen Stoff von Adelinds Kleid gerissen. Dass das Ratschen die Aufmerksamkeit der Köhlersleute erregt hatte, die jetzt lange Hälse machten, störte Imma nicht. Ihr Plan stand fest. Aus den Farnen um sie herum wählte sie vier prächtige Stängel und pflückte sie aus dem lockeren Waldboden. Rasch war Adelind erklärt, was zu tun sei.

Vom Meiler her kam Rufen.

Der Tuchstreifen war schnell um Adelinds Schultern und unter ihre Achseln geführt. Nun noch eine Schlinge hier, ein Knoten da, das Grün hineingesteckt – es hielt. Ein aufmunterndes Wispern, und Adelind schwang sich aus dem Dickicht.

Als sie sich erhabenen Schrittes Bernwin und den Köhlern näherte, sah Imma die Hände der Novizin zittern.

Der Köhler hielt erneut inne, als er Adelind zwischen Farnen und Pilzen hervortreten sah. Auf ihrem Rücken wippten feuchtgrün vier Farne im Rhythmus der Schritte. Fast sah es so aus, als wolle sie sich kraft der Flügel in die Lüfte erheben. Das Ebenmaß von Adelinds Gesicht und ihre zierliche Gestalt wischten jeden Zweifel beiseite: Ein göttliches Wesen war auf die Erde herabgestiegen. Seine Füße schienen den Waldboden nicht zu berühren.

Die Köhlersfrau jauchzte beim Anblick des Engels. Sie kniete nieder und versuchte, die Hände zum Gebet zu falten. Der Köhler starrte klaffenden Mundes von seiner Frau zu der Erscheinung, die jetzt am Rand des Unterholzes verharrte.

In ihrem Versteck lockerte Imma ihre vor Anspannung schmerzenden Muskeln und gönnte sich einen Seufzer der Erleichterung.

Doch dann hörte sie den Köhler sagen: »Was ist, Engel?« Sie sah, wie er wieder die Axt vor die Brust nahm, den Schaft mit beiden Fäusten packte und auf Adelind zustapfte.

Beim Anblick des auf sie zuwalzenden Ungetüms gingen der Novizin die Nerven entzwei. Sie wirbelte herum und rannte zurück in den Wald, stolperte dabei über Steine und Wurzeln und verlor alle Engelsgleichheit – zusammen mit den Flügeln, die profan zu Boden fielen.

Die Erkenntnis, einer Maskerade aufgesessen zu sein, machte den Köhler rasend. Er stürmte hinter dem Mädchen her und stieß unmenschliche Laute aus. Nach wenigen Schritten war er auf Armeslänge heran. Ein Axthieb pfiff durch die Luft. Da sah Adelind Schwester Imma unmittelbar vor sich im Farn knien. Mit fliegenden Schritten setzte sie über den Nonnenrücken wie ein Reh über einen Baumstamm. Der Köhler entdeckte das

Hindernis zu spät. In vollem Lauf blieb er an Imma hängen. Der Aufprall riss ihn zu Boden, wo der Farn ihn verschluckte und nicht wieder freigab.

Tränen rannen Imma übers Gesicht, als sie sich erhob. Die Hand auf der schmerzenden Seite, untersuchte sie den gefallenen Riesen. Keineswegs war er tot, unglücklich in die Axt gestürzt, wie sie gehofft hatte. Orientierungslos lag er auf dem Boden und grunzte. Jetzt war es Zeit, zu verschwinden. Sie wollte Bernwin winken, aber der eilte bereits heran, erreichte die Frauen und rannte an ihnen vorüber. Er schien die Flucht zu ergreifen. Imma und Adelind hielten ihn nicht auf.

Karmesin, Ocker und Azur. Bunte Bänder flatterten im Wind wie die Fähnchen eines Heerbanns von Kindern. Ein Erntefest. Imma schätzte den Brauch der septimanischen Bauern, das Ende der Ernte mit allen zu feiern, die nach einem arbeitsreichen Jahr nüchtern waren und einen leeren Magen hatten. Es erinnerte sie an ein Fest ihrer Heimat.

Erntefeiern waren berüchtigt. Gelegenheiten, sich satt zu essen, zu trinken, zu tanzen und zu lachen, boten sich dem Landvolk selten. Dass Gott Wohlgefallen an dem ausgelassenen Treiben fand, war sich Imma gewiss, denn vielen Frauen wuchsen gegen Ende des Winters Bäuche, und zum Beginn des Sommers wurden so viele Kinder geboren wie sonst im Laufe des gesamten Jahres.

Jeder war willkommen, so verlangte es der Brauch. Blieb die Ernte mager, feierten die Bauern im Familienkreis. Schlug das Jahr sie gar mit einer Missernte, fiel das Fest aus. Aber stand das Korn hoch auf prallen Feldern und kam die Saat üppig aus, begannen die Frauen schon im Hochsommer, die Ställe zu schmücken, und die Männer schnitzten nächtelang an Tellern und Löffeln, zimmerten Bänke und dichteten anzügliche Sauflieder. Wer die Wimpel einmal an den Wegrand gesteckt hatte, der musste ausschenken, bis die Krüge brachen oder die Gäste unter die Tische sanken. Oft tranken sie dort weiter.

Fremde waren in den ländlichen Gebieten des südlichen Frankenreiches selten. So blieben die Bauern bei ihren Festen meist unter ihresgleichen, und selbst die engsten Nachbarn mussten Fußmärsche von mehreren Tagen auf sich nehmen, um sich gegenseitig zu besuchen. Wer kam, wurde empfangen wie ein Bruder und bewirtet wie ein König.

Darauf hofften auch die drei abgezehrten Gestalten, die auf dem Ochsenkarren den Weg mit den Wimpeln entlangratterten. Die Herbstsonne warf lange Schatten auf die Erde, als sie den Fähnchen vom Fluss in den Wald folgten. Für einen Moment fürchtete Imma, der Köhler habe ihnen eine Falle gestellt und sie führen schnurstracks in den Tod, der in Form einer Axt hinter dem nächsten Baum lauern mochte. Aber alles, was ihren Weg kreuzte, war eine Krähenschar, die sich auf dem Kadaver einer Wildsau zu ihrem eigenen Erntefest versammelt hatte.

Der Hof, auf dem die Bauern feierten, lag in einer Rodungsinsel mitten im endlosen Waldland. Drei Tagwerk Acker waren der Natur abgetrotzt worden, in ihrem Zentrum erhob sich das Gehöft. Von fern erkannte Imma ein gewaltiges Wohnstallhaus in altertümlicher, aber imposanter Pfostenbauweise. Vor dem Haus war eine Kochgrube eingetieft, eine eigens zu diesem Zweck angelegte, mit Steinen und Häuten ausgelegte Mulde von acht Fuß Durchmesser, in der das Fleisch gleich scheffelweise gesotten wurde. Vier Grubenhäuser lagen über das Gelände verstreut. In ihrer Kühle wusste Imma Speisen und Getränke.

Nur eine vereinzelt stehende Eiche wollte nicht in das Idyll passen. Verwachsen beugte sie sich unter der Last ihrer Jahre, mit Ästen, die gekrümmt wie Klauen in den Himmel ragten. Der Baum war tot, seine Rinde wie versteinert. Imma war sicher, einen jener Richtbäume zu sehen, von denen sie so oft gehört hatte – eine Femeiche. An ihren Ästen wurden Verurteilte gehenkt und so lange am Strick gelassen, bis die Aasfresser eine Bestattung überflüssig gemacht hatten. Jetzt war der gespenstische Baum leer, aber Imma nahm verwundert seine düstere Aura wahr.

Ein Knabe rannte ihnen entgegen, griff die Ochsen beim Joch und zerrte sie auf eine Wiese, wo er die Besucher absteigen hieß und verschwand. Ein Mann schwankte zu ihnen herüber, das Gesicht feuerrot vom Fest. Mit höflicher Geste half er den Frauen beim Absteigen – Imma fiel auf, wie sehr sie derartiges Benehmen vermisst hatte – und begrüßte sie mit herzhaften Umarmungen. Nur nach ihren Namen fragte er und ob sie ein Nachtlager benötigten. Er selbst heiße Leidrad und sei Bauer und Herr dieses Fronhofes. Dann schenkte er ein und ließ lachend den Sturzbecher kreisen.

Überwältigt von der Gastfreundschaft, brachte Imma es nicht über sich, den scharfen Schnaps zurückzuweisen, und nippte mit Vorsicht an dem Gesöff. Etwas explodierte warm in ihrem Bauch, und Nebel dehnte sich in ihrem Kopf aus. Amüsiert beobachtete sie, wie Adelind dieselbe Prozedur über sich ergehen ließ.

Bernwin war nicht so zimperlich und ließ sofort nachschenken, während er verkündete: »Es wird euch ein Mensch begegnen, der trägt einen Krug mit selig machendem Trunk.«

Das gefiel dem Bauern. Hatte er den halbnackten Bernwin zunächst mit Argwohn beäugt, schlang er ihm jetzt einen kräftigen Arm um die Schultern, drückte ihm gleich den ganzen Krug in die Hände und führte ihn und die Frauen zum Gehöft.

Das Erntefest war in vollem Gange. Auf einem Bretterboden vergnügte sich tanzend eine Schar junger Burschen und Mädchen zum wilden Spiel von Krummhorn und Laute. Mehrere Alte mit leinenen Kopftüchern rührten mit beinlangen Stangen in der Kochgrube, die Imma schon von Weitem aufgefallen war. Der aus dem Sud quellende Dampf versprach Gaumenfreuden und pralle Mägen. Überall saßen oder lagen Menschen im Gras und genossen bei Würzwein und Haferbier den warmen Abend, den die späte Sonne über dem Fest ausgoss.

Bernwin rann die Vorfreude aus dem Mundwinkel. »Wo ist der Raum, in dem ich das Passahlamm essen kann mit meinen Jüngern?«

Leidrad lachte und führte sie in das große Gebäude.

Im Innern mussten sich Immas Augen erst an die Düsternis gewöhnen, aber bald erkannte sie, dass die Halle ausgeräumt worden war, um Platz zu schaffen für die wohl längste Festtafel, die sie jemals gesehen hatte. An den Längswänden standen Bänke, die eine Länge von neunzig Fuß haben mochten. In der Mitte zwischen den beiden Sitzreihen war eine ebenso lange Grube ausgehoben worden, in der fuderweise Holzkohle glühte und den Raum mit Rauch, Wärme und rotem Schein füllte. Auf den Bänken drängten sich die Gäste – Imma schätzte ihre Zahl auf über zweihundert –, rösteten Hirseklöße über der Glut, tranken und sangen, was die Kehle hergab.

Irgendwie gelang es Leidrad, in dem Gedränge Platz auf einer der Bänke zu schaffen. Imma, Adelind und Bernwin setzten sich und hielten gleich darauf wie durch Zauberhand randvolle Krüge in Händen. Dann empfahl sich der Bauer, um sich neuen Gästen zuzuwenden.

Schmer und Brot machten die Runde. Imma versuchte vergeblich, Adelind ein Tischgebet zu befehlen, war aber insgeheim dankbar, sich ohne Umschweife der Speise zuwenden zu können. Selbst Bernwin schluckte weitere verdrehte Zitate der Evangelisten mit großen Bissen hinunter.

Bei Sonnenuntergang riefen die Köchinnen zur Siedegrube. Es war Fleischzeit. Alles drängte zur Mulde und kam zufrieden lächelnd mit gehörigen Portionen zurück. Als Unterlage für das heiße Kochfleisch dienten Brotscheiben, die sich mit dem Fleischsud vollsogen und so gleichzeitig Geschirr und schmackhafte Beilage waren. Je schneller das Licht schwand, desto mehr berauschte sich die Gesellschaft. Schon waren einige Männer rücklings von der Bank gestürzt, im benachbarten Stall raschelte es verräterisch im Stroh, und eine Rauferei sorgte für Aufsehen und anfeuernde Rufe.

Als Leidrad mit einer üppigen Rothaarigen eine Bank erkletterte, um ein Lied über die Schreckenstaten eines Köhlers anzustimmen, fand Imma, es sei Zeit für ein stilles Gebet. Gott hatte sie zu diesem Ort geführt. Sie empfand tiefe Dankbarkeit. Einen Augenblick lang dachte sie daran, Adelind zu einem Moment der Besinnung aufzufordern, aber ein Blick in die sprühenden Augen der Novizin sagte ihr, dass sie das Mädchen für diesen Abend an die Welt verloren hatte.

Sie ging allein hinaus. Der Mond blühte am Himmel, als sie einen stillen Platz abseits der Festlichkeiten suchte. Noch immer kamen Gäste, und das Treiben hatte sich bereits auf die umliegenden Stoppelfelder ausgedehnt. Schaudernd passierte Imma die düstere Silhouette der Femeiche und huschte über die Felder, bis der Wald sie aufnahm zwischen stillen Sträuchern. Dort kniete sie nieder.

Wie lange hatte sie kein Gebet mehr in Versenkung gesprochen?

Der Rock, den sie aus den Hosen des Fuhrmanns genäht hatte, spannte um ihre Beine, aber das kümmerte sie nicht.

Gern hätte sie dem Herrn in frisch gewaschener Kukulle gehuldigt. Sie faltete die Hände, senkte den Kopf und atmete flacher.

»Vater im Himmel«, begann sie wispernd, aber die Gedanken purzelten ihr durch den Kopf und wollten nicht fromm werden. Konnte sie erwarten, mit von Sünde belasteter Seele zu Gott sprechen zu dürfen? Noch immer hatte sie niemandem von ihren Verfehlungen berichten können. Stattdessen lud sie tagtäglich mehr Schuld auf sich. Machte sie nicht als Reisegefährtin Bernwins Christus lächerlich? Hatte sie nicht vor wenigen Stunden erst Alkohol getrunken und Genuss dabei empfunden? Wenn sie bloß nicht noch zu buhlen begann! Was geschieht mit mir?, fragte sie sich, löste die Hände voneinander, ließ sich in einer bequemeren Position auf dem Boden nieder und schenkte dem Mond einen langen Blick.

Ihre Hände fanden das Amulett, das unter ihrem Gewand auf ihrer Brust lag. Dreißig Jahre hatte es dort gehangen, von den anderen Nonnen unbemerkt. Nicht das Kruzifix war das wahre Zeichen ihres Glaubens, sondern ein geteilter Vogel aus Gold und roten Steinen. Imma erschauerte. Aber anders als Christus war ihr der Erlöser ihres weltlichen Gelübdes nie erschienen. Was war mit Isaak geschehen?

Er mochte tot sein, krank oder gefangen. Aber nicht einen Augenblick in all den Jahren hatte Imma daran geglaubt, dass er sie vergessen hatte. Seine Wege werden ihn in die Irre geführt haben, dachte sie, so wie die ihren jetzt ohne Ziel zu sein schienen. Das Labyrinth unter der Irminsul, der Irrgarten im Kloster – hätte sie die Zeichen richtig gedeutet, ihr Schicksal hätte sich ihr in diesem Moment nicht so überraschend offenbart.

Wie war sie nur aus ihrer Zelle in Sankt Albola hierhergekommen? Trauer um die Schwestern des Klosters umfing sie.

Am Firmament erschienen verlorene Gesichter: Hrotrud, Atula, Madelgard, geschändet und ermordet von Bestien in Menschengestalt. War sie nicht verschont geblieben, um ihrem Tod Sinn zu verleihen? Wer waren die Männer, die das Kloster überfallen hatten? Der Traum mit den Wölfen kam ihr in den Sinn, und die gierigen Augen Hunolds, dessen Haarsträhne zuckte wie der Greifarm eines Polypen.

Antworten gab es nur an höchster Stelle: Zum Kaiser führte ihr Weg, das war von Gott bestimmt, und jedes Mittel musste ihr recht sein, den Willen des Herrn zu erfüllen. Der Kaiser würde ihr Gehör schenken. Der Kaiser würde ihr glauben.

Sie sog die kalte Nachtluft ein, bis ihr Brustkorb schmerzte. Wie eine Buchillumination sah sie die schreckliche Szene im Irrgarten vor sich. Die Flucht in den Schutz der Hecken, das Hecheln des Verfolgers, seinen Speer, der durch die Blätter stieß. Sie rief sich das Gefühl in Erinnerung, das durch ihre Finger gefahren war, als sie den Nagel in den Feind getrieben hatte. Niemals wollte sie das vergessen.

Ein schwacher Wind raschelte im Laub, als sie das Kästchen aus dem Gewand hervorzog, das sie seit jener Schicksalsnacht bei sich trug. Es hatte Dellen davongetragen, strahlte aber noch immer prachtvoll und schön. Sie klappte den Deckel auf. Der Nagel lag im blausamtenen Bett, groß und rostig. Der Rost war der Äbtissin wie das Blut des Herrn erschienen, nun klebte tatsächlich Blut am Eisen, aber es stammte nicht von einem Heiligen.

Angeekelt starrte sie die Reliquie an, dann klappte sie das Kästchen zu. Dieser Talisman war des Teufels, sollte er hier verrotten. Lang holte sie zum Wurf aus. Da kamen Schreie von der Festwiese, Skandieren, beängstigend in seiner Disharmonie. Erschrocken steckte sie die Reliquie weg und eilte in Erwartung neuen Unheils zurück zum Fest.

Aus den Flügeltüren des Eingangs ergoss sich die Menge in die Nacht, die jetzt von Fackeln erhellt wurde, die man in den Boden gerammt hatte. In ihrem Schein erkannte Imma schon von Weitem, dass die vordersten Männer Bernwin auf den Schultern trugen, der mit ausladenden Gesten bald hierhin, bald dorthin deutete und den Blick in bekannter Entrücktheit dem Himmel zuwandte.

Sie witterte Unheil wie ein nahes Gewitter. Je näher sie herankam, desto klarer verstand sie das Gebrüll der Feiernden. »Kyrie«, sangen sie, »Kyrie« und immer wieder »Kyrie« wie ein Chor von Kindern, der sich an einem neu erlernten Wort berauscht. Doch schlimmer als das blasphemische Krakeelen war der Anblick Adelinds. Sie tanzte mit hochgezogenen Röcken vor der Menge. Ein Mann hatte ihre Hüfte umschlungen. Als er sich anschickte, das Mädchen zu küssen, rannte Imma los.

So unvermittelt entriss sie die Novizin ihrem Begleiter, dass Adelind, vom Branntwein nicht mehr standfest, der Länge nach zu Boden stürzte. Imma dachte nicht daran, ihr aufzuhelfen, sondern zerrte die Zeternde beiseite. Der Mann, der seiner Eroberung hinterhertaumelte, war betrunken und klein genug, um von Imma mit einem Faustschlag zu Boden gestreckt zu werden.

»Auf Frauenschänder wartet die Exkommunizierung. Ich werde Euer Verhalten dem Erzbischof melden«, drohte Imma. Das genügte. Die Betrunkenen zogen weiter und überließen ihr das Mädchen.

Sie drehte die Hustende auf den Rücken. »Bist du des Teufels? Unseren Herrn zu verlachen! Zu buhlen wie eine läufige Hündin!«

Etwas zersprang in Immas Brust, und sie schlug zu. Die Not der vergangenen Tage, der Hunger, der Unfrieden ihres Gewissens, die ständige Sorge und Angst – alles hagelte auf die

Novizin herab. Die Arme, die sie schützend hochhielt, waren Blätter in einer Feuersbrunst. Erst als die Schreie der Novizin in Tränen ertranken, hielt Imma keuchend inne. Auch ihr liefen heiße Tränen die Wangen hinab.

»Ich werde dich in ein Freudenhaus stecken, wenn wir in Aachen sind. Dort kannst du sogar die Dirne eines Herzogs werden«, keifte sie.

Erschrocken spürte sie, wie ihre Hände von den Schlägen brannten. Sie zerrte die Novizin auf die Beine und ignorierte das Gefühl von Leere und den Wunsch, Adelind in die Arme zu schließen. Wie war ihr geschehen?

Lärmen und Singen drangen zu ihrem Bewusstsein durch. Ein Blick über die Schulter bestätigte ihre Befürchtungen: Bernwin führte die Menge zur Femeiche.

»Los, steh auf! Wir müssen auch den zweiten Narren zur Vernunft bringen.«

Adelind rührte sich nicht.

»Auf, sage ich! Oder willst du ihn noch einmal sterben sehen?«

Die Novizin stand mit hängenden Schultern und gesenktem Kopf da. Das Haar fiel ihr ins Gesicht und verbarg die Augen.

Wo zuvor Zorn gewütet hatte, spürte Imma nun das Stechen der Reue. Die Hand, die nach Adelind greifen wollte, sackte auf halbem Weg herab. Verzweifelt suchte sie nach einer Möglichkeit, sich dem Mädchen wieder zu nähern, da hörte sie ein Geräusch, dessen Quelle sie zuerst in ihrem gequälten Geist, dann in dem schreienden Mob vermutete. Erst nach einer Weile erkannte sie in Adelind die Urheberin des hässlichen Lauts. Die Novizin knirschte mit den Zähnen.

Das markerschütternde Geräusch ließ Immas Selbstbewusstsein einstürzen wie Posaunen die Mauern von Jericho.

Sie floh und rannte hinter Bernwin und der Menge her. Vielleicht, dachte sie, war wenigstens hier noch etwas zu retten.

Die Menschen standen in Trauben um die Femeiche, als Imma den Baum erreichte. Flinken Blickes suchte sie die von Fackeln erhellten Äste ab. Noch schmückte kein Gehenkter den Richtbaum. Von weiter vorn, von einer Wand schwitzender Rücken verborgen, vernahm sie Bernwins unverwechselbares Krächzen: »Und der Engel des Herrn kam und setzte sich unter die Eiche bei Ofra.«

Die Menge antwortete mit hundertstimmigem Brüllen. Imma hebelte sich einen Weg frei und schob sich vorwärts.

»Man mache einen Galgen, wie eine Eiche hoch, und sage dem König, dass man Mordechai daran aufhänge.«

Wieder Johlen.

Imma zwängte sich weiter nach vorn.

Woher kannte Bernwin nur die Bibel so gut? Das Heilige Buch war nur Geistlichen zugänglich. Und selbst unter ihnen beherrschten nur wenige die Kunst des Lesens.

Als sie einen groben Kerl fortschieben wollte, hieb er ihr den Ellenbogen in die Seite, dass ihr die Luft wegblieb. Sie atmete tief ein und riss dem Burschen den Kopf an den Haaren in den Nacken, bis er beiseitetrat.

Konnte Bernwin ein Mönch sein? War er vielleicht ein Eremit, einer jener Halbheiligen, die ihr Leben in Wäldern fristeten, in ständiger Askese und am Rande des Wahnsinns? Hatte er die Schwelle der Vernunft im Dienst an Gott überschritten?

»Wie ich sehnlich warte und hoffe, dass ich in keinem Stück zuschanden werde.«

Oder war er durch Diebstahl oder Plünderung einer heiligen Stätte in den Besitz des Buches der Bücher gelangt? Aber wer hatte ihm das Lesen beigebracht? Wieder fiel ihr ein, wie die

Axt des Köhlers Bernwin verfehlt hatte. Zufall? Oder liebte Gott diesen Mann so sehr, dass er ihn nicht zu Schaden kommen lassen wollte? Dann war es jetzt an ihr, Gottes Willen zu erfüllen.

Mit einem letzten energischen Stoß befreite sich Imma aus der Umklammerung der Schaulustigen und fand sich plötzlich unter der Femeiche wieder, die vor ihr in den Himmel wuchs.

Bernwin stand unter einem Ast, die Schlinge in Händen, und brüllte in den Nachthimmel: »Ich rief zu dem Herrn in meiner Angst, und er antwortete mir. Ich schrie aus dem Rachen des Todes, und du hörtest meine Stimme.«

Plötzlich verstummte die Menge. Wie ein Leichentuch senkte sich Schweigen über die Köpfe, knebelte die Münder und bannte die Augen. Bernwin streifte sich den Strick über den Kopf, zurrte ihn am Hals fest und prüfte seinen Sitz, als wäre er ein Brustpanzer. Dann warf er das lose Ende über den Ast und gab vier hinter ihm wartenden Männern, darunter Leidrad, ein Zeichen. Acht Fäuste schlossen sich um den Strick und zogen an.

Imma kam zu spät. Sie stürzte auf Bernwin zu, aber nur seine Füße konnte sie noch umklammern, so schnell hatten ihn die Aushilfshenker emporgezogen. So blieb sie unter dem Gehenkten stehen und fasste verzweifelt nach seinen schmutzigen Füßen.

Jemand schrie: »Er hat seine Maria mitgebracht«, und die Menge grölte.

Immas hilfesuchender Blick traf Leidrad, der sie zwar mitleidig ansah, aber nur mit den Schultern zuckte. Dies war Bernwins Spiel nach seinen eigenen Regeln, er selbst musste es beenden.

Unter dem Ast schaukelte Bernwin im Wind. Obwohl er mit den Händen die Schlinge hätte lockern können, ließ er die Arme hängen. Wie ein Toter baumelte er im Geäst, während das Publikum auf das Wunder wartete. Imma sank auf die Knie und begann zu beten. Es war ihr gleich, ob der Pöbel die Andacht für ein Schauspiel hielt.

Augenblicke strichen dahin wie Zeitalter. Ein Jahr hätte vergehen können oder die Zeitspanne eines Atemzugs. So still wurde es, dass das Reiben des Stricks über die raue Eichenrinde zu hören war. Wie lange konnte Bernwin aushalten?

Noch einmal suchte Imma den Blick Leidrads. Die Gelassenheit des Bauern war Besorgnis gewichen. Zu lange baumelte der Gehenkte schon am Seil. Einen wirklichen Toten durfte es auf einem Fest zum Dank Gottes nicht geben. Mit verkniffener Miene sah Leidrad in den Baum hinauf, bereit, seinen Helfern ein Zeichen zum Lösen des Stricks zu geben.

Da erklang Hufschlag aus der Nacht. Köpfe drehten, Hälse reckten sich, eine Gasse spaltete die Menge, und fünf Reiter erschienen im Licht der Fackeln. Unter ihren Wollmänteln klirrten Kettenpanzer, Lederhelme schmückten die Köpfe, und die Beschläge ihrer Handschuhe funkelten. Das waren keine Bauern, die verspätet zum Fest erschienen. Imma sah eine Franziska, die Wurfaxt eines Kriegers, an einem Gürtel hängen.

Der vorderste Reiter starrte auf den Gehenkten. Als er seinen Kopf wandte, wurde ein Muttermal sichtbar, das den Großteil seiner Wange bedeckte. Die andere Seite des Gesichts war von einer Brandnarbe verunstaltet, die noch frisch war und nässte. Der Reiter hob flüchtig eine Hand zum Gruß.

»Frankenheil mit Euch, Bauern.« Seine Stimme war so dürr wie sein Leib. »Wir bringen Euch die Grüße Erzbischof Hildebalds, des Menschenfreundes von Arles. Welchen Verbrechens ist der bedauernswerte Mensch dort oben angeklagt?«

Immas Augen wurden groß. Hildebald! Sie erinnerte sich der bunten Pelze des Bischofs, der Flucht aus der Stadt. Und sie erkannte diesen Mann, der sie heimtückisch vor dem Erzbischof bloßgestellt hatte, indem er Adelind das Geständnis entlockt hatte, Imma habe in Sankt Albola einen Angreifer getötet.

Als der Mann vom Pferd stieg, schlug er den Mantel zurück. Jetzt war der letzte Zweifel beseitigt. Die Kleidung, das Gebaren, die Stimme und das Mal – Hildebalds Zerberus hatte sie gefunden. Die Narbe musste von der Brennschere stammen, die Adelind diesem Teufel ins Antlitz geschlagen hatte. Es soll nicht das letzte Mal sein, dass man dich straft, dachte Imma voller Zorn.

»Ich bin Wala, Herzog von Aniane.« Er trat vor und ließ die Blicke der Menge lange auf sich ruhen, als würde er Kraft daraus saugen. »Und Ihr seid Untertanen des Kaisers und müsst dem Erzbischof gehorchen. Damit habt Ihr auch mir zu Diensten zu sein, denn ich reise in Hildebalds Auftrag. Wir verstehen uns doch?«

Imma trat einen Schritt zurück, rang die Hände und blickte zu Bernwin empor. Aus dem Mundwinkel des Gehenkten troff Speichel. Sein Brustkorb hob und senkte sich merklich. Die Luft wurde ihm knapp.

Wala lächelte, mit sich selbst zufrieden. »Meinen Begleitern und mir ist nicht daran gelegen, Euch die Lust an einer Hinrichtung zu nehmen. Auch steht mir nicht der Sinn danach, mich länger als nötig mit Euch zu befassen. Gewiss nicht! Helft mir deshalb rasch: Ich suche eine Nonne. Sie ist nicht mehr im besten Alter, fett, hat ein loses Mundwerk und beträgt sich meist sehr unchristlich. Man sagt, sie sei mit dem Teufel im Bunde, feiere Götzendienste und opfere Menschen. Zurzeit treibt sie sich in dieser Gegend herum und verbreitet Lügen im unheiligen Auftrag der Muslime.«

Sprachlosigkeit war die einstimmige Antwort.

»Nein?« Der dürre Herzog nahm den Helm ab, strich sich durch das schüttere Blondhaar und tastete nach der Narbe. »Vielleicht habt Ihr ein besseres Gedächtnis, wenn ich nach einer Novizin frage? Jung, frisch gebrannte Locken, mit vollen Lippen und Brüsten, gerade recht gereift, um einem Mann die Lust in die Lenden schießen zu lassen.«

Ein Raunen lief durch die Menge. Einige mochten sich an Adelind erinnern, aber niemand sagte ein Wort.

Imma wich noch weiter zurück. Noch hatte der Häscher sie nicht erkannt, noch lebte Bernwin. Vorsichtig schob sie sich hinter die Eiche, dorthin, wo Leidrad noch immer das Hanfseil hielt.

Wieso waren Hildebalds Männer überhaupt hier? Um eine Nonne und eine Novizin einzufangen, die bei den Abartigkeiten ihrer Gebieter nicht hatten mitspielen wollen? Dafür schickte niemand ein Aufgebot von fünf Reitern durch die Wildnis. Diese Männer waren gekommen, um sie zum Schweigen zu bringen. Sie und Adelind waren die einzigen Zeugen des Untergangs von Sankt Albola, die einzigen, die wussten, dass die Zerstörung nicht das Werk von Muslimen gewesen war. Aber wie hatten des Bischofs Schergen sie bis hierher verfolgen können?

Die Antwort folgte auf dem Fuße. »Ihr erinnert Euch nicht? Was kann man von Bauern anderes erwarten, die mehr Zeit mit Vieh als mit Menschen verbringen? Wie gut, dass ich heute in der Frühe jemanden getroffen habe, der mir bessere Auskunft geben konnte.«

Wala schnippte zweimal mit den Fingern. Auf das Kommando hin warf ihm einer der Reiter einen groben Sack zu. Er fischte einen grausigen Fang aus dem Beutel. Imma stöhnte auf. In Walas Griff hing der Kopf des Köhlers. Das schaurige Antlitz war vom Tod entstellt noch grauenhafter anzusehen.

Die Augen waren so weit aufgerissen wie der Mund, und inmitten der Schreckensmiene prangte das Loch, durch das sie dem Köhler bis ins Hirn zu sehen glaubte.

Mit ausgestrecktem Arm hielt Wala den Schädel an den Haaren in die Höhe. Die Menge wich einen halben Schritt zurück, als habe der Herzog seine Waffe gezückt.

Wala begann, vor der Mauer aus Leibern auf und ab zu gehen. »Diesen guten Mann traf ich heute Morgen ganz in der Nähe. Er war Köhler, war zunächst wenig hilfsbereit, wie es bei den Köhlern üblich ist. Zudem versuchte er, mir den Schädel einzuschlagen. Lächerlich! Auf meine Fragen antwortete er noch nicht einmal, als ich sein zänkisches Weib vor seinen Augen aufspießen ließ. Erst als meine Männer seinen Meiler zerstörten, fiel er auf die Knie und erzählte von einem Mann und zwei Frauen, die erst kürzlich bei ihm aufgetaucht seien. Die Frauen beschrieb er nur nachlässig, stammelte etwas von Engeln und dergleichen. Aber über den Mann konnte er eine Menge sagen. Bevor ich ihn von seiner Hässlichkeit erlöste, erinnerte er sich an eine fast nackte Gestalt mit langem Haar und Bart und einer Art Rutenkranz auf dem Kopf. So wie bei diesem da.« Er fuhr herum und zeigte auf Bernwin, der plötzlich die Augen aufriss und auf die Versammlung zu seinen Füßen starrte.

Die Bauern schrien auf. Das Wunder, auf das sie gewartet hatten, kam unerwartet und mit Grausen über sie: Bernwin war ein lebendiger Leichnam, wächsern und kalt, die Verwesung schon im Gesicht – wie einige festzustellen meinten.

»Wiedergänger, Wiedergänger!« Die Rufe schallten zu Bernwin hinauf, der sich nicht länger beherrschen konnte. Die Vorstellung war vorüber. Jetzt ging es um sein Leben. Mit akrobatischem Geschick hob er die Arme über den Kopf, bekam die Schlinge zu fassen und zog, in der Hoffnung, sich Luft zu verschaffen. Aber alle Kraft und Wendigkeit waren vergebens. Der Strick straffte sich nur noch mehr, und der Gehenkte begann ängstlich zu zappeln. Das erbärmliche Bild, das er jetzt der Menge bot, stieß auch die letzten Zuschauer ab. Spottnamen wie »Tänzelmuhme« und »Gliedverrenker« flogen zu ihm hinauf, Steine folgten, verfehlten jedoch ihr Ziel.

Zu ihrer Erleichterung beobachtete Imma, wie Leidrad langsam das Seil herabließ. Der Gehenkte rutschte zwei Fuß tiefer, einen weiteren, noch einen.

Da rief Wala: »Aufgepasst! Den Henker verlassen die Kräfte.« Auf seinen Befehl hin saßen zwei seiner Begleiter ab, rissen dem Bauern das Seil aus der Hand und stießen ihn beiseite. Dann zogen sie Bernwin mit kräftigen Rucken wieder nach oben.

Von oben war jetzt Gurgeln zu hören. Das Gesicht des Gehenkten lief blau an, und die Zunge hing ihm aufgequollen aus dem Mund. Verzweifelt versuchte er, seine Finger zwischen Hanf und Hals zu quetschen, und kratzte sich bei dem erfolglosen Unterfangen die Kehle zuschanden.

Wala zog sein Schwert und schwang es elegant durch die Luft, als würde er sich auf einen Zweikampf vorbereiten. »In wenigen Augenblicken wird das Spektakel vorüber sein. Wenn jemand unter Euch ist, dem am Leben dieses Irren liegt, dann trete er jetzt vor, und ich will Gnade vor Recht ergehen lassen. Wahrhaftig!« Mit Luchsaugen tastete er die Gesichter der Bauern ab.

Beim Anblick des Schwertes schüttelte Imma die Lähmung ab, die sie befallen hatte. Mit einem Mal verblasste alle Angst vor Schmerz und Tod, vor Gefangenschaft und Schändung. War sie nicht eine Nonne im Namen Christi und um seinetwillen verpflichtet, denen zu helfen, die schwach waren, den Kranken, Hungernden, Sterbenden? Selbst angesichts großer

Gefahr war es ihre Pflicht vor Gott, dem Unrecht entgegenzutreten und den Feinden der Kirche die Stirn zu bieten. Hätte Äbtissin Hrotrud tatenlos zugesehen, wie ein Unschuldiger am Strick starb? Diese Folter musste ein Ende finden, und wenn es sie das Leben kosten sollte.

Ich bin ein Werkzeug Gottes, mein Leben ist nicht wichtig, wiederholte sie in Gedanken und trat aus dem Schatten der Femeiche ins Licht der Fackeln.

»Ich bin es, die Ihr sucht. Und jetzt befreit den Mann von seiner Pein!« Ihre Stimme war steinern vor Glauben und Zorn.

Wala winkte seinen Männern, grobe Hände packten Imma und hielten sie fest.

Sie lachte. »Fürchtet Ihr Euch so sehr vor mir, dass Ihr drei Krieger auf mich hetzt? Herzog Wala, besinnt Euch. Ich fordere Euch auf, Euch zu Jesus Christus zu bekennen. Aber zuvor«, schrie sie, »lasst den Mann herunter.«

Der Herzog verzog das Gesicht, als hätte er eine verdorbene Frucht gekostet. »Ich bin derjenige, der im Namen Christi handelt. Immerhin bin ich im Auftrag Erzbischof Hildebalds unterwegs, und Ihr seid bloß eine ehemalige Nonne, die vom rechten Glauben abgefallen ist und mit einem Scharlatan durch die Lande zieht.« Er setzte Imma die Spitze des Schwertes an den Bauch. »Aber ich will mein Wort halten und den Gehenkten erlösen. Zuvor jedoch verratet mir, wo sich die andere Dirne verborgen hält!«

Imma stockte vor Wut der Atem. Sie riss einen Arm aus der nachlässigen Umklammerung und versetzte Wala eine Ohrfeige. Der Herzog taumelte zurück, die Zuschauer lachten. Imma versuchte sich aus dem Griff der Krieger zu winden, aber harte Arme legten sich wie Tentakel um Brust und Schultern.

Wala riss einem Bauern die Fackel aus der Hand und verzog das Gesicht zu einer Fratze. Dann wandte er sich wieder Imma zu. »Ihr wollt den Tod Eures Freundes? Dann seht her!«, zischte er und hielt die Flamme in die Höhe.

Das Pechlicht warf zuckende Schatten in den Baum. Bernwin wehrte sich kaum noch gegen den Strick, der sich tief in seinen Hals gefressen hatte. Seine Augen quollen aus den Höhlen wie überreife Kirschen. Nur noch die Füße traten Löcher in die Luft. Urin lief die Beine hinab und tropfte auf den Boden. Wenige Augenblicke später ließen die Hände das Seil los und fielen kraftlos herab, die Zehen entkrampften sich. Bernwin war tot.

Imma spürte keine Trauer, keinen Hass, kein Entsetzen. Sie war Gott dankbar, dass er den falschen Christus von den Qualen an Körper und Geist erlöst hatte, und betete still für seine Seele.

Auf ein Kommando Walas hin ließen die Krieger den Leichnam herab und befreiten ihn vom Strick. Der Herzog griff nach der Schlinge und hielt sie Imma vors Gesicht. Der Hanf roch nach kaltem Schweiß. Angeekelt wandte sie den Kopf zur Seite.

»Wo ist die andere Dirne? Antworte!« Wala schlug ihr den Henkersknoten rechts und links ins Gesicht, aber Imma blieb stumm.

Wenn Gott sie zu sich holen wollte, würde sie seinen Wunsch begrüßen. Adelind hatte sich hoffentlich gut versteckt. Ihr fiel ein, wie sie die Novizin geschlagen hatte. Bei dem Gedanken, dass sie ihren letzten gemeinsamen Augenblick in Hass, verletztem Stolz und Wut verlebt hatten, erfüllte sie Trauer, und sie begann zu weinen.

Wala fürchtete die Tränen. Sie mochten Mitleid in den Bauern erregen und sie für die Nonne einnehmen. Flugs versuchte er,

Imma das Seil über den Kopf zu stülpen. Es wollte nicht recht passen, und er war gezwungen, zu zerren und die Schlinge zu weiten. »Ihr Hals ist selbst zum Hängen zu fett«, warf er in die Menge. Aber der Scherz schlug keine Wurzeln. Die Bauern schwiegen.

Wala begann sich unwohl zu fühlen. Er musste sich beeilen. Gerade wollte er das Ende des Stricks über den Ast werfen, da hörte er Raunen hinter sich und gleich darauf das Klappern von Hufen. Er fuhr herum.

Neben seinen Männern tauchten plötzlich weitere Reiter auf. Auch sie waren Krieger, trugen aber tiefes Blau und Purpur. Wie viele es waren, ließ sich nicht abschätzen. Fünfzehn, zwanzig oder mehr. Auf ihren Häuptern trugen sie kostbare Helme aus Eisen. Ihre Füße – Wala blinzelte erstaunt – steckten in Steigbügeln, den Reithilfen der Höhergestellten. Er hatte bereits davon gehört. Dies waren keine einfachen Soldaten, sondern Mitglieder des fränkischen Kriegeradels. Zweireihig bahnten die Reiter sich einen Weg durch die Menge, bis die Spitze des Zuges direkt vor Wala zum Stehen kam, der vorsichtshalber das Seil fallen ließ.

Einer der vorderen Reiter sprang behände aus dem hölzernen Sattel und stakte auf den Herzog zu, als müssten sich seine Beine nach einem langen Ritt erst wieder ihrer herkömmlichen Aufgabe erinnern. Der Mann war alt, aber von kräftiger Statur. An Größe überragte er alle Männer um ihn herum. Je näher er kam, desto höher musste Wala zu ihm aufsehen. Das Gesicht des Mannes war rundlich und drückte Entschlossenheit aus. Ein langer Bart zierte seine Oberlippe, und die Augen waren von Falten umrandet, die eher im Vergnügen als in Sorgen geboren schienen.

Der Riese musterte den Herzog, dann die Nonne mit dem Seil um den Hals. Sein Blick fiel auf den Toten und kehrte zurück zu Wala. »Was geht hier vor? Wer seid Ihr?« Seine Stimme war so einnehmend wie seine Gestalt.

Wala ließ sich nicht einschüchtern. »Ich bin derjenige, der hier Recht spricht. Ich bin derjenige, der sich von Euch gestört fühlt. Sucht Euch woanders eine Rast, es gibt genug Gehöfte in der Gegend, und lasst mich gewähren. Fort mit Euch!«

Schwerter sirrten aus Scheiden, aber der Riese gebot seinen Männern mit erhobener Hand und Augenbraue Einhalt. »Wie recht Ihr habt, guter Mann! Ich bin ein Neuankömmling und schulde Euch mehr Respekt als Ihr mir. Die eigentümliche Szene hat ein Gefühl von Dringlichkeit in mir geweckt und mich meine Manieren vergessen lassen. Erlaubt deshalb, dass ich mich vorstelle: Man nennt mich Carolus Magnus, Herrscher der Franken, Kaiser des Okzidents.«

19.

Er witterte den Fluss, einen Tag bevor er ihn sah. Das Aroma des fließenden, kühlen Wassers kroch in seinen Rüssel und spülte die Düsternis aus dem Kopf, die sich dort eingenistet hatte, seit er den Berg hinuntergestürmt war.

Wie lange lief er schon?

Abul Abbas hatte jegliches Gespür für die Zeit verloren, wie immer, wenn das Schwellen einsetzte. Am Kopf begann es, ein leichter Druck zunächst, dem Gewicht eines Reiters ähnlich. Keine drei Tage vergingen, bis die Schläfen aufgedunsen waren wie Pestbeulen und ein Sekret daraus hervorquoll, das jedem Bullen im Umkreis eines Tagesmarsches signalisierte: Kämpfe oder fliehe!

Einmal im Jahr machte er eine solche Veränderung durch, ein Sterben und Erwachen, so wie das Land mit dem Herbst starb und mit dem Frühling erwachte. Nur tobten sich diese Gewalten in seinem Körper binnen weniger Tage aus. Es war der Kreislauf des Lebens.

Zuerst kam der Nebel. Er verschleierte den Blick, trübte Geruchs- und Geschmackssinn und jede Form der Wahrnehmung.

Dieser Zustand der Dämmerung währte gerade so lang, dass er Abul Abbas zu beunruhigen begann. Dann schärften sich seine Sinne, als würden sie über Wetzsteine gerieben. Sein Rüssel schnappte verwirrend viele Düfte auf, die mehrere Tagesmärsche entfernt aufstiegen. Oft litt er an Übelkeit, hervorgerufen durch die unangenehme Vermischung unzählbarer Gerüche.

Abul Abbas fühlte sich jung und stark. Seine Muskeln wurden mit jedem Schritt, jedem Scharren, jedem Scheuern größer und härter. Jeden Rivalen, dessen war er sicher, vermochte er mit einem einzigen Stoß seiner mächtigen Zähne und einem Ruck seines Kopfes in den Staub zu werfen.

Die Musth trieb ihn an. Wie alles andere an seinem Körper war auch sein Geschlecht gewachsen. Um ein Vielfaches vergrößert baumelten die Hoden schmerzhaft und erregend zugleich gegen den Bauch. Die Rute war um das Dreifache angeschwollen und ließ ohne Unterlass grünliche Tropfen fallen. Sie zu schonen erforderte einen Großteil seiner Aufmerksamkeit, denn sie hing weit hinab, und Felsen oder Buschwerk, über die er unbesonnen trabte, konnten ihm qualvolle Schmerzen bereiten.

Wenn er doch endlich eine Kuh wittern würde, den süßen Duft der Paarungsbereitschaft! Aber das Land war leer. Nirgendwo fand er Signale, nicht an Bäumen und auch nicht bei den Tümpeln, wo willige Kühe normalerweise mit Vorliebe ihren Urin zurückließen, um auf sich aufmerksam zu machen. Je länger seine Suche erfolglos blieb, desto wütender machte ihn die Einsamkeit. So wütend, dass er sich manchmal wünschte, vor Zorn auf die Hinterbeine zu steigen.

Die Suche abzubrechen war unmöglich, selbst wenn er es gewollt hätte. Nicht nur die Erregung trieb ihn an wie ein Stachel im Fleisch, auch die Wunde, die ihm einer der Menschen zugefügt hatte, gärte und pochte und zwang seine Beine voran. Er war wie der Felsen, der vom Berg rollt – nicht zu bremsen in seinem Lauf.

Die Frau und das Kind auf seinem breiten Rücken spürte er kaum. Sie waren so leicht, dass er sie oft vergaß. Machten sie sich nach Stunden bemerkbar, schreckten sie ihn auf, und der Schreck machte ihn noch schneller. Liegen war unmöglich. Schlaf fand er nur im Stehen. Dann suchten die Menschen Schutz unter seinem Bauch und verschliefen dort sogar die Regenschauer, die erlösend auf ihn niederprasselten. Die Geborgenheit, die sie bei ihm fanden, verschaffte seinen Qualen Linderung.

Die Zurückgebliebenen waren kaum mehr als Schatten seiner Erinnerung. Am deutlichsten erinnerte sich Abul Abbas an den Mann mit dem kranken Bein und den sprechenden Fingern. Der hatte Botschaften an ihn geschickt, jedes Mal wenn er ihn mit einer Hand berührt hatte. Im Gegenzug hatte Abul versucht, sich durch Grollen verständlich zu machen. Nie zuvor hatte er davon gehört, dass ein Artgenosse Derartiges gewagt hätte. Auch hatte er bislang geglaubt, Menschen seien für die Infralaute seiner Art taub. Dieser aber hörte sie. Wie ein Teil der Sippe war er Abul Abbas vorgekommen.

Er schüttelte die Sentimentalität aus dem riesenhaften Körper. In wenigen Tagen würde er in den Zustand der Hochmusth wechseln, und er fürchtete sich davor und verlangte gleichermaßen danach. Finsternis würde sich dumpf über ihm ausbreiten, und alles, was er war, würde verlöschen wie die Glut der Wüste unter dem Frost ihrer Nächte. Der Geist starb und wurde wiedergeboren. In der Zwischenzeit war der Körper ohne Halt, kannte die Grenzen nicht länger, die ihm sonst der Wille aufzwang. Wenn er aus dem Vergessen zurückkehrte, fand er seinen Körper stets zerschunden von Bullenkämpfen und Hungertagen und erfüllt von der Melancholie gestillter Sehnsucht, die eine unbekannte Kuh ihm geschenkt hatte.

Bald würde er den Fluss erreichen. Dort wollte er die Reiter zurücklassen. Viel wusste er nicht über ihre Gewohnheiten, doch war ihm aufgefallen, dass sie sich schneller über das Wasser bewegen konnten, als das Krokodil schwamm. So war es das Beste, er würde sie in den Fluss werfen, und sie würden verschwinden. Blieben sie in seiner Nähe, mochte er sie im Lodern der Hochmusth töten, ohne davon Notiz zu nehmen. Der Fluss musste sie forttragen. Gleich morgen.

Das Glitzern der grünschwarzen Fluten lag vor ihm. Die schlanken Wedel des Schilfs und ein zarter Geruch nach Froschlaich und Fischen grüßten ihn aus der Ferne.

Zwischen dem Fluss und der Anhöhe, auf der Abul Abbas stand, die Frau und das Kind auf dem Rücken, erstreckte sich saftiges Grasland. Vor Freude über die Verheißung eines Bades reckte er den Kopf und flatterte mit den Ohren. Dann grüßte er den Fluss mit einem Trompetenstoß.

Auf der Ebene liefen Menschen durchs knietiefe Grün. Einer Elefantenfamilie gleich zogen sie in einer Reihe durch das Grasland. Einige fuhren auf Karren, die meisten jedoch gingen zu Fuß. Auch ihr Ziel schien der Fluss zu sein. Auf sein Trompeten hin hielt der Zug an. Abul Abbas blinzelte belustigt. Wie er es liebte, Menschen zu erschrecken! Dann schritt er aus, behäbig zunächst, bald zügig, ließ sich vom abschüssigen Hang zum Traben verführen und verfiel schließlich, berauscht von Musth und Fluss, in Galopp, den er mit energischen Trompetenstößen begleitete.

Als er an der Prozession der Menschen vorüberstürmte, schnappte er einen widerwärtigen Geruch auf, der jedoch augenblicklich vom verheißungsvollen Aroma frischen Wassers überdeckt wurde. Er rannte, bis die Muskeln schmerzten und Schweiß die helle Haut grau tünchte. Könnte er doch springen wie die Gazelle!

Die Fluten hießen ihn mit atemberaubender Kälte willkommen, und er genoss ihr Fließen und Wogen. Die Schreie der Frau auf seinem Rücken, das Quäken des Kindes störten ihn nicht, doch sie erinnerten ihn an sein Vorhaben. Er tauchte bis zum Kopf unter und überantwortete die Menschen dem Fluss. Das Wasser spülte die Reiter fort.

Er badete bis Sonnenuntergang. Um den Rüssel zu säubern, inhalierte er den Fluss und spritzte sich Wasser auf den Rücken. Er trank in tiefen Zügen, ließ sich in die Strömung fallen und schwebte mal auf den warmen Fluten an der Oberfläche, mal auf den kühlen Schichten darunter. Selbst die Not in seinen Lenden ebbte auf ein erträgliches Maß ab.

Der Gestank kam plötzlich und überwältigend zurück. Abul Abbas riss den Kopf aus dem Fluss. Noch bevor sich die Wasserschleier vor den Augen abgeregnet hatten, wusste er, woher der Geruch rührte. Menschen säumten das Flussufer. Es waren mehr, als eine Herde Elefanten zählte. Der gleiche übel riechende Menschenzug, den er auf der Ebene hinter sich gelassen hatte.

Obwohl die Menschen am Ufer keine Waffen schwangen oder vor Kampfeslust schrien, wie er es von den Jägern seiner Heimat kannte, ging dennoch eine Bedrohung von ihnen aus. Sie waren seine Feinde, aber sie wagten sich nicht zu ihm in die Fluten. Sollte er das gegenüberliegende Ufer erklimmen und im dahinter aufragenden Wald verschwinden?

Stattdessen stemmte er sich gegen die Strömung und walzte auf die Menschen zu. In seinem Herzen pulsierte die Wut.

20.

Es gab nur wenig, vor dem Hunold sich fürchtete. Weder ängstigte er sich vor Schmerz und Tod, noch bangte er um sein Seelenheil, das durch seine unchristlichen Geschäfte wohl in Gefahr schweben mochte. Er pfiff darauf.

Dem Kaiser Lügenmärchen über marodierende Mauren zu erzählen, hatte Hunold nicht einmal feuchte Hände beschert. Als in der Aufregung am Mons Cenisio alles durcheinandergerannt war, hatte er mit der Ruhe eines Käfers, der seine Mistkugel rollt, unter den eingestürzten Zelten nach dem Hab und Gut der Fliehenden gefischt. Nur der Jude hatte ihn in Panik versetzt auf dem Eis. Fünf Tage lag das zurück. Verfluchter Hebräer! Zu viel hatte der Alte aus ihm herausgebracht. Wenn nur der Erzbischof nichts davon erfuhr.

Hildebald war Hunolds Nachtmahr. Die einzige Instanz, die er achtete, der einzige Mensch, dem er sich unterwarf. In Gegenwart des alten Kirchenmannes bog er den Rücken krumm und bettelte mit Blicken um Liebe. Nur Hildebald besaß die Macht, ihn zu vernichten. Schließlich hatte er ihn zu dem gemacht, was er war.

Als Sohn alamannischer Eltern war Hunold in die Sklaverei verkauft worden. Weder Not noch Kriegstribut hatten seinen Vater zu dem Schritt veranlasst. Habgier allein war das Motiv gewesen. Hunold erinnerte sich an sein Elternhaus als Heimstatt wohlhabender Menschen. Auch hatte er Bilder von Brüdern und Schwestern vor Augen, Kindern, die plötzlich verschwanden, wenn neue geboren wurden. Heute wusste er: Sein Zuhause war eine Werkstatt gewesen, eine Schmiede, in deren Esse nicht Eisen, sondern Fleisch geformt wurde, um an den Meistbietenden verhökert zu werden.

Als Hunold das rechte Alter erreicht hatte, hatte ihn sein Vater an einen Sklavenhändler verkauft. Noch heute fragte er sich, was der Schacher dem Alten eingebracht haben mochte. Der Händler hatte ihn gemästet, in Ketten gelegt und ihn zum Lustknaben ausgebildet, bevor er im Erzbischof zu Arles einen potenten Käufer fand.

Bitter schmeckte die Erinnerung. Hunold spuckte aus. Die frühen Jahre seiner Mannbarkeit waren unter dem schwitzenden Leib Hildebalds begraben worden, dessen Wollust keine Grenzen kannte, dem es umso mehr nach dem Knaben verlangte, je stärker sich dieser zur Wehr setzte. Ob es göttliche Eingebung war, dass der Erzbischof Hunolds Talente schließlich entdeckte? Oder hatte Luzifer dem Geistlichen ins Ohr geraunt, er solle aus dem Jungen besser einen harten, bösen Kern herausschälen, statt ihn bis zum Irrsinn zu schänden?

Himmlische Vorsehung oder höllische Einflüsterung – eines Tages hatten ihn Hildebalds Büttel aus dem Lustgemach gezerrt, ihn mit teuren Kleidern und vornehmem Benehmen ausgestattet und zum erzbischöflichen Hofhund abgerichtet. Seither war er der Schatten des Kirchenmannes. Immer an den Fersen seines Herrn, lebte er für den Moment, in dem er von der Kette kam.

Dann war er frei. Hunold, der Reliquienhändler. Sein eigener Herr. Stattlich und reich. Kein schlechtes Leben. Sein Vater wäre stolz auf ihn gewesen. Aber diese Momente waren kurz, und viel zu rasch wurde es wieder Zeit, an den Hof zurückzukehren, sich dem Meister vor die Füße zu werfen und zu hoffen, dass er zufrieden mit ihm war. Das waren die Momente, in denen die Furcht ihn verschlang; Furcht vor Hildebalds Macht, seine Existenz als Agent und fahrender Händler auszulöschen und ihn zurückzustoßen in den Schlund der Sklaverei.

Gedankenversunken ritt Hunold die Rhône entlang nach Süden. Der Herbstwind peitschte den Fluss und drängte Ross und Reiter voran. Seit fünf Tagen war er unterwegs zum verabredeten Treffpunkt. Von Tag zu Tag hatte sich die Angst vor der Begegnung mit Hildebald mehr manifestiert: zunächst in Appetit- und Schlaflosigkeit, dann in leichtem Fieber. Losgezogen war er als überlegener Kämpe, der ein Schlachtfeld voller Feiglinge verlässt. Jetzt saß er hohlwangig und gebeugt auf dem Pferd und glich einer Pestleiche auf dem Weg ins Massengrab.

Mit dem Sonnenuntergang kam der Regen. Ein nasser Vorhang schob sich grau vor das letzte Tageslicht. Tropfen prasselten in den Fluss und peitschten ihm schmerzhaft ins Gesicht. Die Nacht hing voller Wolken und ließ den Mond erblinden. Als es vollends dunkel geworden war, hätte er das Pferd um ein Haar in den Strom getrieben. Dennoch wagte er nicht, ein Licht zu entfachen. Hildebalds Schiff musste in der Nähe liegen, und eine Fackel konnte selbst in dieser gottverlassenen Gegend Nachtschwärmer anlocken wie ein Signalfeuer. Hunold ließ die Zügel los und vertraute dem Instinkt des Tieres.

Nach einer guten Strecke Wegs hörte er ein Knarren zu seiner Rechten. Kein Baum machte solch einen Laut. Eine Planke. Hunold seufzte erleichtert auf. An was immer es sich zu glauben lohnte, Donar oder Christengott, eine höhere Macht hielt schützend ihre Hand über ihn. Er nahm die Zügel wieder auf. Der tote Seitenarm des Flusses, den er suchte, lag unmittelbar vor ihm, verborgen unter der Schwärze des Waldes. Die Nähe des Erzbischofs war so deutlich spürbar wie der Regen, der in seine Stiefel rann. Hunold ritt in den Wald hinein, bemüht,

Äste lautstark zu brechen, zu husten und zu rufen. Hildebalds Wachen als lautloser Schemen zu überraschen, bedeutete den sicheren Tod.

Kurz darauf stand er vor dem alten Kirchenmann. Hildebald wurde mit zunehmendem Alter immer fetter. Der Mantel aus Wolfsfell, den er sich über die Schultern geworfen hatte, verlieh ihm das Aussehen eines Hunnenfürsten. Zwei Fliegen krochen behäbig und ungestört über das hängende Fett der linken Wange. Seine Nase war frisch gepudert. Gewiss hat er sich nicht für mich herausgeputzt, dachte Hunold und lugte in die finsteren Winkel des Deckaufbaus auf der Suche nach Gespielinnen oder Lustknaben, aber der Verschlag war leer. Zwei Talglichter geizten mit Schein. Auf das Dach trommelte der Regen.

Hildebald beugte sich in seinem Faltstuhl nach vorn. »Du kommst spät, Hunold.«

»Verzeiht, mein Bischof! Des Kaisers Tage haben mehr Stunden als die unseren. Ich traf ihn auf dem Pass am Mons Cenisio. Dort kampierte er mit seinem Tross.«

»Er hat die Botschaft erhalten?«

»Was es zu berichten gab, hat Carolus Magnus gehört. Seine Besorgnis über die arabischen Überfälle auf seine Klöster war groß. Zu groß.«

»So hat er den Köder geschluckt.«

»Und die Angel gleich dazu. Es fiel ihm gar nicht ein, nach Aachen zurückzureiten, um mit dem Hofstaat Kriegsrat zu halten. Einen ganzen Heerbann ausheben, bloß weil ein dahergelaufener Kurier ihm Kunde bringt – dazu ist der Kaiser zu umsichtig. Und zu ungestüm. Kaum hatte er vom Untergang Sankt Albolas und Sankt Trophimes gehört, hieß er zwei Dutzend Ritter aufsitzen und sprengte persönlich nach Süden.«

Hildebald sprang auf. »Nach Aachen solltest du ihn lenken,

Unglücklicher! Nach Aachen. Hast du vergessen, warum ich nicht in Arles bin, sondern durch dieses Land reise?«

Hunolds Blicke suchten Halt in der Kajüte.

»Nun?«

»Ihr wollt den Beratungen für und wider einen Feldzug gegen die Mauren beiwohnen und sie mit neuen Schreckensberichten über Angriffe manipulieren.«

»Vortrefflich.« Hildebalds Stimme klang gefährlich süß. »Und wo ist der einzige Ort, an dem der Kriegsrat der fränkischen Herzöge einberufen werden kann?«

»In Aachen, Exzellenz.«

Hildebald schwieg und starrte ihn an. Ein Zittern durchlief Hunold. Die Stille, mit welcher der Erzbischof den Raum füllte, war schrecklicher als Drohungen, Gebrüll und Hiebe. Als Hildebald eine Braue tadelnd in die Höhe zog, fiel Hunold auf die Knie und greinte.

»Erbärmliche Kreatur!« Der Alte wandte sich angewidert ab und begann, den Deckaufbau mit schlurfenden Schritten zu durchmessen. Das Scharren der weichen Ledersohlen und das Knarren der Spanten diktierten der Zeit den Rhythmus.

»Seit zwei Jahren bereite ich dieses Komplott vor. Jetzt, kurz vor dem Ziel, soll es nicht an der Einfalt eines Idioten scheitern.«

Hunold unterdrückte ein Schluchzen. »Mein Bischof, ich werde einen neuen Plan entwickeln.«

»Unsinn! Der Rückweg ist versperrt. Die Klöster liegen in Schutt und Asche, Nonnen und Mönche sind tot. Der Kaiser wird Nachforschungen anstellen und auf die Wahrheit stoßen. Soll ich in meinem Palast sitzen und warten, dass er mir den Henker schickt? Es war ein Fehler, in deine Doppelzüngigkeit zu vertrauen. Deine Aufgabe war es, Carolus Magnus Gift ins Ohr zu träufeln. Stattdessen rammst du ihm das Schwert in den Hintern, dass er davonläuft wie eine waidwunde Sau. So muss es des Versteckspiels nun genug sein. Das Wild ist aus den Büschen, wir blasen zur Treibjagd.«

Er blieb vor dem Knienden stehen und tupfte sich den Mund mit der Kuppe eines Zeigefingers. »Der Kaiser ist ein Narr, sich schutzlos in unsere Fänge zu begeben. Statt das Reich zu schwächen, indem wir den Krieg gegen die Araber schüren, schlagen wir ihm selbst den Kopf samt Krone ab.«

Hunold räusperte sich. »Den Kaiser ermorden? Das ist Irrsinn!«

»Nenne mir den Grund, der mich davon abhalten sollte.«

»Es wird einen neuen Kaiser geben. Die Nachfolge …«

» … ist noch nicht geregelt. Karls Söhne werden einen Bürgerkrieg um den Thron entfachen. Das *Regnum Francorum* wird wanken. Schließlich wird ein schwacher, vielleicht sogar ein unmündiger Herrscher seinen süßen Hintern auf dem viel zu großen Thron wund scheuern. Byzanz wird zufrieden sein. Für dein Versagen wirst du keine Strafe empfangen, sondern eine Belohnung: Du wirst es sein, der den großen Franken tötet. Sei erfolgreich, und dein Name wird Eingang finden in die Annalen der *Historia francorum*, mit deren Niederschrift meine Mönche ihre Zeit verschwenden. Scheitere erneut, und ich werde dich in einen Höllenpfuhl schleudern, in dem du Wahnsinn schlürfen und Schmerzen kosten wirst, bis du an Geist und Körper verwest bist. Bete, sei erfolgreich und danke Gott, der mir eingab, dich noch einmal zu schonen.«

Zwei Tage verbrachte Hunold auf Deck des Lastschiffes und atmete den sumpfigen Hauch des stehenden Flussarmes. Hildebald brütete in der Kajüte oder bei Spaziergängen in dem feuchten Forst über neuen Plänen und ließ seinen Adepten schmoren. Hunold ertrug Regen und Kälte mit der Gelassenheit eines Ertrinkenden, der sich unerwartet gerettet sieht.

Wenn dies Hildebalds Strafe für den Fehlschlag am Mons Cenisio war, so kam sie gegen das, was Hunold erwartet hatte, einer Liebkosung gleich. Selbst die Aufgabe, den Kaiser zu meucheln, schreckte ihn nicht. Was immer der Erzbischof gerade Finsteres ausheckte, Hunold schwor sich, jedes Hindernis zu überwinden, sich jedem Feind entgegenzuwerfen, sich sogar selbst in den Tod zu stürzen, wenn er sich nur der Achtung dieses unvergleichlichen Mannes vergewissern konnte.

Als der Erzbischof ihn in der zweiten Nacht holen ließ, hatten sich Frost und Feuchtigkeit so tief in Hunolds Gebeine gefressen, dass er unaufhörlich mit den Zähnen klapperte. Das Klappern war so laut, dass Hildebald die Darlegung seines Mordplanes dreimal wiederholen musste.

Im Morgengrauen verließ Hunold den Kahn, packte Proviant zusammen und ritt davon, um dem Frankenreich das Ende zu bringen. Hildebalds Plan war ohne Fehl. Er musste sich nicht einmal auf die Suche nach dem Wild begeben. Carolus Magnus würde seine Fährte finden wie der Adler das Kaninchen. Dafür würde er sorgen. Er nahm den Weg nach Süden und strich sich das Haar glatt. Wer hatte schon Angst vor einem Kaiser?

21.

Bei den sieben Kindern des Propheten, Mazruq. Wir werden noch heute den Rückweg einschlagen und uns wieder dem kaiserlichen Tross anschließen. Die Sanddünen der Nafud sind weniger trostlos als dieses klamme Land. Wäre ich Kalif, würde ich darauf verzichten, den *Dar al-Islâm* in diese kalte Hölle auszuweiten.« Khalid ritt gebückt unter einem herabhängenden Ast hindurch. Drei Mäntel waren eng um seine Schultern geschlungen. Aus dem schmutzigen Weiß des Turbans rieselte Regenwasser auf den Rücken seines Rappen.

Der vorausreitende Mazruq al-Atar zeigte den Gefährten das Profil über die Schulter. »So bleib zurück und eile nach Hause, wo die Weiber mit weiten Schenkeln auf dich warten.«

Khalid hustete. »Nach Bagdad dauert es Monate, nach Aachen bloß wenige Wochen. Wenn wir jetzt umkehren, können wir den kaiserlichen Tross in zwei Tagen eingeholt haben.«

Hubaisch schaltete sich ein. »Die Kaisertochter war ganz wild auf dich, Mazruq. Von der hättest du bestimmt noch lernen können. Ich schlage vor, wir ziehen mit ihr nach Aachen, bringen die Friedensmission auch ohne den Elefanten zum Abschluss und genießen einige Wochen das Leben von Gesandten am kaiserlichen Hof.«

»Hubaisch hat recht, Mazruq. Wir haben uns ein paar Tage Ruhe verdient. Bedenke: Frauen, so viele du vertragen kannst. In den Pfalzen sollen sie Orgien feiern. Danach lassen wir uns von einem Schiff sanft in die Heimat segeln. Was hältst du davon?«

»*Dschiwar*, Khalid. Weißt du noch, was das bedeutet? Unterstützung in allen Lebenslagen und absolute Ehrlichkeit. Erinnert euch! Wir haben den *Dschiwar* geschworen, bevor wir Bagdad verlassen haben. Und meine Rache ist noch immer unerfüllt.«

Khalid trieb sein Pferd an Mazruqs Seite. »*Dschiwar, Dschiwar, Dschiwar.* Dein Ehrenkodex ist hier so viel wert wie Dattelmus. Hat nicht der Prophet selbst, Gott segne ihn und gebe ihm Frieden, Ausnahmen für seine Gesetze erlaubt? Hat er nicht zum Beispiel Reisende vom *Salât*, von der Gebetspflicht, befreit? Was tun wir stattdessen? Wir beten. Fünfmal am Tag, egal ob wir in einem Sumpf stecken oder an einer Felsnase hängen. Vergiss deine Rache und lass uns umkehren, Freund.«

Mazruq sah ihn aus flammenden Augen an. »Wenn die Preisung Allahs bloße Pflicht für dich ist, rate ich dir, Christ zu werden. Bei den Ungläubigen bist du in guter Gesellschaft, denn auch sie beten nicht mit ihren Herzen, sondern mit ihren Ärschen.«

Der andere lachte wütend. »Teufel, Mazruq! Du bist von Sinnen. Wohin reiten wir überhaupt? Wie willst du den Sachsen und den Hebräer denn finden? Vielleicht sind sie in eine Schlucht gestürzt. Selbst wenn sie noch am Leben sein sollten: Wie willst du zwei Männer in einem Land finden, in dem sich ein ganzes Volk verstecken könnte?«

Mazruq riss sein Pferd am Zügel und sprang aus dem Sattel. Mit beiden Händen klaubte er etwas vom Boden auf und stellte sich neben Khalids Rappen. »Willst du den Feind besiegen, musst du seine Ziele kennen und sie vor ihm erreichen.« Er drückte dem staunenden Khalid den Fund in die Hände. Es war ein sämiges Gemenge. Elefantenlosung.

Thankmar schreckte schreiend hoch. Aus den alten Linden über ihm stob ein Schwarm Krähen in den blassen Himmel.

Nur ein Traum. Er versuchte sich an ihn zu erinnern, bevor die Wirklichkeit ihn bedeckte wie Erde ein frisches Grab. Reiter waren da gewesen, Franken in Waffen. Er schloss die Augen, um die Schemen besser erkennen zu können. Der Weiler sah verändert aus, aber es war jene Siedlung, die er Heimat genannt hatte. Es waren die Tage nach der letzten Schlacht an der Sigisburg. Fränkische Krieger ritten die Weser entlang von Dorf zu Dorf, um von den Besiegten Tribut zu fordern. Sklaven. Er spürte noch das borstige Seil an Hals und Hüfte, hörte das Schluchzen der Frauen, sah die trotzigen Mienen der Männer. Ein Franke trieb seinem gefesselten Vater die Lanze so tief in den Bauch, dass er das Gedärm ellenweise herausfischen konnte. Thankmars Vater starb kampflos wie ein Feigling. Walhall blieb ihm verschlossen, so musste er nun durch die Träume der Lebenden spuken.

Thankmar schauderte, sprang auf und schüttelte den Traum ab. Ein fahles Unbehagen blieb. Sein Vater war ein Edeling gewesen, kein halbfreier Lite. Er selbst, Thankmar, hätte ein Leben als sächsischer Fürstenspross führen können. Doch die Lanze eines Franken hatte ihn um sein Erbe gebracht. Nun war er ein Sklave.

Isaak war schon im Morgengrauen auf Kundschaft gezogen und hatte ihn geheißen zu warten. Die Zeit wurde ihm lang. Zurück in den Schlaf wagte er sich nicht, so hockte er am Ufer des Flusses und übte sich darin, auf Grashalmen zu blasen und Kiesel über das Wasser tanzen zu lassen. Die Herbstsonne schenkte den Mücken noch ein paar warme Tage für die letzte Brut. Wie seltsam, dachte Thankmar, es ist noch nicht lange her, da war die Welt in Schnee getaucht.

Der Ritt über den Eishang fiel ihm ein. Was er zunächst für den Sturz in den Tod gehalten hatte, hatte ihm schließlich Vergnügen bereitet. Der aufspritzende Schnee, wenn er die Fersen in den vorbeifliegenden Boden hieb; der Übermut, Mazruq al-Atar ein weiteres Mal gefoppt zu haben; das kurze Gefühl von Freiheit. Am Fuß eines Geröllhangs hatte die rasende Fahrt geendet. Isaak hatte einige Blessuren davongetragen, eine Schürfwunde rötete seinen Nasenrücken, aber er hatte kein Wort darüber verloren, sondern nur den Schmutz von der aufgerissenen Haut getupft.

Der Nachgeschmack des Nachtmahrs und die Langeweile weckten Thankmars Jähzorn. Bald suchte er nicht länger nach flachen Steinchen, die eins-zwei-drei-vier-fünf über das Wasser sprangen, sondern griff nach großen Brocken. Er warf Steine ins Wasser, bis ihn die Schultern schmerzten, und sah wütend zu, wie sie schlapp in den Fluss platschten. Er ging am Ufer auf und ab. Worauf wartete er? Dort im Norden lag die Heimat. Wenn er es geschickt anstellte, konnte er es in zwei oder drei Neumonden nach Haduloa schaffen.

Wo blieb nur Isaak? Wie lange er schon fort war! Mit Hilfe der Klepsydra hätte er den Zeitraum genau bestimmen können, aber der Apparat war auf dem Pass geblieben, zusammen mit den Pferden, dem Proviant, Gisla und Abul Abbas. Wenn es nach ihm ginge, würden sie auf schnellstem Wege zurück auf den Mons Cenisio reiten, um einzusammeln, was das Feuer verschont hatte.

Bei Einbruch der Nacht kehrte Isaak zurück. Er ignorierte die Bissigkeit des Sachsen und breitete in einem langen Monolog seine Erkenntnisse vor Thankmar aus.

Bertha und der Hofstaat hatten sich vermutlich nach Norden gewandt und waren nach Aachen unterwegs. Hätte der Frankentross den Weg nach Süden eingeschlagen, der tausendköpfige Zug hätte unübersehbare Spuren in das Land gewalzt. Doch Isaak war nichts dergleichen aufgefallen, und die einzigen Menschen, denen er begegnet war, waren zwei träge Flößer, die am Ufer rasteten und den Tag über drei Fasanen vertändelten. Zwar hatten auch sie nichts Außergewöhnliches zu berichten gehabt, waren aber bereit gewesen, ihr kleinstes Floß und einen der Vögel gegen zwei Goldsolidi einzutauschen.

Auf Thankmars überraschten Blick hin präsentierte Isaak das klimpernde Innenfutter seines roten Mantels. »Reiche Männer kennen den Umgang mit Nadel und Faden«, sagte der Jude mit einem Grinsen.

Der Fluss sollte sie nach Süden tragen, so lautete Isaaks Plan. In Aachen hätten sie nun nichts mehr zu suchen, erklärte der Alte. Es gelte, den Kaiser zu finden, und der habe sich nach Süden aufgemacht.

Thankmar protestierte. Warum nicht nach Abul Abbas suchen? Was sollte mit Gisla geschehen? »Vielleicht irren sie zusammen dort oben zwischen den Felsen umher und sterben hungers oder werden von wilden Tieren angefallen.« Seine Erinnerung an den Bären und den Tod der Bäuerin verlieh den Worten Nachdruck.

Isaak schüttelte den Kopf und suchte mit ernster Miene nach Erklärungen. Die Friedensmission sei gescheitert, in Aachen würden sie nur fette Herzöge antreffen. Und Bertha. Der Kaiser aber sei nach Süden gezogen, um einen glimmenden Kienspan zu löschen, bevor er einen Waldbrand entfachte. Ganz gleich, ob Carolus Magnus die Lage im Süden in den Griff bekäme oder nicht – seine, Isaaks, Aufgabe sei nur noch dort zu erfüllen.

Thankmar klaubte Argumente aus der Luft, aber der Jude ließ sich nicht erweichen. Er befahl dem Sachsen, den Fasan zuzubereiten, und zog sich zurück, um seine Wunden am Fluss zu waschen.

Das Floß war ein Kadaver. Am Morgen erkannte Thankmar mit einem Blick, dass die zehn zusammengezurrten Birkenstämme keinen einzigen Goldsolidus wert waren. Die Binsen waren zerschlissen, die Auftrieb gebenden Tierbälge verkommen und durchlöchert. Keinen Tag würde dieses Wrack zwei Männer über den Fluss tragen.

Während der Sachse das Floß beschimpfte und an Holz und Bändern zerrte, sah Isaak zu, stumm, mit verschränkten Armen. Auf die Frage, ob er das Floß flottmachen könne, reagierte Thankmar so ungehalten, dass sich die Flussvögel beim Morgenkonzert verschluckten. Blei könne besser schwimmen als dieses verlumpte Gehölz. Nicht mal ein passables Feuer könne man damit entfachen. So schimpfte er noch eine Weile, lief auf und ab, raufte sich das Haar und trat gegen das Floß, das sich jedoch beharrlich weigerte, auseinanderzufallen.

»Kürbisse«, sagte er schließlich.

Keine Wegstunde entfernt fanden sie ein Feld voller hellgrüner Flaschenkürbisse, die in der Herbstsonne gereift waren. Fünf davon waren schnell abgeschnitten und ausgeschabt. Bald baumelten sie am Birkenfloß und schenkten der schwankenden Konstruktion Auftrieb.

Thankmar stand bis zum Nabel in der kalten Rhône und klatschte in die Hände. Strahlend sah er zu Isaak, der am Ufer stand, und erntete ein anerkennendes Nicken. Noch einmal prüfte er die Knoten.

»Damit können wir es zwei oder drei Tage lang schaffen. Kommt, Alter, wir wollen den Fluss reiten, bis unser Gefährt auseinanderbricht.«

Isaak hörte über die Anrede hinweg und sprang auf die Hölzer. »Stak an, Fährmann!«, rief er, und Thankmar schob das Floß in die Strömung.

Zunächst trudelten sie unkontrolliert von Ufer zu Ufer, doch nach einiger Übung verrichteten die Männer die Arbeit mit der Stakstange gut genug, um sich in der Mitte des Stroms zu halten, wo die Fahrt am schnellsten voranging und Hindernisse selten waren. Der Fluss leckte an ihren Füßen, kam bei langsamer Fahrt sogar bis zu den Waden hoch, aber dank der Kürbisse tanzten sie der Rhône auf der Nase herum.

Unterwegs schwiegen sie, um dem Fluss zu lauschen. Thankmar verstand die Sprache des Wassers. Das Glucksen und Sprudeln, Plätschern und Rauschen hatte denselben Tonfall wie in den Bächen und Flüssen des Nordens. Er übersetzte Isaak die Wünsche des Stroms in knappe Befehle, die der Jude widerspruchslos befolgte.

Der Herbst schmückte das schwarze Wasser mit Blättern in Bronze, Rot und Gold. Von Norden her fauchten Böen durch das Flusstal, harte Winde, die das letzte Laub aus den Kronen der Bäume rissen. Thankmar wünschte sich ein Segel.

Isaak ließ keine Gelegenheit aus, die wenigen entlang des Flusses hausenden Menschen zu befragen. Ein Trupp Panzerreiter? Kämpfe oder Brände in der Nähe? Kriegsflüchtlinge, die von Süden heraufkamen? Niemand hatte etwas Ungewöhnliches bemerkt.

Immer wieder drängte Thankmar darauf, die fruchtlose Suche abzubrechen und endlich nach Abul Abbas und Gisla Ausschau zu halten.

»Ist gut«, raunzte Isaak schließlich, »wir kehren sofort um. Einen Kaiser zu suchen scheint dir eine zu schwierige Aufgabe. Versuchen wir es also mit einem Elefanten. Wo fangen wir an?«

Thankmar wusste es nicht, und so trieb das Floß weiter südwärts.

Die Nächte an Land waren kühl, selbst im hohen Röhricht fanden sie kaum Schutz. Zwar fegte der Wind die Regenwolken vorüber, doch zerrten die Böen an Haar und Rock und rissen den Männern bisweilen sogar die Worte von den Lippen. Jeden Morgen war Thankmar überrascht, dass die Stürme das Floß nicht aus der Vertäuung gerissen und zerstört hatten.

Am dritten Abend am Fluss sprang Isaak unvermittelt auf, ließ den Karpfen, den Thankmar gefangen hatte, achtlos fallen und hastete scheinbar orientierungslos in die Schwärze jenseits des flachen Feuerscheins. Thankmar blieb kaum Zeit, sich zu wundern, da tauchte der Jude schon wieder auf, atmete schnell und eilte erneut davon, nur um gleich wieder zurückzukehren. Schließlich blieb er stehen und fuhr sich mit zitternden Händen durch den schlohweißen Haarkranz.

»Herr?« Der Schreck saß Thankmar in der Kehle.

Isaak schwieg. Wie ein Gespenst schwebte er zum Ufer und ließ sich auf einem Felsen nieder, um in die Dunkelheit zu starren. Thankmar folgte ihm nicht. Als er am nächsten Morgen aus leichtem Schlaf erwachte, saß der Alte immer noch dort, grau wie kalte Asche. Erst ein Rütteln an der Schulter brachte Leben in ihn. Er blickte seinen Sklaven an, als müsse er sich seiner erst erinnern.

»Der Wind bringt fremde Zeiten.« Damit nahm der Jude die Stakstange auf und betrat das Floß. Es waren die einzigen Worte, die Thankmar an diesem Tag zu Ohren kamen.

Er scheute sich, Fragen zu stellen, und schon am folgenden Morgen wurde seine Geduld belohnt. Breitbeinig stand Isaak auf dem Floß und ließ all die Worte frei, die er am Vortag an die Kette gelegt hatte. Der Alte redete und redete, und sein Gesicht glühte dabei wie das eines Mädchens, das sich für ihren Liebsten Röte in die Wange gekniffen hatte.

Er wies auf den Dinkel hin, der von wilden Feldern aufgewirbelt wurde und durch die Luft schneite. Beim Quaken der Ochsenfrösche fiel ihm die Geschichte des Königs ein, der stets eine Kröte an sein Geschlecht gebunden hatte, weil er glaubte, es steigere die Potenz. Dann erzählte er von der Prinzessin und dem Stallburschen, die sich jede Nacht heimlich in der Kemenate des Mädchens liebten. Als eines Nachts Schnee fiel, konnte der Jüngling am Morgen das Gemach nicht unbemerkt verlassen, da seine Fußstapfen ihn verraten hätten. So trug ihn die Königstochter aus Dank für seine Liebesdienste auf dem Rücken aus der Burg. Im Schnee sah man später nur die Abdrücke ihrer zierlichen Füße.

»Wenn ich dir morgen die Freiheit schenkte, was fingest du damit an?« Der Fluss war wilder geworden, und Isaak musste seine Stimme über das Rauschen des Wassers erheben.

»Ich würde als Freigelassener mit Euch ziehen, bis Ihr Eure Ziele erreicht habt.« Thankmar fragte sich, ob der schäumende Fluss die Worte des Alten verdreht hatte – oder gar seinen Geist.

»Nein«, rief Isaak. »Ich will eine klügere Antwort.«

Thankmar überlegte, zur Hälfte belustigt, zur Hälfte irritiert. »Ich würde Abul Abbas und Gisla finden und mit ihnen in die Heimat reisen.«

Isaak bedeutet ihm, ans Ufer zu fahren. Sie legten an und schlugen ein spärliches Lager auf. Der Tag war noch nicht weit fortgeschritten. Thankmar war sprachlos. Zum ersten Mal, seit er mit Isaak reiste, war die Eile von dem Juden abgefallen, und er drängte nicht darauf, bis zur Erschöpfung durchzuhalten, nur um dem Ziel zweihundert Fuß näher zu sein. Thankmar machte sich daran, nach Brombeeren und Haselsträuchern Ausschau zu halten und die Bucheckern aufzuklauben, die von den Eichhörnchen übersehen worden waren. Aber Isaak rief ihn zurück und zog ihn neben sich auf die Erde.

»Deine Heimat ist verloren, Thankmar.« Nie zuvor hatte Thankmar seinen Namen aus dem Mund seines Herrn vernommen. »Verstehst du?«

Er nickte, ohne zu begreifen. Sein Herz pochte.

»Die Sachsen haben den Krieg verloren. Deine Familie ist entweder tot oder in alle Himmelsrichtungen verstreut. Widukind hat sich taufen lassen. Euer Anführer hat den alten Göttern abgeschworen. Du bist nur das Überbleibsel eines versunkenen Volkes. Du kannst nicht zurück. Niemals.«

»Ich weiß«, flüsterte Thankmar, und seine Tränen vermischten sich mit dem einsetzenden Regen.

Der Sturm gewann wieder an Kraft und presste das Schilf zu Boden, bis die Kolben ins Wasser tauchten. Thankmar kniff die feuchten Augen zusammen. Erst jetzt fiel ihm auf, dass sie nicht zwischen Bäumen oder am Rand eines Hanges Schutz gesucht hatten. Der Regen trommelte auf ihre Köpfe, rann die Gesichter hinab und spülte helle Rinnen auf die schmutzige Haut.

Isaak schwieg, bis das Wetter eine Atempause einlegte. »Ihr Sachsen glaubt, ihr seid Opfer der Franken, aber das ist falsch. Eure Zeit war abgelaufen. Die Welt hat keine Verwendung mehr für euch. Dass es ausgerechnet Carolus Magnus war, der euch den Untergang brachte, mag Zufall sein. Was zählt, ist das Ergebnis: Dein Volk ist hinweggefegt worden von einem Sturm wie diesem hier. Ohne Unterlass bläst er über die Länder der Welt und befreit sie von dem, was überflüssig ist, von dem, was lebt, wo es doch längst gestorben sein sollte.«

»Warum? Meine Familie, mein Stamm, wir waren nie auf Krieg aus. Wir haben friedlich Handel getrieben mit unseren Nachbarn.«

»Und jetzt seid ihr aufgegangen im Volk der Franken, einem Volk, das die kommenden Jahrhunderte prägen wird. Aber schon jetzt trägt auch diese mächtige Kultur den Keim des Untergangs in sich wie alles, was vor ihr war. Mir wurde berichtet, dass vor einhundert Jahren die hiesigen Könige das Haar bis zu den Hüften trugen. Sie sollen über Land gereist sein in Wagen, auf denen sie aufrecht stehend fuhren. Daran erkannte das Volk den Herrscher – einen Langhaarigen, der auf einem Karren stand. Würde man so einem Mann heute Respekt zollen? Nein, Steine würde man nach ihm werfen. Childerich, dem letzten Merowinger, ist es so ergangen. Seine Untertanen haben ihn ausgelacht, bis sein Hausmeier Pippin, der Vorfahr des heutigen Kaisers, ein Einsehen hatte und den armen Childerich in ein Kloster steckte. Wie ich hörte, ließ er sich bis zu seinem Tod auf einem Wagen stehend von den Mönchen über den Klosterhof ziehen.«

Isaak hielt einen Moment inne und fuhr dann fort:

»Die Römer, die Burgunder, die Gepiden, die Westgoten und Ostgoten, selbst die Hunnen – sie alle hatten ihren Platz in der Geschichte und mussten ihn räumen, damit Neues nachwachsen konnte. Ich glaube nicht, dass sie freiwillig gingen, doch hätten sie sich gegen ihr Schicksal gewehrt und wären als sieche Stämme langsam verblasst, würden wir uns ihrer kaum mehr erinnern. So aber bleiben sie die stolzen Völker, die sie einst waren. Völker mit einer Sprache, einer Kultur, einer Identität. Den Sachsen wird es ebenso ergehen. Für den Moment sind sie ausgelöscht, und der Verlust trifft dich hart. Aber der Menschheit bleiben sie unsterblich ins Gedächtnis gebrannt. Auf das Reich der Franken wartet dasselbe Schicksal. Heute ist es ein Riese, morgen schrumpft es zum Zwerg. Und in tausend Jahren weiß niemand mehr, wo Septimanien einmal lag. Die Zeit ist mächtiger als alle Könige der Welt.«

Der Sturm hatte Kraft gesammelt und blies Isaak die Worte von den Lippen. Der Alte musste brüllen, um sich verständlich machen zu können.

»Verschließe dich nicht dem Wind der Zeit. Er nimmt fort, was ohnehin krank ist und im Sterben liegt. Ohne ihn wäre die

Welt ein stickiger Ort, voll von lebenden Leichen. Öffne dich dem Schicksal! Öffne dich!«

Isaak stemmte sich auf die Füße und wäre beinahe von den Luftgewalten wieder zu Boden geschleudert worden. Er taumelte, fing sich, fand festen Stand. Tastend breitete er die Arme aus wie ein Vogel, der nach dem Aufwind sucht. So stand er da, lehnte sich gegen den Sturm, das bleiche Haar von unsichtbaren Krallen zerzaust, der rote Mantel ein nasses, flappendes Banner. Thankmar schien es, als wolle Isaak dem Fluss gebieten, sich zu teilen und sich ein neues Bett zu suchen.

Da sah der Sachse, wie der Alte langsam den Mund öffnete. Die dünnen Lippen trennten sich und formten ein Loch, als intonierten sie einen Singsang aus einem einzigen langen Vokal. Doch kein Ton drang heraus. Es war der Sturm, der sang. Thankmar konnte erkennen, wie er in den Körper des Alten fuhr wie in ein schlaffes Segel und sich darin verfing, auf der Suche nach einem Ausweg. Isaak trank den Luftstrom, bis Thankmar glaubte, der Jude müsse zerbersten.

Thankmar blieb in der Pfütze hocken, die sich um ihn herum gesammelt hatte, die Knie angezogen, die Arme um die Waden geschlungen. Isaak mochte recht haben mit dem, was er sagte. Aber er, Thankmar, wollte hier am Boden bleiben. Lieber im Schmutz verrecken als mit dem Kopf in den Wolken dem Irrsinn verfallen.

Am nächsten Morgen setzten sie die Fahrt fort. Isaaks unheimliches Benehmen hatte keine Spuren hinterlassen. Noch immer redete er, als müsse er alle Zeit der Welt mit Worten füllen. Zu Beginn hörte Thankmar noch aufmerksam zu, aber bald versanken die Monologe über karolingische Minuskeln, die *Renovatio Imperii*, Alkuin von Jorvik und Axtmänner aus dem Norden im Rauschen des Flusses.

Der Pferdekadaver prallte so plötzlich gegen das Floß, dass Isaak die Stakstange verlor. Das schwarze Aas war hinter einer Flussbiegung hervorgetrieben. Bei der Kollision lief ein beängstigendes Zittern durch das Floß, aber die Konstruktion hielt. Erschrocken starrten die Männer auf die vorübertreibende Mähre, ihre Fellfetzen, den aufgeblähten Balg, die toten gelben Augen.

»Überraschend große Seepferdchen haben sie hier im Süden«, sagte Isaak, aber er vermochte selbst nicht über seinen Scherz zu lachen.

Gegen Mittag dieses grauen Tages trieb eine menschliche Leiche auf sie zu. Eine Frau, die bäuchlings in der Strömung lag. Zwar war ihr Haar schwarz, doch fürchtete Thankmar, Gisla in der Toten erkennen zu müssen. Er stieß sie mit der Stange, bis sie versank, sich langsam um ihre Achse drehte und wieder auftauchte wie ein riesiger Karpfen.

Als er den Blick wieder von ihrem verquollenen Leib lösen konnte, war Thankmar so erleichtert wie erschrocken. Die Tote war nicht Gisla, das war sicher. Er hatte die Frau noch nie zuvor gesehen. Kopfzerbrechen bereiteten ihm jedoch die Füße der Leiche. Von den Zehen bis zu den Waden waren sie mit weißer Farbe bemalt, die weder Wasser noch Verwesung hatten abwaschen können. Er kannte diesen Körperschmuck. Weiße Füße waren das Zeichen der Sklaven auf dem Weg zum Menschenmarkt, das Merkmal frischer Ware, die noch daran glaubte, es gebe ein Entkommen aus dem harten Joch der Sklaverei. Hin und wieder gelang einem Sklaven die Flucht, aber wohin er sich auch wandte, die weißen Füße verrieten ihn. Am eigenen Leib hatte Thankmar erfahren, wie lange die Schandmale haften blieben, bis sie endlich verblassten. Die Tote war ohne Zweifel eine Sklavin. Aber wie war sie hierhergekommen? Er sah, dass Isaak schweigend die Stirn runzelte.

Die dritte Leiche war kein Sklave: grünes Wams, praller Bauch, die Finger voller Ringe, Füße in Gelbleder. Der Kopf war zerquetscht, wie zwischen Mühlsteine geraten, ein Brei aus Haar, Hirn und Knochensplittern.

Isaak ließ anlegen. Er wolle sich lieber die Fußsohlen wundlaufen, als auf einem krängenden Floß den schwarzen Fluss Styx hinabzufahren, bis ihn die Unterwelt des Hades verschlang. Zwar verstand Thankmar die Worte nicht, aber auch er wollte das Wasser so schnell wie möglich verlassen. Hatte er zuvor nicht darüber nachgedacht, was in den Tiefen des Stroms hausen mochte, so bedrängten ihn jetzt Fantasien von Heerscharen versunkener Leichen, die sich unter ihm im schwarzen Wasser wanden, mit den Augen rollten und mit Klauen nach ihm griffen. Als das Floß über das Kiesbett am Ufer scheuerte, sprang Thankmar mit einem weiten Satz an Land. Keinen Zeh wollte er mehr in diesen Totenfluss tauchen.

Sie trugen das Floß ans Ufer, bedeckten es mit Laub und beschwerten es mit Erde. Aus Südwesten trug der Wind Rauch herüber.

Isaak rieb sich den Schmutz von den Fingern. »Feuer. Nicht weit von hier. Unter anderen Vorzeichen hätte ich gesagt: Wer auch immer über jener Flamme seinen Braten röstet und sich die Füße wärmt, wir wollen ihm rasch einen Besuch abstatten. Aber hier treiben Leichen im Fluss. Was auch immer dort drüben brennt, es riecht nach Unheil.«

»Seht, hinter den Brombeersträuchern dort, drei Apfelbäume. In ihren Kronen hängt noch genügend Laub, um eine geschützte Nacht darunter zu verbringen. Morgen, wenn alle Gefahr verraucht ist, können wir in einem weiten Bogen um den Brand herumziehen.«

»Nein. Wir gehen sofort. Was, wenn die Araber die Invasion schon bis hierher vorangetrieben haben? Ziehen wir weiter, ohne Erkundigungen einzuholen, geraten wir womöglich hinter die feindlichen Linien.«

»Aber das Feuer kann auch anderen Ursprungs sein.«

»Richtig. Deshalb werden wir uns anschleichen und die Wahrheit herausfinden. Vielleicht brodelt auch nur eine Suppe mit großen Fettaugen auf den Flammen, und jeder, der davon kostet, fällt tot in den Fluss.«

Thankmar zog eine Grimasse. »So lasst uns wenigstens etwas Fallobst sammeln. Mein Hunger brennt heißer als jedes Feuer, wisst Ihr?«

»Das weiß ich nicht. Doch Proviant wird nicht schaden.«

Isaak schickte Thankmar fort, und kurze Zeit später kehrte der Sachse zurück, die Arme voller Äpfel, umwölkt vom Geruch gärigen Obstes. Sie teilten die Beute und stopften sich die Taschen voll. Besänftigt jonglierte Thankmar mit drei der mattroten Früchte und biss in ihr mehliges Fleisch.

22.

Der Boden war aufgeschwemmt zu schwarzem Morast, in dem ihre Füße bei jedem Schritt versanken. Mit rudernden Armen torkelten Thankmar und Isaak durch das Moor, das sich vor ihnen aufgetan hatte, kaum dass sie sich vom Fluss entfernt hatten. Brüchige Bohlenwege, kaum erkennbar unter dem angespülten Schlick, führten zur Quelle des Brandgeruchs. Eine zierliche Rauchfahne über einem Erdwall wies ihnen den Weg.

Hinter dem Wall musste ein Dorf stehen. Eine gut zu verteidigende Lage. Thankmar erinnerte sich an Sachsensiedlungen, die, auf Inseln im Sumpfland errichtet, fast uneinnehmbar waren. So war es auch hier: rechts der Fluss, linker Hand das Moor, dazwischen eine Erdaufschüttung, die sich im Halbrund um die Häuser zog. Eine Festung, die von Angreifern hohen Blutzoll fordern würde.

Sie hatten den Wall fast erreicht. Der Bohlenweg führte auf einen Durchlass zwischen den Hängen zu. Wächter waren nicht zu sehen. Beunruhigt wollte Thankmar Isaak auf den unbewachten Eingang aufmerksam machen, da erhob sich ein Kreischen über den Wall. Wie unter Pfeilbeschuss sackten die beiden Männer in die Knie.

»Abul Abbas«, flüsterte Thankmar, richtete sich auf und hetzte auf den Wall zu.

Isaak folgte ihm unter Protest. Geduckt liefen sie den Hang hinauf, warfen sich auf das rutschige Erdreich und riskierten Blicke über die Wallkuppe. Thankmar sah seine Vermutung bestätigt. Tatsächlich verlief die Befestigung im Halbkreis und reichte bis zum Fluss. Sie umschloss ein kleines Dorf, ein Dutzend Langhäuser nebst Wirtschaftsgebäuden, die zum Schutz vor Hochwasser auf Anschüttungen erbaut worden waren. Eines der Häuser war der Raub einer Feuersbrunst geworden. Noch immer schwelte die Ruine.

Inmitten des Dorfes, auf einem freien Platz von gut einhundert Fuß Durchmesser, erhob sich eine mächtige Eiche, die wohl mehrere Hundert Jahre alt sein mochte, mit einem Stamm, den fünf Männer nicht hätten umfassen können. An dieses Monument aus steinhartem Holz war Abul Abbas gekettet. Vom linken Vorderfuß des Elefanten bis zum Eichenstamm spannten sich schimmernde Eisenglieder wie die Perlenkette eines Riesen.

Für einen Moment zweifelte Thankmar daran, tatsächlich Abul Abbas vor sich zu sehen. Das Tier gebärdete sich wie tollwütig, zerrte an seiner Fessel, trompetete und rannte in rasender Wut um den Baum herum, bis die Kette um den Stamm gewunden war und es zum Innehalten zwang. Dann verharrte es einen Augenblick, drehte sich um und begann das Kreiseln von Neuem, dieses Mal in die entgegengesetzte Richtung, sodass die Kette sich wieder lockerte. Dabei wedelte der Elefant mit den Ohren und glotzte aus weit aufgerissenen Augen um sich. War dies das sanfte Tier, auf dem Thankmar geritten, auf dessen Rücken er geschlafen hatte wie im Schoße seiner Mutter?

»Bei der kindermordenden Lilith!«, zischte Isaak und lenkte Thankmars Aufmerksamkeit auf eine Gruppe von Männern und Frauen, die zusammengedrängt am Flussufer standen. Sie trugen Fesseln und hatten weiße Füße, die sie als Sklaven auswiesen. Die Tote in der Strömung musste zu ihnen gehört haben.

Niemand sonst war zwischen den Häusern, in den Türen

oder Fenstern zu sehen. Nur vier Pferde grasten zwischen Stechginster und äugten beunruhigt zu dem tobenden Elefanten – ein Falbe, ein Fuchs und zwei Rappen.

»Herr, er ist es. Wir haben ihn gefunden.« Thankmars Augen waren weit aufgerissen.

»Wahrhaftig. Ein Glücksfall«, flüsterte Isaak, aber die Miene des Alten hatte ihre eigene Sprache.

»Ihr wollt Abul Abbas zurücklassen?« Entsetzt packte Thankmar den Arm des Juden. »Warum? Nur ein paar Schritte, und es ist niemand in der Nähe. Oh, Ihr glaubt, er würde mir nicht gehorchen? Seid unbesorgt. Ich weiß, was ich zu tun habe.« Er griff unter die Tunika und holte das Amulett hervor. Rot und golden funkelte der Vogel in seiner Hand. »Damit kann ich Abul Abbas beherrschen. Ganz verrückt ist er danach. Wisst Ihr, in Pavia habe ich durch den Vogel mit ihm reden können. Vielleicht ist das nicht das rechte Wort, aber er konnte mich verstehen. Das Glitzern dieses Dings – wenn er es sieht, ist er zahm wie ein Lamm. Ihr wart ohne Bewusstsein, als es passierte, aber Ihr müsst mir glauben. Es steckt irgendeine Art von Hexerei in diesen Steinen.«

Isaaks Finger schnappten nach Thankmars Handgelenk. Unter der ledrigen Haut steckte ungeahnte Kraft. »Wo hast du das her?« Unweigerlich duckte sich Thankmar. »Du hast es gestohlen. Nachts bist du herumgehuscht, hast dich an mich herangemacht und es genommen. Lausiger Dieb!«

Thankmar wollte zurückweichen, aber Isaaks Hand war wie Granit. »Ich wusste nicht … Es lag auf dem Weg nach Pavia. Dort müsst Ihr es verloren haben.«

»Lange Finger und dicke Lügen! Doch bin ich dankbar für die Offenbarung. Fast hätte ich Sympathie an dich verschwendet. Was habe ich auch erwartet? Wer heute einen Dieb heiratet, läuft morgen nackt durch die Stadt. Heißt es nicht so?«

Isaak ließ die Hand des Sachsen fahren. Für einen unentschlossenen Moment hing Thankmars Arm wie tot herab, mit dem Amulett in den gestreckten Fingern, dann griff Isaak nach dem Vogel, so behutsam, als habe er Schmetterlingsflügel, und hängte sich den Lederriemen um den Hals.

Thankmar zwang die verkniffenen Lippen auseinander. »Und Abul Abbas?«

»Der Elefant ist nicht länger Teil meiner Mission.«

»Er hat Euer Leben gerettet. Ihr solltet ihm Dankbarkeit erweisen.«

»Warum versuchst du nicht, ihn zu stehlen? Das sollte dir nicht schwerfallen.« Isaak erhob sich und schritt den Wall hinunter, zurück in den Sumpf. Ohne sich umzuwenden, rief er: »Du bist frei. Geh, wohin es dir beliebt! Für einen wie dich habe ich keine Verwendung mehr.«

Betäubt kauerte Thankmar am Hang, unfähig, sich zu erheben. »Frei?«, flüsterte er, dann schrie er Isaak hinterher: »Eure Worte bedeuten nichts. Ich war schon immer frei. Ich werde es immer sein. Ihr seid der Sklave. Der Hund, der seinem Herrn die Stiefel leckt. Jetzt geht und schnüffelt nach ihm, damit er Euch den Bauch tätschelt und einen Knochen hinwirft!«

Isaak stieg über die Worte hinweg und wandte sich nicht um.

Gehen oder bleiben, Stolz oder Treue?

Thankmar blieb keine Zeit nachzudenken. Im Dorf erhoben sich Stimmen, aufgeschreckt durch sein Rufen. Als er sich umdrehte, sah er vier Gestalten aus dem schiefen Haus treten, bei dem die Pferde grasten.

Die Pferde. Jetzt fiel es ihm ein. Der Falbe und die beiden Rappen – das waren die Tiere, die sie auf dem Berg hatten zurücklassen müssen. Mit einem Mal wusste Thankmar, wer hier ihrer lauerte: Mazruq, Khalid und Hubaisch, das unheilige Triumvirat aus dem Wüstensand, die Geißeln seines Schicksals. Bei ihnen sah er eine weitere Gestalt, den Reiter des vierten Pferdes.

»Bei Hugin und Munin!«, stieß Thankmar hervor, als er den Mann erkannte.

Derselbe Wanst, dieselben fleischigen Arme und dieselben gierigen Augen. Selbst über diese Entfernung hinweg meinte Thankmar, der Zwiebeldunst des feisten Leibes kitzele ihn in der Nase. Es gab keinen Zweifel: Unter dem Türsturz stand Grifo, der Sklavenhändler, und strich sich über den kahlen Schädel.

Thankmar wollte fliehen, hinter Isaak herlaufen, aber er konnte die Augen nicht von den vier Männern nehmen. Jetzt schienen sie zu streiten. Grifos Arme fuhren voller Jähzorn auf und nieder. Khalid und Hubaisch redeten auf Mazruq al-Atar ein, der seine Landsleute anschrie. Giftige Brocken Arabisch flogen zu Thankmar herüber. Er schob sich bis über die Wallkuppe nach vorn. Könnte er doch nur verstehen, worüber dort unten gestritten wurde! Die Männer diskutierten immer heftiger und geizten dabei nicht mit Drohgebärden. Schließlich machte Hubaisch dem Zwist ein Ende. Er hob seine Paradelanze, schrie etwas Unverständliches und stürmte mit erhobener Waffe los.

Für einen kurzen Moment glaubte sich Thankmar am Ziel seiner Wünsche. Seine Feinde zerfleischten sich gegenseitig. Aber rasch musste er erkennen, dass er sich getäuscht hatte. Hubaisch ging nicht auf Grifo, Khalid und Mazruq los. Sein Ziel war der Elefant.

Die Erkenntnis riss Thankmar auf die Füße. Mit weiten Sätzen humpelte er den Wall hinab, strauchelte auf dem kranken Bein. Schneller, schneller. Schmerz fraß sich in seinen Fuß. Trotzig trat er noch fester auf. Aber er war nicht schnell genug. Der Lanzenschwinger würde das Tier vor ihm erreichen.

»Isaak«, schrie Thankmar, »Isaak.« Panik verlieh seiner Stimme Kraft.

Hubaisch blieb abrupt stehen. Sein gelbes Kleppergrinsen grüßte den Sachsen. Dann rannte er auf sein neues Opfer zu.

Hubaisch, dieser Hitzkopf, würde sie noch alle ins Verderben stürzen. Fassungslos starrte Khalid seinem Kameraden hinterher, der mit erhobener Lanze auf den Elefanten zustürmte. Zwar war auch Khalid selbst der Meinung, dass sie Abul Abbas töten mussten, doch hatte er Mazruq und Grifo mit Worten überzeugen wollen. Mitten in der hitzigen Diskussion war Hubaisch aufgesprungen.

»Wie es Eurem Geschäft geht, interessiert mich nicht, Grifo«, hatte Khalid kurz zuvor zu dem fetten Sklavenhändler gesagt. Er hockte auf einem Holzblock vor dem baufälligen Haus, in dem sie kampierten, und löffelte Hirsebrei aus einer Schüssel.

Die Bewohner des Hauses warteten mit gebeugten Häuptern im Inneren nahe der Tür. Angewidert kräuselte Khalid die Oberlippe. Der hagere Alte war von den Schlägen des Sklavenhändlers blau geschunden. Sein fettes Weib kauerte zitternd neben ihm, wohl voller Angst, man würde ihr Gewalt antun.

Khalid schleuderte der Alten die Schüssel vor die Füße und wandte sich wieder Grifo zu. »Euch wiederzusehen war ein großes Glück für uns. Ich danke Allah dafür, seine Wege sind unergründlich. Er war es, der uns den Elefanten geschickt hat, damit er uns zu Euch führt. Doch nun sind wir hier, und die Bestie ist zu einem Problem geworden. Ich sage nochmals: Der Elefant muss sterben.« Er suchte die Runde nach zustimmenden Blicken ab, aber nur Hubaisch nickte bedächtig in den Becher hinein, aus dem er ununterbrochen trank.

»Ein paradiesisches Gesöff. Bier. Wir müssen unbedingt die

Rezeptur auftreiben und es den Kalifen probieren lassen, wenn wir heimgekehrt sind. Ich würde es gegen alle Jungfrauen im Paradies mit ihren schwarzen Augen und unvergänglichen Reizen eintauschen. Und, ja – wenn du mich fragst, den Elefanten sollten wir schlachten.«

Eine Faust schlug ihm den Becher aus der Hand. Verstört und mit Schaum im Bart blickte Hubaisch in die Grimasse Mazruq al-Atars.

»Gottlose Kröte! Reicht es nicht, dass du dich bei jeder Gelegenheit am Wein vergehen musst? Jetzt säufst du sogar das Frankengift. Der Farbe nach zu urteilen ist die Herstellung so einfach wie abscheulich. Ha! Eher würde ich mich eigenhändig entleiben, als diesen Sud zu trinken.«

Hubaisch erhob sich und baute sich drohend vor dem kleineren Mazruq auf.

»Der Elefant bleibt am Leben«, sagte Mazruq. »Bis wir den Juden und den Sachsen aufgespürt haben, steht das Tier unter meinem Schutz. Sie werden es suchen und finden, und damit sind sie dem Tod durch meine Hand geweiht. Danach könnt ihr Spießbraten in Honig aus Abul Abbas machen, wenn ihr wollt.«

Khalid nahm dem zornesroten Hubaisch die Worte aus dem Mund. »Seit wir Abul Abbas vor einigen Tagen gefunden haben, hat es nur Tod und Verwüstung gegeben. Ich weiß nicht, was den Elefanten so verändert hat. Er hat sich in ein rasendes Monstrum verwandelt. Seht ihn euch an! Den ganzen Tag rennt er um den Baum herum. Er braucht kein Futter, sucht nicht nach Wasser. Bloß diese Unrast, immerzu rennen, rennen, rennen. Wir ziehen eine Schneise der Verwüstung hinter uns her. Zwei Fischerhütten hat er niedergetrampelt, einen Fronhof eingerissen, eine Pilgerkarawane überrannt und hier in diesem Dorf, in dem wir als friedliche Reisende auftreten wollten, ein Haus demoliert, bis es Feuer fing. Nicht, dass ich mich um die Franken schere, die dabei umgekommen sind. Aber auf die Spur, die wir legen, wird selbst ein blinder Kaiser stoßen. Und dann möge Allah mit uns sein.«

»Das wird er, sei gewiss. Und der Jude mit seinem Sachsen wird ebenfalls auf diese Spur stoßen.« Mazruqs Stimme wurde sanfter. »Deine Argumente sind Worte der Wahrhaftigkeit, Bruder Khalid. Doch vergisst du, dass es unser Freund Grifo war, der den Elefanten wiedergefunden hat. Du hast doch sicherlich verstanden, dass sich der gute Grifo vom Verkauf des Tieres eine enorme Summe verspricht. Willst du ihn um seinen Lohn bringen?«

Khalid verkniff sich einen Blick auf den Sklavenhändler. »Grifo ruiniert sich selbst. Zwei seiner Sklaven sind beim Versuch, Abul Abbas an die Kette zu legen, zertreten und aufgespießt worden. Ein schlechtes Geschäft, wenn du mich fragst.«

»Aber ich frage dich nicht. Der Elefant …« Mazruq verstummte, denn Hubaisch griff plötzlich nach seiner an der Wand lehnenden Lanze und rannte los.

»Was hat er vor, was hat er vor?« Grifo schoss in die Höhe. Obwohl er dem auf Arabisch geführten Streit nicht hatte folgen können, schien er zu ahnen, was auf dem Spiel stand.

Von Mazruq geführt stürzten die Männer hinter Hubaisch her.

Thankmar wusste, er konnte dem Angreifer nicht entkommen. Geduckten Hauptes rannte er auf Hubaisch zu, tauchte unter dem Lanzenblatt hindurch und prallte gegen die Brust des Arabers. Hubaisch taumelte zurück. Bevor sich der Lanzenträger fangen konnte, war Thankmar bereits unterwegs zu einem neuen Ziel: Abul Abbas.

Noch immer trabte der Elefant um die Eiche, schlang die

Kette um den Stamm, um sie nach drei Runden wieder abzuwickeln. Thankmar schrie das Tier an, aber es reagierte nicht. Keuchend humpelte er hinter dem Riesen her und langte nach dem wippenden Schwanz, bereit, mit Gewalt auf sich aufmerksam zu machen.

Etwas traf seinen Kopf von hinten. Er stürzte, Blut lief ihm in die Augen. Die linke Seite seines Kopfes fühlte sich taub an, dann breitete sich ein stechender Schmerz aus. Mit zitternder Hand wischte er sich die Augen frei. Vor ihm schwamm ein Ohr in einer Pfütze aus Blut, seinem Blut, das ihm aus dem Kopf troff. Nur langsam begriff er. Es war sein eigenes Ohr, das dort in der Blutlache lag.

Wieherndes Lachen ließ ihn herumfahren. Über ihm stand Hubaisch, die langen Zähne gebleckt, die Lanze mit beiden Händen umfasst und siegessicher vorgestreckt. Den Schwall arabischer Worte brauchte Thankmar nicht zu verstehen, um die Absicht des Muslims zu begreifen. Hubaisch hob langsam die Arme und hielt schließlich inne, als genieße er den Moment. Die Eisenspitze schwebte über Thankmars Haupt wie das Beil eines Scharfrichters.

Der Sachse kroch rückwärts. Einmal mehr verfluchte er das Schicksal. Erst vor wenigen Augenblicken hatte er das Amulett hergegeben, mit dessen Kraft er jetzt Abul Abbas hätte zu Hilfe rufen können. Er spürte noch die Glätte des Almandins in den Fingerspitzen. Zu spät. Der Zaubervogel war mit Isaak auf und davon.

Er schob sich nach hinten, bis seine Schultern an den Stamm der Eiche stießen. Dort blieb er liegen wie ein Käfer, der darauf wartet, zertreten zu werden. Wo das Ohr fehlte, quälte ihn ein Brennen, und Blut ergoss sich aus der Wunde auf seinen Hals, über Schulter und Brust. Über ihm holte Hubaisch noch einmal tief Luft. Thankmars Finger suchten in der feuchten

Erde nach Halt. Aber der Tod ritt nicht auf dem Schaft von Hubaischs *qanah*.

Donnernd stampfte der Elefant heran, noch immer in der Kreisbahn, blind und taub für die Welt. Thankmar presste sich eng an den Stamm, um den walzenden Schritten zu entgehen. Auch Hubaisch tänzelte geschickt außer Reichweite des Riesen. Doch kaum war Abul Abbas vorüber, spannte sich die Kette hinter ihm, schlug dem Araber in den Rücken und schob ihn auf den Baum zu. Hubaisch ließ die Lanze fallen und versuchte, unter dem Stahlstrang hinwegzutauchen. Aber der Zug war zu stark. Die Kette presste ihn gegen die Eichenrinde, wickelte sich weiter um das Holz und schnürte ihn ein. Noch einmal schnappte der Araber nach Luft, dann wurde er in zwei Teile gerissen.

Blut schwappte auf Thankmar herab und lief ihm warm in Nase und Mund. Für einen Moment glaubte er, ersticken zu müssen. Er würgte und hustete, bis die Herbstluft wieder einen Weg in seine Lungen fand. Auf Händen und Knien kroch er fort von dem Stamm, achtete darauf, der erneut heransausenden Kette auszuweichen. Erschöpft und taub vor Schmerz und Ekel ließ er sich endlich in einen Haufen feuchten Laubes fallen. Hubaisch war tot. Abul Abbas hatte ihn gerettet. Vielleicht hatte er den Glauben an die Götter zu früh verloren.

Jemand zerrte an seinem Arm. »Rasch, fort von hier!« Isaak war zurückgekehrt.

Die Stimme des Alten verlieh Thankmar neue Kraft.

Er rappelte sich hoch und ließ sich fortziehen. »Was ist aus Eurer Mission geworden?«, wollte er fragen, aber nur Gurgeln und Krächzen entrangen sich seiner Kehle. Und Lachen. Nur knapp war er dem Tod entronnen, das Blut seines Feindes klebte noch an ihm, er war verstümmelt, und sein ganzer Körper kochte vor Schmerz. Wieso lachte er? War das der Wahnsinn?

Als er den Wall erreichte, bemerkte er, dass Isaak zurückgeblieben war. Er drehte sich nach dem Juden um und wollte nicht glauben, was er sah.

Isaak war stehen geblieben und wartete. Alles an ihm schien leblos herabzuhängen: das lange Haar zu Strähnen verklumpt, der rote Mantel zerrissen und voller Schlamm, die knochigen Hände, durch die jenes rätselhafte Beben lief.

Von jenseits des Platzes eilte eine Gestalt herbei, in schwarzem Rock und weißem Turban. Mazruq al-Atars Miene war zu einer dämonischen Fratze verzerrt. Wie der Wüstenwind fegte er auf den Juden zu. Wieso flüchtete Isaak nicht?

»Herr, eilt Euch!«, rief Thankmar, aber Isaak zeigte keine Regung.

Thankmar rannte zu Isaak zurück. Selbst auf die Entfernung hörte er das bösartige Keuchen des Arabers, sah er die gelben Sprenkel des Hasses in den schwarzen Sonnen seiner Augen, sah, wie der Säbel aus Mazruqs Gürtel in seine Hand flog.

Als Mazruq vor Isaak stehenblieb, musste er zu dem Alten aufblicken. »Auf die Knie, Ungläubiger!«, rief er voller Zorn.

Isaak rührte sich nicht.

Mazruq holte mit dem Säbel aus. »Auf die Knie mit dir! Schwöre deinem Gott ab, und bekenne dich zur Lehre des Propheten und zu Allah. Dann schenke ich dir einen schnellen Tod.«

»Der Haarige soll Euch holen! Ihr habt noch immer nichts begriffen, Mazruq.« Isaaks Stimme war tonlos. »Wir beten zu demselben Gott, auch wenn wir ihn bei verschiedenen Namen nennen. Auch sind wir eines Blutes, obwohl unsere Väter und Mütter aus weit entfernten Teilen der Welt stammen. Um das zu erkennen, hat Euch Harun ar-Raschid auf diese Reise geschickt. Es ist wahr. Er hat mit mir darüber gesprochen. Mehr als Ihr Euch vorstellen könnt, schätzt er Eure Kraft und Willensstärke. Aber er weiß auch um Eure Schwäche: die Angst, Mazruq. Angst ist alles, was Ihr in Eurem Herzen tragt. Sie macht Euch zu einer Gefahr. Für den Kalifen, für den Hof, für das Reich und letztlich auch für Euch selbst. Oh, Ihr wisst sie wohl zu verbergen. Und doch ist sie immer bei Euch. Blanke Furcht. Seht Euch nur an. Ein schlotternder Greis und ein verkrüppelter Sklave jagen Euch so viel Angst ein, dass Ihr mit dem Säbel auf sie losgehen müsst.«

Mazruq hielt seinen Säbel weiter fest umklammert, rührte sich aber nicht.

»Wir hatten eine gemeinsame Aufgabe, aber Ihr habt nie daran geglaubt. Warum nur? Ich schätze, weil Ihr nichts verstanden habt. Harun ar-Raschid hat uns nicht bloß ausgesandt, um Carolus Magnus Geschenke zu bringen. Der Elefant, die Wasseruhr, all die kostbaren Stoffe und Düfte waren bloß Beiwerk, um der Höflichkeit zu genügen. Die wahre Friedensbotschaft aber waren wir selber: Mazruq al-Atar, der Muslim, Isaak, ein Kind Israels, und dieser da, Thankmar, der Germane, der zu den alten Göttern betet. Carolus Magnus hätte als Christ das Quartett vervollständigt. Vier Religionen, vier Kulturen, und doch von einem einzigen Stamm. Das galt es zu erkennen und Zweiflern zu zeigen. Frieden, mein Freund, schlägt keine Wurzeln in einem Haufen niedergeworfener Waffen. Frieden blüht nur in uns selbst.«

»Wenn du Frieden willst«, rief der Araber, »such ihn in der Hölle.« Mit einem einzigen Hieb schlug er dem Alten den Kopf ab.

»Nein!« Thankmar fiel neben seinem Herrn auf die Knie. Dickes Blut sprudelte aus dem Hals und sammelte sich in einer Lache. Ein letztes Zittern lief durch die Finger des Juden.

Wo war der Kopf? Der Kopf musste her. Während Thankmar blind vor Entsetzen nach dem Schädel Ausschau hielt, presste er die Hände auf die Wunde, um den Lebenssaft zurückzuhalten. Rote Zungen leckten zwischen seinen Fingern hindurch, und von der toten Brust des Juden rutschte der Almandinanhänger unbemerkt auf Thankmars Handgelenk. Unter den Fingern spürte er die schwächer werdenden Kontraktionen der Arterien.

»Kommt zurück, Herr!«, rief er, taub für das Hohnlachen des Arabers.

Heiße Finger packten sein Haar, rissen ihn zurück, fort von dem Leib, und trieben Nadeln in seine Kopfhaut. Er schlug danach, stemmte sich vergebens gegen die Macht, die ihn fortzerren wollte von seinem Herrn. Sollten sie ihm den Schädel abreißen. Er musste Isaaks Kopf finden, Isaak brauchte seinen Kopf zurück.

Jemand zerrte ihn auf die Füße. Er erkannte Grifo am Geruch, bevor er ihn sah. Eine schwere Faust krachte gegen seinen Kiefer, eine Stiefelspitze bohrte sich in den Unterleib. Bevor er erneut zu Boden gehen konnte, umklammerten ihn starke Arme. Das musste Khalid sein, der da hinter ihm stand.

Mazruq al-Atar trat in sein verschwommenes Blickfeld. »Die Fische gehen von selbst ins Netz. Habe ich es dir nicht prophezeit, Khalid?«

Hinter Thankmars noch intaktem Ohr schnarrte Khalids schartige Stimme. »Ja, du hast recht behalten. Aber deine Genugtuung hat unseren Gefährten das Leben gekostet. Erst Sanad, jetzt Hubaisch. Werde ich der Nächste sein?«

»Keine Angst, Bruder«, sagte Mazruq hastig und zückte einen Dolch. »Hubaischs Mörder hat lange genug sein Spiel mit uns getrieben.« Er trat so nah an Thankmar heran, dass die Borsten des schwarzen Gabelbartes über das wunde Gesicht des Sachsen kratzten. »Ich weiß nicht, wie deine Götter heißen, aber wenn Kreaturen wie du zu ihnen beten, müssen sie hodenlose Schwachköpfe sein. Sag ihnen das von mir.«

Dann stach Mazruq zu, einmal, zweimal, dreimal drang der Dolch bis zum Heft in Thankmars Bauch. Der Sachse riss Mund und Augen weit auf, dann fiel er in sich zusammen. Khalid ließ ihn zu Boden stürzen, wo er regungslos liegen blieb.

Angewidert wirbelte Mazruq herum. »Komm, Khalid. Der Wille Allahs ist geschehen. Nichts hält uns mehr in diesem Seuchenpfuhl von einem Land. Bagdad, die Blume am Tigris, wartet auf ihre Söhne, mein Freund.«

Khalid sträubte sich gegen den Arm, den Mazruq ihm um die Schultern legte. »Was wird aus Hubaisch? Wir können ihn nicht für die Hunde liegen lassen.«

»Wie willst du die Leiche bergen? Sieh doch, die Bestie zieht noch immer ihre Kreise. Willst du sie bitten, einen Moment innezuhalten, damit du die Überreste deines toten Freundes zusammenklauben kannst?«

»Du bist es doch, der auf alles eine Antwort aus dem Koran weiß. Vielleicht kannst du dem Elefanten die siebte Sure ins Ohr flüstern. Dann wird er sich wie der Erzengel Gabriel in die Lüfte erheben und verschwinden.«

Mazruq ging nicht auf Khalids Provokation ein. »Wir reiten noch vor Sonnenuntergang. Grifo, wenn Ihr uns nach Bagdad begleiten wollt, müsst Ihr Euch des Elefanten entledigen. Mit ihm zu reisen hat sich als zu risikoreich herausgestellt. Ich möchte nicht in diesem Land enden, von wild gewordenen Franken aufgespießt und in einen Kochtopf gesteckt. Lasst ihn einfach hier. Die Bewohner dieses Dorfes werden sich früher oder später seiner annehmen.«

Der Sklavenhändler nickte grimmig. »Ich verstehe. Der Verkauf des Tieres hätte mir an einem Adelshof wohl an die zehn Pfund Silber einbringen können. Aber es ist besser, mit Euch zu ziehen. Der Kalifenhof soll mein Marktplatz sein. Es bleibt doch bei unserer Abmachung?«

»Ich halte mein Wort.« Mazruq lachte und deutete auf die Leiche des Sachsen. »Fragt jenen dort, wenn Ihr mir nicht glaubt.«

Blaue Schatten lagen schon über dem Dorf am Fluss, als sich die Reiter mitsamt den Sklaven davonmachten. Selbst als ihr Hufschlag längst verklungen war, wagten sich die Siedler noch nicht aus ihren Häusern. Abul Abbas war zur Ruhe gekommen und stand stocksteif mit schlaffem Rüssel zwischen den drei Leichen, deren Blut zu einer schwarzen Kruste geronnen war. Hätten nicht die Frösche im nahen Weiher zum Mond gesungen, der Ort wäre so leblos gewesen, dass sich der Tod höchstselbst vor ihm gefürchtet hätte.

Ein herbeieilender Schatten ließ die Frösche abrupt verstummen. Nackte Füße raschelten durch das Laub und quatschten im Morast. Ein Schemen überquerte den Dorfplatz. Falls jemand in den Häusern den unheimlichen Besucher bemerkt hatte, so war er zu verschreckt, um Alarm zu schlagen. Ein Beobachter hätte die Gestalt womöglich für den Teufel persönlich gehalten, der in jener Nacht in das Dorf schlich, um nachzusehen, welch reiche Seelenernte ihm beschert worden war. Oder für den Geist eines der Erschlagenen, der zurückkehrte, um das Dorf heimzusuchen.

Als die Dorfbewohner mit den ersten Sonnenstrahlen vorsichtig ins Freie kamen, standen sie verwundert auf dem Platz.

Am Eichenstamm lag noch die Kette neben der Leiche des Arabers. Der Elefant jedoch war fort – und mit ihm die beiden anderen Toten. Der Wind blies den Männern und Frauen in die Gesichter, und manch einer meinte, ihn lachen zu hören.

23.

Graf Saudrat von Mondsee war ein großer Krieger. Sein Körper war gezeichnet von den Spuren ungezählter Kämpfe, und er trug die Schlachtenmale mit Stolz, auch wenn sie seinem Äußeren nicht zum Vorteil gereichten. Eine senkrechte Narbe verunstaltete die linke Seite des Gesichts, reichte vom Kinn bis zur Stirn, unterbrochen von einem erloschenen Auge. Die Oberlippe war ihm abgetrennt worden, was auch der buschige Schnauzbart nicht verbergen konnte. Von ferne betrachtet schien Saudrat unablässig zu grinsen. Nach der Sitte der fränkischen Edelinge waren fünf bunte Bänder in sein Haar geflochten. An der linken Hand fehlte ein Finger, die rechte war nur zur Hälfte vorhanden. Kaum vorstellbar, dass dieser Mann ein Schwert führen konnte. Geradezu unglaublich, dass er zur Leibgarde des Kaisers gehörte, zur legendären *Scara francisca*. Was für Qualitäten mochten in Saudrat stecken?

Er stank. Imma wich vor dem torfigen Atem zurück und hoffte, den Grafen damit nicht zu beleidigen. Bis auf Nasenlänge war er an sie herangetreten. Ohne den Kettenpanzer stiegen seine Leibesdünste ungefiltert in die Lüfte. Imma atmete durch den Mund.

»Der Kaiser will also endlich mit mir reden? Nachdem er mich zwei Tage hat warten lassen, besitzt er die Unverfrorenheit, nach mir zu schicken, statt persönlich vorzusprechen?«

»Gewiss.« Saudrat druckste herum. »Aber er ist der Kaiser. Was er befiehlt, muss geschehen.«

»Habt Ihr keinen eigenen Willen? Was würde aus diesem Land, wenn alle Menschen auf Order des Kaisers warten? Was?«

»Gewiss«, wiederholte Saudrat und verlagerte das Gewicht auf das andere Bein. »Aber wenn er es doch befiehlt?«

Imma verkniff sich weitere Argumente und schickte ein Gebet zum Lob der Einfalt gen Himmel. Wenn dieses Exemplar ein Vertreter der kaiserlichen Elite war, konnte das große Frankenreich das nächste Weihnachtsfest nicht überdauern. Es war genug. Sie wollte endlich zum Kaiser und das säuerliche Aroma des Grafen hinter sich lassen.

»Gut. Ihr habt mich überzeugt. Ich werde mich sofort zum kaiserlichen Zelt aufmachen.«

Obwohl Bauer Leidrad Carolus Magnus nach dessen Ankunft sofort seinen gesamten Hof zur Verfügung hatte stellen wollen, hatte der Herrscher darauf bestanden, in seinem Zelt aus Bärenhäuten zu nächtigen. Ein weiches Lager aus Stroh sei gut genug für die Hintern von Weibern und alten Männern, sagte er, ein Kaiser hingegen schlafe bei seinen Soldaten.

»Oh nein, Schwester. Der Kaiser ist nicht in seinem Zelt. Er badet im Fluss. Bitte folgt mir!« Saudrat versuchte sich an einer einladenden Geste, die so galant wirkte wie der Todesstoß mit einem Breitschwert.

Er badete? Imma überlegte, ob sie erneut Widerspruch einlegen sollte, beließ es jedoch bei ihrer Absicht, Saudrats einfaches Gemüt nicht weiter zu quälen – und sich selbst zu schonen –, und begleitete den Krieger den gewundenen Weg vom Gehöft zum Ufer der Rhône hinab.

Der ausgefahrene Karrenweg zum Fluss war von Pfützen übersät, zwischen denen Grasinseln sicheren Tritt versprachen. Die Fähnchen, die noch vor wenigen Tagen bunt und ausgelassen im Wind geflattert und den Weg zum Erntefest gewiesen hatten, hingen nass und traurig an den Stöcken. Während Imma versuchte, den Wasserlöchern auszuweichen, schien sich Saudrat nicht um nasse Stiefel zu scheren und marschierte stracks durch die Pfützen, als wären sie nicht vorhanden. Was für seltsame Wesen Männer doch sind, dachte Imma und wünschte sich zurück in die weibliche Welt von Sankt Albola.

»Ihr seid eine Nonne, nicht wahr?« Saudrats intaktes Auge fixierte Imma. Trotz der frischen Herbstbrise glänzte Schweiß auf seiner Stirn.

»Das bin ich. Meine Kleider sind nicht mehr ganz standesgemäß. Sicher habt Ihr noch nie eine Nonne in einem solch derben Rock gesehen. Glaubt es oder nicht: Der Stoff hing einmal als Hose um die Beine eines Fuhrmanns.«

Der Krieger warf einen verschämten Blick auf ihren Rock. »Ihr seid eine schöne Frau, Nonne«, sagte er mit dem Kinn auf der Brust.

Was sollte das? Warb dieser Mann um ihre Gunst?

Sie warf dem um zwei Köpfe größeren Soldaten ihren strafendsten Blick zu, doch er hielt die Lider gesenkt. Der Gedanke, einem Mann zu gefallen, wirklich zu gefallen, nicht so wie sie Fuhrmann Ludwig gefallen hatte, nährte Immas Eitelkeit. Für einen Moment dachte sie erschrocken an ihre gebrochene Nase, die ihrer ohnehin mäßigen Schönheit ebenso abträglich war wie das aufgeschlitzte Ohr. Dann schüttelte sie die Selbstzufriedenheit ab und bat Gott um Vergebung. Ein Krieger der kaiserlichen Garde, ungeschlacht wie ein Streitross, machte ihr eine peinliche Aufwartung, und sie führte sich auf wie eine Novizin vor der Nonnenweihe. Wie Adelind.

Der Gedanke an ihre Reisebegleiterin bot eine willkommene Gelegenheit, das Gespräch in eine andere Richtung zu lenken.

»Haben Eure Männer schon nach meinem Mädchen gesucht?« Sie bemühte sich um einen herrschaftlichen Tonfall.

»Dürfen Nonnen heiraten?«

Vor Schreck verfehlte Imma eine Grasinsel und versank knöcheltief in einer Lache. Wenn Saudrat seine Attacken so ritt, wie er Frauen umgarnte, hatten seine Feinde nichts zu lachen. Sprachlos schüttelte sie den Kopf.

Der Graf riskierte einen weiteren Blick auf Imma, die ihre Füße aus dem Schlamm befreite. »Auch keine Friedelehe?«

Empört prustete sie ihrem Begleiter ins Gesicht.

»Verehrter Graf, ich bin eine Nonne und stehe nicht als Ware auf dem Fleischmarkt zur Verfügung. Friedelehe? Schon gar nicht ohne Gottes Segen. Ihr seid ein Krieger, der die Worte des Herrn zwar achten mag, aber schon aufgrund seines Handwerks außerhalb vieler biblischer Gebote lebt. Selbst wenn Ihr ein Mönch wärt: Es ist mir unmöglich, Euch zu heiraten.«

»Warum?«

Die dumpfe Stimme brachte ihre Wut zum Schäumen. Sie wollte ihn ankeifen, ihm zu verstehen geben, er sei ein grober, hässlicher Kerl, dessen Nähe ihr unerträglich sei, und er solle sehen, dass er sich trollte. Aber die roten Ohren unter dem graumelierten Haar des Grafen verrieten ihr, wie schwer Saudrat seine Offenherzigkeit fiel, und das stimmte sie milde.

»Weil ich einem anderen versprochen bin.« Imma erschrak. Sie hatte einem Fremden ihr Lebensgeheimnis anvertraut. Mit einem Mal versank sie in einem Meer aus Traurigkeit, das ihre Augen überschwemmte.

Saudrat sah ihr stumm beim Weinen zu, neugierig und erschrocken zugleich. Imma war froh über die Tränen, hielten sie doch den Grafen auf Distanz. Zugleich war sie von ihrer Traurigkeit irritiert. Solche Gefühlsausbrüche hatte sie zuletzt zu jener Zeit an den Tag gelegt, in der ihr Monatsblut zu versiegen begann. Damals hatte der geringste Anlass genügt, sie aus der Fassung zu bringen: verschütteter Messwein, eine Dissonanz im Chor oder das Heimweh der Novizinnen. Aber das lag einige Jahre zurück. Heute waren ihr jene Tage der Empfindsamkeit fremd, heute war sie eine andere, heute prügelte sie sich mit Fuhrmännern und streckte Meuchelmörder nieder. Wieso jetzt Tränen?

Der Fluss kam in Sicht und trug Männerstimmen zu ihnen herüber. Rasch wischte sich Imma mit dem Ärmel über die Augen und achtete darauf, die Haut nicht zu sehr zu röten. Schließlich ging es ihr nicht um das Mitleid des Kaisers. Sie wollte, dass er ihr Glauben schenkte.

Seit er vor zwei Tagen überraschend aufgetaucht war und sie vor dem Strang bewahrt hatte, hatte sie Carolus Magnus nur von ferne gesehen. Ständig war der Kaiser beschäftigt, nie blieb er lange an einem Ort, und stets war er von wenigstens fünf bulligen Männern seiner Leibgarde umgeben, zu der auch Saudrat zählte. Zwei dieser Haudegen waren noch in der Nacht ihrer Ankunft auf Kundschaft geschickt worden, um eventuelle Feindbewegungen zu sichten.

In jener Nacht war Imma dem Franken so dankbar gewesen für ihre Rettung, dass sie sich ihm zu Füßen geworfen und seine Knie umklammert hatte, bis seine kräftige Hand sie aus den Tiefen der Demut emporgehoben hatte. Als sie jedoch begonnen hatte, ihm atemlos von den Verbrechen Walas zu berichten, von dem teuflischen Erzbischof, dem arabischen Mummenschanz, dem Irrgarten, Fuhrmann Ludwig, Bernwin und dem Köhler, waren ihre Worte zu einem zähen Brei verquollen. Carolus Magnus hatte ihr den nietenbeschlagenen Panzerhandschuh auf die Wange gelegt und sie gebeten, noch ein wenig zu warten, bis sich die Aufregung gelegt haben würde.

Zwei Tage waren seither vergangen. Zwei Tage, in denen Imma Zeit gefunden hatte, den Leichnam Bernwins auf dem Begräbnisplatz des Hofes zu bestatten. Obwohl die Bauern ihre Toten noch immer verbrannten, gestatteten sie Imma, ein großes Körpergrab auszuheben, wohl weil sie Respekt vor der religiösen Autorität der Nonne hatten. Einen hölzernen Spaten gab man ihr, doch niemand half bei der schweren Arbeit. Zu grausig war Bernwin den Bauern schon zu Lebzeiten erschienen. Mit seiner Leiche in Berührung zu kommen wagte niemand.

Der Junge, der sie bei der Ankunft auf dem Fest begrüßt hatte, hockte sich an den Rand des noch flachen Grabes, sah Imma stumm bei der Arbeit zu und spuckte Apfelkerne in das Erdloch. Als er ihr riet, dem Toten Hände und Füße zu fesseln und ihm einen schweren Stein auf die Brust zu legen, damit er nicht wiedergehe, bewarf sie den Bengel lauthals schimpfend mit Lehmklumpen, bis er die Flucht ergriff.

Imma hatte Bestattungen von Bauern miterlebt, bei denen eine Prozession von Knechten und Mägden am Grab vorüberzog. Selbst das Vieh wurde oft an der Leiche vorbeigeführt, damit diese es segnete. Bernwins Begräbnis hingegen war kurz. Nach langer Plackerei fehlte es Imma an Kraft für Andacht und Trauer. Müde zerrte sie den Toten an den Füßen in die Grube. Insgeheim fand sie, Bernwin habe zur rechten Zeit seinen Frieden gefunden, die Ruhe, die ihm das Leben nicht beschert hatte. Wo er jetzt war, würde er gewiss einem milden Richter gegenübertreten.

Das Grab zu schließen kostete sie das letzte Quäntchen Kraft, aber Imma gönnte sich keine Ruhe. Da der Kaiser noch nicht in ihrer Angelegenheit beraten wollte, nutzte sie die Zeit, um Ställe und Flussufer nach Adelind abzusuchen. Sie fragte jeden auf dem Hof, ob er ihre Begleiterin gesehen habe. Doch die Novizin blieb verschwunden.

Herzog Walas dürre Gestalt kam ihr einige Male zu Gesicht, und sie huschte jedes Mal hinter Mehlsäcke, Pflüge, Pferde oder was sonst groß genug war, sie vor seinen grausamen Augen zu verbergen. Ob er nach ihr suchte, wusste Imma nicht zu sagen, aber sie hoffte, dass die unvermeidliche Konfrontation mit dem Herzog unter den Augen des Kaisers stattfinden würde. Dieser wollte sie endlich anhören. Doch welch seltsame Gelegenheit nutzte Carolus Magnus, um ihr Audienz zu gewähren? Ein Bad im Fluss. Gewiss entsprach das nicht dem Hofzeremoniell einer Pfalz. Das Rufen und Plantschen ausgelassener Schwimmer drang bereits zu ihr herüber, da richtete sie noch einmal das Wort an den schweigend neben ihr stapfenden Saudrat.

»Was hat es mit dieser seltsamen Begegnung auf sich? Wieso werde ich nicht im Zelt des Kaisers empfangen? Warum hier, fernab vom Hof, während Carolus Magnus ein Bad nimmt?« Während sie die Fragen stellte, fiel ihr die Antwort von selbst ein.

Der Graf bestätigte ihren Verdacht. »Keine faulen Ohren hier«, grunzte er.

Also hatte der Kaiser ihr bei seiner Ankunft doch Gehör geschenkt und ihrem Gestammel so viel Brisanz beigemessen, dass er sie sofort zum Schweigen gebracht hatte, damit keine Gerüchte bei den Bauern aufkamen. Wusste er am Ende mehr über die Intrigen Herzog Walas und Erzbischof Hildebalds, als es den Anschein hatte? Spielte er womöglich nur den Ahnungslosen, der es vorzog, ein Bad zu nehmen, statt sich um dräuende Gefahren zu sorgen?

»Er leidet am Gliederreißen. Deshalb schwimmt er. Sein Bader hat es ihm empfohlen.« Saudrat deutete mit schwerem Arm auf fünf Köpfe, die knapp hundert Fuß entfernt wie Korken auf dem Wasser tanzten.

»Wer ist noch dabei?« Imma kniff die Augen zusammen, konnte aber keine Gesichter ausmachen. Sie hatte gehofft, Carolus Magnus allein anzutreffen. Mit einem Umhang bekleidet. Stattdessen erwarteten sie fünf nackte Männer.

»Wenn ich recht sehe, leisten ihm Waifar von Metz, Ulfbert von Tours, Hardrad von Saint Denis und Hartnid von Reims Gesellschaft.«

Sie staunte über Saudrats Scharfäugigkeit. Sein gesundes Auge war das eines Falken, der eine Maus in zehn Fudern Hafer erspähen konnte.

»Und Herzog Wala?«, fragte sie.

»Ist verschwunden. Viermal hat der Kaiser heute nach ihm geschickt, aber er war nicht aufzutreiben. Ihr könnt ohne Sorge sein.«

Die Schwimmer waren in ausgelassener Stimmung. Einige Männer rangen im Wasser miteinander wie Bärenjunge beim Kräftemessen. Dabei zeigten sie mehr blanke Haut, als Imma lieb war. Sie bekreuzigte sich mit dem Daumennagel und heftete den Blick auf den Boden. Als sie bei den Badenden angekommen war, wandte sie ihnen den Rücken zu. Die Anzüglichkeiten der Krieger ließen ihr die Röte in die Wangen schießen.

»Schwester Imma, ich danke Euch, dass Ihr diese außergewöhnlichen Umstände akzeptiert und hergekommen seid.« Es war der kraftvolle Bass des Kaisers, der zu ihr sprach. Schaudernd stellte sie sich dieselbe Stimme in einer Schlacht vor, wie sie Befehle donnerte und den Gegner anbrüllte. Für einen Moment erinnerte sie sich daran, dass dieser Mann einst die Belagerung der Aeresburg angeführt und ein riesiges Heer kommandiert hatte, nur durch eine Holzpalisade von Imma getrennt. Er war es gewesen, der die Irminsul hatte fällen lassen, er war es gewesen, der für ihre Umsiedlung verantwortlich gewesen war – und er war es gewesen, der Isaak in die Feste geschickt hatte.

»Ich danke Euch, dass Ihr mich anhören wollt, Majestät.« War Majestät die rechte Anrede für einen Kaiser? Imma schalt sich eine Närrin. Schlechte Vorbereitung war die halbe Niederlage.

»Nennt mich Karl. Komplizierte Umgangsformen sind in den Pfalzen zuhause, nicht im Feld. Nun berichtet, was Ihr vorzubringen habt.«

Das Planschen und Rufen der Männer versiegte. Nur gelegentlich schnaubte einer von ihnen Flusswasser aus der Nase. Imma fühlte sich zurückversetzt in ihre Zeit als Vorsängerin. Doch statt eines Nonnenkonvents lauschten ihr dieses Mal Krieger beim Bade.

»Mein Name ist Imma. Bis vor Kurzem war ich Vorsängerin des Klosters Sankt Albola in Septimanien. Mein halbes Leben habe ich in den Klostermauern zugebracht. In den zurückliegenden Tagen sind mehr Schrecken über mich und meine Schwestern hereingebrochen als in der langen Zeit zuvor.«

Hatte sie es zunächst für unmöglich gehalten, vor diesem befremdlichen Publikum ihre Geschichte zu erzählen, das Entsetzen noch einmal aufleben zu lassen, sich die Verzweiflung in Erinnerung zu rufen, so war sie plötzlich überrascht, wie die Worte sich von selbst auf ihrer Zunge sammelten und aus ihrem Mund flogen. Sie erzählte von der Schreckensnacht im Irrgarten, schilderte mit aller ihr gegebenen Sprachkunst die Bilder des Mordens und Brennens, die sich in ihr Gedächtnis geätzt hatten. Sie beschwor die Gerüche verbrannten Holzes und verkohlten Fleisches herauf und die Verzweiflung, die ihr die Kraft verliehen hatte, ein Menschenleben zu vernichten. Adelind war ebenso Teil des Berichts wie Hunold, den sie bezichtigte, die Verdammnis über Sankt Albola gebracht zu haben. Erzbischof Hildebald, Fuhrmann Ludwig, Bernwin, der unheimliche Köhler und Herzog Wala, alle zogen an ihrem geistigen Auge vorüber wie eine Gruppe Verfluchter auf dem Weg in die Unterwelt.

Die Zuhörer lauschten den Worten gebannt und unterbrachen sie nur selten durch Ausrufe des Staunens und der Empörung. Schließlich endete Imma mit Bernwins Tod und dem Eintreffen des Kaisers, nur Augenblicke bevor sie selbst beinahe Opfer des intriganten Herzogs geworden wäre.

»So geht meine Geschichte«, sagte sie schließlich und schluckte schwer gegen die Trockenheit in ihrem Rachen an. Auf dem Stoppelfeld, das sie während der gesamten Zeit angestarrt hatte, sammelten sich die Krähen. Eine Erinnerung stieg in ihr empor, und sie fasste nach dem Amulett um ihren Hals.

»Eine lange und eindrucksvolle Geschichte«, hörte sie den Kaiser brummen. »Aber Herzog Wala widerspricht Euch in einigen Punkten. Wem soll ich Glauben schenken? Einer ehrwürdigen Nonne, die ihr Leben Gott und seinen Gesetzen gewidmet hat? Oder dem engsten Vertrauten eines Erzbischofs, dessen Weihe ich persönlich befürwortet habe, weil er ein ganz und gar vertrauenswürdiger Kirchenmann ist? Eine schwere Entscheidung. Könnt Ihr mich nicht etwas mehr von Eurer Ehrlichkeit überzeugen?«

Imma bebte vor Zorn. Mit geballten Fäusten fuhr sie herum. Es war an der Zeit, dem Kaiser in die Augen zu blicken. Was es sonst noch zu sehen gab, kümmerte sie nicht länger.

»Vor dreißig Jahren habe ich ein Gelübde abgelegt und mein Leben Gott gewidmet. Nie habe ich den Ehesegen empfangen, und kein Mutterglück war mir vergönnt. Stattdessen sind meine Schwestern mir Familie gewesen. Dreißig Jahre lang. Ihr glaubt, ich lüge? Glaubt weiter daran. Ich werde nichts beteuern und auf nichts schwören. Nicht vor Euch. Nicht einmal, wenn Ihr der Papst persönlich wäret.«

Die Schwimmer grinsten ihr spöttisch aus dem Fluss entgegen. Nur die Miene des Kaisers hatte sich über ihrem Ausbruch verfinstert. Imma wurde unsicher. Niemand zweifelte ihre Wahrhaftigkeit an, der Kaiser nicht und auch nicht …

»Der Papst?« Die herrschaftliche Stimme hörte sich jetzt an, als käme sie aus einem tiefen Schacht. »Niemand wagt es, meine Macht mit der des Heiligen Stuhls zu vergleichen. Der Papst! Ohne mich gäbe es überhaupt keinen Papst mehr, kein *Patrimonium Petri*, keine Bischöfe und auch keine Klöster. Ihr seid entweder die Tochter der Torheit oder der Frechheit.«

»Hat nicht jeder Mensch zwei Elternteile?« Immas Stimme war scharf wie das Zischeln einer Ringelnatter. »Eure müssen Überheblichkeit und Herrschsucht geheißen haben.«

Den Leibwachen verschlug es das Grinsen. Bevor Carolus Magnus etwas erwidern konnte, raffte Imma die Röcke und eilte von Wut getrieben davon. Das hysterische Glucksen des Triumphs kitzelte sie in der Kehle, doch zugleich schmeckte sie die Bitterkeit der Niederlage.

Den Weg zum Hof legte sie im Laufschritt zurück. Als sie schwer atmend vor den Doppelflügeln des Scheunentors ankam, hatte sich ihr Geist aufgeklart. Hatte sie den Kaiser gegen sich aufgebracht? Und wenn schon. Empfindlichkeiten durften keine Rolle spielen, wenn das Wohl des Reiches auf dem Spiel stand. Sollte Karl – von jetzt an wollte sie ihn nennen wie einen Gleichrangigen – in seiner Eitelkeit schmoren, bis er schwarz wurde. Früher oder später musste er die Wahrheit erkennen und ihr Glauben schenken.

Auf dem Hof herrschte ein Treiben wie in einer Kaserne. Nach dem Fest waren alle Gäste wieder zu ihren Weilern und Gehöften aufgebrochen. Viel zu überstürzt, wie Bauer Leidrad klagte, aber wer wollte es ihnen verdenken? Jetzt lagerte der Kriegeradel des Kaisers auf dem Stoppelfeld westlich des Hofes. Auf der Ostseite hatten die Begleiter Herzog Walas ihre

Zelte aufgeschlagen. Obwohl sich beide Parteien friedlich verhielten und den Tag damit zubrachten, Pferde zu striegeln, Waffen zu schleifen und den Mägden Schabernack ins Ohr zu flüstern, knisterte die Luft vor Spannung. Der Tag war warm, und doch hatte keiner der Krieger das schwere Panzerhemd abgelegt, und das Kreischen der Klingen auf den nassen Schleifsteinen glich einer Drohung ohne Worte.

Während Imma durch das Scheunentor in den dunklen Schober trat, nahm sie sich für den Abend vor, alle Soldaten bei einer Messe unter freiem Himmel gemeinsam beten zu lassen. Die Andacht würde die Gemüter kühlen.

Vergeblich versuchte sie, im Gebet zur Ruhe zu kommen. Aber die Gedanken schwirrten durch ihren Kopf und ließen sie in einen unruhigen Schlummer fallen.

Als sie schwitzend wieder erwachte, war das Lager ebenso zerwühlt wie ihre Kleider. Rasch richtete sie sich her. Draußen stand die Sonne bereits tief und zauberte lange Schatten auf das Land. Wie viele solcher Tage mochte das Jahr noch bringen, bevor die Kälte kam? Das letzte Aufbäumen des Lebens, bevor der Winter alles mit Eis und Schnee überzog und erstickte. Wohl allen, die genug Vorräte eingelagert hatten. Sie selbst war eine Heimatlose ohne Bett und Herd, ohne Essen oder Silber. Auf solch arme Seelen wartete im Winter der sichere Tod. Imma schüttelte sich wie ein nasser Hund.

Entschlossen verließ sie die Scheune und überquerte das Feld, auf dem die Kaiserlichen lagerten. Die Augen gegen die tief stehende Sonne abgeschirmt, näherte sie sich dem Waldrand, achtete jedoch darauf, einen Bogen um die Femeiche zu schlagen. Noch einmal wollte sie nach Adelind Ausschau halten. Der dumme Streit in jener schrecklichen Nacht ging ihr nicht aus dem Kopf. War die Novizin auf und davon? Das konnte sich Imma nicht vorstellen. Schließlich war sie nicht vollends im Unrecht gewesen. Solange Adelind dem Konventsleben nicht abgeschworen hatte, war Lust für sie verboten. Alkohol und Männer! Wenn sie die Novizin fand, wollte sie ihr die Vergnügungssucht mit dem nassen Lederriemen austreiben. Oder sie fest in die Arme schließen.

Der Wald empfing sie mit bläulichem Zwielicht. Nicht mehr lange und die Nacht würde unter die Wipfel kriechen. Sie musste die kurze Zeit nutzen, in der sie noch genug sehen konnte. Der Forst war licht an dieser Stelle, leicht begehbar. Offenbar schlugen Leidrad und seine Leute hier Brenn- und Bauholz. Tatsächlich entdeckte sie zwischen den Mischgehölzen viele Eichen, deren unverwüstliches Kernholz beim Hausbau hoch geschätzt wurde. Dazwischen wuchsen Eiben, unheimliche, verwachsene Bäume, deren Elastizität besonders Bogenbauer liebten.

Wenn sie selbst sich in der Nähe verborgen halten wollte, hier wäre der rechte Ort dafür. Aber von Adelind fehlte jede Spur. Was hatte sie auch erwartet? Dass die Novizin einen Fetzen ihres Gewandes an einen Ast gebunden hatte, um Imma die Suche zu erleichtern?

Mit schwindender Hoffnung drang sie tiefer in den Wald ein. Sie stieg einen steilen Hang hinauf, bis sie einen mannstiefen Graben erreichte, in dem ein Rinnsal träge dahinfloss. Das Bächlein mündete vermutlich in die Rhône, und Imma beschloss, ihm zu folgen und ihren Weg bis an den Fluss fortzusetzen. Langsam folgte sie dem Graben, stieß aber bald auf ein Dickicht aus Büschen, Schlingen und Totholz, das jedes Weiterkommen verhinderte. Das Hindernis zu umgehen schien mühsam, und sie beschloss, es auf der gegenüberliegenden Seite des Grabens zu versuchen. Doch dazu musste sie über den Spalt hinwegsetzen.

Fünf Schritte nahm sie Anlauf, holte tief Luft, rannte und

sprang. Zu kurz. Für die Spanne eines Lidschlags stand sie auf dem schrägen Hang, ruderte mit den Armen – und musste sich schließlich der Schwerkraft ergeben. Schmerzhaft prallte sie auf die linke Schulter und kugelte in einem Wirbel aus Blättern in den zwar schmalen, doch eiskalten Bach hinunter.

Der Himmel war voller Wasser und Schlamm, und die Kronen der Bäume klebten am Boden. Dreimal blinzelte Imma, dann war die Ordnung zwischen Himmel und Erde wieder hergestellt. Etwas Weiches füllte ihren Mund, und sie spie aus, ohne nachzusehen, was für eine Abscheulichkeit sie um ein Haar verschluckt hätte. Als sie sich davon überzeugt hatte, bis auf eine Schürfwunde an der Wange und das Aufglühen des Schmerzes in ihrer gebrochenen Nase keine Verletzungen davongetragen zu haben, rappelte sie sich auf und suchte den Hang nach einer geeigneten Stelle für den Wiederaufstieg ab.

So stand sie noch schlammbesudelt, nass und unentschlossen da, als sie Stimmen hörte. Männerstimmen. Und sie näherten sich rasch.

Die Vorsicht gebot Imma, sich an den Hang des Grabens zu pressen und sich verborgen zu halten, bis die Männer verschwunden waren. Vielleicht waren es bloß zwei Krieger, die ihre Notdurft verrichten wollten. Die Herzöge und Grafen des Kaisers verschwanden stets in den Wald, »um die Bäume zu zählen«, wie sie sagten. Das waren Männer von Anstand. Die meisten Einwohner dieses barbarischen Landes lüpften ihre Kleider dort, wo sie gerade standen.

Was aber, wenn es nicht Karls, sondern Walas Männer waren? Hier in der Abgeschiedenheit würden sie nicht zögern, das grausame Werk des Herzogs zu Ende zu bringen. Sie drückte sich noch enger in das Laub und ließ sich langsam und lautlos in die Knie sinken, bis der frostige Bach ihre Waden umspülte.

An dem lauter werdenden Gespräch erkannte Imma, dass es

sich um zwei Männer handelte. Die Ankömmlinge unterhielten sich flüsternd, als hätten die Bäume Ohren. Ein Schauer lief ihr den Rücken hinab. Was gab es hier in aller Heimlichkeit zu bereden? Sie wünschte sich an einen weit entfernten Ort. Was immer sie hier belauschte, es mochte ihr den Tod bringen. Doch dazu müssen sie mich erst einmal entdecken, dachte Imma, amtete so flach, dass sie kaum Luft bekam, und konzentrierte sich auf die Stimmen, die jetzt deutlich zu verstehen waren. Als sie erkannte, mit wem sie die halbdunkle Einsamkeit des Waldes teilte, presste sie eine Faust vor ihren Mund, um sich nicht durch ein Keuchen zu verraten.

»Gut, dass Ihr mich gefunden habt, mein Freund. Ihr kommt zur rechten Zeit.« Es war die Stimme Herzog Walas, die über Immas Kopf zischelte. Von seinem Begleiter war nur ein Grunzen zu hören.

Die Männer entfernten sich einige Schritte, blieben dann erneut stehen.

»Wartet einen Moment«, sagte Wala. Das Rascheln von Kleidern war zu hören, dann plätscherte ein kräftiger Urinstrahl neben Imma in den Graben. Ein zweiter gesellte sich hinzu.

»Das ganze verfluchte Reich soll in Jauche ersaufen. Hildebald soll herrschen!«, sagte Wala, während er ausdauernd den Bach nährte.

»Wenn Hildebalds Plan aufgeht, pissen wir bald auf die Leiche des Kaisers.«

Immas Augen weiteten sich. Sie kannte auch die zweite Stimme. Niemals würde sie ihren Klang vergessen. Dort oben, keinen Steinwurf entfernt, stand Hunold, der Reliquienhändler. Sie sah ihn noch im Kapitelsaal stehen, mit seinen glänzenden Lippen, den Reptilienaugen, der widerspenstigen Haarsträhne, wie er versuchte, der greisen Äbtissin seinen Tand zu verhökern – um in der Nacht Sankt Albola ins Unglück zu stürzen. Sie zwang sich, die Angst zu vergessen und weiter zu lauschen, was die beiden Halunken umtrieb. Hunold in unmittelbarer Nähe des Kaisers! Nur wenn es darin Schwefel regnet, wagt sich der Teufel in die Kirche.

»Hildebald hat den Plan geändert?«, hörte sie Wala fragen.

»Die Ereignisse auf dem Mons Cenisio haben das erforderlich gemacht. Wenn wir Erfolg haben wollen, sind Diplomatie und Intrige nicht länger die Werkzeuge unserer Wahl. Der Kaiser muss sterben. Und jetzt ist die Gelegenheit dazu gekommen.«

»Was ist zu tun?«

»Meine Männer sind bereits am Werk. Zwei Tagesritte von hier gen Südosten brennen sie Dörfer und Weiler nieder, plündern, morden und schänden, was ihnen unter die Finger kommt. Doch gleich, wie viele Kehlen sie durchtrennen, stets lassen sie ein Opfer laufen, damit es erzählen kann, wer die Mörder sind.«

»Und wer sind sie?«

»Araber. Sie sind als Araber verkleidet. Das hat schon in Sankt Trophime und Sankt Albola funktioniert. Mit dem Unterschied, dass von dort niemand entkommen ist.«

»Dann wisst Ihr nichts von den Nonnen? Hat Hildebald Euch nicht gewarnt?«

»Wovon redet Ihr?«

»In Sankt Albola müsst Ihr zwei Nonnen übersehen haben. Sie haben die Maskerade durchschaut und konnten fliehen. Schlimmer noch: Sie sind hier, um den Kaiser vor den falschen Arabern zu warnen. Ich fürchte, Eure Tarnung war nicht so undurchsichtig, wie Ihr meint.«

»Das ist unglaublich! Warum hat Hildebald mir nichts davon erzählt?«

»Er hat mich ausgesandt, um das Problem aus der Welt zu schaffen. Um Haaresbreite wäre es mir gelungen. Der dicken Alten lag schon der Strick um den Hals, da tauchte Carolus Magnus auf.«

»Hat sie ihm verraten, was sie weiß?«

»Natürlich. Aber ihr Wort steht gegen meines, und sie ist bloß eine Nonne.«

»So bleibt uns vielleicht Zeit genug. Meine Männer haben einen Kreis der Verwüstung gezogen, in dessen Zentrum das Männerstift von Sankt Aunarius liegt. Das Kloster muss also früher oder später Ziel eines Angriffs werden. Genau das werden die kaiserlichen Kundschafter herausfinden. Und was, glaubt Ihr, wird der fränkische Heißsporn unternehmen, wenn er erfährt, dass Ungläubige seine wehrlosen Mönche abschlachten wollen?«

Wala blieb die Antwort schuldig, denn auf der gegenüberliegenden Seite des Grabens wurden plötzlich Schritte laut. Imma spähte nach oben. Wer sich von dort näherte, hatte vollen Einblick in den Graben und konnte sie in ihrem Versteck so gut sehen wie einen Vogelschreck auf einem abgeernteten Gerstenfeld. Sie hoffte, dass es nicht Walas Männer waren, die dort durch den Wald stapften.

Bangen Mutes starrte sie auf den Punkt, an dem der Hang an den Himmel stieß. Wenn sich dort Köpfe zeigten, war sie verloren. Die Schritte kamen näher, und schließlich trat ein einzelner Mann aus den Büschen hervor und stellte sich an den Rand des Grabens, die Fäuste in die Hüften gestemmt, sein eines Auge fest auf Wala und Hunold geheftet. Es war Graf Saudrat.

Er nickte einen kurzen Gruß. »Gott mit Euch, Herzog Wala. Und mit Euch, Fremder.«

»Welche Überraschung, Graf Saudrat. Ich grüße Euch. Wie

passend, dass ein tiefer Graben zwischen uns liegt, nicht wahr?« Wala vermied es, Hunold vorzustellen. »Seid auch Ihr so spät noch unterwegs, um Gottes grünen Wäldern beim Wachsen zu helfen?«

»Nicht ganz. Ich habe gesehen, wie jemand zwischen den Bäumen verschwunden ist, und bin ihm gefolgt. Man kann nicht vorsichtig genug sein in diesen Tagen, wenn man Leibgardist des Kaisers ist. Doch habe ich die Spur verloren.«

»Die verdächtige Person trug nicht vielleicht einen Rock?«

Von unten sah Imma Saudrats verlegenes Lächeln. Sie wusste, wem er nachgestiegen war. Dieser grobschlächtige Bock würde sie noch auffliegen lassen in ihrem Versteck. Verschwinde!, dachte sie und hoffte, er würde sie nicht entdecken.

Der Einäugige ging nicht auf Walas Anspielung ein. »Gut, dass ich Euch treffe. Der Kaiser verlangt dringend mit Euch zu reden. Wir haben Euch gesucht. Den ganzen Tag.«

»Wie blamabel. Der Herr der Welt schickt nach mir, und sein bester Mann muss mich im Wald auflesen. Man könnte meinen, ich wollte mich vor Carolus Magnus verstecken. Ich stehe doch nicht etwa unter Arrest?« Wala lachte gekünstelt.

»Nicht, wenn Ihr mir sagen könnt, wer Euer Begleiter ist.«

Imma wünschte sich eine Springflut, die sich in den Graben ergoss und sie von diesem Ort fortspülte.

»Oh, das ist bloß einer meiner Männer. Heute haben wir so viel Wasser und Wein in uns hineinlaufen lassen, dass wir dieses schäbige Rinnsal dort unten zu einem anständigen Bach anschwellen lassen könnten.«

Walas Worten folgend sah Saudrat in die Tiefe. Zunächst schien der Graf nicht zu begreifen, wer da am Grund des Grabens kauerte. Vielleicht dachte er, sein einsames Auge spiele ihm einen Streich. Vielleicht glaubte er, einen Erdhaufen zu sehen, dem seine Fantasie die Form einer Frau gab. Der Frau, die er begehrte. Dann erkannte er, dass dort unten tatsächlich Schwester Imma zwischen Laub und Dreck im kalten Wasser hockte.

Noch bevor Imma einen Finger mahnend an die Lippen legen konnte, platzte es aus Saudrat heraus.

»Schwester Imma? Seid Ihr gestürzt? Habt Ihr Euch verletzt? Wartet, ich helfe Euch hinauf.«

Kriegsfanfaren hätten keine eindrucksvollere Wirkung auf Wala und Hunold haben können. Ein Blick in die Tiefe bestätigte Saudrats Entdeckung. Einen Augenblick nur brauchten sie, um zu begreifen. Dann zogen sie ihre Schwerter und sprangen mit federnden Sätzen hinab in den Bach.

Imma rannte los, den Graben entlang. Unter ihren Füßen spritzte das Wasser. Sie unterdrückte das Verlangen, den Abhang hinaufzuklettern und sich hinter Saudrat zu verstecken. Die Verfolger hätten sie in wenigen Augenblicken eingeholt. Rufen erklang hinter ihr, das schrille Scheppern von Waffen, die gegeneinanderschlugen. Sie riskierte einen Blick über die Schulter.

Saudrat hatte blankgezogen und sich ebenfalls in den Graben gestürzt, mitten unter die Feinde. Sie hielt an. Der Graf war ein geübter Schwertschwinger, doch dieser enge Schlund war kein offenes Schlachtfeld, auf dem man den Gegner mit brachialer Gewalt frontal angreifen konnte. Wala und Hunold umtänzelten den Einäugigen, der erkennen musste, dass er in eine Schlangengrube hinabgestiegen war. Sein Schwert war breit und viel zu lang für diesen Kampf. Saudrat schwang kraftvolle Halbkreise durch die Luft und hielt Wala und Hunold auf Distanz. Die beiden Verräter hatten zwar nur Dolch und Kurzschwert gezückt, doch Bewaffnung und Kleidung machten sie leicht und wendig. Immer wieder gelang es ihnen, für einen kurzen, gefährlichen Moment in Saudrats Rücken aufzutauchen, bevor der Graf schwerfällig herumtaumelte und sich wieder Luft verschaffte. Er kämpfte wie ein alter Bär gegen ein Rudel reißender Wölfe.

Imma wagte drei zaghafte Schritte auf die Kämpfer zu. Was sollte sie tun? Wala die Augen auskratzen? Hunold an den Ohren reißen? Wenn sie eine Waffe gehabt hätte, hätte sie wohl eher Saudrat und sich selbst damit verwundet, als die Feinde in die Flucht zu schlagen, die immer engere Kreise um ihren Herausforderer zogen. Nicht einmal ein starker Ast oder ein handlicher Stein waren in Sicht. Andererseits konnte sie Graf Saudrat nicht im Stich lassen. Unmöglich!

So schnell sie konnte, lief sie zurück und zwang sich, nicht über ihr Handeln nachzudenken. Ihre Füße flogen über das Wasser.

Die drei Streithähne waren zu sehr mit den umherwirbelnden Klingen beschäftigt, um Imma zu bemerken. Sie dankte Gott zum ersten Mal in ihrem Leben dafür, dass er sie nicht zu einer zierlichen Frau hatte werden lassen. Dann warf sie sich wie ein Rammbock gegen Wala. Der Herzog ging mit einem Aufschrei zu Boden. Imma fand sich auf allen vieren auf dem ansteigenden Hang wieder. Von Panik ergriffen kämpfte sie sich durch das Laub nach oben. Der Trieb, aus diesem Höllenloch zu verschwinden, beherrschte ihren Geist und verlieh ihr ungeahnte Kraft.

Sie bahnte sich einen Weg durch Zweige und feuchte Blätter wie ein Taucher, der mit den letzten Luftreserven an die Oberfläche stößt.

Von unten war ein Gurgeln zu hören und das Klirren von Stahl. Dann wurden hinter ihr Schritte und Keuchen laut.

»Bleib stehen, du Lasterweib!«

Die Worte stachelten ihre Angst weiter an. Mit einem weiten Satz flog sie aus dem Graben, die Fersen bohrten sich in festen Grund, und schneller, als sie es sich selbst zugetraut hätte, rannte Imma durch den Wald davon. Sie schlug Haken um dichtes Gestrüpp, übersprang tückisches Wurzelwerk und schlammige Pfützen. Aber sie war nur eine Nonne, und ihr Körper war ungeübt. Hinter sich hörte sie Schritte heranfedern. Ohne sich umzuschauen, wusste sie, dass es Hunold war, der sie jagte. Was aus Saudrat und Wala geworden war, war jetzt nicht wichtig. Nur der nächste Schritt zählte, der nächste Atemzug, die Suche nach dem nächsten Versteck.

Finger krallten sich in ihr kurz geschorenes Haar, ernteten einige Strähnen, fanden aber keinen Halt. Der Schmerz spornte Imma an. Jetzt stieg das Gelände steil an, dennoch rannte sie so schnell, dass sie einen Vorsprung herausholen konnte. Nichts war im Wald zu hören außer dem Trommeln der Füße und dem rasselnden Atem des Jägers und der Gejagten.

Der Abgrund empfing Imma mit gähnender Tiefe. Sie befahl den Beinen innezuhalten. Die Arme griffen nach brechenden Zweigen. Dann schoss sie über die Felskante, die hinter Ästen verborgen gewesen war.

Sie fand keine Luft zu schreien, keine Kraft an Gott zu denken. Sie stürzte in den Tod. Für einen Moment fühlte sie sich einem Vogel gleich, befreit von ihrem schweren Leib, der nun mit rasender Geschwindigkeit durch die Lüfte brauste. Unwillkürlich breitete sie die Arme aus, und ihr Gewand knatterte im Wind wie ein Segel im Sturm.

Sie fiel in den Fluss, der sich am Fuß der Felsen träge durch sein Bett wälzte, als könne er durch nichts aus der Ruhe gebracht werden. Das Wasser war hart. Der Aufprall raubte Imma die Besinnung, und vielleicht wäre sie gleich nach dieser wundersamen Rettung jämmerlich ertrunken, auf den Grund gesunken wie ein Stein. Aber ihr Sturz blieb nicht unbeobachtet. Noch zogen die Wellen, die sie geschlagen hatte, Kreise auf dem Wasser, da langten schon sehnige Hände nach ihren nassen Kleidern, zerrten kräftige Arme sie zum Ufer und hievten sie an Land. Bald war großes Aufsehen und Gerede um die Nonne, die still und halbtot auf dem Kiesbett lag und noch nicht wusste, dass sie dem Kaiser der Franken das Leben verdankte.

»Ihr hättet Euch einen ungefährlicheren Ort zum Baden suchen sollen.«

Der Zynismus in Karls Stimme stach Imma wie hundert Nadeln. Schlimm genug, dass sie nackt auf dem Lager des Herrschers lag, von seinen Pferdedecken gewärmt und von seinen Händen gepflegt. Die linke Schulter schmerzte, und ein Brennen überzog ihren Bauch, als stünde die Haut in Flammen. Zudem hatte sich eine Übelkeit ihrer bemächtigt, die sie angesichts des spöttelnden Herrschers nur zu gerne niedergerungen hätte. Es schien Karl zu belustigen, dass sie ganz in der Nähe seiner Badestelle in die Tiefe gestürzt war.

»Saudrat hat mir bereits Bericht erstattet. Er sagt, er verdanke sein Leben Eurer Tapferkeit.«

Also hatte der Graf den Kampf überlebt. Imma war erleichtert.

»Und Herzog Wala?«

»Hat sein niederträchtiges Leben auf Saudrats Klinge ausgehaucht. Ich muss Euch für meine Zweifel an Eurer Integrität um Vergebung bitten. Und um Verständnis. Von Herrschern erwartet man stets, dass sie abwägen, bevor sie ein Urteil fällen.«

Imma nickte stumm. Der Kaiser entschuldigte sich bei einer Nonne. Dieser Karl entsprach ihren Vorstellungen eines allwissenden, überheblichen und gottähnlichen Monarchen so wenig wie ein Schwein einem Pferd.

Sie erzählte von dem Komplott, dem sie im Wald auf die Schliche gekommen war.

Carolus Magnus hörte aufmerksam zu, dann nickte er, tief in Gedanken versunken. »Meine Kundschafter sind bereits zurückgekehrt. Ihre Berichte decken sich mit Euren Neuigkeiten. Das Kloster des heiligen Aunarius wird angeblich von Arabern bedroht. Die Menschen in der Region halten die Marodeure für einen Stoßtrupp des Omaijaden-Emirats von Córdoba, der von Barcelona heraufgezogen ist, um mit den Klöstern mögliche Stützpunkte für meine Truppen zu zerstören. In den Dörfern munkelt man, ein großangelegter arabischer Angriff stehe unmittelbar bevor. Ich muss gestehen: Hättet Ihr mich nicht eines Besseren belehrt, wäre ich dieser Täuschung auf den Leim gegangen.«

»Was werdet Ihr unternehmen? Wird Erzbischof Hildebald zur Rechenschaft gezogen?«

»In diesem Fall sind mir die Hände gebunden. Ich habe zwar großen Einfluss auf den Klerus im Reich. Doch einen Erzbischof seines Amtes zu entheben, bloß weil mir Gerüchte über Intrigen zu Ohren gekommen sind – das brächte Papst Leo gegen mich auf. Nur Wala und sein Kumpan hätten Hildebald mit ihren Geständnissen belasten können. Aber Wala ist tot und der andere in den Wäldern verschwunden. Meine Soldaten haben das gesamte Areal nach ihm durchkämmt.«

Hunold lebte! Schrecken durchzuckte Imma wie ein Blitz. Zweimal war sie dieser Schlange bereits in die Quere gekommen, zweimal hatte sie die Konfrontation mit Glück und Gottes Hilfe überlebt. Bei einer dritten Begegnung mochte sie nicht noch einmal auf ihr Schicksal vertrauen.

»Ihr habt meine Frage noch nicht beantwortet, Karl. Wie sind Eure Pläne?«

Des Kaisers Lächeln lüpfte den langen Bart. »Ihr seid so

zäh wie altes Leder. Die Antwort kennt Ihr bereits, Schwester Imma. Meine Männer und ich reiten noch heute Nacht nach Sankt Aunarius. Wir müssen das Stift vor den vermeintlichen Arabern erreichen, es besetzen und befestigen, damit wir es gegen den bevorstehenden Angriff verteidigen können.«

»Habt Ihr nicht verstanden? Das Kloster ist eine Falle.«

»Sehr wohl habe ich das begriffen. Doch bin ich vorbereitet. Der Fallensteller hingegen glaubt das Wild alt, blind und zahnlos und wird entsprechend unvorsichtig handeln. Nur ein geringer Vorteil für mich, gewiss. Doch muss er genügen.«

Imma verstand. Karl war nicht nur der Herrscher seiner Untertanen, sondern auch ihr Beschützer. Würde er nach Aachen zurückreisen, um ein Heer gegen Hildebalds Schlächter auszuheben, wäre Sankt Aunarius verloren. Der offene Kampf jedoch bot Gelegenheit, die Pestbeule Hildebald ein für alle Mal auszumerzen, bevor sich ihr kranker Odem über das Land verbreitete. Aber Karls Männer waren von geringer Zahl! In Sankt Albola hatte sie mindestens dreimal so viele Angreifer gezählt.

»Ich werde Euch begleiten«, sagte Imma entschlossen.

Um die Augen des Kaisers zeigten sich Falten der Belustigung. Imma erwartete, dass er sie zurückweisen würde, und sammelte bereits Argumente für einen Disput. Doch Carolus Magnus überraschte sie einmal mehr.

»Ein großartiger Einfall! Ich hatte bereits darüber nachgedacht, wie ich Euch dazu überreden könnte, an meiner Seite nach Sankt Aunarius zu ziehen. Ich werde bei Bauer Leidrad ein Pferd für Euch erstehen. Es sei denn, Ihr zieht es vor, dem guten Saudrat beim Ritt auf seinem Pferd die Schenkel zu wärmen.«

Auf Immas finsteren Blick hin empfahl sich der Kaiser der Franken mit einem Lachen.

24.

Thankmar schlug die Augen auf und kicherte. Er konnte seinen Körper spüren. Er wusste, er war tot, doch war er anscheinend noch nicht zum Geist geworden, nicht zu einem der Nebelwesen, die durch das Totenreich schweben und Einlass in die Halle der Helden begehren. Stattdessen lag er auf hartem Holz. Finger, Beine, Arme, Augen, Nase – sie funktionierten noch wie zu Lebzeiten. Selbst die Wunden von Mazruqs Dolch hatten nur ein schwaches Ziehen in der Bauchgegend hinterlassen.

Seine Blicke durchmaßen das Halbdunkel des Raumes. Er lachte vor Verzweiflung. Das sollte Walhall sein? Selbst wenn er nur in der schäbigsten Baracke des Götterreichs lag, so strafte die Wirklichkeit alle Visionen der Schamanen Lügen. Häuser aus Stein hatten die Priester versprochen, so hoch, dass Himmel und Erde darin Platz fanden. Bei ihren Besuchen in Walhall wollten die Priester Wolkenberge gesehen haben, die unter den Giebeln dahinzogen und schäumenden Falerner-Wein in die ewig dürstenden Kehlen der toten Helden regnen ließen – und so sollte es in den schlichten Wohnhäusern aussehen. In den großen Hallen, wo die gefallenen Kämpen gegeneinander antraten, wo die Schwerter kreischend im Licht der Ewigkeit aufeinanderschlugen, sollten die Wände in Gold und die Säulen in Silber erstrahlen, und die Bänke sollten aus poliertem Stahl sein und sich biegen unter Fässern, die stets zum Bersten mit Bier gefüllt waren. Auf ehernen Platten sollten erlesene Speisen bereitstehen: Eiersuppe mit Pfefferkörnern und Honig, Schaffleisch mit Zwiebeln, Brathuhn mit Pflaumen, Stör in Öl und Rosinen, Bückling in Senf und in Schmalz gebratene Vögel.

Aber die Wirklichkeit sah trister aus. Die Priester waren Narren gewesen. Statt in einem der prachtvollen Häuser der Toten fand Thankmar sich in einem profanen Verschlag wieder, einer hastig zusammengezimmerten Blockhütte aus Lindenstämmen, die von der Restfeuchtigkeit verformt waren. In der Mitte des Raums markierte ein Rund aus kopfgroßen Steinen eine Feuerstelle, so voll mit erkalteter Asche, dass der kleinste Luftzug den weißen Staub aufwirbelte. Als Rauchabzug und einzige Lichtquelle diente ein Loch im Dach. Zwischen Loch und Feuerstelle war eine Kuhhaut gespannt, welche das Feuer vor einfallendem Regen schützen sollte. Von langjährigem Gebrauch war das Leder daumendick mit Ruß bedeckt, der in einem Wald aus winzigen Zapfen davon herabhing.

Das Lächerlichste an dieser göttlichen Behausung aber waren die Götter selbst. Sie hingen zu zweit, zu viert und zu sechst an den Wänden. Nicht aus Edelsteinen, Metall oder gar heiligem Fleisch und Blut waren sie – als hölzerne Pfähle hingen sie da, Baumstämme, denen ungeschickte Hände einen Kopf geschnitzt und drei Löcher hineingekerbt hatten, die als Gesicht hatten genügen müssen.

Einer der Götter trug eine zerknautschte Lederkappe, die einst zwei Bullenhörner geschmückt hatten. Eines der Hörner lag jetzt zerbrochen auf dem Hüttenboden, das andere neigte sich bereits traurig dem Absturz entgegen. An einer anderen Statue hingen Schmuckketten aus bunten Perlen, von denen einige gerissen waren, sodass sich der sakrale Schmuck wie zerbrochenes Kinderspielzeug im ganzen Raum verteilt hatte. Eine Figur nahe beim Eingang war vom Holzwurm zerfressen und drohte, bei der nächsten Berührung zu feuchtem Staub zu zerfallen.

Nein, das waren nicht die Götter, von denen die alten Lieder erzählten. Es waren nicht einmal ihre Abbilder. Ebenso wenig war dieser Ort Walhall. Und vielleicht war Thankmar überhaupt nicht tot.

Er erhob sich von seinem Lager aus Laub. Der Oberkörper lastete mit einem Mal schwer auf den Bauchwunden, und glühender Schmerz durchfuhr ihn. Überrascht stellte er fest, dass seine Kleider gewaschen und so rein waren wie an dem Tag, an dem Isaak ihm befohlen hatte, sie anzulegen. Die Erinnerung an den alten Juden stimmte ihn traurig. Sein Herr war tot. So unklar sich Thankmar über das eigene Schicksal war, so sicher wusste er, dass Isaak für immer fort war.

Wohin mochte er gegangen sein? Thankmar erinnerte sich nicht, etwas über die Götter Isaaks und ihr Totenreich erfahren zu haben. Nur einmal, in jenem zerfallenen Tempel auf dem Pass, hatte der Alte über seinen Glauben gesprochen. Hatte er nicht behauptet, alle Götter seien gleich? Nein, so hatte er das nicht gemeint. Thankmar erinnerte sich mit stotternden Gedanken an die schwierigen Worte, die sein Herr gebraucht hatte. Ihr Sinn hatte sich tief in sein Gedächtnis gebrannt: Alle Menschen beten zu demselben Gott, doch sie geben ihm unterschiedliche Namen. Des einen Walhall ist des anderen Himmelreich.

Während er noch über den Namen des jüdischen Gottes nachsann, humpelte er zu den Streifen Sonnenlicht, die durch die Ritzen der Tür hereinfielen. Er betrachtete das verkrüppelte Bein und seufzte vor Enttäuschung. Guten Mutes hatte er gehofft, Donar würde alle Wunden heilen, wenn er die Seinen zu sich holte. Auch Wunden wie abgeschlagene Ohren und verkrüppelte Beine. Sollte er etwa bis Ragnarök mit diesem verfluchten Fuß herumhinken? Musste Isaak etwa ohne Kopf durch die Ewigkeit irren, auf der Suche nach seinem verlorenen Haupt? Es schwindelte ihn bei diesen Gedanken. Verwirrt riss er die Tür auf.

Gisla hockte im nassen Gras vor der Tür, in den Armen ein Kind. Es war der Säugling vom Mons Cenisio, den sie fütterte, indem sie einen Zipfel ihres derben Rocks in eine Schale voll Milch tunkte und dem Kind den nassen Stoff in den Mund schob.

Kaum stand Thankmar im Türrahmen, die Augen gegen das Gleißen der Sonne beschattet, war Gisla auf den Beinen. Beinahe hätte sie das Kind fallen lassen. Sie legte es ins Gras. Das sanfte Grunzen, das sie dabei ausstieß, schien mehr ihrer eigenen Beruhigung zu dienen als der des Säuglings. Noch einmal legte sie eine Hand auf den Bauch des Kindes, wie um sich zu vergewissern, dass es im hohen Grün sicher war, dann lief sie zu ihm herüber. Sie fiel ihm um den Hals, und hätte die Hüttenwand sie nicht aufgehalten, beide wären zu Boden gegangen. Die Langobardin jauchzte und schrie ihm ins Ohr, und er musste sich mit sanfter Gewalt aus ihrer Umklammerung befreien, wollte er nicht auch die andere Hälfte seines Gehörs verlieren.

»Gisla. Warum bist du hier?« Er sah sie eindringlich an, suchte ihren Körper nach Wunden ab, nach Malen eines gewaltsamen Todes, wie er sie am Bauch trug.

Seine Frage schien sie zu verwirren. Er strich ihr über die ratlosen Brauen, die Schläfen, zwirbelte eine Strähne ihres Weizenhaares. In ihren Augen entdeckte er eine Veränderung. Nicht länger stierte sie mit den Blicken einer Schwachsinnigen in die Welt. In ihrem Gesicht blitzte eine neugeborene Seele auf, arglos und unbekümmert wie die des Säuglings im Gras, zugleich aber stand sie stark und gefährlich wie eine Bärin über ihrem Wurf. Thankmar staunte über ihre Kraft, ihre Verwundbarkeit, ihre Aura von Heldentum. Als er sie küsste, um den

Nektar ihrer Unsterblichkeit zu kosten, wusste er, er war dem Tod entronnen. Gisla hatte ihn gerettet.

Die Äpfel hatten ihm das Leben geschenkt?

Zunächst vermochte er keinen Sinn in Gislas wirren Worten zu erkennen. Aber als sie ihm die Überreste der Äpfel zeigte, von blanker Gewalt zu Brei zerstochen, erinnerte er sich. Als er mit Isaak das Floß an Land gezogen hatte, war ihm der süße Geruch von Fallobst in die Nase gestiegen, dem er nicht hatte widerstehen können. Er hatte sich und Isaak die Taschen mit den reifen Früchten vollgestopft. Dem Juden hatten sie nicht einmal mehr zum Essen genutzt, Thankmar aber hatten sie vor dem Tod bewahrt. Als Marzuq al-Atar ihm den Dolch in den Bauch treiben wollte, hatten die Äpfel die Klinge aufgehalten. Er hatte Stichwunden davongetragen, gewiss, doch hatte die Waffe nicht tief eindringen können. In wenigen Wochen würde er nur mehr einen Juckreiz in den Wunden spüren, ein Ziehen links und rechts des Nabels, und später nur noch eine schwache Erinnerung, wenn das Wetter umschlug.

Das Ohr hingegen war verloren. Ein Verband, aus Gislas Rocksaum gerissen, war um seinen Kopf geschlungen, und die Taubheit, die seine linke Seite einhüllte, ängstigte ihn. Um Gislas Erzählung zuhören zu können, musste er ihr das Profil zuwenden, damit ihre Worte in das gesunde Ohr fielen.

Bis Gislas Geschichte vollständig in seinen Verstand eingedrungen war, brauchte es einen halben Tag. Immer wieder unterbrach er ihren Erzählfluss, wenn dieser sich in eine Stromschnelle zu verwandeln drohte. Mit ungeduldigem Nachfragen kanalisierte er Nebenarme und begradigte Biegungen, bis er dem Hauptarm des Erzählflusses folgen konnte. Gislas Geschichte war so sagenhaft, dass er immer mehr davon überzeugt war, einer Botin Saxnoths gegenüberzusitzen und nicht einer stammelnden langobardischen Bauerntochter.

Abul Abbas hatte sie mitsamt dem Kind den Mons Cenisio heruntergetragen und durch die Bergwelt geführt. Den Säugling trotz Kälte und Hunger am Leben zu halten hatte Gislas Einfallsreichtum, ständige Wachsamkeit und all ihre Kraft gefordert. Das karge Leben auf dem Hof der Eltern musste sie gelehrt haben, die Gaben der Natur zu nutzen. Thankmar schauderte, als er sich vorstellte, von was Gisla sich und das Kind ernährt haben mochte. Dann waren sie am Fluss angelangt, und der Irrsinn war über Abul Abbas hereingebrochen. Ohne Vorwarnung hatte er seine Reiter ins Wasser geworfen, und wäre ein Stück flussabwärts nicht ein Biberdamm gewesen, in dem sich Gisla und das Kind verfangen hatten, sie wären auf dem Grunde des Stroms ertrunken. Dass der Junge die grabeskalte Umarmung des Flusses überlebt hatte, war ein weiteres Wundersteinchen in einem Mosaik aus glücklichen Zufällen.

Auf der Suche nach dem Elefanten war Gisla wieder flussaufwärts gezogen. Abul Abbas war die letzte Säule, auf der das Dach ihrer Welt noch ruhte. Doch sie fand ihn gefangen, bewacht von bösen Männern.

Grifo und die Araber, ergänzte Thankmar im Geiste. Endlich erfuhr er, woher seine Erzfeinde gekommen waren.

Sie hatten den Elefanten mitsamt einem Zug von Grifos Sklaven den Strom entlanggetrieben, bis zu jenem Dorf, in dem Isaak sein Ende gefunden hatte. Gisla war dem Zug unbemerkt gefolgt. Sie hatte in Erdlöchern geschlafen, um sich und das Kind warm zu halten, und oft hatte sie sich des Nachts ins Lager geschlichen und Essensreste gestohlen.

Thankmar konnte kaum seine Augen von ihr lassen. Dieses Mädchen wäre der Stolz jedes Sachsenstammes gewesen!

Bei ihren nächtlichen Besuchen im Lager hatte Gisla versucht, den Elefanten von den Ketten zu befreien. Aber Abul

Abbas selbst hatte ihre Bemühungen zunichte gemacht. Kaum hatte er Gislas Witterung aufgenommen, hatte er zu stampfen und zu scharren begonnen, bis seine Bewacher aufschreckten wie eine Meute Hofhunde. Sie aber hatte sich nicht entmutigen lassen und war Grifo und den Arabern hinterhergezogen, bis sie zu jenem Dorf gelangt waren. Während die Sklavenkarawane in oder zwischen den Häusern Unterschlupf gefunden hatte, hatte Gisla am gegenüberliegenden Ufer der Rhône unter einem Felsvorsprung gehockt, das Geschehen beobachtet und ausgeharrt.

Groß war die Freude gewesen, als sie sah, dass die Männer das Dorf ohne den Elefanten verließen. So hatte sie noch im Mondlicht den Strom durchschwommen und war auf den menschenleeren Platz gehuscht. Was für eine Überraschung, nicht bloß Abul Abbas, sondern auch Thankmar wiederzufinden! Doch der Sachse war in bedauernswertem Zustand. Auch erkannte sie den kopflosen Körper als die Leiche Isaaks.

Abul Abbas schien sich beruhigt zu haben. Jedenfalls ließ er zu, dass sie ihn mit den beiden schlaffen Körpern belud, ihr Federgewicht auf seinen Ledernacken schwang und so sicher den Fluss überquerte, wo sie den Säugling zurückgelassen hatte. Noch in derselben Nacht war sie mitten im Waldland auf die verlassene Hütte gestoßen.

Seither waren zwei Tage vergangen, in denen sie Isaak ein flaches Grab in den Hügel gescharrt und Thankmars Wunden gepflegt hatte. Der Elefant erholte sich hinter der Hütte von seiner Odyssee. Gisla hatte nicht einmal versucht, ihn anzupflocken. Der Riese verhielt sich nach wie vor ruhig.

Trotz lauter Proteste Gislas verbrachte Thankmar die folgende Nacht am Grab des Juden. Die Langobardin hätte keinen besseren Ort für Isaaks letzte Ruhestatt wählen können. Thankmar erkannte in dem Hügel einen alten Begräbnisplatz, die letzte Ruhestätte eines Altvorderen, wie sie auch in seiner Heimat in gigantischen Ausmaßen in den Himmel ragten. Halbgötter, Magier und Könige wurden darunter bestattet. Wer in der Jenseitswelt von ihrem Ruhm und ihrer Kraft zehren wollte, ließ sich ebenfalls in den Grabhügeln bestatten, nicht in deren geweihtem Zentrum, aber in den Ausläufern. Die Zauberkräfte der ruhmreichen Toten strahlten bis weit über die Grenzen der Aufschüttungen hinaus und bescherten sogar den Lebenden, die an den Hügeln Opfer darbrachten, Kraft, Mut und Lebensfülle auf Jahre hinaus.

Isaak mochte einen schrecklichen Tod erlitten haben, und gewiss war auch sein Begräbnis nicht nach den Riten seines Glaubens abgehalten worden. Aber der Glanz eines alten Königs strahlte nun auf ihn ab, und vielleicht speiste er neben jenem vergessenen Herrscher an einer reichen Tafel im Innern des Hügels und gedachte dankbar der Lebenden, die ihm einen angemessenen Platz im Jenseits verschafft hatten.

Der Mond hatte den Zenit überschritten, als Thankmar die Beine müde wurden. Seit Einbruch der Dunkelheit stand er neben dem Grab, länger, als er je neben den Leichen seiner Eltern oder Brüder hatte verweilen können. Gisla kam den Hügel herauf – zum wievielten Mal in dieser Nacht? – und zerrte zaghaft an seinem Arm. Er aber ignorierte ihre Sorge und versuchte sie mit einem Kuss zu zerstreuen. Schließlich musste er sie mit Nachdruck fortschieben.

Wieder allein, streckte er sich erschöpft im feuchten Gras neben dem frischen Erdhaufen aus, blickte in den Himmel und suchte zwischen den vorbeiziehenden Wolken nach den Sternen. Vor nicht allzu langer Zeit hatte er das Sternbild seines Herrn gefunden. Jetzt wollte er sehen, ob es noch dort oben hing oder mit dem Tod Isaaks erloschen war. Aber die Sterne schienen Purzelbäume zu schlagen, und als sich ein Tränenschleier über seine Augen senkte, verschmierten die Lichtpunkte zu hellen Schlieren.

»Was soll ich jetzt tun, Herr?« Mit fahriger Hand tastete er nach dem Vogelamulett, von dem er nicht einmal wusste, ob er es sich selbst um den Hals gehängt hatte. Es genügte zu wissen, dass es dort war. Rasch erwärmte sich das kalte Metall zwischen seinen Fingern.

»Ihr habt mich gewarnt, Herr. Ich müsse darüber nachdenken, habt Ihr gesagt. Aber das habe ich nie gelernt. Immer haben andere befohlen, wohin ich zu gehen, was ich zu tun hatte. Frei war ich nur, wenn ich auf Diebeszug war. Jetzt bin ich es wieder. Aber je freier ich werde, desto mehr fürchte ich mich. Herr, wenn Ihr mich hört, schickt mir ein Zeichen, einen Hinweis, der mir, Gisla und dem armen Kind den rechten Weg zeigt. Wir könnten uns hier niederlassen. Das Land ist gut. Eine Familie könnten wir sein mit einem Haustier, das Feinde abschreckt und schwere Arbeiten verrichtet. Aber das entspricht gewiss nicht Euren Wünschen. Ihr hattet ein Ziel, das wichtiger war als Euer Leben. Wie gerne würde ich es in Eurem Angedenken erreichen und Euren Namen in die ewige Pforte Walhalls meißeln. Wohin soll ich ziehen? Ihr habt mich die Namen gelehrt, die Carolus Magnus den Winden gegeben hat, doch kann ich nicht in allen Winkeln der Welt suchen, in denen ein Lüftchen weht. Soll ich weiter nach Süden ziehen, einem Krieg entgegen, von dem ich nicht einmal weiß, ob er überhaupt ausgebrochen ist? Herr, wenn Euer Geist über diesem Ort schwebt, helft mir.«

Stumm blieb Thankmar bis zum Morgengrauen neben Isaaks Grab liegen, rief sich die Tage ins Gedächtnis, die seit ihrem Aufbruch aus Genua vergangen waren, und hoffte auf einen unmissverständlichen Hinweis von Isaak oder ein göttliches Zeichen – Wetterleuchten am Horizont etwa, Sternschnuppen, einen plötzlich aufbrausenden Wind oder gar einen gespenstischen Reiter am Himmel. Doch als ein rostroter Schimmer im Osten den Tag ankündigte, erhob er sich klamm und so ratlos wie zuvor und klopfte sich das Erdreich des Grabes von den Kleidern. Gisla erwartete ihn unter der Tür der Holzhütte.

Die folgenden Tage zogen sich bleiern dahin. Thankmar jagte Eichhörnchen, Biber und Igel, die Gisla über dem Feuer zubereitete. Den Rest des Tages saß er vor der Hütte und hielt Ausschau. Oft schlang Gisla die Arme um seine Brust und versuchte ihm Küsse zu geben, doch er schob sie fort, zunächst sanft, dann wütend, was die Langobardin ihrerseits mit Missachtung quittierte. Thankmar war es recht. Zum einen erforderten das Beobachten der Umgebung und das Warten auf ein Zeichen seine ganze Aufmerksamkeit. Zum anderen spürte er ein wildes Verlangen nach Gisla, dem er nicht nachzugeben gedachte. Zu eingenommen fühlte er sich von der Trauer um Isaak, zu verwirrt von dem Wunsch, des Juden Erbe anzutreten. Und letztlich brachte er dem Mädchen zu viel Respekt entgegen. Sie hatte mehr verdient als einen hinkenden Sachsen, der seine Lust an ihr stillte wie ein Tier. Gisla aber verstand seine Einwände nicht oder wollte sie nicht gelten lassen. So vergingen die Tage im ständigen Wechsel zwischen Gislas derben Versuchen, seine Zuneigung zu gewinnen und seine Selbstbeherrschung zu bezwingen, und ihrem peinigenden Schweigen. Die Zeichen aus dem Jenseits aber blieben aus.

In einer jener Nächte tauchte er aus dem Schlaf auf, wie so oft geweckt von den schmerzenden Stichwunden am Bauch. Gisla lag neben ihm, eine warme Hand federleicht auf seiner blanken Brust, und atmete die tiefen Atemzüge der Schlafenden. Zu ihren Füßen ruhte das Kind, erstaunlich ruhig in dieser Nacht. Thankmar roch die Würze des Holzes, die sich mit den von außen eindringenden Gerüchen von Kampfer und Mastix mischte. Er blickte in die grob geschnitzten Gesichter der Götter, die in der Düsternis nicht mehr lächerlich, sondern lebendig wirkten. Hier könnte er leben mit Frau und Kind und einen eigenen Hof gründen. Nur den Winter müssten sie überstehen. Dann könnten sie im Frühjahr ein Feld bestellen. Er erinnerte sich der sächsischen Sitte, nach welcher der Bauer seine Frau zur Zeit der Aussaat auf den Acker trägt und beschläft, damit die Ernte gut wird.

Plötzlich hörte er Schritte. Sie tappten um die Hütte herum, verhalten und vorsichtig. So ging kein Tier. Thankmar riss die Augen weit auf. Könnte er doch durch Wände sehen! Wer auch immer dort draußen durch die Finsternis strich, er musste Böses im Schilde führen. Verirrte Wanderer oder Missionare, wie sie zu Hunderten durch die Lande zogen, hätten an die Tür gepocht und um Asyl oder einen Kanten Brot gebeten und die Hausbewohner als Gegenleistung mit Geschichten über wundertätige Heilige oder Könige versorgt, bis ihnen die Ohren übergelaufen wären. Wer aber pirschte, der suchte Beute.

Die Schritte waren nun dicht bei der Tür. Thankmar schob Gislas schlaffe Hand beiseite und postierte sich über Frau und Kind, nackt und zum Sprung bereit. Der Streifen Mondlicht, der unter der Tür hereinfiel, wurde von einem Schatten verdunkelt. Für einen Moment verharrte der Fremde vor dem Eingang, nur durch fünf schlecht gezimmerte Balken von Thankmar getrennt. Ein kräftiger Tritt würde genügen, um das Seil, das die Tür geschlossen hielt, zu zerreißen. Mit zwei Schritten stände der Eindringling mitten im Raum. Was sollte Thankmar gegen einen Speer oder gar ein Schwert ausrichten?

Ihm blieb nur die Überraschung des ersten Schlags. Hatte nicht Isaak gesagt, Zeit sei eine gewaltige Waffe? Jetzt musste er sie nutzen. Mit angehaltenem Atem humpelte er zur Tür, löste mit allem Geschick seiner Diebesfinger leise die Schlinge und riss die Pforte auf.

Vor dem tiefen Blau der Nacht zeichnete sich pechschwarz die Silhouette eines Menschen ab. Der Fremde sprang zurück und rannte davon. Aber statt lange Sätze zu machen, lief er in kleinen, schnellen Schritten. Als er den Grabhügel hinaufhastete, geriet er ins Straucheln.

Thankmar setzte hinterher. »Halt! Halt!«, schrie er. Augenblicke später hatte er den Eindringling bei den Haaren gepackt. Da erkannte er, dass kein mordlustiger Unhold, kein Monstrum oder Strauchdieb unter ihm zappelte, sondern eine Frau.

Kurz darauf wärmte sich die Fremde an den Zungen eines jungen Feuers, um das Gisla sich bemüht hatte. Der Schreck steckte Thankmar noch in den Gliedern, doch beruhigte er sich zusehends, je länger er die Unbekannte musterte. Sie war gerade erst dem Kindesalter entwachsen, kaum eine Frau, und unter Schmutz und Gestank war ihr Körper von einem Ebenmaß, als wäre sie dem Traum eines einsamen Mannes entstiegen. Gisla reichte ihr eine Schüssel Ziegenmilch und eine Handvoll Nüsse, die sie dankbar entgegennahm. Bevor sich die ausgezehrte junge Frau über die Speisen hermachte, kniete sie vor ihnen nieder, faltete die Hände und versenkte sich in ein stummes Gebet. Thankmar und Gisla warfen sich fragende Blicke zu, zollten der Andacht aber schweigend Respekt. Schließlich nahm die Unbekannte zwei große Schlucke von der Milch und begann, die Nüsse zu knacken.

»Ihr seid gut zu mir, obwohl ich Euch einen großen Schrecken eingejagt haben muss. Verzeiht! Ich wusste nicht, wer in einer Hütte wie dieser leben möge, so weit entfernt von jeglicher Siedlung. Ein Jäger oder Einsiedler, dachte ich zunächst, und die können derbe Gesellen sein. Nicht gerade die rechte Gesellschaft für eine einsame Frau. Aber jetzt ist alles gut. Ihr seid eine einfache Familie und besitzt die Güte, mir Obdach zu gewähren. Ich habe für Euch gebetet.«

Thankmar ignorierte das strahlende Lächeln, das Gisla beim Wort *Familie* aufsetzte. »Wir sind nur Durchreisende, die diese Behausung zufällig gefunden haben. Wohin führt dein Weg? Wie heißt du?«

Das Mädchen strich sich eine Locke hinters Ohr und ließ den Blick durch den Raum schweifen, bis er an den Holzgötzen haften blieb. »Mein Name ist Adelind. Ich wurde bei Autun geboren. Ich bin … ich war Novizin eines Benediktinerinnenklosters und versuche, in meine Heimat zurückzukehren. Seid ohne Sorge, ich will Euch nicht lange zur Last fallen. Gebt mir nur ein Lager für die Nacht, und ich will am Morgen weiterziehen.«

Thankmars Herz wurde plötzlich schwer. Diese junge Frau suchte ihre Heimat, so wie er. Und sie nahm große Strapazen auf sich, um sie zu erreichen. War dies das Zeichen Isaaks? Sollte auch er sich heimwärts begeben?

»Du kommst aus einem Kloster, sagst du?«

Sie nickte.

»Bist du geflohen?«

Ihre Kiefer hörten für einen kurzen Moment auf zu mahlen. »Nein.«

Sie schluckte hastig eine Nuss, um mit leerem Mund deutlicher sprechen zu können. So etwas hatte Thankmar noch nie erlebt. »Unser Konvent wurde angegriffen. Von Sarazenen – oder jemand vergleichbar Bösem. Nur ich und eine Nonne haben überlebt. Seither versuche ich, nach Hause zu finden.«

Wie ein Blitzschlag fuhr die Erkenntnis in Thankmar. »Araber? Und du kommst aus dem Süden?«

»Nun, nicht auf direktem Weg, aber es stimmt. Ich bin von Süden hier heraufgezogen.«

»Hast du noch andere Zeichen eines Krieges gesehen? Gab es Schlachtfelder, Brände, Heerzüge?« Er sprang auf und ging im Raum umher.

Adelind schaute nicht zu ihm auf, sondern konzentrierte sich auf die Nüsse in ihren Händen. »Nichts sonst. Fürchtet Euch nicht. Kein Krieg wird Euch heimsuchen, Eure Familie bedrohen oder dieses Land verwüsten. Ihr seid gewiss in Sicherheit.«

»Darum geht es nicht. Bitte, wenn du noch andere Anzeichen von Kampf oder aufmarschierenden Truppen gesehen hast, musst du es mir sagen.«

»Ich bevorzuge es, höflicher angeredet zu werden.«

»Verzeiht, Herrin!«, sagte Thankmar spöttisch.

»Kaiserliche Panzerreiter. Sie lagern drei Tagesmärsche von hier auf einem Fronhof. Etwa zwei Dutzend Krieger.«

Er sah sie prüfend an. »Ihr Anführer?«

»Carolus Magnus höchstselbst. Mehr kann ich nicht berichten. Als die Reiter den Hof erreichten, war ich schon fast fort.«

Thankmar sprang auf sie zu und legte die Hände um ihr Gesicht, das unter seinen Fingern purpurn aufglühte. Gisla stieß einen Vokal hervor, doch er schenkte ihr keine Beachtung. »Führ uns hin! Dort liegt meine Bestimmung. Du bist das Zeichen, nach dem ich Ausschau gehalten habe. Drei Tagesmärsche! So nahebei kann das Schicksal liegen, und doch bleibt es dem Unaufmerksamen verborgen.«

Adelind schälte seine Hände von ihren Wangen. »Es freut mich, Euch geholfen zu haben. Doch niemals werde ich dorthin zurückkehren. Mein Weg führt nach Autun. Aber ich will Euch die Route niederschreiben. Mit einem Stück Holzkohle und Birkenrinde kann ich eine Karte zeichnen. Damit könnt Ihr den Hof nicht verfehlen. Ob sich der Kaiser noch immer dort aufhält, weiß ich jedoch nicht zu sagen.«

»Umso mehr ist Eile geboten. Zeit ist die Waffe der Klugen, weißt du? Du musst uns begleiten, sonst … sonst …«

Ein fernes Geräusch brachte Thankmar zum Schweigen. Ein Summen, gefolgt von Singsang, der mit dem Nachtwind unter der Tür hereinwehte. Gisla lehnte bereits am Eingang und spähte durch einen Spalt in der Tür. »Licht«, wisperte sie. »Licht, Licht, Licht, Licht, Licht.«

Thankmar, der Gislas Unvermögen zu zählen kannte, ahnte, was das Gestammel bedeuten sollte. Neben der Langobardin spähte er in die Nacht hinaus.

Eine Schlange aus tanzenden Lichtern bewegte sich in einiger Entfernung zwischen Bäumen und Büschen auf sie zu, wie Glühwürmchen sahen sie in der Ferne aus. Doch Thankmar begriff, dass dort Menschen Fackeln durch den Wald trugen. Eine Prozession zog über das dunkle Land, und ihr Ziel schien die Hütte zu sein. Die monotonen Gesänge des Fackelzugs wehten zu ihnen hinauf.

Auch Adelind lugte hinaus und sah, was ihnen blühte. »Ihr Narren! Ihr habt Euch in einem Tempel der Heiden verkrochen. Und dort kommen die Priester, die ihren dunklen Göttern opfern wollen.«

Die Zurechtweisung ärgerte Thankmar, doch musste er ihr recht geben. Die toten Skulpturen, die er belächelt hatte, dienten einem offenbar sehr lebendigen alten Kult. Damit die kaiserlichen Abgesandten die verbotenen Götzen nicht zu Gesicht bekamen, hatten ihre Anhänger ihnen weitab von allen Wegen einen Tempel im Dickicht errichtet. Fast empfand Thankmar Sympathie für diese Menschen, die im Geheimen Widerstand leisteten gegen das aufgezwungene Christentum mit seinen doppelzüngigen Missionaren, Päpsten und Kirchengesetzen. Aber er wusste, dass die alten Götter nicht zimperlich mit denen umsprangen, die ihre Tempel entweihten und die heiligen

Orte missachteten. Es war ein Wunder, dass er noch nicht von einem Dämon besessen war. Sie mussten verschwinden, wollten sie nicht auf einem Opferpfahl landen.

Thankmars Gedanken überschlugen sich. Schon wollte er Gisla Befehle zuraunen, da sah er die Langobardin bereits das Feuer mit Erde ersticken und das Kind an sich nehmen. Er wandte sich Adelind zu.

»Komm mit uns! Unser Reittier ist groß genug für vier. Weise uns den Weg zum Frankenkaiser. Ohne dich sind wir verloren.« Unwillkürlich hatte er einen Arm gegen die Tür gestemmt, die Adelind soeben hatte aufreißen wollen.

»Nein. Gebt die Tür frei! Noch können wir gefahrlos entkommen. Rasch! Unsere Wege trennen sich. Zieht einfach nach Süden, den Fluss entlang.«

Einen Moment überlegte er, ob er das Mädchen mit Gewalt zwingen sollte, ihnen zu helfen. Dann löste sich seine Hand von der Tür.

Doch bevor Adelind hinaus in die Nacht schlüpfen konnte, klapperte etwas beim Feuer. Gisla war über die Schüssel mit Milch gestolpert, die sich nun in die noch glühende Feuerstelle ergoss. Ein Fauchen wie von hundert Katzen erfüllte die Hütte, und eine weiße Wolke keimte aus der Feuerstelle, wuchs in alle Winkel des Raums und zwängte sich durch den Abzug in die Nacht hinaus.

Schon wurden draußen Stimmen laut. Die Prozession hatte den Qualm über dem Dach entdeckt. Entweder glaubten die Fackelträger, ihnen erscheine eine Gottheit, die sich im Rauch manifestierte – oder sie ahnten die Wahrheit. Thankmar baute auf den Aberglauben der Dorfbewohner. Nur dieser konnte sie noch retten.

Er riss Adelind vom Eingang zurück und zog die Tür krachend zu. Ein Blick durch einen Spalt bestätigte seine Befürchtung: Der Lichterzug hatte sich in ein Knäuel hüpfender Punkte verwandelt, die nur noch einen Steinwurf von der Hütte entfernt waren. Um ungesehen zu entkommen, war es zu spät. Ihnen blieb nichts anderes übrig, als den Teufelsanbetern zu zeigen, wie ihre Götter wirklich aussahen.

Thankmar zerrte Adelind durch den beizenden Rauch zur Feuerstelle und rieb ihr Gesicht mit dem Ruß ein, den er vom ledernen Rauchfang klaubte. Er erklärte den Frauen sein Vorhaben, und bald waren Adelinds und Gislas Gesichter schwarz vor Ruß, ebenso wie das des Säuglings. Thankmar riss sich sämtliche Kleider vom Leib, bevor auch er daran ging, seine Haut pechschwarz zu färben. Kaum hatte er den letzten Flecken Haut geschwärzt, fiel ihm auf, dass Adelind ihn anstarrte. Er glaubte, die Klostertochter sei erschrocken über seine blanke Männlichkeit, doch ihr Blick klebte an seiner Brust.

»Woher habt Ihr das?«, fragte sie und deutete auf Isaaks halbiertes Amulett.

Für eine Antwort blieb keine Zeit, denn das schnelle Stampfen von Männerschritten erklang vor der Tür. Sie hielten den Atem an. Wenn die Priester Verdacht schöpften und Eindringlinge im Tempel vermuteten, würden sie jetzt die Tür aufbrechen. Doch die Prozession verharrte respektvoll vor der Hütte, und nur ehrfürchtig gesenkte Stimmen zeugten von ihrer Anwesenheit.

Gisla huschte durch den Raum und sammelte den Schmuck der Götzenbilder ein. Die Kappe mit dem einen Horn setzte sie Thankmar auf den Kopf. Eine Girlande aus welken Blüten hängte sie Adelind um den Hals. Sie selbst behängte sich mit einem von Motten zerfressenen Schaffell, das sie von einem der Holzgötter geklaubt hatte. Thankmar nickte ihr zu. An Gisla, schoss es ihm durch den Kopf, ist ein Feldherr verloren gegangen.

Der Augenblick war gekommen. Thankmar zögerte einen letzten Moment und warf einen Blick auf seine Mitstreiterinnen. Zwei Frauen und ein Säugling, schwarz wie die Nacht. Das letzte Licht im Raum schien von ihren Gesichtern aufgesogen worden zu sein, nur die Augen blitzen noch im Dunkeln. Wenn die Teufelsanbeter vor diesen Erzdämonen nicht zurückwichen, mussten sie blind sein.

Thankmar stellte sich über das Feuer und ließ einen Strahl Urin darauf regnen. Die Glut zischte, und es dauerte nur wenige Augenblicke, bis der Raum von dichtem Rauch erfüllt war. Er nickte den Frauen zu, und wie aus einem Mund begannen alle drei zu schreien und zu stöhnen, zu heulen und zu krächzen. Ihren Kehlen entrangen sich Laute, bei denen ein Wolfsrudel die Ruten zwischen die Hinterläufe geklemmt hätte; Laute, wie sie nur Folterknechte an ihren besten Tagen hörten. Selbst das Kind stimmte mit ein, und Thankmar musste eine Hand gegen sein verbliebenes Ohr pressen. Der Qualm wurde jetzt so stark, dass sie kaum noch atmen konnten. Noch einmal nickte er den Frauen zu, die den infernalischen Lärm nun mit dem Stampfen ihrer Füße untermalten, dann riss er die Tür auf und rannte, gefolgt von den Aushilfsteufelinnen und einer dichten Qualmwolke, in die Nacht hinaus.

Sie stoben in eine Traube von Menschen, etwa ein Dutzend Männer, die sich Strohmasken vor die Gesichter hielten. Die Masken waren ebenso ungeschickt gefertigt wie die verwachsenen Holzgötter des Tempels, und Thankmar hätte sie ausgelacht, hätte sein Herz nicht vor Todesangst wie wild gepocht. Ob die Männer über die heranpreschenden Geister erschrocken waren, ob sie in ihnen tatsächlich die auferstandenen Götter aus der Hütte erkannten, ließ sich hinter den Masken nicht erkennen, doch wichen sie unsicher zurück, als die schwarzen Monstren aus ihrem Tempel sprangen.

Einer Eingebung folgend riss Thankmar einem der Umstehenden die Fackel aus der Hand und streckte ihm aus dem rabenschwarzen Gesicht eine leuchtend rote Zunge entgegen. Dann wandte er den Götzenanbetern die blanke Kehrseite zu, hielt die Fackel davor und ließ eine respektable Ladung Luft aus seinem Darm in die Flamme entweichen. Das Kunststück war so alt wie die Welt, aber es verfehlte nicht seine Wirkung. Die Stichflamme war groß genug, um mit ihrem grünlichen Leuchten die Männer aufschreien und ihre Hände schützend zu den Gesichtern fahren zu lassen. Viele rissen sich die Strohmasken von den Köpfen, wohl aus Angst, sie könnten Feuer fangen. Andere schrien auf und rannten davon.

Der Moment war gewonnen. Thankmar griff die Frauen bei den Händen. Zu viert rannten sie in die Nacht, deren Schwärze die dunklen Gestalten in sich aufnahm.

Niemand folgte ihnen. Vermutlich glaubten die Götzendiener tatsächlich, eine Teufelsbrut sei aus ihrem Tempel hervorgekrochen, und waren es zufrieden, ihrer auf so einfache Art wieder ledig geworden zu sein.

Als die Sonne aufging, ritten Thankmar, Gisla, Adelind und der Säugling auf Abul Abbas' Rücken gen Süden. Thankmar war sicher, dass Isaak stolz auf ihn gewesen wäre. Er hatte die Frauen und das Kind vor einer Rotte Teufelsanbeter gerettet, hatte den Elefanten mithilfe des Amuletts gezähmt und zu guter Letzt die Novizin davon überzeugen können, sie nach Süden zu begleiten. Etwas seltsam war ihm der plötzliche Gesinnungswechsel Adelinds erschienen, doch schrieb er diesen Erfolg seinem Talent zu, Frauen und Kinder zu beschützen. In seiner Nähe würde ihnen kein Leid widerfahren, das schwor er bei Saxnoth und allen Winden dieser Welt.

25.

Ein Buch. Mitten in der Wildnis das höchste Gut der zivilisierten Welt. Mit staunenden Fingern streichelte Imma den speckigen Einband aus schwarzem Leder und schlug den Buchdeckel auf. Es waren die *Bekenntnisse* des Augustinuns. Sie hielt den Atem an. Dieses von Gott diktierte Werk war in die Schlafrolle des Kaisers eingewickelt – die Welt war ein Hort der Absonderlichkeiten.

Karl blickte sie über den Pferderücken an, ein Grinsen in seinem kugelrunden Gesicht. »Jeden Abend lese ich eine Stelle daraus. Erbaulicher finde ich es jedoch, wenn mir jemand vorträgt. Würdet Ihr mir heute die Freude machen, Schwester Imma?«

Imma nickte und zog sich mit dem Buch zu ihrem Lagerplatz zurück, aufgeregt wie vor der Hochzeitsnacht. Seite um Seite blätterte sie durch das schwere Pergament, folgte den prachtvoll illuminierten Lettern mit Fingern und Augen, nickte den Illustrationen der Marginalien und Kapitalen anerkennend zu. Dies war ein Prachtexemplar der Buchkunst, nicht eines der billigen Palimpseste, deren Lederseiten schon mehrfach beschrieben und dann mit dem Bimsstein wieder abgeschabt worden waren, als wären die Worte darauf nicht für die Ewigkeit bestimmt.

Seit sie vor drei Tagen von Leidrads Hof aufgebrochen waren, erstaunte sie der Frankenkaiser mehr und mehr. Sie hatte befürchtet, in eine Horde Raubeine zu geraten wie damals, als sie mit den Kriegern aus den Ruinen Sankt Albolas nach Arles geritten war – auf einem Pferderücken, eingeklemmt zwischen einer Männerlende und einer Sattelleiste, umfasst von Schlächterarmen, begafft von geilen Blicken und nur durch die Nonnentracht vor der Schändung bewahrt.

Doch die kaiserlichen Krieger waren anders. Sie begegneten ihr mit Respekt. Ob diese Zurückhaltung auf die noble Herkunft der Herzöge oder einen Befehl Karls zurückzuführen war, war Imma einerlei. Sie fühlte sich beschützt im Kreis der dreiundzwanzig stattlichen Krieger, die sich selbst als »Augäpfel des Kaisers« bezeichneten. Selbst Saudrad verhielt sich ihr gegenüber taktvoll und versuchte nicht noch einmal sein Glück. Zum Dank verband sie ihm allabendlich die Wunde, die er sich beim Kampf gegen Wala am linken Arm zugezogen hatte.

Nicht einmal auf einem Pferd musste Imma reiten. Zwar hatte Karl tatsächlich noch einen Gaul von Leidrads Koppeln erstanden, doch nur, um das Tier vor den Wagen zu spannen, mit dem Imma, Adelind und Bernwin auf dem Gehöft angekommen waren. Mit einem Pferd im Joch kam sie viel zügiger voran als mit den Ochsen, denn die Stute war die schwere Arbeit vor dem Hakenpflug gewohnt und zog an wie ein Drachenboot bei Sturm. Trotzdem wusste Imma, dass sie das Vorankommen der Reiter behinderte, und dankte dem Kaiser im Stillen, dass er so geduldig mit ihr war.

Unterwegs war es ihr gelungen, dem Trupp ein wenig Frömmigkeit angedeihen zu lassen. Jeden Morgen nach dem Wecken, wenn die Sonne noch fern war und die verschlafenen Krieger sich den Regen aus Haaren und Wollumhängen schüttelten, versammelte Karl sie zur Andacht. Zu diesem Anlass erklomm Imma die Ladefläche ihres Karrens und sprach über den edelsten Kriegern des Reiches das Vaterunser. Beim anschließenden Choral war sie täglich aufs Neue überrascht darüber, wie gut diese Männer des Schwertes bei Stimme waren. Gleich welch gewagten Iktus sie anstimmte, immer wurde er von dreiundzwanzig Bässen mit Inbrunst beantwortet. Als todgeweihte Krieger waren die Herzöge geradezu versessen darauf, ihren Glauben an das Himmelreich so oft wie möglich zu beteuern.

Die Gottesdienste unter freiem Himmel befremdeten Imma. Quellen und Wurzelwerk waren schließlich das Heim von Teufeln und Dämonen, so hatte man es sie als Novizin gelehrt. In ihrer Erinnerung lebten zwischen Unterholz und Tümpeln aber auch vertraute Geister der Natur, die sie in einem anderen Leben angebetet und sogar besungen hatte.

Hin- und hergerissen zwischen den Gedanken an die alten Götter und der Leidenschaft für Christus las sie dem Kaiser mit Hingabe aus den *Bekenntnissen* vor.

»Ich unterdrückte die Tränen, erhob mich und wusste keine andere Deutung, als dass mir Gott befehle, die Bibel aufzuschlagen und die erste Stelle zu lesen, die ich träfe: ›Lasst uns ehrbar leben wie am Tage, nicht in Fressen und Saufen, nicht in Wollust und Unzucht, nicht in Hader und Neid; sondern ziehet an den Herrn Jesus Christus und wartet des Leibes, aber nicht so, dass ihr seinen Begierden verfallt.‹ …«

Imma endete, nachdem sie dem neben ihr ausgestreckten Kaiser eine so lange Passage vorgetragen hatte, dass die Suppe, vom Regenguss gestreckt, aus ihrem Napf gelaufen war. Imma strich wie zuvor über die Seiten, als wolle sie die Worte mit den Fingern liebkosen.

Nach den erhebenden Worten schwieg Karl lange. Dann begann er zu sprechen. »Meine Dynastie ist leider nicht durch den Willen Gottes zum Herrschen bestimmt, wie es noch die Kinder des Merowech gewesen sind, sondern nur durch den Papst – Gottes Stellvertreter immerhin, doch ist das meinen Widersachern nicht genug. Sie wollen mich stürzen, also muss ich ihnen zuvorkommen, sie übertrumpfen, ihnen zeigen, wer der bessere Herrscher ist. Versteht Ihr? Regieren ist nicht ausschließlich eine Frage körperlicher Gewalt. Erst geistige Kraft lässt den wahren Regenten erkennen. *Rex illiteratus asinus coronatus.* Ein ungebildeter König ist ein gekrönter Esel. Meinen Nachkommen will ich ein gutes Andenken hinterlassen, nicht das eines gefürchteten Kriegers. Schlimm genug, dass man mich den Sachsenschlächter nennt.«

»Aber wie ich hörte, rufen andere Euch David, nach dem weisen und mutigen König der Stämme Israels. Ihr seid nicht nur Herrscher, sondern auch Gesetzgeber.«

»Eine Schmeichelei von Höflingen, weiter nichts. Eines Kaisers Aufgabe ist es nicht, Gesetze zu ersinnen. Er sorgt nur dafür, dass die bestehende Rechtsprechung des Volkes aufgezeichnet und zusammengetragen wird. Bestenfalls erlässt er einige Kapitularien selbst. Ich bin nicht das Recht, ich diene ihm nur.« Karl richtete sich auf und blickte Imma an. »Doch ich rede nicht gern den ganzen Abend über die eigene Person. Wie steht es um Euch, Schwester Imma? Mir will scheinen, Ihr seid eine geradezu vom Herrn gesegnete Sängerin. Glaubt mir, ich weiß einen Unterschied in diesen Dingen zu erkennen. Seit jeher liebe ich die Süße der Musik.«

»Bei den Andachten ist mir Eure Stimme noch nicht aufgefallen. Jedes Mal, wenn ich nach ihr lausche, höre ich nur eintöniges Brummen.«

»Geht nicht zu hart mit mir ins Gericht, Schwester Imma. Meine Stimmbänder sind vom Brüllen der Befehle ganz abgewetzt. Ein lauter Ton von mir in der Messe, und alle Märtyrer würden in den Grüften mit den Zähnen knirschen und sich fragen, wofür sie eigentlich ihr Leben gegeben haben, wenn der Papst so einem die Krone aufsetzt.«

Imma versuchte, eine vorwurfsvolle Miene aufzusetzen. Als

sie aber bemerkte, dass dieses Vorhaben zu misslingen drohte, ging sie nicht weiter auf Karls Kommentar ein. »Erlaubt mir, eine Bitte zu äußern.« Sie schlug die Augen nieder.

»Sprecht, Schwester Imma. Wie könnte ich Euch einen Wunsch abschlagen? Euch, die Ihr das Reich retten wollt.« Er schlürfte den letzten Wein aus seinem Becher.

Sie ignorierte den spöttischen Ton des Kaisers. »Es ist die Musik, die mir am Herzen liegt. Mit ihr halten wir es wie mit den Legenden der Alten – wir geben sie weiter von Mund zu Ohr, von Wissenden zu Wissensdurstigen. Doch so viel Substanz geht auf dem Weg verloren. Die Worte können wir niederschreiben, und viele brave Ordensbrüder und Ordensschwestern verbringen ganze Lebensalter in schlecht beleuchteten Skriptorien, um zu konservieren, was vom Schlund der Zeit verschlungen zu werden droht. Aber die Musik können sie nicht festhalten.«

Karl nickte. »Um diese Schwierigkeiten weiß ich wohl. Worte bleiben, aber Melodie und Rhythmus sind so flüchtig wie ein Rausch nach durchzechter Nacht.« Er ließ sich von einem Krieger Wein nachschenken. Imma lehnte ab. »Ein interessantes Thema schlagt Ihr an, Schwester Imma. Wisst Ihr etwas über die Versuche von Ingelheim?«

Sie schüttelte den Kopf.

»Als ich zum letzten Mal mit dem Hof das Winterlager dort aufschlug – das ist nun schon einige Jahre her –, führte mich ein Mönch namens Worad in seine Werkstatt. Dort zeigte er mir die absonderlichsten Apparaturen. Auch an exotischen Musikinstrumenten herrschte kein Mangel. Worad erklärte mir, er suche seit Jahrzehnten nach einer Möglichkeit, Musik einzufangen, sie festzuhalten, bevor sie sich verflüchtige. Nein, er drückte sich anders aus: bevor sie verbraucht sei. Seiner Theorie zufolge sind Töne so lange existent, bis sie von

Ohren gehört, er sagte ›verspeist‹, werden. Um seine These zu beweisen, führte er das Phänomen des Echos an. Wer in eine Schlucht hineinrufe, erklärte er, stoße Laute aus, die so lange durch die Luft flögen, bis sie an einen Felsen prallten und zurückgeschleudert würden. Erst wenn sie wieder im Ohr des Rufenden landeten, würden sie aufgezehrt und verstummten daraufhin. Könnt Ihr mir folgen?«

»Worad mag ein kluger Kopf sein. Doch eines will mir nicht in den Sinn: Rufe ich gegen nacktes Gestein, fliegt der Ton zurück, weil er unverbraucht ist. Doch nehmen wir dieselbe Landschaft, dieses Mal stark bewaldet. Wer dort hineinruft, wird nichts zu hören bekommen als das Rauschen der Bäume.«

Karl schnalzte mit der Zunge. »Ein exzellenter Einwand. Ich habe ebenfalls versucht, Worad mit diesem Argument aus dem Gleichgewicht zu bringen. Wisst Ihr, was er sagte?«

Dieses Mal ließ Imma sich Wein einschenken und trank einen tiefen Zug, während ihre Augen über dem Becherrand gebannt auf den Kaiser gerichtet waren.

Karl fuhr fort: »Wenn kein Echo zurückkehre, so meinte Worad, müsse der Ton von einem verborgenen Ohrenpaar gehört worden sein. Da jedoch nur menschliche Ohren menschliche Worte verstehen und ›verspeisen‹ können, sei damit bewiesen: Wo kein Echo ist, halten sich Unbekannte verborgen. Deshalb war er so aufgeregt und wollte mir unbedingt von seiner Entdeckung berichten. Der gute Worad war der festen Überzeugung, meine Krieger könnten dank seiner Erkenntnis jeden Feind aufspüren, der sich vor ihnen versteckt hält.«

»Und er hat dabei übersehen, dass sich die Rufer doch nur selbst verraten.« Imma spürte ein Kitzeln in der Kehle, erlaubte sich ein Lächeln, dann sprudelte das Gelächter aus ihr hervor.

Auch Karl konnte seine Ernsthaftigkeit nicht länger aufrechterhalten und lachte so schallend, dass einer der Herzöge erschrocken seinen Becher fallen ließ. Imma hielt sich die Hände vor das Gesicht, damit niemand ihre von Wein und Freude geröteten Wangen sehen konnte.

Karl löschte sein Gelächter mit einem großen Schluck aus seinem tönernen Becher und stieß einen zufriedenen Seufzer aus. »Dieser Worad ist ein Kauz ganz eigener Art. Er hängt an seiner Theorie wie Christus am Kreuz. Natürlich bemerkte er recht bald, dass ich seinen Worten keinen Glauben schenkte. Deshalb schickte er mir Beweise nach Aachen. Handfeste Beweise.«

Imma hörte über die blasphemische Bemerkung hinweg. Zu sehr brannte sie darauf, mehr über die Einfälle des Mönches Worad zu erfahren. »Was für Beweise sollen das gewesen sein? Oh, erzählt, Karl!«

»Eine Röhre aus Eibenholz, lang und hohl, einem Pfeilköcher ähnlich. Wo sonst die Pfeile herausragen, war sie mit einem Deckel verschlossen. In einem beiliegenden Brief erklärte Worad, er habe endlich eine sichere Methode gefunden, Töne zu konservieren. Nach dem Prinzip der verbrauchten Laute habe er Experimente mit Röhren angestellt, in die er hineingerufen oder -gesungen habe. Bevor die Töne vom Ende der Röhre abprallen und durch die Öffnung entkommen konnten, habe er sie mithilfe des Deckels gefangen.«

»Welch ein Einfall!«

»So dachte auch ich, zog mich in eine stille Kammer zurück, verschloss die Tür und öffnete vorsichtig die Röhre, wobei ich sie dicht an mein Ohr hielt, um keinen Laut ungehört entkommen zu lassen. Aber das Behältnis blieb stumm. Enttäuscht schrieb ich Worad, sein Experiment sei misslungen. Doch war der Mönch in der Zwischenzeit so überzeugt vom Erfolg seiner Studien und Versuche, dass er sich einen Fehlschlag nicht eingestehen mochte. Er behauptete, unter den kaiserlichen

Kurieren gebe es Spione, welche die Töne aus ihren Gefängnissen befreit und herausgehört hätten. Seither erhalte ich in peinlicher Regelmäßigkeit eine Sendung von zehn oder mehr Sprechröhren aus Ingelheim, allesamt stumm und leer. Glücklicherweise finden meine Baumeister bei der Herstellung ihrer Architekturmodelle Verwendung dafür.«

Imma schüttelte verständnislos den Kopf. »Ein Diener Gottes, der sein Leben damit zubringt, stumme Schreie zu konservieren. Fast könnte man eine Lerngeschichte für Kinder daraus weben.«

»Ich habe Euch lange genug mit meinem Geschwafel gelangweilt, wo doch Ihr es wart, die mich um etwas bitten wollte.« Er unterdrückte mit Mühe ein Gähnen.

Karls Erschöpfung entging Imma nicht. Kurz dachte sie an die Äbtissin und die Schriftzeichen für Töne, die sie entwickelt und liebevoll »meine Neumen« genannt hatte. Mit ihrer Hilfe war es Hrotrud gelungen, Tonhöhen auf Pergament zu bannen. Die Äbtissin hatte es verdient, vom Kaiser persönlich gewürdigt zu werden. Aber der Zenit der Geselligkeit war überschritten, und Imma wollte Hrotruds Andenken kein Jota weniger als Karls volle Aufmerksamkeit zugestehen. Sie entschied sich, die Angelegenheit aufzuschieben und stattdessen einen Vorstoß in eine andere Richtung zu wagen.

»Ich will die Beichte ablegen.«

Karls Lippen weiteten sich vor Staunen. »Ich bin kein Priester. Ihr wendet Euch an den Falschen.«

»Gewiss. Doch hege ich einen besonderen Wunsch. Meine Sünden gegen Jesus Christus, unseren Herrn, lasten so schwer auf meinem Herzen, dass sie durch den allgemeinen Sündenerlass beim Gottesdienst nicht aufgehoben werden können. In Sankt Albola versuchte ich, die Äbtissin davon zu überzeugen, mir die Beichte allein abzunehmen, doch sie weigerte sich, weil mein Wunsch gegen die Ordensregeln, sogar gegen allgemeines Kirchenrecht verstößt.«

»Die Beichte eines Einzelnen scheint mir fürwahr recht außergewöhnlich. Stellt Euch vor, in unseren Kirchen würden die Sünden von hundert Gläubigen nicht mehr mit einer kollektiven Geste vergeben! Wenn jeder einzeln vortreten müsste, um jede sündige Handlung, jeden verwerflichen Gedanken aufzuzählen, würde die heilige Messe Tage dauern. Kaum wäre den Letzten der Ablass erteilt, ständen die Ersten schon wieder in der Reihe.«

Ein Tropfen Zorn verwässerte die Sympathie, die Imma dem Kaiser entgegenbrachte. »Die Gesetze der Kirche habe ich wohl studiert. Ebenso weiß ich um die Grenzen, die dem Glauben vonseiten Roms gesteckt werden. Sie halten die Sektierer im Zaum, die sonst das Chaos über uns hereinbrechen ließen. Was ich von Euch erbitten möchte, fällt schwer, bedeutet es doch die Hervorhebung meiner Person über die Gemeinde. Doch wohin ich auch ziehen werde nach dieser Zeit der Unbeständigkeit, in einen anderen Orden oder ins Himmelreich, ich kann dem Herrn nur mit geläuterter Seele dienen. Erlaubt mir die Beichte im Privaten! Ihr seid der Kaiser, kein Kirchenmann wird sich Eurem Wunsch widersetzen.«

»Schwester Imma, ich respektiere Euch und Eure Ansichten. Aber ich kann geltendes Kirchenrecht nicht brechen. Schließlich habe ich es selbst in der *Admonitio generalis* fixiert. Wer würde einem Herrscher huldigen, der das Recht beugt, nur weil ihm jemand eine Bitte ins Ohr flüstert? Zudem reiten wir in eine Schlacht, und der Kodex des Kriegers verbietet es, an die Tage danach zu denken. Unser Wahlspruch lautet jetzt: Sieg oder Tod. Mit spirituellen Problemen wollen wir uns später befassen.«

Mit diesen Worten rollte sich der Kaiser in sein Schaffell

und schwieg ein vielsagendes Kaiserschweigen. Imma versuchte, die Enttäuschung mit einem letzten Schluck herunterzuspülen, doch der Wein war mit dem Gespräch zur Neige gegangen. Die meisten der Männer schliefen bereits. So blieb ihr nichts anderes übrig, als sich zu ihrem Lager zu begeben, das sie stets abseits der Krieger aufschlug. Schlaf fand sie in dieser Nacht nicht.

Am folgenden Morgen platzte ein Dämon in die Andacht. Gerade intonierte Imma den letzten Vers des *Kyrie fons bonitatis*, unausgeschlafen, doch froh über den inbrünstig singenden Karl, als ein grässliches Geschrei den gesegneten Moment zerfetzte und sich die kniende Gemeinde in einen Haufen aufspringender Krieger verwandelte. Der Laut hörte sich an wie ein schriller Stoß aus zerbeulten Fanfaren, wie der kollektive Todesschrei einer Herde geschächteter Lämmer.

Einer der kaiserlichen Kundschafter preschte heran, sprang aus dem Sattel und fiel vor Karl auf die Knie. Der Reiter war erregt und verwirrt und stammelte zusammenhanglose Worte. Doch für Erklärungen blieb keine Zeit, denn der Ankunft des Kundschafters folgte ein Bersten und Brechen, Stampfen und Trompeten, als wälze sich ein gewaltiges Sarazenenheer durch den Wald, geradewegs auf den kaiserlichen Trupp zu. Was dann unter den Bäumen hervorbrach, war so gewaltig, dass die fränkische Elitegarde die Schilde zu Boden warf, um die Hefte der Schwerter mit beiden Händen packen zu können.

Imma bekreuzigte sich und sank auf die Knie. Gegen eine Horde falscher Araber anzugehen war eines, einem gehörnten Dämon entgegenzutreten etwas ganz anderes – eine Aufgabe für Märtyrer. Das Monstrum, das da aus dem Wald getreten war, musste aus jenen fernen Ländern des Ostens hervorgekrochen sein, wo die Tore zur Unterwelt offen stehen sollten.

Wie eine Gewitterwolke ragte es in den Himmel, jeder seiner Schritte klang wie Donnergrollen, und strahlend weiße Zähne ragten wie Blitze aus seinem Maul. Ein langer Auswuchs inmitten des Kopfes und dunkle Augen schienen ihr die Abbilder einer teuflischen Verderbtheit zu sein. Der Kopf ragte hoch über den Soldaten in den Himmel, und auf dem Rücken des Dämons ritten finstere Gestalten, deren Schwefelgestank ihr den Atem zu rauben schien – jedenfalls erwartete sie das.

Dann blieb Immas Blick an einer der Gestalten hängen. »Adelind!«, rief sie ungläubig und winkte der Novizin zu, die auf dem Rücken des Monstrums saß und ihr zulächelte. »Adelind!« Ihre Rufe gingen im Brüllen der Männer unter. Da richtete die Nonne sich auf, füllte Brust und Bauch bis zum Bersten mit Luft – die gar nicht nach Schwefel, sondern nach Qualm und Asche roch – und rief über die Köpfe der Krieger hinweg: »Vergieß nicht unschuldiges Blut in deinem Lande, das dir der Herr, dein Gott, zum Erbe gibt.« Einen absurden Augenblick lang dachte sie, dass Bernwin stolz auf sie gewesen wäre.

Die Krieger fuhren zu ihr herum. Sie zwängte sich zwischen den Leibern hindurch, getrieben von der Furcht, die Männer könnten Adelind erschlagen. Selbst den Kaiser schob sie unwirsch aus dem Weg und stand schließlich neben ihm vor dem Giganten, von dessen Rücken sich Adelind gerade herabgleiten ließ. Imma schloss die Novizin in die Arme. Das Monstrum aus den Tiefen der Wälder hatte sich in einen Boten des Himmels verwandelt und Adelind zurückgebracht. Die Novizin ließ sich von Immas Armen umfangen und halten, und die Ältere weinte und lachte zugleich, während Adelind eine Schmutzspur an ihrem Hals und Gesicht hinterließ. Als der Kaiser die Neuankömmlinge in Augenschein nahm, ließ Imma widerstrebend von der jungen Frau ab.

Immas Geschrei hatte zwar die Eskalation verhindert, aber die Angst der Krieger vor der riesigen Kreatur blieb. Noch immer warfen die Männer misstrauische Blicke auf den Elefanten und mochten die Hände nicht von den Schwertgriffen lassen.

Einzig Carolus Magnus hatte das Tier unerschrocken gemustert und dann den Reitern des Riesen befohlen, abzusitzen und sich vor ihm auf den Boden zu werfen. So lagen die beiden Frauen bald mit den Gesichtern im Staub. Den Säugling hatten sie unterdessen Imma anvertraut. Der Jüngling mit den wilden Locken war hingegen nur durch einen Fußtritt in die Demutspose zu zwingen. Imma meinte seine grimmige Entschlossenheit beinahe riechen zu können wie den Schweiß, der trotz der Kälte seinen nackten, geschwärzten Körper hinablief und helle Streifen darauf hinterließ. Mit welch rätselhaften Fremden hatte sich Adelind bloß eingelassen? Imma wiegte das Kind unbeholfen in den Armen und wartete gespannt auf den Bericht der Novizin und ihrer merkwürdigen Begleiter.

»Wer seid Ihr? Wohin zieht Ihr?« Karl hatte sich vor den drei am Boden Knienden aufgebaut und war auch inmitten der Wildnis jeder Zoll ein Kaiser, der eine Audienz gewährt.

Adelind ergriff das Wort. »Ich bin Adelind von Autun, einst Novizin des Klosters von Sankt Albola und Anvertraute jener Nonne dort. Meine Begleiter hören auf die Namen Thankmar und Gisla. Ich grüße und huldige dem Kaiser der Franken, des erlauchten Volkes, durch Gott, den Schöpfer, auserkoren zu herrschen, tapfer in Waffen, fest im Friedensbund, tiefgründig im Rat, von unversehrter Reinheit und erlesener Gestalt, kühn, tapfer und wahrheitsliebend …«

Thankmar stand auf. »Was soll dieser Unsinn? Wenn Ihr wirklich der Kaiser seid, solltet Ihr Euch besser anhören, welche Botschaft wir Euch überbringen, statt kostbare Zeit mit unnötigen Floskeln zu verschwenden.«

Ein Schlag ins Gesicht brachte Thankmar zum Schweigen und warf ihn zu Boden. Der Kaiser stellte sich über ihn und ballte die Hände zu Fäusten.

»Er zollt dem Kaiser keinen Respekt? Er erachtet es als Zeitverschwendung, seinem Herrscher untertänig zu begegnen? Dummer Wilder! Aus welchem Pfuhl Er auch gekrochen kam, ich werde Ihn mitsamt Seiner Brut dorthin zurückschicken.«

In einer solchen Stimmung hatte Imma den Kaiser noch nicht erlebt. Obwohl sie sich einzureden versuchte, ein Herrscher müsse auch einen herrischen Zug haben, erschrak sie über Karls Brutalität. Jetzt klang seine Stimme nicht mehr schamhaft wie noch während der Andacht. Sie war rau wie ein Schleifstein und bedrohlich wie ein Lüstling im Konventsdormitorium. Imma presste den Säugling an den Busen.

Der nackte Fremde schien vom Zorn des Kaisers kaum beeindruckt. Erneut kam er auf die Beine. Wie ein Korken, dachte Imma, den man vergebens unterzutauchen versucht.

»Ihr habt meinen Respekt nicht verdient.« Thankmar imitierte den Tonfall des Kaisers. »Denn Ihr seid nicht mein Herrscher. Ich bin Sachse, ein Kind der Marschen, ein Krieger Donars, ein Liebling Irmins, und ich bin nicht Eurer Fährte gefolgt, um Euch Respekt zu zollen. Eher schneide ich mir die Zunge heraus.«

Die Spitze von Karls Schwert lag plötzlich auf Thankmars Brust. Die kaiserlichen Augen waren zu Wachteleiern geschwollen. »Sachsenbrut! Ich habe es gleich gerochen. An jenem Tag an der Aller hätte ich euch massakrieren sollen, wie ihr es in euren Lügenmärchen verbreiten lasst. Dann wäre die Welt endlich von eurem Gestank befreit. Gleich hier will ich diesen Fehler wiedergutmachen.«

Ein Mann ihres Stammes! Imma wollte dem Lockenkopf beispringen. Auch Adelind und die Fremde hatten sich erhoben. Da legte sich eine schwere Hand auf die Schwertklinge und schob sie beiseite. Saudrat war neben den Sachsen getreten und drang mit geduldigen Blicken in die Augen Karls. Imma spürte, wie die Männer wortlos Zwiesprache hielten, dann entspannten sich Karls Schultern.

Der Kaiser ließ das Schwert sinken und wandte sich ab.

»Es ist gut. Er soll leben, aber Er muss in Fesseln gehen. Will Er nicht Untertan sein, so sei Er Gefangener.«

Während die Krieger Thankmar banden, trat Adelind zu Imma. »Schwester, dieser Mann mag ein Starrkopf sein und wie ein wilder Götzendiener aussehen. Doch schwöre ich Euch, er hat hehre Absichten. Als ich hungrig durch die Wälder irrte, nahm er mich auf und half mir. Doch was noch wichtiger ist: Er ist von Gott gesandt. Ein Christ mag er nicht sein, doch trägt er ein Zeichen. Als ich das erkannte, habe ich ihn zu Euch geführt.«

Imma, die das Kind an Gisla zurückgegeben hatte, runzelte gedankenverloren die Stirn. »Was für ein Zeichen? Wovon sprichst du?«

»Seht seine blanke Brust! Seht das Amulett um seinen Hals! Es ist von gleicher Art wie jenes, welches Ihr unter dem Gewand verborgen tragt.«

Mit drei Schritten war Imma bei dem Sachsen und starrte ungläubig auf den Anhänger. Ein zerbrochener Vogel aus Gold und blutrotem Almandin glänzte auf der Brust des Fremden.

»Woher hast du dieses Amulett?« Immas Worte waren mehr an die Halbedelsteine gerichtet denn an den Jüngling.

»Mein Herr gab es mir, nachdem er mich freigelassen hatte. Es war ein großes Geschenk, denn es bedeutete ihm viel.«

Imma packte den Sachsen bei den Schultern. »Wer ist dein Herr?«

»Sein Name war Isaak von Köln.«

Sie spürte, wie ihre Beine nachgeben wollten. Beim Klang des vertrauten Namens füllte sich ihre Nase mit dem Duft einer Männerbrust. »Wo ist dieser Isaak von Köln jetzt?«

»Er ist tot. Vor wenigen Tagen erst gestorben. Gräulich geköpft von einem Araber. Nur ein paar Tagesreisen den Fluss hinauf.«

Die Tränen überschwemmten Imma wie eine unaufhaltbare Flut. Sie fiel dem Sachsen um den Hals, als wäre er jener junge Mann, der sie vor langer Zeit in den Armen gehalten hatte. Ihr war, als wäre die Mauer, die sie im Lauf der Jahre vor der Vergangenheit errichtet hatte, von einem Moment auf den anderen in sich zusammengefallen. Mit einem Mal lag sie an Isaaks Hals, umfasste Isaaks Arme, schmeckte Isaaks Haut. Sie presste ihn an sich, bis sie vor Anstrengung zitterte. Schließlich gab sie ihn frei und sah, wie die Wirklichkeit dem Jüngling wieder die Gestalt des Sachsen zurückgab. Er hatte eingestimmt in ihre Tränen.

Der Kaiser hatte die innige Umarmung erstaunt beobachtet. »Was hat Er über Isaak von Köln gesagt?«

Die Tränen schluckend berichtete Thankmar, was ihn zum Kaiser geführt hatte. Er begann in Genua, in Grifos Sklavenlager, und erzählte von jeder Station der unheilvollen Reise: von Pavia, dem Land der Langobarden, dem Mons Cenisio und der Fahrt den Fluss hinunter bis zu jenem Dorf, dessen Besuch Isaak das Leben gekostet hatte. Zunächst fand er die rechten Worte nicht, wollte seine Geschichte dramatischer darstellen, als er es vermochte. Er ruderte mit den Armen, um den Worten Nachdruck zu verleihen. Dann erzählte er von Abul Abbas und der Botschaft des Kalifen, davon, dass er selbst ein Teil jener Gruppe hätte sein sollen, die den Frieden zwischen Bagdad und Aachen versinnbildlichen sollte. Je länger er erzählte, umso mehr näherten sich die staunenden Krieger, und als Thankmar seinen Bericht schließlich mit dem Teufelstanz vor dem heidnischen Waldtempel beschloss, lachten einige Herzöge und klatschten Beifall. Doch der Kaiser gebot ihnen zu schweigen.

»Was ist das für ein Unsinn? Isaak von Köln tot? Das ist unmöglich. Isaak ist klug. Nie würde er einen Sachsen zum Sklaven nehmen. Und erst diese Lügengeschichte über Bertha!« Karl blickte triumphierend in die Runde. »Er will mir weismachen, der Balg dort sei mein Enkel. Die sächsische Elster will doch nur ihr schändliches Gelege in meinem Nest warmhalten. Saudrat, ersäufe das Kind!«

Imma erkannte sie wieder, dieselbe Unsicherheit in der Stimme des Kaisers, mit der er beim Gottesdienst sang. Sie griff unter ihr Gewand und holte ihren Teil des Amuletts hervor. Dann langte sie nach dem Gegenstück um Thankmars Hals und presste die Bruchkanten aneinander. Sie fügten sich lückenlos zusammen, auch nach mehr als dreißig Jahren.

»Seht her, Karl. Dieses Amulett zerbrach Isaak von Köln vor langer Zeit. Eine Hälfte trage ich seither bei mir, die andere hat er behalten. Es scheint, er hat uns hier zusammengeführt, damit wir in seinem Sinne handeln.«

»Das genügt mir nicht als Beweis für seinen Tod. Der Sachse kann es ihm gestohlen haben.«

Imma schnappte nach Luft. Stets hatte sie sich selbst für einen hoffnungslosen Fall von Starrsinn gehalten, aber dieser Kaiser übertraf sie bei Weitem.

»Was wollt Ihr noch?«, schrie sie ihn an. »Ist Euer Völkerhass so groß, dass Ihr verlernt habt, die Wahrheit zu erkennen? Hat Euch der Krieg schon so blind gemacht, dass Ihr den Frieden nicht erkennt, wenn er Euch zu Füßen liegt? Dann seid Ihr es nicht wert, über mich zu herrschen oder über diese Männer oder irgendwen sonst! Und die Worte des heiligen Augustinus sollen Euer Ohr nie wieder erfreuen.«

Sie wusste, dass sie zu weit gegangen war, aber es war zu spät. Karl funkelte sie zornig an, und mit einem Mal wusste Imma, der Kaiser würde nicht zögern, sie im Handumdrehen in Ketten legen zu lassen, ganz gleich, wie innig er sich ihr zuvor zugewandt hatte.

Da trat das blonde Mädchen zwischen sie, jene bislang stumme Schönheit, die mit Adelind und dem Sachsen vom Rücken des Elefanten herabgestiegen war. Sie ging auf Karl zu und legte ihm den Säugling in die Arme. »Gut«, sagte sie nickend und zog sich wieder zurück.

Der Herrscher hielt das Bündel in den Armen wie ein Mann, der schon viele Kinder gewiegt hat. Imma erkannte den Zwiespalt, in dem Karl sich plötzlich befand. Hätte er seine Worte ernst gemeint, so hätte er den Säugling zurückgeben oder zu Boden legen müssen. Doch er hielt das Kind fest und blickte die erstaunten Krieger verlegen an. Und noch etwas bemerkte Imma: Die Falte, welche die kaiserliche Stirn wie eine tiefe Furche zerteilte, spiegelte sich auf dem Gesicht des Kindes an derselben Stelle.

Auch Karl schien zu spüren, dass ihn mehr mit dem Säugling verband, als er zugeben wollte, denn auf seinem Gesicht war der Ausdruck seliger Freude zu lesen, als er ebenjene Falte auf dem kleinen Kopf mit seinem gepanzerten Daumen nachzufahren begann.

26.

Den Frankenkaiser und den Sachsen trennten Welten. Doch hatte der Säugling in Karls Armen eine Brücke geschlagen, zu instabil zwar, um sie zu überqueren. Einen flüchtigen Blick auf die andere Seite gab sie jedoch frei. Carolus Magnus schenkte Thankmars Geschichte Glauben. Er erkannte die politische Brisanz des Elefanten und dankte dem Sachsen für das Geschenk des Kalifen. Thankmar fühlte sich als Stellvertreter Harun ar-Raschids missverstanden, respektierte jedoch die Notwendigkeit der Rolle. Ohne förmlichen Dank des Kaisers an den Abbasidenherrscher wäre Abul Abbas kein Geschenk, sondern ein zugelaufenes Ungetüm und die Friedensbotschaft unwirksam.

Carolus Magnus bedauerte den Tod seines Gesandten Isaak von Köln. Er ließ Schwester Imma eine Andacht für den alten Juden halten, der sogar Thankmar beiwohnte, obwohl er den Sinn der Gebete nicht verstand. Die Nonne sprach von Sünde, einem Begriff, den es bei seinem Volk nicht gab. Auch glaubte er nicht, dass Isaak einen christlichen Ritus zu seinem Gedenken gutgeheißen hätte.

Ein Besuch an Isaaks Grab sei ihm ein Herzenswunsch, erklärte der Kaiser, doch sei dafür keine Zeit. Sie müssten weiterziehen, um rechtzeitig nach Sankt Aunarius zu gelangen. Das Wohl der Lebenden sei eines Herrschers dringlichere Sorge als das der Toten.

Gegen Mittag machten sich alle gemeinsam auf den Weg.

Erst als Thankmar sich bereits mitten im Zug der Franken wiederfand, fiel ihm auf, dass ihn niemand nach seinen Zielen gefragt hatte – nicht einmal er selbst. Der Elefant war überbracht worden, Isaaks Aufgabe damit so weit erfüllt, wie es die Umstände noch zugelassen hatten. Es wäre an der Zeit gewesen, das Land der Franken endgültig zu verlassen. Aber noch immer klangen die Worte Isaaks in Thankmar nach, die Warnung davor, nach Haduloa zurückzukehren. Dort habe jener unaufhaltbare Sturm gewütet, so hatte der alte Jude sich ausgedrückt, und Thankmars Volk hinweggefegt. Wohin also sollte er sich nun wenden?

Die große Insel im Westen fiel ihm ein. Britannien hatte Isaak sie genannt. Seit Jahrhunderten hatten immer wieder Sachsen ihre alte Heimat verlassen, waren über das Meer gefahren, um an den Gestaden Britanniens Zuflucht zu suchen. Zurückgekehrt war keiner von ihnen. Entweder fanden die Auswanderer in der neuen Heimat das Paradies – oder den Tod. Vielleicht, dachte Thankmar, wartet dort im Westen eine neue Heimat auf mich.

Doch statt sich nach Westen zu wenden, begleitete er Carolus Magnus, den Feind seines Stammes und Mörder seiner Familie, auf seinem Weg in den Süden. Wie sehr er den Kaiser verachtete! Aber selbst wenn der Franke es ihm freigestellt hätte, seiner Wege zu ziehen, wäre Thankmar auf dem Rücken des Elefanten sitzen geblieben. Unerträglich erschien ihm die Vorstellung, Abul Abbas zurückzulassen. Noch weniger wollte er sich von Gisla trennen. Nur mit ihr zusammen war der Gedanke an eine Zukunft auf der großen Insel überhaupt vorstellbar. Und so vertraute Thankmar, der Sachse, sein Schicksal Karl, dem Frankenkaiser, an, und sein Weg führte an einen Ort, der nicht Britannien hieß, sondern Sankt Aunarius.

Abul Abbas schien nicht bemerkt zu haben, dass er nun einem neuen Herrn gehörte, einem Kaiser dazu. Stoisch duldete er die menschliche Last auf seinem Rücken, nur manchmal kündigte er mit ausladendem Ohrenwedeln und schnellem Gang an, dass er wieder in jene unheilvolle Raserei zu verfallen drohte. Doch Thankmars Amulett brachte ihn jedes Mal rechtzeitig zur Ruhe.

Die Kaiserlichen nutzten jede Unterbrechung des eintönigen Ritts, um Abul Abbas zu bestaunen. Der Elefant riss mit dem Rüssel ganze Büsche und junge Bäume aus, die am Waldrand wuchsen, und die Männer sahen zu, wie er sie mit einem einzigen krachenden Biss zermalmte und verschlang. Dann ertönten laute Rufe der Bewunderung, und in den Gesichtern der Krieger konnte man ein Schaudern erkennen. Als Graf Saudrat sich an Thankmar wandte und fragte, ob Abul Abbas auch Menschen verschlinge, musste sich der Sachse das Lachen verkneifen.

Der Kaiser hatte Gisla verboten, weiter mit dem Kind auf dem Elefanten zu reiten. Bei allem, was der Säugling bislang durchgemacht habe, sei es ein Wunder, dass er überhaupt noch am Leben sei, sagte Karl. Jetzt wollte er das Glück nicht noch weiter herausfordern. Auf kaiserlichen Beschluss fuhren Gisla und der Junge mit Imma auf dem Wagen.

Thankmar und Adelind bildeten auf dem Elefanten die Nachhut. Die Novizin und die Nonne hatten aus Pferdedecken und Ledergurten einen Überwurf für den Sachsen zusammengeflickt, der zwar unangenehm kratzte, seine Blöße aber züchtig bedeckte.

So zogen sie aus dem Waldgebiet hinaus. Einer von Karls Kundschaftern hatte eine alte Römerstraße entdeckt, die noch in gutem Zustand war und geradenwegs in Richtung Sankt Aunarius führte.

Am Horizont presste ein Sturm die Wolken aus wie Schwämme, und ein Regenvorhang legte sich genau dort vor die Welt, wo sie ihr Tagesziel gesteckt hatten: vor dem Dorf

Beriane, in dem der Kaiser nicht nur eine warme Nacht verbringen wollte, sondern auch auf Nachricht über den Aufenthaltsort des Feindes hoffte.

Der Wind, der dem Unwetter vorausging, rollte schon über die Reiter hinweg. Adelind schmiegte sich schaudernd an Thankmars Rücken und schlang die Arme um seine Hüften. Wie erstaunt war der Sachse über die Vertraulichkeit der bislang so reservierten Novizin! Er genoss die weiche Wärme ihres Leibes und die Hitze ihres Atems in seinem Nacken.

»Wie ist das: eine Nonne sein?« Er war erleichtert, ein Gesprächsthema gefunden zu haben.

»Unerträglich.« Adelinds Lippen waren direkt an seinem gesunden Ohr. »Fasten, beten, arbeiten. Damit füllen sie dir den Tag aus. Kaum hast du dich zur Ruhe gelegt, läutet es schon wieder zur Komplet, und sie scheuchen dich mitten in der Nacht aus dem warmen Dormitorium in die kalte Kirche.«

Sie presste sich fester an ihn, als suche sie Schutz vor der Erinnerung. Thankmar spürte ihre Brüste an seinem Rücken.

»Warum bist du an solch einen Ort gegangen, wenn du deinem Gott nicht huldigen willst?«

»Ich weiß nicht, wie es bei euch Sachsen zugeht. Aber wo ich herstamme, können junge Frauen nur heiraten oder ins Kloster gehen.«

»Wäre heiraten nicht angenehmer gewesen?«

Eine Windbö packte Adelinds Haar und warf es Thankmar ins Gesicht. Er strich es fort, doch der Geruch blieb hängen, ein Duft nach frisch gepflügter Erde.

»Heiraten? Du hättest die Trottel aus meinem Dorf erleben sollen. Was für ein Pack meine Eltern für mich erwählt hatten! Fette, greinende Burschen, kaum abgestillt, und schon müssen sie aller Welt ihre Männlichkeit beweisen. Ich habe ihnen gezeigt, wo sie ihre Gelüste stillen können: bei ihren Müttern.«

Thankmar zweifelte keinen Augenblick lang an der Wahrheit dieser Behauptung. »Wie hast du das angestellt?«, fragte er.

»Meine Eltern pflegten Bankette abzuhalten. Meine Familie ist reich, musst du wissen. Also luden sie den künftigen Bräutigam und seine Sippe zu einem Gelage ein. Eine grauenhafte Zusammenkunft. Während die Erwachsenen zechten, was die Krüge hielten, saßen mein Zukünftiger und ich auf einer Bank in der Mitte der Tafel beieinander und vergingen vor Peinlichkeit. Wenn alle gehörig betrunken waren, führte ich den Jungen unbemerkt fort. Ich lockte ihn in meine Kemenate. Dann legte ich mich auf den Boden und forderte ihn auf, mich zu besteigen. Denn, so sagte ich, er wolle doch nicht die Katze im Sack kaufen, sondern sicher erst einmal von der Frucht kosten, die seinen Hunger ein Leben lang stillen und ihn bei Laune halten solle. Das war für die meisten zu viel.«

»Für die meisten?«

»Ja. Nur Childeberth, der Sohn des Schmieds, hat es tatsächlich versucht. Er nestelte noch an seinen Kleidern, als ich ihm so kräftig ins Gemächt trat, dass man ihn noch Wochen später nur im Stehen an der Esse werken sah.«

Thankmar schüttelte den Kopf. »Ein prächtiges Sachsenweib hättest du abgegeben.« Ihm fiel ein, dass er etwas Ähnliches vor Kurzem über Gisla gedacht hatte.

»Danach sah mein Vater meine Zukunft eher in einem Kloster. Er schickte mich nach Sankt Albola, so weit fort von Autun, dass dort niemand von meinem schlechten Betragen gehört haben konnte. Er schenkte den Nonnen die jährlichen Erträge von drei Tagwerk Land, und mein Schicksal war besiegelt. Lebendig begraben hinter den Mauern eines Klosters. Aber ich habe es den Schwestern nicht leicht gemacht. Und jetzt bin ich frei.«

Thankmar bemerkte, dass ihre Hände an seinen Hüften heiß geworden waren. Ihre Lippen lagen plötzlich an seinem Hals.

»Weißt du«, sagte sie gedämpft, »bevor ich dich in jener Hütte traf, habe ich noch nie einen Mann ohne Kleider gesehen.«

Neugierig wandte er sich zu ihr um und sah erstaunt, dass ihm eine dunkelhaarige Schönheit auf dem Elefanten Gesellschaft leistete. Bislang hatte er Adelind kaum als Frau wahrgenommen. Sie war nur ein Kind, das dem Christengott seine aufkeimende Geschlechtlichkeit geopfert hatte. Doch mit einem Mal erkannte er in ihr eine junge Frau, deren reife Züge im Begriff standen, die Oberhand über die Jugend zu gewinnen. Ihre Augen waren groß und gierig. Ihre Lippen formten lautlose Worte und fanden seinen Mund.

Es war anders als mit Gisla. Adelind stieß ihm die Zunge an den Gaumen, als suche sie dort nach dem Geschmack des Lebens. Ein Griff in seine Locken verhinderte, dass er zurückweichen konnte. Als er glaubte, sie würde sich bis in alle Ewigkeit an ihm festsaugen, ließ sie von ihm ab. Ein Speichelfaden rann ihr über die Unterlippe, doch er wirkte nicht abstoßend wie bei Gisla.

Er hob ihr Federgewicht nach vorn und setzte sie auf seinen Beinen ab. Mit einer Hand hielt sie sich an seiner Schulter fest, mit der anderen machte sie sich an ihrem Rock zu schaffen. Augenblicke später glitten sie ineinander. So saßen sie regungslos und spürten, wie die Stöße des trabenden Elefanten ihnen durchs Mark bis in die Haarwurzeln fuhren.

Thankmar war nicht unerfahren mit Frauen, doch irritierte ihn die Verzweiflung, mit der Adelind ihn liebte. Sie sog den Moment in sich auf, absorbierte alle Gerüche, Geräusche, Gefühle, als handele es sich um unwiederbringliche Schätze. Fast erwartete er, sie weinen zu sehen, doch aus ihren großen Augen sprühte stattdessen Zorn, und das verwirrte ihn nur umso mehr. Dies war keine Liebe, es war Rache an einem unbefriedigten Leben. Thankmar verschloss die Augen vor seinen Gedanken und ließ sich von dem Akt hinwegtragen in eine einfachere Welt, in der es nur schwitzende Körper gab und den kosmischen Fokus kopulierender Schöße.

Am Abend erreichten sie die Trümmer des Dorfes. Schon lange zuvor war ihnen Brandgeruch entgegengeweht, wie er Thankmar auf seiner Irrfahrt durch die Frankenlande schon so oft in die Nase gestiegen war. Jedes Mal hatte er Unheil gebracht.

So war es auch in Beriane. Von den fünf kleinen Häusern, die sich um ein Langhaus gruppiert hatten, waren nur noch rauchende Ruinen geblieben, schwarze Vulkane, die nach der Eruption tot in sich zusammengefallen waren. Im Langhaus loderten noch letzte Brände. Zwischen den Brandherden lagen Leichen, nicht vereinzelte Unglückliche, sondern die gesamte Dorfbevölkerung, aufgeschichtet zu einem Hügel. Sie formten eine bizarre Skulptur in der Mitte des Dorfes. Verkohlte Extremitäten ragten daraus hervor. Was Thankmar zunächst für die Hörner von Teufeln gehalten hatte, identifizierte er beim Näherkommen als Tierschädel. Das Vieh des Dorfes war mit seinen Besitzern in den Tod gegangen.

Die Siedlung war überfallen worden, die Bewohner hatte man erschlagen und verbrannt. Die Sinnlosigkeit ihres Todes und die Brutalität der Angreifer wurden durch die hingeschlachteten Tiere noch unterstrichen. Plünderer hätten das Dorf aus Habgier überfallen und das Vieh entführt. Rinder, Schweine und Schafe waren das wertvollste Gut eines Bauern, besonders jetzt, da der Winter mit mageren Tagen drohte. Doch hier lagen die Opfer von Irren, nutzlos verbrannt, Vieh und Bauersleute zu einem Schandmahl verschmort.

Wie erstarrt hockten die Reiter in den Sätteln. Niemand saß ab, um zwischen den Ruinen nach Überlebenden zu suchen.

Selbst die tänzelnden Pferde schienen zu spüren, dass der Boden mit Unheil getränkt war.

Der Kaiser brach das eiserne Schweigen und sprach aus, was jeder dachte. »Eine Warnung. Der Feind will uns Angst machen. Aber so wie er können auch wir verfahren. Nimmt er zwanzig Leben für eins, nehmen wir zweihundert für zwanzig.«

Karls Worte waren kein anfeuerndes Kriegsgeschrei, sondern das heisere Flüstern eines erschütterten alten Mannes. Thankmar fragte sich, ob er wirklich jene Bestie vor sich hatte, die den Beinamen Sachsenschlächter trug.

Regen kam auf, und die Brände begannen zu zischen. Das glimmende Holz und die verkohlten Leiber stießen Wolken beißenden Qualms hervor. Der Rauch vertrieb den Kaiser und seine Begleiter. Er legte sich über den Schreckensort wie eine Festung aus Nebel.

Etwas weiter die Straße hinauf fanden sie eine Weidefläche im ansteigenden Gelände und schlugen das Lager auf. Zorn gesellte sich zum Entsetzen der Krieger. Statt eines warmen Feuers in trockener Stube erwartete sie eine weitere Nacht im Morast. Auch für das sinnlos hingemetzelte Vieh konnte sich mancher Soldat, der Einkorn löffelte und den staubigen Fraß mit Regenwasser hinunterspülte, eine bessere Verwendung vorstellen.

Thankmar humpelte zwischen Kriegern und Pferden hindurch, nachdem er Adelind und Imma in der Obhut Graf Saudrats zurückgelassen hatte. Wo steckte nur Gisla? Er hatte die Langobardin nicht mehr gesehen, seit sie am Morgen aufgebrochen waren. Hielt sie sich vor ihm versteckt? Hatte sie gesehen, was auf dem Rücken des Elefanten geschehen war? Er strich sich die nassen Haare aus der Stirn. Der Regen troff von seiner Nasenspitze wie aus einem Wasserspeier auf dem Dach einer Kirche. Er erinnerte sich, wie sich Gisla eifersüchtig zwischen ihn und Adelind gezwängt hatte, als sie zu dritt auf Abul Abbas geritten waren. Der Befehl des Kaisers, auf dem Karren weiterzureisen, musste ihr wie eine Strafe vorgekommen sein. Vielleicht hatte sie mehr gesehen, als er für möglich hielt. Er durchkämmte das Lager noch eine Weile, rief ihren Namen, fragte die Krieger. Aber Gisla blieb verschwunden, und mit ihr das Kind.

Er musste mit Carolus Magnus reden.

Mitten im Wald hörte Mazruq al-Atar das Schreien eines Kindes. Er saß mit Khalid und Grifo am Feuer, als ein heller Ton die nächtliche Stille durchbrach.

»Ein Kind. Hier?« Khalids Kopf ruckte hoch. »Wir sind seit Tagen keiner Menschenseele mehr begegnet. Wenn es hier Kinder gibt, gibt es vielleicht auch ein Dach über dem Kopf. Mazruq ...«

»Schweig!« Auf Mazruqs Kommando hin verstummte Khalid augenblicklich. Der Nebel waberte zwischen ihnen hindurch und verstärkte die Stille, während die Männer in die Nacht hineinlauschten.

Doch der Schrei wiederholte sich nicht. Nach einer endlos erscheinenden Zeit der Stille stand Mazruq auf und verschwand ohne ein Wort zu verlieren in der Finsternis.

Er wusste, dass der Nebel in diesem verfluchten Land so dicht sein konnte, dass er Geräusche nicht nur verschluckte, sondern auch vortäuschen konnte, sie kämen aus entgegengesetzter Richtung. Er wusste ebenso, dass ihm der Spott Khalids sicher war, wenn er unverrichteter Dinge wieder ans Feuer zurückkehrte. Und er wusste, dass Allah ihn führte und ihn zu seinem Werkzeug erwählt hatte, damit er seinen Willen im Reich der Franken verrichtete.

Da schrie das Kind erneut.

»Allahs Wege sind unerklärlich!«, rief Mazruq, als er kurz darauf wieder ans Feuer trat. Er zerrte Gisla hinter sich her und stieß sie in den Lichtschein der Flammen. »Die Torin hätte im Abstand weniger Ellen an uns vorbeigehen können, ohne dass wir sie bemerkt hätten«, sagte Mazrug. »Aber Allah hat sie mir offenbart.«

Gisla taumelte ans Feuer, das umringt war von jenen Menschen, die sie wenige Tage zuvor den Fluss entlang verfolgt hatte. Die Sklaven, die mit weiß gesprenkelten Füßen durch den schwarzen Morast des Frankenreichs gezerrt worden waren, starrten die Neuankömmlinge an. Bei ihnen hockten Grifo und Khalid, beide in dicke Umhänge gehüllt, die sie noch massiger und bedrohlicher erscheinen ließen. Gisla presste den Säugling an sich und zitterte.

Khalids Augen wurden groß, als er Mazruq mit Gisla und dem Kind aus dem Nebel heraustreten sah. »Mazruq, der Schaitân sei verflucht, selbst in dieser Einöde stöberst du Weiber auf.«

Ein selbstgefälliges Grinsen umspielte Mazruqs Lippen. »Die Sklavinnen des guten Grifo begannen fade zu schmecken. Sieh nur, Freund Khalid, wer uns in diesem Nebelland besuchen kommt.« Er packte Gislas Kinn und zerrte sie näher ans Feuer.

»Die blöde Bauerstochter?«

»Sie ist es, mein Guter. Und nun sieh dir das Kind an, das sie so besorgt an den Busen presst.«

Khalid warf den Umhang ab und erhob sich, um besser sehen zu können. »Was soll es mit dem Kind auf sich haben, Mazruq?«

»Blinde Schleiche! Es ist der Spross der Kaisertochter. Oben auf dem Pass habe ich ihn selbst aus der Mutter hervorgeholt. Ich würde diesen Balg unter Tausend anderen erkennen.«

»Wie kann das sein?« Khalid kniff die Augen zusammen. »Er sollte doch sterben. Warum lebt er? Und wie kommt er hierher? In den schwärzesten Schlund dieses hässlichen Reiches?«

Mazruq überlegte schweigend. Atemwolken stiegen über seinem Kopf auf. »Verflucht, ich weiß auch nicht, wie das zusammengeht. Mögen die Blattern die Ärsche unserer Feinde überziehen! Doch haben wir hier jemanden, der uns gewiss Auskunft geben kann.«

Seine Hand ließ Gislas Kinn los und packte ihr Genick. Vor Schmerz verzog die Langobardin das Gesicht und ging in die Knie. Sie konnte sich nicht aus dem Griff des Arabers winden, ohne das Kind fallen zu lassen. Doch sie hielt es weiterhin fest umklammert und wehrte sich nicht gegen Mazruqs Griff.

Khalid schüttelte den Kopf. »Wir werden nicht viel aus ihr herausbringen. Das Mädchen hat weniger Verstand als ein Sack Trockenfeigen. Lass sie gehen, Mazruq. In vier Tagen können wir die Küste erreichen. Dann sind wir schon so gut wie daheim in Bagdad.«

»Und was willst du Harun ar-Raschid berichten? Dass sein Friedensgeschenk nicht überbracht wurde? Dass der kaiserliche Botschafter von mir geköpft und Hubaisch zerstückelt worden ist? Dass Sanad Selbstmord begangen hat, nachdem man ihm die Zunge herausgerissen hat? Dass wir den Kaiser der Franken nicht einmal zu Gesicht bekommen haben?«

»Vielleicht haben wir versagt«, sagte Khalid. »Aber was geschehen ist, können wir nicht ungeschehen machen. Was soll uns ein schwachsinniges Bauernweib noch nutzen? Wir geben sie Grifo, der kann sie verkaufen.«

Mazruq schlug sich mit der flachen Hand auf die Stirn. »Denk nach, Khalid! Denk nach! Diese Frau trägt den Enkel des Frankenkaisers mit sich herum. Vielleicht sind diese fünf

Handbreit Leben von größerer politischer Brisanz als der ganze Elefantenkoloss.«

Ein Finger Khalids zwirbelte eine Locke unter seinem Turban hervor. »Das ist wahr. So lass uns das Kind nach Bagdad bringen. Der Kalif wird uns dankbar sein. Um das Mädchen soll Grifo sich kümmern.«

»Nein, nein, nein! Erinnerst du dich nicht? Carolus Magnus ist von jenem verfluchten Pass aufgebrochen und gen Süden gezogen. Süden! Das ist hier. Ich wette meinen Harem gegen eine alte Vettel, dass unsere schöne Idiotin hier direkt aus dem Lager des Frankenkaisers kommt.«

»Na und? Willst du Carolus Magnus den Säugling etwa zurückbringen? Ich schwöre bei der Hadsch meines Vaters, Mazruq: Wir reisen nach Hause und halten uns nicht noch einmal mit den Spielen der Diplomaten auf. Verstehst du?«

Mazruq winkte ab. »Du bist es, der verstehen muss. Was, glaubst du, wird geschehen, wenn es uns – den Gesandten des Kalifen – gelingen würde, die fränkische Herrschersippe zu vereinen? Die Kaisertochter ist mir bereits zu tiefem Dank verpflichtet, weil ich sie von ihrem Balg erlöst habe. Wenn wir das Kind nun auch noch seinem Großvater überbringen, werden sie in den Pfalzen der Franken Lieder auf uns dichten. Wir werden zu einer Legende werden. Harun ar-Raschid wird uns mit Reichtümern überhäufen, weil wir gegen alle Widrigkeiten seine Mission zu einem erfolgreichen Abschluss gebracht haben. Khalid! Mit diesem Kind halten wir eine Waffe in Händen, mit der sich selbst der Kaiser dieses schäbigen Reiches in die Knie zwingen lässt.«

»Deine Mutter muss vergessen haben, dein Hirn zu gebären! Selbst wenn Aussicht bestünde, den Kaiser der Franken mit seinem Gezücht zu vereinen – wo sollten wir ihn in dieser Nebelwüste suchen?«

Das selbstsichere Grinsen kehrte auf Mazruqs Gesicht zurück. Mit einem Ruck seines rechten Armes schubste er Gisla auf Khalid zu. »Hier. Bring sie zum Reden. Sie weiß genug, um uns auf die richtige Spur zu führen. Benutze dein Messer, röste sie über dem Feuer, irgendetwas. Aber hüte dich davor, ihr beizuliegen. Der Schwachsinn der Franken soll ansteckender sein als Gelbfieber und einem das Hirn verbrennen.« Auch wenn das bei dir keinen Unterschied machen würde, fügte er in Gedanken hinzu.

Mazruq hörte noch, wie Khalids Dolch aus der Scheide gezogen wurde, dann kehrte er dem Lager den Rücken und schlenderte in den Nebel hinein. Nicht, dass ihm der Anblick von Grausamkeiten zuwider war, zu gegebener Zeit labte er sich an den Qualen Gefolterter. Aber gepeinigte Frauen? Das konnte er nicht ertragen, selbst wenn sie zu dumm waren, um zu bemerken, was mit ihnen geschah. Diese hier war zudem das Prachtexemplar eines abendländischen Bauernweibs, wie sie in den erotischen Liedern der arabischen Sänger und Erzähler auftauchten: straff und blond, unverbraucht und der Form einer Sanduhr nachempfunden. Wie gern hätte er sich an ihr geweidet, doch die Warnung an Khalid war ernst gemeint. Blöde Weiber versengten Männern das Hirn.

Mazruq ging in den Nebel und versank in Gedanken. Während er darauf bedacht war, das schwach glimmende Lagerfeuer als einzigen Orientierungspunkt nicht aus den Augen zu verlieren, dachte er an die Heimat. Bagdad war zum Greifen nah, Khalid hatte recht. Doch wie sollten sie dem Kalifen unter die Augen treten? Mit leeren Händen? Ohne Beweis für den Erfolg ihrer Reise? Im Gefolge einen fetten Menschenhändler mitsamt einer Handvoll halbtoter Sklaven? Der Spott am Hof würde ihnen noch nach Jahren in den Ohren klingen. Damit wäre alle Hoffnung auf das Amt des Großwesirs vergebens. Bloß, weil der verfluchte Sachse Streit beginnen musste! Beim Gedanken an seinen Widersacher knirschte Mazruq mit den Zähnen und griff mit den Händen in den Nebel, als wolle er die Schwaden zerreißen. Er hatte dem Verräter gezeigt, was ein Abbaside unter Rache versteht. Welch ein Genuss war es gewesen, den Dolch in den Leib des Sachsen zu stoßen! In Erinnerung schwelgend leckte er sich die Lippen. Das Verlangen nach einer Frau wurde plötzlich übermächtig.

Ein markerschütternder Schrei drang an sein Ohr. Der Schrei eines Mannes. Was ging dort am Feuer vor? Mazruq raffte seinen Umhang und rannte mit ausholenden Schritten dem Lichtschimmer entgegen. Hatte das hirnlose Weib Khalid verletzt?

Er erreichte den Lagerplatz. Mit einem Blick erkannte er, dass die Langobardin verschwunden war. Grifo lag winselnd am Boden und presste die Hände auf das rechte Auge, aus dem sich ein Blutstrom ergoss. Khalid stürzte auf Mazruq zu. Entsetzen zeichnete sein Gesicht.

»Was ist geschehen? Wo ist das Mädchen?«

»Sie ist entkommen. Du hattest recht, Mazruq. Sie ist dem Wahnsinn verfallen. Als ich sah, was sie getan hat, habe ich nicht gewagt, sie aufzuhalten. Nie zuvor habe ich den Irrsinn in einem Menschen mit so hoher Flamme brennen sehen.«

Mazruqs Augen versuchten, den Nebel zu durchbohren, aber das graue Wabern gab seine Geheimnisse nicht preis. Gisla blieb verschwunden.

Sie untersuchten die Wunde Grifos, der sich ächzend am Boden wand. Sein rechtes Auge war verloren. Der Augapfel war unterhalb der Pupille durchbohrt worden. Aus dem Einstich sickerten Blut und Sekret.

»Wir müssen es ausbrennen, oder du stirbst«, offenbarte Mazruq dem wimmernden Sklavenhändler.

Fünf von Grifos Sklaven mussten ihn halten, als Mazruq ihm mit der glühenden Spitze seines Dolches zu Leibe rückte. Mit einem langen Zischen und einem bodenlosen Schrei wurde Grifos rechte Gesichtshälfte in ewige Finsternis getaucht. Der Gestank verbrannten Fleisches und versengter Haare sättigte den Nebel. Zwei der Sklaven erbrachen sich auf der Stelle.

Keine Ohnmacht erlöste Grifo von den Schmerzen. Bebend schlug er sich die Arme vor das verschmorte Gesicht und wälzte sich im Dreck, bis er schließlich schluchzend liegen blieb.

»Sollen wir ihn erlösen?« Khalid starrte Grifo an wie eine Schindmähre auf dem Basar.

»Nein. Entweder er stirbt noch heute Nacht, oder er ist bei Sonnenaufgang ein neuer Mensch. Sein Hass war schon immer groß. Nun wird er grenzenlos sein. Doch komm. Jetzt, wo das Nötigste vollbracht ist, berichte mir, was vorgefallen ist und wie es eine Irre fertiggebracht hat, zwei Krieger zu überwältigen.«

Sie hockten sich ans Feuer, weit genug von Grifo entfernt, um sein Greinen nur noch wie einen in der Ferne heulenden Wind zu vernehmen, doch nah genug, um die Sklaven im Blick zu behalten.

Khalid berichtete. Kaum war Mazruq im Nebel verschwunden, hatten er und Grifo sich dem Mädchen genähert. Er hatte noch überlegt, ob er sie mit der Klinge, einem Holzscheit oder bloßen Händen traktieren sollte, da hatte sie von selbst zu sprechen begonnen. Ihre Worte waren undurchschaubar gewesen, doch schließlich hatte Khalid einen Sinn heraushören können.

Der Frankenkaiser halte sich tatsächlich in der Nähe auf, hatte Gisla berichtet. Er sei auf dem Weg zu einem Bergkloster namens Sankt Aunarius. Dort gebe es Krieg. Zum Gefolge des Franken gehöre nicht nur der Elefant Abul Abbas, sondern auch der Sachse Thankmar sowie zwei Dutzend Krieger. »Alle töten«, hatte die Langobardin gesagt. Dann hatte sie die Augen verdreht wie eine Besessene, Khalid den Dolch entrissen – nur mit eines Dschinns Hilfe war das möglich gewesen – und sich auf Grifo gestürzt. Khalid war vor Entsetzen so gelähmt gewesen, dass dem Mädchen die Flucht in den Nebel geglückt war. Das Kind hatte sie zurückgelassen, ebenso den Dolch – in Grifos Augapfel.

»Wahrlich eine Tochter des Irrsinns!« Mazruq erschauerte bei dem Gedanken, das Mädchen könnte ihre Geisteskrankheit auf ihn übertragen haben.

»Wieso hat sie alles so bereitwillig verraten?« Khalid warf skeptische Blicke in den Nebel. »Aus Angst vor der Folter? Sie wusste nicht einmal, was ich mit ihr vorhatte.«

In diesem Moment tauchte Gisla aus der Dunkelheit auf. Ohne ein Wort an die Araber zu richten oder Grifo eines Blickes zu würdigen, stellte sie sich neben das Lagerfeuer und verschränkte die Arme vor der Brust.

Mazruq und Khalid sprangen auf. »Allah ist groß – und diese Frau tatsächlich das Opfer des Wahnsinns«, stieß Khalid hervor. Schon hatte er sein Schwert in der Hand, doch Mazruq hielt ihn zurück.

»Sie ist für das Kind zurückgekommen. Sie will es nicht allein bei uns lassen. Es ist gut, Khalid. Soll sie sich um den Balg kümmern. Oder willst du dem Frankenspross etwa selbst die Brust geben?« Er lachte spöttisch.

Khalid befreite sich aus Mazruqs Griff. »Vielleicht will sie uns ins Verderben schicken.«

»Nein, Khalid. Zur Heimtücke ist ihr Geist nicht geschaffen. Wir nehmen sie mit. Bei Sonnenaufgang machen wir uns auf die Suche nach diesem Kloster. *Lailat al-qadr*. Dies ist die Nacht des Schicksals.«

»Und der Sachse?«

»Ein Geist? Ich fürchte, die Hitze in ihrem Hirn hat ihre Fantasie in Brand gesteckt. Das Blut des Teufelsanbeters klebt noch an meinem Dolch.« Mazruq spuckte aus. »Nein, Khalid, einen Toten müssen wir nicht fürchten.«

27.

Das Pochen an der Pforte war ein ungeduldiges Hämmern, als ginge es darum, den schrecklichsten Lärm in kürzester Zeit zu verursachen. Abt Gisbert ließ sich nicht aus der Ruhe bringen. Er wusste: Wer den Weg nach Sankt Aunarius erst einmal hinaufgekommen war, zog so schnell nicht wieder davon. Schon gar nicht, weil die greisen Mönche des Klosters ihn eine Weile vor der Pforte stehen ließen. Sich in der Kunst des Wartens zu üben ist das letzte Heilmittel gegen die Ungeduld unserer Tage, dachte Gisbert und schmunzelte selbstzufrieden, als er gemessenen Schrittes den Hof überquerte, an dessen südlichem Ende das massive zweiflügelige Tor den Eingang zum Kloster versperrte.

Poch. Poch. Poch.

Je lauter das Klopfen in den Hof schallte, umso langsamer schlurfte Gisbert heran. Er nahm sich die Zeit, am Rebstock innezuhalten und die Unterseite der Weinblätter nach Mehltau abzusuchen. Die Pflanzen waren gesund. Wenn Gott es gut mit ihnen meinte, konnten die Mönche in diesem Jahr zum ersten Mal selbst gezüchtete Trauben kosten. Zum Keltern würde die Menge nicht ausreichen, doch wäre ein Anfang gemacht. Im übernächsten Jahr würde vielleicht schon das erste Fässchen des eigenen Weins in den Gewölben lagern. Irgendwann würden sie den gepanschten Rebensaft aus der Stadt nicht mehr kaufen müssen. Mit stolzer Hand prüfte Gisbert die prall hängenden Trauben wie Bullenhoden auf dem Viehmarkt.

Poch. Poch. Poch.

Seufzend ließ der Abt die Trauben los, so zärtlich, als könne jede Erschütterung die ihnen innewohnenden Säfte verderben und die Arbeit von Jahren zunichtemachen. Er nahm wieder den Weg zum Tor auf und tauchte in den Schatten der Überdachung ein, welche die Klosterpforte vor Wettern schützte. Wenn es nur nicht wieder Musikanten waren. Die nisteten sich auf Tage im Stift ein und glaubten, freie Kost und einen Platz im Stroh mit ihren derben Liedern und Tänzen vergelten zu können. Von dem Geleier, Geflöte und Gegröle wurden ihm nur die Mönche krank. Manch einen seiner Brüder hatte Gisbert schon dabei ertappt, wie er bei der Arbeit eine der zotigen Weisen vor sich hingesummt hatte. Gottesmänner, die von Freuden spendenden Hurenbrüsten sangen! Nicht in diesem Kloster! Nicht, solange er Abt war!

Poch. Poch. Poch.

Gisberts Arme waren dürr und lederhäutig. Er war erleichtert, nicht das große Tor aufziehen zu müssen. In den rechten Flügel war in Augenhöhe eine kleine Klappe eingelassen. Der Abt schob den eisernen Riegel zurück, zog die Luke auf und stellte sich auf die Zehenspitzen, um ins Freie sehen zu können.

Eine Windbö fegte durch das Loch in der Pforte und peitschte Staub in Gisberts Gesicht, sodass der Abt die Augen zusammenkneifen musste. Als er sie Tränen blinzelnd wieder öffnete, konnte er verschwommen eine Gestalt auf der Klosterstraße erkennen. Einen Mann, zweifellos. Er führte ein Pferd am Zügel, und der Wind zerrte an seinem langen Mantel. Gisbert schien es, als habe der Fremde Flügel.

»Gott mit Euch, Bruder! Welcher Art ist Euer Begehr?«

»Handel treiben will ich mit Eurem Konvent. Lasst mich ein und seht, was ich anzubieten habe.« Die Stimme des Besuchers klang jugendlich und alt zugleich. Gisbert schrieb das dem Sturm zu, der die Töne auseinanderriss und verkehrt herum wieder zusammensetzte.

»Danke, aber unser Cellerar sagt, die Vorräte würden den Winter über ausreichen. Versucht Euer Glück auf dem Markt, keine zwei Tagesritte von hier.«

»Ihr versteht nicht, Alter. Ich biete keine Nahrungsmittel feil. Ich handele mit den Gebeinen der Heiligen, der Märtyrer, der Besten unter den Christenmenschen. Bringt mich zu Eurem Abt!«

»Der steht vor Euch. Und er sagt: Wir haben weder Bedarf noch Mittel, um Reliquien zu kaufen. Nun trollt Euch.«

Er wollte die Klappe zuschlagen, da hörte er den Unbekannten sagen: »Auch nicht, wenn ich die Gebeine des heiligen Aunarius bei mir trage? Er ist doch der Patron dieses Klosters, nicht wahr?«

Gisbert schaute noch einmal hinaus zu dem seltsamen Fremden und biss sich mit den drei ihm verbliebenen Zähnen auf die Unterlippe. »Das ist unmöglich. Aunarius ist in Auxerre beigesetzt. Dort halten sie jedes Jahr eine große Messe vor seinem Sarkophag ab. Ich habe es selbst gesehen.«

»Dann ist Euch wohl auch aufgefallen, dass dieser Sarkophag recht klein ist für einen Heiligen? Fast scheint er für ein Kind gemacht.«

»Ihr wart selbst in Auxerre?«

»Die Geburtsstadt meiner Mutter. Denkt nach, Klostervorsteher! Weshalb wird ein Märtyrer in einem so kleinen Sarg bestattet? Weil seine Gebeine nicht vollzählig sind. Wo aber sind die fehlenden Reliquien? Sie waren lange verschollen, bis sie mir vor wenigen Tagen durch Zufall in die Hände fielen. Doch Auxerre ist weit, und ich dachte, Ihr hättet vielleicht ebenso großes Interesse an den Überresten des Aunarius. Sollte ich mich getäuscht haben?«

Bevor der Fremde geendet hatte, hatte Gisbert die Tür entriegelt und aufgezogen. Er winkte den Besucher herein. »Kommt, kommt! Hier draußen ist nicht gut reden. Wir werden ein Nachtlager für Euch finden und etwas Verpflegung. Morgen früh wollen wir uns versammeln und sehen, was Ihr anzubieten habt.«

Der Fremde zog das Pferd durch die schmale Pforte und lächelte den Abt mit eisigen Augen an.

Gisbert rang die Hände. »Wenn ich vielleicht einen Blick vorab auf die Gebeine werfen dürfte? Der heilige Aunarius in unserem Kloster! Dem Herrn sei gedankt für diese Gnade!«

Der Fremde schüttelte den Kopf. »Zunächst lasst mich ruhen. Der Weg hier herauf war lang und beschwerlich. Seht dort! Ihr habt vergessen, die Pforte zu schließen.«

Er ließ das Pferd stehen, ging zum Tor und schlug es krachend zu. Dann legte er den Balken vor, als wäre es der Schlussstein einer Gruft. »In diesen schlimmen Zeiten kann man nicht genug Schlösser und Mauern zwischen sich und der Welt haben. Meint Ihr nicht auch?«

Gisbert nickte, in Staunen verstummt.

Reue fraß mit Reißzähnen an Thankmars Gedärm. Trug er Schuld an Gislas Verschwinden? Je mehr er wünschte, dass es nicht so wäre, umso mehr war er vom Gegenteil überzeugt. Gisla musste gespürt haben, wie seine Leidenschaft für Adelind entflammt war. Vielleicht hatte sie ihn die ganze Zeit heimlich beobachtet; vielleicht hatte sie alles gesehen, was auf dem Rücken des Elefanten geschehen war; vielleicht liebte sie ihn wirklich so sehr, dass sie die Eifersucht nicht hatte ertragen können; vielleicht war sie mit tränenüberströmtem Gesicht davongelaufen wie ein Hund, den man vom Hof jagte. Vielleicht war er ein Stück Vieh, das nur seinen Trieben hörig war.

Ja. So war es.

Wie er sie vermisste!

Der Kaiser hatte zwei seiner Krieger auf die Suche nach den Verschollenen geschickt. Thankmar hatte Verständnis dafür, dass Carolus Magnus sich nicht um Gisla sorgte, sondern um seinen Enkel. Dennoch hoffte er, die Langobardin würde zurückkehren, zornig auf dem Rücken eines fränkischen Pferdes, aber immerhin lebendig. Doch sowohl Gisla als auch das Kind blieben verschwunden, vermisst im Nebel, verschluckt von Wäldern und Hügeln. Die Zeit drängte. Sankt Aunarius musste erreicht und befestigt werden, bevor der Feind zum Sturm auf die Klostermauern blies.

Thankmar hatte gehofft, Rat bei Imma und Adelind zu finden. Sie waren Frauen. Sie mussten wissen, wie eine Frau sich fühlte, die ihren Geliebten mit einer anderen zusammen sah. Vielleicht konnten sie ihm eine Erklärung für Gislas Verhalten geben, aus der er auf ihren Aufenthaltsort schließen konnte. Insgeheim hoffte er, dass die Langobardin sich nach wie vor in der Nähe aufhielt, ihn beobachtete und sich an seiner Sorge weidete – und dass er bloß seine Hand nach ihr ausstrecken musste, um sie wiederzugewinnen.

Aber das Gespräch mit der Nonne und der Novizin brachte nicht den gewünschten Erfolg. Im Gegenteil. Als er bekümmert kundtat, wie sehr er Gisla vermisste, wie sich ihm der Schlaf entzog und selbst Abul Abbas ihm gleichgültig war, verstummten die Schwestern. Danach war Adelind wie ausgewechselt. Kaum näherte er sich ihr, suchte sie rasch das Gespräch mit der Nonne. Unterbrach er ihre Unterhaltung, herrschte Adelind ihn an, er solle gefälligst warten, bis sie Zeit für ihn finde. Dreimal ließ er sich fortjagen, dann gab er es auf. Was war nur in diese seltsame Fränkin gefahren? Erst genoss sie mit ihm die Wonnen fleischlicher Ekstase, dann mied sie ihn wie einen Aussätzigen. Thankmar war ratlos. Binnen eines Tages hatten ihn zwei Frauen verlassen.

Als der Trupp am nächsten Morgen wieder in Richtung Sankt Aunarius aufbrach, haderte Thankmar mit dem Gewissen. Sollte er mit Abul Abbas verschwinden und nach Gisla suchen? Dem Kaiser schien nicht viel an dem Elefanten zu liegen und an dem Sachsen erst recht nicht, Gisla aber mochte Hilfe bitter nötig haben. Es war das Gedenken an Isaak, das ihn davon abhielt. Der Jude hatte sein Leben gelassen für die Möglichkeit, den Krieg zwischen den Völkern zu beenden. Solange Abul Abbas nicht mit allen Ehren und Würden in einer der Kaiserpfalzen aufgenommen wäre, war Isaaks Mission nicht erfüllt. So lange, das wusste Thankmar, würde er nicht frei sein.

So trottete er weiter auf Abul Abbas hinter den Kaiserlichen her und beruhigte sein Herz mit dem Versprechen, umgehend nach Gisla zu suchen, wenn der Frieden im Frankenreich wiederhergestellt wäre. Er lachte bitter. Ausgerechnet einen Sachsen musste das Schicksal zum Hüter des Reichsfriedens bestimmen!

Das Gelände wurde zunehmend schroffer, je weiter sie sich ostwärts vom Fluss entfernten. Bald wuchs das Hügelland zum Vorgebirge an, mit Pfaden so steil und gewunden, dass sie das Tempo des Zuges drosseln mussten. Besonders Abul Abbas schob seinen massigen Körper nur widerwillig die Höhen hinauf. Über ihren Köpfen übten die letzten Zugvögel akrobatische Manöver, mit denen sie die Menschen zu verspotten schienen, die Würmern gleich unter ihnen dahinkrochen.

Sie folgten der Straße noch zwei Tage, dann ragte Sankt Aunarius über ihren Köpfen auf. Das Kloster zierte die Kuppe eines bewaldeten Hügels wie eine Sandsteinkrone das Haupt eines Königs mit tiefgrünem Haar. Die Anlage wurde von trutzigen Mauern eingeschlossen, die so hoch waren, dass nur der Turm der Klosterkirche darüber aufragte. Der Turm, die Mauern und vermutlich auch die Gebäude dahinter waren aus Stein errichtet. Thankmar traute seinen Augen nicht. Das war kein Kloster, das war eine Festung, wie er sie massiver nicht hätte träumen können: ein Bollwerk aus Stein, gepflanzt auf Fels.

Sankt Aunarius war intakt. Keine Rauchfahnen zeugten von Brandschatzung, keine Leichen hingen über den Mauerkronen. Sie waren schnell genug gewesen, hatten das Kloster erreicht, bevor der Feind es hatte angreifen können.

Wie auf einen stummen Befehl hin rissen die Herzöge die Schwerter aus den Scheiden und reckten sie triumphierend in die Luft. »Gott mit dem Kaiser!«, skandierten sie.

Selbst Thankmar, dem es nicht einfiel, Lobgesänge auf Carolus Magnus anzustimmen, nickte zufrieden. Die schwierigste Etappe war geschafft. Die Verteidigung der Klostermauern sollte für die erfahrenen Krieger ein Kinderspiel sein. Zwar wusste er nicht viel über klösterliche Lebensgemeinschaften, doch war er überzeugt, dass sie über genügend Fleisch und Bier verfügten, um einem Sachsen einige angenehme Tage zu bereiten. Wer weiß, dachte er, vielleicht findet Gisla sogar den Weg nach Sankt Aunarius hinauf, wenn ihr Zorn verraucht ist. Die Zukunft sah mit einem Mal nicht mehr so düster aus.

Die Mönche empfingen den Kaiser höflich, aber unbeholfen. Sie waren wie Hunde, denen man befohlen hatte, auf zwei Beinen zu gehen. Ein Kundschafter war vorausgeeilt und hatte dem Kloster die Ankunft des Carolus Magnus gemeldet. Daraufhin hatten die Mönche zwei Brüder auf Mauleseln entsandt, den Kaiser am sechsten Meilenstein vor dem Stift willkommen zu heißen, wie es Sitte war. Aber die Maulesel litten an Dämpfigkeit, keuchten bereits nach der Hälfte der Strecke zum Gotterbarmen und mussten zu Fuß am Zügel geführt werden. So trafen Geistliche und Kaiserliche später zusammen, als es das Protokoll erforderte, doch der Kaiser machte nicht viel Aufhebens um diesen Lapsus. Auch verkniff er sich einen Tadel über die verlotterten Kutten und die unsauber gestutzten Tonsuren. Zu erleichtert war er, die Brüder bei bester Gesundheit anzutreffen.

Man tauschte Höflichkeiten aus, und die Ordensbrüder überreichten Carolus Magnus etwas, das wie ein großer Schlüssel aussah. Thankmar verdrehte die Augen. Diese Franken konnten nicht atmen ohne bleischwere symbolische Gesten. Er nutzte die Wartezeit, um Abul Abbas neben das Fuhrwerk mit Imma und Adelind zu dirigieren, die gespannt den Empfang an der Spitze des Zuges beobachteten und ihm nur einen zurückhaltenden Blick schenkten.

Er versuchte, ein Gespräch mit der Älteren zu beginnen. Vielleicht würde Adelind sich daran beteiligen. Aber die Novizin fuhr jedes Mal dazwischen, wenn die Nonne ihm freundlich Auskunft zu geben versuchte. Solcherart waren ihre Tiraden, dass sowohl Thankmar als auch Imma schließlich mit krebsroten Köpfen schwiegen.

»So etwas wissen selbst die dümmsten Knechte am Hof meiner Eltern«, sagte Adelind auf die Frage Thankmars nach dem seltsamen Haarschnitt der Mönche. »Männer tragen das Herz in der Hose«, spie sie ihm entgegen, als er wissen wollte, ob auch Frauen in Sankt Aunarius lebten. Seine Frage nach den Geboten des Benediktinerordens beantwortete Adelind mit »Friss oder stirb«, wofür sie wiederum Schelte von Imma bekam.

Als der Zug sich endlich wieder in Bewegung setzte, mäanderten Thankmar und die Frauen hintereinander den Serpentinenweg zum Klostertor hinauf, ohne ein weiteres Wort zu wechseln. Dennoch ertappte sich der Sachse dabei, wie er nahe hinter Adelind herritt, in der Hoffnung, ihren Geruch in sich aufsaugen zu können.

Sankt Aunarius war ein Gigant. Eine kleine Stadt war zwischen die Mauern gezwängt worden, mit Häusern ganz aus Stein. Thankmar fühlte sich an Genua und Pavia erinnert, die einzigen Städte, die er bislang zu Gesicht bekommen hatte. Aber Sankt Aunarius war anders, ruhiger. Die Zeit schien stillzustehen an diesem Ort und den Mönchen bei ihrer täglichen Routine zuzusehen. *Ewigkeit.* Dieses Wort rollte Thankmar immer wieder über die Zunge, als er auf Abul Abbas' Rücken zwischen den Gebäuden hindurchschwankte. Sankt Aunarius schien für die Ewigkeit erbaut, nicht einmal der Wind, der sich vor den Mauern zu einem Gewittersturm aufblähte, gelangte hier herein. Nur im Turm der alles überragenden Kirche peitschten Windböen die Glockenseile gegen das Metall und schickten ein geisterhaftes Geläut herab.

Selbst die Mönche schienen sich um die Zeit nicht zu scheren. Beim Absitzen im weiten Mittelhof kamen mehr als fünfzig Kuttenträger zusammen, um die Kaiserlichen zu begrüßen. Keiner hatte das vierzigste Lebensjahr überschritten. Einzig der Abt, der sich jetzt vor Carolus Magnus verneigte, war ein Greis.

Die süßen Worte, die sich Klostervater und Reichsherr gegenseitig in die Ohren träufelten, widerten Thankmar an, und er begann, sich aufmerksam umzusehen. Alles in Sankt Aunarius war makellos. In den Stallungen, in die jetzt die Rosse der Krieger geführt wurden, raschelte frisches Heu, die Holzklappen vor den Fenstern glänzten wie frisch gehobelt, das Stroh auf den Dächern lag wie gekämmt, und sogar der Misthaufen drückte sich unauffällig an die Innenseite der Wehrmauer und schien kaum Geruch abzusondern.

Nur die Weinstöcke nahe der Latrine fügten sich nicht in das Bild von Sorgfalt und Bedachtsamkeit. Thankmar schlich näher heran, um die Pflanzen besser untersuchen zu können. Die prallen Trauben waren abgerissen und lagen auf dem Boden verstreut. Die Streben, die den noch jungen Ranken Halt gegeben hatten, lagen zerbrochen zwischen den Beeren. Hätte Thankmar es nicht besser gewusst, er hätte Abul Abbas für die Verwüstung verantwortlich gemacht. Doch er selbst hatte den Elefanten zu den Ställen geführt, wo er noch immer stand und den Rüssel genüsslich in einen großen Zuber Regenwasser tunkte.

Die Begrüßungszeremonie war beendet, und Thankmar riss seinen Blick von dem Schandfleck inmitten sakraler Ordnung und Abgemessenheit los. Der Abt forderte die Gäste auf, sich im Dormitorium ein Lager zu bereiten. Seine Brüder hätten den Schlafsaal geräumt und würden sich andernorts zur Ruhe legen, damit die ehrenwerten Herzöge des Kaisers sich ihres Standes gemäß von den Strapazen der Reise ausruhen konnten. Zur Non wolle man sich im Refektorium treffen, um sich gemeinsam zu stärken. Für die Vesper sei eine gemeinsame Messe in der Kirche vorgesehen. Erst danach wollte der Klostervorsteher zur Beratung der Lage in den Kapitelsaal rufen lassen.

Zwar warf Carolus Magnus ein, dass die Maßnahmen zur Verteidigung des Klosters allem anderen vorzuziehen seien und Gottesdienst und Speisen noch warten müssten, aber der Abt ließ sich nicht beirren. Schließlich schlug der Kaiser vor, der Kirche vor der Beratung einen Besuch abzustatten, aber angesichts der gefährlichen Situation nicht die gesamte Liturgie zu feiern. Abt Gisbert ließ sich darauf ein, und die Menge zerstreute sich.

Hatte Thankmar die Hoffnung gehegt, Adelind und Imma

würden ebenfalls im Dormitorium nächtigen, so wurde er enttäuscht. Der Abt persönlich geleitete die Frauen in ein flaches, lang gestrecktes Gebäude, in dem Thankmar die Schlafzellen der klösterlichen Würdenträger vermutete. Es sollte ihm jedoch nicht schwerfallen, unbemerkt dort einzudringen. Vielleicht würde sich ihm Adelind des Nachts endlich wieder zuwenden, wenn sie allein mit ihm war. Es verlangte ihn nach ihrem Körper und ihrem Hunger, den zu stillen sie so verzweifelt versucht hatte. Thankmar beschloss, bis nach dem Mahl zu warten, wenn die vollen Mägen die Hirne träge werden ließen und die Gefahr, entdeckt zu werden, gering war.

Schweren Herzens folgte er den Kriegern in den Schlafsaal. Viel lieber wäre er bei Abul Abbas geblieben und hätte sich von dem Elefanten bewachen lassen. Doch selbst der Kaiser blieb bei seinen Männern und schlief nicht, wie die Frauen, in der Abgeschiedenheit einer Zelle. So humpelte Thankmar die zehn Holzstufen hinab in den halbdunklen Saal, der unter der Erde lag, um den Ruhebedürftigen in heißen Sommernächten Kühle zu spenden. Für kalte Tage, wie sie bald über Sankt Aunarius hereinbrechen würden, stand ein Kamin bereit, in dessen Feuerstelle vier Männer hätten Platz finden können.

Er ging zu einem der Strohlager, in Gedanken noch immer bei Adelind, und stieß mit einem Krieger zusammen. Er blickte auf und erkannte das entstellte Gesicht des Kämpfers, der sich ständig in der Nähe Schwester Immas herumdrückte.

»Verzeiht«, murmelte Thankmar. »Ich wusste nicht, dass dieses Lager bereits belegt ist.«

»Ist es nicht«, grunzte der andere. »Es soll Euer sein. Ich finde ein anderes.«

»Nein, nein. Nehmt es. Ich wollte ohnehin im Freien nächtigen.«

So ging es noch einige Male hin und her. Thankmar freute sich über den Respekt, den der Soldat des Kaisers ihm, einem Sachsen, zollte.

Schließlich wurde es ihm zu bunt. Er trat auf Nasenlänge an den Krieger heran, stellte sich auf die Zehenspitzen und flüsterte ihm ins Ohr: »Entweder Ihr nehmt dieses Lager und vergeudet nicht länger meine Zeit, oder ich werde Schwester Imma erzählen, Ihr hättet sie eine hässliche Vettel genannt.«

Das gesunde Auge des Franken glotzte zu Tode erschrocken. Dann platzte heiseres Gelächter aus ihm hervor. »Für einen Sachsen seid Ihr ein aufmerksamer Beobachter. Eine schnelle Zunge habt Ihr obendrein. Das gefällt mir.« Er streckte Thankmar die Überreste einer Hand entgegen, die dieser überrascht ergriff. »Saudrat, Graf von Mondsee. Ich danke für den Vortritt!« Damit ließ er seine Gepäckrolle auf das Lager fallen und begann, die Decken zu richten.

Thankmar zuckte mit den Schultern. »Ruhet wohl«, murmelte er, doch der Graf schien ihn schon nicht mehr wahrzunehmen. Er war über seine Habe gebeugt und versenkte Kopf und Arme in einem Sack.

Gerade wollte sich Thankmar davonmachen, da richtete sich der fränkische Zyklop wieder auf und hielt ihn fest. »Wartet! Nehmt dies als Dank. Ein Verräter hat es getragen, bis ich ihn vor wenigen Tagen aufgeschlitzt habe. Die Klinge ist scharf und hervorragend ausbalanciert. Ich würde sie selber nutzen, aber ich habe an der eigenen Bewaffnung schon schwer genug zu tragen.«

Er drückte Thankmar eine kleine Axt von der Länge einer Elle in die Hand. Sie lief in eleganten Schwingungen zu einer Schneide zusammen, die nicht breiter als ein Finger war.

Die Waffe in der Hand zu halten gab Thankmar ein Gefühl der Vollständigkeit. »Eine Franziska, nicht wahr?« Er hatte solche Wurfäxte schon gesehen – als sie in Rücken und Schädeln seiner Freunde, Nachbarn und Verwandten gesteckt hatten. Er drehte die Waffe in der Hand und erwartete insgeheim, eine Kruste sächsischen Blutes an ihr zu entdecken.

Saudrat tippte ihm gegen die Brust. »Ihr tragt nicht einmal einen Speer. Wenn die Mauren das Kloster angreifen, seid Ihr wehrlos. Nehmt die Franziska. Lernt rasch, sie zu beherrschen. Die Kunst besteht darin, sie im rechten Augenblick zu schleudern. Treffen wird sie ganz von selbst.« Mit einem Nicken bekräftigte Saudrat seine Worte. Dann wandte er sich wieder der Lagerstatt zu.

Thankmar verließ das Dormitorium in Gedanken. Die Franziska lag in seiner Hand wie ein kleines Tier, von dem er nicht wusste, ob es bissig war. Es war noch nicht lange her, da hatte er Isaak um eine Waffe gebeten, weil ihm nichts lieber gewesen wäre, als mit dem Schwert in der Hand zu sterben und in die Reihen seiner Ahnen aufgenommen zu werden. Hätte er eine gute Klinge getragen in jenem Dorf an der Rhône, Isaak hätte nicht sterben müssen.

Die Franken erwarteten von ihm, dass er an ihrer Seite kämpfte, dass er auf die Mauern stieg und sich dem Feind entgegenwarf. Saudrats Franziska war kein Symbol des Respekts, sondern ein Ausdruck von Mitgefühl und zugleich ein Befehl, zu kämpfen. Der Graf wollte ihn nicht unbewaffnet in den Tod gehen lassen. Thankmar unterdrückte das Gefühl, sich übergeben zu müssen, und befestigte die Franziska an dem Strick, der seinen behelfsmäßigen Überwurf an der Hüfte zusammenhielt. Der Schaft der Waffe klopfte bei jedem Schritt gegen seinen Schenkel.

Er betrat den weiten Hof, ging zu den Stallungen hinüber und ließ sich neben Abul Abbas ins Stroh fallen. Mit dem Rücken an ein Elefantenbein gelehnt, zerkaute er einen Halm und versuchte, den wilden Reigen seiner Gedanken zum Stillstand zu bringen. Abul Abbas fuhr ihm mit dem Rüssel über Gesicht und Haar und bewarf ihn mit Stroh, bis Thankmar sich nicht mehr auf seine düsteren Gedanken konzentrieren konnte. Dankbar für die Ablenkung holte er das Amulett hervor und begann, die alten Kommandos noch einmal mit dem Elefanten durchzugehen. Das riesige Tier gehorchte noch immer nicht auf die Befehle. Vielmehr ahnte der Sachse, dass Abul Abbas ein Spiel mit ihm trieb und sehr wohl wusste, was von ihm erwartet wurde. Thankmar spürte, dass der Elefant ihn neckte, auf eine wilde, doch freundliche Weise. Wie viel gefährlicher war das Amulett in den Händen des Seneschalls von Pavia gewesen! Eine blanke Provokation, die den Verräter um ein Haar das Leben gekostet hätte. In den richtigen Händen löste Isaaks Vogel Vergnügen in Abul Abbas aus, in den falschen jedoch Gewalt und Zorn.

In der Gewissheit, dass niemand ihn vermissen würde, blieb Thankmar dem gemeinsamen Mahl im Refektorium fern. Später wollte er sich seine Ration aus den Resten in der Küche zusammenklauben. Geduldig wartete er bei Abul Abbas. Die Frauen würden nach dem Essen und dem anschließenden Gottesdienst gewiss in ihre Zellen zurückkehren. Dann wäre es für ihn an der Zeit, Adelind zur Rede zu stellen. Merkwürdig war nur, dass während der langen Zeit des Wartens kein Mensch den großen Innenhof überquerte. Mehr als vier Dutzend Mönche lebten hier, und das Kloster lag wie ausgestorben. Waren denn alle im Refektorium versammelt? Bewachte niemand die Mauern? Thankmar mochte nicht recht an so viel Dummheit und Arglosigkeit glauben.

Die allgemeine Unachtsamkeit bot ihm Gelegenheit, in Adelinds Zelle zu schlüpfen und sie dort zu erwarten. Wimmelte das Kloster erst wieder von Mönchen und Kriegern, war zu befürchten, dass man ihm den Zutritt zu den Frauengemächern verwehrte.

Die Aussicht, die Novizin allein antreffen zu können, erregte Thankmar. Ungeduldig humpelte er über den geisterhaft unbelebten Hof von Sankt Aunarius, vorbei an Wärmestube und Klausurgebäude, ließ den Kreuzgang und den achteckigen Brunnen rechter Hand zurück und ging den knirschenden Kiesweg am Langhaus der Kirche entlang. Unter einem Regendach entdeckte er Getreide- und Walkmühlen, und in einem Schuppen war sogar eine Ziegelei untergebracht. Fürwahr, die Mönche auf diesem Berg verstanden es, sich selbst zu versorgen.

Das Haus, das die Mönche für die Frauen freigemacht hatten, war ein lang gestrecktes Gebäude mit einem schier endlosen Gang, von dem die Zellen der klösterlichen Würdenträger abgingen. Der Eingang jeder Zelle war mit einem schweren Vorhang oder einer Tür verschlossen. Thankmar warf einen letzten Blick über die Schulter, dann huschte er in das Halbdunkel des Hauses.

Welche Zelle mochte die richtige sein? Er würde Adelinds Raum nicht anhand ihrer Habseligkeiten erkennen können – die Novizin besaß nur, was sie am Leib trug. Er musste nach anderen Hinweisen Ausschau halten.

Von Zelle zu Zelle hinkend, spähte er durch Türritzen und lugte zwischen Wollvorhängen hindurch. Aus den Räumen dahinter wehte ihm ein Geruch von Armut und Verfall entgegen. Das Leben in den Zellen musste karger sein als das von Eremiten. In vielen Räumen gab es nicht einmal einen Schemel oder ein Talglicht, nur das Bündel Stroh, auf dem die Mönche schliefen, sowie einen Eimer für die Notdurft. Das Gestein der Mauern war grau, hatte sich an einigen Wänden von Feuchtigkeit schwarz gefärbt und verströmte einen modrigen Geruch.

Kratzspuren auf dem Stein zeigten, dass die Geistlichen bemüht waren, ihre Kammern von Moos freizuhalten.

Eine Zelle war wie die andere, unterschieden nur durch die wenigen Habseligkeiten ihrer Bewohner, ein hölzernes Kruzifix hier, ein Singvogel in einem Käfig dort. Spuren eines Lebens, wie es sich Thankmar trübsinniger nicht vorstellen konnte. Hier schliefen die wichtigsten Ordensmänner des Klosters. Wie trist mochte erst das Leben jener Mönche sein, die in der Klosterhierarchie weiter unten standen?

Adelinds Zelle fand er nicht.

Gerade wollte er die Suche abbrechen, um die Novizin im Freien abzufangen, da hörte er Schritte. Die Mönche kehrten zurück. Wenn er sich zum Eingang wandte, würde er ihnen direkt in die Arme laufen, und man würde ihm Fragen stellen – Fragen, auf die zu antworten ihm unangenehm gewesen wäre. Eine der Zellen musste ihm als Versteck dienen. Vielleicht gingen die Geistlichen ahnungslos vorüber, und er konnte hinter ihren Rücken entwischen.

Er verbarg sich hinter einem Vorhang, sorgte dafür, dass der Stoff keine Wellen schlug, und lauschte auf die Schritte. Sie kamen näher; zwei, drei, vier oder mehr Männer zählte er. Sie schwiegen, nach dem Mahl vermutlich im Dankesgebet versunken. An den schlurfenden Schritten ihrer Sandalen erkannte Thankmar, dass es Mönche waren, aber er hörte noch etwas – ein Geräusch, das nicht an diesen Ort passte: das Schleifen von Stahl über Stein. Es blitzte nur kurz auf, doch dem Gehör eines Diebes offenbarte es sich wie ein Donnerschlag. Diese Männer trugen Waffen! Wieso, beim Schweif des Fenrir, waren sie bewaffnet?

Mit angehaltenem Atem wartete Thankmar, bis die Schritte vorüber waren, dann schob er den Vorhang zur Seite und spähte den Gang hinunter. Er hatte richtig gezählt. Vier Gestalten waren unterwegs in den hinteren Teil des Hauses. Sie wandten ihm den Rücken zu. Vier Kutten, vier tonsurierte Schädel, tatsächlich waren es Mönche von Sankt Aunarius. Als er schon davon überzeugt war, einer Sinnestäuschung erlegen zu sein, vernahm er das Schleifgeräusch erneut, ein garstiges Kratzen von Metall auf Stein.

Dann sah er das Schwert. Es hing dem hinteren Mönch um die Hüfte, verborgen von der Kutte. Doch seine ungeschickten Bewegungen in dem schmalen Gang drückten die Klinge immer wieder nach oben wie einen Katzenschwanz aus Stahl. Näherte sich der Kuttenträger der Wand, scharrte die Schwertspitze für einen Moment über die Mauer.

Wer auch immer sich unter diesen Kutten verbarg, es waren keine Mönche. Thankmar spielte mit dem Gedanken, ins Dormitorium zu laufen und die Kaiserlichen zu alarmieren. Doch die Möglichkeit, zunächst noch mehr über die Eindringlinge zu erfahren, stachelte seinen Ehrgeiz an. Carolus Magnus würde Augen machen, wenn er, Thankmar, der Sachsenbursche, vier Verräter ans Messer lieferte.

Pochenden Herzens huschte er hinter den falschen Mönchen her.

Donnernd fielen die Doppelflügel der Kirchentür ins Schloss. Imma zuckte zusammen und warf den beiden Mönchen am Portal strafende Blicke zu. Die Brüder in Sankt Aunarius gingen bei der Verrichtung ihrer täglichen Arbeiten im Namen des Herrn nicht zimperlich zu Werke. Beim gemeinsamen Mahl hatten die Benediktiner den kaiserlichen Kriegern in Sachen Tischmanieren durchaus das Wasser reichen können. Ein barbarisches Stopfen und Schmatzen war das gewesen, allerorten spritzendes Fett und sabbernde Mäuler. Viele hatten nicht einmal gebetet.

Auch erstaunte Imma die Jugendlichkeit der Mönche. Mit Ausnahme des Abtes hätte jeder Bruder einen stattlichen Kriegsmann abgegeben. Sie sind alle noch zu wild und zu kräftig, um von Disziplin und Bedachtsamkeit durchdrungen zu sein, dachte sie. Aber der alte Gisbert schien seinen Untergebenen Freude am Klosterleben und Disziplin zu vermitteln: Sämtliche Anlagen in Sankt Aunarius waren in tadellosem Zustand.

Der Glanz liebevoller Pflege zeigte sich auch in der gewaltigen Kirche, dem Prunkstück und Mittelpunkt des Klosters. Imma sah sich um und traute ihren Augen kaum: Die kleinen quadratischen Fenster dicht unter dem Holzdach waren mit buntem Glas bestückt. Vor Jahren hatte sie gehört, dass eine neue Handwerkskunst es ermöglichte, Fenster mit Glas zu verschließen und so das Licht einzulassen, den Wind, die Kälte und die Vögel aber auszusperren. Solchen Luxus hatte sie jedoch nur in Rom vermutet oder in Saint Denis. An einem abgeschiedenen Ort wie diesem hier Fensterglas zu sehen überraschte und erfreute sie gleichermaßen. Gott war auch in den entlegensten Winkeln der Welt gegenwärtig. Durch die Fenster der Südwand fiel das Sonnenlicht mit herbstlicher Kraft und brachte das bunte Glas zum Glühen. Rote und grüne Ornamente loderten auf, als würde die Liebe Jesu Christi aus ihnen scheinen. Mit beiden Händen fasste Imma sich an die Brust, um zu verhindern, dass ihr das Herz aus dem Leibe sprang.

Mönche und Krieger standen einträchtig in dem zweischiffigen Raum, den eine Reihe basaltener Säulen in der Mitte teilte. Abt Gisbert erwartete Imma vorne am Altar. Sie schritt den langen Gang entlang und stellte sich neben Gisbert, der nun mit dem Gottesdienst begann.

Imma diente dem Abt, so gut es ging, allerdings musste sie immer wieder improvisieren, da Gisbert die Liturgie dem

Kaiser zuliebe abkürzte. Schließlich kam der Moment, den sie schon seit ihrer Ankunft herbeigesehnt hatte: der Choral. Gisbert trat beiseite und überließ ihr die Leitung der Andacht. Die Menge kniete sich auf den Granitboden nieder. Siebzig Augenpaare sahen sie erwartungsvoll an. Ganz vorne, so nah, dass sie ihn fast berühren konnte, kniete der Kaiser und schenkte ihr ein aufmunterndes Lächeln. Imma sammelte ihre Gedanken und blickte noch einmal zu dem Glasschmuck hinauf, der jetzt noch intensiver zu leuchten schien. Sie wollte diesen Gottesdienst ihrem Freund, Gefährten und Geliebten Isaak widmen, den das Schicksal für immer fortgerissen hatte, so kurz vor einem Wiedersehen. Dazu hatte sie eine einfache Hymne gewählt, deren Worte und Melodie jedem Geistlichen geläufig waren und die selbst einige der Kaiserlichen kannten.

»Misereris omnium Domine«, hob sie an, entzückt von dem Volumen, das die Gewölbe ihrer Stimme verliehen.

Sie hatte ein inbrünstiges *Miserere mei Deus* erwartet, einen Donner aus siebzig Männerkehlen, verhaltener von den Soldaten, doch geschult und mit Hingabe von den Mönchen. Aber sie vernahm nicht mehr als ein ratloses Nuscheln, jeder Mund probierte eine andere Melodie, den meisten waren nicht einmal die Worte geläufig, und sie summten und brummten wie Betrunkene. Jede Novizenschar konnte schon nach den ersten Unterrichtswochen besser singen.

»Ego autem in Domine sperabo.«

»Beata gens.«

Sie versuchte es noch einmal, mit demselben erschütternden Ergebnis. Als sie sah, dass sich Karl und seine Männer, von der mangelhaften Sangeskunst der Benediktiner irritiert, ratlose Blicke zuwarfen, brach sie ab und wandte sich vorwurfsvoll Abt Gisbert zu, um ihn zu bitten, die Andacht ohne ihr Mitwirken fortzusetzen.

Es war der Eigentümlichkeiten noch nicht genug. Der Greis reagierte nicht auf Immas Blicke und stand wie erstarrt mit gefalteten Händen neben dem Altar, die Lippen zitternd wie in einem stummen Gebet. Erst als Imma den Klostervater an der Schulter berührte, hob er den Kopf. Seine Augen waren schreckgeweitet, und er weinte. Schnell zog Imma die Hand zurück, als hätte sie sich bei der Berührung die Finger verbrannt.

»Was ist mit Euch, Gisbert?« Sie flüsterte, doch war alle Heimlichkeit umsonst. Längst hatte auch Karl das seltsame Benehmen des Abtes bemerkt.

Gisbert schüttelte den Kopf. »Nichts. Es ist nichts. Ein Schwindel wohl, der vorübergehen wird. Ich will nun die Eucharistie feiern.«

Er griff nach dem Bronzekelch, dessen einst prachtvolle Ornamente von jahrzehntelangem Gebrauch abgeschliffen waren, und hielt ihn mit ausgestreckten Armen über den Kopf. Ein Beben durchlief den alten Körper. Der Kelch entglitt den Fingern und schlug klirrend auf dem Boden auf, wo er vor den Füßen eines Mönchs liegen blieb.

Imma vergewisserte sich, dass Gisbert sicher am Altar lehnte und nicht zusammenbrach, dann ging sie auf den Mönch zu, vor dessen Füßen das liturgische Gefäß lag. Sie nickte ihm zu, und der Benediktiner hob den Kelch auf und reichte ihn Imma. Dabei glitt der graue Ärmel seiner zu klein geratenen Kutte bis zum Ellbogen zurück. Der entblößte Arm war ein Flechtwerk aus Muskeln, die sich Tauen gleich um die Knochen wanden. Das Seltsamste jedoch war der Schmuck, den dieser Mönch trug. Nicht nur zierte eine unzüchtige Tätowierung von der Länge einer Stundenkerze den Unterarm. Auch trug dieser Bruder drei fingerdicke Goldbänder, die um seinen Arm geschlungen waren und sich bei der geringsten Dehnung der Muskeln in das Fleisch gruben wie Schlangen, die einen Löwen würgten.

Imma war wie versteinert. Entweder glichen die Zustände in Sankt Aunarius denen im Tempel zu Jerusalem, bevor Christus ihn gestürmt hatte. Oder diese Männer waren so wenig Mönche wie sie eine Bauersfrau. Entsetzt starrte sie auf den entblößten Arm und den Kelch, den dieser in die Höhe reckte wie den Apfel der Versuchung. Sie würgte einen Schrei hinunter.

Da fand Gisbert die Stimme wieder. »Verzeiht die Schwäche eines alten Mannes. Die Messe wird fortgesetzt. Meine Brüder, bitte geht und richtet alles für die Nacht her. Ihr, Männer des Kaisers, harrt aus, wir wollen den Gottesdienst gemeinsam beenden. Bald schon mag Euch der Tod im Kampf ereilen, und ich will Euch Gelegenheit geben zur Versöhnung mit Gott in der Beichte. Wir wollen beten.«

Wieso schickte Gisbert jetzt die Brüder aus der Kirche? Wieso blieben sie nicht und beteten für die Seelen derer, die gekommen waren, sie zu schützen? Noch immer starrte Imma auf den Mönch, der kein Mönch war und ihren Blick jetzt mit unheilvollem Grinsen erwiderte. Er warf ihr den Kelch zu und stapfte im Gefolge der anderen Kuttenträger davon. Karl und seine Männer blickten mit gerunzelter Stirn hinter den Mönchen her, die sich einer nach dem anderen durch eine niedrige Seitentür zwängten und diese schließlich hinter sich zuzogen.

Einzig Saudrat setzte sich in Bewegung. »Eine Falle!«, rief er, rannte mit schweren Schritten zur Seitentür und zog daran. Der Ausgang aber war bereits versperrt.

Alle Franken zogen ihre Waffen. Doch niemand war da, den sie damit hätten bekämpfen können. Nur Abt Gisbert stand noch immer zitternd am Altar. Sein Gesicht war bleich, und er war erneut in Tränen ausgebrochen.

Karl befahl seinen Männern zu prüfen, ob sich das Portal

öffnen ließe. Dann stieg er die drei Stufen zum Altar hinauf und packte Gisbert mit eiserner Faust an der dürren Schulter. »Was geht hier vor, Abt? Wohin sind Eure Brüder verschwunden? Warum sperrt man uns ein?«

Der Kaiser mochte die Antwort bereits geahnt haben, aber was Gisbert ihm nun berichtete, ließ ihn für einen Moment die Beherrschung verlieren. Er zwang den Abt mit unbarmherzigem Griff in die Knie. Mit der anderen Hand fegte der Herrscher der westlichen Christenheit Kelche, Bibel und Kerzen vom Altar, die scheppernd auf dem Kirchenboden landeten. Nie zuvor hatte Imma Carolus Magnus so fassungslos gesehen.

Diese Mönche seien in Wirklichkeit Räuber, erzählte Abt Gisbert, und Imma hörte deutlich, dass es für den alten Geistlichen eine Erlösung war, die Wahrheit berichten zu können. Vor zwei Nächten seien die Männer mit gezückten Waffen im Dormitorium aufgetaucht und hätten seine Brüder im Weinkeller eingesperrt. Wie sie ins Kloster gekommen waren, wusste der Abt nicht. Aber er vermutete, dass ihnen jemand das Tor geöffnet hatte.

Imma erstarrte. »Habt Ihr einen Reliquienhändler in Eure Mauern gelassen?«

Gisbert nickte. Ein Mann namens Hunold sei zu Gast im Kloster gewesen. Er habe behauptet, die Gebeine des heiligen Aunarius bei sich zu tragen. Gisbert gestand gesenkten Hauptes, dass er sich von der Gier auf die Gebeine habe verleiten lassen, den Fremden ins Kloster zu bitten.

Karl drängte den Abt, sich nicht mit Einzelheiten aufzuhalten, und Gisbert erzählte weiter: wie man ihm offenbart hatte, dass der Frankenkaiser höchstpersönlich auf dem Weg nach Sankt Aunarius sei; wie die fremden Männer gedroht hatten, die Brüder einen nach dem anderen zu massakrieren, wenn Gisbert nicht tat, was sie ihm befahlen.

»Ihr solltet uns in Sicherheit wiegen und in die Kirche locken!«, schrie Carolus Magnus in das Kirchenschiff hinein. Die Worte wurden von den alten Mauern ebenso verstärkt wie zuvor Immas Gesang.

»Lasst den Abt gehen, Karl. Hätte er sich gegen das Leben seiner Ordensbrüder entscheiden sollen?« Imma legte eine Hand auf Karls Arm, der noch immer den alten Gisbert umklammert hielt.

Karl schüttelte sie ab. »Ihr habt schwere Schuld auf Euch geladen, Gisbert. Helft uns, aus diesem Gefängnis auszubrechen. Gibt es noch einen Weg ins Freie, einen geheimen Gang vielleicht?«

Gisbert schüttelte den Kopf. »Nein, wir sind ein einfacher Konvent. Solcherlei Vorrichtung mag es in den Pfalzen geben. Aber hier?«

Mit einem Mal war das Prasseln eines Feuers zu hören. Rauch quoll unter der großen Pforte hindurch. Nach wenigen Augenblicken stieg der Qualm bis unter die Kapitelle der Säulen und breitete sich unter dem Dach aus.

Die Kirche brannte.

Thankmars Rücken klebte an der Mauer. Er stand in dem Gang, der die Zellen verband, und drückte sich so eng wie möglich an die Wand. In der Zelle neben ihm offenbarten die waffentragenden Mönche ein Komplott von reichserschütterndem Ausmaß. Zwar hatte er den gesenkten Stimmen nicht alle Einzelheiten entnehmen können, doch stand fest, dass der Kaiser und seine Männer sowie die Nonnen, Abul Abbas und letztlich auch er selbst in Lebensgefahr schwebten. Carolus Magnus sollte sterben. Hier in Sankt Aunarius. Noch heute.

Der Kaiser hatte geglaubt, er werde vor den Angreifern das Kloster erreichen und damit einen Vorteil erringen. Tatsächlich aber verhielt es sich umgekehrt. Der Feind war zuerst in Sankt Aunarius angekommen und hielt nun das Heft in der Hand. Und anders als die fränkischen Krieger waren die Männer des Erzbischofs so geschickt, sich zu tarnen. Nicht in der Schlacht würde der Frankenkaiser sterben, sondern in einem Hinterhalt. Carolus Magnus und sein Gefolge waren zum Tode verurteilt, wenn er, Thankmar, sie nicht rechtzeitig warnte.

Der Boden brannte ihm unter den Füßen, doch zwang er sich, stehen zu bleiben und weiter dem Wispern über Mord und Verrat zu lauschen. Kopflose Flucht würde niemandem helfen. Ohne Beweise würden die Franken ihm ohnehin nicht glauben. Er musste mehr über die Pläne der falschen Mönche erfahren. Der Verlust des linken Ohres hatte noch nie so schwer gewogen wie jetzt.

»Wieso müssen Mönche sich ein Loch in den Schopf scheren? Meine Alte wird mich kaum wiedererkennen. Was meinst du, Thrasco?«

»Ich meine, wir sollten hier nicht die Hände in den Schoß legen, sondern aufpassen, dass niemand entkommt.« Die schartige Stimme Thrascos bebte vor Erregung.

»Beruhige dich und trink noch einen Schluck! Beide Ausgänge der Kirche sind fest verriegelt. Nicht mal ein Rammbock käme da so schnell hindurch. Außerdem stehen unsere sämtlichen Männer davor, halten Wache und nähren die Feuer. Der Kaiser sitzt fest, und bei Anbruch der Nacht wird ihm der Rauch den Garaus gemacht haben.«

»Was, wenn es ihnen gelingt, die Tür zu zerschmettern?«

»Dann dringen unsere Männer in die Kirche ein und erschlagen jeden, der bis dahin noch nicht am Rauch erstickt ist. Aber so weit wird es nicht kommen. Die Tore sind aus starkem Eichenholz, und die Kaiserlichen haben nur ihre Schwerter.

Damit könnten sie wochenlang auf das Holz einhacken. Nein, es gibt kein Entkommen. In Kürze wird der Kaiser mitsamt seinen Herzögen jämmerlich ersticken oder von dem einstürzenden Dach erschlagen werden.«

Eine dritte Stimme kam hinzu, klebrig wie der Auswurf eines Lungenkranken. »Mich dauern die beiden Frauen. Die kleine Zarte hätten wir vier teilen können. Mit der fetten Alten hätten die anderen einige Tage lang ihren Spaß gehabt.«

»Genau. Und dann wär sie geplatzt.« Thrasco kicherte.

»Welches Schicksal hast du für die Mönche vorgesehen, Hunold? Kreuzigung oder Sklaverei?«

»Niemand darf überleben. Der Tod des Kaisers muss ungeklärt bleiben. Um jeden Preis. Die Benediktiner werden erschlagen, sobald die Franken tot sind. Bis dahin bleiben sie Gefangene.«

»Aber solange die Mönche dort unten hocken, können wir den Weinvorrat nicht plündern. Lass sie uns sofort töten, dann tragen wir die Fässer heraus.«

Thankmar hatte genug gehört. So lautlos wie der Mond über den Himmel wandert, zog er sich zurück. Während er davonschlich, tobte ein Sturm in seinem Kopf. Der Kaiser war in eine Falle getappt. So etwas passierte mit Kriegsherren, wenn sie zu alt wurden für ihr blutiges Handwerk. Ihre Augen wurden trüb, die Ohren waren vom Geschnatter der Weiber ausgeleiert, und der Geist war mit Sehnsüchten nach weichen Betten zu beschäftigt, um Gefahren wahrzunehmen.

Unentdeckt erreichte Thankmar den Ausgang des Hauses und schlüpfte in die Schatten zwischen den Fassaden. Der Geruch von Rauch stieg ihm in die Nase. Als er sich zur Kirche umwandte, bestätigte sich, was die falschen Mönche angekündigt hatten: Die Kirche stand in Flammen. Zwar brannte nicht der Sandstein der Mauern, aber an mehreren Stellen rings um den Christentempel waren Holzstöße aufgeschichtet und angezündet worden. Die Zungen der Flammen leckten an dem Gebäude, und Wolken schwarzen Rauchs stiegen daran empor. Auf dem Dach balancierte einer der falschen Mönche mit einer Fackel. Als Thankmar sich vorstellte, welche Todesängste Adelind und Imma ausstehen mussten, schloss sich seine Hand fest um die Franziska an seinem Gürtel.

Um die Eingeschlossenen zu warnen, war es zu spät. Nur befreien konnte er sie noch. Wie aber sollte er das anstellen? Er war auf sich allein gestellt. Der Feind zählte fünfzig Mann. Doch war er noch unentdeckt. Wie hätte Isaak diesen Vorteil genutzt? Isaak wäre etwas eingefallen. Thankmar löste die Hand von der Waffe und griff stattdessen nach dem Amulett auf seiner Brust. Er biss sich auf die Unterlippe. Wenn er allein den Feind nicht bezwingen konnte, so musste er eben Hilfe holen. Und er wusste auch, wo er sie finden konnte.

Geduckt rannte er los.

Rauch hing in der Kirche wie Morgennebel über dem Schlachtfeld. Statt mit sakralen Gesängen klang der Tag mit dem Husten der Eingesperrten aus. Imma hielt sich taumelnd auf den Beinen und versuchte, so flach wie möglich zu atmen. Schwaches Licht fiel von oben herab, wie durch einen Vorhang gedämpft. Die prachtvollen Kirchenfenster – jetzt schienen sie die Eingeschlossenen zu verspotten.

Eine Gemeinde einfacher Handwerker, Bauern oder Händler hätte den Gedanken, ersticken und verbrennen zu müssen, nicht so leicht ertragen. Karls Männer aber waren dem eigenen Schicksal gegenüber blind. Ihr Feind war eine Flügeltür, zwei Handbreit Eichenholz, und sie liefen starrsinnig Attacke um Attacke dagegen an.

Kaum war die Falle zugeschnappt, hatte der Kaiser mit der

Besonnenheit des Feldherrn seine Krieger dirigiert. Zwei von ihnen bewachten den Seitenausgang, um einem Überraschungsangriff der falschen Mönche begegnen zu können. Die anderen hatten sich an dem einzigen Gegenstand zu schaffen gemacht, der zugleich beweglich und robust genug war, um als Rammbock herhalten zu können: das heilige Kreuz, das schlicht und schmucklos die Apsis hinter dem Altar zierte.

Als die Krieger das Kreuz von der Wand gerissen hatten, wollte Imma einschreiten. Jeder Span, der von den Balken gesplittert war, schien ihr ins Herz zu fahren. Doch weder sie noch die mit ihr Eingeschlossenen waren Märtyrer. Für den Moment war das heilige Kreuz nur totes Holz, das ihnen das Leben retten konnte.

Jetzt rannten die Franken mit diesem sakralen Widder wieder und wieder gegen das Tor an. Doch was unter Dröhnen barst, war nicht das mit Schmiedeeisen verstärkte Hindernis, sondern das Holz des Kreuzes.

»Christus taugt nicht zur Gewalt. Seht Ihr das nicht?«, murmelte Imma zwischen Schlucken und Schnaufen, aber niemand hörte ihr zu.

Adelind hockte neben Gisbert. Der alte Abt lag neben dem Altar und keuchte. Das Leben schien aus ihm herauszufließen. Imma wusste, dass er sterben würde. Ebenso wusste sie, dass es nicht die Luft war, die ihm zum Leben fehlte, sondern seine Aufrichtigkeit, die er für seine Brüder hatte aufgeben müssen. Gisbert hauchte seine Seele aus, um sie vor Gottes Thron läutern zu lassen.

Die Novizin sprach beruhigend auf den Alten ein und betete für ihn. Sie hatte einen Zipfel ihres Kleides in eine Pfütze Messwein getaucht und tupfte damit Gisberts Stirn. Imma betrachtete Adelind voller Wehmut. Was für eine Nonne die junge Frau abgegeben hätte! Aber selbst wenn sie nicht in diese

Falle getappt wären, selbst wenn Sankt Albola noch existierte – Adelind hätte die Klosterpforte eines Tages eigenhändig aufgebrochen und wäre in die Welt hinausgelaufen, zu einem Mann, zu Tanz und Frohsinn, zu eigenen Kindern.

Mit einem Mal schien es Imma, als würden Sterne auf das Mädchen und den Abt herabregnen. Goldene Flocken, die durch die grauen Schwaden fielen. Auch Adelind bemerkte das Funkeln um sie herum. Die Frauen sahen nach oben.

Es regnete brennendes Holz. Das Dach brannte. An mehreren Stellen hatte das Feuer bereits Löcher durch die Sparren gefressen und streute nun Funken in den Kirchensaal. Während die Steinmauern den Bränden noch standhielten, würde das hölzerne Kassettendach rasch ein Raub der Flammen werden. Die gesamte Konstruktion würde früher oder später zusammenbrechen. Wenn sie bis dahin nicht erstickt waren, war ihnen allen der Tod unter dem brennenden Gebälk gewiss.

Auch Gisberts Blick richtete sich staunend in die Höhe. Vermutlich, dachte Imma, erkennt Gisbert in den Funken eine Einladung, durch die Himmelspforte zu treten. Der Körper des Alten schüttelte sich in stummen Krämpfen, dann brach sein Blick. Imma nickte. Glauben hatte die Kraft, Menschen Hoffnung zu schenken, auch wenn er nur aus Lügen bestand.

Sie kniete sich neben Adelind auf den Boden und schlang die Arme um die Schultern ihrer Schutzbefohlenen. Die Nähe der Novizin spendete ihr Kraft. Nichts weiter blieb ihnen zu tun, als auszuharren und dem Rhythmus des Rammbocks zu lauschen.

Sankt Aunarius war ein Labyrinth. Thankmar humpelte über den Hof, vorbei an Schmieden mit erkalteten Essen und an Töpferöfen, vor denen sich der Fehlbrand stapelte. Als er einen Gänsestall passierte, stoben die Tiere in einer Explosion aus

Federn und Geschnatter auseinander. Er verharrte einen Augenblick. War jemand auf den Lärm aufmerksam geworden? Aber nichts rührte sich, und als die Vögel wieder zur Ruhe kamen, setzte Thankmar seinen Weg fort, langsamer diesmal, um Skuld, die Schicksalsgöttin, nicht erneut herauszufordern. Sie war ihm noch nie wohlgesonnen gewesen.

Wo lag der Weinkeller? Wie sollte er ihn finden? Nur mithilfe der darin eingeschlossenen Geistlichen konnte er die Frauen und Krieger in der Kirche retten. Die Benediktiner waren zwar keine Kämpfer, aber in einem Kloster wie diesem mochten hundert Mönche oder mehr leben – und damit wären sie gegenüber den Eindringlingen in der Überzahl. Wenn er sie nur finden könnte!

Blindes Suchen führte zu nichts. Zwischen Bienenkörben und einer Mühle hielt Thankmar inne. Wenn er ein Baumeister wäre und ein solches Kloster errichten müsste …

Er schüttelte den Kopf. Er war in seinem Leben noch nicht viel gewesen, außer ein Dieb und ein Sklave, am wenigsten aber ein Baumeister. Wie sollte er wie jemand denken, der das Wissen hatte, ein monumentales Kloster auf einen Berg zu pflanzen?

Er atmete tief durch.

Welche Aufgabe hat ein Weinkeller?

Man muss Wein in ihm lagern können.

Thankmar zerzauste sich die Locken. Ihm war, als befände er sich im Zwiegespräch mit Isaak, der ihm die richtigen Fragen stellte.

Warum lässt sich Wein in einem Weinkeller besser lagern als in einer Scheune?

Weil es dort dunkel ist.

Und kühl.

Er blickte sich um. Die Sonne stand tief. Zwar hatte sie jetzt, im späten Herbst, keine Kraft mehr. Aber die Sommer in diesem Teil der Welt waren heiß. In welcher Himmelsrichtung lag der kühlste Ort?

Im Norden.

Thankmar ließ seine Haare fahren. Der Weinkeller musste sich im Norden befinden. In einem Gebäude, das ständig im Schatten lag. Er wandte sich um, bis die letzten Strahlen der tief stehenden Sonne seine linke Seite beschienen. Drei Gebäude duckten sich unter den nördlichen Teil der Wehrmauer. Wenn seine Gedanken tatsächlich die eines Baumeisters waren, dann musste in einem dieser Bauten der Weinkeller liegen.

Zu den drei Häusern war es nur ein kurzes Stück Weg. Thankmar huschte hinter Regentonnen und Holzstapeln hindurch. Niemand begegnete ihm. Vermutlich hatten sich die Feinde allesamt vor der Kirche versammelt, um dabei zu sein, wenn der Kaiser der Franken den Flammen zum Opfer fiel.

Ihm fiel wieder ein, worüber die vier falschen Mönche beraten hatten. Einer von ihnen hatte vorgeschlagen, die Mönche im Weinkeller zu erschlagen, um sich an dem Alkohol zu berauschen. Zwar hatten die Verkleideten keinen Entschluss gefasst, aber es war möglich, dass sie gerade jetzt denselben Weg einschlugen wie er selbst.

Er lief schneller.

Den türlosen Eingang des ersten Gebäudes schützte ein schwerer Vorhang. Thankmar schlüpfte hinein, im Innern herrschte Finsternis. Dann erkannte er im Dämmerlicht, dass er in einer Lagerhalle stand. Große Keramikgefäße waren mit Seilen an den Deckenbalken aufgehängt. Thankmar kannte diese Art der Vorratshaltung aus seinem Dorf. Die hängenden Gefäße waren mit Getreide gefüllt und zwischen Himmel und Erde schwebend unerreichbar für Mäuse.

Auch auf dem Boden der Lagerhalle standen gewaltige Fässer. Doch waren sie nicht mit Wein gefüllt, sondern mit Leinen. Zunächst wunderte Thankmar sich über diesen Fund, dann begriff er. Diese Mönche sind klug, dachte er. Die Fässer sind viel zu groß, um mit Wein gefüllt transportiert zu werden. Stoff aber ist leicht, und eine derartig gefüllte Tonne lässt sich von zwei Männern bequem zu einem anderen Bestimmungsort rollen. In einem Winkel standen kleinere Fässer, die eine dickliche Flüssigkeit enthielten. Öl, erkannte Thankmar. Isaak hatte ihm erklärt, wie die Bauern der südlichen Länder aus kleinen Beeren Öl herzustellen wussten. Er suchte weiter, Wein jedoch fand er nicht.

An den weiß gekalkten Wänden im zweiten Gebäude lehnten Gartengeräte und Werkzeuge, die ihm unbekannt waren. Dann aber entdeckte Thankmar, was er suchte: Bauchige Glasbehälter, hölzerne Pfropfen und große Zuber verrieten ihm, dass die Mönche an diesem Ort mit Flüssigkeiten arbeiteten. Der Weinkeller musste in der Nähe sein.

Im hinteren Teil des Raums fand er eine Tür. Sie war mit einem Balken versperrt, lächerlich klein, aber stark genug, um Ausbruchsversuche aus dem Innern zu vereiteln. Thankmar riss das Holz beiseite. Hinter der Tür führte eine schmale Treppe aus festgetretenen Lehmstufen in die Tiefe. Feuchte Luft schlug ihm entgegen und der Geruch von Gegorenem. Vorsichtig tastete er mit dem empfindsamen Fuß nach Halt und begann mit dem Abstieg.

Thrasco gähnte. »Allmählich ist es genug. Ich habe die Nase voll von Versteckspiel und Verkleidungen. Erst geben wir vor, Araber zu sein, jetzt Mönche. Was kommt wohl als Nächstes, Wahlafried? Jungfrauen, geschmückt für die Weihe?«

»Vermutlich Schweine auf dem Weg zur Schlachtbank. Da

müsstest du dir mit dem Kostüm nicht so viel Mühe geben, Thrasco.«

Thrasco schlug seinem Kumpan mit der flachen Hand auf den Hinterkopf. Wo die ungeschickt ausrasierte Tonsur die Kopfhaut preisgab, wuchs ein roter Fleck.

»Heda! Kein Grund, beleidigt zu sein. Du siehst nun mal aus wie ein Schwein – und du riechst auch so.«

Thrasco packte Wahlafrieds Kutte mit der Faust. Doch bevor der Streit eskalieren konnte, deutete Wahlafried zum anderen Ende des Raumes, in dessen Eingang sie standen.

»Der Balken ist weg, Thrasco!«

Thrasco blinzelte in das Zwielicht des Gebäudes hinein. Die Tür am hinteren Ende war geschlossen, aber Wahlafried hatte recht. Der Balken, mit dem sie die Tür am Tag zuvor versperrt hatten, um die Mönche einzusperren, war verschwunden.

»Bei der Nachgeburt meiner Mutter! Wer hat den Balken entfernt? Schnell, sieh nach, ob er nicht einfach umgefallen ist!« Er stieß Wahlafried in den dunklen Raum und folgte ihm.

Der Balken war nicht zu finden.

»Hunold wird uns zu Tode schleifen lassen«, flüsterte Wahlafried mit angsterfüllter Stimme.

»Beruhige dich, Hasenfuß! Erst einmal sehen wir nach, ob die Mönche noch da sind. Und dann prüfen wir, wie der Wein dieses Klosters schmeckt.«

Thrasco riss die Tür auf. Wahlafried folgte ihm die Treppe hinab.

Thankmar warf die Tür zum Weinkeller mit so viel Kraft zu, dass die Wände erzitterten, und verriegelte sie mit ebenjenem Balken, den die beiden Marodeure Augenblicke zuvor vermisst hatten.

»Zwei weniger, um die wir uns kümmern müssen«, sagte

er zu den beiden Männern, die gemeinsam mit ihm zwischen den Flaschen und Zubern aufgetaucht waren. Von jenseits der schweren Bohlentür waren jetzt Klopfen und gedämpfte Rufe zu hören.

»Dieser Thrasco ist fürwahr kein Schwein«, sagte Thankmar. »Aber ein hervorragendes Schaf würde er abgeben.« Sein Grinsen spiegelte sich auf den angespannten Gesichtern der beiden Geistlichen wider, die er kurz zuvor aus dem Keller befreit hatte. Er legte eine Hand auf die Schulter des dürren Ekkehard und spürte, dass der Benediktiner noch immer zitterte. Auch Bruder Anselm war kreidebleich.

»Gehen wir zu den anderen«, forderte Thankmar sie auf. »Wir haben noch eine schwere Aufgabe vor uns.« Noch einmal prüfte er den Sitz des Balkens, dann verließ er gemeinsam mit den Mönchen das Gebäude.

Bis zum Lagerhaus waren es nur wenige Schritte. Thankmar schlüpfte mitsamt seinen Begleitern durch den Vorhang und stand vor einer schweigenden Gruppe. Alle Benediktiner hatten sich in der Halle versammelt, in der er noch kurz zuvor die Vorräte des Klosters begutachtet hatte. Doch statt einhundert gut genährter Männer hatte er nur elf ausgemergelte Gestalten vorgefunden – Männer ohne Mut, wie er hatte feststellen müssen.

Als er in den Weinkeller hinabgestiegen war, waren die Geistlichen vor ihm zurückgewichen – elf Männer hatten Angst vor einem Hinkenden mit einer Wurfaxt. Gewiss, zunächst war ihre Furcht sein Vorteil gewesen, waren die Brüder doch zu verängstigt, um über ihn herzufallen, ihn zu entwaffnen und zu töten, um dann auf eigene Faust aus dem Verlies zu fliehen. Mit einiger Überredungskunst war es ihm sogar gelungen, die Mönche von seinen guten Absichten zu überzeugen. Dann aber fragte er sich, was er eigentlich mit diesem Haufen anfangen sollte. Wenn diese elf es nicht wagten, auf einen einzigen Gegner loszugehen, wie würden sie erst reagieren, wenn ihnen fünfzig Feinde gegenübertraten, schwer bewaffnet und mit Mordlust in den Augen? Thankmar ließ den Blick über die Gesichter schweifen und fragte sich, ob er die Benediktiner nicht vielleicht besser im Weinkeller hätte schmoren lassen sollen.

Einige der Mönche hockten erschöpft zwischen Kümpfen und Krügen, andere machten sich über einen Schinken her, den sie in einem Salzfass zu finden gewusst hatten. Die meisten aber waren zu erregt, um stillsitzen zu können. Der Geruch von Schweiß und Furcht sättigte die Luft. Alle starrten ihn erwartungsvoll an.

»Zwei haben wir erwischt«, berichtete Thankmar mit Stolz in der Stimme. Ekkehard und Anselm nickten den anderen Mönchen zu, die sie erstaunt anstarrten. Thankmar deutete die Blicke richtig. »Nein, wir mussten niemanden töten, nicht einmal angreifen, wir …«

Ekkehard fiel ihm ins Wort. »Wir haben sie einfach in den Keller gesperrt. Einfach so!« Er klatschte in die Hände.

Auf den Gesichtern der anderen Brüder zeigten sich Erleichterung und Unglaube.

»Das ist richtig«, sagte Thankmar. »Aber was nun folgt, wird nicht so einfach sein.«

Anselm, dessen Bart eine imposante Länge aufwies, setzte hinzu: »Wahrscheinlich wird es sogar unser aller Tod bedeuten. Nicht wahr, Thankmar?«

Er verspürte nicht wenig Lust, den Mund des Benediktiners mit seinem Bart zu stopfen. »Ja«, antwortete er stattdessen. »Der Tod mag auf einige von uns warten, wenn wir tun, was wir besprochen haben. Aber vielleicht nicht auf alle. Das ist mehr, als Ihr in dem Kellerverlies hättet erhoffen können.«

Elf Augenpaare sahen ihn an.

»Ich werde nun verschwinden, um die Klosterpforte zu öffnen«, fuhr Thankmar fort. »Noch sind nicht alle Franken in Sankt Aunarius angekommen. Die Nachzügler könnten uns das Leben retten, aber nur, wenn sie ins Kloster hineingelangen. Bruder Ekkehard wird Euch alles Weitere erklären.«

Ekkehard öffnete eines der Fässchen, tunkte den Zeigefinger in die darin schwappende Flüssigkeit und steckte ihn sich in den Mund. »Dieses Olivenöl ist eine der besten Ernten der vergangenen zehn Jahre. Eine Schande, es an den Feind verschwenden zu müssen.«

28.

Rauch zwickte im Rüssel, und die Nähe eines Feuers machte ihn rasend. Abul Abbas stampfte auf der Stelle und warf das Hinterteil gegen die Unterstände der Pferde. Eines hatte er gelernt: Wo Menschen waren, waren auch Flammen. So war es auf dem Berg gewesen, bei den Häusern am Fluss, und so war es auch hier.

Er hasste das Feuer, seinen heißen Atem, seinen grellen Schein, das Zucken seiner Zungen. Wenn es fraß, war es unersättlich, wenn es wütend war, brüllte es furchterregend. Es scherte sich nicht um die Gesetze des Lebens und vernichtete, was ihm im Weg stand.

Abul Abbas tauchte den Rüssel in den Wasserbottich, um das Jucken aus den Membranen zu spülen. Die Unruhe blieb. Er spürte wieder, wie Wut und Kraft ihn durchflossen. Das nahe Feuer und die Gefahr stimulierten ihn ebenso wie der Eukalyptusgeruch einer rossigen Stute, die sich unter den Pferden befand.

Das Kreischen der Flammen war jetzt unüberhörbar. Auch die Tiere neben ihm begannen, mit den Hufen zu schlagen, die Nüstern zu blähen und die Ohren zu spitzen. Die Nähe der Pferde reizte ihn bis aufs Blut. Wie er ihre Mähnen hasste, ihre arrogant geschwungenen Schweife, ihre dürren Hufe!

Abul Abbas schleuderte sein Hinterteil mit aller Kraft gegen die Stützbalken. Einer der Pfosten krachte und brach entzwei. Die Pferde zerrten wie irr an den Halftern, die sie an den Wandringen gefesselt hielten. Die Halswirbel der Tiere knackten wie Nussschalen, doch sie gaben ihre sinnlosen Befreiungsversuche nicht auf, sondern rissen umso wilder, je erfolgloser sie waren.

Mit zwei energischen Schritten manövrierte sich Abul Abbas aus der Lücke zwischen Pferdeunterstand und Mauer, wo der Mann mit den sprechenden Händen ihn angebunden hatte. Das Seil, das den linken Vorderfuß gefesselt hatte, zerriss mit einem Knall. Er wälzte sich ins Freie, warf den Kopf herum und brachte den schwankenden Unterstand zum Einsturz. Krachend fielen Balken und Steine in sich zusammen. In einer Explosion aus Staub bäumten sich die Pferde auf, schlugen mit den Hufen und fletschten die Gebisse. Dann hüllte eine Wolke aus Schmutz die Ruine ein.

Abul Abbas war frei. Er war gesund und stark, er wollte fort. Fort von den Flammen, fort von den Menschen. Einer war unter ihnen, den schätzte er. Das verwirrte ihn.

Der Elefant setzte sich in Bewegung wie ein Schneeball, der im Begriff war, zur Lawine zu werden.

29.

Der Wind griff in den Gabelbart Mazruq al-Atars und zerzauste das schwarze Haar. Der Araber kniff die Augen zusammen, als Staubwolken die kleine Gruppe einhüllten. Hinter ihm ritt Khalid, der sein Pferd mit der Bauerstochter und dem Enkel des Kaisers teilte. Eine unheilige Trinität, dachte Mazruq, das Zerrbild einer Familie, wie sie sich nur ein Dschinn hätte ausdenken können – oder er selbst, Mazruq al-Atar. Hinter der Blonden stapfte Grifos Hengst den Hang hinauf. Seine Sklaven hatte Grifo zurücklassen müssen. Mazruq wollte nicht riskieren, dass die Gefangenen ihn vor dem Frankenkaiser in Misskredit brachten. Murrend hatte Grifo seine Ware an Bäume gekettet, wo sie nun auf seine Rückkehr warten musste – falls nicht ein Rudel Wölfe schneller war.

Endlich erreichten sie das Ende des Serpentinenwegs, und das Tor des Klosters kam in Sicht. Mazruq blieb keine Zeit, über die Monumentalität der Mauern zu staunen, denn jenseits des Bollwerks sah er Rauchfahnen aufsteigen.

»Was geht da vor?«, murmelte er in den Wind.

Khalid hinter ihm schien die Frage gehört zu haben.

»Die Bauerstochter hat uns etwas verschwiegen.«

»Oder du hast nicht so gründlich auf ihre Worte geachtet, wie du auf ihre Brüste gestarrt hast, du Narr!« Als Mazruq sich zu seinen Begleitern umwandte, sah er ein Lächeln über das Gesicht Gislas huschen. Er begriff. »Sie hat uns hierhergeführt, weil das Kloster ihr eigenes Ziel war. Allein mit dem Kind hätte sie es nie bis zu diesem Ort geschafft. Wir sind zum Geleitschutz einer Schwachsinnigen geworden, Khalid.«

Mühsam unterdrückte Mazruq den Wunsch, das Mädchen vom Pferd zu reißen und zu Tode zu prügeln. Aber wenn sie tatsächlich zum Gefolge des Frankenkaisers gehörte, würde mit ihrer Ermordung auch sein Plan sterben, Carolus Magnus für sich einzunehmen.

Da öffnete sich die Klosterpforte.

Thankmar taumelte rückwärts. Auf Mazruqs Gesicht spiegelten sich Unglaube und Entsetzen. Die Zeit fror ein. Sachse und Araber starrten sich an. Zwischen ihnen lagen nur drei Schritte, aber zugleich gähnte dort ein Abgrund, der die Distanz zwischen Bagdad und Haduloa, zwischen Wüste und Marschland gering erscheinen ließ. Thankmars Hände hielten noch den Torflügel, den er soeben aufgezogen hatte, um nun auf der anderen Seite in die Fratze seines Dämons zu blicken.

Einem Impuls folgend wollte Thankmar das Tor zuschlagen, da erkannte er hinter Mazruq das Gesicht Gislas und erstarrte. Mazruq gewann die Fassung wieder. Er stieß seinem Rappen die Stiefel in die Seite und zwängte sich mit dem Pferd durch das halb geöffnete Tor, an Thankmar vorbei. Von der Flanke des Pferdes beiseitegestoßen, taumelte Thankmar. Sein schlechter Fuß konnte das Übergewicht nicht auffangen, und er landete im Staub des Klosterhofs. Über ihm sprang der Araber von seinem Rappen, zog den Säbel aus dem Gürtel und schlug damit nach dem am Boden liegenden Sachsen.

Thankmar entging dem Hieb um Haaresbreite. Weitere Schläge mit der Klinge prasselten auf ihn herab. Während er versuchte, den Streichen auszuweichen, hörte er Mazruq wie irrsinnig arabische Worte schreien. Hätte Besonnenheit in den Attacken des Arabers gelegen, längst hätte Thankmars Blut den Staub von Sankt Aunarius getränkt. Aber der Angreifer schien blind zu sein vor Wut auf den Sachsen, auf den er wie besessen eindrosch.

Als Mazruq erneut zum Schlag ausholte, umklammerte Thankmar den Knöchel des Angreifers mit seinen Beinen und rollte sich auf die Seite. Mazruq strauchelte, aber es fehlte Thankmar an Kraft, um ihn zu Fall zu bringen. Der Moment jedoch genügte. Thankmar rappelte sich auf und zog die Franziska aus dem Gürtel. Die Waffen in Händen, standen sich die Männer gegenüber und starrten einander an.

Die Axt in Thankmars Hand war lächerlich klein und schien doch das Gewicht von tausend Schwertern zu haben. Gegen Mazruqs Säbel schien die Franziska wirkungslos zu sein. Doch Thankmar erinnerte sich an die Worte Graf Saudrats, der ihm versichert hatte, eine Franziska müsse man nur im richtigen Augenblick schleudern, ihr Ziel fände sie von allein. Kraftvoll holte er aus und warf. Die Axt kreiselte durch die Luft. Aber er hatte zu kurz geworfen. Viel zu rasch verlor die Waffe an Höhe. Thankmar befürchtete, sie würde Mazruq al-Atar vor die Füße fallen. Da hörte er den Araber schreien, diesmal nicht vor Wut, sondern vor Schmerz. Die Schneide der Franziska steckte in Mazruqs Stiefel. Saudrat hatte recht behalten.

Der Araber bückte sich, um sich die Waffe aus dem Fuß zu ziehen. Da sah Thankmar den anderen Morgenländer, Khalid, durch das Tor reiten. Hinter ihm saß Gisla, die bei Thankmars Anblick vom Pferderücken sprang. Khalid schien es nicht zu bemerken. Er hatte sein Schwert bereits in der Hand, vermutlich alarmiert von den Kampfgeräuschen. Hatte Thankmar auch gegen Mazruq sein Leben verteidigt, gegen einen berittenen Krieger war er so wehrlos wie ein Boot im Sturm.

Ein Schlag von hinten warf Thankmar erneut zu Boden. Bevor er sich aufrappeln konnte, sah er Abul Abbas keine Handbreit entfernt vorüberrennen, geradewegs auf Khalid zu.

Angesichts des heranstürmenden Elefanten stieg Khalids Pferd auf die Hinterbeine. Die Elefantenbrust prallte dem Hengst in die Flanke und nahm ihm das Gleichgewicht. Das Tier stürzte. Sein Reiter aber fiel nicht mit ihm zu Boden.

Khalid hing an Abul Abbas' Kopf und trat mit den Füßen in der Luft wie ein Schwimmer, der unerwartet in eine Untiefe geraten war. Der rechte Stoßzahn war ihm durch den Leib gedrungen. Mit dem Mund voller Blut konnte Khalid nicht einmal schreien. Nur seine Augen riefen um Hilfe, während er versuchte, sich von dem Stoßzahn zu schieben. An der besudelten Elfenbeinspitze, die aus Khalids Rücken ragte, hing ein bläulich schimmerndes Organ.

Der schwere Körper Khalids zog den Elefantenkopf zu Boden. Abul Abbas streifte die Last mit einem wilden Kopfschütteln ab. Khalid prallte gegen die Wehrmauer, rutschte an ihr hinunter und hinterließ eine glitzernde Blutspur auf dem Gestein.

Mazruq al-Atar starrte auf die Überreste seines Gefährten. Thankmar reagierte schnell. Einer Eingebung folgend, griff er nach dem Amulett um seinen Hals und streifte es Mazruq über den Turban. Mazruq erwachte aus seiner Starre, fuhr herum und schlug blind mit dem Säbel um sich.

Thankmar hatte sich mit zwei Sprüngen in Sicherheit gebracht. »He, Abul Abbas! Abul Abbas! Verflucht, verflucht, verflucht!«, schrie er, so laut er konnte, und wedelte mit den Armen über dem Kopf.

Dieses Mal gehorchte Abul Abbas dem Kommando. Er wandte sich um, einen Stoßzahn noch rot vom Blut seines Opfers, die Ohren weit vom Kopf gespreizt und in den Augen eine Wildheit, wie Thankmar sie noch nie an dem Riesen beobachtet hatte. Nur einen Moment lang fixierten die Elefantenaugen den Sachsen. Dann fiel der Blick auf das Glitzern am Hals des Arabers. Mit ausladenden Schritten rannte Abul Abbas auf Mazruq al-Atar zu.

Bevor der Elefant ihn erreichen konnte, war der Araber bei seinem Rappen, schwang sich auf den Rücken des Pferdes und wollte zum Tor hinaus. Doch dort versperrte ihm Grifo den Weg, der, ebenfalls beritten, mitten unter dem Durchgang stand und ungläubig ins Innere des Klosters starrte. Mazruq fluchte. Er riss seinen in Panik geratenden Hengst mit Mühe herum und floh in die entgegengesetzte Richtung, mitten in die Eingeweide des Klosters hinein.

Abul Abbas drehte sich um seine Achse, auf der Suche nach dem Glitzern am Hals des Arabers.

»Abul Abbas!« Thankmar schrie so laut er konnte.

Tatsächlich verharrte der Elefant, warf den Kopf herum und peitschte unschlüssig mit den Ohren. Im Nu war Thankmar bei ihm und kletterte über den mit Blut, Gewebe und Kleidungsfetzen besudelten Zahn auf den Rücken des Tieres.

Vom Tor her erklang Rufen. Als er sich umwandte, erkannte er Gisla, die den Enkel des Kaisers in den Armen trug. Erleichtert stellte Thankmar fest, dass die Langobardin wohlauf war – und mit ihr der Säugling. Ohne Furcht vor dem Elefanten zu zeigen, lief sie auf Thankmar zu. Abul Abbas schien seine ehemalige Reiterin wiederzuerkennen. Zwar stapfte er unruhig auf der Stelle, setzte sich aber nicht wieder in Bewegung, bis die junge Frau ihn erreicht hatte.

Gisla sah zu Thankmar auf. Einen Moment lang überlegte der Sachse, ob er sie nicht auf den Elefantenrücken heben und mit ihr, dem Kind und Abul Abbas durch das Tor reiten sollte. Sie konnten nach Britannien ziehen oder nach Bagdad, das Ziel wäre ihm einerlei. Die friedlichen Tage in der Hütte kamen ihm in den Sinn. Er streckte die Arme aus, um der Langobardin auf den Rücken des Elefanten zu helfen.

Gisla drückte das Kind fester an sich und rückte von ihm und Abul Abbas ab. Thankmar ließ die Arme sinken. Sie hat recht, dachte er. Flucht ist der Weg der Sklaven, nicht der einer freien Langobardin. Oder der eines freien Sachsen, fügte er hinzu.

Ermutigend klatschte er Abul Abbas auf die empfindliche Haut hinter den Ohren. Der Elefant streckte den Rüssel und stieß ein ohrenbetäubendes Trompeten aus, um sich sodann mit der Behändigkeit eines Laufvogels in Bewegung zu setzen und Mazruq al-Atar zu folgen.

Regen prasselte Thankmar ins Gesicht.

Als die ersten schweren Tropfen durch das flammenzerfressene Dach in die Kirche fielen, atmeten Imma und Adelind nur noch keuchend. Die Krieger hatten aufgehört, das Portal mit dem Kreuz zu berennen, und kauerten oder lagen am Boden, wo sie den Erstickungstod erwarteten. Einzig Carolus Magnus hielt sich noch hustend auf den Beinen. Seine Augen tränten. Immer häufiger stürzten brennende Balken aus dem First und schlugen wie Richtschwerter auf dem Basalt des Kirchenbodens auf. Zwei Männern waren von den Trümmern bereits die Schädel gespalten worden. Es war nur eine Frage der Zeit, bis die gesamte Dachkonstruktion der Schwerkraft zum Opfer fallen würde.

Die ersten Regentropfen fielen noch unbemerkt. Dann reckten sich die ersten Köpfe nach oben, aufmerksam geworden durch die nassen Perlen, die ihnen an Stirn und Wangen hinabrannen. Schon ergoss sich ein Schauer auf die Verzweifelten. Einige fanden die Kraft, aufzustehen und ihre Gesichter den erfrischenden Regentropfen zuzuwenden. Das Wasser spülte die Asche in schwarzen Rinnsalen von der Haut und vermischte sich mit den Tränen der Krieger. Auch Imma und

Adelind hatten, von dem verheißungsvollen Plätschern aufgeschreckt, voneinander gelassen und blickten zum Dach hinauf. Das Gewitter, das sich mit aller Kraft über dem Kloster entlud, hatte den Brand im Dachstuhl der Kirche gelöscht. Von der Feuchtigkeit wurde der Qualm im Innern schwer und senkte sich zu Boden, um frisch hereinwehender Luft Platz zu machen.

Imma schleppte sich zu Karl an den Altar, stützte die Unterarme auf den Stein, den der Regen dunkel gefärbt hatte, und öffnete ihren Geist Gott. Aber sie fand keine Worte für ein Gebet, keine Dankbarkeit für die Gnade des Herrn. Sie bewegte die Lippen, aber es half nichts. Neben dem Altar lag noch immer die Leiche Gisberts. Imma schloss die Augen und legte die Stirn auf den kühlen Stein. Gott war nicht hier. Wo immer der Regen hergekommen war, er war nicht der Barmherzigkeit des Herrn zu verdanken.

»Sammelt Euch!« Die Stimme Karls war kaum wiederzuerkennen, doch selbst sein heiseres Krächzen behauptete sich gegen das Husten der Eingesperrten. »Wer noch kämpfen kann, halte sich bereit! Der Feind weiß, dass wir noch leben. Er wird angreifen. Bildet zwei Reihen zu beiden Seiten des großen Portals. Wenn sie hereinkommen, haben wir sie in der Zange. Eilt Euch! Wir wollen ein Saatfeld aus Eisen wachsen lassen.«

Die Herzöge zogen die Klingen und kamen dem Befehl des Kaisers nach. Kopfschüttelnd betrachtete Imma, wie sich aus der Traube taumelnder Kämpfer zwei geordnete Linien bildeten. Was sind das nur für Menschen?, fragte sie sich. Gerade dem Tod um Haaresbreite entronnen und schon wieder bereit, ihn herauszufordern. Zwar erkannte sie Müdigkeit in den verschmutzten Gesichtern. Doch strahlten sie ebenso eine verzweifelte Entschlossenheit aus, wie gehetztes Wild, das keinen Schritt weiter zurückweichen kann.

Imma begriff. Diese Männer waren Krieger, weil sie das Leben nur spürten, wenn ihnen der Tod die kalte Hand auf die Schulter legte. Sie waren der Kriegeradel des Reiches, die Nobelsten des Landes, und waren doch mehr Tieren gleich als der ausgehungertste Lump und die aussätzigste Hure. Imma grauste es vor der Bestialität dieser Männer. Sie saß mit ihnen in der Falle, und doch war sie erleichtert, nicht zu denjenigen zu zählen, die es mit ihnen aufnehmen mussten.

Das Regenwasser füllte die Unebenheiten des Kirchenbodens mit schwarzen Pfützen. Nur noch vereinzelt erinnerte hallendes Husten an den Erstickungstod, dem die Krieger mit knapper Not entronnen waren. Zwei von ihnen – Imma erkannte unter einer Rußschicht Ulfbert von Tours und Waifar von Metz – verbarrikadierten die Seitentür mit Bruchholz, damit der Feind ihnen nicht in den Rücken fallen und nur durch das Hauptportal in die Kirche gelangen konnte. Auch das geschändete Kreuz fand in der hastig errichteten Barrikade seine letzte Bestimmung.

Hoch über ihren Köpfen begann die ausgekühlte Ruine des Daches zu knacken. Imma warf einen skeptischen Blick hinauf zu den schwarzen Stumpen, die wie faule Zähne aus den Mauern ragten. Hitze und Kälte zerrten gleichzeitig an dem Gerippe, und der Wind peitschte unbarmherzig auf das instabile Gefüge. Wie lange mochte die Konstruktion noch widerstehen, bevor sie in die Kirche stürzte und sie alle unter sich begrub? Imma heftete den Blick auf die verriegelten Doppelflügel des großen Tores. Leise begann sie zu singen.

Abul Abbas lief durch die Regenschleier wie ein Kriegsschiff, das die Schaumkronen der Wellen teilt. Mazruq hatte einen Vorsprung, doch war er auf einem der Hauptwege der Klosteranlage geflohen, sodass Thankmar Reiter und Rappen deutlich vor sich sah. Erregt klatschte er auf die Seite des Elefanten, um ihn zu noch größerer Eile anzuspornen.

Der Wind hatte gedreht. Er stürzte sich jetzt von Süden auf das Kloster, riss an Thankmars Umhang und stellte den Regen quer. Das Wasser lief in Kaskaden Abul Abbas' Rücken hinunter und färbte die Lederhaut dunkel. Thankmar sah, wie Mazruq das Ende des Weges erreichte. Vor ihm ragte der wuchtige Bau der gelben Kirche in die Höhe. Das Gotteshaus brannte noch immer. Noch hatte der Regen die gewaltigen Scheiterhaufen rings um das Gebäude nicht löschen können, aber die Flammen verloren an Kraft. Hatten denn die Mönche ihre Aufgabe nicht erfüllt?

Thankmar dachte an die Angst, die er in den Augen der Geistlichen gesehen hatte, als er ihnen den Plan unterbreitet hatte. Er hob den Blick, um zu sehen, ob die Mönche wie vereinbart auf die Dächer der umliegenden Gebäude gestiegen waren. Aber er sah weder die Männer noch die Fässer mit Olivenöl und mit Wasser, die sie von oben auf die Feuersbrunst werfen sollten. Die Idee war von Ekkehard gekommen. Kaltes Wasser, auf heißes Öl gegossen, würde explodieren und die Angreifer außer Gefecht setzen.

Vor dem Tor hatten sich die Feinde zusammengerottet. Einige hatten ihre Kutten abgeworfen und standen nun mit bloßem Oberkörper vor dem Bauwerk. Noch immer konnte Thankmar auf den umliegenden Dächern keine Mönche ausmachen. Waren sie geflohen? Oder verbargen sie sich hinter den Brüstungen und warteten auf den richtigen Moment?

Plötzlich explodierte etwas vor ihm. Flammen spritzten so hoch auf, als wäre ein Gott in einen Vulkan getreten. Fässer regneten vom Himmel und trafen die Scheiterhaufen. An den Außenwänden der Kirche entluden sich Feuergarben, die sich über die Marodeure ergossen und ihr Fleisch versengten. Wer nicht getroffen wurde, suchte schreiend das Weite. Etwa zehn Männer rollten sich im Staub, um die Flammen zu ersticken, die sich in ihre Leiber fraßen. Eine Handvoll Gestalten taumelte lichterloh brennend vor der Kirche im Kreis.

Mazruq ritt mitten in das Inferno hinein. Wäre der Rappe nicht abrupt stehen geblieben und auf die Hinterbeine gestiegen, er wäre mitsamt seinem Reiter in den Flammen vor dem Kirchenportal verbrannt. Aber die Reaktion des Pferdes schenkte Mazruq nur eine kurze Gnadenfrist.

Abul Abbas galoppierte auf den Araber zu. Schreiend befahl Thankmar dem Elefanten innezuhalten. Er zerrte an seinen Ohren, bis er fürchtete, sie zu zerreißen, und schlug auf seinen Schädel ein. Dann prallte der Riese in die Flammenwand vor dem Kirchentor.

Mörtelmehl und Steinstaub explodierten, als der Elefantenschädel das Vordach mit sich riss. Abul Abbas, Mazruq al-Atar und das Portal wurden eins und platzten in das Innere der Kirche hinein.

Imma sah das Tor aufspringen. Karl und seine Männer hoben die Waffen in Erwartung des Feindes. Adelind hatte sich eines herabgefallenen Kantholzes bemächtigt und stand unter den Kriegern, bereit, jeden Angreifer ihren Zorn spüren zu lassen.

Die Torflügel krachten auf den Boden, gefolgt von einem Reiter, der wie ein Araber aussah. Mit ihm stürzte Abul Abbas herein, auf dem Rücken den jungen Sachsen, der sich eng an das riesige Tier presste. Vom Staub war sein schwarzer Lockenkopf ergraut.

Das riesige Tier rutschte über den Kirchenboden. Es taumelte noch einige Schritte, stolperte dann über den Torflügel, den es vor sich herschob, und ging zu Boden. Vergebens versuchte Thankmar, sich festzuklammern. Die Schwerkraft riss ihn vom Elefantenrücken hinunter, und sein Flug endete mit einem dumpfen Laut an einem Pfeiler. Sobald das Tor aufgesprengt war, drängten die Krieger hinaus. Imma fiel auf, dass das Brüllen der Franken auf der anderen Seite des Durchgangs kein Echo fand. War der Feind fort? Sie wartete nicht auf eine Antwort. Thankmar brauchte ihre Hilfe.

Kaum hatte sie den leblosen Körper erreicht, war Adelind an ihrer Seite. Die Novizin ließ das Holz fallen und kniete mit Imma neben Thankmar nieder. Gemeinsam untersuchten die Frauen den Gestürzten. Er hatte das Bewusstsein verloren. Aus einer Wunde am Kopf sickerte Blut. Während Imma den Körper abtastete, um gebrochene Knochen aufzuspüren, bemerkte sie, wie Adelinds Hände über Thankmars Gesicht strichen und ihm die vom Blut verklebten Haare aus den Augen wischten.

Unter der Haut des Brustkorbs spürte Imma eine weiche Stelle, wo Widerstand hätte sein sollen. Sie zählte drei Rippen, die in Mitleidenschaft gezogen worden waren. Mit erfahrenen Fingern ertastete sie, dass die gebrochenen Knochen nicht in den Körper hineinragten. Das Innere des Sachsen mochte unverletzt sein.

Thankmar schlug die Augen auf. Sein Blick war klar. Imma atmete auf. Über Adelinds Wangen rollten Tränen.

»Abul Abbas«, krächzte Thankmar. Er stützte sich auf. Die Blessuren in seinem Brustkorb ließen ihn das Gesicht verziehen.

Imma, Adelind und Thankmar blickten auf den Trümmerhaufen, der sich im rechten Kirchenschiff türmte. Steine und Holz lagen verstreut, einige der Balken brannten noch. Auf den aus den Halterungen gesprengten Flügeln des Kirchenportals lag Abul Abbas und peitschte mit dem Rüssel. Der Kopf des Elefanten hob und senkte sich, und die Hinterbeine ruderten über den Basaltboden der Kirche.

Thankmar zog die Beine an und versuchte, sich mit dem Rücken an dem Pfeiler in die Höhe zu schieben.

»Bleib ruhig liegen.« Adelind hielt Thankmars Schultern fest. Aber Imma bedeutete ihr, den Verletzten aufstehen zu lassen. Entschlossen half sie ihm auf die Füße. Auch die Novizin stellte ihre Besorgnis nun hintenan und umklammerte Thankmars Schultern. Gemeinsam legten sie den kurzen Weg zurück, und der Sachse sank vor Abul Abbas auf die Knie.

Noch immer fiel Regen durch das zerstörte Dach in die Kirche. Auf der Haut des Riesen bildete das Wasser Rinnsale, in die sich dampfendes Elefantenblut mischte. Thankmar legte eine Hand auf den Rüssel, dessen Peitschen immer kraftloser wurde. Nie zuvor hatte Thankmar das Brummen, das der Elefant aussandte, so deutlich gespürt. Ein Vibrieren kroch seine Beine hinauf und breitete sich in seinem gesamten Körper aus. Damals, vor den Toren Pavias, war es ihm gewesen, als versuche Abul Abbas durch die rätselhaften Laute, mit ihm Kontakt aufzunehmen. Doch ebenso gut hätte eine geschriebene Nachricht einen Analphabeten erreichen können. Diesmal aber verstand Thankmar bis ins letzte Detail, was Abul Abbas ihm mitteilte.

Auf den Knien rutschte er um den Elefantenkörper herum und suchte den Boden ab. Unter den Trümmern eines der Türflügel fand er, was er suchte. Mazruq al-Atar lag begraben zwischen Steinen und Holz. Sein Körper war vom Gewicht des Elefanten zerdrückt worden. Der Turban war Mazruq vom Haupt gefallen, und das lange Haar hing ihm in die Augen. Der Araber blickte Thankmar an. Aus seinen Augen sprühte der Irrsinn.

»Dein Walhall wird dich aufnehmen, Wüstensohn«, sagte Thankmar.

»Gerechtigkeit!«, keuchte Mazruq. »Ich fordere Gerechtigkeit.«

Zunächst verstand Thankmar nicht. Wollte der Araber, dass er ihn von seinen Qualen erlöste?

Dann begriff er. Mazruq wandte sich nicht an ihn, den Sachsen, auch nicht an jemand anderen in der Kirche. Er sprach zu seinem Gott. Thankmar sah sich um und erwartete, Allah hinter sich aufragen zu sehen. Aber in der Kirche war nichts zu sehen als schwelende Zerstörung.

Mazruq fuhr stammelnd fort. Seine Zunge verwob fränkische mit arabischen Worten. Doch dann klarte der Blick des Arabers noch einmal auf, und er fixierte Thankmar wie an jenem Tag, als sich die beiden Männer in einer Taverne in Genua zum ersten Mal begegnet waren. »Verrate mir, wo ich vom Weg abgekommen bin, Sklave! Ich habe nach Allahs Willen gehandelt. Und nun sterbe ich, einer der treuesten Diener des einen Gottes, in einem Tempel der Ungläubigen.«

Thankmar erinnerte sich an den Disput zwischen Mazruq und Isaak und daran, wie der alte Jude den Araber davon zu überzeugen versucht hatte, dass sie alle demselben Gott dienten. Wenn Isaak recht hatte, war in dieser Kirche der Gott der Juden ebenso zuhause wie der Gott der Muslime. Thankmar setzte an, Mazruq diese letzte Wahrheit zu offenbaren. Aber er entschied sich dagegen und schwieg.

»Gerechtigkeit«, flüsterte der Araber noch einmal. Dann starb er.

Thankmar nahm dem Toten das Amulett ab. Wie durch ein Wunder war der Schmuck noch immer unversehrt, und sein Glitzern wurde von den Regentropfen, die darauffielen, aufgenommen und vielfach gebrochen. Den halbierten Vogel fest in der Faust, humpelte Thankmar zurück zu den Frauen, die noch immer neben dem Elefanten standen. Der Glanz in den

Obsidianaugen des Riesen war fast erloschen. Auch das geheimnisvolle Dröhnen spürte Thankmar nun nicht länger. Er zeigte Abul Abbas das Amulett und hoffte, der Elefant würde die Erfüllung seiner Sehnsucht noch wahrnehmen. Dann legte er den Schmuck auf das Ende des Rüssels, der nun ebenso reglos dalag wie der restliche Körper. Als Thankmar sich wieder dem Blick des Elefanten zuwandte, erkannte er, dass das gewaltige Tier nicht mehr lebte.

Abul Abbas war am Ende seiner Reise angekommen.

Als die Kaiserlichen aus dem zerstörten Gotteshaus flohen, nahm Hunold die Beine in die Hand. Hier gab es nichts mehr zu gewinnen. Seine Mitstreiter wälzten sich vor der Kirche in ihrem Blut. Der Kaiser lebte und war unerreichbar für einen einzelnen Gegner. Die Herzöge – ein Dutzend hatte überlebt – ließen ihre Wut an den verwundeten Kuttenträgern aus. Hunold rannte. Doch für eine unerkannte Flucht war es zu spät. Drei Franken hefteten sich an seine Fersen, und die Anspannung der vergangenen Stunden schien ihnen Flügel zu verleihen.

Hunold versuchte gar nicht erst, Haken zu schlagen und sich in einem schattigen Winkel des Klosters zu verbergen. Er rannte schnurstracks den Hauptweg entlang, der im Hauptportal von Sankt Aunarius mündete. Im Freien würde er die Verfolger leicht abschütteln können. Mit ihren schweren Rüstungen waren die Franken im Gelände so unbeweglich wie gestrandete Wale. Schon jetzt hatte der in leichte Mönchskleidung gewandete Hunold einen erheblichen Vorsprung vor den dahinstapfenden Kriegern.

Wie erleichtert war Hunold, als er das Tor offen stehen sah, und wie erschrocken, als er feststellen musste, dass man ihn dort bereits erwartete. Ein einzelner Mann bewachte den Eingang des Klosters. Er kniete über einem übel zugerichteten Leichnam. Seltsam, dachte Hunold, als er den Toten sah, ich habe doch niemandem befohlen, Araberkleidung anzulegen. Aber ihm blieb keine Zeit, den Gedanken weiterzuverfolgen. Der Mann vor dem Tor rührte sich nicht. Er war groß und fett, und ein ranziger Verband bedeckte sein linkes Auge. Offensichtlich unbewaffnet erwartete er Hunold eher mit Neugier denn mit Feindseligkeit.

Da der Torwächter keine Anstalten machte, ihn aufzuhalten, wollte Hunold geradenwegs an ihm vorbei in die Freiheit rennen. Da blickte er in das Auge des Fremden und erstarrte.

Die pockennarbigen Wangen, die zusammengewachsenen Brauen, die wulstigen Lippen – es gab keinen Zweifel: Vor ihm stand Grifo, der Sklavenhändler, vom Schicksal an das Gestade dieses entscheidenden Augenblicks gespült. Hunold war wie gelähmt. Es war jener Grifo, der ihn von seinem Vater gekauft und ihn Nacht für Nacht gequält hatte, bis seine Kinderseele schwarz und verkommen war; jener Grifo, der ihm das eigene Leben genommen und gegen eine räudige Existenz in den Klauen Erzbischof Hildebalds eingetauscht hatte.

Hunold hielt den Sklavenhändler am Arm fest in der unsinnigen Angst, der Fettwanst könne ihm davonlaufen. Dabei war doch er selbst auf der Flucht. Er schenkte den aufholenden Verfolgern einen überheblichen Blick. Noch konnte er ihnen entschlüpfen. Durch das Tor und dann auf und davon in die Weiten Septimaniens und über ihre Grenzen hinaus. Vielleicht gelang ihm die Flucht nach Arles.

»Lass los, du Ratte, oder ich schlitz dich auf.« Grifos Stimme hatte sich in all den Jahren kaum verändert. Seine Manieren ebenso wenig.

Hunold packte noch fester zu und ignorierte Grifos Versuch, sich aus dem Griff der Eisenfinger zu winden.

Er betrachtete sein Opfer mit dem dämonischen Interesse der Schlange, die die Angst des Kaninchens studiert. Er suchte in Grifos verbliebenem Auge nach dem Schimmer des Erkennens, aber da war nichts außer Furcht und Hass, den einzigen Gefühlen, die der Sklavenhändler ihn zu empfinden gelehrt hatte.

Als ihn die Frankenkrieger erreichten, zog Hunold das Schwert bereits zum zweiten Mal aus Grifos Wanst. Der massige Körper sank zu Boden, und Blut schoss in Fontänen aus dem Leib des Sterbenden.

Hunold ließ die Klinge fallen und atmete erleichtert auf, während er zusah, wie der am Boden liegende Grifo versuchte, die Stichwunden mit den Fingern zu stopfen. Als die Franken sein Gesicht zuschanden schlugen, spürte Hunold noch, wie der Fettwanst neben ihm verendete. Er verzog den Mund zu einem Lachen und spuckte Blut und Zähne aus. Endlich würde er ein neues Leben beginnen können.

30.

Imma trat aus dem Dunkel der Aula in das gleißende Licht der tiefstehenden Wintersonne. Schnee lag auf der Bischofsresidenz von Arles und hatte Dächer, Wege und Plätze weiß kandiert. Sie zog die wattierte Ordenstracht eng um die Schultern, hauchte Kristalle in die Eisluft und sah zu Saudrat auf, der neben ihr ging.

»Also werden sie alle am Strang enden.«

Wortlos schob der Graf das Kinn vor und deutete mit dem Finger in Richtung des Palasttores. Vor der Durchfahrt errichteten Zimmerleute ein Gerüst. Einen Galgen. Lang genug für zwanzig Delinquenten.

Imma griff nach Saudrats Arm. Es hatte ihr keine Genugtuung bereitet, Hildebald, Hunold und deren letzte Schergen vor dem kaiserlichen Tribunal zu sehen, in fleckigen Büßerhemden, von der Folter entstellt und um ihr Leben winselnd. Doch ebenso wenig empfand sie Mitgefühl für die schäbigen Mordbuben. Es war ein Wunder, dass die Kaiserlichen sie überhaupt am Leben gelassen hatten, nachdem sie in Sankt Aunarius aus der verfluchten Kirche entkommen waren. Ja, der Tod war gut genug für diese Verräter. Und die Beschuldigungen, die sie, Imma, in der Aula gegen Hildebald und Hunold hatte vorbringen können, hatten alle Beteuerungen der Angeklagten als Lügen entlarvt.

Carolus Magnus hatte Todesurteile über sie alle verhängt und eine spektakuläre Hinrichtung angekündigt. Imma verstand, dass der Kaiser der Franken zur Abschreckung ein aufsehenerregendes Ereignis benötigte, von dem sich die Menschen in allen Winkeln des Reiches erzählen sollten. Ihr schauderte. Diesem Spektakel wollte sie um nichts in der Welt beiwohnen.

Auf dem Hof stand ein Mann, der einen Falben und einen Schimmel am Zügel hielt. Er war in einen Umhang aus Zobelpelz gehüllt, dessen Haare im kalten Wind zitterten. Die Kapuze war zurückgeschlagen, und Schneeflocken verfingen sich in den schwarzen Locken.

»Ihr seid gegürtet wie ein Krieger, Thankmar«, sagte Imma, als sie ihn erreicht hatten.

Der junge Sachse lächelte und zog das Schwert aus der Scheide, die an seiner Seite hing. Die Klinge war prachtvoll damasziert und mit einer Runeninschrift versehen. »Carolus Magnus wollte mir eine ganze Wagenladung Ausrüstung schenken. Aber ich weiß ja nicht einmal, wie ich ein einzelnes Schwert zu führen habe.«

»Ihr habt bewiesen, dass Ihr klug genug seid, um nicht mit Waffen gegen einen Gegner anrennen zu müssen.« Die Worte kamen von Saudrat. Imma schien es, als würde Thankmar erröten, doch mochte die Farbe in seinen Wangen auch der Kälte zuzuschreiben sein.

»Zeigt mit das Schwert«, forderte sie ihn auf. Er legte es in ihre Hände, und sie strich mit dem Finger darüber. Bei der Runeninschrift hielt sie kurz inne. *»Wendegast hat mich gemacht«*, las sie laut. »Wer immer das war, er beherrschte Futhark, die germanische Runenschrift, und war gewiss kein Franke.«

Thankmar sah sie überrascht an. »Ihr könnt die Schrift des Nordens lesen? Wo habt Ihr das gelernt?«

Bevor Imma antworten konnte, näherte sich eine weitere Gestalt, ebenfalls in kostbare Pelze gehüllt. Erst tappte sie unsicher über den gefrorenen Boden, aber als Thankmar ihr zuwinkte, schien sie Schnee und Eis zu vergessen und eilte auf ihn zu. Das letzte Stück rutschte sie mit rudernden Armen zu der kleinen Gruppe, und hätte Thankmar sie nicht aufgefangen, sie wäre zu Boden gefallen. Die Kapuze rutschte ihr vom Gesicht, und darunter wallte das blonde Haar Gislas hervor.

Ohne auf Imma und Saudrat zu achten, drückte sich Gisla an Thankmar und schlang die Arme um seinen Leib. Der Sachse verzog schmerzhaft das Gesicht, schob die junge Frau aber trotz seiner gebrochenen Rippen nicht von sich.

Gisla schaute kurz zu Imma und Saudrat hinüber. Dabei lachte sie laut. Nie zuvor hatte Imma eine Frau ein herzhafteres Gelächter ausstoßen hören. Der Quell der Fröhlichkeit in Gisla schien unerschöpflich. Verwundert sahen sich Imma und Saudrat an. Schließlich verstummte die Langobardin und verbarg das Gesicht in Thankmars Zobel, ihre Schultern bebten.

Imma hatte Thankmar von ihrer Herkunft erzählen wollen, von ihrer Jugend im Schatten der Irminsul, wie sie den Baum hatte brennen sehen, wie sie Isaak getroffen hatte. Sie hatte sich vorgenommen, Zeugnis abzulegen, aber als sie Gisla in Thankmars Armen sah, erkannte sie, dass die Zeit immer nur vorwärtslief – und sie mit ihr.

Sie gab ihm das Schwert zurück. »Ich bin mit den Runen vertraut. Das muss Euch genügen.«

Thankmar achtete schon nicht mehr auf ihre Worte. Er deutete auf etwas hinter Immas Schulter. »Schaut«, sagte er.

Die Nonne wandte sich um. Unter den Arkaden des Bischofspalastes stand Adelind und sah zu ihnen herüber. Auch sie hatte sich einen dichten Pelz übergeworfen. Doch darunter erkannte Imma die Tracht der Benediktinerinnen. Adelind wollte ins Noviziat zurückkehren. Nach der Befreiung aus der brennenden Kirche hatte sie sich Imma anvertraut.

Die Welt, die Adelind hatte kennenlernen wollen, gab es nicht. Zu viele Schrecknisse waren auf die Novizin eingestürmt: Menschen, die ihr nach dem Leben trachteten, unkontrollierbare Gefühle, Hunger, Schmerz und Todesangst. Adelind war in einem Irrgarten verloren, aus dem nur ein Weg sie wieder hinausführen konnte: der Weg zurück in das überschaubare Leben des Ordens. Die Zweiflerin fand den Weg zum Glauben, und die Gläubige folgte ihren Zweifeln. Imma spürte einen vertrauten Schmerz in der Brust und war sich sicher, dass die Götter über sie lachten.

Sie nickte der jungen Frau zu, aber Adelind hatte nur Augen für Thankmar, der noch immer Gisla im Arm hielt und nun eine Hand zum Gruß hob. Ohne die Geste zu erwidern, kehrte die Novizin der Szene den Rücken und verschwand durch eine Pforte im Bischofspalast.

»Euer großer Freund, der Elefant, hat geholfen, den Kaiser der Franken und damit dieses Reich zu retten«, sagte Graf Saudrat.

Insgeheim dankte Imma dem ungeschlachten Krieger für seinen plumpen Versuch, das Gespräch nicht auf Liebesdinge kommen zu lassen. Immerhin, stellte sie anerkennend fest, hatte Saudrat bemerkt, was sich soeben abgespielt hatte.

Thankmar nickte. »Abul Abbas hat seine Mission erfüllt. Auf seine eigene Art.«

»Bis zwischen Arabern und Franken die Waffen schweigen, wird es zwar noch viele Jahre dauern«, fuhr Saudrat fort, »aber immerhin denkt der Kaiser darüber nach, welche Friedensgeschenke er als Nächstes nach Bagdad schicken wird. Ich hoffe nur, dass ich diese Mission nicht werde leiten müssen.«

Imma erinnerte sich daran, wie der Glanz in den Augen des Elefanten erloschen war. »Der Kaiser hat mir versprochen, die Überreste Eures Gefährten in der Pfalz zu Aachen beizusetzen und seine Stoßzähne über dem Thron in der Pfalzkapelle anbringen zu lassen.«

Thankmar starrte sie verständnislos an. »Wie es scheint, wird es Zeit für mich aufzubrechen, bevor dem Franken einfällt, mir dieselbe Ehre zuteil werden zu lassen.« Mit diesen Worten half er Gisla auf seinen Schimmel.

»Ihr reitet nach Norden?« Der Gedanke an die verwüsteten Sachsendörfer ließ Imma erschauern.

»Nach Westen. Dort soll eine große Insel liegen. Viele Stammesmitglieder sind dorthin gefahren. Wir wollen sie suchen.« Er zog sich die pelzbesetzte Kapuze über die Locken.

Imma berührte noch einmal Thankmars Bein, dessen Missbildung der fränkische Reitstiefel aus Fohlenleder verbarg. »Skuld sei mit Euch!«

Thankmar sah sie aus dem Sattel herab an. »Und Saxnoth beschütze Euch, Schwester Imma!« Dann lachte er und trieb das Pferd an.

Gisla und Thankmar ritten zum Tor hinaus. Imma sah ihnen nach, bis sie zwischen den windschiefen Häusern von Arles verschwunden waren.

»Ihr seid eine Sächsin?«, meldete sich Saudrat zu Wort. »Eine Sächsin und zugleich eine fränkische Nonne?«

Sie sah zu ihm auf. »So ist es, mein lieber Graf. Eine Sächsin aus dem hohen Norden. Dort, wo die Frauen zum Sterben zu starrköpfig und zum Erfrieren zu heißblütig sind.«

»Reizvolle Eheweiber.«

Sie sah ihn vorwurfsvoll an. »Unterbindet Eure ungeschickten Versuche, Saudrat. Ich werde nicht noch einmal mit Euch über dieses Thema in Disput geraten. Vielleicht erklärt Ihr mir stattdessen, warum Ihr den Befehl des Kaisers missachtet habt? Wenn ich es recht verstanden habe, solltet Ihr Thankmar davon überzeugen, sich Karls Leibwache anzuschließen und als Beschützer des kaiserlichen Enkels gemeinsam mit dem Tross nach Aachen zurückzukehren.«

»Ein freier Mann weiß, was er zu tun hat.«

Saudrat grinste unter der fehlenden Lippe so grässlich und warmherzig, dass Imma nicht an sich halten konnte, ihn bei der Hand nahm und sie verschwörerisch drückte.

Diese Nonne! Chrodegang ärgerte sich über seine schwache Position, aber er konnte dem Kaiser keine Bitte abschlagen. Gerade erst hatte Carolus Magnus persönlich dafür gesorgt, dass Chrodegang auf dem vakanten Stuhl des Erzbischofs von Arles Platz nehmen konnte. Wie erwartet, folgte die Forderung von Gegenleistungen auf dem Fuße. Jetzt hatte der Kaiser ihn gebeten, einer Nonne die private Beichte abzunehmen. Die private Beichte! Das verstieß gegen das Kirchenrecht.

»*Sic transit gloria mundi* – So vergeht der Ruhm der Welt«, murmelte Chrodegang, während er neben Schwester Imma aus dem Tor des Bischofspalastes schritt.

»Was sagtet Ihr, Vater Erzbischof?«

»Ich dachte laut darüber nach, warum Euch diese ungewöhnliche, fast blasphemische Art der Seelenläuterung so am Herzen liegt, dass Ihr einen Kaiser und einen Erzbischof damit belästigt.«

»Meine Sünden lasten schwer auf meinem Glauben. Es ist mir unmöglich, den Dienst in einem Konvent wieder aufzunehmen, wenn mir nicht für jede einzelne meiner Verfehlungen die Absolution erteilt wird. Ich danke Euch, Vater Erzbischof, dass Ihr mich anhören wollt.«

Sie betraten eine schlichte Kirche, einen Holzbau mit winzigen Fenstern. Nur eine Baracke im Vergleich zu der mächtigen Steinkirche von Sankt Aunarius mit ihren prachtvollen Glasfenstern, die den Flammen zum Opfer gefallen war. Auch Arles hatte schönere Gotteshäuser zu bieten, aber Chrodegang wollte der überheblichen Nonne zeigen, was er von ihrem Wunsch hielt.

Er deutete unwirsch auf den Altar. »Kniet nieder, faltet die Hände zum Gebet und wartet auf mich. Ich will mich zunächst bei Gott für diesen Frevel entschuldigen.«

Er verließ den kleinen Saal durch einen Vorhang in der Seitenwand und trat in die Treskammer.

Private Beichte! Eine Lästerung Gottes!

Während Chrodegang versuchte zu beten, fasste er einen Entschluss: In welches Kloster die Schwester auch eintreten mochte, er wollte es wie Aussatz behandeln. Die Wirtschaft würde er zu hohen Abgaben zwingen, die Cellerarin sollte stets händeringend vor ihrer leeren Vorratskammer stehen. Solange Schwester Imma Konventsmitglied wäre, sollte sie an den heutigen Tag denken und bereuen, dass sie ihren Erzbischof zum Bruch des Kirchenrechts gezwungen hatte. Diese Frau wollte eine Nonne sein? Besser sie kroch zu einem Mann ins Bett und machte ihm ein Haus voll Kinder. Aber dazu war sie wohl schon zu alt. Außerdem: Wer wollte schon so eine unter seinem Dach, fett und sündig? Wohl nur der Orden der Benediktinerinnen.

Chrodegang beendete die Zwiesprache mit Gott, um das Gespräch mit Schwester Imma zu beginnen. Vielleicht offenbarte sie ihm erotische Einzelheiten. Er stellte sich ihren fülligen Leib bei der Unzucht vor, ihre zitternden Schenkel, ihren schwitzenden Bauch, und eine Brunst überfiel ihn, an der jedes Kebsweib Freude gehabt hätte. Dann fasste er unter seine Kutte und riss sich ein Büschel Haare aus der Scham, um sein aufbegehrendes Fleisch zu bestrafen. Vor Schmerz verzog er das Gesicht. Daran war nur diese Nonne schuld. Mit hochrotem Kopf schritt er durch den Vorhang zurück in den Saal.

Die Kirche war leer.

Nachwort

Der Elefant Abul Abbas reiste tatsächlich im neunten Jahrhundert von Bagdad nach Aachen. Er war, wie im Roman dargestellt, ein diplomatisches Geschenk des Kalifen Harun ar-Raschid, der versuchte, sich mit dem Franken Karl zu verbünden. Erst wenige Jahre zuvor war Karl in Rom zum Kaiser gekrönt worden. Damit war er der mächtigste Mann Europas, nur das Byzantinische Reich machte ihm den Anspruch auf die Alleinherrschaft noch streitig. Harun ar-Raschid hingegen war der mächtigste Mann im Orient. Was also lag näher, als ein Bündnis zwischen den beiden Supermächten zu schließen? Ob es sich dabei tatsächlich um eine Mission des Friedens handelte, ist zweifelhaft. Dies wird nur vordergründig eine Rolle gespielt haben. In Wirklichkeit werden Karl und Harun die Möglichkeit erkannt haben, Byzanz gemeinsam in die Zange zu nehmen.

Elefanten waren bis zum vierten Jahrhundert v. Chr. nur in ihrer Heimat Afrika und Indien bekannt. Alexander der Große stand den von seinen Gegnern aufgestachelten Kolossen auf seinem Feldzug durch Indien gegenüber. Alexanders Nachfolger nutzten die Tiere fortan in den großen Schlachten der Antike. Legendär ist der Feldzug des karthagischen Feldherrn Hannibal, dem es gelang, mit einer Gruppe Elefanten die Alpen von Südwesten nach Südosten zu überqueren und Rom von Norditalien her in den Rücken zu fallen.

Diese Ereignisse aber spielten sich annähernd tausend Jahre vor den Geschehnissen des Romans ab. Im Frankenreich des

Mittelalters waren Elefanten bestenfalls aus Berichten von Orient- oder Afrikareisenden bekannt und müssen dem einfachen Volk wie Fabelwesen erschienen sein. Einige Adelige und Gelehrte könnten die Tiere aus den Schriften der Antike gekannt haben, aus der Naturgeschichte des Plinius etwa, doch auch ihnen blieb die wahre Natur der sensiblen Dickhäuter wohl verborgen.

So verwundert es kaum, dass viele Texte und Bilder des Mittelalters ein bizarres Bild des Elefanten zeichnen. Es hieß, die Tiere würden über tausend Jahre alt werden, und um sie zu fangen, sei es notwendig, dass zwei Jungfrauen in die Wüste zögen, um die Beute dort mit ihrem Gesang anzulocken. Manche glaubten, dass aus Elefantenblut Purpur, die Farbe der Herrscher, hergestellt werde (die tatsächlich jedoch aus Schnecken gewonnen wird). Andere behaupteten, Elefanten stammten von Bäumen ab und hätten wie diese kein einziges Gelenk in ihrem Körper.

Auch die spärlichen Berichte über die Reise des Abul Abbas sind von solchen Anekdoten durchzogen. Dazu zählt, dass dieser Elefant eine weiße Haut gehabt haben soll. Albinos gibt es zwar auch unter Elefanten, doch waren sie im Mittelalter so selten wie heutzutage. Historiker führen die Legende vom weißen Elefanten auf eine literarische Mode insbesondere des Spätmittelalters zurück, mit der die Exotik importierter Tiere und Pflanzen noch unterstrichen werden sollte. Dennoch ist es möglich, dass Abul Abbas einer jener seltenen Albinos war. Auf die Ereignisse des Romans hätte diese Eigenschaft jedoch keinerlei Auswirkungen gehabt: Allein dank seiner Erscheinung, seiner Größe, Kraft und Lautstärke, seiner Sanftmut und Wildheit hat Abul Abbas einen Platz in der Geschichte der Karolinger – und in der Geschichte des vorliegenden Romans – verdient.

Anders als im Roman geschildert, soll der Elefant aus Bagdad die Kaiserpfalz in Aachen tatsächlich erreicht haben. Viel mehr ist über sein Schicksal nicht bekannt. In Aachen wird das Tier sein Dasein vermutlich in der Privatmenagerie Karls des Großen gefristet haben. Als der Frankenherrscher zu einem Kriegszug gegen die Dänen aufbrach, soll er Abul Abbas mitgenommen haben – um den Feind zu erschrecken. Dass der Kaiser persönlich auf dem Tier ritt, wie einige Texte glauben machen wollen, ist hingegen fragwürdig; Karl wird in der Schlacht ein wendiges Pferd bevorzugt haben. Für Abul Abbas, der als vermutlich einziger Elefant der Geschichte die gesamte damals bekannte Welt durchquert hatte, war der Feldzug in den Norden die letzte Reise: Angeblich starb der Dickhäuter an einer Erkältung, die er sich bei der Durchquerung eines winterlichen Flusses, möglicherweise der Ems, zugezogen hatte. Einer anderen Theorie zufolge soll er der Maul- und Klauenseuche erlegen sein, die in der Gegend von Wesel grassierte, als er dort das Frankenheer im Kampf gegen die Normannen unterstützte. Ein langes Leben war dem Geschenk des Harun ar-Raschid am Hofe des Frankenkaisers jedenfalls nicht beschieden. Im Roman findet Abul Abbas den Tod schon früher. Das ist zum einen der Dramaturgie der Handlung geschuldet. Zum anderen bleibt dem stolzen Tier zumindest in der Fiktion das Dahinvegetieren in einem frühmittelalterlichen Zoo erspart.

Während Thankmar, Imma, Adelind und viele andere Personen des Romans fiktiv sind, ist Isaak von Köln eine historische Figur. Er begleitete als jüdischer Diplomat und Übersetzer die Reise des Elefanten von Bagdad an den Hof Karls des Großen. Damit sind die Angaben über seine Biografie oder die Erlebnisse während der Reise allerdings erschöpft. Auch über die

Route, die der wohl seltsamste Zug des neunten Jahrhunderts durch Europa nahm, schweigen sich die Quellen weitgehend aus.

Die Figur Karls des Großen ist den Darstellungen seines Biografen und Zeitgenossen Einhard entlehnt, der in seinem Werk *Vita Caroli Magni* ein lebensnahes, wenn auch bisweilen überzeichnetes Bild seines Regenten liefert. Im Prolog des Romans tritt Karl noch als König auf. Dieses Amt bekleidete der junge Frankenherrscher seit 768. Erst im Jahr 800 wurde Karl in Rom von Papst Leo III. zum Kaiser gekrönt. Diesen Titel trägt er im Hauptteil des Romans, der im Jahr 802 spielt.

Die Sachsenkriege, die dem Hauptteil der Geschichte vorausgehen, waren die längsten und erbittertsten Auseinandersetzungen, die Karl der Große zeit seines Lebens führte. Dreißig Jahre lang leisteten die unbeugsamen Sachsenstämme Widerstand gegen die Franken, bevor Häuptling Widukind sich im Jahr 785 taufen ließ.

Auch der Konflikt mit den Arabern hielt Karl, wie schon seine Vorgänger, lange in Atem. Die Mauren waren 711 bei Gibraltar gelandet und brachten die Iberische Halbinsel weitgehend unter ihre Kontrolle. Von dort aus zogen sie über die Pyrenäen und trafen auf die Franken. Karl Martell, Großvater Karls des Großen, errang 732 einen bedeutenden Sieg gegen arabische Heere in der Schlacht bei Tours und Poitiers. Karl der Große selbst unternahm 778 einen Spanienfeldzug, der jedoch scheiterte. Dennoch gelang es den Franken nach und nach, die Araber auf den Raum südlich der Pyrenäen zurückzudrängen. Entlang dieses Gebirgszuges schützte zur Zeit des Romans die Spanische Mark das Gebiet des heutigen Südfrankreich vor einer arabischen Invasion. Diese Schutzzone bestand aus einer Kette von Herzogtümern, die das Grenzland sicherten. Sie war der Ausgangspunkt für die Reconquista, die Rückeroberung der Iberischen Halbinsel. Die Furcht vor der Invasion eines arabischen Heeres aber blieb. Sie beherrschte die Menschen jenes Landstrichs ebenso wie die Politik der Franken. Doch die Invasion blieb aus. 1492 war die Reconquista abgeschlossen, das Reich Karls des Großen aber war zu dieser Zeit schon längst Geschichte.

Danksagung

Schreiben, so die landläufige Meinung, ist eine einsame Angelegenheit. Aber das stimmt nicht. Ständig ist der Autor umringt von den Figuren der Geschichte – jede will etwas anderes, jede drängelt und schiebt und redet dazwischen. Der Dialog mit und zwischen ihnen reißt niemals ab, auch dann nicht, wenn die Textverarbeitung schon längst abgeschaltet und das Notizbuch zugeklappt ist. Alle diese Figuren sind mir ans Herz gewachsen, und ich bin dankbar, dass sie sich mit mir eingelassen haben.

Außerhalb der fiktiven Welt verwandeln echte Menschen die Geschichte in ein Buch. Den Stein ins Rollen brachten Andrea Dietrich vom Campus Verlag und Sabine Niemeier von Bastei Lübbe, die Abul Abbas den Weg ins Lektorat des Lübbe Verlags wiesen. Dort hatte Lektorin Lena Schäfer Vertrauen in die Geschichte und Geduld mit dem Autor und verlieh dem Text Schliff. Dank ihr und Stefan Bauer, Programmleiter für Belletristik bei Bastei Lübbe, hat der heimatlose Elefant aus dem Orient nun ein Zuhause zwischen zwei Buchdeckeln gefunden.

Meine Lebens- und Schreibgefährtin Jutta Wieloch wies Abul Abbas den Weg aus mancher Sackgasse und trug die Geschichte als Quell der Inspiration bis ans Ziel. Mein Freund Herwig Kenzler bekam als Testleser die erste Fassung des Romans zu sehen und ermunterte mich trotzdem zum Weitermachen. Susanne Schulte und Ralf Seiche haben das Manuskript gelesen und an Stellen Kritik geäußert, die sonst niemals aufgefallen wären. Das gilt insbesondere auch für Michael Alfs, dem der Text vieles verdankt, nicht zuletzt das Wort Elefantenlosung. Um allerdings jeden zu erwähnen, der in mehr als drei Jahren bei der Entstehung dieses Buches eine Rolle gespielt hat, wäre das Gedächtnis eines Elefanten vonnöten.

Danke!